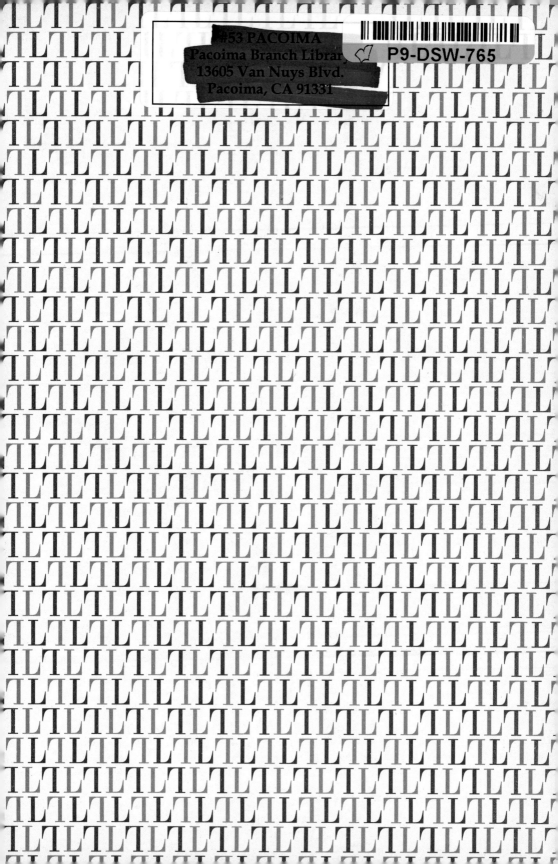

Érase una vez la taberna Swan

Érase una vez la taberna Swan

Diane Setterfield

Traducción del inglés de
Ana Mata Buil

Lumen

narrativa

Título original: *Once Upon a River*
Primera edición: marzo de 2019

© 2019, Diane Setterfield
© 2019, Penguin Random House Grupo Editorial, S. A. U.
Travessera de Gràcia, 47-49. 08021 Barcelona
© 2019, de la presente edición en castellano:
Penguin Random House Grupo Editorial USA, LLC.
8950 SW 74th Court, Suite 2010
Miami, FL 33156
© 2019, Ana Mata Buil, por la traducción

Diseño de la cubierta: Penguin Random House Grupo Editorial
Ilustración de la cubierta: © Fernando Vicente

ISBN: 978-1-949061-99-4

Impreso en Estados Unidos – *Printed in USA*

Penguin
Random House
Grupo Editorial

A mis hermanas, Mandy y Paula.
Sin vosotras, no sería yo misma.

En los límites de este mundo se esconden otros.
Hay lugares por los que se puede cruzar.
Este es uno de esos lugares.

Cricklade ■

Ashton
Keynes

Kemble,
Trewsbury Mead
(nacimiento del
Támesis)

EL TÁMESIS

De Cricklade a Oxford

Inglesham ■

Buscot ■

■ Lechlade

Isla del
Brandy

■ Kelmscott

Easton
Hastings ■

■ Radcot

■ Bampton

■ Godstow

■ Oxford

O
S — N
E

0   2,5   5 km

PRIMERA PARTE

Empieza la historia...

Había una vez una taberna que descansaba tranquilamente en la orilla del Támesis a su paso por Radcot, a un día a pie del nacimiento del río. En la época en que ocurrió esta historia, había infinidad de tabernas en la parte alta del Támesis y era posible emborracharse en todas ellas, pero más allá de la típica cerveza y de la sidra, cada una de aquellas tascas tenía su particularidad y ofrecía algún otro placer. El Red Lion de Kelmscott era un paraíso musical: los barqueros tocaban el violín por la noche y los queseros entonaban canciones lastimeras en recuerdo del amor perdido. El pueblo de Inglesham tenía el Green Dragon, un refugio de contemplación con aroma a tabaco. Si a alguien le iban las apuestas, su lugar ideal era el Stag, en Eaton Hastings, y si prefería las peleas, no había un sitio mejor que el Plough, justo a las afueras de Buscot. El Swan de Radcot contaba con su propia especialidad. Era donde la gente iba a contar historias.

El Swan era una taberna muy antigua, quizá la más antigua de todas. La habían construido en tres partes: una era vieja, la otra era muy vieja y la tercera, aún más vieja. Los diferentes elementos habían quedado armonizados por el techo de paja que los cubría, el liquen que crecía en las piedras centenarias y la hiedra que trepaba por las paredes. En verano aparecían viajeros de las ciudades unidas por el nuevo ferrocarril, con intención de alquilar una batea o un esquife en el Swan y pasarse la tarde en el río con una botella de cerveza y algo de comer, pero en invierno todos los parroquianos eran lugareños, y se congregaban en la sala de invierno. Era una habitación grande y sencilla ubicada en la parte más vieja de la taberna, con una única ventana picada en la gruesa pared de piedra. De día, esa ventana mostraba el puente de Radcot y el río que fluía por sus tres serenos arcos. De noche (y esta historia comienza de noche) el puente se ahogaba en la negrura, y era preciso aguzar mucho el oído para percibir el sonido bajo e ilimitado de las grandes cantidades de agua en movimiento; solo cuando uno lo conseguía, empezaba a distinguir la extensión de líquido negro que fluía al otro lado de la ventana, entre ondulaciones y giros, iluminado de forma tenue por alguna extraña energía que emanaba del propio río.

Nadie sabe a ciencia cierta cómo se forjó la tradición de contar historias en el Swan, pero es posible que tuviese algo que ver con la batalla del puente de Radcot. En 1387, quinientos años antes de la noche en que comienza esta historia, dos grandes ejércitos se toparon en el puente de Radcot. Quiénes eran y por qué estaban allí son asuntos muy largos de contar, pero el resultado fue que tres hombres murieron en la batalla (un caballero, un lacayo y un muchacho) y ochocientas almas se perdieron, ahogadas en las marismas mientras trataban de huir. Sí, sí. ¡Ochocientas almas! Eso da para muchas historias... Sus huesos yacen bajo lo que ahora son campos de berros. En los alrededores de Radcot se cultivan berros, luego se recolectan, se meten en cajas y se envían a las ciudades en barcazas, pero aquí no se las comen. Los lugareños se quejan de que los berros son amargos, tan amargos que te devoran por dentro; y además, ¿quién quiere comer hojas nutridas con fantasmas? Cuando una batalla semejante ocurre junto al dintel de tu casa y los muertos envenenan el agua que bebes, es lógico que la relates, una y otra vez. A fuerza de repetirla, es fácil que te aficiones al acto de narrar. Y entonces, una vez superada la crisis, cuando diriges tu atención a otros asuntos, ¿hay algo más natural que aplicar esa pericia recién adquirida a otras anécdotas?

La encargada del Swan era Margot Ockwell. La familia Ockwell había regentado el Swan desde que a la gente le alcanzaba la memoria, y lo más probable es que lo hubiera hecho desde que se fundó el Swan. A ojos de la ley, la mujer se llamaba Margot Bliss, porque estaba casada, pero la ley es algo propio de los pueblos y las ciudades; aquí en el Swan seguía siendo una Ockwell. Margot era una mujer guapa de cincuenta y muchos años. Era capaz de levantar barriles de cerveza a pulso y tenía unas piernas tan robustas que no le hacía falta sentarse nunca. Se rumoreaba que incluso dormía de pie, pero había dado a luz a trece hijos, de modo que sin duda debía de acostarse de vez en cuando. Era la hija de la última encargada, y tanto su abuela como su bisabuela habían regentado la taberna antes, así que nadie veía nada raro en que las mujeres llevaran la batuta en el Swan de Radcot. Las cosas eran así y punto.

El marido de Margot se llamaba Joe Bliss. Había nacido en Kemble, cuarenta kilómetros río arriba, a un tiro de piedra de donde el Támesis emerge a la superficie en un hilillo tan fino que apenas es un retazo húmedo de tierra. Los Bliss tenían los pulmones delicados. Nacían menudos y enfermizos y casi todos dejaban este mundo antes de llegar a ser adultos. Los hijos de los Bliss se volvían más delgados y más pálidos conforme iban creciendo, hasta que terminaban por expirar, con frecuencia antes de cumplir los diez años, y en ocasiones sin llegar siquiera a los dos. Los supervivientes, entre ellos Joe, alcanzaban la edad adulta con poca estatura y más enclenques de lo habitual. El pecho les silbaba en invierno; siempre tenían mocos y los ojos llorosos. Eran amables, tenían una mirada tierna y una sonrisa juguetona siempre a punto.

A los dieciocho años, huérfano y con una constitución no apta para el trabajo físico, Joe se marchó de Kemble a buscar fortuna sin saber dónde ni cómo. Al salir de Kemble, uno puede tomar tantas direcciones como en cualquier otra parte del mundo, pero el río tiene un atractivo poderoso; hay que ser muy perverso y obstinado para no seguir su llamada. Así pues, Joe llegó a Radcot y, como tenía sed, paró a echar un trago. El joven de aspecto frágil con un pelo negro y fino que contrastaba con su palidez se sentó sin llamar la atención, y se dedicó a apurar el vaso de cerveza mientras admiraba a la hija de la tabernera y escuchaba un par de historias. Le resultó fascinante verse entre personas que verbalizaban la clase de relatos que siempre habían habitado en su cabeza, desde que era niño. En un intervalo de silencio, abrió la boca y de ella salió «Érase una vez...».

Ese día, Joe Bliss descubrió su vocación. El Támesis lo había llevado hasta Radcot y en Radcot se quedó. Con un poco de práctica, constató que sabía dar color y vida a cualquier tipo de historia, ya fuese un cotilleo, un hecho histórico, un cuento tradicional, popular o fantástico. Su expresiva cara sabía transmitir sorpresa, tensión, alivio, duda y cualquier otra sensación con la habilidad de un actor. Luego estaban sus cejas. De un negro abrumador, relataban la historia tanto como sus palabras. Se juntaban cuando se avecinaba algo emocionante, se fruncían cuando un detalle merecía una atención concienzuda y se arqueaban cuando un personaje no era lo que aparentaba ser. Si uno observaba esas cejas, si prestaba atención a su complejo baile, descubría toda clase de matices que, de otro modo, le habrían pasado inadvertidos. Pocas semanas después de empezar a frecuentar el Swan, ya sabía cómo fascinar a los espectadores. También fascinaba a Margot, igual que ella a él.

Al cabo de un mes, Joe recorrió casi cien kilómetros hasta un lugar bastante alejado del río, donde contó una historia en un concurso. Ganó el primer premio, por supuesto, y se gastó el dinero en un anillo. Volvió a Radcot aún más pálido que de costumbre a causa de la fatiga, se desplomó en la cama y durmió una semana entera, y transcurrida esa semana, se puso de rodillas ante Margot y le pidió matrimonio.

—No sé… —dijo la madre de la joven—. ¿Puede trabajar? ¿Sabe ganarse la vida? ¿Cómo cuidará de una familia?

—Mire nuestros ingresos, madre —señaló Margot—. Fíjese en cuánto trabajo tenemos desde que Joe empezó a contar historias. El Swan está a rebosar. Imagínese que no me caso con él, madre. Puede que se marche a otra taberna. Y entonces, ¿qué?

Era cierto. Desde hacía un tiempo, la gente iba con mayor frecuencia a la taberna, y desde lugares más alejados; además, se quedaba más tiempo para escuchar las historias de Joe. Todos bebían a destajo. El Swan estaba en boga.

—Pero, con todos esos jóvenes fuertes y guapos que entran y te admiran tanto…, ¿no preferirías a otro?

—Quiero a Joe —dijo Margot con firmeza—. Me gustan las historias.

Se salió con la suya.

Habían transcurrido casi cuarenta años desde aquel momento hasta el día en que tuvieron lugar los sucesos de esta historia, y mientras tanto, Margot y Joe habían formado una gran familia. En veinte años habían engendrado doce hijas robustas. Todas tenían el mismo pelo recio y castaño que Margot y las piernas fuertes. Con el tiempo, se convirtieron en jóvenes rollizas de sonrisa contagiosa y alegría desbordante. Ahora todas estaban casadas. Una era un poco más gorda y otra un poco más flaca, una era un poco más alta y otra un poco más baja, una era un poco más morena y otra un poco más rubia, pero en todo lo demás se parecían tanto que los clientes achispados no eran capaces de distinguirlas, y cuando las jóvenes iban a echar una mano a la taberna en las épocas de más trabajo, todas recibían el apodo universal de Pequeña Margot. Después de dar a luz a todas esas hijas, la tranquilidad había llegado a la vida familiar de Margot y Joe, y ambos creían que habían dejado atrás la etapa de la crianza, pero entonces llegó el último embarazo y, con él, Jonathan, su único hijo varón.

Con el cuello corto y la cara redonda y blanca como la luna llena, con unos ojos almendrados y exageradamente rasgados hacia arriba, con las orejas y la nariz puntiagudas y esa lengua que parecía demasiado grande para su boca, que siempre sonreía, Jonathan no se parecía en nada a sus hermanas. Conforme fue creciendo, quedó patente que también se diferenciaban en otros aspectos. Ya había cumplido los quince años, pero mientras que otros muchachos de su edad esperaban con impaciencia el paso a la vida adulta, Jonathan se contentaba con creer que podría vivir en la taberna para siempre con sus padres y no deseaba nada más.

Margot aún era una mujer fuerte y guapa, y, aunque a Joe se le había encanecido el pelo, sus cejas seguían tan negras como siempre. Ahora ya tenía sesenta años, todo un logro para un Bliss. La gente atribuía su longevidad a los interminables cuidados de Margot. Desde hacía unos años, había veces en las que se sentía tan débil que se quedaba en la cama dos o tres días seguidos, con los ojos cerrados. No dormía; no, lo que visitaba durante esos períodos era un lugar más allá del sueño. Margot se tomaba con tranquilidad sus bajones mágicos. Mantenía avivado el fuego para secar el ambiente, le acercaba caldo tibio a los labios, le cepillaba el pelo y le alisaba las cejas. Otras personas se preocupaban al ver languidecer a Joe en un equilibrio tan precario entre una respiración líquida y la siguiente, pero Margot se lo tomaba con filosofía. «No os preocupéis, se pondrá bien», solía decir. Y así ocurría. Simplemente se trataba de un Bliss, nada más. El río se había colado dentro de él y había convertido sus pulmones en un pantanal.

Era la noche del solsticio, la noche más larga del año. Hacía semanas que los días iban menguando, primero poco a poco, luego de manera precipitada, de modo que ya oscurecía a media tarde. Como es bien sabido, cuando las horas de luna aumentan, los seres humanos pierden la regularidad de su reloj biológico. Echan una cabezada al mediodía, sueñan despiertos, abren los ojos como platos en la noche más profunda. Es una época propicia para la magia. Y cuando los límites entre el día y la noche se estiran tanto que se vuelven casi imperceptibles, también lo hacen los límites entre los mundos. Los sueños y los relatos se funden con las experiencias vividas, los vivos y los muertos se rozan en sus idas y venidas, y el pasado y el presente se tocan y se superponen. Pueden ocurrir cosas inesperadas. ¿Tuvo el solsticio algo que ver en los extraños sucesos del Swan? Que cada uno juzgue por sí mismo.

Ahora que ya se ha expuesto todo lo que era preciso saber, la historia puede empezar.

Los clientes congregados en el Swan aquella noche eran los habituales. En su mayor parte, excavadores de grava, recolectores de berros y barqueros, aunque también estaba Beszant, el reparador de barcos, así como Owen Albright, quien había seguido el río hasta el mar medio siglo antes y había regresado dos décadas después convertido en un hombre rico. Ahora Albright tenía artritis, y solo la cerveza fuerte y las buenas historias podían reducir su dolor de huesos. Todos llevaban en la taberna desde que la luz se había agotado en el cielo, habían vaciado y rellenado varias veces los vasos, habían limpiado las pipas y habían prensado bien el áspero tabaco, y, por supuesto, habían contado historias.

En esos momentos, Albright relataba una vez más la batalla del puente de Radcot. Después de quinientos años, es normal que una historia pierda lustre, así que los narradores habían encontrado la manera de avivar el relato. Había ciertas partes de la historia que se consideraban inalterables (los ejércitos, el encuentro en el puente, la muerte del caballero y su lacayo, los ochocientos hombres ahogados), pero el fallecimiento del muchacho no lo era. No se sabía nada de él, salvo que era un chico, que estaba en el puente de Radcot y que murió allí. A partir de ese vacío informativo se encendió la imaginación. Cada vez que narraban la historia, los clientes del Swan hacían revivir al muchacho desconocido de entre los muertos para infligirle una nueva muerte. Había fallecido un sinfín de veces a lo largo de los años, de maneras cada vez más rocambolescas y entretenidas. Cuando alguien se apropia de una historia para contarla, tiene permiso para tomarse libertades… Aunque pobres de los visitantes accidentales del Swan que intentasen hacer lo mismo. Es imposible saber qué hacía el propio chico durante su resurrección periódica, pero el caso es que despertar a los muertos no era algo infrecuente en el Swan, y vale la pena recordar ese detalle.

Esa noche, Owen Albright lo convirtió por arte de magia en un joven artista, a quien habían llamado para distraer a las tropas mientras esperaban órdenes. Cuando hacía malabares con unos cuchillos, el chico resbaló en el barro y los cuchillos cayeron a su alrededor y se clavaron de punta en la tierra mojada, todos salvo el último, que le fue directo al ojo y lo mató al instante antes de que empezase siquiera la batalla. La innovación despertó algunos comentarios de admiración, que disminuyeron al poco tiempo para que la historia pudiese continuar y, desde ese punto, el relato siguió su curso más o menos como siempre.

Una vez terminada la narración, hubo una pausa. No era apropiado saltar a toda prisa a la siguiente historia antes de que la anterior hubiese sido asimilada en condiciones.

Jonathan había escuchado con suma atención.

—Ojalá yo también pudiese contar una historia —comentó.

Sonreía —Jonathan siempre se deshacía en sonrisas—, pero sus palabras sonaron melancólicas. No era tonto, pero la escuela había sido una experiencia desalentadora para él, pues los otros niños se reían de su cara tan peculiar y su extraña forma de comportarse, así que había tirado la toalla al cabo de unos meses. No había llegado a aprender a leer ni a escribir. Los clientes habituales del invierno ya estaban acostumbrados al chico de los Ockwell, con todas sus rarezas.

—Pues inténtalo —lo animó Albright—. Cuéntanos una.

Jonathan se lo planteó. Abrió la boca y esperó, ansioso, a oír qué emergía de sus labios. No salió nada. Se le tensó la cara hasta que rompió a reír y sacudió los hombros entre carcajadas. Su propia actitud le parecía hilarante.

—¡No puedo! —exclamó cuando se le pasó el ataque de risa—. ¡No sé hacerlo!

—Bueno, entonces otra noche será. Practica un poco y ya te escucharemos cuando estés preparado.

—Padre, ¡cuente una historia! —exclamó Jonathan—. ¡Vamos!

Era la primera noche que Joe pasaba en la sala de invierno después de uno de esos bajones mágicos. Estaba pálido y llevaba toda la tarde en silencio. Nadie esperaba que contase una historia en semejante estado de fragilidad, pero ante la petición de su hijo, sonrió con timidez y alzó la mirada hacia un rincón del techo de la habitación, donde la superficie se había oscurecido con los años por el humo del fuego de la chimenea y del tabaco. Jonathan imaginó que era de ese lugar de donde surgían las historias de su padre. Cuando el hombre volvió a mirar a la sala, estaba preparado, así que abrió la boca para hablar.

—Érase una vez…

Se abrió la puerta.

Era tarde para que llegase un cliente nuevo. Quien fuera que había recalado allí, no se apresuró a entrar. El viento frío hizo temblar las velas e introdujo el fuerte olor del río invernal en la habitación llena de humo. Los parroquianos levantaron la vista.

Todos los ojos lo vieron, pero durante un instante larguísimo, ninguno reaccionó. Intentaban dar sentido a lo que veían junto a la puerta.

El hombre (si es que era un hombre) era alto y fuerte, pero tenía una cabeza monstruosa y se estremecieron ante su estampa. ¿Era un monstruo salido de un cuento popular? ¿Se habían dormido y estaban en una pesadilla? Tenía la nariz torcida y aplastada, y debajo se veía un agujero hendido, oscuro y manchado de sangre. Con eso habría bastado para que la visión fuese espeluznante, pero aún había más: en sus brazos, la horrible criatura llevaba una marioneta gigante, con la cara y las extremidades de cera y el pelo pintado y viscoso.

Lo que los movió a actuar fue el hombre mismo. Primero rugió, con un inmenso alarido tan deforme como la boca de la que había surgido, luego trastabilló y al final se desplomó. Un par de jornaleros del campo saltaron de los taburetes justo a tiempo de agarrarlo por las axilas y detener su caída, para que no se aplastara la cabeza contra los adoquines. Al mismo tiempo, Jonathan dio un paso al frente desde la chimenea, con los brazos extendidos, y allí cayó la marioneta con un peso sólido que pilló desprevenidos a sus músculos y articulaciones.

Cuando salieron de su estupefacción, llevaron al hombre inconsciente a una mesa. Alguien arrastró otra mesa y la arrimó a la primera, para que pudiera apoyar las piernas. Entonces, después de tumbarlo y extenderlo sobre la camilla improvisada, todos lo rodearon y levantaron las velas y los quinqués sobre su cuerpo. El hombre ni siquiera parpadeó.

—¿Está muerto? —se preguntó Albright.

Se oyó una ronda de murmullos ininteligibles y muchos fruncieron la frente.

—Dadle un bofetón —propuso alguien—. A ver si así recupera el conocimiento.

—Un buen trago de licor seguro que lo despierta —sugirió otro.

Margot se abrió paso a codazos hasta la parte superior de la mesa y analizó al hombre.

—No se os ocurra darle bofetones. ¿No habéis visto cómo tiene la cara? Ni le echéis nada por el gaznate. Esperad un momento y ya veréis.

Se apartó para dirigirse al banco que había junto a la chimenea. Agarró el cojín que tenía encima y lo llevó a la mesa. Se acercó a la luz de una vela y detectó una puntita blanca en el algodón. La rascó con la uña hasta que logró sacar una pluma. Los hombres la observaban con mirada perpleja.

—No creo que vayas a despertar a un muerto haciéndole cosquillas —dijo uno de los excavadores de grava—. Ni a un vivo, si está como este hombre.

—No voy a hacerle cosquillas —respondió ella.

Margot colocó la pluma sobre los labios del hombre. Todos miraron con atención. Al principio, no ocurrió nada, luego las partes más suaves y sueltas de la pluma temblaron.

—¡Respira!

El alivio dio paso enseguida a una sorpresa renovada.

—Pero ¿quién es? —preguntó un barquero—. ¿Lo conoce alguien?

Siguieron unos momentos de revuelo general, en los que le dieron vueltas a la pregunta. Uno de ellos alardeaba de conocer a todo el mundo a orillas del río, desde Castle Eaton hasta Duxford, que se encontraba por lo menos a quince kilómetros, y estaba seguro de que no conocía a ese tipo. Otro tenía una hermana en Lechlade y estaba convencido de que nunca había visto allí al hombre. Un tercero tenía la sensación de haberlo visto en alguna parte, pero cuanto más lo miraba, menos se atrevía a apostarse algo. Un cuarto planteó que tal vez fuera un gitano del río, porque era la época del año en que sus abarrotados barcos llegaban a esa zona del Támesis. Cuando se acercaban, todo el mundo los miraba con recelo y se aseguraba de cerrar con llave la puerta por la noche y de meter en casa todo lo que pudiera hurtarse, por si acaso. Sin embargo, con esa chaqueta de lana de buena calidad y las caras botas de cuero…, no. No era un gitano pordiosero. Un quinto hombre se lo quedó mirando y luego, con aire triunfal, comentó que el hombre tenía la misma altura y la misma constitución que Liddiard, de la granja de Whitey, y ¿acaso no tenía también el pelo del mismo color? Un sexto señaló que Liddiard estaba allí, al otro lado de la mesa, y cuando el quinto hombre miró en esa dirección, no pudo negarlo. Tras dar por concluidas esas y otras declaraciones, el primero, el segundo, el tercero, el cuarto, el quinto, el sexto y todos los demás presentes llegaron a la conclusión de que no conocían al herido… O al menos, eso pensaban. Pero claro, con el aspecto que tenía, ¿quién podía estar del todo seguro?

En el silencio que siguió a esa conclusión, habló un séptimo hombre.

—¿Qué le habrá ocurrido?

El hombre tenía la ropa empapada, y todo su cuerpo desprendía el olor del río, verde y marrón. Algún accidente en el agua, eso saltaba a la vista. Hablaron de los peligros del río, del agua que podía jugar una mala pasada incluso al navegante más experimentado.

—¿Ha llegado en barco? ¿Salgo a ver si encuentro alguno? —se ofreció Beszant, el reparador de barcos.

Margot le estaba limpiando la sangre de la cara con movimientos hábiles y suaves. Hizo una mueca al dejar al descubierto el enorme tajo que le partía el labio superior y le dividía la piel en dos pellejos que caían a los lados y dejaban a la vista los dientes rotos y las encías ensangrentadas.

—Dejaos de barcos —les indicó—. Lo que importa es el hombre. No voy a poder encargarme yo sola de todo esto. ¿Quién va a buscar a Rita? —Miró alrededor y atisbó a uno de los jornaleros que era demasiado pobre para beber en exceso—. Neath, tú eres ligero de pies. ¿Puedes ir corriendo hasta la granja Rush y llamar a la enfermera sin tropezarte? Con un accidente por noche tenemos bastante.

El joven se marchó de inmediato.

Mientras tanto, Jonathan había permanecido apartado del resto. El peso de la marioneta empapada le resultaba engorroso, así que se sentó y la recolocó sobre el regazo. Pensó en el dragón de papel maché que la troupe de cómicos había usado en una obra de teatro las navidades anteriores. Era duro y pesaba poco, y se oía un ligero tatatata rítmico si le dabas golpecitos con las uñas. Esta marioneta no estaba hecha del mismo material. Entonces pensó en las muñecas rellenas de arroz. Pesaban mucho y eran suaves. Nunca había visto una de semejante tamaño. Le olió la cabeza. No olía a arroz…, solo a agua del río. Tenía la melena hecha con pelo de verdad, y no supo averiguar por dónde se lo habían cosido a la cabeza. La oreja era tan real que podría haber sido modelada con una auténtica. Se maravilló ante la perfecta precisión de las pestañas. Acercó con sumo cuidado la yema de un dedo a las suaves terminaciones húmedas de esas pestañas y, además de notar cosquillas, le pareció que un párpado se movía un poco. Acarició ese párpado con la mayor delicadeza del mundo y notó que había algo debajo. Resbaladizo y globular, era suave y firme al mismo tiempo.

Algo oscuro e insondable se apoderó de él. A espaldas de sus padres y de los clientes, le propinó una leve sacudida a la muñeca. Un brazo resbaló y quedó colgando de la articulación del hombro de un modo en que no debería doblarse el brazo de una marioneta, y notó que por su interior subía el nivel del agua, poderoso y rápido.

—Es una niña.

Enfrascados en la discusión acerca del hombre herido, nadie lo oyó.

—¡Es una niña! —repitió en voz más alta.

Se dieron la vuelta.

—No se despierta.

Les mostró el cuerpecillo empapado para que pudieran juzgarlo por sí mismos.

Se acercaron a Jonathan. Una docena de pares de ojos afligidos recalaron en ese cuerpecillo.

La piel le relucía como el agua. Los pliegues de su vestido de algodón estaban pegados a las suaves líneas de sus extremidades, y la cabeza le colgaba del cuello en un ángulo que ningún marionetista podría conseguir. Sí, era una niña, pero no se habían dado cuenta, ni uno solo se había percatado, aunque era evidente. ¿Qué fabricante iba a tomarse tantísimas molestias, iba a crear una muñeca de tamaña perfección, para luego ponerle el vestido de algodón que podría llevar la hija de cualquier pobre? ¿Quién iba a pintar una cara de esa forma tan macabra e inerte? ¿Qué hacedor salvo el buen Dios iba a ser responsable de la curva de esos pómulos, de los huesos de esas espinillas, de esos delicados pies con cinco dedos cincelados de manera individual y con distintos tamaños, provistos de todo lujo de detalles? ¡Pues claro que era una niña! ¿Cómo podían haber pensado otra cosa?

En aquella habitación, en la que solían sobrar las palabras, se hizo el silencio. Los hombres que eran padres recordaron a sus propios hijos y decidieron demostrarles todo su amor, y nada más que su amor, hasta el final de sus días. Los que ya eran viejos y nunca habían tenido hijos, sufrieron una inmensa punzada de ausencia, y quienes no tenían hijos pero aún eran jóvenes, se vieron acribillados por el anhelo de abrazar a su futura descendencia.

Por fin, se rompió el silencio.

—¡Bendito Dios!

—¡Pobre angelito, ha muerto!

—¡Ahogada!

—¡Póngale la pluma en los labios, madre!

—Ay, Jonathan. Ya es tarde para ella.

—¡Pero con el hombre funcionó!

—No, hijo, el hombre ya respiraba. La pluma solo nos demostró que todavía le quedaba vida.

—¡A lo mejor a ella también!

—Salta a la vista que la pobre zagaleta ya se ha ido. No respira, y además, basta con echar un vistazo al color que tiene. ¿Quién lleva a esta pobre niña a la habitación alargada? Cógela tú, Higgs.

—Pero allí hace frío —protestó Jonathan.

Su madre le dio una palmadita en el hombro.

—No le importará. En realidad, ya no está entre nosotros, y en el lugar al que ha ido nunca hace frío.

—Dejadme llevarla a mí.

—Tú coge la linterna y ábrele la puerta al señor Higgs. Pesa mucho para ti, cariño mío.

El excavador de grava cogió el cuerpo de las manos temblorosas de Jonathan y levantó a la niña como si no pesara más que un ganso. Jonathan iluminó el camino y rodeó la taberna por fuera para dirigirse a un pequeño anexo de piedra. Una robusta puerta de madera daba paso a una habitación estrecha y sin ventanas que usaban de alacena. El suelo era de simple tierra y las paredes no estaban encaladas, ni pintadas, ni forradas de madera. En verano era un buen lugar para dejar un pato desplumado o una trucha recién pescada hasta que llegara el momento de comérselos; en una noche invernal como aquella, era un sitio húmedo y frío. De una de las paredes salía una losa de piedra, y ahí fue donde Higgs depositó a la niña. Jonathan, que recordó la fragilidad del papel maché, le acunó la cabeza mientras entraba en contacto con la piedra.

—Para que no se haga daño...

El quinqué de Higgs proyectó un círculo de luz sobre la cara de la chiquilla.

—Madre ha dicho que estaba muerta —dijo Jonathan.

—Así es, zagal.

—Madre dice que está en otro sitio.

—Sí.

—Pero a mí me parece que está aquí.

—Sus pensamientos la han abandonado. Su alma ha pasado a otro mundo.

—¿Y no podría estar dormida?

—No, zagal. Ya se habría despertado...

La luz del quinqué formaba sombras temblorosas sobre la cara inmóvil, y el calor de su luz intentaba enmascarar el blanco inerte de su piel, pero no era capaz de sustituir la iluminación interior de la vida.

—Una vez hubo una chica que durmió cien años. Se despertó con un beso.

Higgs parpadeó varias veces.

—Creo que no es más que un cuento.

El círculo de luz dejó la cara de la chiquilla para iluminar los pies de Higgs mientras salía de la habitación, pero al llegar a la puerta, este descubrió que Jonathan no lo seguía. Se volvió y levantó de nuevo el quinqué justo a tiempo de ver que el muchacho se encorvaba y le plantaba un beso a la niña en la frente en medio de la oscuridad.

Jonathan observó a la niña con suma atención. Entonces dejó caer los hombros y se dio la vuelta.

Cerraron la puerta con llave y se alejaron.

El cadáver sin historia

Había un médico a tres kilómetros de Radcot, pero nadie pensó en ir a buscarlo. Era viejo y caro, y sus pacientes solían morir, algo que no resultaba alentador. En lugar de eso, hicieron lo más sensato: fueron a buscar a Rita.

Así pues, media hora después de que hubiesen tumbado al hombre sobre las mesas, oyeron unos pasos en el exterior y la puerta se abrió para recibir a una mujer. Aparte de Margot y sus hijas, que formaban parte del Swan igual que los tablones del suelo y las paredes de piedra, las mujeres eran caras de ver en la taberna, de modo que todos clavaron los ojos en ella cuando entró en la sala. Rita Sunday era de estatura mediana y no tenía el pelo claro ni oscuro. En todo lo demás, su aspecto era cualquier cosa menos anodino. Los hombres la evaluaron y decidieron que no cumplía prácticamente con ningún requisito del deseo. Tenía los pómulos demasiado altos y demasiado angulosos; la nariz era demasiado grande; la mandíbula, demasiado ancha, y la barbilla, demasiado puntiaguda. Su mejor rasgo eran los ojos, que tenían una forma adecuada, aunque eran grises y miraban los objetos con demasiada fijeza por debajo de su ceño simétrico. Era demasiado vieja para ser joven y otras mujeres de su edad ya habían sido tachadas de la lista de mozas en edad de merecer, aunque en el caso de Rita, a pesar de su falta de gracia y de sus tres décadas de virginidad, había algo especial. ¿Qué historia escondía? Era la enfermera y la comadrona local, había nacido en un convento, había vivido allí hasta la edad adulta y había aprendido todo lo que sabía sobre medicina en el hospital de las monjas.

Rita entró en la sala de invierno del Swan. Como si se hubiese percatado de todos los ojos que se habían clavado en ella, se desabrochó el sobrio abrigo de lana y sacó los brazos. El vestido que apareció debajo era oscuro y sin adornos.

Fue directa al lugar en el que yacía el hombre, ensangrentado y todavía inconsciente encima de la mesa.

—Te he calentado agua, Rita —le dijo Margot—. Y aquí tienes paños, todos limpios. ¿Qué más quieres?

—Más luz, si es posible.

—Jonathan ha ido a buscar todos los quinqués y las velas de sobra que tenemos arriba.

—Y supongo que también me hará falta... —añadió Rita después de lavarse las manos, mientras exploraba con cuidado la gravedad del corte en el labio del hombre—... una navaja y un hombre con mano delicada y buen pulso para afeitar.

—Joe, ¿puedes hacerlo tú?

Joe asintió con la cabeza.

—Y licor. El más fuerte que tengáis.

Margot abrió con llave el armarito especial y sacó una botella verde. La colocó junto a la bolsa de Rita y todos los clientes, ávidos de alcohol, la observaron. El licor no tenía etiqueta y daba la impresión de haber sido destilado de manera ilegal, lo que significaba que sería lo bastante fuerte para tumbar a un hombre.

Los dos barqueros que sujetaban las lámparas por encima de la cabeza del herido vieron que la enfermera tanteaba el boquete que tenía en la boca. Con dos dedos pringados de sangre sacó un diente roto. Al cabo de un momento, sacó dos más. Sus dedos curiosos se desplazaron a continuación hacia el pelo, todavía húmedo. Exploró cada centímetro del cráneo.

—Las heridas de la cabeza se limitan a la cara. Podría ser peor. Bueno, para empezar, vamos a sacarle todo esto mojado.

Se produjo un revuelo en la sala. Una mujer soltera no podía quitarle la ropa a un hombre sin alterar el orden natural de las cosas.

—Margot —propuso Rita en voz baja—, ¿puedes dar indicaciones a los hombres?

Ella se dio la vuelta y se entretuvo en sacar objetos de la bolsa, mientras Margot organizaba a los hombres para que le quitaran la ropa con el mayor cuidado posible y les iba recordando de vez en cuando: «No sabemos si tiene heridas en alguna otra parte... ¡Cuidado, no vayamos a empeorar las cosas!». Asimismo, se apresuraba a desabrochar botones y nudos con sus dedos maternales cuando la borrachera o la torpeza natural les impedía hacerlo a ellos. Apilaron las prendas en el suelo: una chaqueta azul marino con muchos bolsillos, como la de un barquero, pero de un tejido de mejor calidad; botas de cuero fuerte a las que acababa de cambiar las suelas; un cinturón auténtico, mientras que un navegante se habría apañado con una soga; unos calzones largos y gruesos de lana y un chaleco de punto debajo de la camisa de fieltro.

—¿Quién es? ¿Lo sabemos? —preguntó Rita sin mirarlo.

—No sabemos si nos hemos cruzado con él alguna vez. Aunque en semejante estado, es difícil decirlo.

—¿Le habéis quitado la chaqueta?

—Sí.

—¿Por qué no le dices a Jonathan que eche un vistazo en los bolsillos?

Cuando se dio la vuelta y quedó de nuevo ante la mesa, su paciente estaba desnudo y le habían colocado un pañuelo blanco para proteger sus vergüenzas y la reputación de Rita.

La enfermera notó que los clientes la miraban a la cara y luego desviaban la vista.

—Joe, ¿me haces el favor de afeitarle el bigote? Ve con mucho tiento. No hace falta que quede perfecto, pero hazlo lo mejor que puedas. Y ten especial cuidado cuando te acerques a la nariz: la tiene rota.

Empezó la exploración. Primero colocó las manos encima de los pies del paciente, de ahí subió a los tobillos, las espinillas, las pantorrillas... Sus manos blancas destacaban contra la piel más oscura del herido.

—Es un hombre que se mueve al aire libre —advirtió uno de los excavadores de grava.

Rita fue palpando hueso, ligamento, músculo, sin dejar que sus ojos se posaran ni un instante en su desnudez, como si sus dedos viesen mejor que sus ojos. Trabajaba con pericia, y enseguida se cercioró de que, por lo menos ahí, todo estaba bien.

Al llegar a la cadera derecha, los dedos de Rita rodearon el pañuelo blanco y se detuvieron.

—Más luz aquí, por favor.

El paciente tenía un rasguño profundo a lo largo del costado. Rita vertió licor del frasco verde en un paño y lo aplicó a la herida. Los hombres que rodeaban la mesa torcieron los labios y su expresión denotó que se compadecían de él, pero el paciente no se inmutó siquiera.

El hombre tenía la mano junto a la cadera. Estaba tan hinchada que había duplicado su tamaño, ensangrentada y descolorida. Rita también la limpió con licor, pero algunas marcas no desaparecieron, por mucho que intentó frotarlas. Borrones de tinta oscura, pero no del tono de un hematoma ni de la sangre seca. Intrigada, levantó la mano y las observó con atención.

—Es fotógrafo —comentó.

—¡Que me aspen! ¿Cómo lo sabes?

—Por sus dedos. ¿Veis estas marcas? Manchas de nitrato de plata. Es lo que se utiliza para revelar las fotografías.

Aprovechó la ventaja de la sorpresa que había generado la noticia para moverse alrededor del pañuelo blanco. Apretó con cuidado el abdomen, no encontró muestras de una lesión interna, y siguió subiendo, subiendo, seguida de la luz del quinqué, hasta que el pañuelo blanco quedó sumido en la oscuridad y los hombres pudieron tranquilizarse al saber que Rita había vuelto al seguro reino del decoro.

Después de afeitarle el bigote y media barba, el hombre tenía un aspecto igual de espantoso o más. La nariz rota sobresalía todavía más, el tajo que le partía el labio y subía hacia la mejilla parecía diez veces peor ahora que quedaba a la vista. Los ojos, que suelen dotar de humanidad a un rostro, estaban tan hinchados que quedaban cerrados por completo. En la frente, la piel se había abultado y formaba un chichón lleno de sangre; Rita le extrajo unas puntas que parecían astillas de madera oscura de la frente, la limpió y luego se concentró en la herida del labio.

Margot le acercó una aguja y una hebra de hilo, ambas esterilizadas con licor. Rita clavó la punta de la aguja de coser junto al corte y fue pasando el hilo por la piel. Mientras lo hacía, la luz de la vela empezó a temblar.

—Si alguien lo necesita, que se siente —indicó—. Con un paciente tengo bastante.

Sin embargo, nadie tenía ganas de admitir que necesitaba sentarse.

Le cosió tres puntos limpios mientras los hombres apartaban la vista u observaban, fascinados, el espectáculo de una cara humana siendo remendada como si fuese un cuello de camisa roto.

Cuando terminó, el alivio general se hizo audible.

Rita miró su obra.

—Desde luego, ahora tiene mejor aspecto —admitió uno de los barqueros—. Aunque a lo mejor es porque ya nos hemos acostumbrado a mirarlo.

—Ajá —dijo Rita, como si estuviera medio de acuerdo.

Alargó una mano hacia el centro de la cara del paciente, le agarró la nariz entre el pulgar y el dedo índice y le dio una firme sacudida. Se oyó un crujido inconfundible y el sonido del hueso al moverse (un chapoteo acompañó al crujido). La luz de la vela parpadeó con violencia.

—¡Rápido, cogedlo! —exclamó Rita, y por segunda vez esa noche los jornaleros tuvieron que aguantar el peso de otro hombre, pues el excavador se desplomó en sus brazos cuando se le doblaron las rodillas.

Al hacerlo, las velas de los tres clientes acabaron en el suelo y se apagaron al caer… Toda la escena se apagó con ellas.

—En fin —dijo Margot, tras encender de nuevo las velas—. Menuda nochecita. Será mejor que pongamos a este pobre hombre en el cuarto de los peregrinos.

En los tiempos en que el puente de Radcot era el único punto por el que se podía cruzar el río durante kilómetros, muchos viajeros hacían un alto en el camino y pernoctaban en la taberna y, aunque en esa época ya apenas se utilizaba, había una habitación al final del pasillo a la que seguían denominando el cuarto de los peregrinos. Rita supervisó cómo levantaban al paciente para tumbarlo en la cama y lo cubrió con una manta.

—Me gustaría ver a la niña antes de irme —dijo.

—Querrás rezar por el alma de esa pobre desdichada. Por supuesto.

A ojos de los lugareños, Rita no solo era una buena doctora, sino que, teniendo en cuenta el tiempo que había vivido en el convento, también podía hacer las veces de párroco si era preciso.

—Aquí tienes la llave. Coge un quinqué.

Rita se puso el sombrero y el abrigo y, con una bufanda para protegerse la cara, salió del Swan y fue al edificio anexo.

Rita Sunday no tenía miedo de los cadáveres. Estaba acostumbrada a ellos desde su infancia, incluso había nacido de uno. Así fue como ocurrió: treinta y cinco años antes, embarazadísima y desesperada, una mujer se había arrojado al río. Cuando un barquero la atisbó y la sacó del agua, apenas respiraba. La llevó a las monjas de Godstow, que cuidaban de los pobres y necesitados en el hospital del convento. La mujer sobrevivió lo suficiente para que empezase el trabajo de parto. Pero el shock de haber estado a punto de ahogarse la había debilitado tanto que no tuvo fuerzas para dar a luz y murió cuando el vientre se le tensó con las fuertes contracciones. La hermana Grace se subió las mangas, cogió un bisturí, trazó una superficial curva roja en el abdomen de la mujer muerta y le sacó a la niña viva. Nadie sabía el nombre de la madre y, de todos modos, no se lo habrían puesto a la niña. La fallecida había cometido un triple pecado: la fornicación, el suicidio y el intento de matar al bebé, de modo que habría sido impío animar a la niña a recordarla. Así pues, llamaron a la recién nacida Margareta, en honor de santa Margarita, y pasó a ser Rita para abreviar. En cuanto a su apellido, en ausencia de un progenitor de carne y hueso, la llamaron Sunday, en honor del domingo, el día del Señor, igual que a los demás huérfanos del convento.

A la joven Rita se le daban bien los estudios, mostraba interés en el hospital y la animaban a ayudar. Había tareas que incluso una niña podía realizar: a los ocho años ya hacía camas y lavaba las sábanas y los paños ensangrentados; a los doce, llevaba cubos de agua caliente y ayudaba a adecentar a los muertos. Cuando Rita cumplió quince años, ya sabía limpiar heridas, entablillar fracturas, poner puntos de sutura… Y a los diecisiete, había pocas labores de enfermería que no supiera hacer, incluida la de asistir partos ella sola. Bien podría haberse quedado en el convento, haberse hecho monja y dedicado su vida a Dios y a los enfermos, de no ser porque un buen día, mientras recogía hierbas medicinales en la orilla del río, se le ocurrió que no había más vida que esta. Era un pensamiento pecaminoso, teniendo en cuenta todo lo que le habían enseñado, pero en lugar de sentirse culpable, se vio sobrecogida por el alivio. Si no había cielo, tampoco había infierno, y si no había infierno, entonces su madre desconocida no tendría que sufrir las agonías del tormento eterno, sino que simplemente se había ido, estaba ausente, ajena al sufrimiento. Les contó a las monjas que había cambiado de parecer y, antes de que se hubieran recuperado de la consternación, enrolló un camisón y un par de bombachos y se marchó sin coger siquiera un cepillo para el pelo.

—Pero ¡y tu obligación! —le recriminó la hermana Grace mientras se iba—. ¡Hacia Dios y hacia los enfermos!

—Los enfermos están por todas partes —respondió ella casi gritando.

A lo que la hermana Grace replicó:

—Igual que Dios…

Pero lo dijo tan bajo que Rita no la oyó.

Al principio, la joven enfermera había trabajado en un hospital de Oxford, y después, cuando se percataron de su talento, había ejercido de enfermera general y ayudante de un médico muy culto de Londres.

—Será una gran pérdida para mí y para la profesión cuando se case —le decía el médico en más de una ocasión, cuando advertía que un paciente se había encaprichado de su ayudante.

—¿Casarme? Yo no —respondía ella cada vez.

—¿Nunca? ¿Por qué no? —insistía el médico, después de haber escuchado la misma respuesta media docena de veces.

—Soy más útil al mundo como enfermera que como esposa y madre.

Eso solo era la mitad de la respuesta.

La otra mitad llegó unos días más tarde. Habían atendido en el parto a una joven de la edad de Rita. Era su tercer embarazo. Las otras veces todo había ido como la seda y no había motivos para temer lo peor. El bebé no estaba colocado en ninguna posición rara, el parto no se había prolongado más de lo habitual, no habían hecho falta fórceps, la placenta salió con facilidad. Lo que ocurrió fue que no pudieron detener la hemorragia. La parturienta se desangró sin parar hasta que al final murió.

El médico habló con el marido, que esperaba fuera de la habitación, mientras Rita recogía las sábanas manchadas de sangre con la eficiencia que da la práctica. Hacía tiempo que no llevaba la cuenta de las madres fallecidas.

Cuando el médico volvió a entrar, ella ya lo tenía todo listo para marcharse. Salieron de la casa y tomaron la calle en silencio. Al cabo de unos pasos, Rita dijo:

—No quiero morir así.

—No la culpo —contestó él.

El médico tenía un amigo, cierto caballero que solía aparecer a la hora de cenar y no se marchaba hasta la mañana siguiente. Rita nunca mencionó el tema, pero el médico se dio cuenta de que ella era consciente del amor que le tenía a ese hombre. Al parecer, a Rita no le importaba en absoluto, y mostraba una total discreción. Tras darle vueltas al asunto durante unos meses, el médico le propuso algo sorprendente.

—¿Por qué no se casa conmigo? —le preguntó un día en un hueco entre dos pacientes—. No habría…, ya sabe. Pero sería conveniente para mí, y podría ser ventajoso también para usted. A los pacientes les gustaría.

Rita lo pensó y estuvo de acuerdo. Se comprometieron, pero, antes de que pudieran casarse, el médico enfermó de neumonía y murió, demasiado joven. Cuando le quedaban pocos días de vida, llamó al abogado para cambiar el testamento. Le dejó la casa y los muebles al caballero, y a Rita una suma de dinero considerable, lo suficiente para darle una modesta independencia. También le legó su biblioteca. Ella vendió los libros que no eran de temas médicos ni científicos, y pidió que le empaquetaran el resto y lo llevaran río arriba. Cuando el barco llegó a Godstow, miró hacia el convento y sintió una punzada sorprendente que le hizo pensar en su Dios perdido.

—¿Aquí? —preguntó el barquero, que había malinterpretado la naturaleza de la intensidad que mostraba su cara.

—Continúe —le dijo.

Prosiguieron su camino, otro día y otra noche, hasta que recalaron en Radcot. A Rita le gustó el aspecto del lugar.

—Aquí —le dijo al barquero—. Es un buen sitio.

Compró una modesta casita junto al río, poco más que una cabaña, colocó los libros en las estanterías y dejó caer entre las mejores familias de la zona que tenía una carta de recomendación de uno de los mejores médicos de Londres. En cuanto hubo tratado a unos cuantos pacientes y asistido en media docena de partos, su reputación creció. Las familias más ricas de la zona solo confiaban en Rita para su llegada al mundo y para su despedida del mismo, así como para el resto de las crisis médicas entre un acontecimiento y el otro. Era un trabajo bien remunerado y le proporcionaba unos ingresos adecuados para completar su herencia. Entre esos pacientes, había algunos que podían permitirse ser hipocondríacos; Rita toleraba su autocompasión, porque eso le permitía trabajar con unas tarifas muy reducidas (o incluso gratis) para quienes no podían pagar. Cuando no trabajaba, vivía de manera frugal, se dedicaba a leer de cabo a rabo y de manera metódica la biblioteca del médico (nunca pensaba en él ni se refería a él como su prometido) y preparaba fórmulas magistrales.

Cuando sucedió esta historia, Rita ya llevaba diez años en Radcot. La muerte no la asustaba. Durante esos años había atendido a los moribundos, había presenciado su fallecimiento y los había amortajado después. Había visto la muerte por enfermedad, la muerte al dar a luz, la muerte por accidente… La muerte por malicia, un par de veces. La muerte bien recibida a una edad avanzada.

El hospital de Godstow estaba junto al río, así que, por supuesto, también estaba familiarizada con el aspecto de quienes morían ahogados.

Era la muerte por ahogamiento la que Rita tenía en mente cuando recorrió el camino que la separaba del pequeño edificio anexo al Swan aquella noche fría. Ahogarse es fácil. Todos los años el río se cobra unas cuantas vidas. Uno que ha bebido demasiado, otro que resbala, basta un despiste para acabar así. El primer ahogado que vio Rita fue un niño de doce años; en aquella época solo tenía un año menos que ella. Había resbalado en la esclusa mientras cantaba y se divertía. Luego llegó el juerguista estival que tropezó y se cayó por la borda de un barco, con tan mala suerte que se dio un golpe en la sien al caer; sus amigos estaban tan borrachos que no lograron rescatarlo a tiempo. Un estudiante con ganas de alardear saltó de la parte más alta del puente de Wolvercote un dorado día otoñal, pero le sorprendió la profundidad y la corriente impetuosa. Un río es un río, en la estación que sea. Había muchachas jóvenes, como su propia madre, pobres almas incapaces de afrontar un futuro de vergüenza y pobreza, abandonadas por su amante y su familia, que suplicaban al río que pusiera fin a sus sufrimientos. Y luego estaban los recién nacidos, pedazos de carne no deseados, principios de vida, ahogados antes de tener la oportunidad de vivir. Lo había visto todo.

En cuanto llegó a la puerta de la habitación alargada, Rita metió la llave en la cerradura. Dentro parecía hacer más frío que fuera. El aire helado trazó un vívido mapa de pasadizos y cavidades detrás de sus fosas nasales, que ascendieron hasta la frente. El frío transportaba el olor fuerte de la tierra, la piedra y el río, algo que resultaba sobrecogedor. Enseguida se puso alerta.

La luz tenue que ofrecía el quinqué temblaba mucho antes de llegar a los rincones de la habitación de piedra, pero aun así el cuerpecillo estaba iluminado, pues desprendía un resplandor glauco. Era un efecto muy curioso, provocado por la extrema palidez del cadáver, aunque una persona más fantasiosa habría podido pensar que la luz emanaba de las propias extremidades en miniatura.

Consciente del inusual estado de alerta que la embargaba, Rita se aproximó. Calculó que la niña tendría unos cuatro años. Tenía la piel blanca. Iba vestida con un atuendo de lo más sencillo que dejaba los brazos y los tobillos al descubierto, y la tela, todavía empapada, se arrugaba alrededor de su cuerpo.

Al instante, Rita comenzó con su ritual del hospital del convento. Comprobó si respiraba. Colocó dos dedos en la garganta de la niña para tomarle el pulso. Levantó el pétalo de un párpado para examinar la pupila. Mientras hacía todo eso, oía mentalmente el eco de la oración que habría acompañado el reconocimiento con un coro de voces femeninas muy calmadas: «Padre Nuestro, que estás en el cielo…». Lo oyó, pero sus labios no se movieron al compás.

Ausencia de respiración. Ausencia de pulso. Pupilas totalmente dilatadas.

Esa vigilancia extrema seguía despierta en ella. Se irguió junto al cuerpecillo y se preguntó por qué su mente estaba tan receptiva. A lo mejor era solo cosa del aire frío.

Es posible leer el cuerpo de un fallecido si has visto los suficientes, y Rita los había visto todos. El cuándo, el cómo y el porqué estaban presentes si uno sabía dónde buscarlos. Empezó a examinar el cadáver de manera tan metódica y exhaustiva que se olvidó por completo del frío. A la luz titilante del quinqué, observó y escudriñó cada centímetro de la piel de la niña. Levantó los brazos y las piernas, palpó el suave movimiento de las articulaciones. Miró dentro de los oídos y de la nariz. Exploró la cavidad de la boca. Estudió las uñas, tanto de las manos como de los pies. Y una vez concluido el análisis, se apartó y frunció el entrecejo.

Algo no encajaba.

Con la cabeza ladeada y la boca torcida por la perplejidad, Rita repasó todo lo que sabía. Sabía que los ahogados se arrugan, se hinchan y abotagan. Sabía que la piel, el pelo y las uñas se les sueltan. Ninguno de esos indicios estaba presente, pero eso solo significaba que la niña no había pasado mucho tiempo bajo el agua. Luego estaba la cuestión de las mucosidades. El ahogamiento deja espuma en las comisuras de los labios y en los orificios nasales, pero no había ni rastro de tal sustancia en la cara de ese cadáver. Eso también podía tener su explicación. La chiquilla ya estaba muerta cuando cayó al agua. Hasta ahí, bien. Era el resto lo que la perturbaba. Si la niña no se había ahogado, ¿qué le había sucedido? El cráneo estaba intacto; las extremidades, sin contusiones. No había hematomas en la garganta. Ningún hueso estaba roto. Tampoco había pruebas de lesiones en los órganos internos. Rita era consciente de hasta dónde podía llegar la perversidad humana: había comprobado los genitales de la niña y sabía que no había sido víctima de ningún abuso.

¿Acaso era posible que la niña hubiese muerto por causas naturales? No obstante, no había signos visibles de enfermedad. De hecho, a juzgar por el peso, la piel y el pelo, debía de gozar de una salud excepcional.

Todo eso ya habría resultado bastante desconcertante, pero había más. Aun suponiendo que la niña hubiese fallecido por causas naturales y (por algún motivo imposible de imaginar) hubiera sido arrojada al río, debería tener algún daño en la piel producido después de la muerte. La arena y la gravilla erosionan la piel, las piedras la rozan, el detritus del lecho fluvial puede hacer cortes profundos. El agua es capaz de romper los huesos de un hombre; un puente puede aplastarle el cráneo. La mirase por donde la mirase, la niña estaba intacta, sin un solo rasguño, sin cortes ni arañazos. Su cuerpecillo estaba inmaculado. «Igual que una muñeca», le había dicho Jonathan al describir a la niña que había caído en sus brazos, y comprendía por qué el muchacho había pensado eso. Rita había pasado las yemas de los dedos por las plantas de los pies de la niña, había rodeado la parte exterior de ambos dedos gordos, y eran tan perfectos que podría pensarse que nunca había pisado el suelo. Tenía las uñas tan delicadas y de un brillo tan perlado como el de un recién nacido. Que la muerte no hubiese dejado ninguna marca en ella ya era bastante extraño, pero la vida tampoco lo había hecho, y eso, por la experiencia que tenía Rita, era todavía más extraordinario, único.

Todos los cuerpos cuentan una historia… Pero el cadáver de esta niña era una página en blanco.

Rita alargó el brazo hacia el gancho del que colgaba el quinqué. Acercó la luz a la cara de la niña, pero le resultó igual de inexpresiva que el resto de ella. Era imposible decir si, en vida, esas facciones romas y sin terminar habían llevado la huella de la hermosura, de la tímida observación o de la malicia traviesa. Si en algún momento había mostrado curiosidad, placidez o impaciencia, la vida no había tenido tiempo de cincelarla para volverla permanente.

Muy poco tiempo antes (dos horas como mucho), el cuerpo y el alma de esa pequeña todavía estaban unidos con firmeza. Al pensarlo, y a pesar de toda su formación, de toda su experiencia, Rita se encontró de repente en las garras de una tormenta de sentimientos. No era la primera vez desde que se había despedido de Dios en la que anhelaba su presencia. Dios, quien en sus años infantiles lo había visto todo, sabido todo, comprendido todo. Qué fácil era entonces cuando, ignorante y confundida, podía poner su fe en un padre que gozaba de la comprensión perfecta de todas las cosas. No le había importado desconocer algo, cuando podía estar segura de que Dios sí lo conocía. Pero ahora...

Tomó la mano de la niña —la mano perfecta, con sus cinco dedos perfectos y sus uñas perfectas—, la colocó en su palma abierta y cerró la otra palma sobre la manita.

«¡Esto es injusto! ¡Es injusto! ¡No debería ser así!»

Y entonces fue cuando sucedió.

El milagro

Antes de que Margot zambullera la ropa del hombre herido en un cubo de agua limpia, Jonathan repasó todos los bolsillos. Allí apareció:

Un monedero hinchado por el agua, en el que había una cantidad de dinero que podría cubrir toda clase de gastos y aún sobraría para invitarlos a todos a una copa cuando estuviera en mejores condiciones.

Un pañuelo, calado.

Una pipa, entera, y una lata de tabaco. Abrieron la tapa y descubrieron que el contenido estaba seco. «Por lo menos, se alegrará de eso», comentaron los clientes.

Una anilla, a la que iban unidas un buen número de herramientas y utensilios delicados que los desconcertaron —¿era relojero?, se preguntaban, ¿cerrajero?, ¿ladrón?—, hasta que el muchacho sacó el siguiente objeto.

Una fotografía. Y entonces se acordaron de las manchas oscuras de sus manos y de la sugerencia de Rita de que se trataba de un fotógrafo, y la foto pareció dar argumentos a su suposición. Las herramientas debían de tener algo que ver con la profesión del hombre.

Joe le arrebató la fotografía a su hijo y le dio unos suaves toques con el puño de lana para secarla.

En ella se veía una esquina de un campo, un fresno y no mucho más.

—He visto fotos más bonitas —dijo alguien.

—Le falta una torre de iglesia o una cabaña de paja —dijo otro.

—Pues yo no veo qué quería sacar en la foto. No se ve nada —dijo un tercero, rascándose la cabeza con perplejidad.

—Trewsbury Mead —dijo Joe, el único que lo reconoció.

No sabían qué decir, así que se encogieron de hombros y dejaron la fotografía en la repisa de la chimenea para que se secara. Luego pasaron al último elemento que salió de los bolsillos del hombre, que era lo siguiente: una caja metálica en la que había un taco de tarjetitas. Sacaron la primera y se la pasaron a Owen, el que mejor leía de todos. Este se acercó una vela y leyó en voz alta:

HENRY DAUNT DE OXFORD
Retratos, paisajes, escenas de campo y de ciudad
También postales, guías, marcos
Especializado en estampas del Támesis

—Rita tenía razón —exclamaron—. Dijo que era fotógrafo, y aquí está la prueba.

Entonces, Owen leyó en voz alta una dirección de High Street, en Oxford.

—¿Quién irá a Oxford mañana? —preguntó Margot—. ¿Alguien lo sabe?

—El marido de mi hermana tiene un puesto de quesos —propuso un excavador de grava—. No me importaría ir a su casa esta noche y preguntárselo.

—La barcaza tardará dos días en llegar, ¿verdad?

—No podemos dejar que su familia esté preocupada por él dos días enteros.

—¿Seguro que el marido de tu hermana irá mañana? Me extraña… Si fuera en barca, no le daría tiempo de volver para Navidad.

—El tren, entonces.

Decidieron que fuese Martins. No lo necesitaban en la granja al día siguiente y tenía una hermana que vivía a cinco minutos de la estación de Lechlade. Iría a su casa esa misma noche, para estar a punto y poder coger el primer tren de la mañana. Margot le dio dinero para el billete, el chico repitió la dirección hasta que se la aprendió de memoria y se puso en camino, con un chelín en el bolsillo y una historia recién salida del horno en la punta de la lengua. Tenía casi diez kilómetros de trayecto por la ribera del río para ensayar el relato, de modo que, cuando llegara a casa de su hermana, ya lo dominaría a la perfección.

Los otros bebedores se quedaron un poco más. La sesión de cuentacuentos habitual se había dado por concluida (¿quién iba a entretenerse en contar historias cuando estaban viviendo una real?), así que rellenaron los vasos y las jarras de cerveza, volvieron a dar lumbre a sus pipas y se acomodaron en los taburetes. Joe guardó los enseres de afeitar y regresó a la silla, desde donde tosía discretamente de vez en cuando. Desde su taburete junto a la ventana, Jonathan vigilaba los troncos del fuego y controlaba que no se agotaran las velas. Margot echó la ropa mojada en un cubo, la empujó con una paleta vieja y le dio un buen meneo; luego volvió a colocar encima del fogón la cazuela de cerveza especiada. La fragancia a nuez moscada y pimienta inglesa se mezcló con el tabaco y la madera ardiendo, hasta que el olor a río se redujo.

Los clientes empezaron a hablar y encontraron las palabras para convertir los acontecimientos de la noche en un relato.

—Cuando lo vi aquí en la puerta, me quedé petrificado. No, anonadado. Eso es. Así me sentí. ¡Anonadado!

—Yo me quedé apabullado, ya lo creo.

—Y yo. Sí, yo estaba anonadado y apabullado. ¿Y tú?

Eran coleccionistas de palabras, del mismo modo que muchos de los excavadores de grava eran coleccionistas de fósiles. Siempre aguzaban el oído en busca de palabras especiales, extrañas, exóticas, únicas.

—Yo diría que me quedé patidifuso.

La saborearon en el paladar, le dieron vueltas con la lengua. Era una buena palabra. Reconocieron el mérito de su compañero asintiendo con la cabeza.

Uno de ellos era nuevo en el Swan, nuevo en el mundo de los cuentacuentos. Todavía andaba un poco perdido.

—¿Y qué me decís de estupefacto? ¿Podría decir eso?

—¿Por qué no? —lo alentaron—. Di estupefacto, si quieres.

Beszant, el reparador de barcos, volvió a entrar en el Swan. Una barca también era capaz de contar una historia y había salido a ver qué podía revelarle la del hombre. Todos los clientes de la taberna lo miraron y prestaron atención.

—Está ahí —informó—. Con un buen porrazo en toda la borda. Está hecha añicos y no para de tragar agua. Ya estaba medio hundida. La he dejado del revés en la orilla, pero no hay nada que hacer. Ya no tiene remedio.

—¿Qué crees que ocurrió? ¿Chocó contra el muelle?

El reparador de barcos sacudió la cabeza con autoridad.

—Algo aporreó la barca con fuerza. Desde arriba. —Sacudió una mano por el aire con vigor y luego chocó una palma con la otra para hacer una demostración—. El muelle, no… Entonces la barca tendría el golpetazo en el lateral.

En ese momento, los parroquianos empezaron a divagar río arriba y río abajo, repasando metro a metro, de puente a puente, valorando los daños que habrían podido sufrir el hombre y la barca con cada peligro. Todos tenían experiencia con el río —si no era por profesión, era por afición—, y todos y cada uno de ellos querían dar su opinión y contribuir a averiguar qué había sucedido. Mentalmente, hicieron chocar la embarcación con cada malecón y cada muelle, con cada puente y cada rueda de molino, río arriba y río abajo, pero ninguno acertó. Hasta que llegaron a la presa del Diablo.

La presa tenía grandes contrafuertes de fresno macizo a intervalos regulares que se adentraban en el río, y entre ellos había extensas planchas de madera, como si fuesen muros, que podían levantarse o bajarse según la corriente. Era costumbre salir del barco y arrastrarlo por la pendiente construida con ese propósito, para poder rodear la presa y después volver a montarse al alcanzar el otro lado. En la orilla había una taberna, así que casi siempre se encontraba a alguien dispuesto a echar una mano con la embarcación a cambio de un trago gratis. Sin embargo, algunas veces (cuando las planchas de madera estaban levantadas y el barco era ágil, cuando el río estaba en calma y el barquero era experimentado) un hombre podía ganar tiempo si cruzaba la presa por dentro del río. En esos casos, era preciso alinear con cuidado la embarcación, para que no se torciera el rumbo, y luego había que recoger los remos para que no se rompieran contra los enormes contrafuertes y (si el río iba alto) el barquero tenía que agacharse o incluso tumbarse boca arriba en el barco para evitar golpearse la cabeza con la viga superior de la presa.

Calibraron todas estas variables pensando en el hombre. Las calibraron también pensando en el barco.

—Entonces, ¿fue eso lo que le pasó? —preguntó Joe—. ¿Fue en la presa del Diablo donde se accidentó?

Beszant agarró un fragmento de madera del tamaño de una cerilla de un montoncito que había cerca. Negra y firme, era la astilla más grande que Rita había extraído de la cabeza del hombre herido. La apretó contra la yema del dedo, notó la firmeza residual de la madera a pesar del contacto prolongado con el agua. Era muy probable que se tratase de fresno y la presa estaba construida con madera de ese árbol.

—Diría que sí.

—Yo he cruzado la presa del Diablo más de una vez —dijo un granjero—. Y supongo que tú también, ¿no?

El reparador de barcos asintió.

—Si el río está de humor para permitírmelo, sí.

—¿Lo intentarías de noche?

—¿Y arriesgar mi vida por ahorrarme unos segundos? No estoy tan loco.

Se produjo una oleada de satisfacción al saber que habían desvelado al menos uno de los misterios de la noche.

—Y, sin embargo —se preguntó Joe, tras hacer una pausa—, si fue en la presa del Diablo donde resultó herido, ¿cómo llegó desde allí hasta la taberna?

En ese momento brotaron media docena de conversaciones en grupitos, que iban proponiendo una teoría tras otra, para valorarlas y después seguir con nuevos interrogantes. Supongamos que había remado todo el trecho hasta la taberna después del accidente... ¿Con esas lesiones? ¡No! Entonces, supongamos que fue a la deriva, inconsciente y entre la vida y la muerte, hasta que recuperó la consciencia en Radcot y... ¿A la deriva? ¿Un barco en semejantes condiciones? ¿Sorteando obstáculos en la oscuridad, en solitario, a la vez que se iba colando agua dentro de la embarcación? ¡No!

Dieron vueltas y más vueltas al tema, encontraron explicaciones que concordaban con una mitad de los hechos, o con la otra mitad, que proporcionaban el qué pero no el cómo, o el dónde pero no el porqué, hasta que se les acabó la imaginación y se vieron igual de lejos que al principio de una respuesta satisfactoria. ¿Cómo era posible que el hombre no se hubiese ahogado?

Durante un rato, la única voz que se oyó fue la del río, hasta que Joe tosió en voz baja y respiró hondo para hablar.

—Habrá sido cosa de Silencioso.

Todos dirigieron la vista hacia la ventana y los que estaban lo bastante cerca miraron por ella para contemplar la noche apacible en la que una extensión de negrura que cambiaba a toda velocidad desprendía un brillo líquido. Silencioso, el barquero. Todos sabían quién era. De vez en cuando, se colaba en las historias que contaban, e incluso había algunos que juraban haberlo visto en persona. Aparecía en el río cuando alguien estaba en apuros dentro del agua, una figura demacrada y esbelta, que manipulaba la percha con tal maestría que su batea parecía deslizarse como si la propulsara una fuerza de otro mundo. Nunca pronunciaba una palabra, pero guiaba a las personas hasta la orilla para que pudieran vivir un día más. Pero si uno tenía mala suerte (o eso decían), lo llevaba a una orilla completamente distinta, y las pobres almas que acababan ahí nunca regresaban al Swan a levantar la pinta de cerveza y contar sus aventuras.

Silencioso. Eso le daba un cariz muy diferente a la historia.

Margot, cuya madre y abuela habían hablado de Silencioso los meses previos a su muerte, frunció el ceño y cambió de tema.

—Pobre hombre, tendrá un despertar muy doloroso. Perder a un hijo… No hay cosa que rompa más el corazón.

Los clientes murmuraron que estaban de acuerdo, así que Margot continuó su discurso.

—Pero, de todos modos, ¿por qué iba un padre a meter a su hija en el río a estas horas de la noche? ¡Y además en invierno! Aunque hubiera ido solo, habría sido una temeridad, pero con una niña…

Los padres que había en la sala asintieron, y añadieron la precipitación al carácter del hombre que yacía inconsciente en la sala contigua.

Joe tosió antes de decir:

—Con lo graciosa que parecía la zagala…

—Extraño.

—Peculiar.

—Raro —añadieron un trío de voces.

—Yo ni siquiera sabía que era una niña —musitó una voz, confundida.

—Y no eras el único.

Margot llevaba todo el rato dándole vueltas a ese asunto mientras los hombres hablaban de barcos y presas. Pensaba en sus doce hijas y en sus nietas y se reprendía a sí misma. Una niña era una niña, viva o muerta.

—¿Cómo es posible que no lo viésemos? —preguntó con un tono que hizo que todos sintieran vergüenza.

Volvieron la mirada hacia los rincones oscuros de la sala e hicieron memoria. Evocaron una vez más el momento en que el hombre herido había aparecido en el vano de la puerta. Revivieron su propio asombro, supusieron que no habían tenido tiempo de fijarse cuando sucedió. Había sido como un sueño, pensaron, o como una pesadilla. El hombre se les había aparecido igual que alguien salido de un cuento popular: un monstruo o un espíritu maligno. Habían tomado a la niña por una marioneta o una muñeca.

Se abrió la puerta, igual que había ocurrido antes.

Los clientes apartaron el recuerdo del hombre con un parpadeo y vieron lo siguiente: a Rita.

Estaba en el vano de la puerta, en el mismo punto que el hombre.

Llevaba en brazos a la niña muerta.

¿Otra vez? ¿Acaso era un error temporal? ¿Estaban borrachos? ¿Habían perdido la chaveta? Habían sucedido tantas cosas que tenían el cerebro saturado. Esperaron a que el mundo recuperase el orden.

¡El cadáver abrió los ojos!

La niña giró la cabeza.

Su mirada transmitió tal oleada de energía por la sala que todos los ojos notaron las ráfagas, todas las almas quedaron mecidas en su amarre.

Pasó un tiempo indefinido y, cuando por fin se rompió el silencio, fue Rita quien habló.

—No lo sé —dijo.

Era una respuesta a las preguntas que los demás no podían formular debido al desconcierto, una respuesta a las preguntas que ni ella misma era capaz de plantearse.

Cuando todos recordaron que todavía tenían la lengua dentro de la boca y que esta aún les funcionaba, Margot añadió:

—Déjame que la arrope con el chal.

Rita levantó la mano a modo de advertencia.

—No la abrigues demasiado rápido. Ha llegado hasta aquí en un entorno frío. Tal vez le convendría ir entrando en calor de forma lenta y paulatina.

Las mujeres colocaron a la niña en el asiento de la ventana. Su palidez parecía mortal. Estaba inmóvil; a excepción de los ojos, que parpadeaban y observaban con atención.

Los barqueros, los jornaleros y los excavadores de grava, jóvenes y viejos, con manos cuarteadas y dedos enrojecidos, con el cuello mugriento y la barbilla áspera, se inclinaron hacia delante desde sus asientos y contemplaron con suave anhelo a la niñita.

—¡Se le cierran los ojos!

—¿Se está muriendo otra vez?

—¿No ves que le sube el pecho?

—Ah, sí. Ya lo veo. Y ahora baja.

—Y vuelve a subir.

—Se está quedando dormida.

—¡Chist!

Hablaban en voz baja.

—¿Hay que mantenerla despierta?

—Ay, apártate, anda. ¡No la veo respirar!

—Y ahora, ¿la ves mejor?

—Toma aire.

—Y lo suelta.

—Dentro.

—Fuera.

Se pusieron de puntillas para inclinarse todavía más, intentaban mirar por encima del hombro de los otros clientes, forzaban la vista para enfocar el haz de luz de la vela que Rita sujetaba sobre la niña dormida. Seguían con la mirada cada una de sus respiraciones y, sin saberlo, la respiración de los asistentes se fue acompasando a la de la chiquilla, como si entre el pecho de todos ellos formasen un buen fuelle para inflar sus pulmones infantiles. La propia sala se expandía y se contraía con la respiración de la niña.

—Debe de ser bonito tener una cría a la que cuidar.

Quien lo dijo, con tono bajo y nostálgico, fue un jornalero huesudo con las orejas rojas.

—No hay cosa más bonita —admitieron sus amigos con anhelo.

Jonathan no había despegado los ojos de la niña en todo el tiempo. Se fue abriendo paso por la sala hasta acabar junto a ella. Extendió una mano insegura y, cuando Rita le dio permiso con un gesto de la cabeza, pasó los dedos con cuidado por un mechón de la niña.

—¿Cómo lo ha hecho? —preguntó el muchacho.

—No he sido yo.

—Entonces, ¿qué la ha hecho volver a la vida?

Rita negó con la cabeza.

—¿Fui yo? Le di un beso. Para despertarla, como el príncipe del cuento.

Y acercó los labios al pelo de la pequeña para demostrárselo a Rita.

—En la vida real no funciona así.

—¿Es un milagro?

Rita arrugó la frente, incapaz de responder.

—No pienses en eso ahora —intervino su madre—. Hay muchísimas cosas que cuesta discernir en la oscuridad y que se aclaran solas a la luz el día. Esta zagaleta necesita dormir, no que la agobies. Venga, apártate, quiero que te encargues de una cosa.

Volvió a abrir el armarito y sacó otra botella, puso una docena de vasos diminutos en una bandeja y colocó un dedo de licor en cada uno de ellos.

Jonathan los fue repartiendo entre todos los presentes.

—Dale uno a tu padre. —Joe no solía beber en invierno ni cuando le dolían los pulmones—. ¿Te animas tú también, Rita?

—Venga, sí. Gracias.

Todos a una, se llevaron los vasitos a los labios y dieron un sorbo a la vez.

¿De verdad era un milagro? Era como si hubiesen soñado con una olla de oro y se hubieran despertado con una junto a la almohada. Como si hubiesen contado un cuento de una princesa encantada y al terminar de narrarlo se la hubiesen encontrado sentada en un rincón de la habitación, escuchando.

Se pasaron casi una hora sentados en silencio y observaron a la niña dormida, sin parar de hacerse preguntas. ¿Acaso podía haber algún lugar en todo el país que fuese más interesante que el Swan de Radcot esa noche? Y además podrían decir: «¡Yo estuve allí!».

Al final, fue Margot quien los mandó a casa.

—La noche ha sido muy larga y a todos nos irá bien dormir un poco.

Los clientes apuraron los restos de las jarras de metal y, lentamente, fueron a buscar los abrigos y sombreros. Se levantaron con piernas inestables a causa de la bebida y la magia, y avanzaron arrastrando los pies por el suelo hacia la puerta. Hubo una ronda de despedidas, se abrió la puerta y uno a uno, con varias miradas atrás para ver al resto por última vez, los parroquianos desaparecieron en la noche.

La historia se propaga

Margot y Rita levantaron en brazos a la niña dormida y le sacaron el vestido sin mangas por la cabeza. Empaparon un paño en agua caliente y le limpiaron el olor a río del cuerpo, aunque continuó adherido a su pelo. La niña emitió un vago sonido de satisfacción al contacto con el agua, pero no se despertó.

—Qué cosita tan curiosa… —murmuró Margot—. ¿Qué sueñas?

Antes había ido a buscar un camisón que guardaba para cuando la visitaba alguna nieta, y juntas las mujeres le pasaron las manitas y los brazos por las mangas. La niña siguió sin despertarse.

Mientras tanto, Jonathan lavó y secó las jarras de metal, mientras que Joe escondía las ganancias de la noche en el sitio habitual y barría el suelo. Echó de un rincón al gato que se había colado sin que nadie se diera cuenta un rato antes. Ofendido, el gato salió de las sombras pero se dirigió a la chimenea, en la que todavía brillaban las ascuas.

—No pienses que vas a poder instalarte aquí —le dijo Margot al animal, pero su marido intercedió.

—Hace una noche horrorosa. Deja que la criatura se quede, solo por una vez.

Rita acomodó a la niña en la cama del cuarto de los peregrinos, junto al hombre dormido.

—Me quedaré a pasar la noche para echarles un ojo —dijo la enfermera. Y cuando Margot se ofreció a llevarle una cama plegable, añadió—: La silla me basta. Ya estoy acostumbrada.

La casa se apaciguó.

—Estas cosas dan que pensar —murmuró Margot, con la cabeza apoyada por fin en la almohada.

—Desde luego que sí —murmuró Joe.

Intercambiaron impresiones entre susurros. ¿De dónde habían salido esos desconocidos? ¿Y por qué habían recalado justo allí, en su propia taberna, en el Swan? ¿Y qué había ocurrido esa noche en realidad? La palabra que había utilizado Jonathan había sido «milagro», y ambos la saborearon lentamente en la lengua. Estaban acostumbrados a leerla en la Biblia, donde significaba cosas imposibles que habían ocurrido en un tiempo inmemorial en lugares tan remotos que bien podían no haber existido jamás. Aquí, en la taberna, el término se refería a la posibilidad, tan improbable que daba risa, de que Beszant, el reparador de barcos, llegase a pagar alguna vez al contado lo que había bebido: eso sí que sería un buen milagro. Pero esa noche, durante el solsticio de invierno en el Swan de Radcot, la palabra había adquirido un cariz muy diferente.

—Si sigo dándole vueltas, no pegaré ojo en toda la noche —dijo Joe.

Pero con milagro o sin él, estaban cansados, así que, ya transcurridas más de la mitad de las horas nocturnas, soplaron la vela para apagarla. La noche se cernió sobre ellos y, casi de inmediato, su desconcierto terminó.

En la planta baja, en el cuarto de los peregrinos en el que los pacientes, hombre y niña, dormían uno junto a otro, Rita seguía despierta en la silla. La respiración del hombre era lenta y ruidosa. El aire que entraba y salía de sus pulmones tenía que abrirse paso por las membranas inflamadas, por pasadizos llenos de sangre medio seca cuyos senderos se habían alterado y redibujado durante las últimas horas. No era de sorprender que hiciera un ruido similar a los dientes de una sierra sobre la madera. En los breves silencios entre la inspiración y la espiración del hombre, Rita lograba advertir el murmullo imperceptible de la respiración de la niña. Y debajo de ambos, de fondo, la respiración del río, una exhalación interminable.

Le convenía dormir, pero llevaba toda la noche esperando a quedarse sola para poder pensar. De manera metódica, desapasionada, repasó todo lo ocurrido por enésima vez. Se visualizó a sí misma realizando las comprobaciones de rigor, se fijó en todos los signos que le habían enseñado a buscar. ¿Dónde estaba el error? Una, dos, tres veces lo repasó todo con sumo detalle. No encontró error alguno.

Entonces, ¿qué?

Como sus estudios no le servían de nada en aquel caso, recurrió a su experiencia para dilucidar el problema. ¿En alguna otra ocasión de su carrera había tenido dudas sobre si un paciente estaba vivo o muerto? Era habitual decir que una persona estaba a las puertas de la muerte, como si hubiese algún tipo de línea real entre la vida y la muerte y alguien pudiese quedarse encima de esa línea un rato. Pero, en tales circunstancias, nunca le había costado discernir en qué lado de la línea se situaba el paciente. Por mal que progresase una enfermedad, por grande que fuese la debilidad, un paciente estaba vivo hasta el momento en que moría. No había peros. No había término medio.

Margot los había mandado a todos a la cama con la esperanzadora idea de que la iluminación llegara de forma natural junto con el alba, un sentimiento que Rita compartía cuando se trataba de otro tipo de problemas, pero este caso era diferente. Las preguntas que se agolpaban en su mente tenían que ver con el cuerpo, y el cuerpo está regido por leyes. Todos sus conocimientos le decían que lo que había experimentado no podía ocurrir, era imposible. Los niños muertos no volvían a la vida. Había dos posibilidades: o la niña no estaba viva —aguzó el oído: ahí estaba su delicada respiración— o no había estado muerta. Volvió a repasar todos los indicios de muerte que había evaluado. Piel blanca cerosa. Ausencia de respiración. Ausencia de pulso. Pupilas dilatadas. Regresó con la memoria a la habitación alargada y supo que había comprobado todas esas cosas. Todas las pruebas del fallecimiento estaban ahí. Ella no había cometido ningún error. Entonces, ¿dónde estaba el misterio?

Rita cerró los ojos para concentrarse mejor. Tenía décadas de experiencia como enfermera, pero su conocimiento no terminaba ahí. Había pasado largas veladas estudiando libros dirigidos a cirujanos, había memorizado datos de anatomía, había llegado a dominar la ciencia de la farmacia. Su experiencia práctica había ampliado esos pozos de conocimiento hasta convertirlos en una profunda reserva de comprensión científica. Por eso, decidió dejar que la experiencia de esa noche se uniera a lo que ya sabía. No buscó explicaciones ni se esforzó por conectar los pensamientos.

Sencillamente, se dedicó a esperar, con una agitación y una euforia crecientes, hasta que la conclusión que se había ido gestando poco a poco en las profundidades saliera a la superficie por sí misma.

Las leyes de la vida y la muerte, tal como las había aprendido, eran incompletas. Tanto la vida como la muerte escondían algo más de lo que alcanzaba a saber la ciencia médica.

Se abrió una puerta y algo la invitó a avanzar hacia un nuevo conocimiento.

Por un instante, echó de menos a Dios. Lo había compartido todo con Él. Desde la infancia, se había dirigido a Él siempre que tenía preguntas, dudas, alegrías y triunfos. Él la había acompañado en todos los progresos de su pensamiento, de sus actos. Él había sido su colaborador en la vida cotidiana. Pero Dios ya no estaba. Lo que tenía entre manos era algo que debía resolver por sí misma.

¿Qué podía hacer?

Escuchó. La respiración de la niña. La respiración del hombre. La respiración del río.

El río… Empezaría por ahí.

Rita se ató los cordones de las botas y se abrochó hasta el último botón del abrigo. Hurgó en el maletín para buscar una cosa (una estrecha cajita de hojalata) y se la metió en el bolsillo antes de salir a hurtadillas. Alrededor de la luz del quinqué, la fría oscuridad se expandía con generosidad, pero Rita fue capaz de distinguir el contorno del camino. Se salió del sendero y pisó la hierba. Guiándose por el tacto además de por la vista, recorrió el trecho que la separaba de la orilla del río. El aire gélido se colaba por los ojales del abrigo y por las puntadas de la bufanda. La enfermera avanzaba por entre el vapor cálido de su propia exhalación, notaba cómo la condensación se le pegaba a la cara húmeda.

Ahí estaba el barco, del revés sobre la hierba. Se quitó un guante y con dedos cautelosos tanteó entre las astillas puntiagudas de la madera, hasta encontrar una parte sólida; allí fue donde colocó el quinqué.

Sacó la cajita de hojalata del bolsillo y la sujetó un momento entre los dientes mientras se recogía los bajos de la falda (sin hacer caso del frío) y se metía un puñado de tela en el mismo bolsillo del abrigo para poder ponerse en cuclillas sin que se le mojara el vestido. Ante ella tenía el oscuro resplandor del río. Se inclinó hacia delante y se agachó hasta que notó que el agua le lamía viciosamente la carne de los dedos. Bien. Abrió la lata, sacó un cristal y un tubito metálico con unas complicadas inscripciones imposibles de apreciar en la oscuridad. A tientas, introdujo el tubo en el agua gélida y contó. Luego se levantó y, con todo el cuidado que le permitían sus dedos entumecidos, cerró el tubito y lo guardó en la funda para protegerlo. A continuación, sin preocuparse de recolocarse el vestido, regresó a la taberna tan rápido como pudo.

Una vez en el cuarto de los peregrinos, acercó el tubo al quinqué para poder leer los valores. Después sacó una libreta y un lapicero del maletín. Apuntó la temperatura del agua.

No era mucho. Pero al menos era un punto de partida.

Sacó a la niña de la cama, se sentó en la silla y se la puso en el regazo con cuidado. La cabecita se removió hasta apoyarse en el pecho de la enfermera. «Ahora no voy a dormir —pensó mientras recolocaba la manta para cubrir a la niña y taparse ella—. No después de todo lo ocurrido. No en esta silla.»

Mientras se preparaba para pasar la noche en vela y sentada, con picor en los ojos y la espalda dolorida, le vino a la cabeza la santa que le había dado nombre. Santa Margarita, que consagró su virginidad a Dios y estaba tan decidida a no casarse que soportó el dolor de la tortura para no convertirse en esposa. Era la santa patrona de las mujeres embarazadas y de los partos. En su juventud transcurrida en el convento, mientras lavaba las sábanas sucias y ensangrentadas, mientras extendía los cuerpos de las mujeres que habían muerto dando a luz, Rita había sentido cierto alivio al saber que su futuro también sería ser la esposa de Dios. Nunca se vería desgarrada por un niño al salir de su vientre. Puede que Dios la hubiese abandonado desde entonces, pero ella no había sentido la tentación de romper el voto de castidad.

Rita cerró los ojos. Estrechó a la niña entre sus brazos, una niña cuyo peso descansaba a plomo sobre ella. Notaba el subir y bajar del pecho de la chiquilla al respirar, y acompasó su propia respiración para que su pecho se encogiera cuando el de la niña se expandía, y para que, cuando el de la niña se comprimía, el suyo ocupara el espacio. Un oscuro placer se apoderó de ella; sin prisa, procuró identificarlo, darle nombre, pero no fue capaz.

Una idea flotó hacia ella en la oscuridad.

«Si no pertenece a este hombre. Si nadie la quiere. Podría ser mía...»

Pero antes de tener tiempo de asimilar sus propios pensamientos, el sonido del río, interminable y bajo, ocupó su mente. La apartó de la solidez de la vigilia, la transportó hacia la corriente de la noche, donde, sin ser consciente de lo que sucedía, empezó a navegar a la deriva..., a la deriva..., hasta caer en el oscuro mar del sueño.

Sin embargo, no todos dormían. Los borrachos y los cuentacuentos tenían un buen trayecto que recorrer antes de alcanzar la cama en la que pasarían la noche. Uno de ellos se alejó del río al salir del Swan y bordeó los campos hasta encontrar el camino hacia el establo a tres kilómetros de allí, donde dormía con los caballos. Lamentaba que no hubiese nadie esperándolo, nadie a quien pudiese sacudir hasta que se despertase para decirle: «¡No te vas a creer lo que ha pasado!». Se imaginó a sí mismo contándoles a los caballos lo que había presenciado esa noche, casi vio sus inmensos ojos incrédulos. «Bah, menuda sandez —pensó que dirían—. Qué chiste tan malo. Este no se me olvida.» Pero no era a los caballos a los que deseaba contárselo; la historia era demasiado refinada para desperdiciarla con los oídos equinos. Se apartó del camino más directo y tomó un desvío hacia las casas de campo de Gartin, donde vivía su primo.

Llamó con los nudillos.

No contestó nadie, así que la historia lo obligó a llamar de nuevo, unos golpes rotundos con todo el puño.

En la casa de al lado se abrió de golpe una ventana y una mujer se asomó con el gorro de dormir puesto para protestar.

—¡Espera! —le dijo—. ¡Guarda la reprimenda hasta que sepas lo que he venido a contaros!

—¿Eres tú, Fred Heavins? —La mujer atisbó en la dirección de la que procedía la voz—. Historias de borrachos, ¡no me sorprendería! —murmuró—. ¡Como si no hubiera oído ya suficientes para una vida entera!

—No estoy borracho —contestó él ofendido—. ¡Mira! Puedo ir en línea recta, ¿lo ves?

Colocó un pie delante del otro con una facilidad estudiada.

—¡Venga ya! ¡Eso no demuestra nada! —se burló la mujer en medio de la noche—. ¡Cuando no hay luz para verlo, cualquier borracho puede ir en línea recta!

La discusión se vio interrumpida cuando se abrió la puerta de casa de su primo.

—¿Frederick? ¿Puede saberse qué demonios pasa?

Y sin preámbulos ni florituras, Fred les contó lo que había sucedido en el Swan.

La vecina se apoyó en el alféizar de la ventana con medio cuerpo fuera y, primero a regañadientes y después con ansia, se sintió atraída por la historia, hasta que llamó a alguien que tenía detrás.

—Ven, Wilfred. ¡Escucha esto!

Al cabo de poco, los hijos del primo de Fred salieron de la cama en camisón y también se despertaron el resto de los vecinos que los rodeaban.

—Y entonces, ¿cómo es la chiquilla esa?

Fred describió su piel, tan blanca como la taza esmaltada de la repisa de la ventana de casa de su abuela; habló de su pelo, que le caía en una cortina lisa e inerte y que tenía el mismo color seco que mojado.

—¿De qué color tiene los ojos?

—Azules… Azulados, por lo menos. O grises.

—¿Cuántos años tiene?

Se encogió de hombros ¿Cómo iba a saberlo él?

—Si se pusiera a mi lado me llegaría por… aquí más o menos.

Lo indicó con la mano.

—¿Unos cuatro, pues? ¿Qué diríais?

Las mujeres hicieron cálculos y estuvieron de acuerdo. Unos cuatro.

—¿Y cómo se llama la cría esa?

Volvió a quedarse sin palabras. ¿Quién iba a decir que una historia precisara de tantos detalles, cosas que no se había planteado ni una vez mientras sucedían los hechos?

—Yo qué sé. Nadie se lo preguntó.

—¡Nadie le preguntó cómo se llamaba!

Las mujeres estaban escandalizadas.

—Estaba medio atontada. Margot y Rita dijeron que tenía que dormir. Pero su padre se llama Daunt. Henry Daunt. Encontraron el nombre en su bolsillo. Es fotógrafo.

—Entonces es su padre, ¿eh?

—Bueno, supongo, ¿no? Es lo lógico. Fue él quien la trajo. Llegaron juntos.

—¿Y si solo le estaba haciendo una foto?

—¿Y casi se ahogaron los dos mientras hacían la foto? ¿Cómo explicáis eso?

Hubo un murmullo generalizado y varias conversaciones surgieron entre las ventanas. Los vecinos discutieron la historia, identificaron las piezas que no encajaban, trataron de llenar los huecos… Fred empezó a sentir que lo habían expulsado de su propia historia, sintió que se le escapaba de las manos y se alteraba de un modo que no había previsto. Era como algo vivo que había atrapado, pero no había domado; ahora se le había escapado de la correa y era de todos.

Se percató de un susurro urgente e insistente.

—¡Fred!

Una mujer lo llamaba desde una ventana de la planta baja de la casa contigua. Cuando se acercó vio que la mujer se inclinaba hacia delante con una vela en la mano. El pelo canoso y amarillento se le escapaba del gorro de dormir.

—¿Qué aspecto tiene?

El hombre empezó otra vez con lo de la piel blanca y el pelo sin color definido, pero la mujer sacudió la cabeza.

—Me refiero a si le has visto alguna semejanza… ¿Se parece al tipo?

—Buf, por el aspecto que tiene él ahora, diría que no hay nadie en el mundo que se le parezca.

—¿Tiene el mismo pelo que la niña? ¿Liso y fino?

—El suyo es fuerte y oscuro.

—¡Ah! —La mujer asintió con la cabeza con mucho ímpetu e hizo una pausa dramática sin despegar la vista de él—. ¿Te recordó a alguien?

—Pues es curioso que me lo preguntes… Me dio la impresión de que me sonaba de algo, pero no supe ubicarla.

—¿Y si es…? —Le indicó que se acercara y le susurró un nombre al oído.

Cuando el hombre se apartó, tenía la boca abierta y los ojos aún más abiertos.

—¡Ah! —exclamó.

La mujer lo miró con picardía.

—Ahora ella tendría unos cuatro años, ¿no?

—Sí, pero…

—No se lo chives a nadie —le advirtió—. Yo trabajo allí. Ya se lo contaré a los señores por la mañana.

En ese momento, otros vecinos llamaron a Fred. ¿Cómo habían cabido el hombre, la niña y la cámara en una barca lo bastante pequeña para pasar por debajo de la presa del Diablo? Les aclaró que no había ninguna cámara en la barca. Entonces, ¿de dónde se habían sacado que el tipo era fotógrafo si no llevaba cámara?

Por lo que tenía en los bolsillos. A ver, ¿podía repetir qué llevaba en los bolsillos?

Ofreció todos los detalles que le pedían y repitió la historia sin cesar; la segunda vez incluyó más detalles, la tercera se anticipó a las preguntas antes de que se las hicieran y la cuarta dijo que ya estaba harto. Omitió la idea que había planteado la vecina del pelo amarillento. Al final, una hora después de haber llegado, y congelado hasta el tuétano, Frederick se marchó.

En el establo, contó la historia una vez más, en un susurro, a los caballos. Estos abrieron los ojos y escucharon sin sorprenderse el principio de la historia. Antes de que llegara a la mitad, los animales habían vuelto a dormirse, y antes de llegar al final, también él se había dormido.

Junto a la modesta casa de su primo había una caseta exterior, medio oculta por los arbustos. Detrás de ella, un montículo de harapos viejos con un sombrero encima tomó la forma de un hombre, aunque bastante desaliñado, que se puso de pie. Esperó hasta estar seguro de que Frederick Heavins se había dormido y luego se puso en marcha. Rumbo al río.

Mientras Owen Albright seguía el río corriente abajo hacia la cómoda casa que había comprado en Kelmscott al regresar de sus lucrativas aventuras en el mar, no notaba el frío. Por norma general, el camino de vuelta a casa desde el Swan era una ocasión para el lamento: se lamentaba de que le dolieran tanto las articulaciones, se lamentaba de haber bebido demasiado y, sobre todo, se lamentaba de haber agotado la mejor parte de su vida y de tener ante él solo achaques y dolores varios, un declive gradual hasta que al final se hundiera en la tumba. Sin embargo, tras haber presenciado un milagro, ahora veía milagros por todas partes: el oscuro cielo nocturno que había pasado por alto miles de veces antes se desplegó esa noche sobre su cabeza con la amplitud del eterno misterio. Se detuvo para contemplar el cielo y maravillarse. El río salpicaba y tintineaba como la plata contra el cristal; el sonido se propagaba dentro de sus oídos, resonaba en ciertas cámaras de su mente que ni siquiera sabía que existían. Bajó la cabeza para mirar el agua. Por primera vez en toda una vida junto al río, se percató, de veras se percató, de que bajo el cielo sin luna el río emitía su propia luz mercúrica. Luz que es también oscuridad; oscuridad que es también luz.

Entonces le vinieron a la cabeza algunas cosas: cosas que siempre había sabido pero que habían quedado enterradas bajo los días de su vida. Que echaba de menos a su padre, quien había muerto hacía más de sesenta años, cuando Owen todavía era pequeño. Que había tenido suerte en la vida y abundaban los motivos para estar agradecido. Que la mujer que lo esperaba en casa, metida en la cama, era un alma buena y cariñosa. Y aún más: que las rodillas no le dolían tanto como de costumbre y que notaba una expansión en el pecho que le recordaba a cómo se sentía cuando era joven.

Al llegar a casa, sacudió el hombro de la señora Connor antes de desvestirse siquiera.

—Ni se te ocurra pensar lo que estás pensando —refunfuñó ella—. Y no metas el frío en la cama.

—¡Escúchame! —contestó él—. ¡Mira lo que ha pasado!

Y la historia se desparramó sola, el desconocido y la niña, primero muerta y luego viva.

—¿Qué has bebido, eh? —quiso saber la señora Connor.

—Casi nada.

Y volvió a contarle la historia, porque no parecía haberla entendido.

La mujer se incorporó a medias para verlo mejor, y allí estaba, el hombre para el que había trabajado durante treinta años y con quien había compartido la cama durante veintinueve, y seguía vestido, de pie, con un torrente de palabras que brotaban de él. No le encontraba sentido a la situación. Ni siquiera cuando Owen terminó el relato y se quedó quieto como si estuviese embrujado.

La mujer se levantó de la cama para ayudarle a quitarse la ropa. No era la primera vez que estaba tan ebrio que le resultaba imposible desabrocharse los botones él solo. Sin embargo, no andaba haciendo eses, ni se inclinó sobre ella amodorrado y, cuando le desabrochó los calzones, la señora Connor descubrió que ostentaba una clase de vigor que es difícil de mantener para un borracho.

—Mírate —le dijo medio en broma, y él la abrazó y le dio un beso como los que compartían durante los primeros años de su vida en común.

Retozaron y se revolcaron en la cama un ratito y, al terminar, en lugar de darse la vuelta y quedarse dormido, Owen Albright siguió abrazándola y le besó el pelo.

—Cásate conmigo, señora Connor.

Ella se echó a reír.

—Pero ¿qué mosca te ha picado, señor Albright?

Owen la besó en la mejilla y ella notó su sonrisa en ese beso.

Ya estaba medio dormida cuando él retomó la palabra.

—Lo vi con mis propios ojos, Bertha. Fui yo quien sujetó la vela. Estaba muerta. Un minuto la vi así. Y al siguiente… ¡viva!

Le olió el aliento. No estaba borracho. Loco, tal vez.

Se durmieron.

Jonathan, todavía vestido, esperó hasta oír el silencio en el Swan. Salió a hurtadillas de la habitación de la segunda planta y bajó por la escalera exterior. No iba abrigado en condiciones para aquella temperatura, pero no le importó. Lo calentaba la historia que albergaba en el corazón. Fue en dirección contraria a la que había tomado Owen Albright, giró río arriba y caminó a contracorriente. Su cabeza era un hervidero de ideas y anduvo a paso ligero para depositarlas en la persona que sin duda querría saber todos los detalles.

Al llegar a la casa parroquial de Buscot, aporreó la puerta con estrépito. Como no obtuvo respuesta, volvió a aporrear, y una vez más, hasta que acabó dando golpes sin parar a la puerta, sin pensar en lo tarde que era.

Se abrió la puerta.

—¡El párroco! —soltó Jonathan—. ¡Tengo que hablar con el párroco!

—Pero Jonathan —dijo quien le había abierto la puerta, una figura vestida con camisón y gorro de dormir, que se frotaba los ojos—. Si soy yo.

El hombre se quitó el gorro y mostró una mata enmarañada de pelo canoso.

—Ay. Ahora lo reconozco.

—¿Se está muriendo alguien, Jonathan? ¿Es tu padre? ¿Has venido a buscarme?

—¡No!

Y Jonathan, que quería decir que la razón de su visita era justo la contraria, se tropezó con las palabras de tanta prisa como tenía por contárselo, y lo único que logró entender el párroco fue que no había muerto nadie.

Medio dormido, interrumpió al muchacho.

—No puedes sacar a la gente de la cama sin motivo, Jonathan. Y no hace una noche para que un chico salga solo… Hace mucho frío. Tú también deberías estar en la cama. Vuelve a casa y acuéstate.

—Pero, párroco, ¡es la misma historia! ¡Se repite! ¡Igual que la de Jesús!

El párroco se fijó en que su inesperada visita tenía la cara blanca de frío. Le lloraban los ojos rasgados y las lágrimas se le congelaban en las mejillas planas. Todo su rostro se había iluminado por el placer de ver al párroco, y su lengua, siempre demasiado grande para su boca, hasta el punto de que a veces interrumpía el paso de sus palabras, descansaba en ese momento en el labio inferior. Al verlo, el párroco recordó que Jonathan, a pesar de toda su bondad, era incapaz de cuidar de sí mismo. Abrió la puerta del todo e invitó al muchacho a entrar.

Una vez en la cocina, el párroco calentó leche en un cazo y puso un pedazo de pan delante de su invitado. Jonathan comió y bebió (ningún milagro podía quitarle el hambre) y entonces le contó la historia de nuevo. La niña estaba muerta y luego volvió a la vida.

El párroco lo escuchó. Le hizo unas cuantas preguntas:

—Cuando se te ocurrió venir a verme, ¿estabas en la cama y llevabas un rato durmiendo?… ¿No?… Bueno, entonces, ¿fue tu padre o el señor Albright quien contó la historia de la niña en la taberna esta noche?

Cuando el clérigo se convenció de que el acontecimiento —extraordinario e imposible, tal como lo describió Jonathan— se basaba en algo que había sucedido de verdad, y no era un sueño del chico ni el cuento inventado de algún borracho, asintió.

—Entonces, en realidad la niña no estaba muerta. Pero todos pensaron que sí.

Jonathan sacudió la cabeza con vehemencia.

—La cogí en brazos. La sujeté. Le toqué el ojo.

Imitó el gesto de levantar un fardo pesado, de sostenerlo en brazos, luego movió la punta del dedo con suavidad.

—Una persona puede parecer muerta si le ha ocurrido algo terrible. Es una posibilidad. Puede parecer muerta pero, en realidad, estar solo… como medio dormida.

—¿Igual que Blancanieves? Le di un beso. ¿Fue eso lo que la despertó?

—Jonathan, eso solo pasa en los cuentos.

Jonathan reflexionó.

—Entonces, igual que Jesús.

El párroco frunció el ceño y se quedó sin palabras.

—Estaba muerta —añadió Jonathan—. Rita también lo pensó.

Menuda sorpresa. Rita era la persona más sensata que conocía el párroco.

Jonathan agrupó todas las migajas de pan y las masticó.

El párroco se incorporó. Ya había tenido bastante.

—Hace frío y es tarde. Quédate a dormir el resto de la noche, ¿de acuerdo? Mira, en esa silla, hay una manta. Estás agotado.

Jonathan quería saber algo más.

—Tengo razón, ¿verdad, párroco? Es como Jesús, la historia se repite una y otra vez.

El párroco pensó que, si tenía suerte, su cama todavía estaría caliente y tendría marcada la silueta de su cuerpo. Asintió con la cabeza.

—Tal como me lo has planteado, sí, Jonathan. El paralelismo es incuestionable. Pero no nos devanemos los sesos a estas horas.

Jonathan sonrió de oreja a oreja.

—He sido yo quien le ha contado la historia.

—No se me olvidará. Tú has sido el que me ha dado la primicia.

Jonathan se acomodó encantado en la silla de la cocina y se le empezaron a cerrar los ojos.

El párroco subió las escaleras con fatiga hacia su habitación. En verano era un hombre distinto, vital y rápido de reflejos, y la gente le echaba diez años menos de los que tenía en realidad, pero en invierno se iba encogiendo conforme se oscurecía el cielo, y cuando llegaba diciembre, siempre estaba cansado. En cuanto se metía en la cama, se quedaba dormido; pero al despertar, arrastrado desde las lúgubres profundidades del sueño, curiosamente siempre notaba que no había descansado lo suficiente.

No sabía de qué se trataba, pero algo extraño había sucedido esa noche en el Swan de Radcot. Se acercaría a la taberna por la mañana. Se metió en la cama, consciente de que en junio ya empezaría a amanecer a esas horas. No obstante, todavía le quedaban varias horas de oscuridad invernal por delante.

—Pido a Dios que la niña (si es que la niña existe) esté bien —rezó—. Y que pronto llegue la primavera.

Y al instante se durmió.

Arropándose bien con el harapiento abrigo, como si creyera que así iba a poder protegerse contra las inclemencias del tiempo, el vagabundo siguió el camino hasta llegar al río. La historia que había oído le olía a dinero… y sabía quién podía estar interesado en comprársela. No era un camino fácil: las piedras se desprendían de la tierra y hacían tropezar incluso a un hombre sobrio, y donde el terreno era liso, resultaba resbaladizo. Cuando trastabillaba, cosa que le ocurría cada dos por tres, extendía los brazos para recuperar el equilibrio y, aunque pareciese un milagro, lo conseguía. Tal vez fueran los espíritus de la oscuridad los que le agarraran de las manos congeladas para que estuviera a salvo. Era un pensamiento ridículo, y chasqueó la lengua ante su propia ocurrencia. Siguió avanzando a trompicones un poco más, pese a que le costaba sudor y lágrimas. Notaba la lengua seca y el aliento le apestaba como un ratón que llevara tres días muerto, así que se paró a echar un trago de la petaca que llevaba en el bolsillo, y después continuó un trecho más.

Cuando llegó al río, caminó por la orilla contracorriente. No se veían indicaciones en la oscuridad, pero al calcular que debía de estar a la altura de la isla del Brandy, llegó a un punto que conocía.

El nombre de isla del Brandy era nuevo. En los viejos tiempos era solo La Isla, y nadie necesitaba ponerle otro nombre porque no iba nadie y allí no había nada que ver. Pero cuando los forasteros llegaron a Radcot Lodge —primero el señor Vaughan y más tarde su joven esposa—, uno de los cambios que hicieron fue construir en esta parcela de tierra rodeada por el río la gran destilería y la fábrica de vitriolo, y de ahí había salido el nombre de la isla. Las hectáreas de campos del señor Vaughan se convirtieron en plantaciones de remolacha azucarera, e instalaron un tren ligero para transportar la remolacha a la isla y devolverla convertida en brandy. Había trabajo a espuertas fabricando el licor en la isla del Brandy. O, por lo menos, lo había habido. Algo ocurrió luego. El brandy no era bueno o la destilería no salía a cuenta o el señor Vaughan perdió el interés… Pero el nombre perduró. Los edificios todavía estaban allí, aunque la maquinaria descansaba en silencio. Y las vías del tren todavía discurrían paralelas a la orilla del río, pese a que alguien había desmantelado el cruce y si ahora saliera alguna caja de brandy fantasma en una carreta por aquellas vías, acabaría en el fondo del río…

¿Qué podía hacer? Se le ocurrió quedarse en la orilla y echar voces desde ahí, pero ahora que estaba en la ribera se dio cuenta de lo inútil que sería. Y entonces, ¡mira por dónde!, distinguió una barquita de remos amarrada en la orilla del río… Era pequeña, como las que podrían llevar las mujeres, abandonada ahí por casualidad justo en el momento en que más la necesitaba. Se felicitó por su buena suerte: esa noche los dioses estaban de su parte.

Se montó en la barca y, aunque se bamboleaba de manera alarmante con su peso, el hombre estaba demasiado borracho para sentir pánico y demasiado acostumbrado a moverse por el río para perder el equilibrio. Se acomodó y la costumbre remó por él, hasta que notó el freno de la orilla de la isla. No era el lugar reservado para amarrar, pero no importaba. Salió de la barca y se mojó hasta las rodillas. Subió la cuesta y se puso en camino. La destilería destacaba con sus tres plantas de altura en el centro de la isla. Al este, la fábrica de vitriolo. Detrás, el almacén. Intentaba avanzar con sumo sigilo, pero no fue suficiente: cuando se le enredó la bota en algo y trastabilló, una mano apareció de la nada y le apresó la nuca, para obligarlo a agacharse. Un pulgar y cuatro dedos le apretaron los tendones hasta el dolor.

—Soy yo —jadeó, encorvado—. ¡Soy yo! ¡No hay nadie más!

Los dedos aflojaron. No se pronunció ni una palabra, pero el vagabundo siguió al hombre de oído hasta que llegaron al almacén.

Era un espacio sin ventanas y el aire tenía una fragancia densa. Levadura y fruta y un dulzor embriagador con un toque amargo, tan espeso que costaba de inhalar y casi era preciso tragar para hacerlo pasar por la garganta. El brasero iluminaba botellas, recipientes de cobre y barriles, ubicados de forma azarosa. No se parecía en nada al equipamiento moderno de escala industrial que había existido en otro tiempo en la destilería, aunque lo habían fabricado con piezas robadas de allí y con el mismo objetivo en mente: la producción de licor.

El hombre no se dignó a mirar a su visitante, sino que se acomodó en un taburete, donde su constitución delgada y frágil quedaba recortada como una mancha oscura contra la luz anaranjada del brasero. Sin darse la vuelta, se concentró en volver a encender la pipa por debajo del ala ancha de su sombrero. Una vez hecho eso, dio una pipada. Esperó a haber exhalado, añadiendo un punto de tabaco barato al olor del ambiente, para empezar a hablar.

—¿Quién te ha visto venir?

—Nadie.

Silencio.

—Fuera no hay ni un alma. Hace un frío que pela —insistió el vagabundo.

El hombre asintió.

—Cuéntame.

—Una cría —le dijo el vagabundo—. En el Swan de Radcot.

—¿Qué le pasa?

—Alguien la ha sacado del río esta noche. Muerta, según dicen.

Hubo una pausa.

—¿Y qué?

—Está viva.

Al oírlo, el hombre volvió la cara, pero esta siguió igual de oculta que antes bajo el sombrero.

—¿Viva? ¿O muerta? Una cosa u otra estará.

—Estaba muerta. Ahora está viva.

El hombre sacudió la cabeza muy despacio y habló sin cambiar el tono de voz.

—Lo habrás soñado. O se te ha ido la mano con los tragos.

—Eso es lo que dicen. Yo solo he venido a contarte lo que se rumorea. Muerta la sacaron del río y ahora vuelve a estar viva. En el Swan.

El hombre fijó de nuevo la mirada en el brasero. El mensajero esperó a ver si había alguna respuesta más, pero al cabo de un minuto se convenció de que no sería así.

—Un pequeño gesto… Por las molestias. Hace mucho frío.

El hombre gruñó. Se levantó, proyectando una sombra oscura y parpadeante en la pared, y alargó el brazo hacia la oscuridad. De ahí extrajo una botella pequeña tapada con un corcho. Se la pasó al vagabundo, quien se la metió en el bolsillo, se tocó el ala del sombrero y desapareció.

De vuelta en el Swan, el gato estaba dormido, acurrucado contra la pared de la chimenea, que todavía desprendía un ligero calor. Se le movían los párpados por las imágenes de algún sueño gatuno, que resultaría todavía más sorprendente para nosotros que las historias que el cerebro humano ingenia de noche. Movió una oreja y el sueño se desvaneció al instante. Un sonido —casi imperceptible, el discreto ruido de la hierba al crujir bajo unos pies— y el gato ya estaba a cuatro patas. Cruzó la habitación con sigilo y a toda velocidad, y saltó a la repisa de la ventana. La visión felina penetró la noche con facilidad.

Por la parte posterior de la taberna, surgió una cautelosa figura flaca con un abrigo larguísimo y el sombrero bien calado para taparle la cara. La silueta se deslizó pegada a la pared, pasó por la ventana y se paró junto a la puerta. Se oyó un leve tintineo cuando probó el pomo a hurtadillas. El pestillo estaba echado. Puede que otras casas no se cerrasen con llave, pero una taberna, con sus numerosos barriles llenos de tentación, debe cerrarse a cal y canto por las noches. Entonces el hombre regresó a la ventana. Sin saber que lo vigilaban, sus dedos tantearon con precisión todo el marco. En balde. Margot no era tonta. Su mente era de las que no solo recordaban asegurar la puerta con llave a la hora del cierre, sino también renovar la masilla de las ventanas todos los veranos, mantener en buenas condiciones la pintura para que los marcos no se pudrieran, sustituir los cristales rotos. Un suspiro de exasperación emergió de debajo del ala baja del sombrero. El hombre se detuvo y un resplandor de pensamiento le cruzó por delante de los ojos. Pero no duró mucho. Hacía demasiado frío para quedarse merodeando. Se dio la vuelta y se alejó con elegantes zancadas. Sabía a la perfección dónde debía apoyar los pies en la oscuridad, evitó los surcos, esquivó los pedruscos, encontró el puente, lo cruzó, y al otro lado del río, se alejó del camino para adentrarse entre los árboles.

Mucho después de que el intruso hubiese desaparecido de la vista, el gato lo siguió de oído. Las ramitas que se enganchaban en el tejido de lana del abrigo, el contacto de los talones contra la tierra tan fría como las piedras, las criaturas del bosque que se removían al verse molestadas…, hasta que, por fin, no se oyó nada.

El gato bajó a los tablones del suelo y regresó junto a la lumbre, donde volvió a tumbarse contra la piedra caliente y reanudó el sueño.

Y así fue como, después de los hechos imposibles, después de la hora del desconcierto y los interrogantes iniciales, se sucedieron las distintas despedidas del Swan y los primeros relatos de lo ocurrido. Pero al cabo de un rato, cuando todavía era noche cerrada, todos acabaron por fin en la cama y la historia se asentó como un sedimento en la mente de los implicados: testigos, narradores, público. La única que no dormía era la propia niña, quien, en el centro del relato, inspiraba los segundos y los soltaba con delicadeza, mientras contemplaba la oscuridad y escuchaba el sonido del río que le susurraba.

Afluentes

En un mapa, un río es algo sencillo. Nuestro río empieza en Trewsbury Mead y sigue un curso de unos trescientos ochenta kilómetros hasta llegar al mar en Shoeburyness. Pero cualquiera que se tome la molestia de seguir su ruta, ya sea en barco o a pie, no podrá evitar percatarse de que, etapa a etapa, la univocidad en la dirección no es su característica principal. No parece que el río haya elegido una ruta que denote la intención concreta de llegar a su destino. Al contrario, gira y describe círculos y desvíos que hacen perder tiempo. Sus cambios de dirección suelen confundir al viajero: según el momento, transcurre rumbo al norte, al sur o al oeste, como si hubiese olvidado su ruta hacia el este…, o como si hubiese abandonado su objetivo durante un rato. A la altura de Ashton Keynes se divide en tantos riachuelos que cada casa del pueblo tiene un puente para acceder a la puerta; más adelante, al llegar a Oxford, realiza un paseo nada apresurado por toda la ciudad. Se guarda otros trucos caprichosos bajo la manga: en algunos lugares aminora el paso para detenerse a la deriva en amplias pozas antes de recuperar la urgencia y aumentar la velocidad de la corriente. En Buscot se divide en dos ríos gemelos que abrazan un pedazo de territorio amplio en el centro, y luego reúne sus aguas una vez más para convertirse en un único canal.

Si esto ya es difícil de comprender mirando un mapa, el resto cuesta todavía más. Por el siguiente motivo: el río que fluye siempre hacia delante también se desparrama hacia los lados, irriga los campos y la tierra que quedan a ambas orillas. Encuentra su camino hasta los pozos y sube con ayuda de algún cubo para lavar enaguas y ser puesta al fuego para hacer té. Lo absorben las membranas de las raíces, viaja de célula a célula hasta la superficie, queda retenido en las hojas del berro que aparecen en los platos de sopa y en las tablas de queso de las tascas del condado. De las teteras o los platos de sopa, pasa a distintas bocas, irriga las complejas redes biológicas internas que forman mundos propios, antes de regresar a la tierra al final del proceso, a través del orinal. En el resto de los lugares, el agua del río se adhiere a las hojas de los sauces llorones que se inclinan para tocar su superficie, y entonces, cuando sale el sol, una gotita parece evaporarse en el aire, por donde viaja de manera invisible y puede que se incorpore a una nube o un inmenso lago flotante, hasta que vuelva a caer en forma de lluvia. Ese es el verdadero trayecto del Támesis, imposible de plasmar en el mapa.

Y aún hay más. Lo que vemos en un mapa solo es la mitad. Un río no empieza en el nacimiento del que brota, igual que una historia no empieza en la primera página. Pensemos en Trewsbury Mead, por ejemplo. Esa fotografía, ¿se acuerdan? ¿La que desdeñaron al instante en la taberna, porque no era pintoresca? Decían que era un fresno cualquiera en un campo cualquiera, y eso es lo que parece, pero observen con atención. ¿Ven esa hendidura en el terreno, a los pies del árbol? ¿Ven que es el principio de un surco estrecho, poco profundo, anodino, que se aleja del fresno y acaba por salir de la fotografía? Fíjense en la pendiente, ¿no ven que hay algo que capta la luz y presenta unos cuantos jirones, como hilillos de plata que describen sombras grises en la tierra embarrada? Esas marcas brillantes son agua, que ve la luz del sol por primera vez probablemente desde hace mucho tiempo. Procede del mundo subterráneo, donde, en todos los espacios libres bajo nuestros pies, en las fracturas y huecos de las piedras, en cavernas y fisuras y canales, existen senderos de agua tan numerosos, tan sinuosos y tan erráticos como todos los que vemos en la superficie. El nacimiento del Támesis no es el principio de su historia... O mejor dicho, solo ante nuestros ojos parece empezar allí.

En realidad, es posible que Trewsbury Mead ni siquiera sea el lugar del nacimiento del río. Hay quien dice que ese lugar no es el adecuado. Según algunos, ese nacimiento que tampoco coincide con el principio no está allí, sino en otra parte, en un lugar llamado Seven Springs, que es donde nace el Churn, un río que se une al Támesis en Cricklade. Y ¿quién puede saberlo? El Támesis que se dirige al norte, al sur, al este y al oeste hasta que por fin toma su definitivo rumbo este, que se desparrama a un lado y otro mientras avanza su torrente, que a veces discurre despacio y otras rápido, que se evapora en el cielo mientras serpentea hacia el mar, tiene más que ver con el movimiento que con el principio de las cosas. Si de verdad cuenta con un nacimiento que marque su principio, está ubicado en algún lugar oscuro e inaccesible. Será mejor estudiar adónde se dirige que de dónde procede.

¡Ay, los afluentes! A eso era a lo que quería llegar. El Churn, el Key, el Ray, el Coln, el Leach y el Cole: en la parte alta del Támesis, esos son los arroyos y riachuelos que llegan de otras partes para añadir su caudal y su ímpetu a la corriente. Y los afluentes están a punto de unirse a nosotros en esta historia. Les propongo que, en esta hora tranquila antes del amanecer, abandonemos este río y esta larga noche para reseguir el curso de los afluentes, para ver, no su nacimiento (un dato misterioso y desconocido) sino algo mucho más sencillo, qué hicieron ayer.

¿A ti qué te parece?

El día anterior a la aparición de la niña, a las tres y media de la tarde, en una granja de Kelmscott, una mujer salió por la puerta de la cocina y con cierto apremio cruzó el corral hacia el granero. Llevaba los rizos rubios bien recogidos debajo de la capota y su vestido azul era sencillo, como corresponde a la atareada esposa de un granjero, pero lo lucía con una hermosura que sugería que todavía era joven de corazón. Cojeaba un poco al caminar; cada dos pasos, se torcía hacia la izquierda, y con el paso intermedio, se enderezaba otra vez. La cojera no frenaba su ritmo. Tampoco le entorpecía en absoluto el parche que le cubría el ojo derecho. Era de la misma tela azul que el vestido y se lo sujetaba con un lazo blanco.

Llegó al granero. Olía a sangre y a hierro. Dentro había un hombre, que se hallaba de espaldas a ella. Tenía una constitución corpulenta, era exageradamente alto, con la espalda ancha y el pelo negro y muy rizado. Cuando la mujer apoyó la mano en el marco de la puerta, él tiró al suelo un trapo con manchas encarnadas y alargó el brazo para coger la piedra de afilar. La mujer oyó un tintineo agudo cuando su marido empezó a afilar la hoja. Detrás de él había una hilera de animales muertos, dispuestos en orden, con el hocico de uno tocando la cola del otro; la sangre corría hasta encontrar los surcos del suelo.

—Querido mío…

Este se dio la vuelta. La oscuridad de su cara no se correspondía con la de una piel curtida gracias a toda una vida dedicada a trabajar al aire libre bajo el sol de Inglaterra, sino con el tipo de piel que tiene su origen en otro continente. Tenía la nariz ancha y los labios carnosos. Al ver a su esposa, se le iluminaron los ojos marrones y sonrió.

—Cuidado con la falda, Bess. —Un riachuelo de sangre avanzaba sinuoso hacia ella—. Además, llevas los zapatos buenos. Casi he terminado, dentro de un rato entro en casa.

Entonces vio la expresión de su rostro, y el dueto del cuchillo y la piedra de afilar concluyó.

—¿Qué ocurre?

A pesar de todas las diferencias entre las dos caras, una única emoción animaba sus expresiones.

—¿Uno de los críos? —preguntó él.

Ella asintió.

—Robin.

El primogénito. Al granjero se le cayó el alma a los pies.

—¿Qué ha pasado esta vez?

—Esta carta…

El hombre bajó la mirada hacia la mano de su mujer. No sujetaba una hoja de papel doblada, sino un puñado de pedacitos rotos.

—La encontró Susie. Robin le dio una chaqueta para que se la arreglara la última vez que estuvo de visita. Ya sabes lo mañosa que es con la aguja, aunque solo tiene doce años. Además, la chaqueta era muy elegante; miedo me da pensar lo que le habrá costado. Me ha dicho que tenía un buen tajo en la manga, aunque ahora no lo diría nadie. Tuvo que descoser la costura del bolsillo para conseguir hilo del color adecuado, y mientras lo hacía, se encontró con esta carta, rota en pedazos. Me la he encontrado en el salón, afanándose en recomponerla como si fuese un puzle.

—Enséñamela —le pidió el hombre, a la vez que apartaba un poco la falda de su esposa para evitar que se manchara de sangre mientras caminaban hacia la repisa que había a lo largo de una de las paredes interiores del granero.

La mujer extendió los fragmentos.

—«alquiler» —leyó en voz alta, mientras tocaba con cuidado uno de los pedacitos.

Tenía manos de persona trabajadora, no llevaba ningún anillo salvo la alianza de bodas y tenía las uñas cortas y limpias.

—«amor» —leyó él; no tocó el papel del que leía, porque llevaba sangre metida bajo las uñas y en los dedos.

—«poner fin»… ¿Qué crees que va a terminar, Robert?

—No lo sé… ¿Y cómo acabó la carta en tantos pedazos?

—¿La rompió él? ¿Será una carta que recibió y que no le gustó?

—Prueba a colocar ese trozo con este —sugirió él. Pero no, los dos fragmentos no encajaban—. El trazo es de mujer.

—Y además, tiene buena letra. A mí no me quedan las letras tan bien escritas como estas.

—Tú también tienes la letra bonita, cariño.

—Pero mira lo recto que escribe. Ni un solo borrón. Lo hace casi tan bien como tú, después de todos los años que estudiaste. ¿A ti qué te parece, Robert?

El hombre observó los papeles en silencio un rato.

—Es inútil intentar reconstruir la carta entera. Lo que tenemos es solo un fragmento. Probemos a hacer otra cosa...

Reordenaron las piezas. La hábil mano de ella actuó de acuerdo con las órdenes de él, hasta que tuvieron todos los pedacitos organizados en tres secciones. La primera era la de trocitos demasiado pequeños para tener sentido: sílabas sueltas, artículos y preposiciones, trozos de margen... Los apartaron.

El segundo grupo contenía frases o sintagmas que se dispusieron a leer en voz alta.

—«amor.»

—«sin ningún tipo de.»

—«la niña pronto se quedará.»

—«nadie puede ayudar salvo tú.»

—«alquiler.»

—«no esperar más.»

—«padre de mi.»

—«poner fin.»

El último grupo era un conjunto de fragmentos que contenían la misma palabra:

—«Alice.»

—«Alice.»

—«Alice.»

Robert Armstrong se dirigió a su esposa y ella se volvió hacia él. La ansiosa mirada azul de la mujer se movía con preocupación, mientras que la de él era sombría.

—Dime, amor mío —dijo Robert—. ¿A ti qué te parece?

—Me inquieta esta «Alice». Al principio pensé que era el nombre de la mujer que escribió la carta. Pero cuando alguien escribe, no pone tantas veces su propio nombre. Suele decir «yo» y ya está. Esta Alice tiene que ser otra persona.

—Sí.

—«Niña» —repitió pensativa—. «Padre»…

—Sí.

—No lo entiendo… ¿Es que Robin tiene una hija, Robert? ¿Tenemos una nieta? ¿Por qué no nos lo ha contado? ¿Quién es esta mujer? ¿Y qué aprieto la ha llevado a escribir una carta como esta? Y además, que él la haya roto de semejante manera… Temo que…

—No temas, Bess. ¿De qué sirve el temor? Supongamos que hay una niña, ¿eh? Supongamos que hay una mujer. Hay peores errores que puede cometer un hombre enamorado, y si de ese error ha surgido una hija, seremos los primeros en recibirla con los brazos abiertos. Tenemos el corazón fuerte, ¿o no?

—Pero ¿por qué ha intentado destruir la carta?

—Supongamos que hay algún inconveniente… Hay pocas cosas que no puedan enmendarse con amor, y aquí de eso no nos falta. Cuando no hay amor, el dinero suele ocupar su lugar.

Miró con fijeza al ojo izquierdo de su mujer. Era un ojo azul precioso, y esperó hasta ver que la preocupación menguaba y la confianza regresaba a su mirada.

—Tienes razón. Entonces, ¿qué hacemos ahora? ¿Vas a hablar con él?

—No. Por lo menos, de momento. —El granjero volvió a mirar los pedacitos de papel. Del grupo de fragmentos ilegibles señaló uno—. ¿Qué te parece que pone ahí?

Ella negó con la cabeza. La palabra estaba rasgada justo por el medio en horizontal, de modo que la parte superior quedaba separada de la inferior.

—Creo que pone «Bampton».

—¿Bampton? Vaya, pero ¡si está a pocos kilómetros de aquí! Armstrong miró el reloj.

—Ahora es demasiado tarde para ir. Todavía tengo que limpiar el granero y acabar con las carcasas. Si no me doy prisa, se hará de noche antes de que termine y no veré lo que hago cuando vaya a dar de comer a los cerdos. Me levantaré temprano e iré a Bampton mañana a primera hora.

—De acuerdo, Robert.

La mujer se dio la vuelta para marcharse.

—¡Cuidado con la falda!

Al entrar en la casa, Bess Armstrong fue directa a su escritorio. La llave solo entraba en la cerradura en un ángulo extraño. Así era desde que lo habían arreglado. Recordó un día cuando Robin tenía ocho años. Había llegado a casa y había descubierto que alguien había forzado la cerradura del escritorio para abrirlo. Había papeles desperdigados, faltaba dinero y documentos, y Robin la había cogido de la mano y le había dicho: «He pillado al ladrón, un hombre con cara de malo. Y mire, madre, aquí está la ventana abierta por donde lo he visto escapar». Su marido había salido al instante a buscar al ladrón, pero ella no lo había seguido. En lugar de eso, se había llevado las manos al parche del ojo y lo había desplazado para que cubriera el ojo bueno y dejara al descubierto el que bizqueaba y Veía cosas que un ojo normal no podía ver. Cogió a su hijo por los hombros y lo observó con su ojo Vidente. Cuando Armstrong había regresado a casa, sin encontrar rastro del ladrón con cara de malo, le había dicho:

—No me sorprende que no lo hayas encontrado, porque ese hombre no existe. El ladrón ha sido Robin.

—¡No! —protestó Armstrong.

—Ha sido Robin. Estaba encantado con la historia que se le ha ocurrido. Ha sido Robin.

—No me lo creo.

No habían logrado llegar a un acuerdo, y ese desencuentro era una de las cosas que habían quedado enterradas bajo el peso de los días desde entonces. Pero cada vez que la mujer giraba la llave en la cerradura del escritorio, se acordaba.

Dobló una hoja de papel para formar un sobre. Allí metió las partes ilegibles de la carta, después recopiló el grupo de palabras enteras y sintagmas y también los metió. Con los últimos tres pedacitos de papel entre los dedos, vaciló, insegura, reticente a soltarlos con el resto. Por fin, dejó caer las palabras dentro del sobre y acompañó cada una de ellas con un susurro, como si fuese un hechizo:

—«Alice.»

—«Alice.»

—«Alice.»

Abrió el cajón del escritorio, pero antes de poder apartar el improvisado sobre, su instinto se lo impidió. No fue la carta. No fue la vieja historia del escritorio y la cerradura forzada. Fue otra cosa. La sensación de una corriente transparente que discurría por el aire.

Intentó apresar esa sensación antes de que se le escapara de los dedos para ponerle nombre. Casi en el último momento, logró atraparla al vuelo, porque oyó las palabras que su lengua pronunció en la sala vacía.

—Va a suceder algo.

En el granero, Robert Armstrong terminó de afilar el cuchillo. Llamó a su segundo y a su tercer hijo, y juntos colgaron los conejos muertos de unos ganchos para que se desangraran encima de los sumideros. Se lavaron las manos en un cubo de agua de lluvia y luego vertieron el agua al suelo para lavar la peor parte de la sangre de la zona de la matanza. Cuando los chicos ya se habían puesto a frotar con los escobones, él salió a dar de comer a los cerdos. Solían hacer las tareas de la granja juntos, pero los días que tenía algo rondándole la cabeza, prefería dar de comer a los cerdos él solo.

Armstrong levantó los sacos sin esfuerzo y repartió el grano en los comederos. Rascó a una cerda detrás de la oreja, le frotó el flanco a otra, según los gustos de cada una. Los cerdos son criaturas asombrosas y, aunque la mayor parte de las personas están demasiado ciegas para verlo, tienen una inteligencia que se advierte en sus ojos. Armstrong estaba convencido de que cada cerdo contaba con su propio carácter, sus propios talentos, y cuando elegía una hembra joven para criar, no solo buscaba las cualidades físicas, sino la inteligencia, el poder de anticipación, la sensatez: cualidades que posee una buena madre. Tenía por costumbre hablar con los cerdos mientras los alimentaba, y ese día, como siempre, tenía algo especial que decirles a todos y cada uno de ellos. «¿Por qué estás tan gruñona hoy, Dora?» y «La edad no perdona, ¿verdad, Poll?». Sus niñas mimadas, las cerdas de cría, todas tenían nombre. A los cerdos que engordaba para llevar a la mesa no les ponía nombre, los llamaba a todos Cochinillo. Cuando elegía a una nueva cerda para criar, acostumbraba a ponerle un nombre que empezase por la misma letra del alfabeto que el de su madre; así le era más fácil seguir el árbol genealógico.

Llegó a Martha, que estaba en la última pocilga. Estaba preñada y pariría al cabo de cuatro días. Llenó su comedero de grano y el abrevadero de agua. La cerda se levantó del lecho de paja y avanzó con gran pesadez hacia el comedero que quedaba junto a la valla. Sin embargo, al llegar no se puso a comer ni a beber de inmediato, sino que apoyó la barbilla en la barra horizontal de la verja y se frotó contra ella. Armstrong le rascó la cabeza entre las orejas y el animal resopló de satisfacción.

—Alice… —dijo el granjero ensimismado. No se había quitado la carta de la cabeza en toda la tarde—. ¿A ti qué te parece, Martha?

La cerda lo miró con ojos pensativos.

—Yo mismo no sé qué pensar —admitió—. La primera nieta… ¿Será eso? Y Robin… ¿Qué se trae entre manos Robin? —Suspiró con pesadez.

La madre de Martha, Maud, había sido la mejor cerda de cría que había tenido. Había producido numerosas camadas de muchos cochinillos cada una, nunca había perdido a uno solo ni por accidente ni por descuido, pero lo que era aún más importante, le había escuchado mejor que cualquier otra cerda. Paciente y amable, había dejado que le contara todos sus desvelos; cuando Armstrong compartía las alegrías proporcionadas por sus hijos, los ojos del animal se iluminaban de placer, y cuando le transmitía sus preocupaciones (Robin, casi siempre tenían que ver con Robin), sus ojos estaban llenos de sabiduría y comprensión, y ni una sola vez se fue de la pocilga de Maud sin sentirse un poco mejor. Su forma de escuchar tranquila y cariñosa había hecho posible que el granjero pronunciara en voz alta todo lo que pensaba, y eso era fantástico, porque a veces necesitaba poner palabras a sus pensamientos para saber que los tenía. Era sorprendente que la mente de un hombre pudiera quedar medio ensombrecida hasta que aparecía la confidente ideal, y Maud había sido esa confidente. Sin ella, tal vez nunca habría llegado a saber ciertas cosas de sí mismo o de su hijo. En ese mismo lugar, hacía ya unos cuantos años, había compartido con ella las discrepancias entre su esposa y él sobre Robin y el robo del escritorio. Mientras le contaba a Maud la historia, la vio con ojos nuevos y se percató de algo que ya había medio intuido pero a lo que no había prestado atención en el momento. «He visto a un hombre —había dicho Robin—. He visto la bota que desaparecía por la ventana.» Por naturaleza, Armstrong tendía a ver a la gente con buenos ojos, y su fe en el chico era espontánea. Pero mientras estaba en la pocilga, alentado por la mirada perpleja de Maud, había recordado la espera ansiosa que había seguido al relato contado por el muchacho; en el fondo de su corazón, había adivinado lo que implicaba: que Robin estaba expectante por saber si se había librado o no de una reprimenda. A Armstrong le dolía reconocerlo, pero, en ese caso, Bess tenía razón.

Cuando se casaron, Robin ya estaba de camino, lo había sembrado en su vientre otro hombre. Robert había elegido pasar por alto ese hecho. No le había costado mucho, porque quería a ese niño con toda su alma. Se había propuesto formar una familia con Bess, no fragmentada y astillada, sino completa y compacta, y no permitiría que ninguno de sus miembros fuera marginado.

Había amor suficiente para todos. El amor los mantendría unidos. Pero cuando se dio cuenta de que el ladrón que había reventado el escritorio y había saqueado lo que contenía era su querido Robin, había llorado. Maud lo había mirado con su habitual estupefacción. ¿Y ahora qué? Y entonces había encontrado la respuesta. Querer todavía más al chico solucionaría las cosas.

Maud había vuelto a mirarlo. «¿Estás seguro?», parecía que le hubiese preguntado.

Al pensar en Maud notó que se le llenaban los ojos de lágrimas. Una de ellas cayó en el cuello ancho de Martha, se quedó suspendida un momento del pelo rojizo de la cerda y después resbaló, para acabar en el barro.

Armstrong se llevó el puño de la camisa a la cara y se secó las lágrimas.

—Menuda bobada —se reprendió.

Martha lo miró con fijeza por entre sus pestañas rojizas.

—Pero tú también la echas de menos, ¿verdad?

Le pareció verle los ojos vidriosos.

—Cuánto tiempo hace ya, ¿eh? —Contó los meses mentalmente—. Dos años y tres meses. Una buena temporada. ¿Quién se la llevó, eh? Tú estabas aquí, Martha. ¿Por qué no chillaste cuando vinieron y robaron a tu madre? Martha le dedicó una mirada larga y cargada de intención. El granjero analizó su expresión, trató de descifrarla y, por una vez, fracasó.

Estaba acabando de rascar a Martha cuando esta levantó la barbilla de la verja y se volvió en dirección al río.

—¿Qué ocurre?

Él también miró en aquella dirección. No había nada que ver, y tampoco había oído nada. Aun así, algo debía de suceder... La cerda y él intercambiaron una mirada. Nunca había visto esa expresión en sus ojos, aunque le bastaba con compararla con sus propias sensaciones para saber qué significaba.

—Creo que tienes razón, Martha. Va a suceder algo.

La señora Vaughan y los duendes del río

Una perla de agua se formó en el rabillo de un ojo. Ese ojo pertenecía a una joven que estaba tumbada en el suelo de un barco. La gota descansaba en el punto en que el interior rosado del párpado se hincha y forma la delicada filigrana de un conducto lagrimal. Temblaba con el movimiento rítmico del barco pero, sujetada por las pestañas que nacían por debajo y por encima de ella, no se rompió ni cayó.

—¿Señora Vaughan?

La joven había remado por el río, luego había recogido las palas y había permitido que la barca avanzase a la deriva hasta el lecho de juncos que ahora la retenía. Cuando las palabras de la orilla llegaron hasta ella, la espesa neblina blanca del río las había despojado de toda su urgencia. Las palabras llegaron flotando a su oído, barridas e inundadas, y sonaron casi al mismo volumen que los pensamientos de su cabeza.

«La señora Vaughan, esa soy yo», pensó Helena. Sonaba como el nombre de una persona completamente distinta. Si se imaginaba a una señora Vaughan, la estampa no se parecía en absoluto a ella. Sería vieja. De unos treinta, era de suponer, con una cara como la de los retratos que colgaban en el pasillo de la casa de su marido. Era raro pensar que apenas unos años antes hubiera sido Helena Greville. Le parecía mucho más lejano. Cuando evocaba a la chica que había sido, era como si pensase en alguien que conocía de la adolescencia, y que conocía muy bien, pero que no había vuelto a ver. Helena Greville había desaparecido para siempre.

—Hace mucho frío para estar fuera, señora Vaughan.

«Frío, sí.» Vaughan contó las partes de esa sensación. Estaba el frío de ir sin abrigo, sin sombrero, sin guantes. El frío del aire que le humedecía el vestido y se lo pegaba a la piel y le ponía la carne de gallina en el pecho, los brazos y las piernas. Estaba el frío del aire que entraba en su cuerpo con la respiración, aguijoneándole los orificios de la nariz y haciendo temblar sus pulmones. Después de esas sensaciones venía el frío del río. Era el más lento, se tomaba su tiempo para llegar a ella a través de los gruesos tablones de la barca, pero cuando lo conseguía, le provocaba una quemazón en los omóplatos, en la coronilla, en la caja torácica, en la rabadilla, en todos los puntos por los que su cuerpo se apoyaba contra la curva de la madera. El río llegaba a empujones a la embarcación, la privaba del calor con su movimiento rítmico, que la mecía y la acunaba como una nana. Cerró los ojos.

—¿Está ahí? Haga el favor de responder, ¡por el amor de Dios!

«Responder»… La palabra había activado un recuerdo de unos cuantos años antes. La tía Eliza le había advertido acerca de una respuesta. «Piensa antes de responder —había dicho su tía—. Porque las oportunidades como esta no se presentan todos los días.»

La tía Eliza era la hermana pequeña del padre de Helena. Se había quedado viuda a los cuarenta y tantos y no tenía hijos, así que había ido a vivir con su hermano y con la hija del matrimonio tardío de este, para molestarles y disgustarles, según lo veía Helena. La madre de Helena había muerto cuando la niña era muy pequeña, y desde el punto de vista de Eliza, su sobrina necesitaba una figura materna que la metiera en vereda. El hermano de Eliza era un excéntrico que se negaba a imponerle la disciplina adecuada y la chica estaba a medio civilizar. Eliza había intentado influir en ella, pero no lo había conseguido. Al principio, Helena se quejaba de la tía Eliza ante su padre, y él le decía con un guiño: «No tiene ningún otro sitio al que ir, piratilla. Tú contéstale que sí a todo lo que te diga, y después haz lo que quieras. Eso es lo que hago yo siempre». La estrategia había funcionado. Padre e hija habían continuado viviendo juntos en una estrecha amistad, y ninguno de los dos había permitido que Eliza interfiriese en sus días en el río y en el astillero.

Una tarde en el jardín, entre varias exhortaciones para que fuera más despacio, la tía Eliza le había contado a Helena muchas cosas que ya sabía de sobras, pues se trataba de aspectos de su vida. Le recordó a Helena (como si se le fuera a olvidar) que no tenía madre. La ilustró acerca de la avanzada edad y la salud precaria de su padre. Mientras Helena escuchaba a medias, había conducido a la tía Eliza en una dirección concreta y, absorta en lo que decía, la tía se había dejado llevar. Habían llegado al río y habían caminado por la orilla. Helena respiró la exaltación del aire frío y refrescante, observó los patos que oscilaban arriba y abajo en el agua agitada. Sus hombros se sacudieron al pensar en los remos. En el estómago notó la anticipación de esa primera zambullida en el agua, cuando el barco se topa con la corriente... «¿Río arriba o río abajo? —preguntaba siempre su padre—. No es que uno vaya a ser mejor que el otro... ¡Y en los dos sentidos nos espera una aventura!»

En ese momento, la tía Eliza le recordó a Helena el estado de la economía de su padre, que era aún más precaria que su salud, y de pronto —los pensamientos de Helena divagaban con el río, así que tal vez se hubiera perdido algo— Eliza le dijo no sé qué sobre el señor Vaughan, le recalcó lo amable y decente que era, y le dijo que su negocio iba viento en popa.

—Aunque, si no lo deseas, tu padre me ha insistido en que te diga que basta con que te pronuncies y todo el asunto quedará aparcado y no se volverá a decir ni una palabra al respecto —concluyó la tía Eliza.

Al principio, a Helena le pareció todo un misterio, pero de repente lo vio claro.

—¿Cuál de ellos es el tal señor Vaughan? —quiso saber.

La tía Eliza no daba crédito a sus oídos.

—Pero si lo has visto varias veces… ¿Por qué no prestas más atención?

Sin embargo, para Helena, los amigos y socios de su padre eran versiones del mismo hombre: varones, viejos, aburridos. Ninguno de ellos era ni por asomo tan interesante como su padre, y le sorprendía que su progenitor pasase tanto tiempo con ellos.

—¿Está con padre ahora el señor Vaughan?

Salió como un rayo, haciendo caso omiso de las protestas de la tía Eliza, y corrió de vuelta a casa. Al llegar al jardín, saltó por encima de los helechos y se dirigió al lateral hasta la ventana del estudio. Encaramada al borde de una vasija grande y colgándose del alféizar de la ventana, justo alcanzaba a ver la habitación, donde su padre fumaba en compañía de otro caballero.

El señor Vaughan no era uno de los que tenían la nariz roja y canas. Entonces lo reconoció por ser el hombre más joven y sonriente con el que su padre se quedaba charlando hasta tarde, con un puro y una copa. Cuando se iba a la cama, Helena los oía reírse juntos. Se alegraba de que su padre contase con alguien que le animase las veladas. El señor Vaughan tenía el pelo castaño, la barba también castaña y los ojos marrones. Aparte de eso, la única cosa que lo destacaba del resto era la voz. La mayor parte del tiempo hablaba como cualquier otro inglés, pero de vez en cuando algo escapaba de su boca con un deje poco familiar. A Helena le habían llamado la atención esos sonidos extraños y le había preguntado al señor Vaughan.

«Me crie en Nueva Zelanda —le había contestado él—. Mi familia tiene minas allí.»

Evaluó a aquel hombre anodino desde la ventana y pensó que no tenía objeciones importantes que hacerle.

Helena soltó los talones del borde de la vasija y se quedó colgando, se meció tranquilamente cogida del alféizar de la ventana, encantada de poder estirar los brazos y los hombros. Cuando oyó que se acercaba la tía Eliza, se dejó caer al suelo.

—Supongo que, si me caso con el señor Vaughan, tendré que irme de casa...

—Acabarás por irte de casa igualmente, y no faltará mucho. Tu padre ha estado tan mal. Tu futuro es tan incierto. Como es lógico, se preocupa por que tengas la vida resuelta. Si te casaras con el señor Vaughan, te irías a vivir con él a Buscot Lodge, mientras que si no lo...

—¿Buscot Lodge?

Helena se paró en seco. Conocía Buscot Lodge: un caserón en una zona trepidante del río. Tenía delante una parte larga y amplia en la que el agua corría lisa y pacífica, y un lugar en el que el río se dividía para fluir alrededor de una isla y, justo antes de eso, un punto en el que el agua parecía olvidar que era un río y se entretenía, para detenerse formando una especie de pequeño lago. Había una rueda de molino en el puente de Saint John y un cobertizo para botes... En una ocasión, Helena se había acercado mucho al cobertizo remando y, en equilibrio precario sobre su barca de una plaza, se había puesto de pie para fisgar dentro. Había muchísimo espacio.

—¿Me dejaría llevarme mi barca?

—Helena, estamos hablando de cosas serias. El matrimonio no tiene nada que ver con barcas y ríos. Es un vínculo de por vida, tanto ante la ley como ante los ojos de Dios...

Pero Helena había salido disparada y corría a toda velocidad por el césped hacia la puerta de la casa.

Cuando Helena irrumpió en el estudio, los ojos de su padre se iluminaron al verla.

—¿Qué opinas de toda esta chifladura, eh? Si te parece una tontería disparatada, basta con que lo digas. Por otra parte, una tontería disparatada puede ser justo lo que más te atraiga... ¿Adónde prefieres ir, piratilla? ¿Río arriba o río abajo? ¿Qué me dices?

El señor Vaughan se había levantado de la silla.

—¿Podré llevar mi barca? —le preguntó la joven—. ¿Podré salir al río todos los días?

El señor Vaughan, desconcertado, tardó un poco en contestar.

—Ese barco tiene los días contados, hija —dijo su padre.

—No está tan mal —se defendió ella.

—La última vez que lo comprobé, tenía agujeros.

Helena se encogió de hombros.

—Pues achico el agua.

—Está como un colador. Me sorprende que llegues tan lejos en él.

—Cuando se hunde demasiado en el agua, regreso a la orilla, le doy la vuelta y salgo a navegar de nuevo —reconoció Helena.

Discutieron sobre el modesto barco como dos inmortales para los que fuese imposible ahogarse.

—Podría mandar que se lo arreglaran —propuso el señor Vaughan—. O comprarle uno nuevo, si lo prefiere.

La muchacha lo pensó. Asintió.

—De acuerdo.

La tía Eliza, que había llegado tarde a la conversación, miró con suspicacia a Helena. Parecía que algo acababa de zanjarse, pero ¿de qué se trataba? El señor Vaughan sintió lástima de la señora y la ilustró.

—La señorita Greville ha accedido a permitirme que le compre un barco nuevo. Ahora que hemos resuelto ese asunto, podemos negociar asuntos menos importantes. Señorita Greville, ¿me haría el honor de ser mi esposa?

La aventura espera en cualquier parte...

—Trato hecho.

La joven asintió convencida con la cabeza.

A la tía Eliza le dio la impresión de que esas no eran maneras de pedir en matrimonio ni de aceptar la proposición, así que abrió la boca para dirigirse a Helena, pero esta se le adelantó.

—Ya lo sé. «El matrimonio es un enlace importante ante los ojos de Dios y de la ley» —repitió como un loro.

Había visto a otras personas cerrar tratos importantes en más de una ocasión. Así pues, como sabía qué había que hacer, extendió el brazo para darle un apretón de manos al señor Vaughan.

El caballero le tomó la mano, le dio la vuelta e hizo una reverencia para plantarle un beso en el dorso. En ese momento fue Helena quien se quedó perpleja.

El prometido de Helena hizo honor a su palabra. Encargó una barca nueva y mandó arreglar la vieja para que la usara «mientras tanto». Al cabo de unos meses, Helena tenía dos barcos, un cobertizo en el que resguardarlos, un pedazo de río que podía considerar propio... Y otro apellido. Poco tiempo después murió su padre. La tía Eliza fue a vivir con su hermano menor a Wallingford. Y entonces ocurrieron otras muchas cosas y Helena Greville fue arrastrada por la corriente, hasta el punto de que incluso la señora Vaughan se olvidó de ella.

Últimamente elegía la vieja barca (la de Helena Greville) para navegar. No iba muy lejos. ¿Río arriba o río abajo? No. No andaba en busca de aventuras. Se limitaba a remar hasta la parte más alejada y dejaba que el barco navegara a la deriva hasta los juncos.

—¡Y con esta niebla! ¿Qué dirá el señor Vaughan cuando se entere? —insistió la voz acuosa.

Helena abrió los ojos. El ambiente estaba tan cargado de condensación que era opaco y lo contempló a través del líquido que se acumulaba en el rabillo de sus propios ojos. No veía nada del mundo: ni el cielo, ni los árboles; incluso los juncos que rodeaban la barca eran invisibles. Se mecía y se bamboleaba con el río, inhalaba la humedad del aire, observaba la neblina que se movía despacio como la corriente de un brazo del río semiestancado, como los ríos que aparecían en sus sueños. El mundo entero estaba hundido, de modo que solo quedaban su antiguo ser y la barca de Helena Greville... Y el río que se contoneaba y la empujaba como si fuese un ser vivo.

Parpadeó. La lágrima se hinchó, formó un charquito en el párpado y se aplanó, pero se contuvo dentro de su membrana invisible.

Qué niña tan valiente había sido Helena Greville. No conocía
el miedo. Una piratilla, la llamaba su padre, y desde luego, era
una pirata. La tía Eliza se desesperaba con ella.

—El río tiene un lado oculto —solía decirle Eliza—. Había
una vez una niña traviesa que jugaba demasiado cerca de la orilla.
Un día, cuando no miraba, un duende surgió del agua. Agarró a
la niña por el pelo y la arrastró, pataleando y salpicando, hasta su
propio reino de los duendes, bajo el río. Y si no me crees… —¿La
había creído? Visto en perspectiva, era difícil saberlo—. Si no me
crees, basta con que escuches. Mira, presta atención. ¿No oyes el
salpicar del agua?

Helena había asentido ante las palabras de su tía. Qué historia
tan fabulosa. Había duendes que vivían bajo el río en su propio
reino. ¡Era maravilloso!

—Escucha los sonidos que se oyen entre las salpicaduras. ¿Los
oyes? Son burbujas, burbujitas minúsculas que suben a la superficie y explotan. Son las burbujas que transportan los mensajes
de todos los niños perdidos. Si aguzas bien el oído, oirás los gritos de esa niña traviesa y de todos los demás niños perdidos que
lloran porque echan de menos a sus padres.

Había prestado atención. Pero ¿había oído algo? Ahora no se
acordaba. Sin embargo, si los duendes se la hubieran llevado y la
hubieran arrastrado bajo el agua, su padre no lo habría dudado y
habría ido a buscarla. Era tan obvio que Helena Greville sintió ganas
de burlarse de su tía por no haber caído en la cuenta por sí misma.

Durante muchos años, Helena Greville se había olvidado de la
historia de los duendes y su mundo en el otro lado del río, el lado

mortífero. Pero en este momento Helena Vaughan la recordó. Salía todos los días en su antigua barca para que no se le olvidara. El sonido del agua era como un barrido semirregular, poco insistente, que surgía con cada lengüetazo del agua contra la embarcación. Helena prestó atención a ese sonido y a los espacios que quedaban entre un golpe y otro. No costaba oír a los niños perdidos. Los oía con una claridad diáfana.

—¡Señora Vaughan! ¡Le va dar un pasmo! ¡Entre, entre, señora Vaughan!

El río se mecía y la barca subía y bajaba, y una vocecilla lejana llamaba sin cesar a sus padres desde las profundidades del mundo de los duendes fluviales.

—¡No te preocupes! —susurró con los labios blancos. Tensó los músculos fríos, preparó sus temblorosas extremidades para que se levantaran—. ¡Ya viene mamá!

Se asomó por la borda y, cuando la barca se inclinó, la lágrima se separó del ojo y cayó a la inmensidad del río. Antes de que pudiera desplazar el peso del cuerpo lo suficiente para seguir a esa lágrima, algo enderezó el barco, y notó que caía de nuevo dentro de él. Cuando alzó la mirada, una silueta gris indistinguible se inclinaba sobre la proa de la barca para agarrar el listón. La sombra oculta por la neblina se irguió entonces y vio que se alargaba como lo haría un hombre montado en una batea. El ser elevó un brazo en un movimiento que recordó a cuando se tira una pértiga para localizar el lecho del río y Helena notó que la arrastraban con mucha fuerza. La velocidad del avance por el agua parecía extrañamente disociada de la facilidad con que se movía la sombra. El río soltó sus zarpas y se vio despedida hacia la orilla con una rapidez que la sorprendió.

Una última propulsión dejó a su vista la forma gris del embarcadero.

La señora Clare, el ama de llaves, la esperaba. Tenía a su lado al jardinero, que agarró la cuerda y amarró la vieja barca. Helena se levantó y, ayudándose de la mano de la señora Clare para mantener el equilibrio, salió de la embarcación.

—¡Pero si está muerta de frío! ¿En qué estaba pensando, querida?

Helena se volvió hacia el agua.

—Ha desaparecido…

—¿Quién ha desaparecido?

—El barquero… Me ha remolcado hasta aquí.

La señora Clare escudriñó la cara aturdida de Helena y la miró con perplejidad.

—¿Tú has visto a alguien? —le preguntó al jardinero en voz baja.

Él negó con la cabeza.

—A menos que… ¿y si era Silencioso?

La señora Clare frunció el entrecejo y negó con la cabeza, mirando al jardinero.

—No le metas más tonterías en la cabeza. Como si las cosas no fueran ya bastante mal…

Helena tuvo un escalofrío repentino y violento. La señora Clare se quitó el abrigo a toda prisa y arropó con él los hombros de su señora.

—Nos ha dado un susto de muerte a todos —la reprendió—. Entre, por favor.

La señora Clare la cogió de un brazo con firmeza y el jardinero la cogió del otro, y entre los dos recorrieron el jardín sin detenerse ni un momento hasta llegar a la casa.

Una vez en el umbral de la puerta, Helena se detuvo, confusa, y miró hacia atrás por encima del hombro, en dirección al jardín y al río que quedaba más allá. Era esa hora de la tarde en la que la luz desaparece a toda prisa del cielo y la niebla empezó a oscurecerse.

—¿Qué es eso? —murmuró, medio para sí misma.

—¿Qué es qué? ¿Ha oído usted algo?

La señora Vaughan negó con la cabeza.

—No lo he oído. No.

—Entonces, ¿qué pasa?

Helena inclinó la cabeza hacia un lado y enfocó la vista en algo distinto, como si ampliase el rango de sus percepciones. El ama de llaves lo buscó también, e incluso el jardinero ladeó la cabeza y se preguntó qué sería. Los tres experimentaron la misma sensación —expectación, o algo similar— a la vez, y dijeron al unísono:

—Va a suceder algo.

Una historia bien ensayada

Era ahí. El señor Vaughan se detuvo vacilante en la calle de casas adosadas de Oxford. Miró a derecha e izquierda, pero las cortinas de las ventanas de las casas que parecían respetables eran demasiado gruesas para revelar si había alguien de pie mirando por ellas. De todos modos, con el sombrero y la llovizna que caía, nadie lo reconocería. Y en cualquier caso, no tenía intención de entrar. Jugueteó un momento con el asa del maletín para tener una razón plausible por la que haberse detenido y, por debajo del ala del sombrero, buscó el número 17.

La casa compartía el aspecto contenido y correcto de sus vecinas. Esa fue la primera sorpresa. Pensaba que habría algo que la delatase. Todas las casas de la calle tenían alguna particularidad que las distinguía de sus compañeras, por supuesto, porque los constructores se habían molestado en que fuese así. El edificio delante del cual se había parado tenía una luz especialmente atractiva justo encima de la puerta de entrada. Pero no era esa la clase de diferencias a la que se refería. Esperaba encontrar una puerta de un color ordinario, tal vez; o algo levemente teatral en la disposición de las cortinas. Pero no había nada semejante. «Esta gente no es tonta —pensó—. Es natural que quieran que parezca respetable.»

El tipo que le había mencionado el lugar a Vaughan era un mero conocido y, según le había dicho, era algo que también él conocía solo a través del amigo de un amigo. Por lo que Vaughan podía recordar de aquella historia de tercera mano, la esposa de no sé qué hombre se había sentido tan desolada después de la muerte de su madre que se había convertido en una sombra de lo que era; apenas dormía, era incapaz de comer, hacía oídos sordos a las cariñosas voces de su marido y sus hijos. Los médicos se habían visto impotentes y no habían sido capaces de detener su declive, hasta que al final, no muy convencido pero tras haber agotado todas las demás posibilidades, su marido la había llevado a ver a la señora Constantine. Tras un par de encuentros con esa misteriosa persona, la esposa en cuestión había recuperado la salud y había retomado sus responsabilidades domésticas y maritales con su antiguo vigor. La historia que le habían contado a Vaughan había pasado por tantas bocas que lo más probable era que solo mantuviera una relación tangencial con la verdad. A Vaughan le sonaba a cuento chino, y además no creía en las fuerzas paranormales, pero —según le había contado ese conocido—, fuera lo que fuese lo que hacía la señora Constantine, funcionaba «lo creyeras o no».

La casa era de una corrección absoluta. La cancela de la verja, el camino de entrada y la puerta principal eran el paradigma de la limpieza. No había desconchones en la pintura, ni esmalte saltado en el pomo de la puerta, ni pisadas sucias en los peldaños. Supuso que quienes llamaban a esa casa no debían encontrar nada que les provocase rechazo, nada que les hiciera dudar ni los desalentase a entrar. Todo estaba pulcro y reluciente, y no había ningún lugar en el que pudiese enraizar la duda. El lugar no era demasiado ostentoso para el hombre corriente, ni demasiado humilde para el acaudalado. «Vaya, es admirable, desde luego —pensó—. Lo tienen todo impecable.»

Apoyó las yemas de los dedos en la verja y se inclinó para leer el nombre de la placa de latón que había junto a la puerta: «Doct. Constantine».

No pudo evitar sonreír. ¡Qué gracioso que se hiciera pasar por la esposa de un profesor universitario!

Vaughan estaba a punto de levantar los dedos de la verja, pero todavía no lo había hecho (en realidad, misteriosamente su intención de darse la vuelta para marcharse tardó una eternidad en tomar forma) cuando la puerta del número 17 se abrió. En el umbral apareció una sirvienta con una cesta en la mano. Era una sirvienta pulcra, aseada, normal, justo el tipo de criada que él tendría en su propia casa, y le habló con voz igual de pulcra y normal.

—Buenos días, caballero. ¿Busca a la señora Constantine?

«No, no», dijo, o quiso decir, salvo que las palabras no resonaron en sus oídos y se dio cuenta de que era porque no habían llegado a sus labios.

Sus esfuerzos por explicar el motivo de su presencia contrastaban con su propia mano, que abrió la cancela de la verja, y con sus piernas, que recorrieron el camino hasta la puerta principal. La sirvienta dejó la cesta de la compra en el suelo y el hombre observó sus propios movimientos desde fuera, mientras le tendía a la mujer el maletín y el sombrero, que ella colocó en la mesa de la entrada. Olió a cera de abejas, se fijó en el brillo de los balaústres de la escalera, se dejó envolver por el calor de la casa… Y todo eso mientras se maravillaba de estar donde no tenía que estar, es decir, alejándose con paso firme por la calle después de haberse detenido un segundo al otro lado de la verja para comprobar que llevara el maletín bien cerrado.

—¿Le importaría esperar a la señora Constantine aquí, caballero? —dijo la sirvienta señalando una puerta abierta.

Desde el vano vio un fuego encendido, un cojín tapizado encima de un sillón de piel, una alfombra persa. Entró en la habitación y se sintió sobrecogido por el deseo de quedarse. Se sentó en una punta del amplio sofá que también había en la sala y notó que los cojines se amoldaban a su silueta. La otra punta del sofá estaba ocupada por un enorme gato rojizo que se despertó y empezó a ronronear. El señor Vaughan alargó la mano y lo acarició.

—Buenas tardes.

La voz era tranquila y musical. Decorosa. Se dio la vuelta y vio a una mujer de mediana edad, con el pelo canoso retirado de una frente ancha y lisa. Llevaba un vestido azul oscuro, que hacía que sus ojos grises también pareciesen azules, con un cuello blanco de tela y bastante sencillo. El señor Vaughan notó cómo lo perforaba un recuerdo repentino de su madre, que lo pilló por sorpresa, porque esta mujer no se parecía en nada a ella. Cuando murió, su madre era más alta, más delgada, más joven y más morena de piel, y nunca había ido tan pulcra y sencilla.

El señor Vaughan se incorporó y empezó a disculparse.

—Debe de pensar que soy un bobo —dijo—. Qué situación tan embarazosa. Y lo peor es que apenas sé por dónde empezar a explicarlo. Estaba fuera, ¿sabe?, y no tenía intención de entrar… Por lo menos, no hoy, tengo que coger un tren… Bueno, he de aclarar que no soporto la sala de espera de la estación, y como tenía un rato muerto, me pareció buena idea pasearme un poco y acercarme a ver dónde vivía usted, para otra ocasión, ese era mi objetivo, solo que entonces su sirvienta abrió la puerta por casualidad en el mismo momento en que yo pasaba y, como es natural, pensó… Y no la culpo en absoluto, ¿eh? Fue pura coincidencia, nada más, pero es fácil confundirse en una situación así… —continuó con su perorata. Buscó justificaciones, se aferró a la lógica, y frase tras frase, se sintió más empantanado; tenía la impresión de que cada palabra lo alejaba más y más de lo que quería transmitir.

Mientras hablaba, los ojos grises de la señora Constantine descansaban pacientes en el rostro del caballero, y aunque no sonreía, él notó que las arrugas que le rodeaban los ojos con tanta expresividad lo animaban con delicadeza a continuar hablando. Al final, se le acabaron las palabras.

—Ya veo —dijo ella, y asintió con la cabeza—. No quería molestarme hoy, simplemente pasaba por aquí y quería comprobar la dirección…

—¡Eso es!

Aliviado de saber que por fin se había librado y podía irse, esperó a que la mujer se dispusiera a despedirse. Ya se vio a sí mismo recuperando el sombrero y el maletín que habían quedado en la entrada y saliendo de la casa. Vio sus pies en el camino cuadriculado que unía la casa y la verja de entrada. Vio su mano cogiendo el pestillo de la portezuela pintada. Pero entonces vio la parsimonia de los tranquilos ojos azules de la señora Constantine.

—Y sin embargo, aquí está, al fin y al cabo —le comentó.

Allí estaba. Sí. De pronto notó su propia presencia con intensidad. De hecho, parecía que la habitación latiese con su presencia, igual que él.

—¿Por qué no se sienta, señor…?

—Vaughan —contestó, y los ojos de la mujer no denotaron si reconocían o no el apellido, sino que siguieron mirándolo con atención y naturalidad.

Se sentó.

La señora Constantine vertió un líquido claro de un decantador labrado en un vaso y lo colocó junto a él; entonces, también se sentó, y lo hizo en un sillón que formaba un ángulo con el sofá. Le sonrió con aire expectante.

—Necesito su ayuda —reconoció el señor Vaughan—. Se trata de mi mujer.

El rostro de la mujer se suavizó para expresar una triste compasión.

—Lo siento mucho. Le acompaño en el sentimiento.

—¡No! ¡No me refiero a eso!

Sonó irritado. Desde luego, estaba irritado.

—Perdóneme, señor Vaughan. Pero cuando un desconocido llama a mi puerta, suele ser porque alguien ha muerto.

Su expresión no varió; continuó firme pero no era arisca, es más, resultaba marcadamente amable. De todos modos, esperó con gran serenidad a que él explicara sus razones.

El señor Vaughan suspiró.

—Hemos perdido a una hija, ¿sabe?

—¿Perdido?

—Nos la robaron.

—Discúlpeme, señor Vaughan, pero utilizamos tantos eufemismos cuando hablamos de los muertos… Perder, robar… Son palabras que tienen más de un significado. Ya le he entendido mal una vez, en referencia a su esposa, así que no me gustaría volver a equivocarme.

El señor Vaughan tragó saliva y se miró la mano, que descansaba sobre el brazo del sofá de terciopelo verde. Dibujó con la uña en el tejido, levantando una raya de pelillos.

—Es probable que conozca la historia. Supongo que lee el periódico, e incluso si no lo hace, fue la comidilla de todo el condado. Hace dos años. En Buscot.

La señora Constantine apartó la mirada y la fijó a una media distancia mientras consultaba su memoria. El hombre pasó la yema del dedo por el terciopelo para volver a alisar los pelillos y que la raya desapareciera. Esperó a que la mujer reconociera que lo sabía.

Volvió a mirarlo a la cara.

—Me parece que sería mejor que usted me lo contara con sus propias palabras.

Vaughan tensó los hombros.

—No puedo decirle más de lo que ya se sabe.

—Mmm. —El sonido no significaba ni una cosa ni otra. No le daba la razón exactamente, pero tampoco le llevaba la contraria. Solo indicaba que todavía tenía la palabra el hombre.

Vaughan confiaba en no tener que repetir la historia nunca más. Al cabo de dos años, daba por hecho que todo el mundo lo sabía ya. Era la clase de historia que se propagaba por todas partes en un período de tiempo sorprendentemente corto. Habían sido numerosas las ocasiones en las que había entrado en una sala (una reunión de trabajo, una entrevista para buscar un nuevo mozo de cuadra, un acto social con los granjeros vecinos, o un acontecimiento más formal en Oxford o en Londres) y había apreciado en las miradas de ciertas personas que no había visto nunca que no solo lo conocían a él, sino que conocían su historia. Era algo que ahora ya esperaba… Aunque nunca se había acostumbrado. «Qué barbaridad», murmuraba a veces un extraño mientras le estrechaba la mano. Y él había aprendido a agradecer el gesto con una expresión que también indicaba: «No hablemos más del tema».

En los primeros tiempos, tuvo que dar explicaciones interminables sobre lo sucedido. La primera vez fue cuando había despertado a los sirvientes para contárselo en primicia con desbocadas ráfagas de sonido, rápidas y furiosas, como si las propias palabras fuesen a caballo, persiguiendo a los intrusos y a su hija desaparecida. Se lo había contado a los vecinos que se sumaron a la búsqueda con frases jadeantes y entrecortadas, mientras notaba cómo se le contraía el pecho por el dolor. Lo contó una y mil veces, a todos los hombres, mujeres y niños con los que se topó en las siguientes horas, mientras recorría los caminos agrestes: «¡Se han llevado a mi hija! ¿Alguien ha visto a algún forastero que saliera huyendo con una niña de dos años?». Al día siguiente se lo contó al banquero cuando fue con urgencia a sacar el dinero del rescate, y de nuevo al policía que fue a verlos desde Cricklade. Eso fue cuando hicieron la denuncia formal de lo sucedido. Todavía estaban asimilando las cosas y en esa ocasión Helena también contribuyó al relato. Habían deambulado por la habitación, se habían sentado y habían vuelto a levantarse para caminar; se turnaban para hablar o, con frecuencia, lo hacían a la vez, y en ocasiones ambos quedaban sumidos en el silencio y se miraban el uno al otro, faltos de palabras. Existía un momento que se había esforzado en olvidar a toda costa. Helena, al describir el instante del descubrimiento, había exclamado: «Abrí la puerta y entré, y no estaba allí. ¡No estaba! ¡No estaba!». De forma críptica, repetía las palabras «¡No estaba!» y, mientras volvía la cabeza a un lado y al otro, sus ojos buscaban por los rincones más recónditos de la sala, como si su hija pudiese estar escondida en la esquina de la cornisa del techo, o detrás de ella, apostada en el ángulo de una viga del tejado, pero su ausencia persistía. Entonces le dio la impresión de que la ausencia de su hija había inundado a Helena, los había inundado a los dos, y con sus palabras solo intentaban achicar el agua de la barca de su vida. Pero las palabras eran pequeñas como hueveras y lo que describían era un océano de ausencia, demasiado inmenso para quedar contenido en unos recipientes tan modestos. Helena achicaba agua sin descanso, pero por muchas veces que repetía el esfuerzo, no lograba poner fin a la inundación de pena. «¡No estaba!», repetía sin cesar con una voz que el señor Vaughan no había creído posible en un ser humano, mientras se ahogaba en su pérdida, y él se sumía en una especie de parálisis, incapaz de hacer o decir algo para salvarla. Gracias a Dios que estaba el policía. Había sido él quien le había lanzado a Helena una cuerda a la que aferrarse, él quien la había arrastrado a la orilla con su siguiente pregunta.

—Pero ¿sabrían decirme si había dormido en su cama?

El sonido de sus palabras llegó a Helena. Mareada, poco a poco recuperó la compostura y asintió con la cabeza. En una voz que volvía a ser la suya, aunque débil por el agotamiento, había contestado:

—Ruby la metió en la cama. Nuestra niñera.

Entonces se había sumido en el silencio y Vaughan había continuado con la narración.

—Vaya más despacio, caballero, si no le importa —había dicho el agente, mientras se inclinaba sobre su cuaderno, lápiz en mano, para apuntarlo todo como un alumno aplicado—. ¿Podría repetirme lo que acaba de decir, por favor?

De vez en cuando los interrumpía, leía lo que había anotado, ellos le corregían, recordaban detalles que habían olvidado al principio, descubrían discrepancias en lo que sabía cada uno de ellos, comparaban los apuntes para rectificar si hacía falta. Cualquier detalle, por nimio que fuese, podía ser el que devolviera a su hija a casa. Habían tardado horas en dejar constancia de lo acontecido en unos minutos.

El señor Vaughan había escrito a su padre en Nueva Zelanda.

—No lo hagas —había protestado Helena—. ¿De qué sirve disgustarlo cuando seguro que vuelve a casa mañana, o pasado mañana?

De todos modos, él escribió la carta. Recordó la información que le habían dado al agente de policía y basó su explicación en eso. La escribió con sumo cuidado. La carta contenía todos los hechos de la desaparición. «Unos malhechores forasteros llegaron en mitad de la noche —decía la carta—. Pusieron una escalera y entraron en casa por la ventana de la habitación de la niña; se marcharon, llevándose a nuestra hija.» Párrafo nuevo: «A pesar de que recibimos la petición del rescate a primera hora del día siguiente y pagamos el dinero que nos pedían, nunca nos devolvieron a nuestra hija. La estamos buscando. Entre todos, hemos removido cielo y tierra, y no descansaremos hasta encontrarla. La policía sigue el rastro de los gitanos del río y registrará sus barcos. Enviaré más noticias en cuanto las tengamos».

No contenía ni pizca de la agitación que sentía. Ni las dolorosas pausas para respirar. El horror de lo ocurrido había sido extirpado. Sentado junto al escritorio, menos de cuarenta y ocho horas después del suceso, había escrito su relato: las letras se habían organizado en palabras, alineadas de manera ordenada, para formar frases y luego párrafos en los que la pérdida de su hija quedaba contenida. Bastaron dos páginas informativas.

Cuando Anthony Vaughan terminó la carta, la leyó de principio a fin. ¿Decía todo lo que hacía falta decir? Decía todo lo que se podía decir. Cuando se dio por satisfecho porque ya no podía añadir nada más, selló la carta y llamó a la sirvienta, que la llevó a correos.

Ese relato breve y aséptico, que había reutilizado infinidad de veces para informar a los socios de su negocio y a otros semidesconocidos, fue el que recuperó en aquel momento. Aunque no se había servido de él desde hacía meses, descubrió que todavía lo recordaba palabra por palabra. Tardó menos de un minuto en exponer lo ocurrido ante la mujer de ojos grises.

Cuando concluyó la historia, Vaughan bebió un gran sorbo de agua del vaso que tenía al lado. Notó un inesperado y refrescante sabor a pepino.

La señora Constantine lo miró con su expresión amable e impasible. De pronto, el señor Vaughan sintió que algo fallaba. Normalmente la gente expresaba un asombro apabullado, o realizaba un torpe intento de consolarlo, de decir lo adecuado, o, por el contrario, caía en un avergonzado silencio que él llenaba con algún comentario para reconducir la conversación. No ocurrió nada de todo eso.

—Ya veo —comentó la mujer. Y después, asintiendo, como si de verdad viera algo, pero ¿qué podía ver ahí? Nada, sin duda—. Sí, ¿y qué me dice de su esposa?

—¿Mi esposa?

—Al entrar, me ha dicho que había venido a pedirme ayuda con su mujer.

—Ah, sí, eso he dicho.

Le dio la impresión de que tenía que reseguir un larguísimo trecho para retroceder hasta el momento en que había llegado a la casa, al primer intercambio de palabras con la señora Constantine, aunque no podía haber transcurrido más de un cuarto de hora. Superó en orden inverso varios obstáculos de tiempo y de memoria, se frotó los ojos y por fin encontró el motivo que lo había llevado allí.

—Verá, lo que ocurre es lo siguiente. Mi mujer está desconsolada, como es natural. Es comprensible dadas las circunstancias. No piensa en otra cosa que no sea el regreso de nuestra hija. Su estado mental es lamentable. No quiere ver a nadie. No permite que la aparten de su aflicción. Ha perdido el apetito y cuando duerme la persiguen las pesadillas más atroces, así que prefiere quedarse despierta. Su comportamiento es cada vez más extraño, hasta el punto de que ahora supone un peligro para sí misma. Por ponerle un ejemplo: ha tomado la costumbre de salir al río en una barca de remos, sola y sin pensar en la comodidad ni en la seguridad. Está fuera de casa a todas horas, haga el tiempo que haga, vestida con prendas que no la protegen de las inclemencias. No es capaz de decir por qué actúa así y no le hace ningún bien. Al revés, solo le hace daño. Le he propuesto llevarla de viaje, pensando que salir de aquí podría despejarla. Incluso estoy dispuesto a venderlo todo y marcharnos sin mirar atrás para empezar de cero en un lugar completamente nuevo, que no esté teñido por nuestro dolor.

—¿Y cuál es su respuesta?

—Dice que le parece muy buena idea, y que cuando nuestra hija regrese a casa, eso es justo lo que haremos. ¿Lo ve? Si no cambian las cosas, lo único que presiento es que irá de mal en peor.

No es el duelo lo que la aflige, entiéndame, sino algo mucho más grave. Temo por ella. Tengo miedo de que, si las cosas no cambian, su vida acabe en un terrible accidente, o que termine metida en un asilo, y haría lo que fuera, ¡lo que fuera!, por evitarlo…

Los ojos grises no se despegaron de él y el señor Vaughan se percató de la atenta observación que tenía lugar bajo aquella capa de amabilidad. En esta ocasión dejó claro que no iba a decir nada más y que era el turno de palabra de la señora Constantine (¿había conocido alguna vez a una mujer que hablase tan poco?), y, por fin, esta abrió la boca.

—Debe de sentirse usted muy solo —comentó.

Anthony Vaughan a duras penas logró ocultar su decepción.

—Eso es lo de menos. Lo que quiero es que hable con ella.

—¿Con qué finalidad?

—Dígale que la niña está muerta. Creo que es lo que necesita oír.

La señora Constantine parpadeó dos veces. En otra persona, eso no habría tenido apenas significado, pero en una mujer de tal imperturbabilidad, contaba como una señal de sorpresa.

—Deje que se lo explique…

—Sí, será mejor que lo haga.

—Quiero que le diga a mi mujer que nuestra hija está muerta. Dígale que la niña es feliz. Dígale que está con los ángeles. Mándele mensajes, ponga voces. Haga el truco ese del humo y los espejos, si prefiere hacerlo así. —Miró alrededor de la habitación mientras lo decía. Le parecía poco probable que un salón tan decoroso como ese pudiese encajar con los artilugios y cortinas que suponía que eran necesarios para tales representaciones, pero pensó que tal vez empleaba otra sala—. Mire, no me gustaría que pareciese que le digo cómo tiene que trabajar. Usted sabe lo que funciona. Puedo contarle cosas que harán que Helena la crea. Cosas que solo ella y yo podemos saber. Y entonces…

—¿Entonces?

—Entonces podremos estar tristes y compungidos y lloraremos y rezaremos y así…

—Y así, cuando su esposa haya pasado el duelo, ¿podrá volver a la vida, a usted, de nuevo?

—¡Exacto!

Anthony Vaughan sintió una inmensa gratitud al saber que lo había comprendido tan bien.

La señora Constantine inclinó la cabeza un ápice hacia un lado. Le sonrió. Con aprecio. Con comprensión.

—Me temo que eso no será posible —contestó.

Anthony Vaughan se sobresaltó.

—¿Por qué no, si puede saberse?

La mujer negó con la cabeza.

—En primer lugar, tiene una idea equivocada (o alguien le ha dado una información errónea, tal vez) de lo que ocurre aquí. Es un error comprensible. Además, lo que sugiere no le haría ningún bien a su esposa.

—Le pagaré la tarifa que estipule. Le pagaré el doble si me lo pide.

—No es una cuestión de dinero.

—¡No lo entiendo! ¡Es una transacción bastante sencilla! ¡Dígame cuánto quiere y se lo pagaré!

—Créame, lamento profundamente lo que está sufriendo, señor Vaughan. Perder a un hijo es una de las mayores desgracias que puede soportar un ser humano. —Frunció el entrecejo, abatida—. Pero ¿qué opina usted, señor Vaughan? ¿Cree usted que su hija está muerta?

—Tiene que estarlo —respondió.

Los ojos grises lo miraron. Tuvo la repentina impresión de que la mujer podía ver dentro de su alma, de que podía advertir aspectos de su ser que se ocultaban en la oscuridad incluso para él mismo. Notó que el corazón le empezaba a latir a un ritmo incómodo.

—No me ha dicho cómo se llama.

—Helena.

—No me refiero a su esposa. Cómo se llama su hija.

«Amelia.» El nombre le subió por la garganta, pero se lo tragó. Vaughan notó un espasmo en el pecho. Tosió, jadeó, cogió el agua de nuevo y se bebió medio vaso de golpe. Inspiró con mucha cautela para ver si su pecho se había liberado.

—¿Por qué? —preguntó—. ¿Por qué no quiere ayudarme?

—Me encantaría ayudarle. Y desde luego, necesita ayuda. No puede seguir mucho tiempo más así. Pero lo que acaba de pedirme, además de ser imposible, no haría ningún bien.

El hombre se puso de pie y sacudió el brazo en un gesto de exasperación. Por un ridículo instante se planteó si acabaría llevándose las palmas de las manos a los ojos y se pondría a llorar. Sacudió la cabeza.

—Entonces, me voy.

Ella también se levantó.

—Si alguna vez desea volver, hágalo, por favor. Será bienvenido.

—¿Por qué iba a volver? No puede hacer nada por mí. Me lo ha dejado muy claro.

—Eso no es lo que he dicho… Vaya a refrescarse un poco si quiere. Hay agua y una toalla limpia allí al lado.

Cuando la señora Constantine salió de la habitación, Anthony Vaughan se echó agua en la cara, enterró el rostro en la suave toalla de algodón y notó una leve mejoría. Miró el reloj. Había un tren a y media y tenía el tiempo justo para poder cogerlo.

Al salir a la calle, Vaughan se mofó de su propia ingenuidad. Supongamos que la mujer hubiera accedido a su propuesta. Supongamos que hubiera llevado allí a Helena y la gente se hubiera enterado. Tal vez habría servido de algo para la esposa del hombre de la historia, pero Helena…, Helena no era como las esposas de otros hombres.

En el andén había unos cuantos pasajeros esperando el tren. El señor Vaughan se mantuvo a cierta distancia. No le gustaba llamar la atención. La charla insustancial con personas que uno solo conocía de vista era algo que evitaba siempre que le era posible, y la curiosidad de los desconocidos, que en ocasiones reconocían su cara cuando él no sabía quiénes eran ellos, era todavía peor.

Según el reloj de la estación, el tren llegaría al cabo de un par de minutos, y mientras esperaba se felicitó por haber logrado escapar de la encerrona. No adivinaba por qué la mujer se había negado a aceptar su dinero, pero sin duda quería tomarle el pelo de algún modo.

Estaba tan absorto en los pensamientos relacionados con el reciente encuentro que tardó un poco en tomar conciencia de la sensación que merodeaba en su mente. Cuando por fin se dio cuenta, la percepción estaba todavía tan borrosa por la extrañeza de lo acontecido en el número 17, que tardó otro instante en separar ese sentimiento nuevo de la incomodidad experimentada un rato antes. Y cuando por fin lo hizo, reconoció lo que era: expectación. Negó con la cabeza para apartar el agotamiento. Había sido un día largo. Esperaba un tren y el tren estaba a punto a llegar. Eso era todo.

El tren llegó; se subió, encontró un vagón vacío en primera clase y se sentó junto a la ventana. La expectación que había empezado a sentir en el andén se negaba a difuminarse. De hecho, conforme el tren salía de Oxford y él miraba por entre la neblina cada vez más oscura hacia el lugar en el que el río fluía invisible, el presentimiento aumentó de intensidad. El ritmo del tren en las vías le sugirió unas palabras a su cerebro exhausto y Vaughan las oyó con la misma claridad que si una persona invisible las hubiera pronunciado: «Va a suceder algo».

La pesadilla de Lily

En la orilla opuesta a la del imponente caserón de los Vaughan y menos de un kilómetro río abajo, había una parcela de tierra demasiado anegada incluso para los berros. Apartados de la corriente crecían tres robles, cuyas raíces bebían sedientas de la tierra mojada, pero cualquier semilla que caía en la orilla del río junto a su padre se pudría antes de poder germinar. Era un lugar dejado de la mano de Dios, que solo servía para ahogar perros, pero el río debía de haber sido más sumiso en el pasado, porque en algún momento alguien había construido allí una cabaña, entre los robles y el agua.

La modesta vivienda era poco más que una caja de piedra cubierta de liquen que constaba de dos estancias, dos ventanas y una puerta. No había dormitorio, pero en la cocina había unas escaleras que conducían a una plataforma con el ancho justo para poner un colchón de paja. En una de las paredes, ese altillo para dormir quedaba pegado a la chimenea, así que si se encendía el fuego antes de ir a la cama, la cabeza o los pies de quien durmiera allí podían estar calientes durante las primeras horas de la noche. Era un lugar empobrecido y pasaba tanto tiempo vacío como alquilado, porque era tan frío y húmedo que solo los desesperados se veían con ánimos de habitarlo. Era casi demasiado pequeño para tener nombre, así que resulta sorprendente que en realidad tuviera dos. Oficialmente se llamaba Cabaña del Pantano, pero desde tiempo inmemorial todo el mundo se había referido a ella como Cabaña del Cestero. Hacía mucho tiempo, un cestero había alquilado la choza durante doce o treinta años, dependiendo de quién contara la historia. Recogía juncos durante todo el verano y fabricaba cestos durante todo el invierno, y en esa época todo aquel que necesitara un cesto se lo compraba a él, porque sus productos eran de buena calidad y no pedía mucho por ellos. No tenía hijos que le dieran disgustos ni esposa que lo incordiara, ni ninguna otra mujer que le rompiera el corazón. Era callado sin resultar arisco, les daba los buenos días a todos con amabilidad y no se discutía con nadie. Vivía sin deudas. No tenía pecados que la gente supiera o pudiera imaginar. Una mañana se metió en el río con los bolsillos llenos de piedras. Cuando su cuerpo chocó con una de las barcazas que esperaban en el muelle a que las cargaran de bienes, la gente fue a su cabaña y encontró patatas en un recipiente de piedra y queso al lado. Había sidra en una jarra y en la repisa de la chimenea tenía una lata de tabaco medio llena. Su fallecimiento produjo una gran consternación. Tenía trabajo, comida y placer… ¿Qué más podía desear un hombre? Era un misterio, y de la noche a la mañana, la Cabaña del Pantano se convirtió en la Cabaña del Cestero.

Desde la época del cestero, el río había anegado la orilla arrastrando distintas capas de grava. Esto creaba peligrosos salientes que parecían sólidos pero que no soportaban el peso de un hombre. Cuando se derrumbaban, lo único que quedaba para contener el río era una ligera pendiente donde las frágiles raíces de la salicaria, la reina de los prados y el mimbre intentaban compactar la tierra y entretejerla, pero se veían barridos cada vez que subía el caudal. En los equinoccios y después de una buena tormenta, y también tras una lluvia moderada seguida de un sol abrasador, y a veces también durante el deshielo y en ocasiones incluso sin otro motivo salvo la maldad azarosa de la naturaleza, el río inundaba esa discreta ladera. En medio de la cuesta, alguien había clavado un poste en el suelo. Aunque había adquirido un tono plateado con el tiempo y estaba agrietado por la sumersión repetida, todavía se veían las líneas grabadas en la madera que marcaban el nivel del agua, y era posible distinguir las fechas que indicaban cuándo había tenido lugar el desbordamiento del río. Las marcas de las distintas inundaciones eran numerosas en la parte inferior del poste, y casi igual de numerosas en la parte central e incluso en la superior. En un punto más elevado de la ladera había surgido otro poste en época más reciente. Sin duda debían de haberse producido desbordamientos que habían sumergido por completo el primer poste. El nuevo tenía dos líneas marcadas, una de hacía ocho años y la otra de hacía cinco.

Hoy había una mujer junto al poste más antiguo, mirando el río. Se apretó el abrigo contra el cuerpo con las manos desprovistas de guantes, que tenía cuarteadas y enrojecidas por el frío. Se le habían soltado unos cuantos mechones de las escasas horquillas que llevaba y le caían sobre la cara, moviéndose con la brisa. Tenía el pelo tan rubio que las canas plateadas que habían empezado a salirle eran casi invisibles. Y si bien el aspecto de su pelo no le hacía aparentar los cuarenta y tantos años que tenía, no podía decirse lo mismo de su cara. Los problemas habían hecho mella, y unas arrugas de ansiedad permanentes le surcaban la frente.

El nivel del río estaba a casi un metro del poste. No habría inundación ese día, ni al día siguiente, y sin embargo, sus ojos miraban con temor. El agua, brillante, fría y rápida, siseaba al discurrir. Salpicaba a intervalos regulares; cuando unas gotas de agua del río aterrizaban cerca de su bota, la mujer daba un respingo y retrocedía un par de palmos.

Mientras estaba allí, recordó la historia del cestero y se estremeció al pensar en su valentía: meterse en el río de esa manera con los bolsillos llenos de piedras. Pensó en las almas de los muertos que la gente decía que habitaban en el río y se preguntó cuáles pasarían junto a ella en ese momento y le escupirían a los pies. Pensó (otra vez) que un día tenía que preguntarle al párroco por las almas de los muertos del río. No estaba en la Biblia —por lo menos, que ella supiera—, pero eso no significaba nada. Debía de haber un montón de cosas que eran ciertas y que no salían en la Biblia. Era un libro voluminoso, pero aun así, no podía contener absolutamente todas las cosas ciertas, ¿no? Se dio la vuelta y subió la colina en dirección a la cabaña. La jornada laboral no era más corta en invierno que en verano, y cuando llegó a casa ya casi había anochecido. Todavía tenía que ir a ver a los animales.

Lily se había instalado en la cabaña cuatro años antes. Se había presentado como la señora White, viuda, y al principio la gente pensó que no era trigo limpio porque daba respuestas evasivas a cualquier pregunta que tuviese que ver con su vida pasada y rechazaba nerviosa cualquier intento de entablar amistad con ella. Pero iba a misa todos los domingos sin excepción y sacaba del monedero las escasas monedas necesarias para todas las compras modestas que hacía y nunca pedía que le fiaran nada, así que con el tiempo la sospecha se apagó. No tardó mucho en empezar a trabajar en la casa parroquial; primero hacía la colada y luego, dado que era rápida e infatigable en sus esfuerzos, cada vez se encargaba de más tareas. Desde que el ama de llaves del párroco se había jubilado dos años antes, Lily había asumido toda la responsabilidad de los asuntos domésticos de la parroquia. Había dos habitaciones cómodas en la casa parroquial destinadas a alojar al ama de llaves, pero Lily continuó viviendo en la Cabaña del Cestero; según decía, era por los animales. Ahora la gente ya se había acostumbrado a ella, pero todavía había quien decía en el pueblo que «algo no encajaba» con Lily White. ¿De verdad era viuda? Entonces, ¿por qué se ponía tan nerviosa cuando alguien le hablaba de improviso? ¿Y qué mujer en su sano juicio elegiría vivir en el húmedo aislamiento de la Cabaña del Cestero cuando podía disfrutar de las comodidades y las paredes empapeladas de la casa parroquial, solo por el bien de una cabra y un par de cerdos? De todos modos, la familiaridad y su relación con el párroco ayudaron a disipar las sospechas, y ahora la miraban con algo similar a la pena. Tal vez fuese un ama de llaves excelente, pero, a pesar de todo, se rumoreaba que a Lily White «le faltaba un hervor».

Había una parte de verdad en lo que la gente imaginaba sobre Lily White. Ante la ley y ante los ojos de Dios, no era la viuda de nadie. Durante unos años había existido un señor White, y Lily había cumplido con todas las obligaciones conyugales que una esposa suele realizar para su marido: había cocinado sus platos, fregado los suelos, lavado sus camisas, vaciado su orinal y calentado su cama. A cambio, él había cumplido con las obligaciones normales de un marido de la época: le había racionado el dinero, se había bebido la cerveza que le habría tocado a ella, había pasado la noche fuera cuando le apetecía y la había zurrado. A ojos de Lily, había sido un matrimonio en todos los sentidos, así que, cuando el hombre había desaparecido cinco años antes en circunstancias en las que prefería no pensar, la mujer no lo había dudado. Con su afición al robo, la bebida y otras malas costumbres, el impoluto apellido White era mucho más de lo que merecía ese hombre. También era un apellido mejor que lo que ella merecía, y lo sabía, pero de todos los apellidos que habría podido tener, ese era el que más deseaba. Así que se lo apropió. Dejó ese pueblo, siguió el río y, por casualidad, llegó a Buscot. «Lily White —había murmurado en voz muy baja durante todo el trayecto—. Soy Lily White, un lirio blanco.» Intentaba hacer honor a ese nombre.

Lily le dio unas patatas podridas a la cabra de pelo dorado y luego fue a dar de comer a los cerdos. Estos vivían en la antigua leñera. Era un edificio de piedra, a medio camino entre la cabaña y el río, con una apertura alta y estrecha en el lateral que daba a la cabaña para que una persona pudiera entrar y salir, y una apertura baja en el otro lado, para que los cerdos pudieran ir y venir a sus anchas entre la pocilga y el corral embarrado. Por dentro, un murete bajo separaba las dos mitades de la leñera. En el extremo en el que estaba Lily, se apilaba contra la pared la leña cortada, junto a un saco de grano y una vieja tina para bañarse medio llena de bazofia para los cerdos. Había un par de cubos y, en una estantería, varias manzanas que se pudrían poco a poco.

Lily levantó los cubos y los sacó, rodeando la pocilga con el fin de dejarlos en el corral exterior lleno de barro. Vació un cubo de coles medio podridas y otra materia vegetal demasiado marrón para poder identificar qué era por encima de la valla y lo tiró todo al comedero, luego llenó de agua la vieja pila. El macho salió de su cobijo de madera relleno de paja y, sin mirar a Lily, bajó la cabeza para comer. Tras él salió la cerda.

La hembra se rascó el flanco contra la valla, como solía hacer, y cuando Lily le rascó por detrás de las orejas, el animal parpadeó con la mirada puesta en ella. Detrás de las pestañas rojizas, la cerda tenía los ojos todavía medio dormidos. «¿Sueñan los cerdos? —se preguntó Lily—. Si lo hacen, seguro que es sobre algo mejor que la vida real, por lo que parece.» La cerda se despertó del todo y contempló a Lily con una mirada tan penetrante que resultaba peculiar. Los cerdos eran criaturas curiosas. Casi daban la impresión de ser humanos, por cómo miraban a veces. ¿O es que la cerda estaba recordando algo? Sí, recapacitó, era eso. La cerda tenía la misma expresión que si estuviera recordando algún momento feliz ya perdido, de modo que el gozo recordado quedaba velado por la pena actual.

Lily también había sido feliz en otra época, aunque le resultaba muy doloroso recordarlo. Su padre había muerto antes de que ella tuviera uso de razón, y hasta que tenía once años, su madre y ella habían vivido juntas tranquilamente, ellas dos solas. Tenían poco dinero y la comida escaseaba, pero se las apañaban, y después de tomar la sopa por la noche se acurrucaban juntas y se arropaban con la manta para ahorrarse encender el fuego, y cuando su madre se lo indicaba con la cabeza, Lily pasaba las páginas de la Biblia infantil mientras su madre leía en voz alta. Lily no leía muy bien. No sabía distinguir la *b* de la *d* y todas las palabras le bailaban en la página en cuanto notaban el roce de su mirada; pero cuando su madre le leía con su voz cálida, las palabras se apaciguaban y Lily descubría que, al fin y al cabo, sí podía seguir el hilo y leía las frases con los labios al mismo tiempo. De vez en cuando, su madre le hablaba de su padre. Le contaba lo mucho que quería a su hijita, cuánto la cuidaba, y repetía que, cuando enfermó, le dijo: «Aquí está lo mejor de mí, Rose. Vive en esta niña que hemos creado juntos». Con el tiempo, Jesucristo y su padre pasaron a parecerle distintos rostros del mismo hombre, una presencia que la rodeaba y la protegía y no era menos real por el hecho de ser invisible. Esa manta y ese libro y la voz de su madre y Jesús y su padre, que tanto la quería... Esos recuerdos felices eran del tipo de los que solo servían para afilar las aristas de la existencia vivida desde entonces. No era capaz de pensar en aquellos días dorados sin desesperarse, y en ocasiones casi llegaba a desear no haberlos vivido. Ese anhelo impotente de la felicidad perdida en la mirada de la cerda debía de ser el mismo que transmitía ella cuando recordaba el pasado. El único Dios que vigilaba a Lily ahora era severo y vengativo, y si su padre llegase a mirar desde el cielo a su propia hija ahora adulta, apartaría la cara por la agonía de la decepción.

La cerda continuó mirando a Lily, quien le apartó el morro con brusquedad. «Qué cerda tan tonta», masculló mientras subía la cuesta hacia la cabaña.

Dentro, encendió el fuego de la chimenea y comió un poco de queso y una manzana. Miró la vela, un cabo corto pegado con la propia cera a un trozo de baldosa rota, y decidió pasar un rato más sin prenderla. Junto al fuego había una silla desvencijada, con el tapizado lleno de remiendos hechos con lana de distintos colores, en la que se sentó Lily. Estaba cansada, pero los nervios la mantenían alerta. ¿Sería una de esas noches en las que él se presentaba? Lo había visto el día anterior, así que quizá no; pero nunca se sabía. Se quedó sentada una hora, a la espera de oír pasos, y, poco a poco se le fueron cerrando los párpados, empezó a cabecear y acabó por quedarse dormida.

Entonces, el río exhaló una complicada fragancia que se coló con el viento por la rendija que quedaba debajo de la puerta de la cabaña. Lily sintió un repentino cosquilleo en la nariz. El olor tenía una base terrosa con nítidas notas de hierba, juncos y cañas. Contenía la cualidad mineral de la piedra. Y algo más oscuro, más marrón y más descompuesto.

Con la siguiente exhalación, el río expulsó a una niña, que flotó hasta la cabaña, glauca y fría.

Lily arrugó la frente en sueños y, turbada, se le agitó la respiración.

El pelo incoloro de la niña se le pegaba al cuero cabelludo y a los hombros; llevaba una prenda del color de la espuma sucia que se forma en los bordes del río. Chorreaba agua: del pelo le goteaba en el manto, y del manto salpicaba el suelo. No se desparramaba.

El miedo hizo que a Lily se le atascara un sollozo en la garganta.

Plinc, plinc, plinc… El agua no tenía fin: seguiría goteando toda la eternidad; gotearía hasta que el río se quedase seco. La niña merodeó por la habitación y dirigió una mirada malévola hacia la mujer que dormía en la silla y, despacio, muy despacio, levantó una mano brumosa para señalarla con el dedo.

Lily se despertó con un sobresalto…

La niña del río se evaporó.

Durante unos instantes, Lily miró alarmada el espacio vacío en el que un momento antes estaba la niña.

—¡Ay! —exclamó—. ¡Ay, ay, ay!

Se llevó las manos a la cabeza como si quisiera esconderse de la imagen, pero a la vez miró entre los dedos para asegurarse de que la niña ya no estaba.

Después de tanto tiempo, las cosas no habían mejorado. La niña seguía furiosa. Si por lo menos se quedase un poco más, para que Lily pudiera hablar con ella... Le diría que lo sentía mucho. Le diría que pagaría cualquier precio que le pusiera, renunciaría a todo, haría lo que fuera... Pero cuando Lily recuperaba la movilidad de la lengua, la niña ya se había marchado.

Lily se inclinó hacia delante, todavía asustada, para mirar los tablones del suelo de la estancia principal, en la zona donde había merodeado la niña del río. Había marcas oscuras; apenas las distinguía con la luz menguante. Se incorporó de la silla y caminó arrastrando los pies, a regañadientes. Se arrodilló, extendió la mano y estiró los dedos para palpar la oscuridad.

El suelo estaba mojado.

Lily juntó las manos para rezar.

—«Sácame del barro, que no me hunda; líbrame del vértigo del agua profunda. Que las olas no me sumerjan, ni me trague el torbellino ni el pozo cierre sobre mí su boca» —repitió a toda prisa las palabras del salmo hasta que su respiración se normalizó, y a continuación, se puso de pie con mucho esfuerzo y añadió—: Amén.

Se sentía acongojada y no era solo por la estela de la visita nocturna. ¿Estaba subiendo el río? Se acercó a la ventana. Su resplandor oscuro no estaba más cerca de la cabaña que un rato antes.

Sería él, entonces. ¿Se aproximaba? Buscó movimiento fuera, aguzó el oído para comprobar si lo oía llegar. Nada.

No era ninguna de las dos cosas.

Entonces, ¿qué?

Cuando por fin llegó la respuesta, fue pronunciada en una voz tan parecida a la de su madre que la pilló por sorpresa, hasta que se dio cuenta de que era la suya:

—Va a suceder algo.

El señor Armstrong en Bampton

«Va a suceder algo», pensaron todos. Y poco después, en el Swan de Radcot, se desveló qué era.

¿Y luego qué?

La mañana que siguió a la noche más larga, el estruendo de unos cascos de caballo en los adoquines anunció que alguien llegaba al pueblo de Bampton. Los pocos que se hallaban fuera de casa a esa hora tan temprana fruncieron el ceño y miraron hacia arriba. ¿A qué descerebrado se le ocurría ir al galope por su estrecha calle? Cuando el caballo y el jinete se hicieron visibles, creció su curiosidad. En lugar de ser uno de sus propios muchachos inmaduros, el jinete era un forastero, y no solo eso: era negro. Tenía la cara seria y el vaho que exhalaba a causa del frío matutino le daba un aire furioso. Cuando frenó, lo repasaron con la mirada y se metieron a toda prisa en casa, para correr a cerrar todas las puertas con llave.

Robert Armstrong estaba acostumbrado a causar ese efecto en los desconocidos. Sus congéneres siempre habían desconfiado de él a primera vista. La negrura de su piel lo convertía en un marginado, y su altura y corpulencia, que habrían sido una ventaja para cualquier hombre blanco, solo lograban que la gente recelase todavía más. En realidad, como comprendían a la perfección otros muchos seres vivos, Armstrong tenía un corazón de oro. Pensemos en Veloz, por ejemplo. Todos habían dado por imposible a la yegua, alegando que era indomable, y por eso se la habían vendido por una ridiculez; sin embargo, cuando él se montó en la silla, los dos se hicieron amigos del alma en cuestión de media hora. Y el gato. Una criatura esquelética a la que le faltaba una oreja que apareció en el granero una mañana de invierno, escupiendo maldiciones y lanzando miradas malévolas a diestro y siniestro. Pues mira por dónde, ahora corría detrás de él por el patio, con la cola levantada, maullando para que le rascara debajo de la barbilla. Incluso las mariquitas que aterrizaban en el pelo de Armstrong en verano y le recorrían la cara sabían que lo único que haría él sería arrugar la nariz para apartarlas si le hacían demasiadas cosquillas. Ningún animal silvestre o de granja lo temía, pero la gente… ¡Ay! Eso era harina de otro costal.

No hacía mucho, un tipo había escrito un libro (Armstrong había oído rumores) en el que proponía que el hombre era una especie de mono listo. La idea había provocado muchas risas e indignación, pero Armstrong se inclinaba a creerlo. Había descubierto que la línea que separaba a los seres humanos del reino animal era porosa, y todas las cosas que las personas consideraban tener en exclusiva (inteligencia, amabilidad, comunicación) él las había visto en sus cerdos, su yegua, incluso en los grajos que saltaban y se pavoneaban entre sus vacas. Y además, había otra cosa: los métodos que utilizaba con los animales solían dar fruto también si los aplicaba con las personas. Al final, casi siempre lograba metérselas en el bolsillo.

No obstante, la repentina desaparición de la gente que había atisbado en la calle un momento antes complicaba un poco las cosas. No conocía Bampton. Armstrong caminó unos cuantos metros más y, al llegar a un cruce, vio a un chiquillo tumbado en el montículo cubierto de hierba que había junto al poste de la señal, con la nariz casi pegada al suelo. Estaba tan concentrado en estudiar la disposición de una serie de canicas que no parecía darse cuenta del frío… ni de la llegada de Armstrong.

Dos expresiones pasaron por el rostro del muchacho. La primera (alarma) fue pasajera. Desapareció en cuanto vio la canica que apareció como por arte de magia del bolsillo de Armstrong. (Siempre pedía que le cosieran bolsillos especialmente grandes y reforzados en las chaquetas para guardar los elementos que solía llevar encima con el fin de domesticar y tranquilizar a las criaturas. Por norma general, llevaba bellotas para los cerdos, manzanas para los caballos, canicas para los niños y una petaca de alcohol para los adolescentes y hombres. Para apaciguar a las hembras de la especie humana confiaba en los buenos modales, las palabras adecuadas y unos zapatos y botones siempre bien lustrosos.) La que le enseñó al chiquillo no era una canica cualquiera, sino una que contenía reflejos anaranjados y amarillos, tan parecidos a las llamas que uno pensaría que podía calentarse solo con tocarla. Entonces, el chico se mostró interesado.

El juego que siguió a continuación fue llevado a cabo con una concentración profesional por ambas partes. El chico tenía la ventaja de conocer el terreno —qué penachos de hierba se doblarán cuando pase la canica y cuáles tienen debajo raíces nudosas que desviarán su trayectoria— y el juego terminó, tal como había planeado Armstrong, con la canica en el bolsillo del niño.

—Un juego limpio —admitió—. La victoria para el mejor.

El chico lo miró desconcertado.

—¿Era su mejor canica?

—Tengo otras en casa. Ay, ya es hora de que me presente. Me llamo señor Armstrong y tengo una granja en Kelmscott. A lo mejor puedes ayudarme con una cosa. Me gustaría saber cómo ir a una casa en la que vive una niña que se llama Alice.

—Es la casa de la señora Eavis, su madre se hospeda allí.

—Y su madre se llama…

—¡Señora Armstrong, señor! ¡Ay! ¡Pero si tiene el mismo apellido que usted, señor!

Armstrong sintió un alivio considerable. Si la mujer se hacía llamar señora Armstrong, entonces Robin se había casado con ella. Tal vez las cosas no fueran tan mal como se temía.

—¿Y dónde está la casa de la señora Eavis? ¿Puedes darme indicaciones?

—Lo acompañaré; será lo mejor, porque yo conozco el camino más corto, soy quien reparte la carne.

Se pusieron en camino. Armstrong llevaba a Veloz cogida por las riendas.

—Te he dicho cómo me llamo y ahora te informo de que esta yegua se llama Veloz. Ahora que sabes quiénes somos, dime, ¿quién eres tú?

—Soy Ben, el hijo del carnicero.

Armstrong se dio cuenta de que Ben tenía por costumbre respirar hondo antes de empezar cada respuesta para soltar luego todas sus palabras en una retahíla.

—Ben. Supongo que eres el hijo menor, porque eso es lo que significa Benjamin.

—Significa el último y el más pequeño, y fue mi padre quien me puso el nombre, pero mi madre dice que hace falta más que un nombre para conseguir que algo sea de una manera, y hay tres hijos más detrás de mí y uno que está en camino, y a esos hay que sumar los cinco que vinieron antes, aunque lo único que necesita mi padre es uno que le ayude en la tienda y ese es mi hermano mayor, y todos los demás somos excedentes, porque solo servimos para comernos los beneficios.

—¿Y tu madre qué opina de eso?

—Poca cosa, pero cuando sí dice algo, suele ir en la línea de que comerse los beneficios es mejor que bebérselos, y entonces él le da una somanta de palos y mi madre no dice nada más en unos cuantos días.

Mientras el chico hablaba, Armstrong lo miraba de reojo. Llevaba sombras de moretones en la frente y en las muñecas.

—La casa de la señora Eavis no es una casa buena —le dijo el muchacho.

—¿En qué sentido no es una casa buena?

El chico pensó mucho.

—Es una casa mala, señor.

Al cabo de unos minutos, llegaron a la puerta.

—Mejor me quedo aquí y le cuido el caballo, señor.

Armstrong le pasó las riendas de Veloz a Ben, además de una manzana.

—Si le das esto a Veloz, tendrás a una amiga para toda la vida —dijo, y luego se dio la vuelta para llamar a esa casa grande y anodina.

La puerta se abrió una rendija y el recién llegado atisbó una cara casi tan estrecha como la ranura por la que miraba. La mujer miró un momento la cara negra de Armstrong y sus facciones afiladas se contrajeron.

—¡Bu! ¡Fuera de aquí, sucio demonio! ¡Esto no es para tu calaña! ¡Largo de aquí!

Hablaba más alto de lo necesario, y más despacio, como si se dirigiera a alguien retrasado o a un extranjero.

Intentó cerrar la puerta, pero la punta de la bota de Armstrong se lo impidió y, ya fuera porque vio el caro cuero lustrado o por el deseo de reiterarle su opinión con más contundencia, el caso es que la mujer volvió a abrir la puerta. Pero antes de que pudiera abrir la boca para hablar, Armstrong se dirigió a ella. Habló en voz baja y con una expresión de lo más digna, como si ella no lo hubiese llamado nunca sucio demonio y como si no tuviera la bota haciendo cuña en el vano de la puerta.

—Perdone mi intromisión, madame. Soy consciente de que debe de estar muy ocupada y no la entretendré ni un minuto más de lo preciso.

Se aseguró de que la mujer asimilara la escuela de pago que subyacía bajo su forma de hablar, que apreciara el sombrero de buena calidad, el abrigo elegante. Se fijó en que la mujer sacaba conclusiones y notó que la presión contra la punta de la bota remitía.

—¿Sí? —preguntó la mujer.

—Tengo entendido que hay una joven que responde al nombre de señora Armstrong alojada aquí…

Una sonrisa triunfal y maliciosa se dibujó en las comisuras de los labios de la madama.

—Trabaja aquí. Es nueva. Tendrá que pagar extra.

Así que a eso se refería Ben con lo de que era una casa mala.

—Lo único que quiero es hablar con ella.

—Es por la carta, supongo. Hace semanas que la espera. Ha perdido la esperanza.

La mujer estrecha y enjuta sacó una mano estrecha y enjuta. Armstrong la miró y negó con la cabeza.

—Si no le importa, me gustaría mucho verla en persona, por favor.

—¿No es la carta?

—No, no es la carta. Lléveme a verla, haga el favor.

Lo condujo por un tramo de escaleras y luego por otro, sin dejar de murmurar:

—¿Y cómo no iba a pensar que era la dichosa carta, cuando lo único que le he oído decir, veinte veces al día, durante el último mes ha sido: «¿Ha llegado ya mi carta, señora Eavis?». Y: «Señora Eavis, ¿hay alguna carta para mí?».

Armstrong no dijo nada, pero intentaba que su semblante pareciese apacible y afectuoso cada vez que ella se volvía para mirarlo. La escalera, bastante ostentosa y cuidada junto a la entrada, estaba cada vez más dejada y lúgubre conforme subían. De camino, vio algunas puertas medio abiertas. Armstrong entrevió retazos de camas deshechas, ropa desperdigada por el suelo. En una habitación, una figura femenina semidesnuda se inclinó hacia delante para subirse una media por encima de la rodilla. Cuando la mujer lo pilló mirándola, su boca sonrió, pero sus ojos no lo hicieron. A Armstrong se le encogió el corazón. ¿En eso se había convertido la mujer de Robin?

En el descansillo superior, donde la pintura estaba desconchada, la señora Eavis se detuvo y llamó con apremio a la puerta.

No obtuvo respuesta.

Aporreó la puerta de nuevo.

—¿Señora Armstrong? Un caballero te busca.

Solo le respondió el silencio.

La señora Eavis frunció el entrecejo.

—No lo entiendo… No ha salido en toda la mañana. La habría oído. —Entonces, añadió con voz alarmada—: ¡Se ha largado sin pagar, eso es lo que ha hecho! ¡Maldita ladronzuela!

Y en un abrir y cerrar de ojos sacó la llave del bolsillo, abrió la puerta e irrumpió con rabia.

Por encima del hombro de la señora Eavis Armstrong lo percibió todo en un fogonazo. La sábana manchada y arrugada de la cama de hierro y, contra ella, esa otra blancura horripilante: un brazo extendido con los dedos rígidos.

—¡Santo Dios, no! —exclamó, y se llevó la mano a los ojos, como si todavía estuviera a tiempo de no verlo. Así permaneció unos segundos, con los ojos bien cerrados, mientras la queja de la señora Eavis continuaba.

—¡Menuda fresca! ¡Me debe dos semanas de alquiler! ¡«Cuando me llegue la carta, señora Eavis»! ¡Mentirosa de poca monta! Y ahora, ¿qué voy a hacer, eh? ¡Se ha zampado mi comida, ha dormido en mis sábanas! ¡Y ella pensaba que era demasiado buena para pagarlo con su trabajo! «¡Te echaré si no me pagas de una vez!», le dije. «¡Aquí no mantengo a las chicas gratis! Si no puedes pagar con dinero, tendrás que trabajar», la amenacé. Y me aseguré de que lo hiciera. No tolero a las chicas que no tienen dinero pero que no quieren trabajar para pagar sus deudas. Al final cedió. Siempre lo hacen. Y ahora, ¿qué voy a hacer, eh? ¡Ladrona!

Cuando Armstrong se apartó la mano de los ojos y los abrió, parecía una persona totalmente distinta. Con lástima, miró la habitación pequeña y austera. Los tablones estaban desnudos y con grietas, un cristal roto dejaba pasar ráfagas de aire que cortaban como cuchillos. La escayola tenía manchas y estaba abombada por la humedad. No había ni un solo rastro de color, de calidez, de comodidad humana. En la mesita que había junto a la cama vio un frasco de farmacia marrón. Vacío. Lo cogió y lo olió. Así que era eso. La chica se había quitado la vida. Se metió el frasco en el bolsillo. ¿De qué iba a servir que la gente lo supiera? Había muy poco que pudiera hacer por ella a esas alturas; por lo menos, podía ocultar la forma en que había muerto.

—Y vamos a ver, ¿quién es usted, eh? —continuó la señora Eavis, con aire calculador. Y aunque le pareció poco probable, albergó una ligera esperanza, que la llevó a preguntar—: ¿Un familiar? —No recibió respuesta.

El hombre extendió una mano y le cerró los párpados a la chica muerta, luego inclinó la cabeza durante un minuto para rezar.

La señora Eavis se quedó a la expectativa. No se unió a él en el «Amén», sino que, en cuanto hubo terminado la oración, retomó su perorata donde la había dejado.

—Lo digo porque, si son familia, usted será responsable. De la deuda.

Armstrong hizo una mueca y rebuscó en los pliegues del abrigo hasta sacar un monedero de piel. Contó las monedas en la palma de la mano de la mujer.

—¡Son tres semanas! —exclamó entonces la madama cuando Armstrong estaba a punto de guardar el monedero. Le dio las monedas adicionales con sensación de desagrado y la mujer cerró las garras para retenerlas.

El visitante se dio la vuelta para ver de nuevo la cara de la chica que yacía inerte en la cama.

Tenía los dientes muy grandes y los pómulos tan marcados que, en cierto modo, a pesar de lo que había comentado la señora

Eavis, la joven no se había beneficiado demasiado de las comidas de su casera.

—Supongo que era hermosa, ¿verdad? —preguntó con tristeza.

La pregunta pilló desprevenida a la señora Eavis. El hombre tenía edad de ser el padre de la joven, pero teniendo en cuenta el pelo rubio de la chica y la tez morena del hombre, eso era más que improbable. Algo le decía que tampoco era su amante. Pero, si no era ninguna de las dos cosas, si ni siquiera la había visto antes, ¿por qué le pagaba el alquiler? Aunque a ella eso le daba igual.

Se encogió de hombros.

—Hermoso es el que hace cosas hermosas. Era rubia. Demasiado flaca.

La señora Eavis salió de la habitación y se quedó en el descansillo. Armstrong suspiró y, tras mirar por última vez con lástima al cadáver tendido en la cama, la siguió.

—¿Dónde está la niña? —preguntó.

—Ahogada, confío. —La madama volvió a encogerse de hombros con desdén, sin interrumpir el descenso por las escaleras—. Solo tendrá que pagar un funeral —añadió con malicia—. En cierto modo, es una bendición.

«¿Ahogada?» Armstrong se quedó petrificado en el escalón superior. Se dio la vuelta y abrió de nuevo la puerta. Miró arriba y abajo, a derecha e izquierda, como si en algún lugar, en alguna grieta entre los tablones del suelo, detrás de la inútil cortina hecha jirones, en el frío aire mismo, pudiera esconderse un pedazo de vida. Apartó la sábana, por si había un segundo cuerpo —¿muerto?, ¿vivo?— escondido entre sus frágiles pliegues. Solo encontró los huesos de la madre, que le quedaban grandes para la poca carne que contenían.

Fuera, Ben acariciaba la melena de su nueva amiga, Veloz. Cuando el dueño de la yegua salió de la casa, se le notaba distinto. Más gris. Más viejo.

—Gracias —le dijo distraído al muchacho mientras recuperaba las riendas.

Al chico se le ocurrió que tal vez no llegase a descubrir de qué había servido su ayuda: la llegada del interesante forastero a la calle, la victoria con la que había ganado la flamante canica, la misteriosa visita del señor Armstrong a la casa de mala reputación de la señora Eavis.

Con un pie en el estribo, el hombre se detuvo, y las cosas tomaron un cariz más esperanzador.

—¿Conoces a la niña que vivía en esa casa?

—¿Alice? No salen mucho, y Alice siempre sigue a su madre, medio escondida, porque es tímida y se pega a las faldas de su madre, para ocultarse si cree que alguien la mira, pero la he visto asomar la cara un par de veces.

—¿Cuántos años dirías que tiene?

—Unos cuatro.

Armstrong asintió y frunció el entrecejo con tristeza. Ben notó la presencia de algo complicado en el ambiente, algo que no quedaba al alcance de su comprensión.

—¿Cuándo fue la última vez que la viste?

—Ayer, a última hora de la tarde.

—¿Dónde?

—En la tienda del señor Gregory, salió con su madre y subieron por el camino.

—¿Qué clase de tienda tiene el señor Gregory?

—La farmacia.

—¿Llevaba algo en la mano?

Ben reflexionó.

—Algo envuelto en papel.

—¿De qué tamaño?

Hizo un gesto para indicarlo y Armstrong comprendió que era algo del tamaño del frasquito que había recogido en la habitación y que ahora llevaba en el bolsillo.

—Y ese camino, ¿adónde va?

—A ninguna parte, en realidad.

—A algún sitio debe de ir.

—No va a ningún sitio, bueno, solo al río.

Armstrong no dijo nada. Se imaginó a la pobre joven entrando en la farmacia a comprar un frasco de veneno y luego tomando el camino que conducía al río.

—¿Las viste volver?

—No.

—O… ¿Quizá la señora Armstrong volvió sola?

—Entonces ya me había ido a comerme los beneficios.

Ben se quedó perplejo. Tuvo la impresión de que estaba ocurriendo algún acontecimiento importante, pero no sabía de qué podía tratarse. Miró a Armstrong para ver si le había sido útil o no. Fuera lo que fuese lo que estaba pasando, pensó que le encantaría formar parte del asunto, y tratar más con ese hombre que daba manzanas a su preciosa yegua y guardaba canicas en los bolsillos y casi daba miedo pero tenía una voz llena de ternura. Sin embargo, el hombre de piel oscura con la yegua elegante no parecía en absoluto contento, así que Ben se sintió decepcionado.

—¿Y podrías enseñarme cómo se va a la farmacia, Ben?

—Claro.

Mientras caminaban, el hombre parecía perdido en sus pensamientos, y Ben, aunque no se dio cuenta de que lo hacía, también debía de ir pensando, porque había algo en la cara sombría del hombre que le decía que el drama en que estaban inmersos era de los gordos.

Llegaron a un edificio bajo y pequeño hecho de ladrillo, con una ventana también pequeña y desvencijada sobre la que alguien había pintado la palabra «Farmacia», pero hacía tanto tiempo que ahora estaba descolorida. Entraron y el hombre del mostrador levantó la cabeza. Era algo enclenque y tenía la barba corta. Al ver al recién llegado, se alarmó, pero entonces vio a Ben y decidió tranquilizarse.

—¿En qué puedo ayudarle?

—Se trata de esto.

El hombre apenas miró el frasco.

—¿Quiere que se lo rellene?

—No quiero más de esto. Al contrario. Habría sido mejor para todos si hubiese habido menos.

El farmacéutico lanzó una mirada rápida e insegura hacia Armstrong, pero no respondió a sus insinuaciones.

Armstrong quitó la tapa de seguridad y le puso el frasco debajo de la nariz al hombre. Debía de quedar menos de un cuarto del contenido. Suficiente para desprender un aroma que subía de forma agresiva desde la parte posterior de la nariz hasta el cerebro. No hacía falta saber lo que era para desconfiar. El olor ya indicaba que había que ir con ojo.

El farmacéutico empezó a sentirse incómodo.

—¿Recuerda haberlo vendido?

—Vendo toda clase de cosas. La gente quiere esto —señaló con la cabeza el frasco que Armstrong había colocado en la mesa— por muchos motivos.

—¿Como por ejemplo?

El hombre se encogió de hombros.

—El pulgón…

—¿Pulgón? ¿En diciembre?

Miró con falsa inocencia a Armstrong.

—No ha dicho que lo compraran en diciembre.

—Pues claro que me refería a diciembre. Le vendió esto a una joven ayer mismo.

La nuez del farmacéutico subía y bajaba de forma prominente.

—Es amigo de esa joven, ¿verdad? Aunque no es que recuerde a ninguna joven. Bueno, a ninguna en especial. Las jóvenes vienen y van. Me piden toda clase de cosas. Para toda clase de fines. No es usted su padre, diría yo… —Hizo una pausa y, como Armstrong no respondió nada, continuó con énfasis malicioso—. ¿Su protector, entonces?

Armstrong era tan caballero como el que más, pero sabía cómo parecer otra cosa cuando le convenía. Miró de tal manera al farmacéutico que este se acobardó de repente.

—¿Qué es lo que quiere?

—Información.

—Pregunte y punto.

—¿Iba la niña con ella?

—¿La niña? —Parecía sorprendido—. Sí.

—¿Adónde fueron cuando salieron de aquí?

Hizo un gesto.

—¿Hacia el río?

El hombre se encogió de hombros otra vez.

—¿Cómo voy a saber adónde iban?

Armstrong habló con voz tranquila, pero era imposible pasar por alto la amenaza de sus palabras.

—Una joven madre indefensa viene a su farmacia acompañada de su hija, compra veneno y ¿no se le ocurre preguntarse adónde se dirige a continuación? ¿Qué planes tiene? ¿No se plantea siquiera las consecuencias de esa venta con la que habrá ganado unos miserables peniques?

—Caballero, si una mujer desconocida está en apuros, ¿a quién le corresponde sacarla del atolladero? ¿A mí? ¿O al que la metió en apuros en primer lugar? Si tiene alguna relación con usted, señor... Señor como se llame, esa fuente es la que debería buscar. Allí debería preguntar. Vaya a buscar a la persona que le arruinó la vida y la abandonó. ¡Allí encontrará al responsable de lo que sucedió después! No es que yo sepa lo que ha ocurrido. Yo solo soy un pobre hombre que tiene que ganarse la vida, y eso es lo que hago.

—¿Vendiendo veneno para que las chicas que no tienen quién las ayude en este mundo puedan matar al pulgón de sus rosas de diciembre?

El farmacéutico tuvo la delicadeza de parecer compungido, pero cuesta decir si fue por el sentimiento de culpa o solo por miedo a que Armstrong la tomara con él.

—No hay ley que me obligue a saber las estaciones de las plagas horticultoras.

—Y ahora, ¿adónde vamos? —preguntó Ben esperanzado después de que salieran del establecimiento.

—Creo que ya he terminado con este pueblo. Por lo menos, por hoy. Vayamos al río.

Mientras caminaban, Ben fue frenando el paso y acabó quedándose rezagado. Al llegar al río, Armstrong echó un vistazo para ver dónde se había parado el muchacho; y lo encontró apoyado contra un tronco con la cara descompuesta.

—¿Qué ocurre, Ben?

Este se echó a llorar.

—Lo siento, señor, me comí una parte de la manzana verde que le dio a Veloz, y ahora me duele la tripa y tengo retortijones…

—Son manzanas ácidas. No me sorprende. ¿Qué has comido hoy?

—Nada, señor.

—¿No has desayunado?

El chico negó con la cabeza. Armstrong sintió rabia al pensar en el carnicero que no alimentaba bien a sus hijos.

—Es el ácido en un estómago vacío. —Armstrong desenroscó la tapa de la petaca que llevaba a la altura de la cadera—. Bebe esto.

El chico obedeció e hizo una mueca.

—Puaj, es horrible, señor. Me siento aún peor.

—De eso se trata. No hay nada más desagradable que el té frío. Acábatelo todo.

Ben inclinó la petaca y con otra mueca tragó lo que quedaba del té. Al instante se puso a vomitar en la hierba.

—Bien. ¿Te queda algo? ¿Sí? Vamos. Sácalo todo.

Mientras Ben tenía arcadas y gemía junto a la orilla del río, ante la mirada de Veloz, Armstrong retrocedió hasta la calle principal, donde compró tres bollitos en la panadería. Al regresar, le dio dos a Ben.

—Vamos, con esto llenarás el estómago.

Y él se comió el tercero.

Ambos se sentaron en la orilla, y mientras Ben comía, Armstrong contemplaba el brioso flujo del río. En realidad, hacía menos ruido cuando se movía así que cuando se entretenía. En esa sección no había azarosas salpicaduras contra la orilla, solo el decidido fluir hacia delante, y por detrás del tintineo agudo del agua sobre los guijarros de la cuenca había una especie de murmullo, lo que uno esperaría oír en la parte interna de los oídos después de que un martillo toque una campana y el tañido audible haya desaparecido. Tenía la forma del ruido pero carecía del sonido, un esbozo sin color. Armstrong prestó atención y su mente fluyó con el río.

Había un puente, muy sencillo, construido de madera. Debajo, el río corría alto y rápido: barrería todo lo que pudiera caer en él. Visualizó a la joven allí con la niña, por la noche, a oscuras y con frío. Se ahorró la imagen en la que tiraba a su propia hija al agua, pero se imaginó su angustia, sintió que su corazón también daba un vuelco de horror y pena. Armstrong miró río arriba y río abajo, distraído. No sabía qué esperaba encontrar. A una niña pequeña no, desde luego… No a esas alturas.

Cuando recuperó la compostura, se percató de lo duro que parecía el invierno en comparación con unas horas antes. Su cuerpo cada vez toleraba peor el frío y, dentro del abrigo de lana y de las capas de ropa que llevaba debajo, sintió el frío de su propia piel. Entre la maleza se notaba aún más la humedad. Los tonos dorados oscuros y marrones del otoño habían desaparecido mucho tiempo antes y la suavidad del paisaje que traía la primavera todavía distaba unos cuantos meses. Las ramas estaban en su punto más negro. Parecía que se necesitase un milagro para que la vida volviese a vestir las desnudas copas de los árboles con la pelusilla del nuevo follaje. A juzgar por el paisaje que tenía delante, era comprensible pensar que la vida había desaparecido para siempre.

Intentó desprenderse de sus pensamientos tristes. Se volvió hacia Ben y constató que el muchacho ya volvía a ser él mismo.

—¿Te pondrás a trabajar en la carnicería con tu padre cuando seas mayor?

Ben negó con la cabeza.

—Me escaparé.

—¿Te parece buen plan?

—Es la tradición familiar, primero lo hizo el segundo de mis hermanos y luego el tercero, y después me tocará a mí, porque a padre solo le hace falta un hijo para trabajar; así que, como los demás sobramos, me fugaré de casa en cuanto pueda (cuando llegué el buen tiempo, creo) para ir en busca de fortuna.

—¿Y qué harás para ganarte la vida?

—Ya me enteraré cuando lo haga, supongo.

—Cuando llegue el momento de escapar, Ben, espero que vengas a verme. Tengo una granja en Kelmscott, y siempre hay trabajo para los chicos legales que no tienen miedo de trabajar. Tú dirígete a Kelmscott y pregunta por Armstrong.

Apabullado ante semejante golpe de buena suerte, Ben respiró hondo y dijo un montón de veces:

—¡Gracias, señor! ¡Gracias, señor! ¡Gracias!

Los nuevos amigos se dieron la mano para sellar el trato y luego se despidieron.

Ben empezó a caminar hacia casa lleno de esperanza. Todavía no eran ni las diez de la mañana y ya había vivido más aventuras en ese día que en ningún otro. De repente, con toda su inocencia, cayó en la cuenta de lo que significaba la tristeza de Armstrong.

—Señor —dijo, mientras corría de nuevo hacia Armstrong, que ya estaba montado en la silla.

—¿Sí?

—Alice… ¿Está muerta, señor?

Armstrong miró el río, con su movimiento superficial sin dirección.

¿Estaba muerta o no?

Sujetó las riendas sueltas con las manos y colocó los pies en los estribos.

—No lo sé, Ben. Ojalá lo supiera. Su madre sí ha muerto.

Ben esperó para ver si Armstrong decía algo más, pero no lo hizo, así que se dio la vuelta y se dirigió a casa. El señor Armstrong, el granjero de Kelmscott. Cuando llegara el momento propicio, se escaparía… y formaría parte de la historia.

Armstrong azuzó a Veloz para que se pusiera en marcha. Avanzaron a trote suave y Armstrong sollozó durante el camino porque lamentaba la pérdida de la nieta que nunca había conocido.

Siempre le resultaba muy doloroso saber que una criatura sufría. No podía permitir que sus animales sufrieran, y por eso los mataba él mismo en lugar de encomendarle la tarea a uno de sus hombres. Se aseguraba de que el cuchillo estuviese bien afilado, apaciguaba a los cerdos con palabras tranquilas, los distraía con bellotas, y luego con un giro rápido y experto del cuchillo era suficiente. Sin miedo ni dolor. ¿Ahogar a una niña? No podía ni imaginarse la estampa. Había granjeros que liquidaban a los animales de esa manera y era común ahogar a las crías de gato y a los cachorros que nadie quería dentro de un saco, pero él nunca lo había hecho. Puede que la muerte sea una necesidad en una granja, pero ¿el sufrimiento? Jamás.

Armstrong lloró y, sin quererlo, descubrió que una pérdida hace aflorar otras. De pronto, la imagen de su cerda favorita, la cerda más inteligente y amable que había conocido en sus treinta años de granjero, lo afligió con viveza y con el mismo dolor punzante que había sentido aquella primera mañana, más de dos años antes, cuando había descubierto que faltaba. «¿Qué le pasó a Maud, Veloz? No logro aceptar no saberlo. Alguien se la llevó, Veloz, pero ¿quién podría haberla cogido con tanto sigilo? Ya sabes cómo era. Habría chillado si algún desconocido hubiese intentado atraparla. ¿Y por qué robar una cerda de cría? Un cerdo para comer, lo entiendo (la gente pasa hambre), pero ¿una cerda paridera? Tendrá la carne dura y amarga. ¿Es que no lo sabían? No tiene sentido. ¿Por qué robar un animal del tamaño de Maud cuando había cerdos para la mesa en la pocilga de al lado?»

Se le contrajo el corazón por el dolor ante el pensamiento más insoportable de todos: alguien lo bastante ignorante para llevarse al cerdo más gordo en lugar de al pequeño de mejor sabor tenía muchas posibilidades de ser alguien torpe con el cuchillo de matarife.

Armstrong era un hombre plenamente consciente de su buena suerte: tenía salud, fuerza e inteligencia; el carácter tan poco ortodoxo de su nacimiento (su padre era un conde y su madre una sirvienta negra) le había granjeado dificultades, pero también ventajas. Aunque había pasado una infancia solitaria, había recibido una buena educación; y cuando había elegido abrirse camino en la vida, le habían dado una suma generosa de dinero para comenzar. Era dueño de una tierra fértil; se había ganado el amor de Bess, y juntos habían creado una familia inmensa y en su mayor parte feliz. Era un hombre que sabía reconocer sus bendiciones y las valoraba, pero también era un hombre que sufría tremendamente las pérdidas, y ahora se sentía atormentado.

Una niña agitándose en el río para salir a flote... Maud agitándose para escapar de una cuchilla roma, blandida por un matarife inexperto...

Las oscuras imágenes lo desgarraron por dentro. Sí, una pena desencadena el recuerdo de otra, y de otra más, y una vez abierta la herida provocada por la muerte de Maud, su mente se concentró en la pérdida más dolorosa de todas, y las lágrimas corrieron con más abundancia por su rostro.

—¡Ay, Robin! ¿En qué me equivoqué, Veloz? ¡Robin, hijo mío!

En esos momentos una gran distancia lo separaba de su primogénito, y el peso de un dolor insoportable se aposentó en su corazón y lo oprimió. Veintidós años de amor, ¿y ahora? Hacía cuatro años que su hijo se había negado a vivir en la granja, ahora vivía en Oxford, separado de sus hermanos y hermanas. A veces transcurrían meses en los que no lo veían, y luego, cuando aparecía, solo era porque quería algo. «Yo lo intenté, Veloz. ¿Es que no me esforcé lo suficiente? ¿Acaso debería haber hecho más? ¿Es demasiado tarde?»

Y al pensar en Robin acabó pensando de nuevo en la niña (la hija de Robin) y empezó el ciclo otra vez.

Al cabo de un rato, apareció ante él un anciano apoyado en un bastón. Armstrong se secó la cara en la manga y, cuando se acercaron, se paró a hablar con él.

—Una niña pequeña se ha perdido en Bampton —dijo—. Tiene cuatro años. ¿Podría dar la voz de alarma? Me llamo Armstrong, tengo una granja en Kelmscott...

Desde sus primeras palabras vio que la cara del hombre cambiaba de expresión.

—Entonces tengo una mala noticia que darle, señor Armstrong. Me enteré anoche, en las peleas de gallos. Un tipo que iba a coger el tren de la mañana a Lechlade nos lo contó a todos. Sacaron a una cría del río, ahogada.

Así que ya no estaba en este mundo… Era de esperar.

—¿Dónde fue?

—En el Swan, en Radcot. —El anciano tenía un buen corazón. Al ver el dolor de Armstrong, añadió—: No digo que sea la niña que usted anda buscando. Es posible que se trate de otra niña.

Pero mientras Armstrong azuzaba a Veloz para que galopara hasta Radcot, el anciano sacudió la cabeza y frunció los labios. Había perdido el sueldo de una semana en las peleas de gallos de la noche anterior, pero aun así, había otros que estaban en peor situación que él.

Tres candidatos

El Leach, el Churn y el Coln siguen trayectorias separadas antes de unirse al Támesis para agrandar su caudal, y de forma similar, los Vaughan, los Armstrong y Lily White tenían sus propias historias, vividas en los años y días que precedieron al momento en que pasaron a formar parte de esta. Pero al final se unieron a ella y ahora llegamos al punto en el que confluyen sus aguas.

Mientras el mundo todavía estaba sumido en la oscuridad, alguien estaba despierto y rondando junto a la orilla: una figura regordeta, arropada con un abrigo, se escabulló en dirección al puente de Radcot, exhalando vaho por la boca.

Al llegar al puente, se detuvo.

El lugar más habitual para pararse en un puente es la cima. Es tan natural detenerse allí que la mayor parte de los puentes (incluso los jovenzuelos que apenas tienen unos cuantos cientos de años) tienen una parte alisada en la cúspide por el roce continuado de los pies que se han entretenido, han pasado el rato, han deambulado y han esperado allí. Esa costumbre era algo que Lily no alcanzaba a comprender. Se detuvo en la orilla, junto al pilar de la base, el mastodóntico bloque en el que se sustentaba el resto de la construcción. La ingeniería era todo un misterio para Lily:

que ella supiera, las piedras no residían de manera natural en el aire, así que no le cabía en la cabeza cómo podía mantenerse un puente sin derrumbarse. Era posible que en cualquier momento se desvaneciera como la ilusión que sin duda era, y entonces, si resultaba que ella estaba subida en el puente, saldría catapultada por los aires, se zambulliría en el agua y se uniría a las almas de los muertos. Por eso evitaba los puentes siempre que podía, pero en ocasiones era necesario cruzar. Agarró la tela de la falda con los dos puños, respiró hondo y echó a correr con todas sus fuerzas.

Margot fue la primera en despertarse, alertada por los golpetazos en la puerta. La urgencia del martilleo la sacó de la cama y se cubrió bien con la bata mientras bajaba las escaleras para ver quién era. Conforme descendía, los recuerdos de la noche anterior se desprendieron de su aire onírico y se revelaron ante ella como una sorprendente realidad. Negó con la cabeza, pensativa, y luego abrió la puerta.

—¿Dónde está? —preguntó la mujer de la puerta—. ¿Está aquí? Me he enterado de que...

—Es usted la señora White, ¿verdad? ¿Del otro lado del río? —«Pero ¿qué pasa aquí?», pensó Margot—. Entre, querida. ¿Qué ocurre?

—¿Dónde está?

—Dormida, diría yo. No hay prisa, ¿verdad? Deje que encienda una vela.

—Hay una vela justo ahí —intervino Rita.

Desvelada por el aporreo en la puerta, se había incorporado y estaba en el quicio de la puerta del cuarto de los peregrinos.

—¿Quién anda ahí? —preguntó Lily, nerviosa.

—Tranquila, soy yo, Rita Sunday. Buenos días. Es la señora White, ¿verdad? Si no me equivoco, trabaja para el párroco Habgood.

Mientras la vela cobraba una vida titilante, Lily miró aquí y allá por toda la sala. Sus pies se movían agitados bajo el cuerpo.

—La niña… —empezó otra vez, pero la incertidumbre cubrió su expresión al mirar a Margot y Rita—. Pensé… ¿Lo he soñado? No sé… Igual es mejor que me vaya.

Unos pasos ligeros sonaron detrás de Rita. Era la niña, que se frotaba los ojos y caminaba tambaleándose.

—¡Oh! —exclamó Lily con la voz completamente alterada—. ¡Oh!

Incluso a la luz de la vela vieron que empalidecía. Se llevó la mano a la boca al instante y miró a la niña a la cara en estado de shock.

—¡Ann! —exclamó con un tono cargado de sentimiento—. ¡Perdóname, Ann! ¡Dime que me perdonas, hermana mía! —Se puso de rodillas y alargó la mano temblorosa hacia la niña, pero no se atrevió a tocarla—. ¡Has vuelto! ¡Gracias al cielo! Di que me perdonas… —Miró con un anhelo urgente a la niña, que parecía indiferente ante sus palabras—. ¿Ann? —preguntó entonces, y sus ojos suplicantes esperaron una respuesta.

No la obtuvieron.

—¿Ann? —susurró de nuevo, temblando de miedo.

La niña no respondió.

Rita y Margot se miraron anonadadas; luego, al ver que la mujer lloraba, Rita apoyó las manos sobre sus hombros temblorosos.

—Señora White —dijo para calmarla.

—¿A qué huele? —preguntó Lily a voz en grito—. ¡El río, sé que es eso!

—La encontraron en el río anoche. No le hemos lavado el pelo todavía… Estaba agotada.

Lily volvió los ojos de nuevo hacia la niña y la miró con una expresión que mutó del amor al horror y viceversa.

—Déjenme marchar —susurró—. ¡Dejen que me vaya!

Se levantó a trompicones pero con determinación y salió despavorida, murmurando disculpas mientras se iba.

—¡Vaya! —exclamó Margot con cierta perplejidad—. Desisto de intentar buscarle el sentido a nada. Voy a prepararme un té. Es lo mejor que puedo hacer.

—Sabia decisión.

Sin embargo, Margot no fue a preparar el té. Al menos, no de inmediato. Miró por la ventana, hacia donde Lily estaba arrodillada en el frío, con las manos aferradas al pecho.

—Ahí sigue. Parece que esté rezando. Rezando y buscando algo. ¿Qué opinas?

Rita reflexionó.

—¿Puede tener la señora White una hermana de cuatro años? ¿Cuántos años dirías que tiene ella? ¿Cuarenta?

Margot asintió.

—Y nuestra niñita tiene… ¿cuatro?

—Más o menos.

Margot contó con los dedos, igual que hacía cuando llevaba la contabilidad de la taberna.

—Treinta y seis años de diferencia. Supongamos que la madre de la señora White la tuviera a los dieciséis años. Treinta y seis años más tarde tendría cincuenta y dos. —Negó con la cabeza—. No puede ser.

En el cuarto de los peregrinos, Rita levantó la muñeca del hombre que había en la cama y le tomó el pulso.

—¿Se pondrá bien? —preguntó Margot.

—El pronóstico es bastante bueno.

—¿Y ella?

—¿Qué pasa con ella?

—Eh… ¿mejorará? Porque no está bien, ¿verdad? No ha dicho ni una palabra. —Margot se volvió hacia la niña—. ¿Cómo te llamas, cielo? ¿Quién eres, eh? ¡Dile hola a tu tía Margot!

La niña no respondió.

Margot la levantó y, con persuasión maternal, le susurró algo al oído para animarla.

—Vamos, pequeñina. ¿Una sonrisita? ¿Una mirada? —Pero la niña continuó indiferente—. ¿Puede oírme por lo menos?

—Me he preguntado lo mismo.

—A lo mejor perdió el entendimiento en el accidente.

—No hay señales de ningún golpe en la cabeza.

—¿Y si es cortita? —se preguntó Margot—. Dios sabe que no es fácil criar a un hijo que es diferente. —Alisó el pelo de la niña con ternura—. ¿Te he contado alguna vez cómo fue el nacimiento de Jonathan? —Era imposible vivir en el Swan, llevarlo en la sangre desde hacía generaciones, y no saber contar historias. Y aunque por norma general Margot estaba demasiado ocupada para esas cosas, la naturaleza poco común del día la había hecho saltarse todas sus costumbres, así que se detuvo a contar una en ese momento—. ¿Te acuerdas de Beattie Riddell, la comadrona que había antes que tú?

—Murió antes de que yo llegara.

—Asistió a todos mis partos. Con ninguna de las chicas hubo complicaciones, pero entonces llegó Jonathan y (supongo que yo era más vieja o yo qué sé) ya no fue tan fácil. Después de doce niñas, Joe y yo seguíamos confiando en tener un hijo, así que cuando tras muchos esfuerzos Beattie por fin me lo enseñó, ¡lo único que vi fue su pilila! «Joe estará contento», pensé, igual que lo estaba yo. Hice ademán de cogerlo, pensando que la comadrona me lo pondría en los brazos, pero en lugar de eso lo dejó a un lado y tuvo una especie de temblor.

»"Sé lo que tengo que hacer", me dijo. "No se preocupe, señora Ockwell. Es sencillo y no falla nunca. Lo cambiaremos en un santiamén, no se asuste."

»Entonces fue cuando me fijé. Esos ojos rasgados y esa peculiar carita redonda como una luna llena y unas orejas que eran muy curiosas. Era un niño bastante raro, una… una especie de criatura delicada, y pensé: "¿De verdad es mío? ¿En serio ha salido esto de mi vientre? ¿Cómo se metió dentro?". Nunca había visto un bebé semejante. Pero Beattie sí sabía lo que era.

Mientras narraba su historia, Margot no cesaba de mecer a la niña, como si no pesase nada, como si fuese casi una recién nacida.

—Déjame adivinar —dijo Rita—. ¿Te habían cambiado al niño?

Margot asintió.

—Beattie bajó a la cocina y encendió el fuego. Supongo que sabes lo que quería hacer: ponerlo encima de las llamas para que, cuando se calentara un poco y empezase a chillar, su familia de duendes viniera a buscarlo y, antes de recogerlo, dejara a cambio a mi hijo robado. Gritó por el hueco de la escalera: «Me hará falta más madera y una olla más grande». La oí salir por la parte de atrás hacia la leñera.

»Yo no podía despegar los ojos del bebé, pues me maravillaba aquella pequeña criatura del bosque. Entonces parpadeó, y la forma en que su párpado (ya sabes cómo es: no recto como el tuyo y el mío, sino con forma angular) se cerró por encima del ojo no fue como la de un niño normal, pero casi. Pensé: "¿Qué idea se habrá formado de este mundo extraño al que ha llegado? ¿Qué idea se habrá formado de mí, su madrastra?". Movió los brazos, tampoco como solían hacerlo mis hijas cuando eran recién nacidas, sino con más flacidez… Como si nadara. Empezó a arrugar la cara y pensé: "Se va a poner a llorar. Tiene frío". Beattie no lo había tapado ni nada. "Los niños duendes no pueden ser tan distintos de los que conozco", me dije, "porque salta a la vista que está pasando frío." Apoyé la yema del dedo sobre su mejilla diminuta y se quedó asombrado, ¡embobado conmigo! Cuando aparté el dedo, abrió la boquita y maulló como un gatito para que lo tocara otra vez. Noté cómo me subía la leche al oír su llanto.

»Beattie se disgustó mucho cuando regresó y lo pilló mamando. ¡Leche humana! "Bueno", dijo. "Ya es demasiado tarde."

»Y así acabó la historia.

—Gracias a Dios —dijo Rita al escuchar el final del relato—. Ya había oído otras historias sobre los niños cambiados, pero no son más que eso, historias. Jonathan no es hijo de los duendes. Lo que pasa es que algunos niños nacen así y ya está. Es posible que Beattie no lo hubiera visto nunca, pero yo sí. Hay otros niños en el mundo que son iguales que Jonathan, con los mismos ojos rasgados y la lengua enorme y las articulaciones laxas. Algunos médicos los llaman niños mongoles, porque se parecen a las personas de esa parte del mundo.

Margot asintió.

—Pero es un niño humano, ¿a que sí? Ahora ya lo sé. Es de Joe y mío. Pero el motivo por el que lo he pensado ahora es esta pequeña. No es como Jonathan, ¿verdad? No es…, ¿cómo los has llamado?, ¿una niña mongola? Es diferente del resto, pero en otro sentido. No es fácil criar a un hijo que es diferente. Pero yo lo he hecho. Sé cómo se hace. Así que, aunque sea sorda, aunque sea muda… —Margot estrechó a la niña todavía más entre sus brazos, respiró hondo y de pronto recordó al hombre que había en la cama—. Aunque supongo que será de él.

—Pronto lo sabremos. No tardará mucho en despertarse.

—Por cierto, ¿qué debe de estar haciendo ahora esa Lily? Tendré que ir a buscarla si sigue fuera. Hace demasiado frío para que alguien se ponga a rezar a la intemperie… Se va a quedar tiesa.

Se acercó a la ventana a mirar, con la niña aún en brazos.

Margot lo percibió y Rita lo vio: la niña se espabiló. Levantó la cabeza. Su mirada adormilada de pronto enfocó con atención. Miró a un lado y a otro, escudriñando el paisaje con vívido interés.

—¿Qué ocurre? —preguntó Rita. Se levantó a toda prisa y cruzó la habitación—. ¿Es la señora White?

—Se ha ido —le dijo Margot—. Ahí fuera no hay nada. Solo el río.

Rita se acercó a donde estaban. Contempló a la niña, cuya mirada continuaba fija en el río, como si pudiera bebérselo hasta dejarlo seco con los ojos.

—¿No había ningún pájaro? ¿O un cisne? Algo que le haya llamado la atención…

Margot negó con la cabeza.

Rita suspiró.

—Tal vez la haya atraído la luz —musitó.

Se quedó plantada allí un momento más con la esperanza de verlo…, fuese lo que fuese, si es que en realidad había algo. Pero Margot tenía razón. Solo se veía el río.

Margot se vistió y despertó a su marido, se percató de que Jonathan ya se había levantado y había salido, y suspiró. Su hijo nunca había respetado las horas convencionales de sueño y de vigilia. Entonces se dispuso a preparar el té y una crema de avena. Mientras daba vueltas a la cazuela, volvieron a llamar a la puerta. Era temprano para los bebedores, pero, después de lo ocurrido la noche anterior, no era de extrañar que se asomaran por allí algunos curiosos. Giró la llave, con el saludo en la lengua, pero cuando abrió la puerta, retrocedió medio paso. El hombre que había en el vano tenía la piel negra. Medía una cabeza más que la media y era de constitución robusta. ¿Debía alarmarse? Abrió la boca para llamar a su marido, pero antes de poder pronunciar las palabras, el hombre se quitó el sombrero e inclinó la cabeza, dando muestra de buenos modales.

—Lamento importunarla a estas horas tan intempestivas, señora.

Sin poderlo evitar, las lágrimas temblaron de repente en las pestañas del hombre, así que levantó una mano para limpiárselas de la cara.

—¿Qué sucede? —preguntó afectada Margot, olvidando toda la sensación de peligro, mientras lo invitaba a pasar—. Venga. Siéntese.

Armstrong se llevó el pulgar y el índice al rabillo del ojo y apretó. Luego sorbió y tragó saliva.

—Perdóneme —insistió, y Margot se quedó asombrada de cómo hablaba, igual que un caballero; no solo eran las palabras, sino la forma de decirlas—. Si no me equivoco, anoche trajeron a una niña. Una niña que habían encontrado ahogada en el río.

—Es cierto.

Exhaló el aire con aflicción.

—Creo que es mi nieta. Me gustaría verla, si no le importa.

—Está en la otra habitación, con su padre.

—¿Mi hijo? ¿Está aquí mi hijo?

El corazón le dio un vuelco al pensarlo, y él también saltó al compás.

Margot estaba perpleja. Desde luego, ese hombre negro no podía ser el padre del que yacía en la cama.

—La enfermera está con ellos —comentó, aunque no era la respuesta a lo que había preguntado—. Están los dos bastante mal.

La siguió al cuarto de los peregrinos.

—Este no es mi hijo —aseveró—. Mi hijo no es tan alto, ni tan ancho de espaldas. Siempre va bien afeitado. Tiene el pelo castaño y no se le riza de esta manera.

—Entonces, el señor Daunt no es su hijo.

—Mi hijo es el señor Armstrong. Igual que yo.

Margot dijo entonces:

—El caballero ha venido preguntando por la niña. Pensaba que podría ser su nieta.

Rita se apartó hacia un lado y, por primera vez, Armstrong contempló a la niña.

—¡Vaya! —exclamó Armstrong, inseguro—. Menuda…

No sabía qué decir. Había esperado, y al instante se dio cuenta de lo ridículo que era, ver a una niña de piel morena como sus hijos. Por supuesto, esta niña sería distinta. Sería la hija de Robin. Desconcertado al principio por el color incierto de su pelo y por la blancura de su piel, de todos modos, tuvo una especie de sensación familiar. No lograba ubicar qué era. La nariz no era como la de Robin. A menos que, quizá, un poco… Y la curva de la frente… Intentó recordar la cara de la joven que había visto muerta hacía apenas unas horas, pero costaba comparar aquella cara con esta. Tal vez hubiera sido capaz de hacerlo de haber visto a la mujer en vida, pero la muerte desfigura tan rápido a una persona que los detalles de su cara eran difíciles de recordar en términos habituales. Aun así, le dio la impresión de que había algo que unía a esa niña con la mujer, aunque no se atrevía a poner la mano en el fuego.

Armstrong se percató de que las mujeres esperaban una respuesta por su parte.

—El problema es que nunca he visto a mi nieta. La hija de mi hijo vivía en Bampton con su madre, apartada de nuestra familia. No era lo ideal y, desde luego, no era lo que yo habría deseado, pero así era.

—Cosas de familia… Las relaciones no siempre son fáciles —murmuró Margot para consolarlo.

Después del sobresalto inicial, le había tomado cierto cariño a ese hombretón negro.

Agradecido, él respondió con una media reverencia.

—Ayer me alertaron de una crisis ocurrida en la casa donde se alojaba, y a primera hora de esta mañana he descubierto que la joven que era la madre…

Se derrumbó y miró a la niña con ansiedad. Estaba acostumbrado a las miradas fijas de los niños, pero los ojos de esta vagaron hacia él y no se detuvieron sino que continuaron más allá, más allá, como si no lo hubiera visto. Tal vez se debiera a la timidez.

A los gatos tampoco les gustaba mirar a los ojos a los desconocidos: miraban hacia donde estaba alguien y luego apartaban la cara. Tenía un cordel en el bolsillo al que había atado una pluma; era maravillosamente eficaz con los gatitos. Para las niñas pequeñas llevaba una muñequita hecha con una percha con la cara pintada y un abrigo de piel de conejo. La sacó y la colocó en el regazo de la niña. Esta notó que se la dejaba ahí y bajó la vista. Agarró la muñeca. Rita y Margot la observaron con la misma atención que el hombre e intercambiaron miradas.

—¿Qué decía sobre la madre de este pobre angelito…? —intervino entonces Margot, en voz baja. Y, mientras la niña estaba entretenida con la muñeca, Armstrong continuó en un murmullo.

—La joven murió ayer por la tarde. No se sabe nada sobre el paradero de la niña. Pregunté al primer hombre que me encontré en el camino de sirga y me dijo que viniera a preguntar aquí, aunque se había enterado de la historia al revés, y llegué pensando que la niña había muerto ahogada.

—Es que sí murió ahogada —dijo Margot—. Hasta que Rita la reanimó y entonces volvió a la vida.

Por muchas veces que su lengua lo repitiera, todavía le sonaba raro incluso a ella misma.

Armstrong arrugó la frente y se volvió hacia Rita en busca de una aclaración. Su rostro no transmitía gran cosa.

—Parecía muerta, pero no lo estaba —dijo.

La brevedad de la formulación elidía los elementos imposibles mejor que cualquier otra opción así que, por el momento, esa era su versión. Era lacónica, pero era cierta. En cuanto uno empezaba a meter más palabras en la historia, entraba en una sinrazón.

—Ya veo —dijo Armstrong, aunque no veía nada.

Los tres miraron de nuevo a la niña. Había abandonado la muñeca a un lado y había regresado a su previo estado de letargo.

—Es una criatura muy rara —admitió Margot con tristeza—. Todo el mundo piensa lo mismo. Y sin embargo, de un modo que cuesta de explicar, es imposible no cogerle cariño. Fíjese que, anoche, incluso se metió en el bolsillo a los excavadores de grava, que no se caracterizan por su ternura de corazón precisamente… ¿A que sí, Rita? Si nadie la hubiera reclamado, ese Higgs se la habría llevado a casa como a un cachorro abandonado. E incluso con todos los hijos y nietos de los que tengo que preocuparme yo, me la quedaría si no tuviera ningún lugar al que ir. Y a ti también te pasa, ¿verdad, Rita?

Rita no respondió.

—Lo cierto es que todos pensábamos que el hombre que la trajo en brazos era su padre —siguió Margot—. Pero según lo que nos ha dicho…

—¿Cómo está el tal señor Daunt?

—Se pondrá bien. Sus lesiones parecen peores de lo que son en realidad. Respira con normalidad y el color de la cara le mejora con cada hora que pasa. Creo que no tardará muchas horas más en despertarse.

—Entonces, iré a Oxford a buscar a mi hijo. Al atardecer estaremos de vuelta y, antes de que caiga la noche, el asunto estará zanjado.

Se puso el sombrero y se marchó.

Margot empezó a acondicionar la sala de invierno para el día que se presentaba. Seguro que había corrido el rumor y sería una jornada ajetreada. Incluso era posible que tuviese que abrir la sala de verano grande. Rita se repartía entre la niña y el hombre. Joe le hizo compañía un rato. La niña volvió los ojos hacia él y observó todos sus movimientos mientras este servía el té en la taza de Rita y arreglaba las cortinas para que la luz no molestara al hombre, que seguía durmiendo en la cama. Tras hacer esas cosas, se acercó a ver a la niña y esta extendió los brazos hacia él.

—¡Vaya! —exclamó Joe—. Pero qué niña tan curiosa eres. Te llama la atención el viejo Joe, ¿eh?

Rita se incorporó para dejar que el anciano se sentara y le colocó a la niña en el regazo. La cría lo miró fijamente a la cara.

—¿De qué color dirías que tiene los ojos? —se preguntó Joe—. ¿Azules? ¿Grises?

—¿De un gris azulado? —sugirió Rita—. Depende de la luz.

Seguían dándole vueltas a la cuestión cuando de pronto oyeron que alguien aporreaba la puerta por tercera vez el mismo día. Ambos dieron un respingo.

—¿Qué sorpresa nos espera ahora? —oyeron que exclamaba Margot mientras trotaba apresurada hacia la puerta—. ¿Quién puede ser esta vez?

Entonces se oyó el chirrido de la puerta al abrirse. Y luego…

—¡Ay! —exclamó Margot—. ¡Ay!

¡Papá!

El señor Vaughan estaba en la isla del Brandy, en la fábrica de vitriolo, donde hacía inventario de todos los elementos que pertenecían a la fábrica para preparar la subasta. Era una tarea tediosa
y podría haber delegado el trabajo, pero le gustaba la naturaleza
repetitiva de esa labor. En cualquier otra circunstancia, el abando-
no de su negocio de brandy le habría resultado doloroso. Había
invertido muchísimo en ello: la compra de Buscot Lodge con sus
campos y su isla, la planificación, la prospección, la construcción
del embalse, la plantación de hectáreas de remolacha, la construcción de la línea del ferrocarril y el puente para transportar la remolacha hasta la isla… Todo eso más el trabajo en la isla en sí: la
destilería y la fábrica de vitriolo… Un experimento ambicioso
que había acometido cuando tenía energía, primero de soltero y
luego de recién casado y cuando nació su hija. A decir verdad, la
empresa no había dejado de funcionar del todo; era simplemente
que ya no le hacía ilusión gestionarla. Amelia había desaparecido
y, con ella, también su afición al trabajo. Ya obtenía suficientes
beneficios con sus otros negocios: las granjas daban mucho rendimiento y las acciones obtenidas de la operación minera de su padre lo habían hecho rico. ¿Por qué devanarse los sesos para resolver

un problema tras otro, para convertir aquello en un éxito, cuando era mucho más fácil desprenderse de todo? Le producía una peculiar satisfacción desmantelar, poner en subasta, fundir y dispersar el mundo que tanto tiempo y dinero había invertido en construir. Elaborar esas listas meticulosas era una oportunidad de olvidar. Contaba, medía, anotaba y se sentía aliviado en su aburrimiento. Le ayudaba a olvidar a Amelia.

Esa mañana se había despertado justo al final de un sueño y, aunque no lograba recordarlo, sospechaba que era el sueño (demasiado terrible para mencionarlo) que le había atormentado varias veces durante los días que siguieron a la desaparición de su hija. Lo dejaba devastado. Más tarde, mientras cruzaba el jardín, el viento había llevado hasta sus oídos un retazo de la voz aflautada característica de los niños, transportada desde la distancia. Por supuesto, todas las voces infantiles suenan parecidas desde lejos. Es un hecho. Pero las dos cosas lo habían perturbado y se había visto en la necesidad de ocupar la mente con esa tarea tediosa.

Al mirar en la despensa, sus ojos se fijaron en algo que abrió un abismo hacia el pasado y lo hizo estremecerse. Había un frasco de bastones de caramelo en un rincón polvoriento. De pronto apareció a su lado: sus deditos intentaron agarrar la tapa del frasco, luego la niña se ilusionó mucho al ver que dos bastones estaban tan pegados que no podían separarse y le dejaron comerse los dos. El señor Vaughan sintió una punzada en el corazón y se le cayó el frasco de los dedos. Se hizo añicos al golpear contra el suelo de cemento. Era la gota que colmó el vaso. No recuperaría la paz mental en todo el día, no después de haberla visto materializarse en la despensa.

Pidió una escoba para barrer los restos y, cuando oyó que alguien corría, supuso que era su ayudante; pero, para sorpresa de

Vaughan, el que apareció fue un miembro del servicio doméstico: Newman, el jardinero. A pesar de estar sin resuello, el hombre se puso a hablar de inmediato; sus palabras quedaban entrecortadas cada vez que se veía obligado a tomar aire, fatigado, y costaba averiguar el sentido. Vaughan captó la palabra «ahogada».

—Más despacio, Newman. Tómate tu tiempo.

El jardinero empezó de nuevo y esta vez proporcionó algo que se asemejaba a la historia de la niña que había muerto y resucitado.

—En el Swan de Radcot —concluyó. Y con un hilo de voz, como si apenas se atreviera a decirlo, añadió—: Dicen que tiene unos cuatro años.

—¡Santo Dios! —Vaughan levantó las manos y las dejó suspendidas en el aire, casi a la altura de la cabeza. Luego recuperó la compostura—. Intenta que no se entere mi mujer, ¿quieres? —le pidió.

Sin embargo, antes incluso de que el hombre hablara, vio que era demasiado tarde.

—La señora Vaughan ya se ha puesto en camino, ella sola. La señora Jellicoe, que hace la colada, le dio la noticia; se había enterado la noche anterior por uno de los clientes habituales del Swan. No sabíamos qué iba a decir Jellicoe… De haberlo sabido, habríamos impedido que se acercara a la señora… Pero pensábamos que iba a presentar su renuncia. Lo siguiente que supimos era que la señora Vaughan corría como una loca hacia el cobertizo donde guardaban los barcos y no pudimos hacer nada para impedírselo. Cuando llegamos, ya había cogido la vieja barca de remos y casi la habíamos perdido de vista.

Vaughan corrió a casa, donde el mozo de cuadra, anticipando lo que iba a necesitar, había preparado ya su caballo.

—Tendrá que volar para alcanzarla —le advirtió.

Vaughan montó y se dirigió a Radcot. Durante los primeros minutos galopó tan rápido como pudo, luego frenó para ir al trote. «¿Volar? —pensó—. Nunca la alcanzaré.» Había remado con ella al poco de casarse y era tan experta con los remos como el que más. Era delgada, lo que la hacía ligera en la barca, y era fuerte. Gracias a su padre, había entrado y salido de los barcos desde que aprendió a caminar, y su pala se introducía en el agua sin salpicar, se levantaba con un gesto tan limpio como el salto de un pez. Mientras otros se ponían colorados y sudaban por el esfuerzo, las mejillas de la señora Vaughan simplemente adoptaban un sereno tono rosado y rebosaba satisfacción al sentir la fuerza del agua. Algunas mujeres se suavizaban con el duelo, pero en Helena, el dolor había erosionado la delicadeza que había empezado a desarrollar desde el nacimiento de su hija y la había pulido. Era todo fibra y músculo, propulsada por la determinación, y le llevaba media hora de ventaja. ¿Volar para alcanzarla? Ni en sueños. Helena era inalcanzable. Desde hacía mucho tiempo.

En lo que siempre lo había aventajado había sido en la esperanza. El señor Vaughan se había despedido de la esperanza hacía siglos. Si Helena por fin hiciera lo mismo, tal vez la felicidad (pensó el señor Vaughan) acabase por serles devuelta. En lugar de eso, Helena se aferraba a su esperanza, la alimentaba con cualquier bagatela que le cayera en las manos, y cuando no había nada con que alimentarla, la nutría con una testaruda fe que se inventaba ella misma. En vano había intentado consolarla y animarla, en vano le había ofrecido imágenes de otros futuros posibles, de otra vida.

—Podríamos irnos a vivir al extranjero —le había propuesto. Lo habían hablado al poco de casarse; era una idea que pensaban llevar a cabo unos años después.

—¿Por qué no? —había dicho ella entonces, antes de la desaparición de Amelia, es más, antes incluso de que Amelia existiera.

Así que se lo había propuesto de nuevo. Podían irse a Nueva Zelanda un año… o dos, incluso. ¿Y por qué tenían que regresar? No había necesidad. Nueva Zelanda era un buen lugar para trabajar, para vivir…

Helena se había indignado. «¿Y cómo nos encontrará Amelia si nos vamos?»

Vaughan le había hablado de los demás niños que siempre habían deseado tener. Pero los futuros niños eran inmateriales, meras abstracciones para su esposa. Solo ante él parecían encarnarse, en sus sueños y también en las horas de vigilia. La intimidad conyugal que había cesado de forma tan abrupta la noche de la desaparición de su hija no se había reanudado en los dos años que habían transcurrido desde entonces. Antes de conocer a Helena, Vaughan había vivido su soltería casi en el celibato durante muchos años. Mientras que otros hombres pagaban por los servicios de una mujer o salían con chicas a las que luego abandonaban, él se iba a la cama solo y se conformaba con sus propios recursos. No tenía deseos de volver a ese estilo de vida ahora. Si su mujer no podía amarlo, entonces nada. El espíritu decayó. Dejó de esperar placer de su propio cuerpo o del de ella. Había ido abandonando una esperanza tras otra.

Helena lo culpaba. Él se culpaba a sí mismo. Era tarea de un padre evitar los peligros para sus hijos, y él había fracasado.

Vaughan se percató de que se había quedado inmóvil. Su montura había bajado el hocico al suelo para explorar algo dulce entre los helechos invernales.

—Aquí no hay nada para ti. Para mí tampoco.

Se vio sobrecogido por una inmensa fatiga. Durante un instante se preguntó si estaba enfermo, si de verdad podría continuar en tal estado. Recordó que alguien le había dicho algo hacía poco: «No puede seguir así». Ah, sí, era la mujer de Oxford. La señora Constantine. Qué excursión tan ridícula había resultado ser. Pero tenía razón en eso. No podía continuar de esa manera.

Continuó.

Al llegar al Swan se sorprendió de que hubiese tanta gente congregada, teniendo en cuenta la hora del día y la estación. Alzaron la vista hacia él con la curiosidad de quienes saben que la situación tiene enjundia y que es de esperar que todavía sucedan más cosas interesantes. No les prestó atención, sino que fue directo a la barra, donde una mujer lo miró un momento y dijo:

—Sígame.

Lo condujo por un corto pasadizo forrado de madera que daba a una puerta vieja de roble. La mujer la abrió y se apartó para dejar que él entrase primero.

Se produjeron demasiados sobresaltos: en el momento, fue incapaz de separar una cosa de otra. Fue después cuando logró desmenuzar las numerosas impresiones que le habían asaltado y separarlas en hebras distintas, para luego ponerles palabras y un orden. Primero, fue el desconcierto de esperar ver la cara triste y los ojos cansados de su mujer y no conseguirlo. Después, fue la confusión de ver una cara muy familiar que hacía mucho tiempo que no veía. Una joven, poco más que una niña, en realidad, a quien en tiempos le había pedido que se casara con él y que había dicho: «Sí», entre risas. «Sí, si puedo llevar mi barca.» Esa joven volvió la cara radiante hacia él y sonrió, los labios henchidos por la alegre felicidad, los ojos luminosos de amor.

Vaughan frenó en seco. Helena. Su esposa, atrevida, jovial y magnífica, como había sido. Antes.

Esta se echó a reír.

—¡Ay, Anthony! ¿Qué te ocurre?

La mujer bajó la mirada, cogió algo y habló con voz cantarina, que le recordó a otros tiempos.

—Mira —dijo, aunque no se dirigía a él—. Mira quién ha venido.

El tercer sobresalto.

Helena dio la vuelta a la personita para que lo mirara.

—¡Papá está aquí!

El hombre dormido se despierta

Mientras tanto, un hombre con los dedos manchados de negro y la cara partida dormía en el cuarto de los peregrinos del Swan de Radcot. Estaba tumbado boca arriba, con la cabeza en la almohada de plumas de Margot y, salvo por el ascenso y descenso de su pecho, no se movía.

Hay infinidad de maneras en las que uno puede imaginarse el sueño, y es probable que ninguna de ellas sea precisa. No podemos saber qué se siente al entrar en la fase de sueño, pues cuando se termina, la capacidad para grabarlo en la memoria se pierde. Pero todos conocemos esa leve sensación de desplome que precede al momento de caer dormido y que da su nombre a esa expresión.

Cuando tenía diez años, Henry Daunt vio una fotografía de un fresno cuyas raíces se hundían en un río subterráneo en el que vivían unas extrañas sirenas o náyades, llamadas las Doncellas del Destino. Cuando pensaba en el descenso que conducía al sueño, lo que visualizaba era algo muy similar a ese caudal subterráneo. Consideraba que su duermevela era como una sesión de natación prolongada, en la que navegaba lentamente por unas aguas que eran más densas que de costumbre, con unos movimientos agradables que, sin esfuerzo, lo impulsaban en una dirección o en otra con una aparente falta de propósito. Algunas veces la superficie del agua quedaba apenas un dedo por encima de su cabeza y su mundo diurno, sus problemas y placeres, continuaban allí y lo perseguían desde el otro lado. En esas ocasiones se despertaba con la sensación de no haber dormido en absoluto. No obstante, la mayor parte del tiempo dormía profundamente y se despertaba renovado, en ocasiones con la feliz sensación de haber hecho nuevos amigos mientras dormía o de que su madre (aunque fallecida) le había comunicado algún mensaje cariñoso durante la noche. Estas cosas no le molestaban lo más mínimo. No le importaba despertarse justo cuando los últimos retazos de una interesante aventura nocturna se perdían en la marea.

Ninguna de esas cosas le ocurrieron en el Swan de Radcot. Mientras la vida trabajaba a pleno rendimiento dentro de él, formando costras de sangre sobre los cortes y haciendo toda clase de labores intrincadas dentro de la caja de su cráneo, que había resultado tan malparada con el golpe en la presa del Diablo, Henry Daunt se hundió, se hundió, se hundió en las más oscuras profundidades de su inmensa caverna subterránea en la que nada subía ni bajaba como la marea y donde todo estaba tan oscuro e inmóvil como la tumba. Permaneció allí un período de tiempo incalculable, y cuando este terminó, la memoria se despertó y las quietas profundidades temblaron y cobraron vida.

Una serie de experiencias vagaron entonces, entrando y saliendo de su mente sin un orden concreto.

Una tenue sensación que era la decepción de su matrimonio.

Un picor en las yemas de los dedos, que era el frío que había sentido la tarde anterior en Trewsbury Mead, cuando había detenido el goteo que era el Támesis con el dedo índice y había esperado a que el agua se acumulara tras ese tope hasta que el volumen había sido tan grande que había rebosado.

Un cuerpo entero que se precipitaba y se deslizaba, patinando en el Támesis congelado de joven, a los veinte años; había conocido a su esposa ese día. Ese deslizarse por el agua había continuado muchas semanas durante el resto del invierno hasta un día a principios de abril, que era el día de la boda.

El asombro boquiabierto, la pelea mental a puñetazos, al ver un espacio abierto en el perfil del pueblo, donde antes estaba el tejado de la vieja portería del monasterio. Tenía seis años, y fue la primera vez que tomó conciencia de que el mundo físico pudiera estar sujeto a semejantes cambios.

El estallido de un cristal; su padre, el cristalero, maldiciendo en el patio.

Así se fue acomodando el contenido de su mente hasta que cada sensación estuvo en su lugar, completa, entera.

Por fin llegó algo que era distinto de todo lo demás. Una cosa que pertenecía a otra categoría. No le era extraño: ya lo había soñado antes, más a menudo de lo que creía. Siempre estaba desenfocado, porque nunca lo había visto con sus propios ojos en el mundo real, sino solo en su imaginación. Era un hijo. Un hijo de Daunt. El que no había logrado tener con Miriam y no había intentado con nadie más. Era su futuro hijo. La imagen pasó empujada por la corriente, apareció y desapareció al instante, y despertó una respuesta en el hombre dormido, que intentó levantar las extremidades plomizas para atraparlo. Se le escapó en el torrente de agua, pero dejó en su estela la sensación de que esta vez había algo más urgente relacionado con la imagen de ese sueño. ¿No era más vívido? Se trataba de una niña y no un niño, ¿verdad? Pero el momento se había esfumado.

Entonces, la escena mental de Henry Daunt cambió una vez más. Un paisaje, desconocido e inquietante, profundamente personal. Un terreno devastado. Tierras de cultivo escarpadas y llenas de guijarros. Surcos removidos en el terreno. Protuberancias bulbosas. ¿Qué debía de haber ocurrido? ¿Una guerra? ¿Un terremoto?

La conciencia proyectó una tenue iluminación y el pensamiento empezó a removerse dentro de Henry Daunt. Ese paisaje no era algo que hubiese visto, sino otra cosa… No eran imágenes, no, sino fragmentos de información transmitidos a su cerebro… por su lengua… Los guijarros se tradujeron en los restos rotos de los dientes. La desolada tierra levantada era la carne de su propia boca.

Despertó.

Se tensó, alarmado. El dolor se propagó como un latigazo por sus extremidades y lo pilló por sorpresa.

«¿Qué ha ocurrido?»

Abrió los ojos… a la oscuridad. ¿La oscuridad? ¿O acaso estaba… vendado?

Presa del pánico, se llevó las manos a la cara (más dolor) y donde debería haber encontrado esa cara, sus dedos se toparon con algo extraño. Unas capas, más gruesas que la piel, insensibles, extendidas sobre sus huesos… Buscó el extremo de las vendas, desesperado por quitárselas, pero tenía los dedos hinchados y torpes…

Un desbarajuste de ruidos. Una voz… femenina:

—¡Señor Daunt!

Notó que otras manos agarraban las suyas, unas manos que eran sorprendentemente fuertes y que le impidieron quitarse la venda de los ojos.

—¡No se mueva! Está herido. Supongo que se siente entumecido. Pero está a salvo. Estamos en el Swan de Radcot. Ha habido un accidente. ¿Se acuerda?

Una palabra saltó con agilidad de su mente a su lengua; una vez allí, saltó por encima de los guijarros de la boca y cuando emergió, ni él mismo la reconoció. Lo intentó otra vez, con más ímpetu:

—¡Ojos!

—Tiene los ojos inflamados. Se golpeó en la cabeza durante el accidente. Podrá ver sin problemas en cuanto baje la hinchazón.

Esas manos apartaron las suyas de la cara. Oyó que vertían un líquido, pero sus oídos no le transmitieron de qué color era el líquido o de qué estaba hecho el cántaro ni de qué tamaño era el recipiente para beber. Notó la inclinación que se produce en una cama cuando una persona se sienta en el borde, pero no supo decir qué clase de persona era. De pronto, el mundo era un cúmulo de incógnitas, iba a la deriva por él.

—¡Ojos!

La mujer volvió a tomarle las manos.

—No es más que una hinchazón. Verá de nuevo en cuanto se le baje. Tome, beba esto. A lo mejor nota algo raro… Supongo que habrá perdido la sensibilidad de los labios, pero yo se lo acercaré para que pueda beber.

Esa persona tenía razón. No hubo advertencia, no notó el roce del borde del vaso en los labios, solo la repentina sensación de un líquido dulce en la boca. Indicó con un gemido que le gustaría tomar más, pero ella contestó:

—Traguitos cortos, a menudo. —Y añadió—: ¿Recuerda cómo llegó aquí?

El señor Daunt pensó. Parecía que su memoria era algo ajeno a él. Había imágenes reflejadas de modo fragmentario en la superficie de la misma, unas imágenes que no podían pertenecer a ese lugar. Emitió un sonido, hizo un gesto de duda.

—La niña que trajo... ¿Puede decirnos quién es?

Un golpe en la madera, una puerta que se abre.

Otra voz:

—Me pareció oír voces. Aquí la tenemos.

El colchón recuperó el nivel habitual cuando la mujer que había a su lado se levantó.

Él alzó la mano hacia la cara y, esta vez, al saber que esa especie de capa insensible era su piel, detectó una línea de alfileres. Las puntas de sus pestañas, cuya longitud había quedado medio enterrada en los párpados inflamados. Presionó con dedos torpes por encima y por debajo de la piel hinchada y apartó las dos capas...

—¡No! —gritó la mujer, pero ya era demasiado tarde.

La luz le perforó el ojo y soltó un gemido. Era dolor, unido a algo más: la onda luminosa transportó una imagen, y era la que había soñado. La niña que flotaba en el río, su futura hija, la niña fruto de su imaginación.

—¿Es su hija? —preguntó la recién llegada.

Una niña cuyos ojos eran del color del Támesis e igual de inexpresivos.

«Sí —decía su corazón palpitante—. Sí. Sí.»

—No —contestó.

Una historia trágica

Durante todas las horas de luz, los bebedores habían dado vueltas a los acontecimientos del Swan. Todo el mundo sabía que el señor y la señora Vaughan estaban en la salita privada de Margot y Joe, al fondo de la taberna, donde se habían reunido con Amelia. También había corrido la voz de la visita de un negro rico, Robert Armstrong de Kelmscott, que se había presentado a primera hora de la mañana, y se esperaba que su hijo llegase más tarde. El nombre de Robin Armstrong se propagó.

El telón se levantó en el teatro interior de cada uno de los hombres y sus mentes, amigas de los relatos, se pusieron en marcha. En el escenario aparecían los mismos cuatro personajes: el señor y la señora Vaughan, Robin Armstrong y la niña. Las escenas representadas en las distintas cabezas eran impactantes y melodramáticas. Había miradas furiosas, ojos mezquinos, gestos calculadores. Todos hablaban cuchicheando, con una mezcla de serio decoro y estridente alarma. Una parte y otra se iban arrebatando a la niña, igual que una muñeca entre dos niños envidiosos. Uno de los mozos de granja con gran espíritu de cuentacuentos se encontró con que su mente había ideado una subasta de la niña, mientras que los matones que habían abandonado por unas horas la taberna de Plough se perdían en fantasías en las que el señor Vaughan se sacaba un arma del bolsillo interior (¿un revólver, una daga?) y amenazaba al señor Armstrong con la determinación propia de un padre de verdad. Una mente ingeniosa devolvió la capacidad de hablar a la niña en el momento de máxima tensión: «¡Papá!», exclamó, levantando los brazos hacia el señor Armstrong y minando para siempre las ilusiones de los Vaughan, que se echaron a llorar el uno en los brazos del otro. El papel de la señora Vaughan en estas representaciones teatrales solía estar relegada en gran medida a sollozar, acción que en algunos casos realizaba sentada en una silla, con frecuencia en el suelo, y solía terminar en un desmayo. Un joven recolector de berros, en una floritura de la que estaba orgullosísimo, imaginó un papel para el hombre que yacía inconsciente en la cama: se despertaba de su largo letargo y oía un altercado en la habitación contigua, entonces se levantaba y entraba en la salita (a la izquierda del escenario) y allí, igual que Salomón, declaraba que debían partir a la niña en dos y darle una mitad a los Vaughan y la otra mitad a Armstrong. Así, asunto resuelto.

Cuando había desaparecido del cielo el último retazo del día, cuando ya pasaban de las cinco de la tarde y el río empezaba a relucir en la oscuridad, un hombre llegó a caballo a la taberna Swan y se apeó. El ruido en la sala de invierno era ensordecedor y antes de que alguien se diera cuenta de que la puerta se había abierto para dejar paso al hombre, este ya la había cerrado tras él. Se quedó plantado unos minutos, mientras oía su nombre en el barullo general, hasta que alguien se percató de su presencia e, incluso cuando por fin lo vieron, no lograron darse cuenta de que era el hombre al que esperaban. Aquellos que conocían el aspecto del padre de Robin, el señor Armstrong —y ya empezaba a circular la historia de que era el hijo bastardo de un príncipe y una esclava—, esperaban a un tipo alto, fornido y de piel morena; no es de extrañar que no reconocieran a este joven, pues era pálido y delgado, con el pelo castaño claro que le caía en rizos sueltos donde le tocaba el cuello de la camisa. Todavía se advertía en él algo del chico que había sido antaño: sus ojos eran de un azul tan pálido que parecían poco más que un reflejo y tenía la piel suave como la de una niña. Margot había sido la primera en fijarse en él y no estaba segura de si lo que se había despertado en ella al verlo había sido el instinto maternal o femenino, pues tanto si era un joven imberbe como si era un hombre, sin duda era guapo.

El recién llegado se dirigió a Margot. Cuando le dijo su nombre en voz baja, esta lo sacó de la sala principal de la taberna y lo condujo a un pasillito que había al fondo, iluminado por una única vela.

—No sé qué decir, señor Armstrong. Y después de haber perdido también a su pobre esposa… Verá, como su padre ha venido esta mañana…

La interrumpió.

—No pasa nada. Me encontré con el párroco de Radcot de camino aquí. Me llamó, al suponer la razón de mi prisa y mi destino, y me… —Hizo una pausa, y en las sombras del pasillo Margot supuso que estaría enjugándose una lágrima, recuperando la compostura para continuar hablando—. Me ha puesto al corriente. De todos modos, no es Alice. Otra familia la ha reclamado… —Bajó la cabeza—. En cualquier caso, pensé que sería mejor venir, ya que estaba muy cerca y ustedes me esperaban. Pero ahora creo que me iré. Por favor, dígales al señor y la señora Vaughan que estoy… —Volvió a quebrársele la voz— muy contento por ellos.

—Ay, pero no puede irse usted sin tomar algo por lo menos. ¿Una jarra de cerveza? ¿Un ponche caliente? Ha recorrido un buen trecho. Siéntese y descanse un poco. El señor y la señora Vaughan están en la salita y confían en poder darle el pésame…

Abrió la puerta y lo invitó a entrar.

Robin Armstrong entró en la habitación con aire cohibido y apurado. Al señor Vaughan se le cayó el alma a los pies al verlo, alargó el brazo y le dio un fuerte apretón de manos antes de que él se diera cuenta de que se disponía a hacerlo.

—Lo siento mucho —dijeron ambos hombres al unísono. Y luego—: Qué situación tan incómoda.

Lo dijeron también a coro, de modo que era imposible saber cuál de los dos había hablado antes.

La señora Vaughan recuperó la compostura antes de que ninguno de los dos hombres pareciera capaz de hacerlo.

—Lo sentimos mucho, señor Armstrong. Le acompañamos en el sentimiento.

Se volvió hacia ella.

—¿Qué? —preguntó la mujer al cabo de un momento—. ¿Qué sucede?

Se quedó mirando a la niña que esta tenía en el regazo.

El joven señor Armstrong se tambaleó y se hundió, apoyando todo su peso en Margot, y luego se desplomó en la silla que Vaughan había tenido el tiempo justo de colocar detrás de él antes de que sus ojos parpadearan hasta cerrarse y se desmayara.

—¡Por todos los cielos! —exclamó Margot, y corrió como el rayo a buscar a Rita, que estaba en la habitación en la que dormía el fotógrafo.

—Ha hecho un viaje largo —dijo Helena, mientras se inclinaba con amabilidad sobre el hombre inconsciente—. Con tantas esperanzas… Para luego descubrir que la niña no está aquí… Es el shock.

—Helena —dijo el señor Vaughan con un tono de advertencia en la voz.

—La enfermera sabrá qué hacer para reanimarlo…

—Helena…

—Seguro que le dará unos clavos de olor o unas sales…

—¡Helena!

Helena se volvió hacia su marido.

—Pero ¿qué ocurre?

Tenía la frente lisa y sus ojos eran transparentes.

—Queridísima mía —dijo el señor Vaughan con voz temblorosa—. ¿No sería posible que hubiera otra razón para el desmayo del joven?

—¿Qué otra razón?

Se acobardó ante la inocente perplejidad del rostro de Helena.

—Supongamos… —Le fallaban las palabras, así que señaló hacia la niña, que estaba adormilada en la silla, indiferente a todo—. Supongamos que, al fin y al cabo…

Se abrió la puerta y Margot entró a toda prisa, seguida de Rita, que con serena tranquilidad se acuclilló junto al joven y le cogió una muñeca con una mano mientras sujetaba el reloj en la otra.

—Ya vuelve en sí —anunció Margot, al ver que el recién llegado movía los ojos.

Tomó una de sus pasivas manos y la frotó.

Rita miró al paciente a la cara con suma seriedad.

—Se pondrá bien —corroboró sin pizca de entonación en la voz mientras volvía a guardarse el reloj en el bolsillo.

El joven abrió los ojos. Tomó aire un par de veces de manera rápida y entrecortada y levantó las palmas para taparse los ojos, aún aturdidos. Cuando bajó las manos, volvía a ser el de antes.

Miró de nuevo a la niña.

—La razón me dice que no es Alice. —Habló con voz vacilante—. Es su hija. El párroco lo dice. Ustedes lo dicen. Así es.

Helena asintió y parpadeó unas cuantas veces para quitarse las lágrimas de compasión hacia el joven padre.

—Sin duda, se preguntarán cómo es posible que confunda a la hija de otro hombre con la mía. Hace casi un año que no veo a mi hija. Es probable que desconozcan las circunstancias en las que me hallo. Les debo una explicación.

»Mi boda se celebró en secreto. Cuando la familia de mi esposa se enteró del vínculo que había entre nosotros y de nuestras intenciones de casarnos, nos pusieron muchas trabas. Éramos jóvenes y atolondrados. Ninguno de los dos comprendió el daño que nos hacíamos tanto a nosotros mismos como a nuestras familias al casarnos en secreto, pero eso es lo que hicimos. Mi mujer se escapó para vivir conmigo y nuestra hija nació menos de un año después. Teníamos la esperanza (la confianza, casi) de que una nieta serviría para limar las asperezas y eliminaría la resistencia de sus padres, pero ese deseo fue en vano y continuaron tan intransigentes como siempre. Con el tiempo, mi mujer empezó a echar de menos la cantidad de comodidades que habían acompañado su vida en la primera época. Le costaba mucho criar a la niña sin contar con un equipo de sirvientes que le facilitara la vida. Hice todo lo que pude por ayudarla a mantener el ánimo y la alenté a confiar en el amor, pero al final llegó a la conclusión de que la única forma de salir adelante era que yo me desplazara a Oxford, donde tenía amigos en posiciones influyentes, y probara fortuna allí. Así, si las cosas me eran favorables, podría ganar más y al cabo de un año o dos seríamos capaces de llevar la vida ampulosa que ella anhelaba. Por lo tanto, con todo el dolor de mi corazón me marché de Bampton y me instalé en Oxford.

»Tuve suerte. Encontré trabajo y no tardé en empezar a ganar más que antes y, aunque echaba muchísimo de menos a mi esposa y a mi hija, intentaba convencerme de que era lo mejor. Sus cartas, que no eran frecuentes, me dieron la impresión de que ella también era más feliz. Siempre que podía, iba a verlas, y así continuamos durante seis meses. Una vez, hace alrededor de un año, tuve que viajar de improviso por trabajo a la zona de la cuenca alta del río y pensé que sería agradable sorprenderlas a las dos con una visita inesperada. —Tragó saliva, se removió en la silla—. Entonces me enteré de algo que alteró la relación con mi esposa para siempre. No estaba sola. La persona que estaba con ella… Cuanto menos diga de él, mejor. Al ver cómo se comportaba la niña con él, me di cuenta de que ese hombre frecuentaba la casa, era un amigo íntimo de la familia. Nos dijimos cosas muy feas y me marché.

»Un tiempo después, y mientras todavía me planteaba qué debía hacer, recibí una carta de mi mujer en la que proponía irse a vivir con ese hombre en calidad de esposa, y me decía que no deseaba volver a tener relación conmigo. Por supuesto, podría haber protestado. Podría haber insistido en que debía cumplir sus votos. Tal como han ido las cosas, me arrepiento de no haberlo hecho. Habría sido mejor a largo plazo. Pero, en mi desconcierto, le respondí que, si eso era lo que deseaba, accedía a ese acuerdo, y que en cuanto hubiese ganado lo necesario para proporcionarle un hogar digno, volvería a buscar a Alice. Escribí que esperaba poder llevarlo a cabo antes de que terminase el año, y desde aquel día me concentré en mi trabajo para lograrlo.

»No he vuelto a ver a mi esposa desde ese momento, pero hace poco alquilé una casa y justo había empezado a acondicionarla para vivir allí con la niña. Esperaba que una de mis hermanas pudiera vivir con nosotros y hacerle de madre a mi hija. Esta mañana, justo cuando me disponía a llevar a cabo ese plan, recibí una visita de mi padre, que me dio la noticia de la muerte de mi esposa. Acto seguido, me dijo que Alice había desaparecido. Por otros me he enterado de que el amante de mi mujer la había abandonado unos meses atrás, y que la niña y ella pasaban penurias desde entonces. Solo me cabe suponer que, si no se puso en contacto conmigo, fue por vergüenza.

Durante todo el relato, Robin Armstrong miraba con insistencia a la cara de la niña. Más de una vez perdió el hilo de su historia —tuvo que apartar los ojos de la chiquilla y concentrarse para retomarla donde la había dejado—, pero al cabo de unas cuantas frases, su mirada regresaba al mismo punto, hasta fijarse en la niña de nuevo.

Soltó un exagerado suspiro.

—En otras circunstancias, habría preferido no contarles esta historia, porque no solo expone ante el mundo la triste locura de mi pobre esposa, sino que me deja en mal lugar. No la culpo, porque era joven. Fui yo quien la animó a casarnos en secreto, fui yo quien, al mostrar debilidad en el momento de crisis, precipitó su caída, su muerte y la pérdida de nuestra hija. Es una historia muy triste, indigna de los oídos de personas buenas como ustedes. Tal vez debería haberla contado con mayor delicadeza. Si hubiera tenido la cabeza despejada, mi historia no habría sido tan brusca, pero un hombre necesita un buen rato para recuperarse después de un sobresalto semejante. Así que, por favor, discúlpenme si mi franqueza ha sido poco decorosa, y recuerden que me he visto obligado a utilizarla para poder darles una explicación razonable a la reacción que acabo de tener.

»Es cierto que, al ver a su hija hace un momento, me he sentido como si estuviera ante mi propia y querida Alice. Pero es evidente que ella no me conoce. Y, pese a que sí se parece a Alice (hasta un punto asombroso), debo recordarme que no la he visto en casi doce meses y que los niños pueden cambiar, ¿no creen?

Se volvió hacia Margot.

—Seguro que usted también tiene hijos, señora, y es capaz de confirmar que tengo razón, ¿verdad?

Margot dio un respingo al oír que se dirigía a ella. Se secó la lágrima provocada por la historia de Robin y la confusión le impidió dar una respuesta inmediata.

—Tengo razón, ¿verdad? —repitió el joven—. Los niños pequeños pueden cambiar mucho en doce meses…

—Bueno… Sí, supongo que sí cambian… —Margot sonaba insegura.

Robin Armstrong se levantó de la silla y habló con los Vaughan.

—La pena se ha puesto por delante de la razón y ha intentado reconocer a su hija como si fuese mía. Les pido disculpas si los he alarmado. No pretendía hacerles sufrir.

Se llevó los dedos a los labios, extendió una mano y, tras obtener permiso de Helena con la mirada, le dio un tímido beso a la niña en la mejilla. Se le llenaron los ojos de lágrimas, pero antes de que estas pudieran caer, inclinó la cabeza para mostrar su respeto a las damas, se despidió de todos y se marchó.

En el silencio que prosiguió a la salida de Robin Armstrong, Vaughan volvió la espalda para mirar por la ventana. Las ramas de los olmos eran negras contra el cielo color pizarra y sus pensamientos parecían enmarañados en las copas de los laberínticos árboles.

Margot abrió la boca para hablar y la volvió a cerrar media docena de veces. Parpadeó con perplejidad.

Helena Vaughan estrechó más a la niña y la meció en brazos.

—Ay, pobre hombre —dijo en voz baja—. Debemos rezar para que encuentre a su Alice…, igual que nosotros hemos encontrado a nuestra Amelia.

Rita no la miró a la cara, ni parpadeó, ni habló. Durante todo el tiempo que Robin había invertido en contar su historia, se había quedado sentada en el taburete, en un rincón de la habitación, observando y escuchando. Ahora que se había ido, continuó sentada, con la misma expresión que alguien que hiciera una operación matemática larga y un tanto complicada mentalmente. «¿Qué clase de hombre es el que parece desmayarse y después recupera el conocimiento, sin que el pulso se le altere en ningún momento?», pensaba.

Al cabo de un rato, sin duda puso fin a sus cavilaciones, porque apartó la expresión pensativa de su rostro y se puso en pie.

—Tengo que ir a ver cómo está el señor Daunt —dijo, y salió de la habitación sin hacer ruido.

El cuento del barquero

Henry Daunt se durmió, se despertó y se durmió otra vez. Cada vez emergía del sueño un poco menos aturdido, un poco más recuperado. No era como la peor resaca que había tenido en su vida, pero se parecía más a eso que a cualquier otra cosa que hubiese experimentado. Todavía estaba cegado por sus propios párpados, que seguían firmemente apretados el uno contra el otro y le presionaban también los globos oculares.

Hasta que cumplió los cinco años, Henry Daunt lloraba sin cesar todas las noches. Su madre, que se despertaba con los inconsolables gemidos del niño, había tardado mucho tiempo en darse cuenta de que sus lágrimas no eran fruto del miedo a la oscuridad, sino que estaban causadas por otra razón.

—No se ve nada —dijo el niño al fin entre sollozos, con el corazón destrozado. Su revelación puso fin al malentendido.

—Pues claro que no se ve nada —contestó su madre—. Es de noche. La noche es para dormir.

Era imposible convencerlo. Al enterarse, su padre había suspirado.

—Este crío nació con los ojos abiertos y no los ha cerrado desde entonces.

Sin embargo, fue él quien encontró la solución.

—Mira los dibujos que salen en la parte interna de los párpados. Hermosas formas que flotan, ya verás, de muchos colores.

A regañadientes, temiendo que fuera un embuste, Henry había cerrado los ojos y se había quedado embelesado.

Más tarde había aprendido a evocar imágenes de memoria con los ojos cerrados y a disfrutarlas con la misma libertad que si estuvieran presentes ante su mirada diurna. Con mayor libertad, incluso. Llegó a una edad en que se le ocurrió que podía visualizar a las Doncellas del Destino para entretener sus horas nocturnas. Las sirenas del inframundo se alzaban de las aguas agitadas, con el torso medio oculto por unas líneas redondeadas que debían de ser olas o rizos de sus melenas, pero que podrían haberse considerado (sobre todo si eras un chico de catorce años) no un mecanismo de ocultación sino las curvas reales de unos pechos reales. Esa era la imagen en la que se deleitaba en las horas de oscuridad. Una criatura con la melena como una cascada, medio mujer medio río, que retozaba con él, y sus caricias eran tan embriagadoras que tenían en él el mismo efecto que habría tenido una mujer de carne y hueso. Se la cogía con la mano y se le ponía firme como un remo. Bastaban unas cuantas sacudidas del remo para que se sintiera arrastrado por la corriente, hasta que se convertía en la corriente misma y se disolvía en la espuma.

Al pensar en todo esto y recordar a las Doncellas del Destino, de pronto se le ocurrió que ignoraba qué aspecto tenía la enfermera Rita Sunday. Sabía que estaba en la habitación con él. Había una silla colocada en diagonal a los pies de la cama, junto a una ventana. De eso estaba seguro. Ahí estaba la enfermera en aquel momento, callada, inmóvil, sin duda pensando que él dormía. El señor Daunt trató de formarse una imagen de ella. Lo había cogido con firmeza al intentar apartarle las manos de los ojos. Así pues, era una mujer fuerte. Sabía que no era baja, porque cuando estaba de pie, su voz procedía de un punto alto de la sala. Sus pasos y sus movimientos denotaban una seguridad que le indicaba que no era ni demasiado joven ni demasiado vieja. ¿Sería rubia o morena? ¿Guapa o normalita? Supuso que debía de ser del montón, porque, de lo contrario, estaría casada; y si hubiera estado casada, no andaría haciendo curas a un hombre solo y desconocido en un dormitorio. Probablemente estaba leyendo en la silla. O pensando. Se preguntó en qué debía de pensar la enfermera. En su relación con la niña, con toda seguridad. Él también le habría dado vueltas a eso, de haber sabido por dónde empezar.

—¿Qué opina de todo el asunto?

—¿Cómo ha sabido que estaba despierto? —preguntó el señor Daunt a su vez cuando se recuperó de la fugaz idea de que ella podía leerle la mente.

—Por el ritmo de la respiración. Dígame lo que pasó anoche. Empiece por el accidente.

Pero ¿cómo había sucedido? Es fabuloso estar a solas en el río. Hay libertad. Uno no está ni en un sitio ni en otro, sino siempre en movimiento, entre dos aguas. Allí se escapa de todo y no se pertenece a nadie. Daunt recordó la sensación: era placentero el modo en que se coordinaba su cuerpo con y contra el agua, con y contra el aire, era placentero ese equilibrio tímido y precario en el que el río pone a prueba y los músculos responden. Eso era lo que había ocurrido el día anterior. Se había perdido en sus pensamientos. Sus ojos solo habían visto el río, su mente se había concentrado por completo en predecir los caprichos del agua, sus extremidades eran una máquina que respondía a cada movimiento. Había un momento glorioso en el que cuerpo, barco y río se combinaban en un ballet de ofrenda y recepción, de tensión y relajación, de resistencia y flujo… Era sublime… y no se puede confiar en lo sublime.

No era que no se hubiera planteado el reto de la presa del Diablo con anterioridad: cómo manejarla, si habría alguien para ayudarle a tirar del bote para sacarlo del agua. También había sido consciente de la otra posibilidad. Era invierno y no creía que hubiese mucho desnivel… Sabía cómo hacerlo: meter los remos, mantenerlos listos para equilibrar el barco en cuanto cruzara al otro lado y, al mismo tiempo —rápido, en un solo movimiento ágil—, tirarse al suelo de la embarcación y tumbarse. Si no calculaba bien, podía darse un buen golpe en la cabeza o romper la pala o ambas cosas. Pero ya lo sabía. Lo había hecho antes.

¿Qué había fallado? Seducido por el río, se había visto inmerso en un estado trascendental: ese fue su error. Habría podido librarse a pesar de todo, salvo porque entonces (tal como lo veía ahora en perspectiva) le habían sucedido tres cosas a la vez.

La primera fue que, sin darse cuenta, el tiempo había pasado y la luz había menguado hasta quedar en un tenue gris.

La segunda fue que una silueta —difusa, difícil de identificar— había llamado su atención y lo había distraído justo en el momento en que más necesitaba concentrarse.

La tercera era la presa del Diablo. Aquí. Ahora.

La corriente se había apoderado de la canoa (él se había echado hacia atrás), el río había emergido con una inmensa extremidad líquida que se había elevado por detrás de él, lo había empujado desde ahí para incorporarlo (la parte superior de la presa, negra por la humedad, sólida como un tronco, había ido directa a su nariz) y ni siquiera había tenido tiempo de exclamar: «¡Ay!».

Intentó explicarle todo eso a la enfermera. Pero era un esfuerzo titánico, cuando su propia boca era un país extranjero y cada palabra era una ruta ardua y distinta por el alfabeto. Al principio iba lento, su habla era torpe, e iba haciendo gestos con las manos para rellenar los huecos de su relato. En ocasiones, ella añadía algo, anticipando con inteligencia lo que él quería decir, y el señor Daunt gruñía para indicar: «Sí, sí, eso». Poco a poco, encontró la manera de articular los sonidos que necesitaba y se volvió más fluido.

—¿Y fue allí donde la encontró? ¿En la presa del Diablo?

—No. Aquí.

Había recuperado el conocimiento bajo el cielo nocturno. Demasiado frío para sentir el dolor pero convencido, gracias al instinto animal, de que estaba herido. No le cupo duda de que necesitaba calor y cobijo si quería sobrevivir. Había bajado del barco con mucho cuidado por miedo a desplomarse en el agua fría, helada. Entonces fue cuando la silueta blanca había llegado flotando hasta él. Al instante supo que era un cuerpo, un cuerpo infantil. Había extendido los brazos y el río se la había entregado con delicadeza.

—Y pensó que estaba muerta.

Asintió con un gruñido.

—Ajá. —El señor Daunt oyó tomar aire a la enfermera y apartó el pensamiento para más adelante—. Pero ¿cómo llegó desde la presa del Diablo hasta aquí? ¿Un hombre con sus lesiones en un barco roto…? Es imposible que lo hiciera por sus propios medios.

Negó con la cabeza. No tenía la menor idea.

—Me pregunto qué fue lo que vio. Qué lo distrajo en la presa del Diablo.

Daunt era un hombre cuya memoria estaba compuesta de imágenes. Encontró una: una luna pálida suspendida sobre el río. Encontró otra: la acechante presa, mastodóntica contra un cielo cada vez más oscuro. Además, había otra cosa. Le dolió la cara al fruncir la frente mientras intentaba darle sentido. Igual que una placa fotográfica, su mente solía registrar perfiles nítidos, detalles, tonalidades, perspectivas. Esta vez solo encontró un borrón. Era como una fotografía en la que el sujeto se hubiera movido, bailando durante los quince segundos de exposición que se requieren para dar la ilusión de un único instante. Le habría encantado retroceder y revivir ese momento de haber podido, abrir el tiempo y estirar los segundos en toda su extensión para ver qué había dejado esa imagen borrosa en su retina.

Negó con la cabeza, inseguro; hizo una mueca de dolor al moverse.

—¿Fue una persona? ¿Es posible que alguien viera lo que había pasado y lo ayudara?

¿Era posible? El señor Daunt asintió con poco convencimiento.

—En la orilla.

—El río.

De eso estaba seguro.

—¿Los barcos de los gitanos? Nunca están lejos en esta época del año.

—Un único navío.

—¿Otra barca de remos?

—No.

—¿Una barcaza?

El borrón no era una barcaza. Era algo más estilizado, apenas unas líneas…

—¿Una batea, tal vez? —En ese momento, al oírse a sí mismo sugerirlo, la imagen borrosa se enfocó un ápice. Una embarcación larga y baja navegada por una figura alta y delgada…—. Sí, creo que sí.

Oyó que la enfermera se reía en voz baja.

—Tenga cuidado con lo que dice. Se correrá la voz de que se topó con Silencioso.

—¿Quién?

—Silencioso. El barquero. Se encarga de llevar a casa sanos y salvos a quienes se meten en apuros en el río. A menos que haya llegado su hora. En ese caso, se encarga de llevarlos «al otro lado del río». Pronunció esas últimas palabras con un tono tan grave que resultaba tragicómico.

El señor Daunt se echó a reír, notó que le tiraban los puntos en el labio partido, y tomó aire con dificultad.

Pasos. La presión firme pero delicada de una gasa sobre la cara y la sensación de frío.

—Ya ha hablado bastante —dijo la enfermera.

—Es culpa suya. Me ha hecho reír.

No tenía ganas de que la conversación acabara.

—Hábleme de Silencioso.

Sus pasos volvieron a la silla y se la imaginó allí, anodina, alta y fuerte, ni joven ni vieja.

—Hay más de una docena de versiones. Empezaré y a ver qué sale.

»Hace muchos años, en la época en que había menos puentes de los que hay ahora, los Silenciosos vivían en las riberas del río, no muy lejos de aquí. Eran una familia con una peculiaridad: todos los hombres eran mudos. Por eso los llamaban Silenciosos y nadie recuerda su auténtico apellido. Se ganaban la vida con la construcción de bateas, y por un precio razonable te conducían de una orilla a otra del río desde su embarcadero y te iban a buscar de nuevo para regresar cuando los llamabas. Ese embarcadero pasó del abuelo al padre y de este al hijo, así a lo largo de muchas generaciones, junto con la incapacidad de hablar.

»Cabría pensar que ser mudo supondría una dificultad en los asuntos del corazón, pero los Silenciosos eran hombres responsables, amables, y hay mujeres que buscan una vida tranquila. Así pues, en cada generación hubo una mujer u otra contenta de vivir sin conversación y de engendrar la siguiente generación de constructores de bateas. Siempre ocurría lo mismo: las hijas podían hablar, pero los hijos varones, no.

»En el momento de este relato, el Silencioso de turno tenía una hija. Era la niña de sus ojos, y tanto sus padres como sus abuelos la mimaban mucho. Un día se perdió. Buscaron a la niña por todas partes, alertaron a los vecinos, y hasta que cayó la noche, en la ribera del río resonó la voz de su madre y de otras personas, que la llamaban a gritos. No la encontraron, ni ese día ni el siguiente. Sin embargo, al cabo de tres días localizaron su pobre cuerpecillo ahogado en un punto un poco más bajo del río, y la enterraron.

»Pasó el tiempo. Durante el resto del invierno y la primavera y el verano y el otoño, el padre de la niña continuó construyendo bateas como siempre, trasladando a la gente de un lado al otro del río cuando era preciso, y por las noches, se sentaba a fumar junto a la chimenea, pero su mudez se vio alterada. El silencio que en otro tiempo había sido cálido, alegre y una grata compañía se volvió oscuro y se llenó de sombras grises. El año cubrió un ciclo entero y llegó el aniversario del día de la desaparición de la chiquilla.

»Ese día, la esposa de Silencioso regresó a casa del mercado y se encontró con un cliente esperando. "Si necesita cruzar el río, con el que tiene que hablar es con mi marido. Lo encontrará en el embarcadero", le dijo. Pero el cliente, cuyo rostro estaba muy triste, tal como constató entonces, le dijo: "Ya lo he encontrado. Me llevó hasta la mitad del río y, cuando estábamos en el punto de mayor profundidad, me entregó la pértiga y saltó de la barca".

Rita se detuvo para beber un trago de té.

—¿Y ronda el río desde aquel día? —preguntó Daunt.

—La historia aún no ha acabado. Tres días más tarde, a medianoche, la esposa de Silencioso se puso a llorar junto a la chimenea. Entonces llamaron a la puerta. No se le ocurría ni una sola persona que pudiera buscarla a ella a semejantes horas. ¿Acaso era alguien que deseaba cruzar el río? Se acercó a la puerta. Por miedo, no la abrió, sino que se limitó a decir:

»—Es muy tarde. Espere hasta mañana y mi suegro le ayudará a cruzar.

»La respuesta que obtuvo fue:

»—¡Mamá! ¡Déjame entrar! Fuera hace frío.

»Con manos temblorosas, abrió la puerta y en el porche se encontró a su propia hijita, la que había enterrado justo hacía un año, sana y salva. Detrás de la niña estaba su marido, Silencioso. La mujer estrechó a la niña en brazos, lloró de júbilo al ver que la había recuperado, tan emocionada al principio que ni siquiera se planteó cómo podía haber sucedido algo tan extraordinario. Entonces pensó: "Es imposible", y alejó un poco a la niña del cuerpo para verla bien, pero no cabía duda de que era la misma hija que había perdido hacía doce meses.

»—¿De dónde has salido? —le preguntó maravillada.

»Y la niña respondió:

»—De ese sitio que hay al otro lado del río. Papá vino a buscarme.

»La mujer dirigió la mirada a su marido. Silencioso se apartó un poco de la niña y retrocedió, no hacia el porche, sino hacia el camino.

»—Entra, cariño —le dijo su esposa, y abrió del todo la puerta mientras señalaba la chimenea: el fuego seguía encendido y su pipa continuaba sobre la repisa.

»Pero Silencioso no avanzó. La mujer no pudo evitar percatarse de que había cambiado, aunque no supo decir en qué sentido. Tal vez estuviera más pálido y más delgado que antes, o tal vez fueran sus ojos los que presentaban una versión más oscura del color que habían tenido siempre.

»—¡Entra! —repitió, y Silencioso negó con la cabeza.

»Entonces comprendió que nunca podría entrar de nuevo.

»La buena mujer metió a la niña en casa y cerró la puerta, y desde ese día, distintas personas se han encontrado con Silencioso. Para que su hija pudiera regresar, tuvo que pagar un precio, y lo hizo sin dudarlo. Durante toda la eternidad debe vigilar el río, esperar a que alguien esté en apuros y, entonces, si no le ha llegado la hora, salvarlo y acompañarlo de forma segura a la otra orilla; si, por el contrario, sí le ha llegado la hora, lo conduce de forma segura al otro lugar, ese sitio al que fue en busca de su hija, y allí debe permanecer la persona.

Le otorgaron a la historia el momento de silencio que merecía y, una vez terminado, Daunt volvió a hablar.

—Entonces, no había llegado mi hora y Silencioso me remolcó hasta Radcot.

—Si la historia es cierta, sí.

—¿Usted se la cree?

—Por supuesto que no.

—De todos modos, es una buena historia. El padre devoto que rescata a su hija a costa de su propia vida.

—Le costó algo más que eso —aclaró Rita—. Le costó también su muerte. No hay descanso eterno para Silencioso: debe existir para siempre entre dos estados, vigilando el límite entre uno y otro.

—Pero eso tampoco se lo cree, ¿no? —dijo el fotógrafo—. ¿Aquí la gente cree en esa historia?

—Beszant, el reparador de barcos, sí. Asegura que lo vio cuando era joven y resbaló en el muelle. Los recolectores de berros creen que los mantiene a salvo cuando el río sube hasta los campos y los convierte en marismas. Uno de los excavadores de grava se mostraba escéptico hasta el día en que se le quedó el tobillo atrapado bajo el agua. Jura por su vida que fue Silencioso quien se agachó para liberarlo.

La conversación le hizo pensar de nuevo en la niña.

—Pensé que estaba muerta. Llegó flotando a mis brazos, blanca, fría y con los ojos cerrados… Habría jurado que estaba muerta.

—Todos pensaron lo mismo.

—Pero usted no.

—Sí, yo también. Estaba segura.

Un silencio pensativo se apoderó de la habitación. El señor Daunt pensó en las preguntas que podría formular, pero acalló su lengua. Algo le decía que era posible que ella dijera algo más si permanecía callado, y tenía razón.

—Usted es fotógrafo, señor Daunt, lo que lo convierte en científico. Yo soy enfermera, lo que también me convierte en científica, pero no me explico lo que presencié anoche. —Habló despacio y con mucha calma, eligiendo las palabras a conciencia—. La chica no respiraba. No tenía pulso. Sus pupilas estaban dilatadas. El cuerpo estaba frío. La piel estaba blanca… Según todos los puntos del manual, estaba muerta. No me cupo duda. Después de comprobar las constantes vitales y no encontrar ninguna, bien podría haberme marchado sin más. No sé por qué me quedé, salvo porque me sentía inquieta por razones que no podría explicarme ni a mí misma. Durante un breve lapso (entre dos y tres minutos, según mis cálculos) permanecí de pie junto al cuerpo. Tenía su mano entre las mías; las yemas de mis dedos le tocaban la muñeca. En esa posición noté que algo temblaba entre su piel y la mía. Se parecía al pulso. Pero yo sabía que era imposible: estaba muerta.

»En realidad, cabe la posibilidad de confundir el propio pulso con el de un paciente, porque las yemas de los dedos tienen pulso. Deje que se lo muestre.

El señor Daunt oyó el roce de las faldas detrás de los pasos de la enfermera mientras esta se aproximaba a la cama. Le tomó de la mano, la puso con la palma hacia arriba sobre su propia palma abierta y colocó encima la otra palma, de modo que la mano del fotógrafo quedase encerrada entre las suyas y las yemas de los dedos le tocaran con suavidad la parte interna de la muñeca.

—¿Lo ve? Aquí le noto el pulso. —A Daunt se le calentó la sangre al sentir el contacto—. Y también noto el mío. Es un pulso muy débil, pero es el mío.

El hombre murmuró algo para indicar que lo comprendía y sus sentidos se agudizaron para intentar captar el bombeo de la sangre de ella. Era demasiado débil.

—Así pues, para disipar cualquier duda, hice lo siguiente.

La mujer apartó las manos bruscamente y Daunt notó que la suya quedaba abandonada sobre el edredón. La oleada de decepción retrocedió cuando las yemas de la enfermera aparecieron en la fina piel que hay detrás de la oreja.

—Este es un buen punto para tomar el pulso. Apreté con firmeza y esperé otro minuto entero. No pasó nada. Nada, nada y más nada. Me dije que estaba loca por quedarme allí a oscuras y con aquel frío tan tremendo, esperando a notar el latido de una niña muerta. Y entonces lo noté otra vez.

—¿Cuál es el mínimo de pulsaciones de un corazón?

—A los niños les late el corazón más rápido que a los adultos. Es bastante frecuente que vayan a cien pulsaciones por minuto. Sesenta es peligroso. Cuarenta es más que peligroso. Si llegan a cuarenta, hay que prepararse para lo peor.

En la parte interna de los párpados, el señor Daunt vio que se elevaban sus propios pensamientos, en formas azuladas, como nubes. Por encima de ellos vio los pensamientos de la enfermera, rayas de un marrón oscuro y verde, que se movían en horizontal de izquierda a derecha a través de su campo de visión, igual que los fogonazos prolongados e intensos de los relámpagos.

—Una pulsación por minuto… Nunca he visto que el pulso de un niño baje de cuarenta por minuto. Salvo cuando baja a cero.

Rita mantuvo el contacto de la yema del dedo con la piel de él. Al cabo de un momento saldría de su ensimismamiento y la retiraría. Daunt trató de mantenerla en el mismo hilo de pensamiento.

—¿Por debajo de cuarenta mueren?

—Según mi experiencia, sí.

—Pero no estaba muerta.

—No estaba muerta.

—Estaba viva.

—¿Con una pulsación por minuto? No es posible.

—Pero si era imposible que estuviera viva y era imposible que estuviera muerta, ¿cómo estaba?

Las nubes azules de pensamiento se disolvieron. Las rayas de color ciruela y verde hoja se hincharon con intensidad y se desplazaron tanto a la derecha que quedaron fuera de su rango de visión. La mujer suspiró de forma exagerada para sacudirse la frustración, retiró las puntas de los dedos del cuello de él y unas chispas de tono bronce surgieron de pronto en su visión, como si fuesen ascuas ardiendo que escapan del fuego.

Fue él quien rompió el silencio.

—Estaba como Silencioso. Entre los dos estados.

Oyó un resoplido de exasperación que terminó en una risa amortiguada.

Él también se rio. Cuando se le estiró la piel de la cara, soltó un alarido de dolor.

—¡Au! —exclamó—. ¡Au!

Eso hizo que la enfermera volviera a concentrarse en él, hizo que las yemas de sus dedos volvieran a la piel del paciente. Mientras le colocaba el paño frío contra la cara, se dio cuenta de que su visión de Rita Sunday se había ido transformando en el transcurso de la conversación. A esas alturas, no era muy distinta de las Doncellas del Destino.

¿Así termina?

Las voces avivaban la sala de invierno. Estaba tan abarrotada de bebedores que muchos de ellos se hallaban de pie, porque no había asientos suficientes para todos. Margot apareció por el pasillo en penumbra y dio unos golpecitos a las espaldas que tenía más cerca.

—Apartaos, por favor. Haced sitio.

Le abrieron paso arrastrando los pies y así pudo entrar en el combate. Casi pegado a ella iba el señor Vaughan con la niña en brazos, envuelta en una manta. Detrás de ellos llegó la señora Vaughan, que iba asintiendo con la cabeza a diestro y siniestro en señal de agradecimiento.

Al ver a la niña, los clientes que estaban más cerca de la escena empezaron a cuchichear. Quienes se hallaban un poco más al fondo captaron el descenso repentino del ruido por detrás y, al cabo de un momento, Margot también les pidió a ellos que se apartaran, y se sumaron a los murmullos. La niña había apoyado la cabeza en el hombro de Vaughan, tenía la cara contra el cuello de él, medio escondida. Había cerrado los ojos. La pesadez de su cuerpo les indicó que estaba dormida. El silencio avanzó más rápido de lo que lo hacían los Vaughan y, antes de que llegaran a la mitad de la estancia, la paz resonaba tanto como la algarabía un momento antes. La multitud movía la cabeza y se ponía de puntillas para otear con ojos hambrientos y asegurarse de la mejor vista del rostro dormido de la niña, y al fondo, algunos incluso se subieron a los taburetes y las mesas para lograr verla. A esas alturas, a Margot ya no le hacía falta ir dando codazos y golpecitos, porque la masa de cuerpos se partió en dos por propia iniciativa, y cuando llegaron a la puerta, el barquero ya estaba listo para abrírsela.

Los Vaughan cruzaron el umbral.

Margot hizo un gesto con la cabeza para indicarle al barquero que la cerrase tras ellos. Nadie se había movido. La multitud seguía dividida, una línea curva de tablones quedaba a la vista en el suelo. Tras un momento de quietud en el que nadie habló, comenzaron a oírse pies que se arrastraban, algunos carraspeos, y en un santiamén la multitud se reagrupó en una única masa y el bullicio de las voces fue aún mayor que el anterior.

Siguieron hablando una hora más. Repasaron con pelos y señales todos los detalles de lo acontecido durante el día, sopesaron los hechos y los combinaron, dieron vueltas a grandes cantidades de conjeturas, cotilleos y suposiciones para añadirle un poco de sabor a la mezcla, y los completaron con una buena pizca de rumores a modo de levadura para que la historia creciera.

Entonces llegaron a la conclusión de que la historia había avanzado. Ya no pertenecía a ese lugar, el Swan de Radcot, sino al exterior, al mundo entero. Los bebedores recordaron entonces al resto del mundo, sus esposas e hijos. Sus vecinos, sus amigos. Había gente ahí fuera que todavía desconocía la historia de los Vaughan y el joven Armstrong. De uno en uno, de dos en dos, y más tarde en un goteo constante que se convirtió en un torrente uniforme, los clientes se marcharon. Margot organizó a los más sobrios de los rezagados para que acompañaran a los más borrachos por la ribera del río y se aseguraran de que nadie se cayera al agua.

Cuando se cerró la puerta detrás del último de los bebedores y la sala de invierno se quedó vacía, Joe comenzó a barrer el suelo. Hacía pausas frecuentes y se apoyaba en la escoba hasta que recuperaba el aliento. Jonathan fue a buscar leña. Sus ojos rasgados presentaban un aire de melancolía muy poco propio de él cuando dejó los troncos en el cesto, junto al fuego.

—¿Qué te pasa, hijo?

El chico suspiró.

—Quería que se quedara con nosotros.

Su padre sonrió y le alborotó el pelo.

—Ya lo sé, hijo. Pero su lugar no está aquí.

Jonathan se dio la vuelta para recoger un segundo haz de leña, pero cuando llegó a la puerta, se volvió de nuevo, desconsolado.

—¿Así termina, papá?

—¿Terminar?

Jonathan observó a su padre, que inclinó la cabeza hacia un lado y miró al rincón oscuro del que procedían las historias. Al cabo de unos segundos, el hombre volvió a mirar a su hijo Jonathan y negó con la cabeza.

—Esto no es más que el principio, hijo. Todavía tienen que pasar muchas cosas.

SEGUNDA PARTE

Las cosas no cuadran

Sentada en el último peldaño de la escalera, Lily embutió el pie a presión en la bota. Sujetó bien la lengüeta para que no se le metiera por debajo de los cordones, pero entonces el calcetín se le arrugó por detrás del talón y los numerosos pliegues abultaban tanto que le apretaron el pie hacia delante. Suspiró. Sus botas siempre conspiraban contra ella. Tenían pegas por todas partes. Le apretaban los juanetes, le rozaban la piel hasta dejarla en carne viva y, por mucha paja que les metiera dentro durante la noche, siempre les quedaba un poco de humedad por la mañana para hacerla sentir escalofríos al volver a calzarse. Sacó el pie y lo liberó del cautiverio, alisó el calcetín, volvió a intentarlo.

Cuando por fin tuvo las dos botas puestas, Lily se abrochó el abrigo hasta arriba y se cubrió la garganta con una bufanda. No se puso guantes porque no tenía. Al salir, el frío tardó un segundo en colarse por su abrigo sin toparse con resistencia y afiló su cuchilla contra la piel de la mujer, que apenas se percató. Estaba acostumbrada.

Su rutina matutina era siempre la misma. Primero, bajaba al río. Hoy el nivel era el que esperaba, ni muy alto ni muy bajo. No había ni una corriente rápida ni un estancamiento amenazador. El agua no siseaba especialmente, ni rugía ni le lanzaba salpicaduras como escupitajos a los bajos de la falda. Fluía de manera continua, entregada por completo a algún asunto propio muy tranquilo, y no tenía el menor interés en Lily y sus quehaceres. Le dio la espalda al río y fue a alimentar a los cerdos.

Lily llenó un cubo de grano y el otro de bazofia, que soltó un cálido aroma a podredumbre. La cerda de pelo rojizo se acercó a la pared divisoria, como tenía por costumbre. Le encantaba levantar la cabeza y rascarse la parte baja del carrillo con la parte superior del murete bajo. Al mismo tiempo, Lily le rascó en ese punto detrás de las orejas que tanto le gustaba. El animal gruñó de placer y la miró por debajo de sus pestañas cobrizas. Lily levantó los dos cubos y los llevó hasta los comederos. Pesaban tanto que se bamboleaba de un lado a otro al caminar. Uno detrás de otro, vació el contenido de los cubos en el comedero y retiró las planchas que impedían el acceso a la abertura. Una vez hecho eso, sacó su propio desayuno del bolsillo (una de las manzanas menos magulladas de la estantería) y le dio un mordisco. Agradecía tener un poco de compañía a la hora de desayunar. El cerdo fue el primero en salir (siempre lo hacía; los machos siempre quieren ser los primeros en todo) y bajó el hocico inmediatamente hacia el comedero. La hembra lo siguió, con los ojos todavía fijos en Lily, así que, una vez más, Lily se preguntó a qué podía deberse esa mirada. Era extraña, casi humana, como si la cerda quisiera algo.

Lily terminó de comer la manzana y echó el corazón en la pocilga, asegurándose de que aterrizaba donde el cerdo no pudiera verla. La cerda le dedicó una última mirada indescifrable —¿arrepentimiento? ¿Decepción? ¿Pena?—, luego bajó el hocico al suelo y el corazón de la manzana desapareció.

Lily limpió los cubos y volvió a dejarlos en el cobertizo de madera. Bastó con mirar el cielo para saber que era hora de ir a trabajar, pero antes tenía que hacer una cosa más. Apartó unos cuantos troncos de la pila y sacó uno de la tercera fila. Por delante parecía igual que todos los demás, pero por detrás habían tallado un agujero. Le dio la vuelta y unas cuantas monedas salieron rodando y le cayeron en la mano. Con muchísimo cuidado, volvió a recolocar los troncos para que quedasen como los había encontrado. Una vez dentro de la cabaña, sacó un ladrillo suelto de la chimenea. Aunque tampoco parecía distinto del resto, salió con facilidad y reveló una pequeña cavidad detrás. Colocó el dinero en la cavidad y recolocó el ladrillo en su sitio. Se aseguró de que quedase exactamente al mismo nivel que sus vecinos. Cerró la puerta al salir, pero no echó la llave, por la sencilla razón de que no había ni cerradura ni llave. No había nada que mereciese la pena robar en el refugio de Lily White; todo el mundo lo sabía. Entonces se fue.

El aire frío cortaba como un cuchillo, pero entre el óxido y el negro de la crecida del año anterior, el verde regresaba a la orilla del río. Lily caminaba a paso ligero, agradecía que el suelo estuviera duro y no se le metiera el agua por los agujeros de las botas. Mientras se aproximaba a Buscot, oteó por encima del río, hacia los terrenos que pertenecían a Buscot Lodge y a los Vaughan. No había nadie.

«Seguro que está dentro, junto al fuego», pensó Lily. Se imaginó una chimenea encendida, un inmenso cesto de leña, el fuego que bailaba con brío. «No lo toques, Ann —susurró—. Está caliente.» Aunque seguro que tenían una pantalla protectora, eran gente rica. Asintió con la cabeza. «Sí, eso es.» Imaginó a Ann con un vestido de terciopelo azul; no, la lana sería más cálida, que sea de lana. Lily se desplaza en espíritu por la casa en la que nunca ha entrado en la vida real. En la planta de arriba hay un dormitorio pequeño con otra chimenea encendida, para quitar el frío de la noche. Hay una cama, y el colchón no es de paja, sino de auténtica lana de cordero. Las mantas son gruesas y... ¿rojas? Sí, rojas, y encima de la almohada hay una muñeca con trenzas en el pelo. Hay una alfombra turca para que a Ann no se le enfríen los pies por la mañana. En otra parte de la casa, la alacena está llena de jamones, manzanas y queso; hay un cocinero que hace mermelada y pastel caseros; en un armario hay frascos y frascos de miel, y en un cajón hay media docena de bastones de caramelo, de rayas amarillas y blancas.

Lily exploró la nueva casa de Ann con un deleite perfecto, y su versión del interior de Buscot Lodge solo palideció cuando llegó a la puerta de la casa parroquial.

«Sí —pensó mientras empujaba la puerta de la cocina para abrirla—. Ann debe vivir en Buscot Lodge con los Vaughan. Allí estará a salvo. Puede que incluso sea feliz. Allí es donde debe quedarse.»

El párroco estaba en su estudio. Lily sabía que se había retrasado bastante, pero al tocar el hervidor de agua con las yemas de los dedos, supo que el párroco todavía no se había preparado el té del desayuno. Se quitó las botas y acomodó los pies en las zapatillas de fieltro gris que guardaba debajo del aparador de la cocina. «Las guardaré bien para que no las vea, y así no se le estropearán las alfombras», le había explicado Lily, y cuando él había accedido, le había pedido una parte de los ahorros que le guardaba el párroco, había ido directa a comprarlas y después había vuelto también directa para dejarlas en la parroquia. A veces, en la cabaña, cuando tenía frío y miedo de los fantasmas, pensar en sus zapatillas de fieltro gris descansando bajo el aparador de la cocina del párroco como si pertenecieran a esa casa, bastaba para hacer que se sintiera mejor.

Hirvió el agua, preparó la bandeja del té y, cuando todo estuvo listo, se dirigió al estudio y llamó con los nudillos.

—¡Adelante!

El párroco estaba inclinado sobre sus documentos, y su coronilla calva quedaba a la vista; garabateaba a tal velocidad que Lily estaba admirada. Llegó al final de una frase y alzó la mirada.

—¡Ah, señora White!

Ese saludo era uno de los placeres de su vida. Nunca: «¡Buenos días!», ni: «Hola, ¿qué tal?», unos saludos que servirían para cualquiera, sino siempre: «¡Ah, señora White!». Oír el inmaculado apellido White en labios del párroco era una bendición.

Dejó la bandeja en la mesa.

—¿Quiere que le prepare unas tostadas, párroco?

—Sí, bueno, más tarde. —Carraspeó—. Señora White… —añadió en otro tono de voz.

Lily dio un respingo y adoptó una expresión de amable perplejidad que no hizo más que aumentar el miedo a lo que se avecinaba.

—¿Qué es lo que me han contado sobre la niña del Swan y usted?

Le dio un vuelco el corazón. ¿Qué podía decir? Era un misterio cómo algo tan fácil de saber tenía que ser tan difícil de explicar, así que abrió y cerró la boca varias veces, pero no le salieron las palabras.

El párroco volvió a intervenir.

—Por lo que tengo entendido, les dijo a los de la taberna Swan que la niña era su hermana…

Lo dijo sin alterarse, pero a Lily se le llenaron los pulmones de miedo. Le costaba horrores inspirar y espirar. Entonces consiguió coger una bocanada de aire y con la exhalación le salieron las palabras a borbotones.

—No lo hice con mala intención y, por favor, no me despida por eso, párroco Habgood, no daré problemas a nadie, se lo prometo.

El párroco la contempló con una expresión igual de perpleja que la anterior.

—Supongo que debo deducir que la niña no es su hermana, ¿verdad? Digamos que fue una confusión, ¿le parece?

Esbozó una sonrisa tímida y dubitativa, una sonrisa que se volvería ancha y rotunda en cuanto ella asintiera con la cabeza.

A Lily no le gustaba mentir. Se había visto obligada a hacerlo muchas veces, pero nunca se había acostumbrado, nunca había aprendido a hacerlo bien, pero, por encima de todo, nunca le había gustado. Una cosa era mentir en su propia casa, pero ahí, en la parroquia (que no era exactamente la casa de Dios, pero sí era la casa del párroco, así que era lo que más se le parecía), mentir era algo mucho más grave. No quería perder el trabajo… Se debatió entre una mentira y la verdad y, al final, incapaz de medir los peligros de una cosa y la otra, fue su naturaleza la que ganó la partida.

—Sí que es mi hermana.

Bajó la mirada. Se le veían las puntas de las zapatillas de fieltro por debajo de la falda. Se le llenaron los ojos de lágrimas y las apartó con la palma de la mano.

—Es mi única hermana y se llama Ann. Sé que es ella, párroco Habgood.

Las lágrimas que acababa de enjugarse fueron sustituidas por otras, demasiado numerosas para poderlas eliminar a tiempo. Cayeron y le dejaron borrones oscuros en las zapatillas.

—Bueno, a ver, señora White —dijo el párroco, algo confuso—. ¿Por qué no se sienta?

Lily negó con la cabeza. Nunca se había sentado en la casa parroquial, ni una vez en su vida. Trabajaba allí, de pie y de rodillas, recogía, lavaba, barría, limpiaba, y eso era lo que le daba la sensación de pertenecer a ese sitio. Sentarse era convertirse en una feligresa más en busca de ayuda.

—No —murmuró—. No, gracias.

—Entonces, me levantaré yo para estar a su altura.

El párroco se incorporó y salió de detrás del escritorio. La miró pensativo.

—Vamos a ver si entre los dos lo aclaramos, ¿de acuerdo? Dice la gente que dos mentes piensan mejor que una. Para empezar, ¿cuántos años tiene, señora White?

Lily se lo quedó mirando, aturullada.

—Bueno…, es que no lo sé. Hubo una época en que tenía treinta y algo. De eso hace unos años. Supongo… supongo que ahora debo de tener cuarenta y algo.

—Ajá. ¿Y cuántos años diría que tiene la niña que llevaron al Swan?

—Cuatro.

—Parece muy segura de eso.

—Porque esa es la edad que tiene.

El párroco hizo un gesto de dolor.

—Pongamos que usted tiene cuarenta y cuatro años, señora White. No podemos estar seguros, pero sabe que pasa de los cuarenta, así que cuarenta y cuatro sería una edad plausible. ¿Está de acuerdo? Para que sea más fácil calcular…

Lily asintió, aunque no veía por qué importaba eso.

—La diferencia entre cuatro y cuarenta y cuatro es de cuarenta años, señora White.

Ella frunció el entrecejo.

—¿Cuántos años tenía su madre cuando usted nació?

Lily se encogió de miedo.

—¿Su madre sigue viva?

Lily tembló.

—Probemos de otra manera: ¿cuándo fue la última vez que vio a su madre? ¿Hace poco o hace mucho?

—Hace mucho —susurró ella.

El párroco, al verse en otro callejón sin salida, decidió tomar un camino diferente.

—Supongamos que su madre la tuvo a los dieciséis años. En ese caso, habría tenido que dar a luz a esa niña cuarenta años más tarde, a los cincuenta y seis. Una docena de años más de los que usted tiene ahora.

Lily parpadeó e intentó encontrar la lógica a todos esos números, pero no lo consiguió.

—¿Ve lo que intento explicar con estos cálculos, señora White? La niña no puede ser su hermana. Las probabilidades de que su madre hubiera tenido dos hijas con tanta diferencia de edad es…, bueno, es tan poco probable que resulta imposible.

Lily se miró las zapatillas.

—¿Qué me dice de su padre? ¿Cuántos años tiene?

Lily se estremeció.

—Murió. Hace muchos años.

—Bueno, pues recapitulemos cómo están las cosas. Su madre no puede haber traído a esa niñita al mundo. Sería demasiado vieja. Y su padre murió hace muchos años, de modo que tampoco pudo haberle dado la vida. Por lo tanto, no puede ser su hermana.

Lily miró las manchas que salpicaban las zapatillas de fieltro.

—Sí que es mi hermana.

El párroco suspiró y miró por toda la habitación en busca de algo que pudiera inspirarlo. Lo único que vio fue el montón de trabajo pendiente encima de la mesa.

—Sabe que la niña se ha ido a vivir con el señor y la señora Vaughan a Buscot Lodge, ¿verdad?

—Lo sé.

—Decir que esa niña es su hermana no beneficia a nadie, señora White. Y mucho menos a la propia criatura. Piénselo.

Lily recordó las mantas rojas y los bastones de caramelo de rayas amarillas y blancas. Al final, levantó la cabeza.

—Sí, ya lo sé. Y me alegro de que esté allí. Los Vaughan podrán cuidar de Ann mejor que yo.

—Amelia —la corrigió con sumo tacto—. Es la hija que perdieron hace dos años.

Lily parpadeó.

—Me da igual cómo la llamen. Y no causaré problemas. Ni a ellos ni a la niña.

—Bien —dijo el párroco, sin relajar la frente arrugada—. Bien.

La conversación parecía haber llegado a su fin.

—¿Va a despedirme, párroco?

—¿Despedirla? ¡Santo Dios, no!

Lily juntó las manos y se las llevó al pecho. Luego inclinó la cabeza, porque tenía las rodillas tan entumecidas que no podía hacer una reverencia.

—Gracias, párroco. Entonces me pondré a hacer la colada, ¿le parece bien?

El clérigo se sentó al escritorio y retomó la página que estaba escribiendo.

—La colada… Sí, señora White.

Cuando terminó con la colada (y planchó las sábanas e hizo la cama y barrió el suelo y sacudió las alfombras y frotó las baldosas y llenó los cestos de leña y limpió el hollín de la chimenea y quitó el polvo a los muebles y a las cortinas y ahuecó los cojines y repasó los marcos de todos los cuadros y espejos con el plumero y sacó brillo a todos los grifos con vinagre y preparó la comida del párroco y la dejó lista en la mesa, cubierta con un paño, y lavó las cazuelas y limpió el fogón y dejó toda la cocina como los chorros del oro), Lily volvió a llamar a la puerta del despacho.

El párroco contó el salario sobre la palma de la mano de la muchacha y ella cogió unas monedas, para después devolverle el resto al clérigo, como tenía por costumbre. Él abrió el cajón del escritorio y sacó la lata en la que guardaba los ahorros de su empleada, la abrió y desplegó una hoja de papel que había dentro. Apuntó unos números, que había intentado explicarle a Lily desde el principio: la fecha y la cantidad que le entregaba para que se la guardara, y luego la cantidad total de ahorros.

—Una suma nada desdeñable, señora White.

Ella asintió y sonrió con nerviosismo y timidez.

—¿No le apetecería gastarse un poco? ¿Comprar unos guantes? Hace tanto frío en la calle...

Lily negó con la cabeza.

—Bueno; entonces, espere que vaya a buscar una cosa... —Salió de la habitación un instante y, al regresar, le ofreció algo a su ama de llaves—. Todavía están medio decentes. No tiene sentido que se queden sin usar cuando usted tiene las manos frías. Quédeselos.

La mujer tomó los guantes y los acarició. Estaban tejidos con una lana gruesa de color verde y tenían pocos agujeros. No le costaría mucho remendarlos. Por el suave tacto supo lo calentitos que serían en las mañanas frías cuando pasase por la ribera del río.

—Gracias, párroco. Es usted muy amable. Pero seguro que los pierdo...

Dejó los guantes en una esquina del escritorio, se despidió del párroco y se marchó.

El paseo de vuelta junto al río se le hizo más largo que de costumbre. Tuvo que parar infinidad de veces para recoger restos para los cerdos, y los juanetes se quejaban a cada paso que daba. Tenía las manos heladas. De chiquilla sí había tenido unos guantes. Se los tejió su madre con lana de color escarlata y les cosió una larga tira trenzada que pasaba por dentro de las mangas del abrigo para que no los perdiera. Pese a ello, habían desaparecido. No los había perdido... Se los habían quitado.

Cuando llegó a la cabaña ya oscurecía, estaba congelada hasta el tuétano y le dolían todas las partes del cuerpo que podían dolerle. Al pasar por delante del poste más bajo, se lo quedó mirando. El río había crecido en comparación con la mañana. A sus pies, el borde había reptado unos cuantos centímetros malévolos para acercarse a su casa durante su ausencia.

Dio de comer a los cerdos y notó que la cerda de color rojizo la miraba, pero ella no le correspondió. Estaba demasiado cansada para preguntarse de qué humor estarían los cerdos esa noche. Tampoco le rascó detrás de las orejas, aunque la criatura gruñó y husmeó para llamar su atención.

Las cajas de madera de la leñera que por la mañana estaban vacías contenían ahora una docena de botellas.

Se acercó a la cabaña nerviosa, abrió la puerta y se asomó antes de entrar. No había nadie. Comprobó la cavidad que quedaba detrás del ladrillo suelto. Estaba vacía. Así pues, él sí que había estado. Y se había ido.

Pensó en encender una vela para sentirse acompañada, pero se acercó a la palmatoria y no había rastro de velas. También había volado el trozo de queso que tenía pensado comer y todo el pan, salvo la corteza dura.

Se sentó en un peldaño para quitarse las botas. Se quedó ahí con el abrigo y los calcetines puestos, y buscó la mancha de humedad en el suelo, donde el agua del río había goteado incesantemente desde el camisón de su hermana. Se puso a pensar.

Lily era corta de entendederas y le costaba pensar; siempre había sido así, desde pequeña. Era una mujer que dejaba que la vida transcurriera sin preocuparse de las cosas más de lo necesario. Los acontecimientos de su vida, sus alteraciones y meandros, no habían sido en absoluto el resultado de una acción decisiva por su parte, sino golpes de fortuna, movimientos de la mano de un Dios inescrutable, imposiciones de otras personas. Le daba pánico el cambio, pero se sometía a él sin rechistar. Su única esperanza durante muchos años había sido que las cosas no empeoraran…, aunque, por norma general, lo hacían. La reflexión sobre la experiencia no le salía de forma natural. Pero ahora que había pasado el primer sobresalto tras el regreso de Ann, se quedó sentada en el peldaño y notó que una pregunta luchaba por salir a la superficie.

La Ann de las pesadillas era una figura terrorífica y vengativa, con el dedo acusador y los ojos negros. La Ann del Swan de Radcot, la Ann tal como se la imaginaba ahora con los Vaughan, era una Ann completamente distinta. Era tranquila. No señalaba con el dedo, ni lanzaba miradas rencorosas. No daba la impresión de ser capaz de hacer daño a alguien, mucho menos a Lily. Esa Ann que había regresado se parecía mucho más a la Ann de su infancia.

Lily se pasó dos horas sentada en los escalones con la oscuridad del cielo presionando contra la ventana y el murmullo del río en los oídos. Pensó en la Ann que llegaba del río y dejaba caer gotas de horror en los tablones. Pensó en la Ann que estaría junto a la chimenea en Buscot Lodge, con su vestido de lana azul. Cuando la marca del agua del suelo se fundió con la penumbra general, todavía no había reordenado su desconcierto para formular con él una pregunta, y distaba mucho de encontrar respuestas. Lo único que le quedó cuando se levantó, acartonada, y se quitó el abrigo para meterse en la cama, fue un profundo e impenetrable misterio.

Los ojos de una madre

A veces pasa algo y luego pasa otra cosa y luego pasan toda clase de cosas, esperadas e inesperadas, extrañas y normales. Una de las cosas normales que pasaron como consecuencia de lo ocurrido en el Swan aquella noche fue que Rita se hizo amiga de la señora Vaughan. Todo empezó cuando oyó que llamaban a su puerta y se encontró al señor Vaughan en el vano.

—Quería darle las gracias por todo lo que hizo aquella noche. De no haber sido por usted y sus excelentes cuidados… En fin, no quiero ni pensarlo. —Dejó un sobre encima de la mesa—. ¡Una muestra de agradecimiento! —Entonces le pidió que fuese a Buscot Lodge a comprobar de nuevo el estado de salud de la niña—. La llevamos al médico en Oxford. Nos dijo que no está mal, teniendo en cuenta la odisea que vivió, pero aun así, no le haría daño una revisión semanal, ¿no cree? Eso es lo que quiere mi esposa… Por lo menos, nos ayudará a estar tranquilos.

Rita apalabró un día y una hora con él y, una vez que se hubo marchado, abrió el sobre. Contenía un pago generoso, lo bastante elevado para reflejar la riqueza de los Vaughan y lo mucho que les importaba la vida de su hija, pero lo bastante modesto para no resultar vergonzoso. Era correcto y punto.

El día acordado para la visita de Rita a Buscot Lodge llovía de tal manera que la superficie del río andaba revuelta, y se convirtió en un lazo de estampados y texturas siempre cambiantes. Cuando la enfermera llegó a la casa, la acompañaron a una agradable salita de estar: el empapelado amarillo era brillante, unos cómodos sillones estaban organizados alrededor de un fuego acogedor y una galería acristalada daba al jardín. En la alfombra de la chimenea estaba la señora Vaughan, tumbada boca abajo, pasando las páginas de un libro para la niña. Rodó para darse la vuelta y se levantó de un salto con un único movimiento ágil. Tomó las manos de Rita en las suyas.

—¿Cómo podemos agradecérselo? El médico de Oxford preguntó exactamente lo mismo que usted y llevó a cabo las mismas pruebas. Le dije a mi marido: «¿Sabes lo que significa eso? ¡Rita es tan buena como cualquier médico! Hay que pedirle que venga una vez a la semana y compruebe que todo está como tiene que estar». ¡Y aquí la tenemos!

—Después de todo lo que ha sucedido, es normal que no quieran arriesgarse.

Helena Vaughan nunca había tenido una amiga. Su limitada exposición a la compañía de mujeres en los salones varios no había logrado convencerla de que fuese algo que valiese la pena. El decoro y los modales contenidos de una dama se perdían en la niña que había crecido en un embarcadero, y por eso se había sentido tan cautivado el señor Vaughan: con su aire desinhibido y su inmenso disfrute de la vida al aire libre, le recordaba a las chicas con las que se había criado en el territorio minero de Nueva Zelanda. Pero en Rita, Helena reconoció a una mujer que tenía un objetivo en la vida más allá de pasearse por los salones. Una docena de años las separaba y había muchas más cosas que las hacían distintas, y aun así, Helena estaba predispuesta a que le cayera bien Rita, y la predisposición era mutua.

La niña, que parecía bastante cambiada con su vestido azul de cuello blanco y sus zapatillas bordadas también en azul y blanco, había levantado la vista, expectante, al oír que se abría la puerta. La chispa de interés que había aparecido en sus ojos se apagó al ver a Rita, y al instante volvió a centrar la atención en las páginas.

—Sigan mirando el libro juntas —dijo Rita—. Le tomaré el pulso mientras está distraída. Aunque no es que haga falta. Salta a la vista que está sana.

Era cierto. A la niña le brillaba el pelo. Tenía un leve pero perceptible tono rosado en las mejillas. Se le notaban las extremidades fuertes y los movimientos, hábiles y decididos. Estaba tumbada boca abajo, igual que la señora Vaughan, apoyada en los codos, mientras sus pies, protegidos por las zapatillas de estar en casa bordadas describían un movimiento de tijera por encima de las rodillas dobladas. Sin decir ni una palabra, pero con expresión de entenderlo todo, miraba las páginas conforme la señora Vaughan dirigía su atención hacia este o aquel detalle de las ilustraciones.

Desde el sillón más cercano, Rita se inclinó para cogerle la muñeca a la niña. Esta alzó la vista, sorprendida, y luego volvió a mirar el libro. La chiquilla tenía la piel cálida al tacto y el pulso firme. Rita estaba concentrada en contar los latidos y en observar las manecillas del reloj que hacían tictac mientras giraban en la esfera, pero notó una corriente subterránea que removió sus pensamientos al recordar cuando se había quedado dormida en la silla del Swan, con la niña en el regazo.

—Todo está en orden —dijo, y soltó la cálida muñeca.

—No se marche tan rápido —le pidió Helena—. La cocinera nos traerá huevos y tostadas dentro de un momento. ¿Puede quedarse un rato?

Mientras desayunaban, siguieron hablando de la niña y su salud.

—Su marido me contó que no ha dicho ni una palabra…

—De momento, no. —La señora Vaughan no parecía muy preocupada—. El médico de Oxford dijo que ya recuperaría la voz. Puede que tarde seis meses, pero volverá a hablar.

Rita sabía mejor que nadie que a los médicos les costaba reconocer que no tenían la respuesta para alguna pregunta. Si no eran capaces de dar una solución, algunos preferían dar una mala respuesta antes que no decir nada. No le mencionó ese detalle a la señora Vaughan.

—¿Diría que antes Amelia hablaba con normalidad?

—Uy, sí. Balbuceaba como suelen hacer los niños de dos años. A veces los demás no la entendían, pero nosotros sí, ¿verdad, Amelia?

A Helena se le iban los ojos continuamente hacia la niña, y cada palabra que pronunciaba, fuese cual fuese el tema, salía de una boca sonriente, porque parecía que le bastaba con verla para sentirse feliz. Cortó la tostada de la chiquilla en tiritas que parecían soldados y la animó a mojarlos en la yema del huevo. La niña se puso a comer con suma atención. Cuando terminó con la yema, Helena le puso la cucharilla en la mano para que comiera la clara y la niña arremetió contra el resto del huevo duro, cogiendo el cubierto con todo el puño, hasta que dejó solo la cáscara. Helena contemplaba a la niña absorta y emocionada y, cada vez que se volvía hacia Rita, la misma sonrisa se esbozaba en sus labios. La felicidad que había llegado a su vida con el regreso de la niña era algo que compartía con generosidad, pero cuando Rita notó que esa sonrisa radiante la calentaba, el roce de sus rayos luminosos la llenó también de pesar. Por norma general, habría sentido alegría al ver a una mujer tan contenta, sobre todo después de una desdicha tan prolongada, pero Rita no podía evitar sentir temor. No quería pinchar el globo de felicidad de Helena, pero la responsabilidad le obligaba a recordarle que había cierto grado de precariedad en la situación.

—¿Y qué me dice del señor Armstrong y la hija que perdió? ¿Hay novedades?

—Pobre señor Armstrong. —La bonita cara de Helena se ensombreció—. Lo compadezco. No hay novedades, de ningún tipo. —Suspiró, de un modo que dejó patente lo sincera que era su compasión, aunque, al mismo tiempo, a Rita le dio la sensación de que no establecía vínculo alguno entre el dolor del señor Armstrong y su propio júbilo—. ¿Cree que un padre siente lo mismo que una madre? Me refiero a la pérdida. Y la incertidumbre...

—Yo diría que depende del padre. Y de la madre.

—Supongo que tiene razón. Mi padre se habría sentido devastado de haberme perdido. Y el señor Armstrong parecía muy... —Se detuvo a pensar—. No sé, un hombre muy sentido. ¿No le parece?

Rita recordó cuando le había tomado el pulso.

—No sabría qué decirle, solo lo he visto una vez. Puede que aquella noche estuviéramos todos nerviosos. ¿Han vuelto a saber de él?

—Vino de visita. Para verla de nuevo con la cabeza más despejada.

Su voz transmitió que algo seguía sin resolver.

—¿Y sirvió de algo? ¿Fue capaz de llegar a una conclusión definitiva?

—No puedo decirle que fuera así —respondió Helena pensativa. Y entonces miró de repente a Rita y se inclinó hacia ella para añadir en voz más baja—: Su mujer ahogó a la niña, ¿sabe? Y luego se envenenó. Ese es el rumor que corre… —Suspiró compungida—. Ya encontrarán el cadáver. Eso es lo que le digo a Anthony: seguro que tarde o temprano aparecerá. Y así el señor Armstrong saldrá de dudas.

—Ya ha pasado una buena temporada. ¿Cree que todavía hay posibilidades de que lo encuentren?

—Tienen que hacerlo. Hasta entonces, el pobre hombre estará en una especie de limbo. Al fin y al cabo, a estas alturas es poco probable que la encuentren viva. ¿Cuántas semanas han pasado ya? ¿Cuatro? —Contó las semanas con los dedos como una niña—. Casi cinco. ¿No cree que ya deberían haber averiguado algo…? ¿Quiere saber mi opinión? ¿Se la digo?

Rita asintió.

—Opino que no puede soportar saber que Alice murió ahogada, así que se aferra a la idea de que Amelia pueda ser Alice para ahorrarse la agonía. Ay, pobre hombre.

—¿Y no han vuelto a verlo desde entonces?

—Lo hemos visto dos veces más. Regresó diez días después, y luego otros diez días más tarde.

Rita esperó expectante, y tal como confiaba que ocurriera, Helena continuó su relato.

—Nos pilló por sorpresa y sencillamente fue imposible impedirle entrar. Me refiero… ¿Cómo íbamos a hacerlo? Luego volvió otro día y se tomó una copa de oporto con Anthony, y hablamos de todo un poco y de nada en especial. Ni siquiera mencionó a Amelia. Pero cuando la niña entró, no separó los ojos de ella… Aunque no dijo que fuera esa la razón de su visita. Llegó como si pasara por casualidad, como si fuésemos conocidos suyos… ¿Qué íbamos a hacer salvo invitarlo a pasar?

—Ya veo…

—Así que, no sé, supongo que ahora sí nos conocemos y… Bueno, y así están las cosas.

—¿Y no habla de Amelia? ¿Ni de Alice?

—Habla de la granja, de caballos y del tiempo. Y enerva a Anthony (mi marido no soporta hablar por hablar). Pero ¿qué podemos hacer? No estaría bien darle la espalda cuando está tan afectado.

Rita reflexionó.

—Me parece un poco raro…

—Es que es un poco raro —coincidió Helena y, dicho esto, su sonrisa volvió a aparecer y se dirigió de nuevo hacia la niña para limpiarle las migas de la boca—. ¿Qué hacemos ahora? —preguntó—. ¿Damos un paseo?

—Debería irme a casa… Si alguien se pone enfermo y va a buscarme…

—Entonces la acompañaré una parte del camino. Irá por la orilla, y nos encanta el río, ¿verdad, Amelia?

Al oír mencionar el río, la niña, que desde que se había terminado la comida estaba sentada con el cuerpo laxo y los ojos soñadores y perdidos, se despejó de pronto, como si tuviera un objetivo claro. Recuperó la atención de donde fuera que estuviese vagando y se bajó de la silla.

La niña las adelantó y corrió la primera cuando empezaron a bajar la cuesta del jardín hacia la ribera.

—Le vuelve loca el río —aclaró Helena—. Yo era igual. Y mi padre también. Amelia me recuerda mucho a él. Cada día bajamos a la orilla y siempre pasa lo mismo: corre emocionada.

—Entonces, ¿no le da miedo? ¿Aun después del accidente?

—En absoluto. Se desvive por el agua. Ya lo verá.

En efecto, cuando llegaron al río, la niña ya estaba al borde mismo de la orilla, en perfecto equilibrio y con los pies firmes en el suelo, pero lo más cerca posible del agua que fluía con rapidez. Rita no pudo reprimir el instinto de alargar el brazo y ponerle la mano en el cuello del vestido, para sujetarla si resbalaba. Helena se echó a reír.

—Ha nacido para estar en el río. Está en su elemento.

Y tenía razón: la niña se sentía pletórica junto al río. Miraba corriente arriba, con las cejas algo levantadas y la boca abierta, con una expresión que Rita intentó descifrar. ¿Era expectación? La niña volvió la cabeza hacia el otro lado y escudriñó el horizonte río abajo. Fuera lo que fuese lo que esperara encontrar, no estaba allí. Entonces la invadió una agotada decepción, pero enseguida se recompuso y salió como un rayo con sus piernecillas infantiles hacia la siguiente curva del río.

La señora Vaughan no despegaba los ojos de la niña ni un momento. Tanto si hablaba de su marido como si hablaba de su padre o de cualquier otro tema, sus ojos seguían fijos en la niña y su mirada no se alteraba lo más mínimo. Era una avalancha de amor, ternura y júbilo, y en las ocasiones en que levantaba la vista para dirigirse a Rita, las rápidas miradas transmitían ese mismo amor; inundaba a Rita y todo lo que tocaba. La experiencia le recordó la sensación al mirar a los ojos a alguien tras darle un fármaco especialmente fuerte para calmar el dolor, o a un hombre que se hubiera puesto hasta las cejas del alcohol barato y sin etiqueta que con tanta facilidad se conseguía en los últimos tiempos.

Se pusieron a andar en dirección a la casa de la enfermera. La niña corría delante y, cuando se alejó tanto que ya no podía oírlas, Helena comentó:

—La historia esa que cuentan en el Swan… Lo de que estaba muerta y volvió a la vida…

—¿Qué ocurre?

—Anthony dice que los del Swan son una panda de fantasiosos… Que se apropian de cualquier historia que se salga un poco de lo normal y la lían. Dice que con el tiempo las aguas volverán a su cauce y se olvidará todo. Pero no me gusta. ¿A usted qué le parece?

Rita se quedó pensativa un rato. ¿Qué sentido tenía preocupar a una mujer que ya estaba ansiosa por su hija? Por otra parte, nunca había sido partidaria de contar mentiras piadosas a sus pacientes para darles seguridad. Prefería encontrar la manera de contar la verdad de tal modo que permitiera a los pacientes asimilarla hasta el punto en que quisieran o se vieran preparados. Las personas eran libres de hacer más preguntas o no hacerlas. Dependía de ellas. Así pues, en esa ocasión adoptó la misma estrategia. Camufló el tiempo que necesitaba para pensar fingiendo que prestaba atención a los bajos de la falda al pasar por un tramo especialmente embarrado. Cuando estuvo lista, proporcionó su respuesta, de una veracidad escrupulosa, con su estilo más objetivo.

—Hubo varias circunstancias insólitas relacionadas con su rescate del río. La gente pensó que había muerto. Estaba blanca como la cera. Tenía las pupilas dilatadas (eso significa que la parte negra del centro del iris estaba más grande). No se le notaba el pulso. No había indicios detectables de respiración. Cuando llegué, eso es lo que vi yo también. Al principio me costó encontrarle el pulso, pero luego lo conseguí. Estaba viva.

Rita observó a Helena e intentó adivinar cómo podía interpretar esa información deliberadamente escueta. Había lagunas en la historia, detalles en los que una persona podía fijarse o no, rellenar de muchas formas distintas, omisiones que podían dar pie a toda clase de preguntas adicionales. Una de ellas podía ser: ¿qué tipo de respiración no es detectable? Y otra: ¿qué tipo de pulso no se nota? Y la palabra «luego» que había utilizado, esa prima enclenque de la expresión «al final»: «Al principio me costó encontrarle el pulso, pero luego lo conseguí». Si implica unos segundos, la palabra es inocua. Pero ¿y un minuto? ¿Qué se puede deducir de eso?

Helena no era Rita, así que rellenó las lagunas de otra manera. Rita observó cómo iba llegando a sus propias conclusiones mientras paseaba a su lado, con los ojos puestos en la niña que tenían unos metros por delante. Caminaba con decisión, sin importarle el viento ni las rachas de lluvia que paraban y volvían a comenzar a su antojo. Que estaba viva saltaba a la vista; Rita entendió lo fácil que era que tal verdad enmascarase todo lo demás.

—Así que pensaron que Amelia estaba muerta, pero no lo estaba. Fue una confusión. Y a partir de ahí se han inventado una historia.

No parecía que Helena precisara de una confirmación. Rita no se la dio.

—Y pensar que estuvo tan cerca de la muerte. Pensar que la encontraron y podríamos haberla perdido de nuevo. —Apartó la vista de la niña un segundo, miró a Rita—. ¡Gracias al cielo que estaba usted allí!

Se habían acercado a la casa de Rita.

—Uy, nos vamos. No podemos entretenernos más —comentó Helena—. Esta tarde viene un hombre a poner rejas en las ventanas.

—¿En las ventanas?

—Tengo la sensación de que alguien la espía. Más vale prevenir que curar.

—La niña ha creado mucha expectación… Es inevitable. Ya se les pasará con el tiempo.

—No me refiero a que la miren en los lugares públicos. Me refiero en el jardín y en el río. Un espía.

—¿Ha visto a alguien?

—No. Pero sé que alguien ronda por aquí.

—Supongo que no hay novedades sobre el secuestro, ¿no? Su regreso no le ha soltado la lengua a nadie…

Helena negó con la cabeza.

—¿Hay algo que le haya dado pistas de dónde ha estado durante estos dos años? La gente comentó que el secuestro podía tener que ver con los gitanos del río, ¿verdad? La policía llegó a registrar sus barcos en un momento dado, si no me equivoco.

—Sí, lo hicieron en cuanto los pillaron. No descubrieron nada.

—Y apareció la noche en que los gitanos volvían a estar en el río…

—Si la viera utilizar los cubiertos, podría pensar que ha vivido entre los gitanos estos dos años. Pero, si le soy sincera, no me lo quiero ni imaginar.

Las olas levantadas por el viento creaban una mezcla de espuma y gotitas de agua que se desperdigaban por el aire, de donde volvían a caer, dibujando su propio estampado difuso en la textura agitada del río. Mientras Rita observaba las complicadas y aleatorias alteraciones del agua, se planteó qué motivos podían tener los gitanos para robar una niña y devolverla al mismo sitio, aparentemente muerta, dos años más tarde. No encontró respuesta.

Helena también cavilaba.

—Si pudiera, haría que esos dos años desaparecieran para siempre. A veces me pregunto si me la he imaginado… O si ha sido mi anhelo el que, de algún modo, la ha devuelto del tenebroso lugar en el que podía estar. Mientras sentía todo ese dolor, habría vendido mi alma, habría dado la vida, para recuperarla. Toda esa agonía… Y ahora me pregunto de vez en cuando: ¿y si lo he hecho? ¿Y si la niña no es del todo real?

Se volvió hacia Rita y por un instante fugaz esta pudo atisbar lo aterradores que habían sido los dos años previos. La desesperación la pilló tan desprevenida que Rita se estremeció.

—Pero entonces, ¡basta con que la mire! —La joven madre parpadeó y buscó a la niña con los ojos. Volvía a estar cegada por el amor—. Es Amelia. ¡Es ella! —Feliz, Helena inhaló una intensa bocanada de aire antes de añadir—: Es hora de irnos a casa. Tenemos que despedirnos, Rita. Pero ¿volverá otro día? ¿La semana que viene?

—Si usted quiere, sí. La niña está estupenda. No hay motivos para preocuparse.

—Venga de todos modos. Nos cae bien, ¿verdad, Amelia?

Entonces sonrió a Rita, que una vez más notó la estela de esa oleada de amor maternal, embelesado, radiante y un tanto perturbador.

Mientras continuaba el camino, Rita llegó al punto en el que una mata de espino blanco que crecía en una curva del sendero impedía ver más allá. Un olor inesperado (¿a fruta?, ¿a levadura?) la sacó de sus pensamientos, y cuando su mente interpretó por fin que la oscura sombra del matorral era una persona escondida, ya era demasiado tarde. Rita había pasado por delante, el hombre había saltado como un depredador y le había agarrado los brazos por detrás. Entonces notó una navaja en la garganta.

—Tengo un broche… Quédeselo. El dinero está en el monedero —dijo ella en voz baja y sin moverse.

El broche no era más que hojalata y cristal, pero a lo mejor el ladrón no se daba cuenta. Y si lo hacía, el dinero lo consolaría.

Pero no era eso lo que buscaba.

—¿Habla?

Percibió el olor con más fuerza al tener más cerca al hombre.

—¿A quién se refiere?

—A la cría. ¿Habla?

La zarandeó. Rita notó que algo le rozaba la espalda, justo por debajo de la nuca.

—¿La niña de los Vaughan? No, no habla.

—¿Hay medicinas que puedan hacerla hablar?

—No.

—¿No volverá a hablar nunca? ¿Eso dice el médico, eh?

—Podría recuperar el habla de manera espontánea. El médico dice que o bien ocurre durante los primeros seis meses, o ya no hablará nunca más. —Esperó la siguiente pregunta, pero no llegó—. Tire el monedero al suelo.

Con manos temblorosas, Rita sacó un monedero de tela del bolsillo (en él llevaba el dinero que le habían dado los Vaughan), lo dejó caer y, al instante, un golpetazo propinado desde atrás la mandó por los aires y la enfermera aterrizó a plomo en el terreno abrupto. La gravilla se le clavó en las palmas. «Por lo menos, no estoy herida», se consoló. A pesar de todo, cuando logró recuperar la compostura y ponerse de pie, el hombre y el monedero habían desaparecido.

Se apresuró a entrar en casa sin dejar de pensar.

¿Qué padre?

Anthony Vaughan se inclinó hacia el espejo, se acercó la navaja de rasurar a la espuma que le cubría las mejillas y se afeitó. Al toparse con sus propios ojos en el espejo, se esforzó una vez más por desenmarañar sus pensamientos. Empezó donde empezaba siempre: la niña no era Amelia. Ese debería haber sido el principio y el final de la cuestión, pero no era así. Una única certeza no conducía al siguiente escalón firme, sino a un cenagal, independientemente de la dirección que tomara. La seguridad de su pensamiento vacilaba y flaqueaba; se volvía más débil y más difícil de mantener con cada día que pasaba. Era Helena quien echaba por tierra lo que él sabía. Cada sonrisa en la cara de su esposa, cada estallido en carcajadas, cada palabra alegre que pronunciaba, era un motivo para apartar su certeza. Desde que la niña había entrado en sus vidas dos meses antes, Helena estaba cada día más guapa, había engordado los kilos perdidos, había recuperado el brillo del pelo y el color de las mejillas. Su cara irradiaba amor, no solo hacia la niña, sino también hacia él.

Pero no era solo por Helena, ¿a que no? También era por la niña.

Vaughan notaba que sus ojos se veían atraídos sin cesar hacia la cara de la pequeña. Durante el desayuno, mientras se llevaba a la boca cucharadas enteras de mermelada, él reseguía la forma de su mandíbula; al mediodía, era la línea del nacimiento del pelo en la frente lo que lo obsesionaba; cuando regresaba a casa de la isla del Brandy después de trabajar, era incapaz de separar los ojos de la intrincada arquitectura de su oreja. Se conocía esas facciones mejor que las de su esposa o las suyas propias. Había algo en ellas (en la niña misma) que lo atormentaba, algo que parecía tener significado, pero no alcanzaba a atisbar cuál. Incluso en su ausencia, la veía. En el tren, al contemplar el paisaje que pasaba a toda velocidad, la cara de la niña se superponía a los campos y el cielo. En el despacho, sus facciones infantiles eran como la marca de agua en el papel en el que detallaba sus listas de números. Incluso le rondaba en sueños. Toda clase de personajes presentaban la cara de la niña. Una vez había soñado con Amelia (su Amelia, la de verdad) e incluso entonces tenía la cara de la niña. Se había despertado llorando.

Ese repaso incesante de las facciones de la pequeña había empezado como un esfuerzo por averiguar quién era, pero poco a poco había cambiado de propósito, y se había convertido en un intento de explicar su propia fascinación. Le parecía que su rostro era el modelo del que derivaban todas las caras humanas, incluida la suya. La contemplaba de forma tan interminable que había pulido mentalmente la cara de la niña hasta tal punto que era como si viese su propio reflejo en ella, y al mirarla siempre acababa pensando en sí mismo de nuevo. Por supuesto, no podía contárselo a Helena. De hacerlo, su esposa solo entendería lo que Anthony no quería decir, que su hija se parecía a él.

Bien pensado, ¿había algo familiar en la niña o no? Intentaba convencerse de que la sensación de reconocimiento de su cara no era más que el eco natural de esa primera vez que la había visto. La intensidad de su mirada era tal que, sin duda, bastaba para explicar la sensación de conocerla de antes que despertaba en él, ¿o no? En pocas palabras, la niña se parecía a sí misma y por eso la conocía. Pero el afán de sinceridad le decía que las cosas no eran tan sencillas. La noción del recuerdo no captaba la sensación de manera adecuada. Era como si la niña evocase en él algo que tenía el tamaño y la forma del recuerdo, pero invertido, o del revés. Algo similar a un recuerdo (su gemelo, tal vez), o su contrario.

Helena sabía que él pensaba que la niña no era su hija. Lo sabía porque él mismo se lo había dicho el día que la encontraron, en cuanto estuvieron a solas después de acostar a la chiquilla. Ella se había sorprendido al enterarse, pero no se había preocupado en exceso.

—Dos años son mucho tiempo en la cara de cualquier niña pequeña —le había dicho su esposa con cariño—. Ten paciencia. El tiempo enseñará a tu corazón a conocerla de nuevo. —Le había puesto una mano en el brazo y había sido la primera vez en dos años que lo había tocado en la sala de estar y lo había mirado con amor—. Hasta entonces, confía en mí. Yo sí la reconozco.

A partir de ese momento, cada vez que salía el tema, Helena trataba la falta de fe de Anthony con una divertida tolerancia: era trivial, una bobada, la típica reacción de su amado y tontorrón marido, a quien le costaba asimilar los acontecimientos. No se esforzaba demasiado en intentar persuadirlo. «¡Todavía le gusta la miel!», comentó una vez Helena mientras desayunaban. Y «¡Bueno, eso tampoco ha cambiado!», exclamó cuando la niña apartó el cepillo con el que quería peinarla. Pero durante la mayor parte del tiempo, se limitaba a confiar a ciegas en la probabilidad de que el tiempo bastara para que Anthony entrara en razón. Sus dudas eran infundadas, insinuaba la conducta de Helena, y probablemente se esfumaran con alguna corriente de aire. Él tampoco sacaba el tema a colación. No era porque temiese preocuparla, sino todo lo contrario. «Ya verás —le habría contestado ella de haberle dicho algo—. En el fondo sí la conoces. Ya empiezas a recordar las cosas.»

Era la clase de nudo que sin querer uno podía empeorar en su empeño de deshacerlo, de enderezar las cosas, y en más de una ocasión, Vaughan se planteó recurrir a una solución muy sencilla. ¿Por qué no decidía creérselo? Con su llegada, la niña había roto un hechizo, les había devuelto a los encantadores días de felicidad. Los años de duelo, cuando cada uno de ellos estaba encerrado con su dolor inconsolable, habían terminado. La niña había proporcionado una felicidad inmediata a Helena, y a él le había otorgado algo más complicado que atesoraba, aunque no tenía palabras con las que definirlo. Al cabo de poco tiempo, había empezado a preocuparse si la niña comía menos que de costumbre, a aterrorizarse si la oía llorar de noche, a llenarse de alegría cuando la niña alargaba la mano hacia la de él.

Amelia había desaparecido y esta niña había aparecido en su lugar. Su esposa creía que era Amelia. De hecho, se parecía un poco a ella. La vida, que había sido insoportable antes de su llegada, volvía a ser placentera. La chiquilla le había devuelto a Helena y, lo que es más, ella misma también se había hecho un hueco en el corazón de Anthony. No sería exagerado decir que la quería. ¿Deseaba que fuese Amelia? Sí. Por una parte, estaban el amor, la compañía, la felicidad. Por otra, la posibilidad de volver a la pesadilla anterior... Visto así, ¿qué motivos tenía para aferrarse con tanto ahínco a su certeza, cuando la corriente tiraba de él con tanta fuerza en dirección contraria?

Solo había un motivo. Robin Armstrong.

—Al final encontrarán el cuerpo —insistía Helena—. Su esposa ahogó a la niña, todo el mundo lo sabe. Y cuando encuentren el cuerpo, él también lo sabrá.

No obstante, habían transcurrido ya dos meses y no habían hallado ningún cadáver.

De momento, Vaughan no había llevado a cabo ninguna medida. Era un buen hombre. Justo y decente. Y en esas circunstancias también quería ser justo y decente. Estaba Robin Armstrong y estaba él mismo, pero también estaban Helena y la niña. Era importante que llegasen al mejor desenlace posible para todos los implicados. La situación no podía continuar como estaba de manera indefinida; eso no le iba bien a nadie. Había que encontrar una solución, y ese mismo día daría el primer paso.

Se aclaró la cara a toda prisa, se secó con la toalla y se preparó. Tenía que coger un tren.

Aunque se hacían llamar Monty & Mitch, cualquier sospecha de que se tratara de un circo ambulante de provincias desaparecía en cuanto uno veía la placa de cobre clavada junto a la puerta de la sobria casa georgiana de Oxford: Montgomery & Mitchell, Asuntos Legales y Comerciales. El Támesis apenas se veía bien desde sus ventanas, pero su presencia se notaba en todas las salas. Y no solo en todas las salas, sino en todos los cajones y armarios de cada sala, porque ese era el bufete de abogados al que recurrían todos aquellos que tenían intereses empresariales relacionados con el río, desde Oxford hasta muchos kilómetros río arriba. El propio señor Montgomery no era barquero, ni pescador, ni pintor de marinas; de hecho, pasaba un año tras otro sin poner los ojos en el río siquiera, y sin embargo, podía decirse sin temor a faltar a la verdad que vivía y respiraba sus aguas. La imagen mental que el señor Montgomery tenía del Támesis no era la de una corriente de agua, qué va, sino un torrente de ingresos, seco y con tacto de papel, y, muy agradecido, al finalizar el año dividía una parte de su botín entre sus libros de contabilidad y sus cuentas bancarias, que mimaba como si fuesen peces de trofeo. Encantado, se pasaba los días redactando permisos de carga y negociando las condiciones de las letras de crédito, y cuando una infrecuente y valiosa disputa relacionada con una fuerza mayor se cruzaba en su camino, cosa que ocurría de vez en cuando, se le hinchaba el corazón de puro contento.

En los escalones de la entrada, Vaughan puso la mano sobre el timbre, pero no llegó a tocarlo todavía. Murmuraba para sus adentros.

—Amelia —dijo, con cierta vacilación. Y luego, quizá con un exceso de energía—: ¡Amelia!

Debía practicar el nombre continuamente, porque nunca le salía sin tener que salvar antes algún obstáculo, de modo que el esfuerzo hacía que siempre sonase un tanto forzado a sus oídos.

—Amelia —dijo por tercera vez y, confiando en que hubiera sonado convincente, llamó al timbre.

Vaughan había escrito antes, así que lo esperaban. El chico que abrió la puerta y le recogió el abrigo era el mismo que estaba allí el día en que, más de dos años antes, Vaughan había ido a resolver los asuntos relativos al secuestro de su hija. El chico era aún más joven entonces y andaba bastante perdido, no sabía cómo comportarse, al verse cara a cara con el atroz dolor y la angustia que había expresado el cliente. A pesar de sus intensos sentimientos, Vaughan había intentado tranquilizar al mozo, decirle que no era culpa suya si no sabía cómo mirar con calmada deferencia a los ojos de un hombre enloquecido que había perdido a su única hija. Hoy el chico (pues continuaba siendo un chico, aunque un poco más crecido) mantuvo sus modales pausados mientras le cogió el abrigo y lo colgó de una percha, pero al volverse hacia el señor Vaughan, no pudo contenerse más.

—¡Qué buena noticia, señor! ¡Cómo han cambiado las tornas! ¡Tanto la señora Vaughan como usted deben de estar eufóricos!

Un apretón de manos entre un cliente de Monty & Mitch y el chico que recogía los abrigos no era lo más habitual en el bufete, pero tal era la emoción del momento —al menos, para el muchacho— que Vaughan permitió que este le cogiera la mano y la sacudiera con vigor.

—Gracias —murmuró, y si era una respuesta un tanto escasa para corresponder a la efusiva felicitación del chico, este era demasiado joven para darse cuenta, pues no dejó de sonreír mientras acompañaba al señor Vaughan al despacho del señor Montgomery.

Una vez allí, el señor Montgomery extendió la mano con aire jovial pero profesional.

—Cuánto me alegro de volver a verlo, señor Vaughan. Debo decir que tiene muy buen aspecto.

—Gracias. Ya recibió mi carta.

—Desde luego que sí. Tome asiento y cuéntemelo todo. Aunque, antes, ¿le apetece una copa de oporto?

—Gracias.

Vaughan vio la carta en el escritorio de Montgomery. En ella daba poca información; la mínima que podía revelar sin decir demasiado. Sin embargo, en ese momento, al verla abierta y desplegada en la mesa, leída a conciencia, se preguntó si era la clase de escasez informativa que revelaba más de lo que se proponía. Vaughan tenía una letra clara y fluida que cualquier persona podía leer del revés, así que mientras Montgomery se entretenía con las gafas, algunas de las frases que había escrito el día anterior llamaron la atención del propio Vaughan. «Con el descubrimiento de la niña [...]. Ahora la niña está bajo nuestra custodia [...], tal vez sea necesario recurrir a sus servicios en lo relativo a...» Al releerlas, se dio cuenta de que no eran las expresiones propias de un hombre eufórico por el regreso de su única hija.

El abogado le dejó una copa delante. Dio un sorbo. Entonces se pusieron a hablar del oporto, como se espera de dos hombres de negocios. Vaughan sabía que Montgomery no sería el primero en sacar el tema, pero sí creó una pausa, que sin duda esperaba que llenase Vaughan.

—Soy consciente de que en mi carta de ayer le hablaba de los últimos acontecimientos sin especificar para qué puedo necesitar su asesoramiento —empezó—. Hay cosas que es preferible tratar en persona.

—Es cierto.

—El caso es que existe la posibilidad (muy remota, me atrevería a decir, pero digna de ser tenida en cuenta) de que otra parte interesada pueda reclamar la paternidad de la niña.

Montgomery asintió con la cabeza, tan poco sorprendido como si hubiera estado esperando justo aquel contratiempo. Aunque el señor Montgomery debía de rondar los sesenta años, tenía el rostro sin una arruga, como un niño. Después de practicar la cara de póquer durante cuarenta años en el despacho, los músculos que se contraen y se tensan para expresar duda, preocupación o sospecha se le habían atrofiado hasta tal punto que ahora resultaba imposible leer expresión alguna en su rostro, salvo la de una despreocupación general y permanente.

—Hay un joven que vive en Oxford y que alega (o, por lo menos, podría alegar) que es el padre de la niña. Su mujer, de la que se había separado, murió en Bampton y se desconoce el paradero de su hija. La criatura, Alice, era exactamente de la misma edad y desapareció más o menos cuando encontraron a… —Vaughan notó el obstáculo que se avecinaba, pero se preparó para sortearlo—… Amelia. Una desdichada coincidencia que ha permitido que se genere cierta confusión…

—Confusión…

—A ojos del hombre.

—Ajá, a ojos del hombre. Sí. Bueno.

Montgomery escuchó sin modificar la expresión de sosa imparcialidad.

—El joven, que se llama Armstrong, no había visto a su mujer ni a su hija desde hacía tiempo. De ahí que fuese incapaz de confirmar de inmediato la identidad de la niña.

—Mientras que ustedes, por otra parte, sí están seguros de… —Lo miró a los ojos sin denotar intención alguna—… la identidad de la niña, ¿verdad?

Vaughan tragó saliva.

—Por supuesto.

Montgomery sonrió con bondad. Sus buenos modales le impedían presionar a un cliente ante una afirmación dudosa.

—Entonces, la niña es su hija.

Para todo el mundo, la frase sonó a declaración, pero la incertidumbre de Vaughan oyó la pregunta implícita.

—Es… —el obstáculo otra vez— Amelia.

Montgomery siguió sonriendo.

—No hay atisbo de duda —añadió Vaughan.

La sonrisa se mantuvo.

Vaughan sintió la necesidad de añadir algo para dar peso a su argumento.

—El instinto maternal es algo muy poderoso —dijo al fin.

—¡El instinto maternal! —exclamó Montgomery para alentarlo—. ¿Qué podría haber más rotundo que eso? Pues claro… —Su cara no se inmutó—. Es el padre quien posee el derecho de custodia, pero aun así, ¡el instinto maternal! ¡No hay nada más infalible!

Vaughan tragó saliva. Se lanzó al vacío.

—Es Amelia. Lo sé.

Montgomery alzó la mirada, con las mejillas redondeadas y la frente igual de lisa que antes.

—Excelente. —Asintió, complacido—. Excelente. Bueno, tengo mucha experiencia en valorar declaraciones contrarias cuando, por un motivo u otro, hay un producto que se extravía. No se ofenda si utilizo mi experiencia (porque resulta útil recurrir a los casos paralelos) para poner a prueba la fuerza que podría tener la denuncia de Armstrong contra ustedes.

—Todavía no ha puesto ninguna denuncia contra nosotros. Ya hace dos meses que la tenemos y el tipo ha venido varias veces a vernos. Viene, la observa y ni la reclama ni renuncia a reclamarla. Cada vez que aparece por la puerta, me preparo para que se decida en un sentido o en otro, pero no dice ni una palabra sobre el caso. No me parece adecuado presionarlo al respecto; lo último que querría es precipitar una reclamación, pues mientras no llegue a decir: «Es mía», cabe la posibilidad de que, en su opinión, no lo sea. Prefiero no provocarlo pero, mientras tanto, la espera es inquietante. Mi esposa…

—¿Su esposa…?

—Al principio mi esposa creía que la situación solo duraría hasta que encontrasen a su hija. Día tras día, esperábamos recibir la noticia de que habían encontrado a una niña (o su cuerpo, tal vez, hallado en el río), pero esperamos en vano y, hasta el momento, no nos han comunicado tal noticia. Empezamos a inquietarnos al ver que la cuestión lleva tanto tiempo sin resolverse, pero al mismo tiempo Helena siente pena por él, pues sabe por propia experiencia lo desoladora que es la pérdida de una hija. Por eso, tolera sus visitas continuadas a nuestra casa, aunque ha llegado un punto en que sería de esperar que ya pudiera estar seguro de una cosa o de otra. Su hija ha desaparecido de la faz de la tierra y temo que, con la desesperación de su pena, las maquinaciones de su propia mente puedan llegar a convencerlo de que Amelia —había superado el escollo con facilidad: ¡cada vez se le daba mejor!—, de que Amelia es en realidad su hija. El dolor es una fuerza poderosa y quién sabe a qué puede verse abocado un hombre cuando pierde a un hijo… Un hombre preferiría imaginar toda clase de cosas antes que reconocer que ha perdido para siempre a su hija, su única hija.

—Comprende usted en gran medida la mente y la situación del otro hombre, señor Vaughan. Ahora debemos calibrar los hechos ocurridos, porque los hechos son lo que importa en materia legal, y ver qué fuerza podría tener el argumento del otro en un principio, por si llegara el día en que decidiera poner la denuncia, para así estar preparados si se produjera. Por curiosidad, ¿qué dice la niña sobre el asunto?

—Nada. No ha dicho ni una palabra.

El señor Montgomery asintió con serenidad, como si no hubiera cosa más natural que esa.

—Y antes de que se la arrebataran, ¿tenía capacidad para hablar?

Vaughan asintió.

—Y la hija del señor Armstrong… ¿también tenía capacidad para hablar?

—También.

—Ya veo. Bueno, no se ofenda: recuerde, si parece que trato a la pequeña Amelia como si fuese un producto extraviado que ha sido devuelto, lo hago solo para poder basarme en mi experiencia. Bien, lo que sé es lo siguiente: son determinantes dos momentos, la última vez que se vio el producto antes de que desapareciera y la primera vez que se vio al reaparecer hace unos meses. Eso es lo que nos dirá todo lo que podemos saber acerca de dicho producto mientras estuvo extraviado. Si tomamos esos dos momentos y describimos de la manera más completa posible cómo era el producto antes y cómo es ahora, lo lógico es que baste para arrojar luz suficiente en todo el embrollo y permita discernir quién es el dueño según la ley.

A continuación, le planteó una serie de interrogantes. Le preguntó por Amelia antes del secuestro. Le preguntó por las circunstancias en las que se había perdido Alice Armstrong. Le preguntó por las circunstancias en las que el producto («Amelia», dijo una vez más, con énfasis) había sido hallado. Lo anotó todo y asintió con la cabeza.

—A todos los efectos, la hija de Armstrong ha desaparecido del mapa. Esas cosas pasan. La suya ha vuelto a aparecer en el mapa. Lo cual es menos frecuente. ¿Dónde ha estado? ¿Por qué ha regresado justo ahora? O… ¿por qué la han devuelto, quizá? Son preguntas sin resolver. Sería mejor tener una respuesta, pero si no hay respuesta a la que recurrir, lo único que podemos hacer es confiar en otras pruebas. ¿Tienen fotografías de Amelia de la época anterior?

—Desde luego.

—¿Y ahora se parece a esas fotografías?

Vaughan se encogió de hombros.

—Supongo que sí… En la medida en que las niñas de cuatro años pueden parecerse a sí mismas cuando tenían dos años.

—Y con eso quiere decir…

—Los ojos de una madre pueden apreciar que son la misma niña.

—Pero ¿y otros ojos? ¿Unos ojos más imparciales?

Vaughan hizo una pausa y Montgomery, como si no se hubiese percatado, continuó con tono jovial.

—Coincido plenamente en lo que ha dicho sobre los niños. Cambian mucho. Un cargamento de queso que se perdió el miércoles no se transforma en un cargamento equivalente de tabaco cuando reaparece el sábado, el producto es siempre el mismo, pero un niño… ¡Ay! Eso es harina de otro costal. Sé a qué se refiere. Aun así, para estar preparados, guarde esas fotografías, tome nota de todo (cualquier detalle, por nimio que sea) que le indique que esta Amelia y la Amelia de hace dos años son una misma niña. Más vale ser precavidos…

Advirtió la cara sombría de Vaughan y le sonrió con alegría.

—Aparte de eso, señor Vaughan, mi consejo es que no se preocupe por el joven Armstrong. Y dígale a la señora Vaughan que tampoco se preocupe. Montgomery & Mitchell están aquí para preocuparse en su nombre. Nos ocuparemos de todo por ustedes… y por Amelia. Porque hay una cosa, una cosa muy importante, que tienen a su favor.

—¿De qué se trata?

—Si llegase a juicio, este caso sería muy largo y muy lento. ¿Ha oído hablar del gran caso de la Corona contra la Corporación de Londres a propósito del Támesis?

—Lo cierto es que no.

—Es una disputa acerca de cuál de las dos es dueña del Támesis. La Corona dice que la reina viaja por él y que es esencial para la defensa de la nación, por lo tanto, es de su propiedad. La Corporación de Londres alega que ejerce jurisdicción sobre las idas y venidas de todos los bienes y productos que van río arriba y río abajo y que, por lo tanto, debe ser dueña del Támesis.

—¿Y cuál es el veredicto? ¿A cuál de las dos pertenece el Támesis?

—Bueno, llevan en disputa una docena de años ¡y les quedan por lo menos otros doce años de querellas! ¿Qué es un río? Es agua. ¿Y qué es el agua? En esencia, es lluvia. ¿Y qué es la lluvia? Uf, un elemento climático. ¿Y quién es el dueño del clima? Esa nube que pasa por encima de nosotros ahora, en este preciso momento, ¿dónde descargará el agua? ¿En una orilla, en la otra o en el propio río? A las nubes las mueve el viento, que no pertenece a nadie, y flotan por encima de las fronteras sin permisos de transporte. La lluvia de esa nube podría caer en Oxfordshire o en Berkshire; podría cruzar el mar y caer encima de las damas de París, es imposible saberlo. Y la lluvia que sí cae en el Támesis, uf, ¡podría haber llegado de cualquier parte! Podría proceder de España, de Rusia o… ¡de Zanzíbar! Si es que tienen nubes en Zanzíbar. No, no puede decirse que la lluvia pertenezca a nadie, ya sea la reina de Inglaterra o la Corporación de Londres, igual que no puede capturarse un rayo y guardarse en la caja fuerte de un banco, ¡pero eso no impedirá que intenten apropiársela!

El rostro de Montgomery mostró el más leve de los regodeos. Fue lo más próximo que estuvo Vaughan de ver una expresión en su cara.

—Si le cuento todo esto es para ilustrar lo lentos que pueden ser los tratos con la ley. Cuando el tal Armstrong se decida a reclamar la niña (si lo hace), evite ir a juicio. Páguele lo que pida para resolver la cuestión. Será, de lejos, mucho más económico. Y si no acepta conformarse con una indemnización, consuélese pensando en el caso de la Corona contra la Corporación de Londres. El caso durará, si no una eternidad, sí por lo menos hasta que la niña crezca. El producto del que hemos estado hablando, la pequeña Amelia, será propiedad de su esposo mucho antes de que la ley decida qué padre es su legítimo dueño. ¡Consuélese!

En la estación de Oxford, Vaughan esperaba al tren en el andén. En cuanto Montgomery desapareció de sus pensamientos, se puso a pensar en la vez anterior en que había estado plantado en ese mismo punto, esperando otro tren. Había ido a la ciudad a reunirse con un comprador en potencia de las vías de ferrocarril estrechas que antes empleaba para el transporte de remolacha desde el campo hasta la destilería, y después había decidido localizar la casa de la señora Constantine. La había encontrado. Había entrado. Se maravilló al pensarlo. Hacía tan poco tiempo (solo dos meses) y cuántas cosas habían sucedido desde entonces. ¿Qué le había dicho la mujer? «No puede seguir así.» Sí, exacto. Y al oírlo, él también lo había notado: había percibido en el fondo de su ser que la señora tenía razón. ¿Habría vuelto a verla, como le recomendó? Seguramente no. Y sin embargo… Tal como habían ido las cosas, no le había hecho falta. Había dejado que los acontecimientos siguieran su curso y, de manera inesperada, milagrosa incluso, se habían solucionado, para alegría de todos. Durante dos años se había visto sumido en una desdicha inmensa y ahora —siempre que pudiera lidiar con Armstrong— no tenía por qué sentirse así. «¡Consuélese!», le había dicho Montgomery. Y lo haría.

Justo cuando se disponía a olvidarse de la señora Constantine, recordó su cara de repente. Esos ojos que parecían nadar contra la corriente de las palabras de él y colarse en su mente, en sus propios pensamientos… «Ya veo», había dicho ella, y era como si hubiera visto no solo lo que él decía sino también lo que no decía.

Al recordarlo en ese momento, notó un roce revelador en la nuca y se dio la vuelta, esperando verla detrás de él, en el andén.

No había nadie.

—La señora Vaughan ha ido a acostar a la niña —le informaron cuando llegó a casa.

Entró en la sala de color amarillo. Las cortinas estaban corridas y el fuego encendido ardía con fuerza en la chimenea. Desde hacía poco, las dos fotografías de Amelia habían recuperado su lugar en el escritorio pequeño que había en la galería acristalada. Los primeros días después de su desaparición, la niña continuaba mirándolo desde su confinamiento dentro del marco. Su mirada fantasmal superpuesta al brillo del cristal lo había desarmado hasta que, al final, incapaz de seguir soportándolo, había metido los retratos boca abajo en un cajón y había intentado olvidarlos. Más adelante, se percató de que las fotografías ya no estaban, y dio por sentado que Helena se las había llevado a su cuarto. A esas alturas, él ya no pisaba el cuarto de Helena. El duelo nocturno era algo que pasaban por separado, cada uno a su manera, y le había quedado claro que no sacaría nada bueno de entrar en la habitación de su mujer con otra finalidad. Ahora que había regresado la niña, las fotografías también habían vuelto a su lugar original.

Permitió que sus ojos planearan sobre ellas sin ver nada.

Desde el otro extremo de la habitación no eran más que siluetas: un retrato convencional de Amelia sentada y un retrato de familia, con él de pie y Helena sentada con la niña en el regazo. Se acercó. Cogió el retrato de Amelia sola, con los ojos cerrados, preparándose para mirarlo.

Se abrió la puerta.

—¡Has vuelto a casa! Cariño, ¿te ocurre algo?

Cambió la cara.

—¿Qué? Eh, no, nada. Hoy he visto a Montgomery. Y ya que estaba allí, le comenté de pasada la situación con el señor Armstrong.

Lo miró con cara de póquer.

—Hablamos de la posibilidad, la remota posibilidad, de que pudiera presentar una denuncia…

—¡Imposible! Cuando encuentren…

—¿El cuerpo? Helena, ¿cuándo dejarás de aferrarte a eso? ¡Han pasado dos meses! Si nadie lo ha encontrado aún, ¿qué motivos hay para que pensar que vayan a encontrarlo?

—¡Pero se ha ahogado una niña! ¡El cuerpo de una niña no desaparece sin más!

El pecho de Vaughan se hinchó al tomar una gran bocanada de aire. Sus pulmones lo contuvieron. No eran esos los derroteros que deseaba que tomase la conversación. Debía mantener la calma. Poco a poco, exhaló el aire.

—Y, sin embargo, no han encontrado el cuerpo. Debemos afrontar los hechos. Y es probable (incluso tú debes admitir que es posible) que no encuentren a nadie. —Percibió la incertidumbre en su propia voz, se esforzó aún más por ocultarla—. Mira, cariño mío, lo único que quiero decir es que vale la pena prepararse. Por si acaso.

Lo miró con ojos pensativos. No era propio de su marido mostrarse tajante con ella.

—No puedes soportar la idea de perderla, ¿verdad? —Cruzó la estancia, le puso una mano encima del corazón y sonrió con ternura—. No puedes soportar pensar en volver a perderla, ¿verdad? Ay, Anthony. —Se le llenaron los ojos de lágrimas y estas desbordaron—. Lo sabes. Por fin la has reconocido.

El señor Vaughan hizo ademán de apartar la fotografía para abrazar a su esposa; el movimiento llamó la atención de Helena hacia lo que tenía en la mano y lo detuvo.

Le quitó la fotografía de la mano y la miró con cariño.

—Anthony, no te preocupes, por favor. Todas las pruebas que necesitamos están aquí.

Miró a su marido con una sonrisa. Le dio la vuelta a la foto con intención de dejarla otra vez en la mesa cuando una repentina exclamación escapó de sus labios.

—¿Qué ocurre?

—¡Esto!

Él miró hacia el punto del reverso del marco que señalaba Helena.

—¡Santo Dios! «Henry Daunt de Oxford. Retratos, paisajes, escenas de campo y de ciudad…» —leyó en voz alta de la etiqueta—. ¡Es él! ¡El hombre que la encontró!

—… Era imposible que lo reconociéramos, con tantas magulladuras y tan hinchado. Qué extraño… Pidámosle que venga un día. Nos hizo más fotografías, ¿te acuerdas? Solo nos llevamos las dos mejores, pero había otras dos. Puede que todavía las tenga.

—Si hubieran salido medio bien, ya se las habríamos encargado. Eso sin duda.

—No es tan evidente. —Helena devolvió la foto a la mesa—. La mejor fotografía en conjunto no tiene por qué ser la mejor de la cara de Amelia. Quizá yo me moví —bailó como si quisiera escenificarlo en directo— o quizá tú hiciste una mueca. —Con los dedos, dibujó una mueca torcida en los labios de él. Vaughan hizo un esfuerzo por corresponderle con la clase de risa que merecía el gesto juguetón de ella—. Muy bien —terminó su intervención, satisfecha—. Ya vuelves a sonreír. ¿No crees que valdría la pena tenerlas todas? Solo por si acaso. Estoy segura de que tu señor Montgomery pensaría eso.

Anthony asintió con la cabeza.

Lo rodeó con el brazo sin apretar y extendió los dedos por debajo del omóplato de su marido. Por debajo de la chaqueta,

Vaughan notó cada uno de los dedos por separado y la almohadilla en la base del pulgar. Todavía no estaba acostumbrado a que lo tocase: incluso a través de las capas de tweed y popelina, sintió un escalofrío.

—Y, ya que viene, podemos pedirle que nos haga otras fotos.

Levantó la otra mano hacia la nuca de su marido; él notó un pulgar que se entretuvo en el centímetro de piel que quedaba entre el cuello de la chaqueta y el nacimiento del pelo.

La besó y notó la lengua suave y ligeramente abierta.

—Qué contenta estoy —murmuró Helena a la vez que se apoyaba en su cuerpo—. Es lo único que deseaba. Ahora por fin volvemos a estar todos juntos.

Él soltó un discreto gemido enterrado en la melena de su esposa.

—Nuestra hijita duerme profundamente —susurró ella—. A lo mejor nosotros también podemos irnos pronto a la cama.

Anthony enterró la nariz en su cuello e inspiró.

—Sí —dijo. Y repitió—: Sí.

La historia crece

Las semanas posteriores al rescate de la misteriosa niña de las aguas del Támesis, primero muerta y luego viva, el Swan había hecho un gran negocio. La historia se había propagado por las plazas del mercado y por las esquinas de distintas calles. La relataban en las cartas familiares escritas de madres a hijas, de unos primos a otros. Llegaba al vuelo hasta los desconocidos que esperaban en el andén de la estación, y los vagabundos se la encontraban por casualidad en los cruces de caminos. Todo aquel que la oía se aseguraba de contarla allá adonde fuera, hasta que, al final, no quedó nadie en tres condados a la redonda que no conociera una versión u otra de los hechos. Muchísimas de esas personas no se quedaron satisfechas hasta que fueron a la taberna en la que habían ocurrido unos acontecimientos tan extraordinarios, pues querían ver con sus propios ojos la orilla del río en el que habían encontrado a la niña y la habitación alargada en la que la habían puesto a dormir.

Margot tomó la decisión de abrir la sala de verano. Organizó a sus hijas para que fueran de dos en dos a ayudarla con el trabajo extra, y los clientes habituales se acostumbraron a tener por allí a las Pequeñas Margot. Jonathan daba la tabarra a su madre y a sus hermanas para que escucharan sus cuentos, porque quería practicar, pero casi nunca encontraban el momento de pararse a escucharlo, porque la gente no cesaba de requerir su tiempo y su atención. «Así nunca mejoraré», decía suspirando, y movía los labios mientras practicaba en voz alta para sí mismo, pero cada vez se liaba más, y acababa poniendo el final al principio y el principio al final, y el nudo… Bueno, el nudo de la historia era casi inexistente.

Joe encendía el fuego a las once de la mañana y lo mantenían encendido hasta medianoche, cuando por fin el cúmulo de bebedores de la sala empezaba a dispersarse.

Los habituales se pasaron varias semanas sin tener que pagar ni un solo trago, porque los visitantes les invitaban a rondas y más rondas a cambio de que les contaran la historia. Con el tiempo, aprendieron a reservarse la voz, porque si hubieran hecho caso de todos los visitantes, cada uno de los hombres que había presenciado los hechos ocurridos aquella noche invernal se habría pasado las veladas en la sala de verano, yendo de mesa en mesa, sin parar de hablar. Sin embargo, tal como comentó un recogedor de berros ya entrado en años con mucho acierto, entonces no les quedaría tiempo para beber. Así pues, establecieron turnos según los cuales los clientes habituales iban de dos en dos a la sala de verano y se pasaban una hora repitiendo la historia, y luego regresaban a sus taburetes de la sala de invierno para calmar la sed, mientras los dos siguientes iban a sustituirlos.

Fred Heavins había inventado una historia cómica muy buena a partir de su interpretación de lo ocurrido, que acababa con el comentario: «¡A ver quién la dice más gorda!». A una versión tan libre como la suya siempre le tocaba el turno ya pasadas las diez, cuando los hechos se habían contado ya una docena de veces y el público estaba borracho. Gracias a su jocoso relato se ganó un montón de resacas, y llegó tantas veces tarde al trabajo a raíz de eso que lo amenazaron con echarlo.

Newman, el jardinero de los Vaughan —hasta entonces un habitual del Red Lion, donde todos los viernes cantaba hasta que se quedaba afónico— había cambiado su alianza y ahora era fiel al Swan, donde empezó a hacer sus pinitos en el arte de contar cuentos. Practicó con los habituales antes de probar suerte con los visitantes en la sala de verano, y le sacaba el mayor partido al aspecto de la historia que solo él había presenciado: la salida de la señora Vaughan de Buscot Lodge al enterarse de que habían rescatado a la niña.

—La vi con mis propios ojos, ya lo creo. Corrió al cobertizo rauda como el rayo y, cuando salió con su barca de remos, la vieja que tenía desde siempre, se puso a remar y, hala, remontó el río como una liebre… Nunca en mi vida he visto una barca tan rápida.

—¿Remontó el río como una liebre? —preguntó un granjero.

—Sí, sí, ¡menuda fuerza tiene! Nadie diría que una mujer pudiera remar tan fuerte.

—Pero… ¿como una liebre, dices?

—Eso es. Rápida como una liebre. A eso me refiero.

—Ya sé a qué te refieres, sí. Pero no puedes decir que remontó el río como una liebre.

—¿Y por qué no?

—¿Cuándo has visto a una liebre remando?

El estallido de carcajadas fue tan generalizado que el jardinero se aturdió y, sin querer, se ruborizó.

—¿Una liebre en un barco? ¡Menuda sandez!

—Pues por eso no puedes decir «remontó el río como una liebre». Si una liebre no es capaz de remontar el río remando, ¿cómo va a hacerlo la señora Vaughan? Piénsalo…

—No se me había ocurrido. Y entonces, ¿qué tengo que decir?

—Pues tienes que pensar en algún animal que sí vaya a toda velocidad por el río y compararla con eso. ¿A que sí, compañeros?

Los demás le dieron la razón.

—¿Y por qué no una nutria? —sugirió un joven barquero—. No pierden el tiempo.

Newman puso cara de no estar muy convencido.

—La señora Vaughan remontó el río como una nutria…

El granjero negó con la cabeza.

—Suena igual de mal.

—En realidad, suena peor…

—Bueno, y entonces, ¿qué digo, eh? Si no puedo compararla con una liebre y tampoco con una nutria… ¡Algo tendré que decir!

—Cierto —dijo el barquero, y un trío de excavadores de grava asintieron con la cabeza—. Algo tiene que decir el hombre.

Se dirigieron a Owen Albright, quien compartió su sabiduría con el resto.

—Creo que deberíais encontrar otra manera totalmente distinta de expresarlo. Podríais decir: «Remó río arriba, rauda como el rayo»…

—Pero es que eso ya lo ha dicho —protestó el granjero—. Ha dicho que corrió al cobertizo rauda como el rayo. No puede correr rauda como el rayo hasta el cobertizo y luego remar rauda como el rayo por el río.

—Aunque lo hizo —corrigió Newman.

—¡No!

—¡Sí que lo hizo! ¡Yo estaba allí! ¡La vi con mis propios ojos!

—Sí, bueno, a lo mejor sí ocurrió, pero no lo puedes contar así.

—¿No lo puedo contar tal como pasó? Eso no tiene ni pies ni cabeza. Empiezo a arrepentirme de haberme decidido a contar la historia. Nunca habría dicho que contar algo podía ser tan difícil.

—Es todo un arte —comentó Albright con tono apaciguador—. Ya le cogerás el truco.

—Llevo nada menos que treinta y siete años abriendo la boca para que las palabras salgan y, hasta ahora, nunca había tenido problemas. Por lo menos, no hasta que vine a sentarme aquí. No sé si quiero cogerle el truco. No, seguiré contándolo como he hecho siempre: que salgan las palabras que quieran y, si digo que remontó el río como una liebre, pues que sea una liebre. Si no, no diré nada más.

Se produjo un ansioso intercambio de miradas de una punta a otra de la mesa y uno de los excavadores de grava habló en nombre de todos:

—Dejad hablar al hombre. Él estuvo allí.

Así pues, dejaron que Newman continuase, usando las palabras que prefiriera, con el relato de cómo salió de casa la señora Vaughan.

Newman y Heavins no fueron los únicos que practicaron y refinaron sus historias. Todos contaban sus versiones una y otra vez, tanto para sus compañeros como para los visitantes, y con cada relato surgían detalles nuevos. Se comparaban recuerdos, se corroboraban datos. En algunos puntos había disparidad de opiniones. Algunos recordaban «a ciencia cierta» que le habían puesto la pluma en los labios a la niña antes de llevarla a la habitación alargada; otros defendían que solo la respiración del hombre se había comprobado de ese modo. Propusieron diversas y elaboradas hipótesis para explicar cómo había logrado Henry Daunt llegar desde la presa del Diablo hasta Radcot con el frío que hacía y con el barco deteriorado. Retocaban y pulían el relato, identificaban momentos en los que un gesto hecho en el instante adecuado hacía aflorar las lágrimas, introducían pausas que sobresaltaban al público. Pero nunca daban el desenlace de la historia. Llegaban a un punto (la niña se marchó del Swan con los señores Vaughan) en el que la historia se les escapaba de las manos. «¿Es Amelia Vaughan o es la otra niña?», solía preguntar alguien. Y: «¿Cómo es posible que primero estuviera muerta y luego viva?».

No tenían respuesta para eso.

En cuanto a la primera pregunta (¿quién era la niña?), la opinión generalizada era que pertenecía a los Vaughan. El regreso de una niña perdida dos años antes, una niña que todos ellos habían visto, era sin duda una historia más satisfactoria que el regreso de una niña que no conocía nadie y que había desaparecido apenas unos días antes. El misterio más reciente resucitó el primero, y relataron el secuestro como si acabara de ocurrir.

—Entonces, ¿dónde habrá estado durante (¿cuánto ha sido?) dos años?

—Más vale que recupere la voz y nos saque de dudas, ¿no?

—Y entonces, quien sea que la secuestró las va a pasar canutas.

—Fue la niñera, me apuesto el jornal de una semana. ¿Os acordáis de ella?

—¿La chica aquella, Ruby, que salió por la noche?

—Eso es lo que dice. Ponerse a pasear junto al río a medianoche. ¡Venga ya! ¿Qué clase de chica merodea junto al río en mitad de la noche? Y para colmo, el día del solsticio.

—El día del solsticio es cuando los gitanos del río deambulan por ahí. Seguro que se compincharon con ella, no me cabe duda.

Ruby y los gitanos, recordad mis palabras. Cuando la zagaleta se ponga a hablar, más de uno va a tener problemas…

La historia de la niña secuestrada y la historia de la niña encontrada tenían flecos sin resolver, pero si podían entrelazar algunos de esos flecos, les daba la sensación de que ambas historias estaban más cerca de verse completadas, y eso era bueno.

En cuanto a la segunda pregunta, dio pie a debates más largos y más regados con alcohol.

Había algunos para quienes el mundo era algo tan complicado que se maravillaban ante lo ocurrido sin sentir la necesidad de darle explicación. A sus ojos, el desconcierto era fundamental para la existencia. Higgs, el excavador de grava, era uno de ellos. Su paga, que el viernes por la noche parecía suficiente para toda la semana, solía haberse esfumado cuando acababa el martes; siempre pedía a cuenta más pintas de cerveza en el Swan de las que recordaba haber bebido; la esposa a quien solo pegaba el sábado por la noche (y ni siquiera lo hacía todas las semanas) se había escapado sin motivo aparente para irse a vivir con la prima del quesero; la cara que veía reflejada en el río cuando se sentaba con expresión mustia junto a la orilla sin una pizca de pan en el estómago, sin cerveza con la que engañar al hambre y sin mujer que lo calentara, no era la suya, sino la de su padre. La vida entera era un misterio, si escarbabas un poquito por debajo de la superficie, y no era raro que las causas y las consecuencias pareciesen inconexas y fuesen a la deriva. Teniendo en cuenta todos esos desconciertos diarios, la historia de la niña que había muerto y luego había vuelto a la vida era algo que le consolaba, a la vez que lo maravillaba, porque demostraba sin posibilidad de refutación que la vida era en esencia algo inexplicable y que, por lo tanto, no valía la pena intentar entender nada.

Otros cuentacuentos, más fantasiosos o faltos de escrúpulos, inventaban detalles para proporcionar una respuesta más satisfactoria a ese dilema. Un barquero tenía un hermano que estaba con una mujer la noche del gran acontecimiento. Al principio se sintió decepcionado por habérselo perdido, pero más adelante le sacó partido a la situación y desarrolló su propia versión, que se aprovechaba de su ausencia en la taberna y contenía el consuelo de la explicación racional. «¡Es que nunca estuvo muerta! Si yo la hubiera visto, se lo habría dicho a los demás. Se ve en los ojos. Basta con mirar a un hombre a los ojos para decir si está muerto o no. Es la visión lo que se les escapa, ¿sabéis?»

Muchos aguzaron el oído al oír tal revelación y volvieron la cabeza al instante. Era la forma más evidente de quitarle hierro al asunto, si uno era de los que no soporta una laguna en un relato, algo poco plausible, un desajuste en la realidad. Un par de los cuentacuentos se vieron atraídos por la seguridad de aquel comentario y empezaron a virar sus versiones en tal dirección. «Cuando la trajeron a la taberna, apenas respiraba», dijo alguien por probar, pero su comentario despertó tantas miradas de desaprobación y tantos chasquidos de lengua que quien lo dijo se llevó una buena reprimenda. Había ciertas reglas en el Swan; contar una historia era una cosa, mentir era otra cosa totalmente distinta, y todos habían estado allí. Todos lo sabían.

Al cabo de varios meses de contar y recontar, seguían sin tener la sensación de que la historia hubiese concluido. Al contrario, el relato de la niña ahogada que había vuelto a la vida era desconcertante, estaba inacabado, carecía de los elementos que debía tener una historia. En el Swan, hablaban de los Vaughan, hablaban de los Armstrong, hablaban de la vida y hablaban de la muerte. Analizaban los puntos fuertes y débiles de cada alegación y de cada una de las partes. Le daban la vuelta a la historia y la miraban del derecho y del revés, la sacudían y luego la volvían a enderezar, y al final, no llegaban a ninguna conclusión y seguían en el mismo punto que al principio.

—Es como la sopa de hueso —dijo Beszant una noche—. Huele tan bien que se te hace la boca agua y tiene todo el sabor del tuétano, pero no hay nada a lo que hincarle el diente, y aunque te tomes siete platos sigues con tanta hambre al final como la que tenías cuando te sentaste a la mesa.

Podrían haberlo dejado correr. Podrían haberse dado por vencidos y haber reconocido que era una de esas historias que sale de la nada y no va a ninguna parte. Pero al final de las frases y entre líneas, cuando bajaban la voz y las conversaciones se interrumpían, en la profunda tranquilidad que subyace a todo acto de narrar, flotaba la propia niña. En esa sala, en esa taberna, la habían visto muerta y la habían visto viva. Incomprensible, inabarcable, inexplicable, pero una cosa estaba clara: ella era su historia.

Hacer cuentas

Cuarenta kilómetros río abajo, en el astillero más famoso de Oxford, el propio fabricante de barcos garabateó con tinta el recibo de la última cantidad que se le debía y, con un gesto de la cabeza, dejó un manojo de relucientes llaves de cobre encima del mostrador. La mano de Henry Daunt las agarró.

A su regreso a la ciudad tras sus agitadas experiencias durante el solsticio, Daunt había puesto en marcha el engranaje. Había alquilado la casa en la que vivía antes de la muerte de su esposa y se había mudado a la habitación que había en el ático, encima de su tienda de fotografía en Broad Street. Allí llevaba una existencia espartana de soltero, pues solo tenía una cama, un orinal y una mesa con un barreño y una jarra con su nombre. Comía en el asador que había en la esquina. Invirtió todo el dinero del alquiler y hasta el último penique de sus ahorros en el barco. Porque Daunt tenía un plan.

En el período de inconsciencia entre el día más corto del año y el siguiente, su mente se había renovado, y en la cama del Swan se le había ocurrido una idea brillante y novedosa. Una idea que combinaría en un solo proyecto sus dos grandes pasiones: la fotografía y el río. Crearía un libro de fotografías que haría viajar al lector desde el nacimiento del Támesis hasta el estuario. O quizá solo hasta Londres… Aunque, en realidad, podía preparar varios volúmenes, y que el primero solo fuera desde Trewsbury Mead hasta Oxford. Lo esencial era empezar. Para hacerlo necesitaba dos cosas: un medio de transporte y un cuarto oscuro. Las dos cosas podían fundirse en una. Cuando su rostro todavía presentaba sombras verdes, negras y moradas, con un hilo encarnado que iba desde la mejilla hasta el labio, había hecho la primera visita al fabricante de barcos para contarle lo que necesitaba. Dio la casualidad de que había un barco en el astillero, casi terminado, cuyo comprador había sido incapaz de pagar el último plazo. Era justo lo que quería Daunt, y solo fue preciso hacer unos retoques y ponerlo a punto para que cumpliera con sus requisitos. Hoy, casi tres meses más tarde, la piel de Daunt había recuperado su habitual color sano y la cicatriz no era más que una línea rosada con pares de puntos casi invisibles por los que había pasado la aguja… Y tenía las llaves de su inversión en la mano.

En la parte alta del río, Daunt y su barco se miraron por primera vez con curiosidad. La elegante pintura en color azul marino y blanco, y los acabados cobrizos y en tono cereza habrían bastado para embelesarlo, pero es que además el barco tenía algunos elementos originales que no había visto en su vida.

—¿*Colodión*? —preguntaban todos aquellos que sabían leer—. ¿Qué clase de nombre es ese?

Daunt señalaba los motivos decorativos de color amarillo anaranjado que rodeaban su nombre y su profesión, pintados en el lateral del barco.

—Este es el color del colodión. Es letal. Lo he visto prender en llamas, incluso explotar, sin previo aviso. Y si se inhala en exceso, ¡menudo peligro! Pero si se extiende sobre el cristal y se expone a la luz, entonces, ¡ay, entonces! ¡Se obra la magia! El colodión es el ingrediente que abre la puerta de todo mi arte y toda mi ciencia. Sin él, no puede existir la fotografía.

—¿Y todo eso qué es? —le preguntaba la gente desde la orilla, señalando las cajas y estuches sujetos con precisión a las paredes de la cabina.

Él les explicaba que se trataba de su equipo fotográfico.

—¿Y aquel artilugio? —querían saber.

Sujeto sobre el techo de la cabina había un cuadriciclo pintado para que hiciera juego con el barco.

—Es para moverme por tierra. Y esta caja de aquí sirve de remolque, para poder llevar mi material a todas partes por carretera.

Los más avispados se percataban de que había contraventanas además de cortinas.

—Es un cuarto oscuro —les explicaba—. Un único rayo de sol basta para destruir una fotografía durante el proceso de revelado.

Se detenía tantas veces para mantener conversaciones de esa índole, repartía tantas tarjetas de visita y apuntaba tantas citas en su agenda que, cuando por fin consiguió llegar hasta Buscot y Radcot, pensó que ya estaba a punto de amortizar lo que había gastado en el *Colodión*. No obstante, tenía deudas que pagar antes de poder empezar la nueva fase del negocio: tenía que dar las gracias a las personas a las que debía la vida. Por eso había ido al Swan y, antes, a este lugar.

Era un punto tranquilo del río en el que había una casita de campo muy limpia. El jardín estaba bien cuidado, la puerta de entrada estaba pintada de verde y salía humo de la chimenea. Había un amarre muy práctico unos veinte metros más adelante. Ató el barco, se dirigió a la casa dando palmadas con las manos enguantadas para que entraran en calor y llamó a la puerta.

Esta se abrió y dejó a la vista unas cejas simétricas sobre una nariz grande y recta, flanqueada por unos ángulos marcados que formaban la mandíbula, las mejillas y las sienes.

—¿Señorita Sunday?

No se había imaginado eso… Se inclinó ligeramente hacia un lado, con curiosidad por saber cómo quedaba la luz al cambiar la posición, vio una sombra que inundó la anodina mejilla. Se estremeció de emoción.

—¡Señor Daunt!

Rita dio un paso al frente y levantó el rostro hacia él con expresión decidida, casi como si fuese a darle un beso, pero solo quería comprobar cómo había evolucionado la cicatriz. A continuación, le puso un dedo en la cara y resiguió la cicatriz para comprobar lo abultada que estaba. Asintió.

—Bien —dijo con determinación, y retrocedió un paso.

La mente de Daunt estaba ocupada con temas visuales, pero al final, logró activar la lengua.

—He venido a darle las gracias.

—Ya me las dio.

Era cierto. Le había mandado dinero en pago por sus servicios, le había escrito una carta para agradecerle sus cuidados y le había preguntado por la niña que había muerto y había vuelto a la vida. Ella le había respondido con una carta que era un modelo de claridad, para darle las gracias por el dinero y decirle lo que sabía sobre los progresos de la niña. Las cosas podrían haber acabado ahí, pero a Daunt le inquietaba esa mujer que seguía siendo un secreto visual para él, ya que uno de sus ayudantes había ido a buscarlo y lo había llevado a casa cuando todavía tenía los ojos tan hinchados que no podía abrirlos. Se le ocurrió que a lo mejor a los dueños del Swan les hacía ilusión una fotografía gratis para darles las gracias por su hospitalidad, y sería totalmente natural proponerle lo mismo a la enfermera.

—Pensé que tal vez le apeteciera tener una foto —dijo Daunt—. Un regalo de agradecimiento.

—Ha elegido un mal día para venir —le contestó con la voz tranquila que él recordaba—. Estoy ocupada.

Se percató de la sombra que se le formaba en la aleta de la nariz y tuvo que reprimir la urgencia de oscurecerla aún más cogiéndole la cara entre las manos y girándola una fracción.

—La luz es tan buena que sería una lástima desperdiciarla.

—Pero llevo días esperando que la temperatura fuera la adecuada —dijo ella—. Hoy es el día. Tampoco puedo desperdiciarlo.

—¿Qué tiene que hacer?

—Un experimento.

—¿Cuánto tardará?

—Sesenta segundos.

—Yo necesito quince. Seguro que podemos encontrar setenta y cinco segundos libres en el día si nos lo proponemos…

—Supongo que los quince segundos serán el tiempo de exposición. ¿Qué me dice de la preparación del material? ¿Y del revelado?

—Si usted me ayuda, yo la ayudaré. Entre los dos, lo haremos más rápido.

Rita inclinó la cabeza y lo miró como si lo evaluara.

—¿Se está ofreciendo a participar en mi experimento?

—Exacto. A cambio de una fotografía.

La fotografía que, en un principio, había concebido como un regalo que le ofrecía a ella, había terminado siendo algo que quería tener él.

—Es posible. Incluso preferible. Pero no sé si querrá…

—Sí quiero.

Lo miró a los ojos y la sutil alteración de los planos de su rostro le indicó que estaba conteniendo una sonrisa.

—Entonces, ¿será el sujeto de mi experimento si accedo a ser el sujeto de su fotografía? ¿Es así?

—Así es.

—Es usted un hombre valiente y también algo tontorrón, señor Daunt. Trato hecho. Empecemos por la fotografía, ¿le parece? La luz puede fluctuar, mientras que si lo hace la temperatura, no variará mucho.

La sala de estar de Rita era una caja pintada de blanco con muchas estanterías de libros y un sillón azul. Junto a la ventana, en una sencilla mesa de madera, había más libros y fajos de papeles cubiertos hasta los márgenes con su letra rápida y fluida. Le ayudó a llevar cajas del *Colodión* y observó con interés mientras él preparaba el material. Cuando ya lo tuvo todo listo, pidió a Rita que se sentara junto a la mesa con un trozo de pared lisa detrás.

—Inclínese hacia mí… Intente apoyar la barbilla en la mano. Sí, así, muy bien.

No había rastro de ninguno de los refinados adornos que los clientes que le pagaban solían querer: ni un broche de plata que captara la luz, ni un cuello de puntillas blanco, ni unos puños de raso. Lo poco que se veía de su vestido era oscuro y liso. No había embellecimiento de ninguna clase, y tampoco hacía falta. Solo estaba la simetría de la línea donde las sienes se encontraban con la raíz del pelo, el fuerte arco de su frente, la sombra que se proyectaba alrededor y la profundidad de sus ojos pensativos.

—No se mueva mientras cuento.

Durante quince segundos permaneció inmóvil y él observó a través de la lente.

Sus mejores retratos, los que parecían más vivos, eran los de las personas de naturaleza plácida, que cambiaban despacio de un estado de ánimo a otro. Las almas vivarachas solían quedar menguadas ante la cámara: su esencia escapaba a la lente y lo único que se capturaba era un muñeco de cera, con todo el parecido exterior pero carente de su impredecible voluntad.

Rita no miraba a la cámara con ojos saltones ni parpadeaba nerviosa, como acostumbraba a ocurrirles a los neófitos. En lugar de eso, abrió los ojos ante la cámara con una compostura perfecta. Desde debajo de la tela negra que lo cubría, Daunt vio una oleada de pensamiento vivo que sucedía a otro en un interminable movimiento cambiante, a la par que los músculos de su rostro permanecían inmutables todo el tiempo. Eso no era una fotografía, lo supo en cuanto transcurrieron los quince segundos. Eran mil.

—Venga conmigo —la invitó mientras retiraba la placa, todavía encerrada en su funda para que no le diese la luz—. Quiero mostrarle cómo funciona.

Se dirigieron al *Colodión* a toda prisa. Él sujetaba la placa con cuidado y ella no necesitó ayuda para subir a bordo. Antes Daunt ya había cerrado las contraventanas de la cabina para impedir la entrada de la luz del día. Daunt encendió una vela y colocó una pantalla de cristal rojo encima, después cerró la puerta. Un resplandor rojizo iluminó el reducido espacio. Estaban uno junto a otro, encajonados por la mesa de revelado que había extendido y el banco en el que solía dormir las noches que pasaba en el barco. Las planchas del techo estaban a pocos centímetros de su cabeza y bajo sus pies tenían el adormecedor movimiento oscilante del río. Daunt intentó no tomar conciencia del tamaño y la forma del espacio que había entre los cuerpos de los dos, los puntos en los que la protuberancia de la cadera de ella lo estrechaba, donde la curva de su cintura lo ampliaba, donde su codo casi lo ocupaba por completo.

Daunt mezcló varios líquidos de tres frascos de cristal en un diminuto recipiente de un dedo de altura y el olor a vinagre de manzana y a clavos viejos llenó el ambiente.

—¿Sulfato de hierro? —preguntó ella, olisqueando el aire.

—Con ácido acético y agua. Es rojo de verdad: no es que la luz haga que lo parezca.

Sacó la placa de la funda. La sujetó con sumo cuidado con la mano izquierda, vertió una cantidad ínfima del líquido rojo claro encima de la placa para que la mezcla ácida se deslizara por toda la superficie. Fue un movimiento elegante, fluido y preciso.

—Observe. La imagen empieza a formarse casi al instante… Primero las partes más claras, pero aquí aparecen como líneas oscuras… Esta línea de ahí es su mandíbula, resaltada por la ventana… Ahora aparece el resto, primero borroso, pero luego…

Se le quebró la voz mientras contemplaban cómo surgía la cara de ella en el cristal. Estaban muy juntos, bajo la luz roja, observando las sombras y líneas que se fusionaban en el cristal, y Daunt sintió que se le encogía el estómago. Una especie de caída libre. Se parecía a la sensación que tenía cuando, de niño, se lanzaba desde lo alto del puente al río. Había conocido a su esposa mientras patinaba sobre las aguas heladas del Támesis un invierno. Con ella se había deslizado hacia el amor (si había sido amor, y no algún primo cercano) casi sin darse cuenta. Esta vez se zambulló… y no tuvo ninguna duda.

En ese momento, Rita apareció perfectamente definida en la placa de cristal. Su rostro delineado por luces y sombras, las órbitas ensombrecidas y las pupilas llenas de enigma. El fotógrafo temió que se le saltaran las lágrimas en cualquier momento. Tal vez fuera el mejor retrato que había hecho jamás.

—Tengo que volver a fotografiarla —dijo mientras aclaraba la placa.

—¿Qué ha salido mal en esta?

Nada. Quería tenerla desde todos los ángulos, con toda clase de iluminación, con todos los estados de ánimo y en todas las posiciones. Quería tenerla con el pelo suelto alrededor de la cara y recogido hacia atrás, escondido bajo un sombrero; quería tenerla con una camisa blanca con el cuello desabrochado y cubierta de pliegues de tela oscura; quería tenerla en el agua y contra los troncos de los árboles, y en el césped… Había mil fotografías esperando a que las hiciera. Necesitaba tenerlas todas.

—No ha salido nada mal. Por eso necesito más.

Deslizó la placa en una bandeja de cianuro de potasio.

—Con esto se irá el tinte azul. ¿Lo ve? Queda en blanco y negro y, a partir de ahora, será permanente.

A su lado, Rita miraba con interés la alteración de la placa a la luz roja de la vela, mientras que a través de la clara viscosidad del líquido sus ojos grabados en el cristal continuaban mirándolo de forma pensativa tal como harían mientras durase la placa.

—¿En qué pensaba?

Rita miró un instante, reflexiva, hacia él («Quiero esa mirada») y sopesó algo a toda prisa («Y esa otra también»).

—Fue usted quien la encontró —empezó Rita—. Supongo que la niña no estaría aquí de no ser por usted, así que…

Y relató con todo lujo de detalles el encontronazo que había tenido con el hombre del camino unas semanas antes.

Daunt la escuchó con mucha atención. Descubrió que no le gustaba en absoluto pensar que un rufián pudiera haber acosado a Rita, y su instinto fue ofrecerle protección; pero el relato de Rita era tan aséptico, sus gestos tan pausados, que esa muestra de caballerosidad habría estado fuera de lugar. Y, sin embargo, no fue capaz de escuchar la historia sin hacer algún ademán protector.

—¿Le hizo daño?

—Tuve unas magulladuras en la parte alta del brazo y me rasguñé las manos. Poca cosa.

—¿Ha avisado en el pueblo de que hay un rufián merodeando?

—Lo conté en el Swan y les hice saber a los Vaughan que el hombre se había interesado por la niña. Ya se estaban planteando poner rejas en las ventanas, así que acabaron de decidirse.

Dado que apenas le había dejado margen para mostrar su caballerosidad, Daunt decidió permitir que Rita lo condujera a él por el camino del análisis.

—Levadura y fruta…

—¿Un ladrón pastelero? No es muy probable. ¿Y si es destilador?

—Sí, me pregunté lo mismo.

—¿Quién destila licor por aquí?

Rita sonrió.

—No es fácil que la gente responda a esa pregunta. Yo diría que todos y nadie.

—¿Hay mucho licor ilegal?

Rita asintió con la cabeza antes de contestar:

—Más del que había antes, según Margot. Pero nadie sabe de dónde sale. O nadie quiere irse de la lengua.

—¿Y no lo vio ni de refilón?

Daunt, para quien la vista lo era todo, frunció el entrecejo.

—Tenía unas manos increíblemente pequeñas y medía una cabeza menos que yo.

La miró estupefacto.

—Los hematomas que me dejó en los brazos por donde me había agarrado eran más pequeños de lo esperado, su voz procedía de algún punto por debajo de mi oreja, y el ala del sombrero se me clavó aquí.

Señaló en qué punto.

—Pues qué hombre tan pequeño.

—Y tan fuerte.

—¿Qué sentido le ve a sus preguntas?

Rita observó la fotografía de su retrato pensativo.

—Eso era lo que me planteaba mientras me hacía la foto. Si ese hombre quiere saber si la niña hablará o no, supongo que está preocupado por lo que pueda decir. Tal vez tenga miedo de lo que podría contar la chiquilla, lo cual significaría que tiene algo que esconder en relación a ella. Tal vez fuese él quien la dejó en el río.

Su voz denotó que no había terminado del todo. Daunt esperó. Rita continuó hablando, despacio y con cautela, como si sopesara sus palabras mentalmente.

—Pero, al mismo tiempo, quería saber a toda costa cuándo volvería a hablar. Y eso podría indicar que su interés no está tan relacionado con lo que ya ha ocurrido sino con algo que está por venir. Tal vez tenga un plan. Una estrategia que depende de que la niña siga muda.

Daunt esperó mientras ella ordenaba el hilo de sus pensamientos.

—¿Qué será? ¿El pasado o el futuro? Podría ser lo primero, pero me inclino por lo segundo. Debemos esperar hasta el solsticio de verano y quizá entonces sepamos algo más.

—¿Por qué el solsticio de verano?

—Porque es cuando él cree que se resolverá si la niña va a hablar o no. Según el médico de Oxford, si para esa fecha continúa muda, se quedará así para siempre. Por supuesto, es una bobada, pero mi asaltante no me pidió la opinión y yo no se la facilité. Solo le dije lo que había asegurado el médico. Seis meses desde la noche en que se ahogó (si podemos decirlo así), eso nos lleva al solsticio de verano. Que hable o no antes de ese día podría ser el factor determinante de las futuras acciones del malhechor.

Se miraron a los ojos bajo la titilante luz roja.

—No me gustaría que le ocurriera nada malo —dijo Daunt—. La primera vez que la vi, pensé…, quería…

—Quería quedársela.

—¿Cómo lo ha sabido?

—A todos nos pasa lo mismo. Los Vaughan la quieren, los Armstrong la quieren, Lily White la quiere. Jonathan lloró cuando la niña se marchó del Swan, y Margot estaba más que decidida a quedársela. Vamos a ver, si hasta los recolectores de berros se la habrían llevado a casa para criarla si no hubiera tenido a nadie más. Incluso yo… —Algo brilló en sus ojos un instante y desapareció de nuevo. «Me encantaría captar eso», pensó el fotógrafo—. Así que, por supuesto que usted habría deseado quedársela —continuó con tono afectuoso—. Como todos.

—Deje que le haga otra fotografía. Todavía hay luz para una más.

Levantó la pantalla roja y apagó la vela, mientras Rita abría las contraventanas. Hacía un día frío y húmedo, gris, y el río estaba helado como el acero.

—Accedió a ayudarme con mi experimento.

—¿Qué es lo que quiere que haga?

—Puede que cambie de opinión cuando lo sepa.

Le contó sus intenciones y Daunt se la quedó mirando.

—¿Por qué diantres querría que hiciera eso?

—¿No se lo imagina?

Por supuesto que sí.

—Es por ella, ¿verdad? Le disminuyó el ritmo cardíaco. Usted quiere saber cómo sucedió.

—¿Me ayudará?

La primera parte era fácil. Junto a la mesa de la cocina, mientras calentaban agua al fuego, Rita tomó la muñeca de Daunt con una mano y sujetó el reloj de bolsillo con la otra. Se quedaron sesenta segundos sentados en silencio, mientras ella contaba las pulsaciones. Una vez transcurrido un minuto, apuntó el dato con el lápiz que llevaba colgado del cuello con un cordel.

—Ochenta pulsaciones por minuto. Un poco alto. Tal vez sea por la expectativa.

Vertió el agua en un barreño grande de estaño que había colocado cerca del fuego.

—No está tan caliente —dijo Daunt, tras meter el dedo para probarla.

—Es mejor que esté tibia. Bueno…, ¿está preparado? Me daré la vuelta.

Daunt se desvistió hasta quedar en mangas de camisa y en los calzones mientras ella miraba por la ventana. Después se puso encima el abrigo.

—Listo.

Fuera, el terreno estaba duro y el frío penetró en los pies descalzos de Daunt. Ante ellos, el río parecía liso, pero alguna ondulación ocasional desvelaba la presencia de turbulencias más profundas. Rita se metió en su barquita de remos y se adentró un par de metros en el agua. En cuanto encajó la proa de la embarcación entre los juncos para asegurarla, metió el termómetro en el agua unos segundos para comprobar la temperatura y la apuntó.

—¡Perfecto! —exclamó—. Cuando quiera, empezamos.

—¿Cuánto tardará?

—Solo un minuto, diría yo.

En la orilla, Daunt se quitó el abrigo y luego la camisa. Se quedó plantado en calzones y se le ocurrió que, al poco de quedarse viudo, cuando se había planteado la posibilidad de encontrarse casi desnudo en compañía de otra mujer, no era así como se lo había imaginado.

—Todo listo —dijo Rita, con su voz pausada, inalterable, y la mirada siempre apartada de él y puesta en el reloj de bolsillo.

Daunt entró en el río.

El primer contacto con el agua hizo que se le contrajeran los huesos. Apretó la mandíbula, avanzó tres pasos más. La línea de congelación le subió por las piernas. No podía soportar la idea de que le llegara a la altura de los genitales, así que dobló las rodillas y se zambulló en un único movimiento, para que el shock fuese más rápido. Se inclinó para meterse hasta el cuello en el río y jadeó, sorprendido de que su pecho pudiera expandirse a pesar de la presión del agua. En unas cuantas brazadas se plantó junto al barco.

—La muñeca —indicó la enfermera.

Levantó la muñeca. Ella la tomó con la mano derecha y sujetó el reloj con la izquierda sin decir ni una palabra más.

Daunt aguantó lo que consideró que era un minuto. Ella seguía mirando el reloj, y de vez en cuando, parpadeaba sin perder la calma. Aguantó lo que creyó que era otro minuto.

—¡Por Dios! ¿Falta mucho?

—Si pierdo la cuenta tendremos que empezar de nuevo —murmuró, sin alterar la concentración del rostro.

Aguantó una eternidad.

Aguantó otra.

Aguantó mil eternidades… Y entonces ella le soltó la muñeca, sacó el lápiz y apuntó algo con letra pulcra en la libreta, mientras él jadeaba y se levantaba, salpicando un montón de agua. Llegó hasta la orilla, corrió hasta la casa, fue de cabeza al barreño de estaño con agua tibia que habían preparado con antelación y, una vez dentro, ella tenía razón: el calor irradió por todo su cuerpo.

Cuando Rita entró en la cocina, él estaba totalmente sumergido.

—¿Se siente bien? —le preguntó.

Asintió, aunque le castañeteaban los dientes, y durante un rato su cuerpo le robó toda la energía a su mente, pues necesitó todo su vigor para recuperarse del shock del frío. Cuando se recompuso, miró hacia la mesa. Rita estaba mirando por la ventana, con la frente arrugada, mientras la luz menguaba. Ya no llevaba el lápiz colgado del cuello sino sujeto detrás de la oreja, con el cordel colgando por el hombro. «Quiero capturar eso», pensó Daunt.

—¿Y bien?

—Ochenta y cuatro. —Levantó el papel en el que había apuntado las cifras—. Las pulsaciones aumentan como respuesta a la inmersión en agua fría.

—¿Aumentan?

—Sí.

—Pero a la niña le bajó el pulso… Hemos descubierto lo contrario de lo que tenía que pasar.

—Sí.

—Entonces, ha sido en balde.

Ella negó con la cabeza lentamente.

—No ha sido en balde. He descartado una hipótesis. Eso es un progreso.

—¿Cuál es la segunda hipótesis?

Ella inclinó la cabeza hacia atrás para mirar al techo, con el brazo levantado y el codo doblado alrededor de la cabeza. Exhaló un largo suspiro de frustración.

—No lo sé.

El visitante de Lily

Lily White no estaba dormida ni estaba despierta. Estaba en ese territorio fronterizo en el que las sombras se mueven como olas y la iluminación —débil y desconcertante— viene y va, como un sol tenue a través de las aguas profundas. Entonces emergió de forma abrupta en la vigilia en su cama de la Cabaña del Cestero.

¿Qué había pasado?

Él era sigiloso como un gato, abría la puerta sin hacer ruido, pisaba con tanta ligereza sobre los tablones que era imperceptible. Pero lo reconoció por el hedor a humo de leña, a dulzor y a levadura que siempre llevaba consigo, y eso alarmó tremendamente a sus sentidos. El olor persistía aun a pesar del olor a humedad y a agua estancada de la cabaña. Entonces lo oyó: el sonido silbante de piedra contra piedra. Estaba retirando el dinero del escondite.

El repentino fogonazo de una cerilla encendida. Desde la cama en el altillo vio el haz de luz y la mano, con moretones y cicatrices, que inclinó la mecha de la vela hacia el fuego. La mecha prendió y el círculo luminoso se estabilizó.

—¿Qué tienes para mí? —preguntó él.

—Ahí hay queso y un poco del jamón que te gusta. El pan está en la cesta.

—¿Es de hoy?

—De ayer.

La luz se desplazó hacia un lado y lo oyó revolviendo entre sus cosas.

—Tiene moho, ¿eh? Haberme traído pan de hoy.

—No sabía que ibas a venir.

El círculo luminoso flotó de nuevo hasta la mesa, donde se aposentó, y durante un rato lo único que se oyó fueron los ruidos voraces que hacía al comer, los bocados que tragaba casi sin masticar... Engullía como un muerto de hambre. Lily se quedó tumbada en la oscuridad, callada y quieta, con el corazón tembloroso.

—¿Qué más hay?

—Manzanas, si quieres.

—¡Manzanas! ¿Para qué voy a querer manzanas?

El brillo de la luz se elevó de nuevo y flotó junto a una estantería pelada, luego junto a la otra. Cruzó en dirección al armario, examinó su interior también vacío; llegó hasta los rincones posteriores de un cajón y, a pesar de eso, no encontró nada.

—Pero ¿qué te paga el párroco ese?

—Poco. Ya me lo has dicho otras veces.

Lily intentó no pensar en los ahorros que tenía en el cajón del escritorio del párroco por miedo a que la luz titilante se lo desvelase a él.

Un chasquido de exasperación surgió de la oscuridad.

—¿Y por qué no me has traído algo dulce? ¿Qué le preparas para comer? ¿Tarta de manzana? ¿Bizcocho con mermelada de ciruela? Seguro que de todo...

—La próxima vez, ya lo traeré.

—Que no se te olvide.

—No.

Una vez que su vista se adaptó a la penumbra, fue capaz de distinguir la silueta del hombre en la oscuridad. Estaba sentado a la mesa, de espaldas a Lily, con las hombreras del abrigo mucho más anchas que la constitución que escondían debajo; todavía llevaba puesto el sombrero de ala ancha. Por el ruido, parecía que estaba contando el dinero. Lily contuvo la respiración.

Cuando faltaba dinero, le echaba la culpa a ella. ¿Qué se había llevado? ¿Dónde lo había escondido? ¿Qué plan egoísta tramaba? ¿Le parecía que eso era lealtad, eh? No había ninguna respuesta a esas preguntas que lo dejase satisfecho. Dijera lo que dijese Lily, sus respuestas siempre se topaban con los puños de él. La verdad es que nunca le había cogido dinero… Puede que fuera tonta, pero no era tan tonta. De todos modos, la cuestión del dinero la confundía. A ella también le habría gustado plantear algunas preguntas, pero no se atrevía. Ya había deducido de dónde salía ese dinero. De la noche a la mañana y coincidiendo con sus visitas, esas botellas y barriles llenos de licor potente e ilegal aparecían en su leñera. Siempre pasaban ahí el siguiente día y, cuando volvía a anochecer, desaparecían; se los llevaban sus distribuidores, que dejaban a cambio dinero para el siguiente cargamento. Pero ¿qué pasaba con el dinero después de que él lo cogiera? En una sola noche se llevaba más dinero del escondite de lo que ella ganaba en un mes trabajando para el párroco, y estaba segura de que tenía otros escondites que funcionaban de la misma manera. Se ocultaba en algún tugurio por el que no pagaba alquiler, no le iban las apuestas y nunca pagaba por una mujer. Tampoco bebía demasiado (nunca lo había hecho), sino que se limitaba a animar a los demás a emborracharse y, a cambio, les vaciaba el monedero. Lily había intentado hacer cuentas y sumar el dinero que sacaba allí en un año, multiplicarlo por dos, por tres o por siete, pero los números le daban dolor de cabeza. Sin embargo, aun sin llegar al final de la operación, sabía que era suficiente para hacerlo rico, y no obstante, se presentaba allí una o dos veces por semana, con su abrigo viejo que olía a destilería, casi en los huesos, con un hambre de caballo. Se ventilaba la comida de Lily y le robaba las velas. Ella no se atrevía a tener ni una sola cosa bonita en la cabaña, porque, fuera lo que fuese, se lo quitaría, lo vendería y el dinero desaparecería. Incluso unos guantes de lana verde con agujeros en los dedos acabarían metidos en los bolsillos del hombre. Había un misterio en la vida de Vic que se tragaba todo el dinero, tanto el de él como el de ella. Salvo lo que le pedía al párroco que le guardase. No tenía sentido.

Gimió satisfecho y Lily volvió a respirar. El dinero estaba bien. Una vez resuelto eso, se reclinó en la silla y respiró hondo. Él siempre se relajaba después de contar el dinero. Ella no.

—Siempre me he portado bien contigo, ¿eh, Lil?

—Siempre —respondió ella, y antes de contestar pidió disculpas a Dios en silencio por mentir. Dios comprendía que había situaciones en las que una persona no podía decir la verdad.

—Te he cuidado mejor de lo que te cuidaba tu vieja, ¿eh?

—Sí, claro.

Él mostró su satisfacción con un ruido gutural.

—Entonces, ¿por qué te da por decir que te llamas Lily White? A Lily se le hizo un nudo en la garganta.

—Me dijiste que no usara tu apellido cuando llegué aquí. Dijiste que no tenía que haber nada que nos relacionara, así que…

—Pero no tenía que ser White, ¿no? Podrías haber elegido cualquier otro apellido, maldita sea. Además, aquel tipo no era tu marido. Por lo menos, no a ojos de Dios. ¿Lo sabe ese párroco tuyo, eh?

—No.

—No —repitió él con satisfacción—. Ya me lo parecía. —Dejó que la amenaza implícita pendiera en el aire antes de continuar—. No soy tonto, Lil. Sé por qué te pusiste ese apellido. ¿Te lo digo?

—Dímelo.

—Te aferras más al apellido que al hombre que lo llevaba. Lily White. Lirio Blanco. Inocente y pura, como los lirios del campo. Por eso te gusta, ¿eh, Lil?

Lily tragó saliva.

—¡Di algo, Lil! No te oigo. Pero solo porque llames a algo de una forma no se volverá así. Te aferras a ese apellido como si pudiera limpiar tus pecados, igual que tú frotas esta mesa, igual que limpias para el párroco ese. Como si te fueras a redimir... ¿A que tengo razón, Lil?

Daba por hecho que ella estaría de acuerdo.

—¿Lo ves? Te conozco, Lil. Pero lo hecho, hecho está. No hay vuelta de hoja; hay cosas que no se pueden borrar y limpiar, por mucho que frotes.

Lily puso todo su empeño en que no la oyera llorar, pero no pudo contenerse del todo: le tembló la garganta y la siguiente avalancha de lágrimas se oyó con nitidez en la habitación.

—Ahora no te pongas triste —dijo él, con tranquilidad—. Las cosas podrían ir peor. Me tienes a mí, ¿no?

Lily asintió con la cabeza.

—¿Eh?

—Sí, Vic.

—A veces no sé si me mereces. A veces me decepcionas, Lil.

—Lo siento, Vic.

—Con eso no basta. Más de una vez me has decepcionado. Cuando huiste con ese Whitey. Tardé años en encontrarte entonces. Cualquier otro hombre te hubiera dado por imposible, pero yo no.

—Gracias, Vic.

—Pero ¿me lo agradeces, Lil?

—¡Claro que sí!

—¿De verdad?

—¡Te lo juro!

—Entonces, ¿por qué has vuelto a decepcionarme, eh? Esa cría del Swan…

—No me dejaron que me la llevara, Vic. Lo intenté, hice todo lo que pude, pero había dos más y dijeron…

No la escuchó.

—Habría ganado una fortuna con algo así en las ferias. «La niña muerta que resucitó.» Imagínate las colas. Habrías podido dejar de fregar para el párroco y, con esa cara de bendita que tienes, la cola para verla habría sido de un kilómetro por lo menos. Y en vez de eso, me he enterado de que ahora está con los Vaughan.

Lily asintió. Él se quedó callado y la joven pensó que a lo mejor ya estaba. A lo mejor había ido a ese paraíso mental al que iba cuando había comido y tenía dinero en el bolsillo, el lugar en el que trazaba sus planes secretos. Pero entonces retomó la palabra.

—Estamos siempre juntos, tú y yo, ¿a que sí?

—Sí, Vic.

—Es como si hubiera un hilo que nos une. Da igual lo lejos que vayas o el tiempo que estés fuera, el hilo siempre está ahí. Ya lo sabes, porque a veces se forma un nudo… Sabes a qué me refiero, ¿eh, Lil? Aunque, bueno, es más que un nudo, se parece a un puñetazo de boxeador en el pecho que te machaca el corazón.

Conocía la sensación. La había sentido muchas veces.

—Sí, Vic.

—Y los dos sabemos lo que es eso, ¿verdad?

—Sí, Vic.

—¡La familia!

Soltó un profundo suspiro de satisfacción.

Entonces se levantó y transportó el círculo luminoso por la habitación, antes de subir con él las escaleras que conducían a la cama de Lily. La vela se acercó a su cara. Ella hizo una mueca. Por detrás del resplandor estaba Victor, pero, cegada, no fue capaz de distinguir su expresión. Notó que apartaba la manta y la luz jugueteó un rato sobre los pliegues del camisón a la altura del pecho.

—Pero ¿tú te has visto? Ya no eres una cría… Te has dejado mucho. Y estás hecha un pellejo. Antes eras guapa, ya lo creo. En aquellos tiempos. Antes de que te escaparas de casa.

Se tumbó en el colchón; ella se apartó, él ocupó el espacio y la rodeó con un brazo. El brazo parecía enclenque tapado por la manga del abrigo, pero ella sabía lo fuerte que podía ser.

La respiración de él se volvió cada vez más profunda y empezó a roncar. Se había salvado (por lo menos, de momento), pero aun así, no pudo impedir que el corazón le latiera desbocado.

Lily no se movió. Se quedó despierta en la oscuridad, intentando respirar sin hacer ruido por miedo a despertarlo.

Al cabo de apenas una hora, la vela se había consumido y una débil luz empezó a colarse en la habitación. Él no se removía ni se desperezaba como hacía la mayor parte de la gente cuando se despertaba. No se movió ni un dedo, se limitó a abrir los ojos y preguntar:

—¿Cuánto te paga el párroco ese?

—No mucho. —Lily trató de poner la voz más sumisa que pudo.

Él alargó el brazo para coger el monedero que escondía debajo de la almohada, se puso de pie y lo vació en la palma de la mano.

—Tuve que comprarte el queso. Y el jamón —se excusó Lily—. Déjame algo, anda. Solo un poco…

Él gruñó.

—No sé qué haces con el dinero. ¿Qué pasa? ¿No te fías de mí?

—Claro que sí.

—Así me gusta. Es por tu bien, ya lo sabes.

Ella asintió con sumisión.

—Todo esto. —Hizo un gesto vago, y Lily no supo si se refería a la cabaña o al licor del cobertizo o a otra cosa, más grande y menos visible, que había detrás de todo y lo contenía—. Todo esto no es para mí, Lil.

Lo miró con atención. Era imprescindible. Con Vic, había que andar con cien ojos.

—Es para nosotros. Para la familia. Espera y verás. Un día podrás dejar de fregar para ese viejo párroco, se acabó. Vivirás en una enorme casa blanca diez veces más elegante que la suya. Tú y yo y…

Sus palabras se detuvieron en seco, pero sus pensamientos no. Siguieron dándole alas y Lily vio cómo se le suavizaba la mirada mientras se regodeaba en el futuro que abrazaba con tanto misterio.

—Mientras tanto, esto —sacudió el puño cerrado para que Lily oyera el tintineo de los peniques— es una inversión. Ya te he contado lo de mi conspiración, ¿verdad?

—Desde hace cinco años, sí.

Era un tema recurrente. Tanto si estaba de buen humor como si estaba de mal humor, tanto si el dinero cuadraba como si no, la conspiración siempre lo arrullaba. Lo volvía más calmado y suavizaba la expresión dura de sus ojos. Algunas veces, cuando la mencionaba, su boca delgada se torcía de un modo que, si hubiera sido cualquier otra boca, habría podido terminar siendo una sonrisa. Pero él mantenía en secreto los detalles de la conspiración, igual que hacía con todo lo demás, y ella seguía tan ignorante al respecto como la primera vez que se la había mencionado.

—Hace mucho más de cinco años. —La nostalgia en su voz resultó casi musical—. Entonces fue cuando te hablé de él. Diría que empecé a maquinar hace veinte años. O incluso más tiempo aún, ¡según cómo lo mires! —Se estremeció, complacido con su propia astucia—. Y pronto, todo estará a punto. Así que no te preocupes por estos peniques, Lily, conmigo están a salvo. Todo queda… —Torció la boca—. ¡Todo queda en familia!

Volvió a dejar un par de monedas en su sitio y tiró el monedero encima de la cama. Se levantó y bajó las escaleras hacia la cocina.

—He dejado una caja en la leñera —le dijo con un tono de voz nuevo—. Alguien vendrá a buscarla. Igual que siempre. Y hay un par de barriles en el sitio habitual. No los has visto llegar y no los verás largarse.

—Sí, Vic.

Entonces cogió las tres velas nuevas que tenía Lily al pasar, abrió la puerta y se marchó.

Ella se quedó en la cama, pensando en su conspiración. ¿Dejaría de trabajar para el párroco? ¿Viviría en una enorme casa blanca con Vic? Frunció el entrecejo. La cabaña era fría y húmeda, pero por lo menos tenía los días que pasaba en la casa parroquial y estaba sola casi todas las noches. Y… ¿quién más estaría allí? Las palabras volvieron a resonar en su cabeza. «Tú y yo y…»

«¿Y quién?»

¿Se refería a Ann? «Todo queda en familia», había dicho. Entonces, tenía que referirse a Ann. Al fin y al cabo, él había sido quien había ido a buscarla de noche y le había mandado que cruzara el río hasta el Swan a primera hora para recoger a la niña que había muerto y había vuelto a la vida.

Pensó en su hermana con los señores Vaughan, en su dormitorio con mantas rojas y la cesta de leña llena a rebosar, con cuadros en la pared.

«No —decidió—. No dejaré que se la quede él.»

¡Desaparecido!
O:
El señor Armstrong va a Bampton

—¿Qué puedo hacer? —preguntó Armstrong por enésima vez mientras deambulaba por delante de la chimenea en el salón de su casa. Bess estaba tejiendo junto al fuego.

Por enésima vez, ella negó con la cabeza y reconoció que no lo sabía.

—Iré a Oxford. Lo aclararé con él.

Ella suspiró.

—No te dará las gracias. Solo conseguirás empeorar las cosas.

—Pero tengo que hacer algo. Están los Vaughan, que viven con la niña y cada vez se encariñan más con ella, ¡y Robin no hace nada para remediarlo! ¿Por qué no se decide de una vez? ¿A qué se debe su tardanza?

Bess levantó la cabeza de la labor, dubitativa.

—No te contará nada hasta que esté preparado. E incluso entonces, puede que no abra la boca.

—Esto es diferente. Se trata de una niña.

Su mujer suspiró.

—Alice. Nuestra primera nieta. —Parecía nostálgica, pero luego sacudió la cabeza—. Si es que lo es. Si vas a pedirle explicaciones, la cosa acabará mal. Ya sabes cómo es Robin.

—Entonces, volveré a Bampton.

Bess lo miró. Su marido estaba serio, decidido.

—¿Y qué harás allí?

—Encontrar a alguien que conociera a Alice. Traerlo a Buscot. Ponerlo delante de la niña y descubrir de una vez por todas quién es.

Bess frunció el entrecejo.

—¿Y crees que los Vaughan te lo permitirán?

Armstrong abrió la boca y la cerró de nuevo.

—Tienes razón —admitió, con un gesto de indefensión. Sin embargo, no podía tirar la toalla—. Aun así, por lo menos, si voy, tal vez encuentre a alguien que nos saque de dudas, y una vez que haya hecho eso, podré hablar con Robin y ver si quiere hablar con los Vaughan y… ¡Ay, no lo sé! A ver, Bess, ¿qué otra opción tengo? ¡No sé quedarme sin hacer nada!

Lo miró con cariño.

—No. Nunca se te ha dado muy bien.

La casa de huéspedes de Bampton no tenía un aspecto más respetable que antes, pero sí tenía un aire más alegre que la vez anterior que la había visitado. Por una ventana abierta de la planta superior oyó la tonadilla de un violín y el taconeo arrítmico sobre madera característico de las personas ebrias cuando bailan sobre los tablones pelados del suelo, después de enrollar las alfombras para apartarlas. Las carcajadas femeninas se entremezclaban con palmadas y el ruido era tan ensordecedor que tuvo que llamar dos veces al timbre para que lo oyeran.

—¡Entra, mochuelo! —exclamó la mujer que abrió la puerta, descalza y con la cara roja por el esfuerzo o el licor, y sin esperar más, desapareció escaleras arriba, invitándolo antes a acompañarla.

El señor Armstrong subió las escaleras y recordó cuando las había subido la vez anterior, cuando la pobre mujer muerta de la habitación del ático todavía era para él una mera escritora de cartas y Alice no era más que un nombre. La mujer lo condujo hasta la primera planta, donde un grupo de hombres y mujeres saltaban como si bailasen country mientras el violinista intentaba seguirles el ritmo tocando cada vez más rápido. Le puso a la fuerza un vaso de licor transparente en la mano y, como él insistió en que no quería, lo invitó a bailar.

—¡No, pero muchas gracias igualmente! He venido a ver a la señora Eavis.

—No está, gracias a Dios. ¡Cariñito, te divertirás mucho más sin ella!

Lo cogió de las manos e intentó hacerle bailar de nuevo, aunque sus esfuerzos se vieron menguados por las intermitentes dificultades para mantenerse en pie.

—En ese caso, no la entretendré mucho más ni la privaré de la compañía de sus amigos, señorita, pero ¿podría decirme dónde encontrarla?

—Se ha ido.

—Pero ¿adónde?

Puso una expresión de gran desconcierto.

—Nadie lo sabe. —Luego dio unas palmas para captar la atención del resto y gritó por encima de la música—: ¡El caballero quiere ver a la señora Eavis!

—¡Se ha largado! —gritaron dos o tres bailarinas al unísono, entre escandalosas risas, y le pareció que bailaban todavía con mayor alegría para celebrar su ausencia.

—¿Cuándo ocurrió?

El señor Armstrong sacó el monedero y lo sacudió para que la joven lo viera con claridad mientras formulaba la pregunta. Al verlo, se le pasó la borrachera de golpe y respondió de la forma más completa que pudo.

—Diría que hace seis o siete semanas. Un tipo vino a verla (o eso me contaron) y lo hizo pasar al salón y estuvieron allí toda la noche, y cuando el tipo se marchó, ella se paseó por aquí unos cuantos días con aires de tener un gran secreto, y al poco, vino un mozo a llevarse todas sus cosas en una carreta y se largó.

—¿Por casualidad estaba usted aquí antes de Navidad? Había una tal señora Armstrong que vivía aquí con su hija pequeña, Alice.

—¿La que murió? —Negó con la cabeza—. Todas somos nuevas. Nadie duraba mucho cuando la señora Eavis rondaba por aquí, porque no le caía bien a nadie, y cuando se fue, las que le debían dinero se esfumaron también.

—¿Qué sabe de la señora Armstrong?

—Se había confundido de sitio. Eso es lo que me han contado. Se dedicaba a cocinar y limpiar. Era guapa, aunque flacucha (a algunos hombres les gustan así, hay gustos para todo) y, cuando los clientes la veían, a algunos les entraban ganas de probarla. Pero ella no quería. Por eso la vieja Eavis la tomó con ella. Dijo que no pensaba hospedar a ninguna niña tonta que se diera aires, conque le dio la llave de su habitación a uno de los caballeros, para darle una lección. Al día siguiente hizo lo que hizo.

—Si no me equivoco, tenía un amante que… ¿la abandonó?

—Un marido, por lo que me han contado. Pero bueno, amantes, maridos…, todos son iguales, ¿no? A una chica le va mejor por su cuenta. Hay que darles lo que quieren, coger el dinero y adiós, muy buenas. Pero ella no pensaba así. Estaba hecha de otra pasta.

Armstrong frunció el entrecejo.

—¿Cuándo regresará la señora Eavis?

—Nadie lo sabe, y confío que tarde una buena temporada. Yo me largaré en cuanto aparezca, lo tengo claro.

—Entonces, ¿adónde se ha ido? —insistió.

La mujer negó con la cabeza.

—Le había entrado dinero de no sé dónde y se iba de viaje. Eso he oído.

Armstrong pagó a la mujer y ella volvió a ofrecerle un trago, o un baile, o «lo que quieras, mochuelo». Él rechazó todos sus ofrecimientos y se marchó.

¿Le había entrado dinero? Cabía la posibilidad, supuso mientras bajaba las escaleras, pero después del mal sabor de boca que le había quedado tras su primera visita a la casa, se sentía inclinado a dudar de todo lo relativo a la señora Eavis.

De nuevo en la calle, se arrepintió del viaje, porque había sido una pérdida de tiempo tanto para él como para su caballo, pero ya que estaba allí, otra idea afloró a la superficie, algo en lo que ya había pensado pero que había acabado descartando. Al volver a planteársela, le pareció que por lo menos era mejor idea que la ocurrencia de ir a ver a la señora Eavis. Iría en busca de Ben, el hijo del carnicero. Seguro que se acordaba de Alice y, en cuanto la viera, sabría si la niña que estaba con los Vaughan era ella o no.

La palabra de un niño no tendría mucho valor para resolver el caso ante la justicia, pero eso le traía sin cuidado: no era la ley en lo que pensaba. Le parecía que su propia certeza en un sentido o en otro sería valiosa por sí misma. Si Ben reconocía que la niña era Alice, tendría razones de peso para insistirle a su hijo. Y si no era así, compartiría la información con los Vaughan, para proporcionarles la corroboración que anhelaban e impedir que Robin alegase lo contrario.

Armstrong tomó la calle principal, con la leve esperanza de ver a Ben por casualidad, como la vez anterior. Pero Ben no estaba en el montículo de hierba en el que habían jugado a las canicas, ni se asomaba por el mostrador de la tienda de su padre, ni correteaba por la calle. Tras escudriñar cada callejón y cada escaparate sin éxito, paró a un chico que pasaba, el hijo del verdulero, que debía de tener la edad de Ben, para preguntarle por su paradero.

—Se ha escapado —le contestó el muchacho.

Armstrong se quedó perplejo.

—¿Cuándo?

—Hace unas semanas. Su padre le dio una buena tunda, hasta que lo dejó morado de la cabeza a los pies. Lo siguiente que hizo Ben fue largarse.

—¿Sabes adónde ha ido?

El chico negó con la cabeza.

—¿Mencionó algún lugar al que quisiera ir?

—No sé qué granja de camino a Kelmscott. Dijo que un tipo estupendo de por allí iba a darle trabajo. Tendría pan y miel y un colchón donde dormir, y le pagaría todos los viernes, puntual como un reloj. —El chico parecía anhelar un lugar semejante—. Pero no me lo creo.

Armstrong le dio una moneda y se dirigió a la carnicería. Junto a la tabla de cortar había un joven con un cuchillo pesado, manchado de sangre. Cortaba un lomo en filetes. En cuanto oyó la campanilla de la puerta, alzó la mirada. Sus facciones se parecían muchísimo a las de Ben, aunque la expresión taciturna era solo suya.

—¿Qué quiere?

Armstrong estaba acostumbrado a la hostilidad y podía calibrar con precisión hasta dónde llegaba en cada persona. A menudo, la gente reservaba su mala educación para las personas que, como él, eran extrañas. La diferencia inquietaba a la gente, y era habitual ponerse una coraza de agresividad cuando uno se topaba con alguien distinto. Por norma general, la amabilidad de su voz bastaba para desarmarlos. Aunque sus ojos les decían que desconfiaran de él, sus oídos se sentían a salvo. Sin embargo, había personas que paseaban con esa coraza todos los días y mostraban el filo de su espada a todos. El mundo entero era su enemigo. Contra esa clase de antipatía no podía hacer nada, y eso fue lo que se encontró en la carnicería. Así pues, no intentó ser amable y se limitó a preguntar:

—Busco a tu hermano Ben. ¿Dónde está?

—¿Por qué? ¿Qué ha hecho?

—Nada que yo sepa. Vengo a ofrecerle un trabajo.

De un arco que había al fondo de la tienda emergió una voz más robusta.

—Ese criajo no sirve para nada más que para comerse los beneficios.

Le dio la impresión de que las palabras habían salido de una boca llena de comida.

Armstrong se inclinó para mirar por el arco hacia la habitación que quedaba detrás. Había un hombre más o menos de su edad sentado en un sillón mugriento. El carnicero tenía las mejillas tan rosadas y gordas como la carne que vendía. En el cenicero descansaba una pipa. Tenía un vaso medio lleno de algo y guardaba la botella con la que lo rellenaba entre las piernas, contra su oronda barriga, destapada.

—¿Alguna idea de adónde podría haber ido? —preguntó Armstrong.

El hombre negó con la cabeza.

—Me da igual. Vago redomado.

Cogió una loncha de jamón con el tenedor y se la metió entera en la boca.

Armstrong se dio la vuelta pero, antes de que pudiera marcharse, una mujer menuda y encogida apareció por la trastienda arrastrando los pies y con una escoba en la mano. El recién llegado se apartó para dejarla entrar en la tienda, donde empezó a barrer el serrín. Tenía la cabeza inclinada, de modo que no pudiera verle la cara.

—Disculpe, señora…

Se dio la vuelta. Era más joven de lo que se había imaginado a juzgar por la lentitud de sus movimientos, y sus ojos denotaban nerviosismo.

—Busco a Ben. ¿Es su hijo?

Sus ojos carecían de brillo.

—¿Sabe dónde podría estar?

Negó con la cabeza con apatía; daba la sensación de que era incapaz de aunar energía suficiente para hablar.

Armstrong suspiró.

—Bueno… Gracias.

Se alegró de salir a la calle.

Armstrong encontró agua para Veloz y, después de que bebiera, su yegua y él se dirigieron al río. Ese tramo era ancho y recto y, en ocasiones, el agua parecía tan calmada que podía confundirse con una masa sólida, hasta que se tiraba algo dentro —una ramita o el corazón de una manzana— y se veía la poderosa rapidez con la que se lo llevaba la corriente. En un tronco hueco que había a poca distancia del puente, desenvolvió la comida y dio un bocado. La carne estaba buena y el pan también, pero ver la glotonería del carnicero le había quitado el hambre. Desmenuzó el pan en trocitos pequeños y los desperdigó a su alrededor, para los pajarillos que se acercaban a picotear; luego se sentó muy quieto a contemplar el agua. Rodeado de petirrojos y tordos, reflexionó sobre las decepciones del día.

El fracaso de la visita a la señora Eavis ya había sido un chasco, pero descubrir que Ben se había escapado le había desanimado todavía más. Recordaba lo bien que el niño había cuidado de Veloz. Visualizó la avidez con que había comido cuando Armstrong le había ofrecido los bollitos. Reflexionó sobre el espíritu alegre del niño. Pensó en el aire opresivo de la carnicería, el padre monstruoso, la madre intimidada, y el primogénito, muerto por dentro, y el optimismo de Ben lo maravilló aún más. ¿Dónde estaría ahora el muchacho? Si, tal como le había dicho el hijo del verdulero, había ido a Kelmscott en busca de Armstrong y la granja, ¿por qué no había llegado ya? No había más de diez kilómetros… A ver, un chico podría cubrir esa distancia en apenas un par de horas. ¿Qué había sido de él?

Y luego estaba la chiquilla. ¿Qué otros pasos podía dar para resolver ese misterio? Se le cayó el alma a los pies al pensar en la niña, atrapada entre dos familias, ante la imposibilidad de estar seguro de si se encontraba en el lugar adecuado. Y de la niña, su pensamiento saltó de nuevo hasta Robin, y entonces casi se le rompió el corazón. Recordó la primera vez que lo había cogido en brazos. El recién nacido era tan pequeño y pesaba tan poco, pero al mismo tiempo la plenitud de la vida estaba presente en esos movimientos vacilantes de brazos y piernas. Durante el embarazo de Bess, Armstrong había anticipado cuánto querría al niño y cuánto lo cuidaría, había esperado ese día con emoción e impaciencia. Y, a pesar de todo, cuando llegó el momento, se vio sobrecogido por la intensidad del sentimiento que lo embargó. El recién nacido en sus brazos borraba todo lo demás, y juró que ese niño nunca pasaría hambre, ni se sentiría solo o en peligro. Amaría y protegería a ese niño, que no sabría nunca lo que era el dolor ni la soledad. El mismo sentimiento le llenó el pecho en ese momento.

Armstrong se enjugó las lágrimas. El movimiento repentino hizo que los petirrojos y los tordos echaran a volar. Se puso de pie y respondió al saludo de Veloz rascándole la cabeza y dándole unas palmaditas.

—Vamos. Ya somos viejos para ir juntos a Oxford y, además, no tengo tiempo. Pero vayamos a Lechlade. Te dejaré cerca de la estación y allí cogeré el tren. Los chicos darán de comer a los cerdos cuando vean que no he vuelto.

Veloz resopló suavemente.

—¿Te parece una bobada? —respondió el señor Armstrong. Dudó un momento, con un pie en el estribo—. Es posible. Pero ¿qué otra opción tengo? No sé quedarme sin hacer nada.

Montó en la silla y se pusieron en camino río arriba.

Armstrong preguntó dónde se alojaba su hijo. Se dirigió a una zona de la ciudad en la que las calles se ensanchaban, las casas eran más grandes y estaban mejor conservadas. Cuando llegó a la calle a la que había estado mandando cartas desde hacía dos años, aminoró el paso, incómodo, y cuando llegó al número 8 (grande, ostentoso y pintado de blanco) se detuvo ante la verja y frunció el entrecejo. No cabía duda de que era una vivienda carísima. Su propia casa, en la granja, no era nada modesta —nunca escatimaba cuando se trataba de la comodidad y el bienestar de su familia—, pero esta grandeza se hallaba a otro nivel completamente distinto. Armstrong estaba familiarizado con las mansiones elegantes —las circunstancias de su nacimiento hicieron que varias casas ricas le abrieran sus puertas en su infancia y adolescencia— y no se sentía intimidado por el derroche de riqueza, pero aun así, le inquietaba pensar que su hijo residía en un lugar semejante. ¿De dónde debía de sacar el dinero para pagarlo? O ¿acaso habría alquilado una única habitación en el ático? O… ¿sería posible que…? ¿Podría haber otra calle en otra parte de la ciudad que se llamase igual?

Armstrong entró por la segunda portezuela, más pequeña, que, a través de un camino estrecho, conducía a la parte posterior de la casa y llamó a la puerta de la cocina. Fue a abrirle una chica de unos once o doce años con una trenza larga y aire cohibido, quien negó con la cabeza cuando le preguntó si había dos calles con el mismo nombre.

—En ese caso, ¿sabe si vive aquí un tal señor Robin Armstrong? La chica dudó un momento. Pareció replegarse en sí misma a la vez que lo escudriñaba con más intensidad. Saltaba a la vista que el nombre le sonaba, y Armstrong estaba a punto de animarla a hablar cuando una mujer de unos treinta años apareció detrás de la muchacha.

—¿Qué quiere? —preguntó con irritación.

Estaba muy envarada, con aire orgulloso, los brazos cruzados sobre el pecho, y tenía una cara de las que no sabían sonreír. Entonces hubo algo en ella que cambió. Una sutil alteración en la tensión de los hombros, cierto descaro en la mirada. Mantuvo los labios cerrados, pero el señor Armstrong tuvo la sensación de que, si jugaba bien sus cartas, esos labios acabarían por relajarse. Cuando la gente veía al señor Armstrong, la mayoría se sorprendía tanto ante el color de su piel que no veía nada más, pero algunas personas (mujeres, en general) se fijaban en que tenía unas facciones muy hermosas.

Armstrong no sonrió ni intentó engatusarla con su forma de hablar. Llevaba manzanas para los caballos y canicas para los niños, pero para las mujeres como esta, tenía mucho cuidado de no ofrecer nada en absoluto.

—¿Es usted la señora de la casa?

—Ni por asomo.

—¿El ama de llaves?

Asintió rápidamente con la cabeza.

—Busco al señor Armstrong —dijo con tono neutral.

Ella lo puso a prueba con la mirada, esperando ver si ese guapo desconocido iba a esforzarse o no por complacerla, y cuando él le devolvió una mirada igual de indiferente, se encogió de hombros.

—Aquí no vive ningún señor Armstrong.

Cerró la puerta.

No era tarea fácil deambular mucho rato por una calle elegante de Oxford, así que, como no quería llamar la atención, Armstrong se dedicó a recorrer las calles paralelas a esa. En cada intersección del camino, miraba a derecha e izquierda, pues sabía que corría el riesgo de perder de vista por completo a su objetivo; pero cuando las manecillas del reloj habían dado toda la vuelta que indicaba una hora y llevaban recorrida la mitad de la siguiente, vio de refilón a una silueta delgada con una trenza larga que le caía por la espalda. Apuró el paso para darle alcance.

—¡Señorita! ¡Disculpa, señorita!

La chica se detuvo y giró en redondo.

—¡Ay, es usted!

Parecía más pequeña y todavía más triste en el exterior de lo que le había parecido en el umbral de la puerta.

—No te entretendré —dijo, al ver que ella temblaba—. Continúa tu camino. Te acompañaré.

—No sé por qué no se lo ha dicho —dijo por propia iniciativa la chica antes de que le preguntara siquiera—. ¿Es usted el que escribe las cartas?

—Sí, le escribo a esa dirección.

—Pero él no vive aquí.

—Ah, ¿no?

Armstrong se quedó de piedra. Había recibido respuestas a sus cartas. Cortas y escuetas (en su mayor parte, peticiones de dinero) pero con referencias a sus propias misivas. De algún modo tenía que recibirlas. Armstrong frunció el entrecejo.

La chica inspiró el aire frío y dobló una esquina. Caminaba a paso ligero para ser una persona tan menuda.

—El señor Fisher dice que no nos preocupemos de las cartas y se las mete en el bolsillo —añadió.

—Ah.

Por lo menos, algo le había dicho. ¿Se atrevía a volver y llamar al timbre reluciente de la puerta principal para preguntar por el señor Fisher?

Como si la muchacha le leyera el pensamiento, le dijo:

—El señor Fisher tardará horas en volver. Pocas veces se levanta de la cama antes de mediodía, porque cada noche se le hacen las tantas en el Green Dragon.

Armstrong asintió.

—¿Y quién es ese tal señor Fisher?

—Un hombre odioso. Hace siete semanas que no me paga. ¿Por qué quiere tener tratos con él? ¿Le debe dinero? No se lo dará.

—No conozco al señor Fisher. Soy el padre del señor Armstrong. Supongo que los dos serán socios.

Lo miró con una cara que lo decía todo acerca del señor Fisher y sus socios. Entonces, vio que algo empezaba a formarse en los ojos de la chica. Si no le gustaban el señor Fisher y sus socios, ¿qué opinión se llevaría del padre de uno de esos tipos?

—Lo que ocurre —dijo para tranquilizarla— es que temo que mi hijo se haya visto arrastrado por el señor Fisher. Me gustaría apartarlo del mal camino, si puedo. ¿Has visto a algún amigo del señor Fisher que sea un joven de veinticuatro años, con el pelo castaño claro que se le riza cuando le llega al cuello de la camisa y que a veces viste una americana azul?

La chica se detuvo. Armstrong se paró un par de pasos más tarde, se dio la vuelta y le vio la cara. De haber sido posible, habría dicho que estaba aún más blanca que antes.

—¡Ha dicho que era el padre del señor Armstrong! —exclamó.

—Y lo soy. Es cierto que no se parece a mí.

—Pero ese hombre… acaba de describirlo…

—¿Sí?

—¡Es el señor Fisher! —escupió las palabras, con la furia infantil de sentirse engañada. Entonces, su rostro cambió de repente, y del ultraje pasó al miedo—. ¡No le diga que le he contado eso! ¡Yo no le he dicho ni una palabra!

Lo dijo con voz suplicante y lágrimas en los ojos.

Al ver que estaba a punto de salir huyendo, Armstrong se metió la mano en el bolsillo y sacó unas monedas. La muchacha reprimió el impulso de correr y miró el dinero.

—¿Cuánto te debe? —preguntó con amabilidad—. ¿Con esto bastaría?

Ella alternó la mirada varias veces entre las monedas y él. Se mostraba precavida, como si él fuese una especie de monstruo y el dinero pudiera ser una treta. Entonces agarró el dinero al vuelo y de forma imprevista. En un abrir y cerrar de ojos, el dinero se había esfumado, y la muchacha con él. El lazo del mandil y la trenza que volaban tras ella ya estaban a la altura de la primera bocacalle, donde dobló la esquina y desapareció.

Armstrong se apartó de la zona adinerada de la ciudad y, cuando llegó a una calle ajetreada de tiendas y oficinas, entró en el primer pub que vio. Pidió un trago para él y otro para el hombre ciego que había sentado junto a la chimenea. Le fue fácil reconducir la conversación desde el pub en el que estaban hacia los locales de bebida en general, y de ahí a la taberna Green Dragon en concreto.

—Entre mayo y septiembre es medio decente —le dijo el hombre—. Ponen mesas de madera fuera y contratan a chicas para que sirvan bebidas. Diluyen la cerveza con agua y cobran demasiado, pero la gente lo tolera a cambio de las rosas de la terraza, que lo cubren todo.

—¿Y en invierno?

—Es un tugurio de mala muerte. Húmedo y lúgubre. El techo ya necesitaba una reparación cuando yo todavía veía, y de eso hace veinte años. Dicen que las ventanas están tan cuarteadas que solo se aguantan gracias a la mugre.

—¿Y la gente?

—Maleantes. Se puede comprar y vender lo que sea en el Green Dragon: rubíes, mujeres, almas. Si tiene algún problema gordo en la vida, vaya al Green Dragon entre principios de septiembre y mediados de abril y encontrará a alguien que se lo quitará de encima. A cambio del dinero correspondiente, claro. Eso dicen por ahí, y es verdad.

—¿Y si se tiene un problema en primavera o en verano?

—Pues hay que esperar. O resolverlo por su cuenta.

—¿Y dónde está ese sitio? —preguntó Armstrong mientras apuraba el final de la pinta.

—No se le ocurra ir por allí. No es de su estilo. Puede que no vea mucho, pero oigo bien su voz. No es el lugar ideal para un caballero como usted.

—Tengo que ir. Necesito encontrar a alguien que está allí.

—¿Y ese alguien quiere que lo encuentren?

—A mí no quiere verme.

—¿Le debe dinero? No vale la pena.

—No es por dinero. Es… de la familia.

—¿De la familia?

El hombre parecía pensativo.

—Es mi hijo. Temo que se haya mezclado con malas compañías.

El ciego alargó el brazo y cuando Armstrong le dio la mano, notó que con la otra le aferraba el antebrazo, para medir el tamaño y la fuerza que tenía.

—Diría que es usted un hombre que sabe defenderse.

—Si es necesario.

—Entonces, le diré dónde está el Dragon. Por el bien de su hijo.

Las indicaciones que recibió Armstrong lo obligaron a cruzar la ciudad otra vez, hasta aparecer por el extremo opuesto. Mientras caminaba se puso a llover. Llegó a un prado cuando el cielo adoptaba unos tonos rosados y color melocotón. Al otro lado estaba el río. Cruzó un puente y giró contracorriente. El camino estaba delimitado por zarzas y sauces que goteaban lluvia en el sombrero, y los nudos de las raíces de árboles centenarios sobresalían de la tierra bajo sus pies. La luz del cielo se fue apagando, igual que sus pensamientos, y entonces percibió, entre arbustos de tejo, acebo y saúco, el perfil de un edificio y unos recuadros de luz tenue que eran las ventanas. Sabía que era el lugar que buscaba, porque tenía el aire inconfundible de servir de refugio para personas aficionadas a ocultar sus tejemanejes en la oscuridad. Armstrong se detuvo ante una ventana y espió por el grueso cristal.

Dentro había una habitación baja, que quedaba todavía más baja en el centro, donde el techo se había combado hacia abajo. Un pilar de roble, tan grueso como tres hombres puestos uno al lado del otro, servía de soporte para impedir que el techo acabara de derrumbarse. Las lámparas de gas se esforzaban por abrirse camino entre las sombras, con la escasa ayuda de las velas que había en las mesas. Apenas había terminado la tarde, pero dentro daba la sensación de ser noche cerrada. Unos cuantos bebedores solitarios estaban sentados en la penumbra, apoyados en la pared, pero la mejor iluminación procedía del fuego que ardía en la chimenea, y junto a esta había una mesa alrededor de la cual había cinco hombres. Cuatro de los cinco tenían la cabeza inclinada sobre los naipes, pero uno estaba sentado con la espalda erguida, la silla en equilibrio sobre las patas de atrás y apoyada contra la pared. Tenía los ojos entrecerrados, pero por el ángulo de su cabeza Armstrong supuso que la pose era una estratagema. Por las finas rendijas que quedaban entre los párpados de su hijo (porque era Robin), el joven echaba un vistazo a las cartas de los demás.

Armstrong se alejó de la ventana y abrió la puerta. En cuanto entró, los cinco jugadores se volvieron hacia él; pero el ambiente estaba cargado de humo y él quedaba medio escondido por el pilar, así que al principio no lo reconocieron. Robin bajó la silla al suelo e hizo una seña a alguien que había en un rincón oscuro mientras intentaba escudriñar quién era Armstrong entornando los ojos para enfocarlo mejor. Al cabo de un segundo, Armstrong notó que le agarraban los brazos por detrás. Su asaltante era una cabeza y media más bajo que él, y tenía los brazos delgados, pero lo aferraba con la fuerza de un cable de acero. La sensación de verse inmovilizado en contra de su voluntad era nueva para Armstrong. No estaba seguro de poder liberarse porque, aunque el hombre era muy pequeño, el ala del sombrero bloqueaba el espacio entre los omóplatos de Armstrong. Un segundo tipo, con una única ceja negra que le descansaba casi sobre los ojos, se acercó y lo escudriñó.

—Qué tipo tan peculiar. No lo conozco —anunció.

—Pues deshaceos de él —dijo Robin.

Los hombres intentaron arrastrarlo hasta la puerta, pero se resistió.

—Buenas noches, caballeros —dijo, porque sabía que su voz bastaría para descolocarlos.

Notó el desconcierto en la garra del hombre con dedos de acero, pero la fuerza con que lo apresaba no cedió. El unicejo lo miró de nuevo e, inseguro, se volvió hacia la mesa, demasiado tarde para ver lo que Armstrong ya había percibido: el fogonazo de sorpresa en la cara de Robin, contenido al instante.

—Me parece que el señor Fisher sí querrá verme —dijo Armstrong.

Robin se levantó. Hizo un gesto con la cabeza a sus guardaespaldas y Armstrong notó que le soltaban los brazos.

Los dos hombres regresaron a las sombras y Robin se le acercó. Mostraba la misma cara que Armstrong había visto miles de veces, desde la tierna infancia hasta el comienzo de su edad adulta. Era la furia petulante de un niño cuyo padre se interpone en su camino. Armstrong se sorprendió al ver lo intimidante que resultaba en el rostro de un hombre. De no haber sido el padre de Robin, de no haber sido tan corpulento, es posible que hubiera sentido miedo.

—Fuera —murmuró Robin.

Salieron de la taberna y se quedaron plantados a un paso de distancia, en la penumbra, en una zona de grava que quedaba entre el río y la tasca.

—¿Aquí es donde va a parar el dinero? ¿A las apuestas? ¿O es la casa la que siempre necesita fondos? Vives por encima de tus posibilidades.

Un resoplido desdeñoso salió por la nariz de Robin.

—¿Cómo me has encontrado? —preguntó con apatía e insolencia.

Armstrong no pudo evitar sorprenderse una vez más por la mala educación de su hijo. Siempre esperaba algo mejor de él.

—¿No tienes mejor saludo que ese para tu padre?

—¿Qué quieres?

—¿Y tu madre…? ¿No me preguntas por ella?

—Supongo que, si hubiera pasado algo malo, ya me lo habrías contado.

—Sí que ha pasado algo malo. Pero no tiene que ver con tu madre.

—Llueve. Dime lo que tengas que decir para que pueda volver adentro.

—¿Qué intenciones tienes respecto a la niña?

—¡Ja! ¿Solo es eso?

—¿«Solo»? Robin, estamos hablando de una niña. La felicidad de dos familias está en juego. No son cosas que puedan tomarse a la ligera. ¿A qué se debe la indecisión?

A la luz menguante del atardecer, le pareció ver que su hijo hacía una cínica mueca con la boca.

—¿Es tuya? Si lo es, ¿qué piensas hacer con ella? Y si no lo es…

—No es asunto tuyo.

Armstrong suspiró. Negó con la cabeza y lo intentó por otra vía.

—Fui a Bampton.

Robin miró a su padre con más intensidad, pero no dijo nada.

—Volví a la casa en la que se alojaba tu mujer. La casa donde murió.

Robin seguía sin decir nada, y la intensidad de su hostilidad tampoco disminuyó.

—Ese amante que decías que tenía tu esposa... No saben nada de ese hombre.

Siguió callado.

—¿A quién se lo has contado?

Notó la amenaza en la voz de Robin.

—Mi intención era pedirle a la casera de Buscot que fuese a reconocer a la niña, pero...

—¿Cómo te atreves? Es asunto mío... ¡Mío y de nadie más! Te lo advierto: no te metas en mis cosas.

Armstrong tardó unos segundos en recuperarse.

—¡¿Tus cosas?! El futuro de una niña está en juego. Si es tu hija, entonces es mi nieta. Si no es tu hija, es la hija de los Vaughan. En cualquiera de los dos casos, no puede decirse que sea solo asunto tuyo. En cualquiera de los dos casos, es un tema de familia.

—¡Familia! —Robin escupió la palabra como si fuese un insulto.

—¿Quién es su padre, Robin? Todos los niños necesitan a su padre.

—Pues yo me he apañado bastante bien sin el mío.

Robin giró en redondo y desperdigó la grava con los pies. Cuando ya empezaba a caminar hacia el Green Dragon, Armstrong lo agarró por el hombro. El hombre solo se sorprendió a medias cuando su hijo se volvió con suma violencia y le lanzó un puñetazo. El instinto lo llevó a levantar el brazo para protegerse, pero antes de que topara con el puño lanzado con tanta rabia, su propio puño chocó contra carne y dientes, y Robin soltó una maldición.

—Perdóname —dijo Armstrong—. Robin… Lo siento. ¿Te he hecho daño?

Pero Robin continuó dando patadas y puñetazos a su padre en una pelea extraña, mientras que Armstrong lo agarraba por los hombros para mantenerlo a cierta distancia, de modo que los puños y los pies asestaran el golpe de lejos, cuando la mayor parte de su fuerza ya se había desperdigado. Había sujetado así a Robin infinidad de veces cuando era niño y también de adolescente; entonces, su única preocupación era evitar que Robin se autolesionara con sus ataques de ira. Ahora los golpes de su hijo eran más expertos, y había más fuerza detrás de ellos, pero seguían sin poder equipararse a la altura y la fortaleza de su padre. Llovieron grava e insultos, y Armstrong se percató de que lo más probable era que el ruido atrajera a algunos curiosos a las ventanas de la taberna.

Lo que acabó con el rifirrafe fue la puerta del pub al abrirse.

—¿Todo bien? —preguntó una voz a través de la lluvia.

De manera abrupta, Robin dejó de pelear.

—Todo bien —respondió.

La puerta siguió abierta. Era probable que alguien se hubiese quedado vigilando desde el umbral.

Su hijo se dio la vuelta, listo para irse sin un apretón de manos.

—¡Robin! —lo llamó Armstrong en voz baja. Y, todavía más bajo, añadió—: ¡Hijo!

Unos pasos más adelante, Robin se detuvo. Él también habló en voz baja, apenas audible con el ruido de la lluvia recia, pero sus palabras alcanzaron el objetivo y lo hirieron como nunca podrían haberlo hecho sus puñetazos.

—¡Tú no eres mi padre ni yo soy tu hijo!

Entonces llegó a la puerta, intercambió unas palabras con su acompañante y entraron. Cerraron la puerta sin mirar atrás.

Armstrong tomó el camino que reseguía el río. Chocó contra un sauce, estuvo a punto de tropezar con una de las raíces nudosas que acechaban en la oscuridad y las gotas de lluvia le resbalaban por la nuca. Le ardían los nudillos. El daño que apenas había sentido en el momento del golpe se había vuelto increíblemente doloroso. Había dado contra el labio y los dientes de Robin. Se llevó la mano a la boca y notó el sabor de la sangre. ¿Era la suya o la de su hijo?

El río corría con brío, revuelto por la lluvia y su propia velocidad, pero Armstrong se quedó quieto y en silencio bajo esa lluvia, perdido en sus reflexiones. «¡Tú no eres mi padre ni yo soy tu hijo!» Daría lo que fuera por borrar esas palabras. ¿Qué podría haber hecho de otro modo? ¿Qué podría haber dicho para mejorar la relación? Había metido la pata, y quizá ese error había roto unos lazos que de otro modo (al cabo de unas semanas, de meses o de años) se habrían estrechado para recuperar el afecto y el calor de antaño. Lo que acababa de ocurrir parecía el final definitivo. Había perdido a su hijo y, con él, al mundo entero.

Las gotas de lluvia se mezclaron con sus lágrimas, y las palabras resonaron una y otra vez en sus pensamientos. «¡Tú no eres mi padre ni yo soy tu hijo!»

Por fin, mojado y frío, sacudió la cabeza.

—Robin —respondió, con unas palabras que solo oyó el río—, puede que no quieras ser mi hijo, pero yo no puedo evitar ser tu padre.

Se dio la vuelta y, río abajo, emprendió el camino de vuelta a casa.

Algunas historias no se cuentan

Hay historias que pueden contarse en voz alta e historias que deben contarse en susurros, y hay historias que no se cuentan nunca. La historia del matrimonio entre el señor y la señora Armstrong es una de esas últimas historias, pues solo la conocían las dos partes implicadas y el río. Pero como somos visitantes secretos de este mundo, como hemos cruzado los límites entre un mundo y otro, nada nos impide sentarnos junto al río y aguzar el oído; así, también nos enteraremos de la historia.

Cuando Robert Armstrong cumplió veintiún años, su padre se ofreció a comprarle una granja. Un agente inmobiliario le propuso una serie de propiedades y Robert fue a verlas todas. La que mejor encajaba con sus esperanzas y sus expectativas era la que pertenecía a un hombre llamado Frederick May. El señor May había sido un buen granjero pero solo había tenido hijas, y esas hijas se habían casado con hombres con suficientes tierras propias, todas salvo una que estaba lisiada y soltera, y que seguía viviendo en la casa. Ahora que el señor May era viejo, su esposa y él habían decidido vender los terrenos, todos excepto la parcela que rodeaba la pequeña cabaña que también poseían, no muy lejos de la casa de la granja. Vivirían en esa cabaña y cultivarían un huerto, con verduras y flores, y dejarían que otro se quedara con los quebraderos de cabeza de las tierras y la casa grande. Con lo que obtuvieran de vender la granja tendrían unos buenos ahorros, y si una buena dote no bastaba para casar de una vez a su hija menor, bueno, por lo menos el dinero sería una salvaguarda para ella cuando sus padres fallecieran.

Robert Armstrong repasó el terreno con la mirada y se fijó en que lo regaba el río. Vio que las orillas eran firmes y el canal estaba limpio de hierbajos y despojos. Se percató de lo bien cuidados que estaban los setos, de que el ganado estaba sano y los campos bien labrados.

—Sí —dijo—. Me la quedo.

«No pueden vendérsela, a ese forastero no», decía la gente. Pero todos los demás compradores en potencia habían intentado regatear el precio con el señor May, o habían tratado de usar artimañas para aprovecharse de algo, mientras que el tipo negro ofreció el dinero que pedían y mantuvo su palabra y, lo que es más, el señor May lo había acompañado mientras visitaba la granja y había visto que apreciaba lo rectos que estaban sus caminos de labranza, había visto cómo se comportaba con las ovejas y las vacas, y no había tardado en olvidarse del color de la piel del señor Armstrong y había comprendido que, si quería hacer lo más adecuado para su tierra y sus reses, entonces el señor Armstrong era el hombre idóneo.

—¿Y qué ocurrirá con los hombres que han trabajado para mí durante tanto tiempo? —preguntó el señor May.

—Los que quieran quedarse, podrán hacerlo, y si trabajan bien, con el tiempo les subiré el jornal, y si no trabajan bien, tendrán que marcharse después de la primera cosecha —dijo Armstrong, y así lo acordaron.

Un puñado de jornaleros se negaron a trabajar para un negro, pero el resto se quedaron, aunque al principio chismorreaban. Con el tiempo, conforme fueron conociendo a su nuevo jefe, descubrieron que su negrura era solo superficial, y que debajo de esa piel era un hombre como otro cualquiera, e incluso un poco mejor. Un puñado de hombres —jóvenes como él— mantuvieron su recelo, se reían disimuladamente cuando lo tenían delante y se burlaban de él a sus espaldas. Empleaban sus burlas como excusa para holgazanear en el trabajo (¿por qué iban a trabajar para un hombre como él?), pero no se olvidaban de recoger la paga el viernes y, cuando se la gastaban en las tabernas de la zona de Kelmscott, hablaban pestes de su jefe. Armstrong fingía no darse cuenta, pero en realidad miraba con lupa a todos y cada uno de ellos mientras esperaba a ver si se centraban o no.

Mientras tanto, Robert Armstrong tenía que hacer amigos en el pueblo. El hombre a quien más conocía era el que le había vendido la granja, así que tomó la costumbre de ir a ver al señor May a la cabaña que había cerca de la granja una vez a la semana. Allí se pasaba una hora charlando de cultivos con un hombre que estaba encantado de recordar las labores que había realizado toda su vida y que ahora ya no podía llevar a cabo por cuestiones de salud. La señora May se quedaba tejiendo en un rincón y, cuanto más escuchaba la voz de su visita, que tenía mejores modales que la mayoría, y cuanto más escuchaba su risa, que era contagiosa y frecuente y hacía que su marido también se riera a gusto, mejor le caía el joven. De vez en cuando, aparecía su hija y les servía té o pastas.

Bessie May había contraído una enfermedad cuando era pequeña y, a raíz de eso, le había quedado una notable cojera que la hacía balancearse de lado a lado al andar. Cada vez que apoyaba el pie izquierdo, su cuerpo se inclinaba de forma visible. Los desconocidos la miraban e incluso las personas que la conocían a ella y a su familia decían que sería mejor que la dejaran metida en casa en lugar de pasearse por ahí «de esas maneras». Si solo hubiera sido la cojera, tal vez no habrían fruncido tanto el entrecejo al verla, pero también estaba el ojo. Llevaba un parche encima del ojo derecho: no era siempre el mismo, al contrario, se ponía uno de diferente color cada vez que se cambiaba de vestido, para ir a juego. Daba la impresión de que tenía tantos parches como vestidos, algunas veces se los cosía a partir de retales de la misma tela, con lazos de raso que le rodeaban la cabeza y se perdían entre su precioso pelo rubio. Toda ella desprendía un aire de limpieza, se preocupaba tanto por su imagen que desconcertaba a la gente. Era como si ella pensase que valía tanto como cualquier otra chica, como si creyese que iba a tener las mismas oportunidades. Según la opinión de la mayoría, lo que tendría que haber hecho habría sido recluirse en la casa familiar, dejar patente que sabía lo que sabía todo el mundo: que no encontraría marido, que siempre sería una solterona. En lugar de eso, avanzaba renqueando hasta el corazón de la iglesia para colocarse en uno de los bancos centrales, cuando podría haberse colocado discretamente al fondo y habría pasado desapercibida. Cuando hacía buen tiempo, iba cojeando hasta el banco del parque y se sentaba con un libro o una labor de bordado; en invierno se ponía guantes y caminaba por cualquier parte en la que el suelo fuese lo bastante llano; cuando helaba, miraba con envidia a aquellos cuyas piernas les permitían aventurarse en el hielo. A su espalda, los chicos maliciosos (de hecho, los mismos que hacían gestos obscenos a espaldas de Robert

Armstrong) imitaban su cojera, fingiendo que se caían al andar. Las personas que la conocían desde la infancia, antes de que se pusiera el parche, recordaban que en ese ojo se le veía demasiada parte blanca, mientras que la pupila giraba hacia arriba y hacia un lado, errática. Era imposible saber hacia dónde miraba o qué veía, decía la gente. Hubo un tiempo en el que Bessie May tenía amigas. Un grupito de niñas con las que iba y venía del colegio, que pasaban a buscarse unas a otras, que se daban la mano al caminar. Pero cuando esas niñas se hicieron mujercitas, las amistades se esfumaron. Puede que las otras chicas tuvieran miedo de que las deformidades de Bessie fuesen contagiosas, o de que los hombres mantuvieran las distancias con cualquier chica que estuviera cerca de Bessie. Cuando Robert Armstrong compró la granja, Bessie estaba sola. Caminaba con la cabeza alta, sonreía, y por fuera no se apreciaba ningún cambio en su forma de dirigirse al mundo, pero sabía que el mundo sí había cambiado la forma de dirigirse a ella.

Uno de esos cambios fue el comportamiento que adoptaron los jóvenes del pueblo. A sus dieciséis años, con los rizos rubios, la hermosa sonrisa y la cintura estrecha, tenía bastante atractivo. Si la veías sentada, cuando el parche quedaba al otro lado, era fácil considerarla una de las muchachas más guapas del pueblo. Eso no pasó inadvertido a los jóvenes que empezaban a mirarla con lascivia. Y cuando la lujuria y la burla conviven en el mismo corazón, pueden ser muy malvadas. Si se la encontraban en una calle desierta, los jóvenes miraban con deseo a Bessie e intentaban acosarla, pues sabían que no podía saltar con rapidez a un lado para evitar sus manos extendidas. Más de una vez, Bessie llegaba a casa después de un recado con la falda manchada de barro y las manos rasguñadas, porque había «tropezado».

Robert Armstrong sabía qué pensaba de él la panda de jóvenes gamberros de la granja. Mientras los espiaba con discreción, también se había dado cuenta de qué pensaban de Bessie May. Una noche, cuando se disponía a hacer una de sus visitas habituales a la casa de los May, el señor de la casa negó con la cabeza.

—Esta noche, no, Armstrong.

Las manos temblorosas de su amigo y los ojos llenos de lágrimas le indicaron que había un problema grave. Mientras vigilaba a los jóvenes de la granja esa misma noche, oyó una conversación entre risas en la que uno de los chicos mencionó el nombre de Bessie haciéndose el gallito, y acompañó el comentario de un gesto vulgar. Entonces temió haber averiguado cuál era ese problema.

Tardó unos días en volver a ver a Bessie. No iba a la iglesia ni aparecía por el banco del parque. No hacía recados por el pueblo ni cuidaba del jardín. Cuando reapareció, algo había cambiado en ella. Estaba limpia y activa como siempre, pero la sencillez y la naturalidad de su interés por el mundo había sido sustituida por algo más oscuro. La determinación de no dejarse pisotear.

Esa noche, Armstrong le dio vueltas al tema. Tomó una decisión, y luego se echó a dormir. Y cuando se despertó, la decisión seguía pareciéndole buena idea. Interceptó a Bessie cuando iba a llevarle la comida a su padre, en la orilla del río, donde el espino blanco daba paso a los avellanos. Se percató de que daba un respingo y se asustaba al darse cuenta de que no había nadie más por allí. Él colocó las manos detrás de la espalda y se miró a los pies mientras pronunciaba su nombre.

—Señorita May. Hasta ahora habíamos hablado poco, pero ya sabe quién soy. Sabe que soy amigo de su padre y dueño de esta granja. Sabe que pago mis deudas cuando corresponde. Tengo pocos amigos, pero no soy enemigo de nadie. Si alguna vez necesita que alguien le haga compañía, le suplico que me lo diga. Lo que más feliz me haría sería poder alegrarle la vida. Si es como amigo o como marido, es usted quien debe decidirlo. Por favor, sepa que estoy a su servicio.

Levantó la cabeza para toparse con su ojo estupefacto, asintió discretamente con la cabeza para despedirse y se marchó.

Al día siguiente, volvió al mismo sitio a la misma hora, y ella ya estaba allí.

—Señor Armstrong —empezó Bessie—, no sé hablar como habla usted. Sus palabras son más elevadas que las mías. Antes de que pueda contestarle a lo que me dijo ayer, tengo que hacer una cosa. La haré ahora, y cuando lo haya hecho, es posible que usted cambie de opinión.

Él asintió.

Bessie bajó la cabeza, se llevó los dedos al parche, lo pasó por encima del puente de la nariz hasta que le tapó el ojo bueno y dejó al descubierto el otro. Entonces, volvió el ojo derecho hacia él.

Armstrong examinó el ojo de Bessie. Parecía latir con vida propia. El iris, descentrado, era del mismo color azul que su gemelo, pero contenía unas corrientes subterráneas de un tono más oscuro. La pupila, algo tan familiar, que uno veía en cualquier cara, a diario, resultaba extraña en el rostro de Bess debido a su estrabismo. De pronto, se distrajo de su observación al darse cuenta de que era a él a quien estaban examinando. Se sintió diseccionado, desnudo bajo su mirada. Expuesto al enfoque de ese ojo tan particular, de pronto recordó los incidentes de su infancia que le daban vergüenza. Volvieron a él momentos en los que no se había comportado con la honradez que habría deseado. Recordó muestras de ingratitud. Notó una punzada de remordimientos y decidió no volver a comportarse así nunca. También sintió alivio al ver que esos pequeños errores eran lo único de lo que se arrepentía en la vida.

El momento fue breve. Cuando hubo terminado, Bessie bajó la cabeza y se ajustó de nuevo el parche. Volvió a mostrarle la cara de siempre, pero estaba distinta. Mostraba sorpresa y algo que ablandó a Armstrong e hizo que su corazón diera saltos de alegría. Su ojo bueno se suavizó, expresó un afecto incipiente, admiración, incluso. Era la clase de sentimiento que algún día —¿se atrevía a creerlo?— podía conducir al amor.

—Es usted un hombre bueno, señor Armstrong. Estoy segura. Pero hay algo que debería saber sobre mí.

Bessie habló en voz baja y temblorosa.

—Ya lo sé.

—No me refiero a esto.

Señaló el parche.

Él se la quedó mirando.

—Ni yo. Tampoco me refiero a su cojera.

Bessie lo miró a la cara.

—¿Cómo lo sabe?

—El hombre trabaja en mi granja. Me lo imaginé.

—¿Y aun así quiere casarse conmigo?

—Sí, quiero.

—Pero ¿y si…?

—¿Si está embarazada?

Ella asintió, ruborizada, y bajó la cabeza, cohibida.

—No se sonroje, Bess. Usted no tiene culpa de nada. La culpa recae por completo sobre otros hombros. Y si está embarazada y tiene un hijo, entonces usted y yo lo criaremos y lo amaremos igual que criaremos y amaremos a nuestros propios hijos.

Bessie levantó la cara y lo miró a los ojos, que mostraban determinación.

—Entonces, sí, señor Armstrong. Sí, seré su esposa.

No se besaron ni se tocaron. Él se limitó a pedirle que le dijera a su padre que ya hablaría con él más tarde.

—Se lo diré.

Armstrong fue a ver al señor May y apalabraron la boda.

Cuando el joven que había sido conflictivo en la granja y más que conflictivo en su comportamiento con Bessie llegó al trabajo a la mañana siguiente, con su chulería habitual, Armstrong lo estaba esperando. Le pagó lo que le debía y lo despidió.

—Si vuelvo a verte a menos de veinte kilómetros de aquí, te arrepentirás —le dijo, aunque lo dijo con un tono tan calmado que el joven alzó la vista, sorprendido, para asegurarse de que lo había oído bien.

No obstante, la mirada de Armstrong le indicó que había pronunciado todas y cada una de las palabras muy en serio, así que, en lugar de darle la respuesta insolente que ya tenía en la punta de la lengua, se quedó callado mientras se marchaba y luego soltó sus juramentos en voz baja.

Se anunció el compromiso y la boda se celebró poco después. La gente chismorreó. Siempre lo hace. La iglesia estaba llena de curiosos el día de la boda entre el granjero mulato y su deforme novia blanca. Dinero no le faltaba (ay, no, en ese sentido le había ido bastante bien a la chica) y con esos ojos azules, el pelo rubio y la figura esbelta, a él le había ido mucho mejor de lo que cabía esperar, por lo menos en eso. Aun así, las felicitaciones iban mezcladas con el color de la lástima, y nadie envidiaba a los novios. Se respiraba la sensación general de que había cierto sentido en que los dos eternos solterones se hubieran encontrado el uno al otro, y todos los invitados solteros sintieron una punzada de alivio: gracias a Dios ellos no tendrían que hacer unas concesiones tan devastadoras cuando les tocara elegir pareja. Mejor un labriego pobre que un terrateniente de madre negra; mejor una lavandera que la hija de un granjero coja y bizca.

Cuando a Bessie le empezó a crecer el vientre pocos meses después de la boda, fue un escándalo. ¿Qué clase de criatura nacería? Un monstruo, sin duda. Después de que los niños comenzaran a insultar a Bessie con crueldad por la calle, dejó de salir de los confines de la granja. Muy nerviosa, se dedicó a esperar que llegase el momento de dar a luz, pero Armstrong le hablaba con cariño para tranquilizarla. Oír su voz bastaba para consolarla y, cuando le colocaba la mano en la barriga cada vez más abultada y le decía: «Todo irá bien», no podía evitar pensar que así sería.

La comadrona que asistió en el parto fue directa a ver a sus amigas en cuanto se marchó y estas no tardaron en difundir la noticia entre todos los demás. ¿Qué monstruo había surgido entre las piernas de Bessie la bizca, sembrado por su marido negro? Quienes esperaban que tuviese tres ojos, el pelo de lana y las piernas torcidas, se vieron decepcionados. El recién nacido era normal. Y no solo eso. «¡Es hermoso! —repetía la comadrona—. ¿Quién lo iba a decir? El bebé más guapo que he visto nunca.» Al cabo de poco, el resto del pueblo lo vio también, Armstrong iba a caballo de aquí para allá, y sobre las rodillas todos podían ver al niño: rizos rubios, constitución delgada y una sonrisa tan encantadora que era imposible no corresponderle con otra sonrisa.

—¿Por qué no lo llamamos Robert? —propuso Armstrong—. Como yo.

Y así lo bautizaron, pero como era pequeño, lo llamaron Robin, y cuando creció siguieron llamándolo así, porque era una buena manera de distinguir al padre y al hijo. Con el tiempo llegaron otros hijos, niños y niñas, y todos ellos crecieron sanos y felices. Algunos eran morenos y otros no tan morenos, incluso había algunos casi rubios, pero ninguno era tan rubio como Robin.

Armstrong y Bessie eran felices. Habían formado una familia feliz.

Fotografiar a Amelia

A principios de la última semana de marzo llegó el día del equinoccio de primavera. La luz se igualó a la oscuridad; el día y la noche quedaron en un equilibrio perfecto; incluso los asuntos humanos disfrutaron de un momento de equilibrio. El río iba crecido; es habitual que el río esté así en los equinoccios.

Vaughan fue el primero en despertarse. Era tarde, habían seguido durmiendo mientras los pájaros empezaban a trinar, mientras la oscuridad se evaporaba, así que la luz los esperaba detrás de las cortinas.

A su lado, Helena continuaba dormida, con un brazo extendido por encima de la cabeza, sobre la almohada. Vaughan le dio un beso en la piel fina de la parte interior del brazo. Sin abrir los ojos, ella sonrió y se acercó más a él para que le diera calor. Aún estaba desnuda de la noche anterior. Esos días alternaban entre el placer y el sueño una y otra vez. Bajo la sábana, la mano de él encontró las costillas de su esposa, recorrió la suave curva que llevaba a su cintura, a sus caderas. Helena jugueteó con los dedos de los pies y buscó los pies de él.

—Quédate durmiendo una hora más si quieres —dijo él cuando terminaron—. Ya le doy yo el desayuno.

Ella asintió con una sonrisa en los labios y cerró los ojos. Ahora los dos eran capaces de dormir a pierna suelta, nueve o diez horas de un tirón algunas veces, para compensar los años de insomnio. Era gracias a la niña. Había arreglado sus noches. También había arreglado su matrimonio.

En la sala en la que desayunaban, la niña y él se sentaron en un silencio cómplice. Cuando Helena estaba delante, le hablaba a la niña sin cesar, pero Vaughan no intentaba darle conversación ni captar su atención de ninguna forma deliberada. En lugar de eso, le puso mantequilla en la tostada, extendió la mermelada y cortó el pan en bastoncillos que parecían soldados, mientras ella lo observaba absorta. Comió con concentración, perdida en sus pensamientos, hasta que una gota grande de mermelada resbaló por la tostada y cayó al mantel; entonces levantó la cabeza para comprobar si él lo había visto. Sus ojos (que Helena veía verdes y él veía azules y que eran profundos e inabarcables) se toparon con los de él, y Vaughan le sonrió, una sonrisa tímida, cariñosa, nada exigente. A cambio, ella movió los labios de manera fugaz y muy discreta, y aunque ya lo había hecho una docena de veces en ocasiones anteriores, a Vaughan le dio un vuelco el corazón al percatarse.

Notaba el mismo sobresalto jubiloso cuando la niña se volvía hacia él para que le diera seguridad. Aunque no tenía miedo del río, se ponía nerviosa ante muchísimas otras cosas: los cascos de los caballos sobre los adoquines, los portazos, los desconocidos que se tomaban demasiadas confianzas y le pellizcaban la nariz, los golpes en las alfombras para sacudirlas... Y era a él a quien buscaba con la mirada cuando se sobresaltaba. En las situaciones que le eran desconocidas, era a él a quien quería dar la mano, a él a quien levantaba los brazos para que la librara de algún supuesto peligro. Anthony se sentía conmovido al ver que lo elegía como su protector. Dos años antes no había sido capaz de proteger a Amelia; le parecía que le habían dado una segunda oportunidad. Con cada peligro que sorteaban, Vaughan notaba que iba recuperando la fe en sí mismo.

La niña seguía sin hablar; solía estar en las nubes, a veces indiferente a su entorno. Sin embargo, su presencia bastaba para alegrarlo. Cien veces al día viajaba su mente desde Amelia hasta esa niña y desde esa niña hasta Amelia. Había recorrido tantas veces el camino entre una y otra que ya le resultaba imposible pensar en la primera sin la segunda. Habían pasado a ser distintos aspectos del mismo pensamiento.

La sirvienta fue a limpiar los restos del desayuno.

—El fotógrafo vendrá a las diez y media —le recordó el dueño de la casa—. Supongo que antes tomaremos un café.

—Es el día que viene la enfermera. ¿Preparo café también para ella?

—Sí, café para todos.

La sirvienta miró ansiosa el pelo de la niña, que seguía enmarañado después de dormir.

—¿Quiere que intente peinar a la señorita Amelia para las fotografías? —se ofreció, mientras miraba los enredones con expresión dubitativa.

—Tranquila, ya lo hará la señora Vaughan cuando se levante.

La sirvienta se sintió aliviada.

Había algo que Vaughan tenía que hacer para prepararse antes de que llegase Daunt.

—Vamos, pequeña mía —dijo.

Levantó en brazos a la niña y la llevó al salón. Se sentó junto al escritorio y colocó a la chiquilla de lado sobre sus piernas, para que pudiese ver el jardín.

Cogió la fotografía de Amelia en la que salía con Helena y con él.

Con la llegada de la niña, su miedo al recuerdo, tan poderoso que había tratado de enterrar el rostro de su hija por completo, se había suavizado. Le había dado la sensación (irracional, lo sabía) de que la propia Amelia lo miraba y estaría en deuda con ella hasta que le devolviese la mirada. A través de la dolorosa división del cristal. Ahora que había llegado el momento, con la niña en el regazo, le pareció que la tarea no sería tan difícil como había temido.

Dio la vuelta a la foto para colocarla de frente y la miró por entre la maraña del pelo despeinado de la niña.

Era una pose familiar tradicional. Helena estaba sentada con Amelia en el regazo. Detrás de ellas, el propio Vaughan. Como sabía que el menor movimiento provocado por la emoción podría desencadenar una desastrosa pérdida de tiempo, dinero y esfuerzo, había mirado a la cámara con demasiada intensidad y el resultado podía resultar intimidante para quienes no lo conocían y cómico para quienes sí. Helena había sido incapaz de contener la sonrisa, pero la había ofrecido a la cámara de una forma tan constante que su belleza había quedado tensa en la imagen. Sobre sus rodillas, Amelia.

En la fotografía de siete por doce centímetros, la cara de su hija era muy pequeña, más incluso que la uña del pulgar de la niña que tenía en el regazo en ese momento. A los dos años, su rostro todavía conservaba algunos rasgos indefinidos propios de los bebés. Y lo que es más, había sido incapaz de quedarse totalmente quieta. Las facciones medio borrosas tenían algo que las hacía casi universales: podían asemejarse a la cara de la chiquilla que tenía encima y también a la hija que con tanto ahínco había intentado apartar de la vista y de la mente. Lo más probable era que también hubiese movido los pies, porque eran un borrón espectral, incorpóreo, como los de un fantasma. Alrededor de su cuerpecillo había una mancha, correspondiente a la enagua y la falda, que se disolvía hasta volverse transparente por los bordes. Las manos se perdían en la espuma de tela.

La niña se removió y Vaughan bajó la mirada. Una perla de agua había aparecido en la mano de la chiquilla. Se la llevó a la boca y la lamió, luego alzó los ojos hacia él, con una curiosidad espontánea.

Estaba llorando.

—Qué tonto es papá —dijo Vaughan y se inclinó para darle un beso en la cabeza, pero la niña se escabulló para liberarse.

Cruzó la estancia y fue a la puerta, donde se detuvo, se dio la vuelta y extendió la mano hacia él. Vaughan la siguió, le dio la mano y se dejó guiar hacia el exterior de la casa, hacia el jardín, y de allí, por la suave pendiente de grava hasta el río.

—¿De qué me sirve esto? —se preguntó en voz alta—. ¿Se supone que tiene que hacerme sentir mejor?

La niña miró arriba y abajo, siguiendo la corriente del río, y cuando se convenció de que no había nada que ver, miró alrededor para buscar un buen palo que clavar y con el que remover el agua de la orilla. Cuando se cansó, le pasó el palo a Vaughan para que siguiera él, mientras ella seleccionaba unas cuantas piedras grandes de la pendiente para ir a lavarlas luego al río.

Parecía que las lavase sin ningún propósito determinado, y de repente, a Vaughan le asaltó la sensación de haber estado allí antes y haber visto a Amelia lavando piedras. ¿Acaso no recordaba una ocasión, hacía un par de años, cuando los dos habían ido a la orilla del río, igual que ahora, y habían aclarado unas piedras sin motivo para luego tirarlas al barro blando del bajío? Levantó la cabeza para discernir si el recuerdo era genuino o si era algún curioso eco invertido, por el que el presente parece duplicarse en el pasado.

La niña había abandonado su labor con las piedras. A cuatro patas, se inclinó sobre la superficie del agua como si fuese un espejo. Quien le devolvió la mirada fue otra niña, alguien que él conocía.

—¡Amelia!

Alargó el brazo para atraparla, pero en cuanto tocó el agua con las manos la imagen se esfumó y se le mojaron los dedos.

La niña se incorporó y volvió sus ojos impasibles hacia él con actitud levemente preocupada.

—¿Quién eres? Sé que no eres ella, pero y si lo eres... Si lo eres... ¿Me estoy volviendo loco?

Entonces, la niña le indicó con un movimiento vigoroso que cavase un canal con el palo. Una vez hecho, lo rodeó con las piedras. Era exigente con sus expectativas y tardaba en darse por satisfecha. Luego, tal como lo entendió Vaughan, debían sentarse a observar. Contemplaron cómo el agua se colaba, cómo barría el canal y lo rápido que la labor del río deshacía la labor de un hombre y una niña.

Al final, tomaron el café en el jardín y se acercaron al embarcadero. Todos estuvieron de acuerdo en que una estampa junto al río
sería más interesante que una fotografía de interior, así que se pusieron manos a la obra, aprovechando que no llovía, por si luego
cambiaba el tiempo.

Una vez colocada la cámara en posición, Daunt fue a preparar
la primera placa.

—Mientras me ausento, les dejo las otras fotografías. De la
sesión anterior.

Helena abrió la tapa de la caja de madera, que tenía unas bisa-
gras. El interior estaba forrado de fieltro. Contenía dos placas de
cristal, cada una en su ranura.

—¡Ay! —exclamó Helena mientras sujetaba la primera de ellas
y la ponía a la luz—. ¡Qué extraño!

—Es desconcertante, ¿verdad? —comentó Rita—. Las luces y
las sombras están invertidas. —Observó la misma placa—. Me
temo que el señor Daunt tenía razón y ya se quedaron con las
mejores. Esta salió bastante borrosa.

—¿Qué te parece, cariño? —preguntó Helena, y le pasó la
placa a Vaughan.

Él escudriñó la lámina, vio una niña emborronada y apartó la
mirada.

—¿Se encuentra bien? —preguntó Rita.

Él asintió.

—Demasiado café.

Helena sacó entonces la segunda placa de la funda y la analizó.

—Están borrosas, es cierto, pero no tanto como para velar la
parte que nos interesa. Es Amelia. Salta a la vista. —No había ni
rastro de intensidad nerviosa en su voz, ni una nota aguda fru-

to de la histeria. Era un comentario medido, casi temeroso—. La duda del señor Armstrong nunca llegará a nada, pero el abogado dice que deberíamos prepararnos, por si acaso.

—¿El señor Armstrong sigue con sus visitas?

Helena asintió con la cabeza, imperturbable.

—Pues sí.

Rita se fijó en que Vaughan hacía una mueca involuntaria al oír el nombre del otro caballero.

Pero entonces llegó Daunt. Helena volvió a guardar las placas en la caja y cogió a la niña en brazos, balanceándola, con una ancha sonrisa.

—¿Dónde quiere que nos pongamos para las fotografías?

Daunt miró hacia el cielo para buscar el sol y luego señaló.

—Allí mismo.

La niña jugueteaba y se removía, giraba la cabeza o sacudía los pies, y a pesar de lo caras que eran, tuvieron que ir desechando una placa tras otra, porque no valía la pena revelarlas.

Justo cuando estaban a punto de tirar la toalla, Rita hizo una propuesta.

—Súbanla al barco. Seguro que la niña se calma si se mete en el agua, y el río está tranquilo.

Daunt miró el río para comprobar la fuerza de la corriente. El río estaba en calma. Se encogió de hombros y asintió con la cabeza. No perdían nada por intentarlo.

Transportaron la cámara hasta la orilla. Helena fue a buscar la barquita de remos de su época juvenil, la sacó al muelle y la amarró.

El río tiraba de la barca con energía constante, tensando la cuerda del amarre. La niña se subió con facilidad. La barca ni siquiera se meció, así que no le hizo falta recuperar el equilibrio. Se quedó de pie, inmóvil, sobre el agua que corría.

Daunt abrió la boca para pedirle que se sentara, pero entonces se produjo uno de esos momentos que hacen feliz a un fotógrafo y se lo pensó dos veces. El viento empujó la pesada nube que cubría el sol y dejó en su lugar un tenue velo blanco que suavizaba la luz y quitaba fuerza a las sombras. Como respuesta, el agua se iluminó con un toque perlado justo en el instante en que la niña se volvía para mirar corriente arriba, en la dirección que precisaba la cámara. La perfección.

Daunt sacó la tapa de la lente y todos se quedaron callados, deseando que el sol, el viento y el río aguantasen sin moverse. Uno. Dos. Tres. Cuatro. Cinco. Seis. Siete. Ocho. Nueve. Diez. Once. Doce. Trece. Catorce. Quince.

¡Éxito!

—¿Ha visto alguna vez el proceso de revelado? —preguntó Daunt a Vaughan mientras protegía la placa de la luz y la extraía de la cámara—. ¿No? Venga a verlo. Le enseñaré el cuarto oscuro y cómo lo he equipado.

—¿Esa nube se acerca de nuevo? —preguntó Helena estirando el cuello para mirar hacia el cielo, mientras los hombres desaparecían en el cuarto oscuro—. ¿Qué le parece?

—Creo que todavía tenemos un poco de margen.

Devolvieron la barca de remos al cobertizo y sacaron la otra, más grande, que era más adecuada para dos remeros y una niña.

Al montarse, Rita sacudió la barca sin querer y tuvo que recuperar el equilibrio antes de acomodarse. Helena subió con destreza, sin alterar apenas el equilibrio del barco en el agua, y antes de que pudiera darse la vuelta para levantar a la niña, ya la tenía ahí, a su lado; había pasado de la tierra al agua como si fuese lo más natural del mundo.

Se sentaron, la niña en el asiento del pasajero, luego Helena, con Rita detrás. Desde el mismo instante en que el barco se dejó llevar por la corriente, Rita percibió la fuerza con que remaba la otra mujer.

—¡Amelia! ¡Siéntate! —chilló Helena entre risas—. Se empeña en ir de pie. Si sigue así, tendremos que comprarle una batea o una góndola.

La niña tensó la espalda a la par que levantaba la cabeza para mirar hacia delante con concentración, pero el río estaba vacío (su barco era el único que había salido con el mal tiempo) y, cuando se dejó caer en el banco, Rita notó la intensidad de su decepción.

—¿Qué es lo que busca? —se preguntó en voz alta.

Helena se encogió de hombros.

—Siempre le llama la atención el río. Si pudiera, se pasaría el día aquí. Yo era igual a su edad. Lo lleva en la sangre.

No era una respuesta a su pregunta, pero tampoco era una evasiva premeditada. A pesar de que Helena miraba de forma constante e intensa a la niña, Rita tenía la impresión de que, en cierto modo, no alcanzaba a verla de veras. Veía a Amelia, su Amelia, porque eso era lo que necesitaba ver. Pero esta niña escondía algo más. Rita, por ejemplo, no podía ver a la niña sin sentir la urgencia de cogerla en brazos y consolarla. Era un instinto que la dejaba perpleja, así que intentaba enterrarlo con preguntas.

—¿Siguen sin saber dónde estuvo?

—Ha vuelto. Eso es lo único que importa.

Rita lo intentó por otra vía.

—¿Hay noticias de los secuestradores?

—Ninguna.

—Y las rejas de las ventanas… ¿Se sienten más seguros ahora?

—Aún tengo la impresión de que alguien nos vigila.

—¿Recuerda aquel hombre del que le hablé? ¿El que me preguntó si la niña hablaba y qué había dicho el médico?

—¿Lo ha vuelto a ver?

—No. Pero su interés en los seis meses que podría tardar en recuperar el habla me hace pensar que puede que sea entonces cuando debamos buscarlo.

—El solsticio de verano.

—Eso es. Hábleme de la niñera que tenía Amelia cuando era pequeña… ¿Qué fue de ella?

—Para Ruby ha sido una suerte que Amelia haya aparecido. Después de lo ocurrido le costó mucho encontrar trabajo. A la gente le encanta chismorrear y, a veces, con malicia.

—Al principio la gente pensó que Ruby había tenido algo que ver, ¿verdad? Por lo de que se había ausentado de la casa…

—Sí, pero…

Helena dejó de remar. Rita se estaba quedando sin resuello de tanto esfuerzo, así que dejaron que el río las arrastrara; Helena hacía justo lo indispensable para que no perdieran el rumbo.

—Ruby era un encanto de chica. Llegó a nuestra casa cuando tenía dieciséis años. Tenía muchos hermanos pequeños, así que estaba acostumbrada a cuidar niños. Y quería horrores a Amelia. Bastaba con verlas juntas.

—Entonces, ¿por qué no estaba en casa la noche del suceso?

—No supo explicarlo. Por eso la gente pensó que había tenido algo que ver, pero más tontos son. Yo sé que no habría sido capaz de hacer daño a Amelia.

—¿Tenía algún admirador?

—Aún no. Tenía los mismos sueños que tienen la mayor parte de las jovencitas de su edad. Conocer a un joven simpático, cortejar, casarse, formar una familia. Pero todavía lo veía como un plan futuro. Lo deseaba, ahorraba para ese futuro, como toda chica sensata, pero todavía no había ocurrido.

—¿Y podría haber tenido algún admirador secreto? ¿Algún granuja zalamero que prefería que ustedes no conocieran?

—No era su estilo.

—Cuénteme cómo ocurrió.

Rita escuchó a Helena, que le relató lo sucedido la noche del secuestro. Se puso cada vez más tensa al recordar los hechos; de vez en cuando paraba (Rita supuso que para mirar a la niña) y, cuando volvía a recuperar la voz, lo hacía con tono más calmado, reafirmada por la presencia de la niña que había regresado de la nada de un modo tan inesperado.

Cuando llegó a la parte en la que Ruby regresó a la casa, Rita la interrumpió.

—¿Así que volvió desde el jardín? ¿Y qué explicación dio para su ausencia?

—Dijo que había salido a dar un paseo. Los policías la llevaron al estudio de Anthony y la interrogaron durante horas. ¿Por qué había salido a pasear con aquel frío? ¿Y por qué de noche? ¿Por qué cuando rondaban por allí los gitanos del río? La acribillaron a preguntas e intentaron sonsacarle información. La muchacha sollozaba mientras le gritaban, pero, a pesar de todo, no les dio una respuesta. Había salido a pasear. Era todo lo que repetía. Salió sin más, sin un motivo concreto.

—¿Y ustedes la creyeron?

—¿Acaso no hacemos todos cosas inesperadas de vez en cuando? ¿Acaso no rompemos las costumbres y entretenemos el pensamiento con alguna novedad? A los dieciséis años somos muy jóvenes para saber qué implican nuestros actos… Si, de pronto, una chica quiere dar un paseo aunque sea de noche, ¿por qué no iba a hacerlo? A su edad, yo estaba a todas horas junto al río, de día y de noche, en invierno y en verano, daba igual. No tenía nada de malo. Habría sido distinto si Ruby hubiera sido una chica maliciosa o alocada, pero no hay malicia en ella. Si yo soy la madre de Amelia y lo digo, ¿por qué no se lo creen los demás?

«Porque se necesita una explicación», pensó Rita.

—Una vez que a la policía se le metió en la cabeza que habían sido los gitanos del río, se olvidaron por completo de Ruby y su salida nocturna. Ojalá todos los demás lo hubieran hecho también. Pobre muchacha.

Las salpicaduras de unas gotas de lluvia rompieron la superficie del río y ambas mujeres alzaron la vista. Las nubes de tormenta se estaban reagrupando.

—Deberíamos volver, ¿no?

Al principio dudaron, pero otra racha de lluvia fuerte moteó el agua a su alrededor, así que dieron la vuelta al barco.

Costaba mucho avanzar contracorriente. Al cabo de poco, la lluvia dejó de caer en ráfagas experimentales y pasó a tener un propósito constante. Rita no tardó en notar que se le empapaban los hombros. La lluvia le goteaba por el pelo y le caía sobre los ojos. Le dolían las manos mojadas y tuvo que concentrarse mucho para seguir el ritmo que sabía que era inferior al que Helena podría lograr con una compañera más fuerte.

Al final, un grito de Helena le indicó que habían llegado. Se acercaron al embarcadero y Rita por fin tuvo una mano libre para limpiarse las gotas de lluvia de los ojos. Cuando volvió a ver bien, captó algo entre los arbustos, en la orilla opuesta.

—Alguien nos vigila —le dijo Rita a Helena—. No mire ahora, pero hay alguien escondido en ese arbusto. Escuche, esto es lo que vamos a hacer…

Al llegar al cobertizo, Helena levantó a la niña para sacarla del barco y dejarla en la orilla y, en medio de la lluvia, las dos corrieron casi a refugiarse en el *Colodión*. Rita se quedó rezagada en la barca con la cuerda, sacó sus remos y volvió a alejarse por el río, tomando una dirección que cruzaba en línea recta la corriente. Estaba cansada y no era rápida, pero si alguien intentaba huir, antes tendría que salir de su escondite y quedaría al descubierto.

No había ningún punto de amarre en la otra ribera, solo los juncos que detuvieron el barco. Rita se las apañó para salir y subió a la orilla. No se preocupó por si se le llenaba de barro el bajo de la falda, ni al notar que estaba empapada hasta las rodillas y que tenía los hombros calados por la lluvia, sino que fue directa a los arbustos. Conforme se acercaba, vio que las ramas se sacudían: quien fuera que estaba allí, intentaba esconderse mejor adentrándose en la zona más tupida. Rita miró entre el amasijo de ramas y espinos hacia donde una silueta empapada y de cuclillas le daba la espalda.

—Salga de ahí —dijo.

La figura no se movió, pero la espalda agachada empezó a temblar, como si la persona sollozara.

—Lily, salga. Soy yo, Rita.

Lily empezó a retroceder sin darse la vuelta, las ramas y los espinos se le enganchaban en la ropa y el pelo. Cuando salió un poco de entre la maleza, a gatas, y dejándose parte del pelo enredado entre las zarzas, Rita logró ayudarla y alargó el brazo para quitar una tras otra las espinas que habían quedado enganchadas a la tela del vestido de Lily.

—Ay, madre mía… —murmuró Rita mientras le alisaba el pelo a Lily.

Tenía las manos llenas de arañazos. Una zarza le había rasgado la cara; perlas de sangre brotaban de la línea roja igual que frambuesas, hasta que caían como lágrimas encarnadas por sus mejillas.

Rita sacó un pañuelo limpio y presionó con suavidad contra la mejilla de Lily. Esta movía los ojos nerviosa y alternaba la mirada entre Rita, el río y la orilla opuesta, en la que Daunt, Vaughan y Helena se veían en la cubierta del *Colodión*, ajenos a la lluvia, observando. Junto a ellos, la niña se había inclinado hacia delante sobre el agua, con su mirada profunda e insondable, mientras su padre le sujetaba la parte de atrás del vestido.

—Venga con nosotros —la tranquilizó Rita—. Le lavaré bien esa herida.

Lily dio un respingo, asustada.

—¡No puedo!

—No se enfadarán —le dijo Rita con la voz más amable que pudo—. Pensaban que era alguien que quería hacer daño a la niña.

—¡No le haré daño! ¡Nunca quise hacerle daño! ¡Nunca!

De repente, se recompuso, se dio la vuelta y salió huyendo.

Rita la llamó a gritos:

—¡Lily!

Pero Lily no se detuvo. Llegó al camino y, antes de alejarse mucho, cuando Rita todavía podía oírla, gritó a su vez por encima del hombro hacia esta, que seguía en la orilla:

—¡Dígales que no quería hacerle nada malo!

Y entonces desapareció.

Cuando Rita acabó de limpiarse el vestido y les hubo dado a las botas la oportunidad de secarse, ya empezaba a oscurecer. Henry Daunt se ofreció a llevarla a casa en el *Colodión* para evitar que se mojara otra vez. Bajaron juntos por el jardín hasta el muelle. Daunt le ofrecía la mano para ayudarla cuando el camino parecía irregular, pero ella no la aceptó en ningún momento, así que acabó conformándose con apartar las ramas bajas del camino. Una vez que ambos estuvieron a bordo, él condujo la barca hasta la casita de Rita a la luz de la luna. Había estado lloviendo de forma intermitente toda la tarde, y justo cuando llegaron a la altura de la casa de Rita, la lluvia empezó a golpear con fuerza el techo de la embarcación.

—Dentro de poco amainará —dijo él por encima del ruido—. No vale la pena salir ahora. Se calará hasta los huesos antes de llegar a la puerta.

Daunt encendió una pipa. La cabina quedaba algo estrecha cuando había dos personas dentro, debido a todo el equipo fotográfico, y la proximidad de Rita, unida a la hora tardía, hizo que el fotógrafo fuese consciente de las muñecas y las manos de ella, del hueco de su garganta, que desprendía un pálido brillo a la luz de la vela. Rita intentó tirar de las mangas como si se sintiera incómoda con las manos desnudas y, temeroso de que se decidiera a salir a la intemperie de todos modos, Daunt buscó una pregunta que hacerle.

—¿Lily todavía cree que la niña es su hermana?

—Me temo que sí. El párroco lo ha hablado con ella, pero no da su brazo a torcer.

—Es imposible que sea su hermana.

—Desde luego, es muy poco probable. Ojalá hubiera sido capaz de convencerla para que cruzara el río. Me habría gustado hablar con ella.

—¿Sobre la niña?

—Y sobre ella misma.

La lluvia amainó un poco. Antes de que Rita pudiera percatarse, Daunt le formuló otra pregunta.

—¿Y qué hay del hombre que la asaltó aquel día? ¿Ha vuelto a saber de él?

—No.

Rita se metió bien la bufanda entre las solapas de la chaqueta, para taparse la garganta. Se preparaba para salir, pero la percusión del techo ganó intensidad. Parecía un redoble de tambores. Suspiró de un modo que podía entenderse también como una sonrisa azorada y dejó caer los brazos a los lados de nuevo.

—¿Le importa si fumo? Si prefiere, la apago.

—No, está bien.

De todas formas, apagó la pipa.

En el siguiente lapso de silencio, Daunt tomó conciencia de que el banco que tenían detrás, en el que ninguno había hecho ademán de sentarse, era también su cama. De repente, le dio la impresión de que ocupaba muchísimo espacio. Encendió una vela y carraspeó.

—Ha sido un milagro que tuviésemos aquella luz para la fotografía —dijo, con intención de romper el silencio.

—¿Un milagro? —preguntó ella con mirada divertida.

—Bueno, no exactamente un milagro. No en el sentido estricto de la palabra.

—La fotografía ha quedado muy bien —reconoció Rita.

Abrió el cierre de la caja en la que guardaba la placa y la acercó a la luz, sin que llegara a tocar la llama. La titilante luz de la vela la hizo cobrar vida. Rita avanzó medio paso y quedó lo más próxima a él que era posible sin llegar a rozarlo, y entonces se inclinó para observar el cristal.

—¿Dónde está la de hace dos años? —preguntó la enfermera.

Daunt la sacó de su funda y se la mostró. Se fijó en las gotas de agua de su melena cuando Rita se inclinó para verla bien.

La escasa luz no permitía comparar las imágenes con detalle, pero la idea de realizar esa comparación hizo que Daunt se planteara una pregunta, y estaba seguro de que ella se preguntaba lo mismo.

—Hace un par de años fotografié a una niña de dos años, y hoy he fotografiado a una niña de cuatro, y no sé si es la misma niña u otra distinta. ¿Es ella, Rita? ¿Es Amelia?

—Helena cree que sí.

—¿Y Vaughan?

—No está tan seguro. Al principio pensé que estaba convencido de que era otra niña. Ahora empieza a dudar.

—¿Y qué opina usted?

—La niña de hace dos años y la niña de ahora se parecen lo suficiente para que sea posible, pero no se parecen tanto como para que sea seguro.

Rita apoyó las manos en el borde de la mesa de revelado y se inclinó sobre ella.

—Mírelo desde otro ángulo. La fotografía de hoy.

—¿Sí?

—¿Qué impresión le ha dado? No me refiero a la claridad y la composición, la forma en la que suele juzgar su propio trabajo, sino a la niña en sí. ¿Cómo estaba?

El fotógrafo observó la imagen, pero a la luz de la vela costaba interpretar la expresión del rostro de la chiquilla.

—¿Expectante? No, no es eso. Tampoco expresa esperanza.

Se volvió hacia Rita en busca de una solución.

—Está triste, Daunt.

—¿Triste…?

Volvió a mirar la fotografía mientras ella seguía hablando.

—Pasea la mirada por el río, arriba y abajo, en busca de algo. Algo que anhela. Algo que lleva esperando a diario desde que llegó, y día tras día ve que no llega, y aun así espera y otea y anhela sin descanso, pero la esperanza mengua con cada día que pasa. Ahora espera sin esperanza.

Daunt se fijó. Tenía razón.

—¿Qué es lo que espera?

De pronto, supo la respuesta a su propia pregunta.

—A su padre —dijo a la vez que Rita abría la boca y decía:

—A su madre.

—¿Al final resultará que sí es la hija de Robin Armstrong?

Rita frunció el entrecejo.

—Según Helena, se muestra indiferente ante él. Pero si hace mucho tiempo que no lo ve (y el propio Armstrong lo reconoció en el Swan), es normal que no se acuerde.

—Entonces, podría ser suya.

Rita hizo una pausa, ceñuda.

—Robin Armstrong no es lo que parece, Daunt. No es trigo limpio. —El fotógrafo se fijó en que Rita estaba calibrando hasta dónde debía desvelarle. Al final se decidió—. Su desmayo en el Swan fue fingido. Tenía el pulso demasiado constante. Toda la escena fue una pantomima.

—¿Por qué?

Su rostro tenía ese aspecto decepcionado y ávido de información que siempre adoptaba cuando se le escapaba el conocimiento de algo.

—No lo sé. Pero ese joven no es lo que parece.

La lluvia había amainado. Rita recogió un guante, se lo puso y, cuando alargó el brazo para coger el otro, descubrió que lo tenía Daunt en la mano.

—¿Cuándo podré hacerle otra foto?

—¿Es que no tiene nada mejor que hacer que fotografiar a una enfermera de pueblo? Supongo que ya tiene fotos mías de sobra.

—No tengo tantas como me gustaría, ni mucho menos.

—¿Mi guante?

No iba a dejar que la arrastrara al camino de la coquetería, ni siquiera con la excusa de un guante. Flirtear no llevaba a ninguna parte. Rita se negaba a jugar con dobles sentidos y a ceder ante la pícara galantería. La vía directa era la única forma de comportarse que reconocía.

Daunt renunció al guante y Rita se dio la vuelta, lista para irse.

—Cuando la veo con la niña…

Rita se detuvo y el fotógrafo notó que se le tensaba la espalda.

—Lo que me pregunto es: ¿alguna vez ha deseado…?

—¿Un hijo? —Algo en su voz abrió la puerta a la esperanza.

Se volvió y lo miró a la cara sin tapujos.

—Tengo treinta y cinco. Ya soy vieja para esas cosas.

Era un rechazo rotundo.

En el silencio que siguió a ese desaire, se hizo evidente que la lluvia debía de haber parado en algún momento, porque oyeron que empezaba a caer de nuevo, con un repiqueteo suave.

Rita resopló y se abrigó aún más con la bufanda. Él la rodeó arrastrando los pies de forma aparatosa y se dispuso a abrirle la puerta; era un baile en el que los dos se apartaban el uno del otro exageradamente.

—¿Quiere que la acompañe hasta la puerta?

—Está a solo unos pasos. Quédese a resguardo.

Y se marchó.

Treinta y cinco, pensó Daunt. Aún era joven. ¿Había notado algún matiz de duda en su voz? Repasó mentalmente el diálogo, intentando captar todas las inflexiones de la voz, pero su memoria auditiva no iba acorde con la visual y no quiso arriesgarse a crearse falsas esperanzas o imaginarse cosas que no eran.

Cerró la puerta en cuanto ella salió y se apoyó en la madera. Era natural que las mujeres quisieran hijos, ¿o no? Sus hermanas tenían hijos y Marion, su mujer, se había quedado muy decepcionada al no poder ser madre.

Recogió las fundas de las placas de cristal y, antes de introducirlas en ellas, volvió a mirar por última vez la instantánea del día.

La niña miraba a algún punto externo al cristal, río arriba, anhelante. ¿Buscaría a su padre? Sí, era posible. Él también miró hacia atrás con anhelo durante un buen rato. Luego cerró la caja después de meter la placa y se apretó los ojos cerrados con los nudillos para borrar esa aflicción.

El genio de la botella

El nivel del río se aproximaba a lo alto del primer poste, tal como esperaba Lily después de tanta lluvia. Cada año ocurría lo mismo, podía durar un día, o unos cuantos días o incluso una semana. La hacía recelar. Aun así, no notó la velocidad rabiosa que podía tener el agua a veces, ni el amenazante deambular hacia los lados. El agua no siseó ni rugió ni le lanzó salpicaduras amenazantes a la falda. Fluía de manera continua, totalmente absorta en algún asunto propio, tranquila, y no tenía el menor interés en Lily y sus trajines.

«¿Qué diría el párroco?» Lily vació la comida en el comedero y, cuando dejó el cubo en el suelo, pensó que podría hundirse en la mugre igual que ese balde. No hacía tanto tiempo que había temido que la despidiera porque había faltado al trabajo cuando volvió Ann. Luego había llegado el fatídico día en el que el párroco había insistido en saber cuántos años tenía Lily y cuándo había visto a su madre por última vez. Tras esa conversación, había limpiado a conciencia los rincones que quedaban detrás de los muebles grandes, había sacudido el polvo de las cortinas del dormitorio de invitados que no se utilizaba nunca, había frotado de arriba abajo las paredes de la letrina, había limpiado la parte inferior de la mesa de la cocina, en cuyas esquinas les gustaba anidar a las arañas, pero nada había servido para calmarle los nervios, y durante varios jueves seguidos, había sentido un gran alivio al ver que no le daba la carta de despido junto con su salario. Ahora era peor. ¿Le habría llegado al párroco la noticia de que se había escondido entre los arbustos enfrente del cobertizo para los barcos de los Vaughan?

—¿Qué puedo hacer? —se preguntó en voz alta con un suspiro mientras soltaba el cubo y el cerdo empezaba a husmear para buscar los mejores restos—. No lo sé.

La cerda levantó las orejas. A pesar de la preocupación, Lily medio sonrió.

—Qué criatura tan graciosa… ¡Parece que me escuches!

La cerda se estremeció. El escalofrío empezó con un temblor en el hocico y luego todas las cerdas cobrizas de su cuerpo temblaron como si respondieran a una brisa que soplase por toda su espina dorsal y llegase con un cosquilleo a la punta de su cola rizada. Cuando la ola terminó su recorrido, la cerda se quedó atenta, preparada para algo.

Lily la observó con detenimiento. Se fijó en que la apatía que había cubierto los ojos de la cerda desde hacía tanto tiempo se había esfumado. Los ojillos con sus grandes pupilas estaban ahora llenos de luz.

Entonces algo le ocurrió también a Lily. Notó que su mirada cambiaba y dejaba de mirar hacia los ojos de la cerda para mirar dentro de ellos. Y allí vio…

—¡Madre mía! —chilló y se le aceleró el corazón, porque era desconcertante la sensación de mirar hacia algo y descubrir que dentro ¡había otro ser vivo que devolvía la mirada! Lily se sintió igual de maravillada que si le hubiese hablado el genio de la botella, o si la pantalla de la lámpara le hubiese hecho una reverencia—. ¡No me lo puedo creer! —exclamó, y respiró varias veces intentando recuperar el aliento.

La cerda movía las patas con inquietud y respiraba de una forma que también indicaba agitación.

—¿Qué te pasa? ¿Qué quieres?

Entonces la cerda se detuvo pero no desvió la mirada de Lily, sino que la miró con aire de deleite divino.

—¿Quieres que hable contigo? ¿Es eso?

Le rascó la oreja a la cerda y esta gruñó en voz baja, de tal manera que Lily lo interpretó como un ronroneo de satisfacción.

—Estabas triste y sola, ¿verdad? ¿Por eso tenías los ojos tan tristes? Supongo que este no te hace mucha compañía. Bruto asqueroso. Los hombres no son buenos. El señor White no lo era, y desde luego, tampoco Victor, que te trajo aquí, ni su padre antes que él. Ninguno. Bueno, el párroco es la excepción…

Le habló a la cerda del párroco, de lo bueno y amable que era, y mientras lo hacía, sus propios problemas regresaron a sus pensamientos.

—No sé qué hacer —admitió en voz baja—. Uno u otro se lo habrá contado, seguro. Dudo que haya sido el fotógrafo, nunca he visto a ese tipo en la iglesia, pero los Vaughan o la enfermera sí van. No hacía nada malo, pero podía parecer que sí… Y si todavía no han dicho nada, tarde o temprano se sabrá. ¿Qué voy a hacer ahora? Si tengo que dejar la casa parroquial…

Una lágrima se deslizó por su mejilla y dejó de rascar a la cerda para secársela. El animal parpadeó, comprensivo.

—¿Se lo cuento yo? Bueno, tal vez… Supongo que sería mejor si se enterase por mí primero. Podría explicárselo. Le aclararé que no quería hacerle daño. Sí, eso haré.

¿Conversar con un cerdo era una bobada? Por supuesto que sí..., pero no la había oído nadie, y además, la cerda había tenido la buena idea de que se lo contara al párroco ella misma. Lily se frotó la cara para secársela en la manga.

Se quedó un rato más acariciando a la cerda y luego añadió:

—Vamos, come algo. De lo contrario, ese cerdo no te dejará nada.

Esperó hasta ver que la cochina metía el hocico en el comedero y entonces apartó el cubo, sacó el dinero de Victor del tronco para ocultarlo en el escondite de la cabaña y se preparó para ir a trabajar.

Se dio la vuelta y empezó a avanzar río arriba. Con una confianza renovada gracias a la idea que se le había ocurrido, alentada por la cerda, apartó los ojos del agua y se percató de la luminosidad del día. No se entretuvo cuando pasó por delante del jardín de los Vaughan, se limitó a mirar un instante al otro lado del río y vio que no había nadie. Al ver los matorrales de saúco y las zarzas entre los que se había escondido sintió que le flaqueaban las fuerzas, pero las aunó de nuevo al rememorar a Ann. En la otra orilla, a salvo dentro de la casa de los Vaughan, su hermana disfrutaba de una vida que Lily no había conocido nunca. Era una vida llena de comodidades y riqueza, cosas con las que Lily solo podía fantasear. Vio un fuego que ardía en una chimenea inmensa, una cesta bien provista de leños, una mesa con varios platos de comida caliente, suficiente para todos e incluso para que sobrara. En otra habitación había una cama, una de verdad, con un colchón blando y dos mantas cálidas. Llevaba meses embelleciendo su imagen de la vida de Ann en Buscot Lodge, pero ahora que la frescura de la primavera empezaba a asomar, se le ocurrió otra idea. ¿Habían pensado los Vaughan en comprarle un cachorro a Ann?

Un beagle sería paciente y cariñoso con ella. Pero los spaniel tenían las orejas sedosas y muy bonitas. A Ann le encantaría acariciarle las orejas a un spaniel, eso sin duda. ¿O un terrier? Un cachorrito de terrier sería muy divertido. Puso los distintos cachorros uno al lado del otro mentalmente y, al final, fue la cola lo que la convenció: desde luego, el que más menearía la cola sería un terrier. Sí, tenía que ser un terrier. Añadió el cachorro a las mantas de Ann, la cesta de la leña y las botas forradas de borreguillo y se regocijó en cada nuevo detalle. Un alegre compañero de juegos, que ladraría encantado mientras perseguía la pelota roja que le había lanzado Ann y luego se la devolvería, para más tarde quedarse dormido en su regazo. Y la propia Lily estaba presente en esas fantasías, una figura invisible que ahuyentaba a las avispas de las flores cuando Ann se agachaba a olerlas, que apartaba las zarzas espinosas de los arbustos en los que caía la pelota roja, que apagaba las chispas encendidas que saltaban del fuego y caían en la alfombra de la chimenea. Evitaba todos los peligros, neutralizaba todos los riesgos, la protegía de cualquier mal. Nada podría hacer daño a Ann mientras viviera en casa de los Vaughan y mientras Lily la vigilara desde lejos: la vida de la niña era un cúmulo de comodidades, seguridad y alegría.

—¡Pase! ¡Ah, señora White!

Su nombre era como una bendición en boca del párroco y eso le dio coraje. Dejó la bandeja del té encima del escritorio.

—¿Quiere que le sirva una taza?

—No —murmuró él distraído, sin levantar la cabeza del papel—. Ya lo haré yo.

—Párroco…

El reverendo tocó el papel con la pluma y añadió unas cuantas palabras al margen, y Lily se maravilló una vez más de lo deprisa que escribía.

—Sí, ¿qué ocurre?

Alzó la mirada. Lily notó un nudo en la garganta.

—Ayer, cuando volvía andando a casa junto al río… Se me ocurrió pararme. Fue justo enfrente del jardín de Buscot Lodge, en la parte en la que se acerca a la orilla. La señora Vaughan estaba en el río con Ann.

El párroco arrugó la frente.

—Señora White…

—No era mi intención hacerle daño —continuó a toda prisa—, pero se dieron cuenta de que miraba… La enfermera vino remando hasta donde estaba yo, después de que Ann y la señora Vaughan bajaran del barco…

—¿Se ha hecho daño, señora White?

—¡No es nada! Bueno, solo un arañazo. Fueron las zarzas de la ribera, nada más…

Jugueteó con el pelo, como si de esa forma pudiese tapar la evidencia.

—No tenía intención de ir —insistió—. Pasé por allí por casualidad porque me pilla de camino a casa. No fui a propósito ni nada… Y no me pareció mal mirar. No la toqué en ningún momento, ni me acerqué. Es más, estaba en la otra orilla del río. Ella ni siquiera me vio.

—Si alguien parece haberse hecho daño es usted, señora White. Les diré a los Vaughan que no lo hizo con mala intención cuando se quedó mirando a Amelia ayer. Se llama Amelia, señora White. Ya lo sabe, ¿verdad? Acaba de decir Ann otra vez.

Lily no respondió.

El párroco continuó hablando con un gran afecto en la voz y en la expresión.

—Estoy seguro de que nadie teme que quisiera hacerle daño. Pero piense en los Vaughan. Piense en lo que han tenido que soportar. Ya han perdido una vez a su hija. Sería descorazonador saber que alguien vigila tan de cerca a la niña, alguien que no es de la familia. Aunque resulte que, tal vez, se parezca a esa hermana suya que se llamaba Ann.

De nuevo, Lily mantuvo silencio.

—Bueno, señora White. Creo que ya hemos terminado con este tema por hoy, ¿no le parece?

La conversación había concluido de momento. Lily se dirigió a la puerta sin hacer ruido. Al llegar al umbral, se dio la vuelta con timidez.

El párroco había vuelto a sus papeles; tenía la taza de té ya casi en los labios.

—¿Párroco? —preguntó en poco más que un suspiro, como un niño que piensa que si habla en voz baja podrá evitar interrumpir a un adulto enfrascado en una tarea importante.

—¿Sí?

—¿Tiene perro?

El hombre se quedó perplejo.

—La niña de casa de los Vaughan… La que llaman Amelia. ¿Tiene algún perrillo con el que jugar?

—No lo sé. No tengo ni idea.

—Lo digo porque creo que le gustaría. Un pequeño terrier. Cuando vea al señor Vaughan, cuando le diga que ya no volveré a observarla desde el río, ¿podría preguntárselo?

El párroco no supo qué decir.

TERCERA PARTE

El día más largo

En verano, el Swan de Radcot era el lugar más fabuloso que se pudiera imaginar. La pendiente que bajaba desde la taberna hasta la orilla estaba cubierta de hierba, y el propio río se entregaba encantado al placer y deleite del ser humano. Se podían alquilar esquifes y barcas de remo, así como bateas para pescar o para navegar plácidamente por el río. Margot sacaba las mesas fuera, al sol matutino, y si algún día hacía demasiado calor al mediodía, podían extenderse mantas de pícnic bajo la generosa sombra de los árboles. Llamó a sus hijas de tres en tres para que la ayudasen, y el Swan se plagó de Pequeñas Margot que trajinaban en la cocina, servían tragos y entraban y salían con bandejas de comida, limonada y sidra. Tenían sonrisas para todos y nunca se fatigaban. Sí, podía decirse sin faltar a la verdad que había pocos lugares más idílicos que el Swan en verano.

Este año era diferente. La culpa era del tiempo. La lluvia primaveral había sido frecuente pero moderada en cantidad, para alegría de los campesinos que anhelaban una buena cosecha. Conforme las semanas dieron paso al verano, creció la esperanza de ver el sol, pero la lluvia persistió, y no solo eso, sino que aumentó la frecuencia y la duración. Quienes salían en barca por placer soltaban amarras con optimismo cuando lloviznaba, contando con que el día despejara al cabo de un rato; pero cuando la lluvia empezaba a caer en serio, como siempre acababa ocurriendo, recogían sus bártulos y se marchaban a casa. Margot miraba el cielo cuatro o cinco veces antes de sacar las mesas al jardín, pero raro era el día en que no tenía que salir para entrarlas otra vez al cabo de un rato, y la sala de verano se quedó vacía. «Menos mal que tuvimos un invierno fantástico —se consolaba, recordando las hordas de gente que abarrotaban la taberna para escuchar la historia de la niña ahogada que había vuelto a la vida—. De no ser por eso, ahora estaríamos en apuros.» Mandó a dos de las Pequeñas Margot de vuelta con sus maridos e hijos, pues entre la otra hija y ella se las arreglaban para hacer todo el trabajo con ayuda de Jonathan.

Joe estaba muy delicado, su pecho no había mejorado, porque las neblinas veraniegas se empeñaban en detenerse, húmedas y cálidas, sobre la ribera del río. En esa época del año, lo habitual era que se le secaran por fin los pulmones, pero el cambio de estación no le ayudó mucho esta vez, y siguió sumido en sus bajones mágicos con la misma frecuencia que en invierno. Se sentaba en silencio, pálido, junto a la chimenea, mientras los clientes habituales bebían y charlaban a su alrededor.

«No os preocupéis por mí —respondía cada vez que alguien le preguntaba—. Estoy bien. Estoy inventando una historia.»

«Confío en que mejore cuando llegue el solsticio», comentaba Margot.

Por tradición, el solsticio de verano era el día de la feria estival, y ese año coincidiría también con el día de la boda de Owen Albright y su ama de llaves, Bertha. Con el almuerzo para celebrar el enlace al mediodía y la visita de quienes pasaran por la feria, que sin duda querrían aplacar la sed por la tarde, Margot contaba con tener un día atareado. Durante un tiempo, el optimismo de Margot pareció una mera ilusión, pero entonces, la tercera semana de junio, la situación remontó de verdad. Al principio, la gente se preguntó si las lluvias empezaban a espaciarse y, al cabo de unos días, se confirmó que así era. Unos retazos de azul aparecían en el cielo gris y se quedaban ahí, y hubo dos tardes seguidas en las que no llovió. La expectación se extendió entre los aldeanos conforme se acercaba el día más largo del año.

Amaneció el día del solsticio… Y brilló el sol.

«De hecho —pensó Henry Daunt mientras preparaba la cámara a las puertas de la iglesia para hacer la foto de los novios al salir—, hay demasiada luz. Tendré que ponerla allí, protegida del resplandor.»

Los celebrantes salieron de la iglesia. El párroco mostró su cara veraniega: por la mañana había abierto la ventana y se había asomado desnudo de cintura para arriba, para notar el sol en el pecho blanco y en la cara pálida, mientras exclamaba «¡Gloria, gloria, gloria!». Eso solo lo sabía él, pero todo el mundo advirtió su sonrisa alegre y notó el vigoroso apretón de manos que fue repartiendo mientras bajaban las escaleras de la iglesia.

Daunt puso a Owen y a su nueva esposa en el lugar más apropiado. Pasó la mano de la señora Albright por el brazo del señor Albright. Owen, que tenía que esforzarse para llamar a su esposa Bertha y no señora O'Connor, sabía qué se sentía cuando te hacían un retrato; ya le habían hecho uno varios años antes. Por su parte, Bertha había visto muchísimas fotografías, de modo que también sabía qué debía hacer. Ambos se mantuvieron erguidos y tensos, mientras miraban a la cámara con cara seria y orgullosa. Ni siquiera las bromas de los compañeros de Owen en el Swan consiguieron desdibujar esas expresiones solemnes, y la dignidad de los recién casados se transfirió con la luz del sol al cristal, donde perduraría mucho mucho tiempo, aun después de que ellos hubieran muerto.

Cuando terminaron con las fotos, los invitados a la boda se reunieron para dar un paseo por la ribera del río. «¡Menudo día!», exclamaban por el camino, y alzaban la vista hacia el cielo despejado. «¡Qué día tan espléndido!» Y llegaron, en una jubilosa procesión, hasta el Swan de Radcot, donde Margot acababa de poner flores en las mesas que daban a la ribera y las Pequeñas Margot esperaban con jarras de bebida fresca cubiertas por paños decorados.

Los acontecimientos de seis meses atrás parecían muy lejanos, porque durante los días de verano el invierno siempre parece algo que uno ha soñado, o de lo que ha oído hablar, en lugar de algo que ha vivido. El sol inesperado les hacía cosquillas en la piel, notaban el sudor en la nuca, y les resultaba imposible imaginarse los escalofríos que ponían la piel de gallina en los meses invernales. No obstante, el día más largo del año es el gemelo contrario de la noche más larga, y por lo tanto, es inevitable que un solsticio evoque el otro. Y, por si había alguien que no relacionaba los dos días, el propio Owen estaba allí para recordárselos.

—Hace seis meses —contó a todos los asistentes— decidí casarme con Bertha. Inspirado por el milagro que tuvo lugar aquí, en el Swan, como todos sabéis (el rescate de la pequeña Amelia Vaughan, a quien encontraron muerta pero que volvió a la vida), me sentí un hombre nuevo, y le pedí la mano a mi ama de llaves, y Bertha me hizo el honor de aceptar...

Después de los discursos, volvieron a hablar de la niña. Relataron una vez más los acontecimientos que habían sucedido en esa misma ribera, en la oscuridad de una noche fría, y lo hicieron bajo un limpio cielo azul. Y tal vez fuese cosa del sol, pero los elementos más oscuros de la historia quedaron borrados y surgió una narración más sencilla, más alegre. Habían devuelto a sus padres a una niña que estaba secuestrada, y eso había hecho muy felices tanto a los Vaughan como a toda la comunidad. Se había deshecho un entuerto, se había reunido a una familia. La tía abuela de uno de los excavadores de grava intentó decir que había visto a la niña en la orilla del río y que no tenía reflejo, pero la hicieron callar; nadie quería una historia tan lúgubre en un día como ese. Rellenaron las jarras de sidra, las Pequeñas Margot salieron una tras otra, indistinguibles, con bandejas de jamón, queso y rabanitos, y todos los invitados se divirtieron tanto que ahogaron todas las dudas, toda la oscuridad. Seis meses atrás, una historia milagrosa había irrumpido con violencia y alboroto en el Swan; hoy la lavaron, la plancharon y la guardaron sin una sola arruga.

El señor Albright besó a la señora Albright, quien se ruborizó tanto que adquirió el color de los rabanitos, y a las doce en punto los asistentes se levantaron a la vez, dispuestos a continuar con la celebración en la feria del pueblo.

Entre los campos bien delimitados de Radcot había un retazo de tierra con forma extraña que había pasado a ser de uso común. Ese día estaba repleta de puestos de toda clase y de todos los tamaños. Algunos parecían bastante profesionales y tenían toldos para proteger los objetos del sol; otros no eran más que una lona extendida en el suelo con los productos extendidos encima. Había cosas que podían resultar realmente útiles: cántaros, platos y tazas; tela; cuchillos y herramientas; pieles… Pero también había muchos caprichos diseñados para incitar los antojos. Había lazos, pastelillos dulces, gatitos, quincallería de toda clase. Algunos de los vendedores llevaban sus bienes en cestas. Estos deambulaban de aquí para allá, y todos y cada uno de ellos proclamaban la autenticidad de sus propios productos y advertían contra los tramposos cuyos productos eran falsos y caros, que se romperían en cuanto el charlatán hubiese puesto pies en polvorosa. Había gaiteros, tamborileros y un hombre orquesta, y mientras los asistentes a la feria paseaban, los músicos los amenizaban alternando entre canciones de amor, canciones de beber y canciones sentimentales de pérdidas y penalidades. De vez en cuando se oían dos a la vez, y las notas se solapaban en los oídos de la gente.

El señor y la señora Vaughan caminaron junto al río desde Buscot Lodge hasta el campo en el que se llevaban a cabo las festividades. Cada uno le había dado una mano a la niña, que se balanceaba en el medio. Helena estaba algo irritable: Vaughan pensó que se había decepcionado un poco al comprobar que la esperanzadora predicción del médico acerca del día en que la niña recuperaría el habla no se había cumplido. De todos modos, no era el estado de ánimo de Helena sino el suyo propio el que ensombrecía el día.

—¿Estás segura? —preguntó Anthony Vaughan a su mujer.

—¿Y por qué no?

—¿Estará a salvo?

—Ahora sabemos que solo era Lily White la que nos vigilaba, pobre criatura indefensa. Ya no hay por qué preocuparse.

Vaughan arrugó la frente.

—Pero el tipo que agredió a Rita…

—De eso hace meses. Fuera quien fuese, no se le ocurrirá intentar nada si estamos rodeados de tanta gente que nos conoce. Nuestros propios jornaleros y sirvientes están aquí. Y todos los del Swan. No permitirían que nadie le tocara ni siquiera un pelo de la cabeza.

—¿De verdad quieres exponerla a todos los cotilleos? La señalarán con el dedo.

—Cariño mío, no podemos mantenerla apartada del mundo toda la vida. Aquí hay un montón de entretenimientos para una niña. Le encantarán las regatas. Sería una crueldad no permitirle ir.

La vida había mejorado muchísimo desde que había llegado la niña. La felicidad de Helena había sido un alivio para él y había provocado un arrebato de alegría en el corazón de Vaughan. Su amor renovado se parecía tanto a los primeros años de su matrimonio que le era posible olvidar que hubiera existido en algún momento aquel largo lapso de desesperación. Habían enterrado el pasado para vivir en el placer y la felicidad. Aun con todo, ahora que la novedad de su felicidad marital recuperada había pasado, Anthony era incapaz de fingir ante sí mismo que el sentimiento descansaba sobre cimientos sólidos. La niña que se balanceaba entre ellos, con su misterioso mutismo, su pelo de color indefinido y sus ojos cambiantes, era a la par la causa y la amenaza de su felicidad.

Durante el día, Vaughan estaba ocupado y le resultaba más fácil distraerse de sus interminables preocupaciones circulares, pero por la noche había vuelto el insomnio. Sufría noche tras noche con variaciones del mismo sueño. En él, caminaba por un paisaje (un bosque, una playa, un campo, una cueva; el terreno era diferente cada vez), en busca de algo. Entonces, al llegar a un claro, o al rodear un árbol o al llegar a una arcada, se encontraba a su hija, esperándolo, como si llevase allí desde el principio, esperando tan tranquila a que su padre fuese a buscarla. Alzaba los brazos hacia él, exclamaba «¡Papi!» y él corría para levantarla en volandas, con el corazón pletórico de amor y gratitud… y entonces se despertaba, con la penosa certeza de que no era Amelia. Era la niña. Esa niña que les habían entregado en lugar de su hija se había colado incluso en sus sueños y había unido su cara al recuerdo de su propia hija perdida.

Helena, por su parte, ignoraba la fragilidad de su idilio; la carga de la preocupación recaía solo sobre él. Esto creaba una distancia entre Vaughan y su mujer, aunque ella no se hubiese percatado todavía. En su creencia de que la niña era Amelia y de que él también estaba convencido, había construido una sensación de seguridad tan impresionante como un castillo con foso. Él era el único que sabía lo endeble que era esa seguridad.

Cuando sus propios sueños le mostraron lo fácil que era colocar el rostro de la niña sobre los hombros de Amelia, se sintió tentado de convencerse de la certeza de Helena. A veces le parecía tan evidente, tan sencillo, que se sentía culpable por empecinarse en no ceder. Delante de su esposa ya había empezado a llamar Amelia a la niña. Ya había recorrido la mitad del camino. Pero, claro, siempre estaba lo otro. El conocimiento. Subyacente, una niña cuyo rostro no podía recordar siquiera, pero a quien no podía (ni quería) olvidar.

Además, había otra cosa. Cuando se tumbaba en la cama, ya fuese despierto o dormido, y buscaba sin descanso a su hija en los paisajes imaginarios para encontrar una y otra vez a la pequeña impostora, en ocasiones otra cara distinta se colaba en la imagen y le oprimía el corazón. Robin Armstrong. Porque era más que aceptable jugar con la idea de sucumbir a la felicidad y permitir que la niña reemplazase a su hija en su corazón y en su mente, igual que la había sustituido en su casa, pero no era aceptable privar a un hombre de su hija. Vaughan quería que Helena fuese feliz, pero ¿y si esa felicidad llegaba a cambio de condenar a otro hombre a la agonía de la pérdida que ellos acababan de dejar atrás? Tanto como la chiquilla, tanto como Amelia, era Robin Armstrong quien atormentaba a Vaughan por la noche y lo dejaba petrificado en la cama.

Cuando llegaron al borde de la feria, se toparon con la multitud. Vaughan se fijó en que varias personas los miraban de reojo, volvían a mirar, cuchicheaban, los señalaban. Las esposas de los granjeros le ponían flores en las manos a la niña, algunos le daban golpecitos en la cabeza; los niños corrían a darle besos.

—No estoy seguro de que esto sea lo mejor… —comentó Vaughan en voz baja, cuando un fornido excavador de grava se arrodilló a los pies de la niña y le tocó una cancioncilla con el violín antes de ponerle el índice en la mejilla con suma reverencia.

Helena soltó un suspiro exasperado, muy poco acorde con su ánimo casi siempre imperturbable.

—Menuda tontería. Creen que puede hacer milagros…, protegerlos o algo así. No son más que supersticiones y ya se les pasará, dales tiempo. Dejémoslo. Por cierto, las regatas empiezan a las dos en punto. No hace falta que te quedes si no te apetece. Nosotras iremos a verlas —le dijo con firmeza. Y añadió, mirando a la niña—: Vamos.

Él notó que la manita se separaba de la suya. Cuando Helena se dio la vuelta, las piernas de Vaughan tardaron un instante en responder, y en ese momento de duda, uno de los campesinos se detuvo a hablar con él. Cuando por fin se liberó, su mujer y su hija habían desaparecido de su vista.

Vaughan tomó el pasillo central, más ancho, en el que el flujo de gente avanzaba despacio. Se fue abriendo paso entre los toldos y los puestos cerrados, buscando. En todo momento, pasaba por alto las llamadas de los mercaderes. No quería comprar anillos de rubíes para su amorcito. Fue apartando con la mano los dulces, los remedios para la gota y los brebajes digestivos, las navajas (seguramente robadas), los artilugios para darle un atractivo irresistible a un hombre y los lápices. Los lápices parecían bastante decentes, y otro día tal vez los hubiera comprado, pero empezaba a dolerle la cabeza y tenía sed. Podía parar en uno de los puestos de bebidas, pero había mucha cola, y prefería encontrar antes a su mujer y a la niña. Apretó el paso entre la multitud, pero avanzaba muy poco. ¿Por qué tenía que calentar tanto el sol precisamente ese día, cuando tantas personas se habían congregado? La corriente frenó tanto que al final se estancó, y Vaughan se vio obligado a parar en seco, hasta que encontró un lento riachuelo de gente en movimiento y, paso a paso, siguió adelante. Notó el sudor en la frente. Los ojos le escocían por la sal. ¿Dónde demonios estaban?

El sol le daba tan fuerte en los ojos que se mareó. Solo fue un momento, pero antes de poder recuperar los cinco sentidos, una mano lo apresó por el brazo.

—¿Quiere saber el futuro, caballero? Por aquí.

Intentó apartar la mano, pero sus movimientos eran débiles y azarosos, como cuando buceaba.

—No —contestó, aunque tal vez solo tuviera intención de decirlo, porque ni él mismo oyó su respuesta.

A su pesar, se fijó en que apartaban una cortina a su lado y la mano que notaba pero apenas veía lo empujó dentro de una tienda. Trastabilló y entró en la oscuridad.

—Siéntese.

La tela del vestido de la pitonisa se parecía tanto al ordinario interior de la tienda de campaña que se fundía con el fondo. Además, un velo le tapaba la cara.

Le colocaron una silla detrás, que le golpeó en la parte posterior de las rodillas, de modo que no le quedó más remedio que sentarse. Se volvió para ver quién lo había metido allí. No había nadie, pero advirtió un bulto que distorsionaba el drapeado de una de las cortinas de seda chillona que tenía el tamaño y la forma de un hombro. Había alguien escondido, a punto para evitar que los clientes se marcharan a toda prisa sin pagar por saber de sus apuestos desconocidos y sus viajes al extranjero.

Lo único que quería Vaughan era un vaso de algo fresco.

—Miren —dijo a la vez que se incorporaba.

Pero se golpeó la cabeza contra el bajo travesaño metálico de la tienda y, mientras veía las estrellas, notó que la mujer le agarraba por la muñeca con tanta fuerza que parecía imposible para una mano tan pequeña y, por detrás, la presión ejercida sobre los hombros lo obligó a sentarse de golpe en la silla.

—Deje que le lea la mano —dijo la pitonisa.

Su voz, arrastrada y grosera, tenía un deje extraño del que se percató pero al que no prestó atención al principio.

Cedió. Supuso que lo más rápido sería pasar por ello cuanto antes en lugar de intentar negociar para que lo dejasen salir.

—Tuvo un comienzo afortunado en la vida —empezó la pitonisa—. La buena suerte y el talento fueron sus padrinos. Y, desde entonces, le han ido bien las cosas. Veo a una mujer. —Escudriñó su mano—. Una mujer…

Le vino a la cabeza la señora Constantine. ¡Ella lo habría hecho mucho mejor! Recordó la sala con olor a jazmín, su tranquilidad, su cara inmutable, el vestido sobrio y el collar tan fino, el gato que ronroneaba. Ojalá estuviera en aquella sala. Pero estaba aquí.

—¿Rubia o morena? —preguntó él, con falsa jovialidad.

La pitonisa ignoró su comentario.

—Una mujer feliz. Que hasta hace poco era desdichada. Y también una niña.

Resopló exasperado.

—Supongo que no debería sorprenderme de que sepa quién soy —le dijo para ponerla a prueba—. Esto es de muy mal gusto. Mire, le daré algo por el tiempo que me ha dedicado, pero acabemos cuando antes.

Intentó liberar la mano de la garra de la mujer con intención de sacar el monedero.

La pitonisa se limitó a agarrarlo con más fuerza y Vaughan se maravilló de que una mujer pudiera ser tan fuerte.

—Veo una niña —repitió— ¡que no es su hija!

Vaughan se quedó de piedra.

—Hala, ya no se va a ninguna parte, ¿a que no?

Soltó los dedos y dejó de fingir que estaba leyéndole la palma de la mano. Su voz tenía un tono victorioso, y en ese momento Vaughan cayó en la cuenta de por qué le había parecido peculiar su tono y lo fuerte que lo aferraba. No era una mujer.

—Ahora sí que me presta atención, ¿eh? La niña que vive en su casa, la que ha hecho tan feliz a su mujer, no es su hija.

—¿Cómo lo sabe?

—Eso es asunto mío. El caso es que yo podría preguntarle lo mismo: ¿cómo lo sabe? Pero fíjese en que no se lo pregunto. ¿Y por qué no se lo pregunto? Por la sencilla razón de que no me hace falta. Porque ya sé la respuesta.

Vaughan sintió que iba a la deriva, sabía que no tenía ningún asidero, así que se dejó llevar por el ímpetu de una fría corriente subterránea.

—¿Qué quiere? —preguntó con voz débil, que él mismo oyó a lo lejos.

—¿Por adivinarle el futuro? Nada. Soy demasiado legal para cobrarle a un hombre por algo que ya sabe. Pero ¿qué me dice de su mujer? ¿Querrá ella que le adivine el futuro?

—¡No! —estalló Vaughan.

—Eso pensaba yo.

—¿Qué quiere, eh? ¿Cuánto?

—Ay, ay, ay, cuánta prisa tiene. ¿Hace todos los negocios a esta velocidad? No, vamos a tomarnos un tiempo para pensarlo. Para comprender qué cosas son las que de verdad importan. Los hechos que ocurrirán esta tarde, por ejemplo…

—¿Qué hechos?

—Supongamos que fuera a pasar algo… Mi consejo (y se lo ofrezco gratis, señor Vaughan) es que no se entrometa en el asunto. No lo haga.

—¿Qué piensa hacer usted?

—¿Yo? —preguntó el impostor fingiendo una inocencia herida—. Yo no haré nada, señor Vaughan. Y usted tampoco, si quiere que su mujer no se entere de nuestro secretito.

De pronto, sintió que faltaba el aire dentro de la tienda.

—Ya habrá tiempo más tarde para acordar las condiciones de nuestro trato —dijo el hombre del velo, como si diera el asunto por zanjado—. Estaremos en contacto.

Vaughan se levantó, desesperado por respirar aire puro, y en esa ocasión no encontró obstáculos al intentar salir de la tienda.

Una vez al aire libre, Vaughan caminó agitado sin saber adónde iba. Tal era el embotamiento de su mente que le resultaba imposible concatenar dos pensamientos, y mucho menos llegar a una conclusión. Percibía la multitud que lo rodeaba como en una neblina. Pero entonces los músicos y los vendedores ambulantes se callaron. Las conversaciones cesaron. Incluso Vaughan, en su aturdimiento, se percató de que sucedía algo. Reabrió los ojos al mundo exterior y se dio cuenta de que todo el mundo había dejado de avanzar a la deriva y había parado en seco. Todos miraban en la misma dirección.

Una mujer gritó aterrada:

—¡Aléjese! ¡Fuera de aquí!

Era Helena.

Vaughan corrió con todas sus fuerzas.

Mientras tanto, la familia Armstrong había decidido ir también a la feria. Robert Armstrong estaba mucho más eufórico que de costumbre, y caminaba junto a Bess con seis de sus siete hijos alrededor. Llevaba una carta de Robin en el bolsillo. La carta mostraba arrepentimiento y en ella, Robin pedía perdón. Se disculpaba una docena de veces por haber pegado a su padre. Prometía hacer las paces. Expresaba su inmenso deseo de vivir una vida mejor, de dejar las apuestas y el alcohol, y de cortar la relación con esos amigotes holgazanes del Dragon. Se reuniría con ellos en la feria y le demostraría a su padre lo sincero que era su propósito de enmienda.

—No nombra a Alice —había dicho Bess, mientras leía por encima del hombro de su marido, con el ceño fruncido.

—Con todas las cosas que quiere arreglar, seguro que el tema de la hija también se resuelve —había respondido su marido.

Desde su gran altura, Armstrong buscó a su hijo mayor entre la multitud. Todavía no lo había encontrado, pero lo más probable era que estuviera allí, buscándolos a su vez entre la multitud; tarde o temprano darían con él.

Armstrong compró navajas para sus hijos medianos, lazos para el pelo y broches para las hijas mayores y, para los pequeños, figuritas de animales talladas en roble: una vaca, una oveja y un cerdo. Comieron hamburguesas de cerdo, y aunque la carne no podía compararse con la calidad de la del propio Armstrong, tenía buen sabor porque la habían asado al aire libre.

Armstrong dejó a su mujer y a sus hijos aplaudiendo al compás de la música que tocaba el hombre orquesta y se dirigió al puesto del fotógrafo, donde encontró a Rita. Esta siempre iba a la feria del solsticio. Seguro que más tarde tendría que atender a alguien a causa de las picaduras de insectos, la insolación o el estupor provocado por el alcohol, pero mientras esperaba a que alguien la necesitara, solía echar una mano en uno de los puestos más populares para que la viera el mayor número de personas posible y todos supieran dónde encontrarla si estaban en apuros. En esa ocasión, había decidido ayudar a organizar la cola de clientes que querían hacerse un retrato allí mismo y a apuntar en la agenda de Daunt las citas con quienes querían una sesión fotográfica aparte.

—Diría que ese es el señor Henry Daunt, ¿no? —le preguntó Armstrong—. Tiene mejor aspecto que la última vez que lo vi.

—Se ha curado, pero todavía lleva una cicatriz debajo de la barba. Usted es el señor Armstrong, ¿verdad?

—Sí, eso es.

Armstrong observó las fotografías impresas a la venta: escenas en el río, equipos de remo, iglesias locales y lugares pintorescos. Expresó su interés en que les hicieran una foto de familia.

—Si lo desea, podrían hacerles la fotografía hoy. Los añadiré a la lista y le diré a qué hora deberían volver.

Armstrong negó con la cabeza, apenado.

—Mi hijo mayor todavía no ha llegado, y me gustaría tener una fotografía de todos nosotros en casa, en la granja.

—Entonces, el señor Daunt irá a verlos y así tendrá tiempo de hacerles varias fotografías, de interior y de exterior. Deje que repase su agenda y buscaremos un día que les vaya bien.

Mientras la enfermera hablaba, Armstrong echó un vistazo al panel de fotografías de distintas escenas de ferias anteriores. Gente bailando la danza Morris, equipos de remo, buhoneros, forzudos tirando de la cuerda…

Empezaron a barajar fechas, pero Armstrong dejó de hablar de repente y soltó un «¡Ay!» tan abrupto que Rita alzó la cabeza al instante.

El granjero se había quedado mirando una fotografía en concreto, con expresión compungida.

—¿Se encuentra bien, señor Armstrong?

Él no pareció oírla.

—¿Señor Armstrong?

Rita le indicó que se sentara en la silla que antes tenía ella y le puso un vaso de agua en la mano.

—¡Estoy bien! ¡Estoy bien! ¿Dónde se hizo esa fotografía? ¿Y hace cuánto?

Rita comprobó el número de referencia y lo buscó en el archivo de Daunt.

—Es de la feria de Lechlade, hace tres años.

—¿Quién tomó la fotografía? ¿Fue el propio señor Daunt?

—Sí, claro.

—Tengo que preguntarle algo.

—Ahora mismo se encuentra en el cuarto oscuro del barco. No puede entrar a verlo: la luz destruiría la fotografía que está revelando.

—Entonces, deje que compre esta fotografía y ya volveré a hablar con él dentro de un rato.

Obligó a Rita a aceptar las monedas, no esperó siquiera a que le envolviera la compra y se apresuró a marcharse con la foto bien sujeta entre las manos.

Armstrong era incapaz de separar los ojos de la imagen, pero cuando estuvo a punto de tropezar con la cuerda que sujetaba una de las tiendas, se dio cuenta de que tenía que guardarla y concentrar sus esfuerzos en encontrar a su mujer y a sus hijos. Apartó la fotografía, respiró hondo y empezó a buscar a su alrededor. Entonces tuvo la segunda sorpresa del día.

Al llegar a una tienda en la que esperaba ver a Bess, no fue su esposa quien se le apareció sino la señora Eavis, la matrona de la «casa de mala reputación» en la que la mujer de Robin había acabado sus días. Primero la vio de perfil: esa nariz larga y afilada como un cuchillo era inconfundible. ¡Había regresado de sus vacaciones! Habría jurado que ella también lo había visto, porque volvió la cara hacia él y creyó detectar un brillo en sus ojos. Pero al parecer, no fue así, porque a pesar de que él la llamó varias veces, la mujer se dio la vuelta y se alejó con decisión.

Armstrong fue apartando a los ociosos asistentes a la feria que se encontraba en su camino, y la siguió a toda prisa. Al principio logró acortar las distancias entre la multitud. En un momento dado, llegó a estar casi lo bastante cerca para ponerle la mano en el hombro, pero entonces alguien extendió un acordeón con un sonoro silbido y, cuando logró quitárselo de en medio, la mujer había desaparecido de su vista. Miraba a derecha e izquierda en cuanto tenía la oportunidad, buscaba entre los puestos y las mesas, y se sorprendió al encontrarla bastante rápido. En un cruce entre las calles de puestos de la feria, la vio de pie, inmóvil, mirando alrededor como si esperase a alguien. Levantó un brazo para llamar su atención, y en el instante en que los ojos de la matrona se volvieron para mirarlo, esta echó a andar otra vez.

Estaba a punto de darse por vencido cuando, de pronto, notó una inmovilidad inquietante un poco más allá. Nadie se movía. Entonces un chillido cortó el aire, la voz de una mujer presa del pánico.

—¡Aléjese! ¡Fuera de aquí!

Armstrong echó a correr.

Vaughan llegó al lugar en el que se arracimaba la gente y tuvo que abrirse paso a codazos. Cuando logró alcanzar el centro del corro, encontró a Helena de rodillas, con la falda manchada de barro porque la habían pisado repetidas veces. Lloraba desconsolada. Sobre ella se cernía una mujer alta y de pelo moreno con la nariz larga y puntiaguda y unos labios gruesos y pálidos que se había colocado a la fuerza entre Helena y la niña, mientras Helena, apoyada en el barro, intentaba por todos los medios rodear las faldas anchas de la otra mujer para acceder a la niña.

—No lo entiendo —comentó la mujer, sin dirigirse a nadie en particular—. Lo único que he hecho ha sido saludarla. ¿Qué hay de malo en eso? Menudo revuelo ha montado, cuando no he dicho más que: «Hola, Alice». —Hablaba con un tono de voz alto, tal vez un punto más alto de lo necesario. Se percató de la llegada de Vaughan y entonces, mirando a la multitud, se dirigió a todos como si fuesen uno solo—. Ustedes me han oído, ¿verdad? ¿Me han visto? —Algunos asintieron con la cabeza—. Saludar a la hija de mi antigua inquilina, a la que no he visto desde hace mucho tiempo… ¿No es algo de lo más natural?

La mujer alta puso las manos sobre los hombros de la niña.

La muchedumbre empezó a murmurar. Al principio se mostraban reacios, luego indecisos, confundidos, pero al final reconocieron que sí, era como decía ella. Satisfecha, la mujer asintió con la cabeza.

Vaughan se agachó para proteger con el brazo a su mujer mientras ella miraba en absoluto silencio, con los ojos muy abiertos por la conmoción, y le hacía señas para que cogiese a la niña.

La multitud se dividió con un murmullo y de entre ella emergió otra persona que también conocían.

Robin Armstrong.

Al verlo, un aire de satisfacción, como si alguna treta hubiese surtido efecto, animó el rostro de la mujer alta, que al instante reprimió la expresión; después, con una rapidez tan brusca que pilló a todos por sorpresa, agarró con fuerza a la niña y la levantó.

—¡Mira, Alice! —exclamó—. ¡Es papá!

El grito de dolor de Helena fue acompañado del suspiro general que se oyó al unísono, y a continuación se hizo el silencio, un silencio conmocionado y confundido, mientras la mujer entregaba a la niña a los brazos de Robin Armstrong.

Antes de que la gente tuviese tiempo de recomponerse para reaccionar, la mujer se había dado la vuelta para perderse entre la multitud. Ante la velocidad de sus movimientos, precedidos de su nariz afilada, la muchedumbre se apartó y luego volvió a cerrarse tras ella, así que la perdieron de vista.

Vaughan se quedó mirando a Armstrong.

Este miraba a la niña y, con voz rota, le susurraba cosas con la cara enterrada en su pelo.

—¿Qué ha dicho? —preguntaba la gente.

Y su respuesta se propagó de inmediato de boca en boca.

—Ha dicho: «Cariño mío. ¡Mi niña! ¡Alice, mi amor!».

Los espectadores esperaron como si se encontrasen en el teatro, aguardando a que continuara la escena. Al parecer, la señora Vaughan se había desmayado, y el señor Vaughan se había quedado de piedra, mientras que Robin Armstrong solo tenía ojos para la niña, y su padre, el señor Armstrong, observaba la estampa como si no pudiera creer lo que veía. Algo tenía que ocurrir a continuación, pero la incertidumbre se respiraba en el ambiente. Los actores habían olvidado sus intervenciones y todos esperaban a que fuese otro el que retomase la historia. El momento parecía destinado a ser interminable y los murmullos de la gente fueron aumentando de intensidad, hasta que una voz se alzó por encima de la confusión.

—¿Puedo ayudarles?

Era Rita. Entró en el círculo y se arrodilló junto a Helena.

—Hay que llevarla a casa —indicó, pero miró con ojos interrogantes a Vaughan mientras lo decía.

Este, que no despegaba la mirada de la niña que estaba en brazos de Robin Armstrong, parecía incapaz de pasar a la acción.

—¿Qué piensa hacer? —preguntó la enfermera en un murmullo apresurado.

Entonces Newman, el jardinero de Vaughan, apareció con otro de los sirvientes de la casa. Entre los dos levantaron a Helena del suelo.

—¿Está bien? —dijo Rita, y cogió a Vaughan por el brazo para levantarlo de su inercia, pero lo único que fue capaz de hacer él fue sacudir ligeramente la cabeza antes de darse la vuelta y, con un gesto, indicar a los sirvientes que llevasen el cuerpo inconsciente de Helena de vuelta a Buscot Lodge.

Todas las miradas se concentraron en la salida de los Vaughan y después, todos a una, los asistentes miraron de nuevo a los actores que continuaban en escena. La chiquilla abrió la boca y todos esperaban el alarido que sin duda llegaría de un momento a otro. Pero se limitó a bostezar, cerró los ojos y descansó la cabeza sobre el hombro de Robin Armstrong. La laxitud de su cuerpo indicaba que se había quedado dormida al instante. El joven miró con una expresión de infinita ternura a la cara de la niña dormida.

Hubo un revuelo entre la gente y se oyeron algunas voces.

—¿Qué pasa ahora, madre?

Y:

—¿Por qué están todos tan callados?

Bess, con su cojera y el parche con el lazo en el ojo, apareció entonces seguida de una retahíla de niños: llegaron demasiado tarde para ver los sucesos.

—¡Mirad, ahí está papa! —exclamó uno, y señaló a Armstrong.

—¡Y Robin! —añadió una vocecilla.

—¿Quién es esa niña? —preguntó el menor de la familia.

—Sí —se hizo eco la voz grave de Armstrong, y sonó serio, aunque lo dijo en voz baja, como si no quisiera que lo oyera la multitud—. ¿Quién es esa niña, Robin?

Este se llevó el dedo índice a los labios.

—Chist —les dijo a todos sus hermanos—. Vuestra sobrina se ha dormido.

Los niños se arremolinaron alrededor de su medio hermano, con sus alegres caritas vueltas hacia la niña, a quien la muchedumbre ya no alcanzaba a ver.

—¡Está lloviendo! —exclamó alguien.

De pronto, lo que había empezado como gotas de agua desperdigadas dio paso a un chaparrón. El agua caía a chorro por las caras de la gente, las faldas se les pegaban a las piernas, el pelo se les aplastaba, dejando ver la forma del cráneo. Con la lluvia llegó la toma de conciencia de que no habían presenciado una obra de teatro sino las desgracias ajenas. Avergonzados, se acordaron de dónde estaban y corrieron a cobijarse. Algunos se refugiaron bajo los árboles, otros fueron a la carpa de los refrigerios… y una cantidad considerable de gente corrió al Swan.

Filosofía en el Swan

La historia que habían dado casi por concluida al contarla durante el almuerzo de la boda, fue retomada de inmediato y todos coincidieron en que había tomado otro rumbo. Repasaron los hechos de la tarde una y otra vez, recreándose en todos los detalles: la mujer de nariz puntiaguda, el dramático desmayo de Helena Vaughan, la mirada helada del señor Vaughan y la ternura de Robin Armstrong. Cuando hubieron recordado todo lo que cabía recordar, el alcohol los animó a recordar cosas de las que solo se acordaban a medias e incluso a inventarse cosas que no recordaban en absoluto. De ahí pasaron a las conjeturas: ¿qué harían ahora los Vaughan? ¿Cómo lo superaría la señora? ¿Llegaría el señor Vaughan a convencer a Robin Armstrong para que renunciase a la niña? ¿Por qué no habían llegado a las manos? ¿Aún estaban a tiempo de liarse a puñetazos, tal vez al día siguiente o al otro?

Los bebedores se distribuyeron en grupitos, algunos insistían en que la chiquilla era Amelia Vaughan, se apoyaban en la certeza que mostraba la señora Vaughan, otros negaban con la cabeza y señalaban que el pelo rubio de la niña se parecía más a las ondas suaves que recordaban haber visto en la cabeza de Robin Armstrong de niño. Retrocedieron, reconsideraron todos los elementos de la historia a la luz de las revelaciones más recientes, sopesaron las pruebas del derecho y del revés. De pronto, salió a la luz la noche del secuestro, porque si esa niña era en efecto Alice Armstrong, entonces, ¿qué diantres había sucedido con Amelia Vaughan? Habían apartado la historia de su desaparición después de verla reaparecer, pero en ese momento la recuperaron y se zambulleron de nuevo en sus profundidades.

Henry Daunt, que había decidido descansar un poco tras un día entero dedicado a hacer fotografías, estaba sentado en un rincón de la sala de invierno, comiendo un plato de jamón con patatas y berros.

—Fue la niñera —insistió el recolector de berros que estaba apoyado en la ventana—. Siempre he dicho que ella tuvo algo que ver. ¿Para qué iba a salir una chica a esas horas de la noche si no es para hacer algo malo?

—Bueno, pero hay cosas malas y cosas malas… Puede que no fuera una cosa mala como un secuestro sino la otra clase de cosas malas —sugirió su compañero de tragos.

El recolector de berros negó con la cabeza.

—Yo habría hecho cosas malas con ella si me hubiera aceptado, pero no quiso. No era de esas… ¿Os suena que alguna vez hiciera cosas malas con alguien?

Llevaban la cuenta de qué chicas eran propensas a hacer cosas malas y cuáles no, y no se les escapaba ni una, así que no les costó mucho dar con la respuesta a la pregunta. No. No era de esas.

—¿Y qué le ocurrió después? —les preguntó Daunt.

Lo consultaron unos con otros.

—No encontró trabajo. Nadie quería que cuidara de sus hijos. Se fue a Cricklade, donde vive su abuela.

—¿Cricklade? El país del dragón.

Cricklade era una ciudad pintoresca a unos kilómetros de allí, famosa por sus intermitentes plagas de dragones. Daunt tenía pensado hacer unas fotografías del lugar para su libro.

Se concentró en la comida y, mientras tanto, escuchó cómo desenterraban los acontecimientos de dos años atrás para debatirlos de nuevo, cómo retomaban los hilos sueltos de la vieja historia y de lo ocurrido ese día y se esforzaban por entretejerlos y convertir las dos cosas en una única historia. Pero los hilos dejaban agujeros tan grandes en medio que era imposible remendarlos.

Una de las Pequeñas Margot le llevó a Daunt un plato con un trozo de tarta de manzana y vertió encima una crema de leche espesa. Jonathan encendió una vela nueva en su mesa y se quedó un momento al lado.

—¿Puedo contarle una historia?

—Soy todo oídos. Cuéntame una historia.

Jonathan miró el rincón oscuro del que procedían los relatos, y sus ojos transmitieron un grandísimo acto de concentración. Cuando se sintió preparado, abrió la boca y las palabras surgieron como un gran torrente.

—Érase una vez un hombre que se cayó al río con su caballo y su carreta… ¡Y no lo vieron nunca más! ¡Oh, no! —Hizo una mueca y sacudió la mano, presa de la frustración—. ¡Lo he hecho mal! —se lamentó como si se lo recriminase a sí mismo, pero sin acritud—. ¡Me he dejado lo de en medio!

Jonathan fue a practicar con otro cliente, mientras Daunt se comía la tarta de manzana de Margot y escuchaba una conversación tras otra. El trágico relato de Robin Armstrong, la similitud entre su pelo y el de la niña, los gitanos del río, el instinto maternal…

Beszant, el reparador de barcos, se quedó en su asiento mientras los demás despedazaban la historia y la recomponían de nuevo de cien maneras distintas. Si la niña se parecía a los Vaughan o a los Armstrong, que primero estaba muerta y después viva... Eran misterios ante los que sacudía la cabeza, cómodo en su propia ignorancia. No obstante, cuando estaba seguro de algo, lo comunicaba.

—No es Alice Armstrong —dijo con rotundidad.

Le instaron a dar explicaciones.

—La última vez que vieron a la madre fue en Bampton, en dirección al río, con la cría a su lado. Así fue, ¿verdad?

Todos asintieron.

—Bueno, pues en toda mi vida, y tengo nada menos que setenta y siete años, nunca he visto un cuerpo (ni un barril, ni siquiera una gorra perdida) que flote contracorriente. ¿Y vosotros? ¿Alguien lo ha visto?

Todos y cada uno de ellos negaron con la cabeza.

—Ah, pues ya lo tenéis.

Pronunció las palabras como si con ellas zanjase la cuestión, y por un frágil y fugaz instante, pareció que al menos había una cosa bien fundamentada en toda esa historia, que por lo demás se escurría entre los dedos como el agua. Pero entonces abrió la boca el recolector de berros.

—Pero antes de la noche del solsticio, ¿habrías esperado ver a una niña ahogada que volviera a la vida?

—No —dijo Beszant—. No puedo decir lo contrario.

—Pues ya está —concluyó el recolector de berros con aires de sabio—. Solo porque algo sea imposible, no significa que no pueda ocurrir.

Los filósofos del Swan se enfrascaron en una conversación y no tardaron en empezar a discutir. ¿Acaso la realización de algo imposible aumenta las probabilidades de que suceda otra cosa imposible? Era el mayor dilema al que se habían enfrentado jamás, y todos se dedicaron a él con gran concentración, sin dejar piedra sobre piedra. Muchas botellas de cerveza se consumieron y muchos dolores de cabeza surgieron durante sus esfuerzos por dilucidar la cuestión. Bebían y cavilaban y bebían y debatían y bebían y se enfrentaban. Sus pensamientos se perdían por meandros, descubrían corrientes dentro de las corrientes, se topaban con contracorrientes y, en algunos momentos, se sentían tan cerca de creer que habían dado con la solución que se maravillaban ante su propia sabiduría; sin embargo, a pesar de la intensidad de su debate, cuando lo dieron por concluido seguían con las mismas lagunas que al principio.

En algún punto de las deliberaciones, Daunt, que seguía sobrio, se levantó y abandonó la taberna sin que nadie se diera cuenta para volver al *Colodión*, que estaba amarrado unos cuantos pasos más arriba, junto al viejo sauce. Todavía tenía trabajo por hacer.

La noche más corta

Al llegar a Buscot Lodge, los sirvientes habían trasladado a la señora a su dormitorio, en la planta superior, y la habían dejado al cuidado de Rita y del ama de llaves. Helena parecía no percatarse de las manos que la desvestían y le pasaban un camisón por la cabeza para cubrirle el cuerpo, que no cesaba de temblar. Tenía la piel blanca como el papel, los ojos perdidos en la nada y, aunque movía los labios, no hablaba ni respondía cuando se dirigían a ella. La tumbaron en la cama, pero no se durmió, sino que se incorporaba cada cierto tiempo y alargaba los brazos como había hecho cuando intentaba asir a la niña, como si la escena de la feria se repitiera en su propia casa, una y otra vez. Después tuvo unos aparatosos espasmos, con un llanto que sacudía todo su cuerpo; lloró a mares, aullidos ininteligibles de dolor y pánico, que reverberaban por toda la casa.

Por fin, Rita consiguió que tomase una infusión relajante, pero era muy suave y tardaba en surtir efecto.

—¿No puede darle algo más fuerte? Con lo agitada que está…

—No —dijo Rita frunciendo el entrecejo—. No puedo.

Al final, la mezcla de hierbas pudo más que la mente hiperestimulada de Helena y empezó a tranquilizarse. Aun entonces, en los últimos instantes antes de que la venciera el sueño, hizo ademán de levantarse de la cama.

—¿Dónde…? —murmuró mientras parpadeaba confusa, y luego dijo otra palabra—. Amelia…

Pero finalmente apoyó la cabeza en la almohada y cerró los ojos, y la congoja del día se borró de sus facciones.

—Iré a decirle al señor Vaughan que se ha dormido —dijo la señora Clare, el ama de llaves, pero Rita la entretuvo unos minutos y le hizo unas preguntas sobre la salud de Helena en las últimas semanas.

Cuando Helena se despertó, lo hizo con el doloroso recuerdo de lo que había sucedido antes, sin que el sufrimiento ni la agitación hubiesen remitido.

—¿Dónde está? —sollozaba llena de angustia—. ¿Dónde está? ¿Ha ido a buscarla Anthony para traerla a casa? Tendré que ir yo. ¿Quién la tiene? ¿Dónde está?

Pero el cuerpo estaba demasiado agotado para poner en acción sus desesperados deseos, no tenía ni fuerzas para apartar las mantas y mantenerse de pie sin ayuda. Coger un barco y remar hasta Kelmscott o tomar el tren hasta Oxford estaba totalmente por encima de sus posibilidades.

La magnitud de su dolor era tal que la dejaba exhausta, y cada vez que el cansancio se adueñaba de ella, se quedaba muda, apoyada en la almohada, con las extremidades inmóviles y la mirada vacía.

Durante uno de esos interludios, Rita le cogió la mano y le dijo:

—Helena, ¿es consciente de que está embarazada?

Helena buscó con la mirada a la enfermera, sin entender lo que le decía.

—Cuando la trajimos a casa y le pusimos el camisón, no pude evitar darme cuenta de que estaba engordando otra vez. Y la señora Clare me ha dicho que desde hace un tiempo come tantos rábanos que con frecuencia tiene náuseas y ella le prepara infusión de jengibre. Pero no son los rábanos los que hacen que se encuentre mal. Es el embarazo.

—Es imposible —dijo Helena, negando con la cabeza—. Mi ciclo menstrual se interrumpió cuando perdimos a Amelia. No ha vuelto a empezar desde entonces. Así que lo que dice no puede ser.

—Una mujer no está preparada para concebir cuando tiene los primeros sangrados, sino unas cuantas semanas antes. Si durante ese tiempo empieza a gestarse un bebé, el ciclo menstrual no tiene la posibilidad de volver a empezar. Eso es lo que ha ocurrido en su caso. Dentro de medio año más o menos volverá a ser madre.

Helena parpadeó varias veces. La información tardó un poco en penetrar en una mente turbada por el dolor, pero al final lo consiguió, y entonces exclamó:

—¡Ah!

Lo dijo con discreción, a la vez que se llevaba la mano al vientre y la colocaba encima. Una sonrisilla se dibujó en sus labios, y la lágrima que derramó entonces no era del mismo tipo que las lágrimas que habían mojado la almohada un rato antes.

Entonces arrugó un poco la frente y volvió a exclamar:

—¡Ah!

Esa vez lo hizo con perplejidad, como si, después de la sorpresa inicial, una zona oscura y distante de su mente se hubiese iluminado.

A continuación, cerró los ojos y concilió un sueño profundo y natural.

En la planta baja, Vaughan estaba de pie en la penumbra del estudio, mirando por la ventana. No había encendido las lámparas. No se había quitado la americana. No se había movido desde hacía horas, o eso parecía.

Cuando Rita llamó con los nudillos y entró en la sala, encontró a Vaughan como una estatua, más que medio ausente, un hombre demasiado inmerso en sus pensamientos anteriores para percatarse del momento presente.

«Sí», le dijo a la enfermera en voz baja cuando esta le informó de que Helena estaba dormida. Y «No», cuando le preguntó si él también necesitaba algún remedio que lo ayudase a conciliar el sueño. «Sí», contestó cuando Rita insistió en que había que evitarle más disgustos a Helena.

—Es de vital importancia —dijo Rita, y luego añadió poniendo mucho énfasis en las palabras— ahora que hay otro bebé en camino.

—De acuerdo —contestó Vaughan, de modo que Rita no supo si de verdad había asimilado la noticia.

Sin duda, Vaughan dio la conversación por concluida, porque volvió a acercarse a la ventana y se perdió de nuevo en los pensamientos que habían secuestrado su mente.

Rita salió sola al jardín por las puertas cuyo cerrojo nuevo era innecesario ya y bajó al río. La lluvia estival le caía sobre los hombros con unas gotas gordas y calientes que parecían contener el doble de su peso de agua. Aunque ya era tarde, todavía no había oscurecido y la luz tocaba las hojas mojadas y los caminos encharcados, dando a todo un brillo plateado. El resplandor del río adquirió un toque borroso con las incesantes gotas de lluvia.

Rita notó un nudo en la garganta. Llevaba horas preocupada por cuestiones médicas, se había refugiado en las necesidades y los retos de su profesión. Ahora que estaba sola, el dolor se apropió de ella y dejó que las lágrimas se unieran a las gotas de agua que le resbalaban por la cara.

Hasta entonces, no había ido a Buscot Lodge ni una sola vez sin ver a la niña. En cada visita, había sentado a la pequeña en su regazo, o había tirado piedras al río con ella, o había contemplado a los patos y cisnes que nadaban ante ellas, reflejados en el agua. Cuando esa manita había buscado la suya, Rita había intentado engañarse diciéndose que el placer de ese gesto de confianza era algo pequeño y sin importancia. Pero cuando había visto a aquella mujer alta con la nariz puntiaguda arrebatarles la niña a los Vaughan para ponerla en brazos de Robin Armstrong, el instinto que había llevado a Helena a extender los brazos e implorar que le devolvieran a la criatura se había hecho eco en el pecho de la propia Rita.

Sollozando de un modo que le costaba reconocer, Rita intentó recuperar la compostura.

—No seas boba —se recriminó—. No es tu estilo. —Las duras palabras no surtieron efecto—. No es como si fuera tu hija —continuó, pero al pronunciar esas palabras, sus lágrimas se multiplicaron.

Apoyada contra un tronco, Rita dio rienda suelta a sus sentimientos; pero al cabo de diez minutos de llanto desconsolado, vio que su dolor no tenía un fin a la vista. Recordó el consuelo que le había proporcionado Dios en su infancia, cuando tenía fe.

—¿Ves por qué no creo en ti? —le reprochó—. Porque en momentos como este, estoy sola. ¡Sé que lo estoy!

Su autocompasión no duró mucho.

—¡Ya está bien! —se interpeló con dureza—. ¿Se puede saber qué te pasa?

Se frotó los ojos con violenta energía y maldijo la lluvia con unos vocablos que habrían escandalizado a las monjas. Entonces aceleró el paso y se perdió en una caminata acelerada por el sendero, hasta que la falta de aliento sustituyó la agitación emocionada de su pecho.

Al acercarse al Swan, el tintineo de unas voces llenó el ambiente. Los jornaleros, los recolectores de berros y los excavadores de grava estaban alterados por el día de fiesta en medio de una larga temporada de trabajo arduo, y además, iban borrachos. La eterna luz daba pie a toda clase de excesos, y tanto los habituales como los clientes esporádicos la aprovechaban al máximo. A pesar de la lluvia, algunos habían salido y se habían sentado junto a la ribera del río. Calados hasta los huesos, bebían sin importarles (sin notar siquiera) la lluvia que diluía el licor mientras se contaban versiones inconexas de lo acontecido por la tarde.

Rita no deseaba mezclarse con la multitud. La gente la había visto marcharse con los Vaughan y, si la veían volver, sería inevitable que la parasen para que les contara la historia. No tenía intención de revelarle a nadie los asuntos personales de los Vaughan, pero desembarazarse de una muchedumbre de curiosos borrachos no sería tarea fácil. Se subió el cuello de la capa e intentó no dar importancia a los riachuelos de agua que le cayeron por el cuello desde la tela. Además, bajó la cabeza para que su cara quedase oculta. Aparte de eso, tendría que confiar en su rapidez y en la borrachera general para pasar inadvertida.

Como tenía la cabeza gacha, no se fijó en que uno de los jornaleros estaba haciendo sus necesidades en el río. Este se dio la vuelta y empezó a abrocharse el pantalón con bastante torpeza, y Rita estuvo a punto de llevárselo por delante. Estaba ebrio, pero no tanto como para no pedirle disculpas: «Lo siento, señorita Sunday», antes de volver con sus compañeros de tragos. Seguro que el hombre diría algo, así que las probabilidades de pasar por delante de la taberna sin que la vieran eran cada vez menores.

—¡Rita! —oyó, y suspiró. Se resignó a lo inevitable—. ¡Rita! —repitió la voz, baja y urgente, y entonces comprendió que no procedía de las mesas de la orilla.

Llegaba desde el río. Allí estaba el *Colodión*, amarrado y medio escondido bajo el sauce. Y en él estaba Daunt, que la invitaba a subir. Cogió la escalerilla, subió los primeros peldaños. Él alargó el brazo hacia abajo; ella le dio la mano, notó cómo la impulsaba y se vio a bordo.

Había almacenado debajo de la cubierta las últimas cajas, frascos y placas fotográficas que quedaban. Los únicos indicios de la actividad del día eran los cuadernos en los que Daunt había ido apuntando las placas utilizadas y las tomas del día. Había una copa de vino blanco encima de la mesa; sacó una segunda copa, la llenó y la puso delante de Rita.

La última vez que se habían visto había sido entre la muchedumbre que se había reunido para presenciar la escena entre los Vaughan y Robin Armstrong. Se habían despedido entonces cuando Daunt, al ver a la mujer alta que partía a la masa de espectadores para marcharse, había salido en su persecución.

—¿La alcanzó?

—Iba tan rápida que no conseguí acortar distancias. Yo iba con lastre. —Señaló la pesada caja en la que llevaba las placas extra—. No habló con nadie. No se paró a mirar nada. Fue directa hasta el campo más alejado y, al llegar a la verja, se reunió con alguien que la esperaba con un poni y una carreta. Se montó y se marcharon.

—¿Volvieron al burdel de Bampton?

—Es probable. Casi toda la gente educada la llama casa de huéspedes. Para ser una mujer soltera criada en un convento, se muestra bastante franca al hablar de un lugar así.

—Daunt, dedico gran parte de mi vida laboral a tratar con las consecuencias del tipo de actividades realizadas por hombres y mujeres que el lenguaje educado intenta maquillar. Si supiera tan solo la mitad de lo que requiere ese trabajo, comprendería por qué una mera palabra no es capaz de escandalizarme. Traer a un niño al mundo es algo tan sangriento que no puede ser fotografiado, así que usted no lo verá jamás, pero… yo lo veo continuamente.

Rita no había tocado el vino, pero en ese momento tomó la copa y bebió el contenido de un solo trago. Mientras tanto, con los párpados cerrados, Daunt se percató de que tenía los ojos hinchados y enrojecidos.

—Usted sería un buen padre, Henry Daunt. Es más, será un buen padre algún día. No le hablarán de la sangre cuando llegue el momento. Lo mandarán lejos, donde no puede oír ni ver nada. Cuando le permitan regresar, ya lo habrán limpiado todo. Su esposa estará pálida y usted pensará que es por el cansancio. No sabrá que acaban de escurrir de las sábanas la sangre que ha perdido y que entonces corre por las alcantarillas. La sirvienta frotará todas las sábanas manchadas hasta que parezcan tan inocuas como si alguien las hubiera salpicado sin querer con el té del desayuno en la cama unos cinco años antes. Habrá clavos aromáticos y piel de naranja en la habitación para que no note el olor a hierro. Si hay un médico, le recomendará, de hombre a hombre, que no intente ningún acto de intimidad conyugal durante un tiempo, pero no entrará en detalles, así que usted no se enterará de los desgarros y los puntos. No sabrá nada de la sangre. Su mujer sí lo sabrá. Si sobrevive. Pero no se lo contará.

Daunt le rellenó la copa. Se la bebió de un trago.

Él no dijo ni una palabra.

Apuró su propia copa.

—Ahora ya lo sé —dijo él con cautela—. Ahora ya me lo ha contado.

—Deme otra copa, por favor —le pidió Rita.

En lugar de llenarle la copa que le tendía, la dejó encima de la mesa y tomó a Rita de la mano.

—¿Por eso no tiene hijos? ¿Por eso no quiere tener hijos? Querida…

—¡No! —Rita sacó un pañuelo del bolsillo y se sonó la nariz—. Cuando su esposa vaya a dar a luz, llámeme. Me pusieron el nombre en honor de santa Margarita, la santa patrona de los partos, recuerde. Haré todo lo que pueda por ella. Por el recién nacido. Y por usted.

Se llenó la copa ella misma y esta vez no se la bebió de un solo trago, sino que dio un sorbo pequeño y, cuando volvió a mirarlo de nuevo, toda la furia había desaparecido y había recuperado la compostura.

—Helena Vaughan está embarazada —le contó.

—Ah —dijo Daunt con nerviosismo. Y otra vez—: Ah.

—Eso es más o menos lo que dijo ella: «Ah» y «Ah».

—¿Están… contentos?

—¿Contentos? No lo sé. —Rita arrugó la frente con la mirada puesta en la mesa—. ¿Qué ocurre, Daunt? ¿Qué es lo que ha sucedido esta tarde? Lo miró en busca de una respuesta.

—A mí no me pareció real —contestó él.

Ella asintió con la cabeza.

—Por la forma como dijo sus frases la señora Eavis, parecía… ensayado.

—Y se aseguró de que la oyera todo el mundo.

—Robin Armstrong apareció justo en el momento idóneo… Ni un segundo antes ni un segundo después: justo a tiempo de que ella agarrase a la niña y se la entregase.

—¿Se fijó en cómo lo miró la mujer cuando Armstrong llegó a la escena?

—Sí… Como si esperase verlo…

—… pero a la vez se sintiese aliviada al ver que llegaba…

—… una mirada de: «justo a tiempo»…

—… pero se esfumó antes de que nadie pudiera fijarse de verdad en él.

—Era como si estuviésemos en el teatro.

—Orquestado.

—Planeado. Incluso lo de la huida de la señora Eavis, con el transporte que la esperaba en el camino.

—Después de que usted corriera en busca de la señora Eavis, Robin Armstrong montó un espectáculo tremendo. Estaba sobrecogido por la ternura y el sentimiento. «Alice, ay, mi Alice», repetía en voz tan baja que solo los espectadores más próximos pudieron oírle.

Daunt reflexionó.

—¿Opina que no fue auténtico? Pero, si lo dijo en voz baja, y no lo declamó con aire teatral como todo lo que pronunció la señora Eavis…

—Así tuvo más credibilidad, y podía contar con que alguno de los que lo había oído lo retransmitiera al resto de los asistentes. Es un actor con más tablas que la señora Eavis.

—Oí lo que decía de él el resto de la gente. Los convenció a todos.

—Ellos no estaban cuando fingió desmayarse la primera vez que vio a la niña.

—Usted le tomó el pulso…

—Sí, y lo tenía tan constante e inalterado como el de cualquiera.

—Pero entonces, ¿por qué iba a fingir?

—¿Para ganar tiempo?

Daunt le dio vueltas al asunto, pero no llegó a ninguna conclusión.

—¿Y qué me dice de Vaughan? ¿Por qué no hizo nada?

Rita frunció el entrecejo y negó con la cabeza.

—Se encuentra en un estado muy peculiar. Es como si estuviera ausente. Le conté que Helena estaba embarazada y apenas reaccionó. Parecía incapaz de asimilar la noticia. Me pregunto si nos hemos equivocado, Daunt. Quizá en el fondo el señor Vaughan sí crea que la niña es Amelia. Parece abatido.

Guardaron silencio mientras el río se mecía bajo sus pies y el ruido del Swan se propagaba, estridente y revolucionado, por el aire.

—¿Qué le parece? ¿Nos terminamos esto? —preguntó Daunt.

Rita asintió con un bostezo. Había oscurecido. El día había tirado tanto de ella que notaba que los límites de su ser, su piel, se disolvían en el ambiente. Si tomaba otra copa, era posible que acabase por perder los estribos. Cuánto anhelaba a la niña. Se sintió despojada. Ahí estaba el sofá de Daunt; de repente, se imaginó a sí misma tumbada en él. ¿Dónde estaría Daunt en esa fantasía? Antes de que su imaginación pudiera contestar a esa pregunta, mientras Daunt quitaba el corcho a la botella para llenar las copas por última vez y estaba a punto de servir el vino, el *Colodión* dio una sacudida y se inclinó.

Rita y Daunt se miraron a los ojos, sorprendidos. Alguien había subido a bordo.

Unos golpecitos en la puerta de la cabina. Una voz de mujer.

—¿Hola?

Era una de las Pequeñas Margot.

Daunt abrió la puerta.

—Necesito hablar con la señorita Sunday —dijo—. Vi que se dirigía hacia aquí y luego, cuando papá se puso peor, pensé... Lo siento, señor Daunt.

Daunt volvió a entrar en la cabina, mientras a su espalda, la Pequeña Margot miraba en otra dirección de forma muy exagerada. Rita se levantó.

Mientras salía, le dedicó a Daunt una sonrisa cansada.

—Lo siento. Siento lo que le he contado. Son cosas de mujeres.

Daunt la cogió de la mano y estuvo a punto de llevársela a los labios, pero en lugar de eso se la estrechó como si fuese un camarada y Rita desapareció.

Todos sabían que Joe estaba enfermo, así que nadie trató de entretener a Rita mientras seguía a la Pequeña Margot por la ribera, ni siquiera cuando cruzó la parte pública de la taberna y se adentró en la zona privada de Joe y Margot. El tabernero estaba en una cama improvisada a toda prisa en la habitación que quedaba más apartada del río. Su pecho subía y bajaba con una cadencia nada musical, pero tenía la mirada tranquila, tan tranquila que el ruidoso esfuerzo de sus pulmones podría haber pertenecido a otra persona completamente distinta. Sus extremidades se hallaban en una paciente quietud. Arqueó la ceja para comunicar que su hija podía volver con su madre y ayudarla con el trabajo; después, una vez a solas con Rita, la miró y esbozó su amable sonrisa.

—¿Cuántas… veces… más… podré… hacer… esto? —preguntó entre jadeos.

Rita no contestó de inmediato. En realidad, no era una pregunta. Acercó el oído al pecho del enfermo y escuchó. Le tomó el pulso, comprobó su palidez.

Entonces se sentó. No dijo: «No puedo hacer nada», porque era Joe. Hacía más de medio siglo que iba un paso por delante de la muerte. El acto de morir no entrañaba ningún secreto para él.

—Diría que… unos cuantos… meses más… —aventuró él entre silbidos del pecho. Hizo una pausa para concentrarse en la tarea de extraer oxígeno del ambiente pantanoso—. Medio año…, tal vez.

—Algo así.

Rita no desvió la mirada. Parte de su trabajo consistía en ayudar a las personas a afrontar lo que se les venía encima. Morir podía ser algo muy solitario. Con frecuencia, a la gente le resultaba más fácil hablar con la enfermera que con su propia familia. Lo miró a los ojos.

—Ojalá… hubiéramos tenido —una respiración ahogada— un verano mejor.

—Ya lo sé.

—Echaré de menos… a Margot. A mi familia. Este mundo tiene… cosas maravillosas… que me faltarán…

—¿El río?

—El río… siempre… estará ahí.

Cerró los ojos y Rita observó el trabajoso subir y bajar de su frágil pecho, mientras pensaba en los remedios que podía preparar para llevarle al día siguiente a Margot con el fin de aliviar el sufrimiento de Joe sin debilitarlo aún más. El enfermo se adormeció, y entró en un estado lleno de presencias que solo él veía. En un par de momentos pronunció algunas palabras, casi todas indescifrables, pero Rita creyó oír «río», «Silencioso», «historia».

Al cabo de un rato, abrió los ojos y parpadeó mientras regresaba a la superficie de la vigilia.

—¿Ha hablado ya con Margot? —le preguntó la enfermera.

Sus cejas le indicaron que no.

—¿No cree que sería mejor? Para que esté preparada.

Sus cejas le indicaron que sí.

Joe cerró los ojos y volvió a sumirse en el sueño. Rita pensó que tal vez entonces durmiera más tiempo, pero justo cuando se disponía a levantarse para salir con sigilo de la habitación, el enfermo volvió a abrir los ojos. Tenía la misma expresión que cuando se hundía en sus bajones mágicos.

—Hay historias que nunca se cuentan al otro lado del río… Solo las recuerdo a medias cuando estoy a este lado… Esas historias…

—Está muy delicado —le dijo a Margot—. Mañana le traeré algo que le aliviará un poco.

—Es la lluvia. No se recuperará hasta que mejore el tiempo.

Un cliente pidió una sidra y Rita se ahorró tener que contestar. Cuando Margot regresó, le dijo:

—Usted también parece agotada. Casi se ha hecho de día y me apuesto a que no ha comido nada desde el almuerzo de ayer. Siéntese aquí, donde no la vea nadie, y coma un plato de lo que sea. No la molestarán. Luego puede marcharse por la puerta de atrás sin que se den cuenta.

Agradecida, Rita se sentó a comer pan y queso. La puerta estaba entreabierta. La conversación de los clientes era animada y los oyó mencionar varias veces a Vaughan y a Armstrong. Ya no podía pensar más en eso. Dio gracias de que estuvieran también los excavadores de grava.

—Pues hay un tipo —oyó que decía uno— que piensa, sí, sí, piensa, os lo aseguro, que los humanos, como vosotros y como yo, ¡son un tipo de mono!

Explicó la teoría de Darwin lo mejor que pudo para hilaridad de sus compañeros.

—¡Y yo he oído una todavía mejor! —exclamó otro cliente—. ¡Que, en el pasado, los hombres tenían cola y aletas y vivían bajo el agua!

—¿Qué? ¿En el río? ¡Nunca había oído nada semejante!

Debatieron la cuestión por activa y por pasiva, y el que lo había dicho insistió en que se lo habían contado en una taberna a quince kilómetros de allí, río arriba, y el otro insistió en que se lo había inventado.

—No puede ser —intervino otro—. Entonces, cuando le pidieras a Margot que te llenase la jarra, lo único que saldría sería… —Completó la frase imitando a alguien que hablase debajo del agua y a los demás les hizo tanta gracia que todos trataron de hacer lo mismo.

Con gran ingenio, entonces descubrieron el truco de soplar burbujas con el licor que les quedaba en los vasos. Se rieron a carcajadas, salpicaron toda la mesa y, al final, se oyó el estruendo de alguien que se divertía tanto que acabó cayéndose de la silla y se desplomó como un pez recién pescado en los adoquines de piedra.

Rita le pasó el plato a la Pequeña Margot que estaba en la cocina, se escabulló por la puerta de atrás y se alejó a hurtadillas. Faltaba poco para el amanecer. Con un poco de suerte, podría dormir una hora.

Inmensos lagos subterráneos

Lily había visto los acontecimientos de la tarde desde el fondo de la multitud; las espaldas anchas de los trabajadores y los sombreros estivales de sus acompañantes le habían tapado tanto la visión que, si había sido capaz de seguir lo ocurrido, había sido solo gracias a la ayuda de sus vecinos. Los espectadores más altos habían repetido lo que habían visto de la escena y los asistentes con el oído más fino se habían hecho eco de lo que habían captado; pero la pobre Lily, una vez que había logrado abrirse paso entre la muchedumbre que ya se retiraba hasta el lugar en el que había sucedido el altercado, se encontró con la lluvia repicando en un escenario vacío.

Así pues, fue a la casa parroquial e irrumpió en el despacho del párroco hecha un revoltijo de palabras y lágrimas.

—Tómese su tiempo, señora White —le aconsejó él, pero Lily no podía.

Por fin, al cabo de un rato, cuando el párroco consiguió hacerse una somera idea de la historia, ella guardó silencio de una vez y volvió a respirar.

—Entonces, ¿la ha reconocido la casera de la difunta señora Armstrong? ¿Es eso? ¿Y ahora la niña está con el joven señor Armstrong? —El párroco negó con la cabeza, ceñudo—. Si lo que dice es cierto, señora White, no sé cómo se lo tomará la pobre señora Vaughan… ¿Está completamente segura de lo que me ha contado, señora White?

—¡Tan segura como que respiro! O casi. Pero dígame, padre, ¿cómo va a cuidar de una niña un joven como ese? No sabrá. Por ejemplo, ¿y si no sabe cantarle una nana cuando la niña se despierte por la noche? ¿Y tiene protección delante de la chimenea? Muchos jóvenes no tienen, ya lo sabe. ¿Qué pasará con su muñeca? ¿Se la llevó para hacerle compañía?

El párroco hizo todo lo que pudo, pero ningún mortal podía calmar por completo semejante ansiedad, y Lily todavía se sentía agitada cuando se marchó de la casa parroquial. Mientras recorría la orilla del río, se vio presa de los peores pensamientos y recuerdos. Durante todo el tiempo que Ann había estado con los Vaughan, Lily había logrado encontrar consuelo al pensar en el bienestar de la niña cada vez que sentía miedo, porque la niña estaba con la señora Vaughan, pero ese consuelo se había esfumado. Habían puesto a Ann en los brazos de un joven (un viudo sin esposa), así que ¿quién la cuidaría ahora? En las madres se podía confiar, pero… El pasado volvió a ella con toda su fuerza o más aún, pues había estado contenido durante seis meses. Recordó el principio de todo.

—¿Te sientes triste de vivir sin padre? —le había preguntado un día su madre—. ¿Te gustaría volver a tener un padre?

Algunas veces, cuando los adultos hacían preguntas, ya sabían la respuesta que querían que les dieras, y a Lily le gustaba dar la respuesta que hacía sonreír a su madre. Su madre sonreía de oreja a oreja cuando le formuló la pregunta, pero Lily pudo apreciar la preocupación que había detrás. Lily notó el escrutinio de su madre mientras pensaba qué contestar.

—No lo sé —contestó—. Las dos solas estamos bien, ¿no?

Su madre pareció aliviada. Pero un tiempo después había surgido de nuevo la pregunta, así que Lily pensó que debía de haberse equivocado de respuesta la primera vez. Observó la cara de su madre y, como lo único que deseaba era complacerla, lo intentó de nuevo.

—Sí, me gustaría tener un papá.

La expresión de la cara de su madre fue tan contenida que Lily siguió sin tener más pistas que la acercasen a saber si había contestado lo correcto.

Poco después de eso, un hombre se presentó en su casa.

—Bueno, así que tú eres la pequeña Lily —le dijo, de pie ante ella como una torre.

Parecía que los dientes se le inclinaban hacia atrás y bastó ese primer vistazo para saber que no le gustaba mirarlo a los ojos.

—Este es el señor Nash —se lo presentó su madre, nerviosa. En respuesta a una mirada del hombre, se apresuró a añadir—: Será tu nuevo padre.

Miró al hombre buscando su aprobación y él asintió, sin sonreír.

El nuevo padre se apartó.

—Este es Victor —anunció.

Detrás de él apareció un chico que era más bajo que Lily pero mayor que ella. Tenía la nariz diminuta y los labios tan finos que casi resultaban invisibles. Sus cejas eran tan pálidas como su piel, y sus ojos eran dos rendijas.

Un agujero se abrió en la cara del chico. «Se me va a comer», fue lo primero que pensó Lily.

—Sonríe a tu nuevo hermano —dijo su madre de sopetón.

Lily percibió un toque de miedo en su voz y alzó la mirada. Entonces pilló un complicado ir y venir de miradas entre su madre y su nuevo padre. Parecía que su madre se había metido en un embrollo del que era incapaz de salir. «¿Es culpa mía? —se preguntó Lily—. ¿Qué he hecho mal?» No quería que las cosas se torcieran. Quería hacer feliz a su madre.

Lily se volvió hacia Victor y sonrió.

Cuando Lily regresó a la Cabaña del Cestero, lo supo antes de abrir la puerta siquiera. El olor del río nunca era lo bastante fuerte para tapar el hedor a fruta podrida y levadura, y la lluvia tampoco lograba lavarlo.

—Tenía que ir a la casa parroquial —empezó, pero antes de que pudiera acabar de pronunciar su excusa, el primer puñetazo le golpeó el brazo.

El siguiente se topó con la suavidad de su barriga y, mientras apartaba la cara para protegerse de sus puños, fueron su espalda y sus hombros los que paliaron los golpes. El señor White también le pegaba, pero era un borracho y, aunque era corpulento, no tenía la experiencia de Victor, ni la mitad de su fuerza. Los golpes de aquel hombre eran pesados pero, en comparación con estos, caían laxos, blandos. Lily solía ser capaz de librarse de los puñetazos desviados del viejo Whitey, de esquivar sus nudillos, y cuando sí que acertaba a darle algún golpe, los hematomas desaparecían en una semana. Victor, por el contrario, llevaba zurrándola casi treinta años. Conocía a la perfección su escaso repertorio de fintas y amagos, le tomaba el pelo para que se moviera hacia un lado

con idea de darle un buen puñetazo en el otro costado; se empleaba a fondo con fría concentración, sin atender a súplicas ni a llantos. Lo único que podía hacer Lily era dejarse pegar.

Nunca le tocaba la cara.

Ese día, cuando terminó de pegarle, Lily se quedó tendida en
el suelo hasta que lo oyó arrastrar una silla para sentarse.

Entonces se incorporó y se alisó el vestido.

—¿Tienes hambre?

Intentó que su voz sonara lo más normal posible. Después de
las palizas a él no le gustaban los dramas.

—Ya he comido.

Eso significaba que no habría dejado nada para ella.

En la mesa de la cocina, Victor soltó el aire con una satisfacción que ella supo reconocer.

—¿Has tenido un buen día, Victor? —le preguntó con timidez.

—¿Un buen día? ¿Un buen día? Podría decirse que sí. —Asintió con secretismo—. Las cosas empiezan a salir bien.

Lily se sentía incómoda de pie. No se sentaría a menos que él
se lo indicara, pero como no había comida, no podía mantenerse
ocupada preparando la cena.

Él miró hacia la ventana.

«Ojalá se vaya», pensó esperanzada.

Pero era la noche del solsticio de verano. Incluso con la lluvia,
lo más probable era que la gente se pasara horas por la calle. ¿Querría pasar toda la noche en su cabaña?

—El río va crecido. Debes de estar muerta de miedo, ¿no? Tienes pesadillas, ¿eh?

En realidad, las pesadillas habían cesado desde que Ann había
llegado al Swan. Su hermana no podía estar en dos sitios a la vez,

pensaba Lily. Pero no hacía falta que se lo dijera a Victor. Pensar que ella seguía sufriendo las visitas fantasmales que la atormentaban desde hacía tanto tiempo sería una fuente de satisfacción para él. Asintió con la cabeza.

—Qué gracia que tengas miedo del agua. Está por todas partes. En sitios donde puedes verla. En sitios donde no la ves. En sitios en los que sabes que está y en sitios en los que no lo sabes. Qué cosa tan rara es el agua.

A Victor le encantaba saberlo todo. Una de las mejores formas de evitar sus tormentos era hacerse la tonta sobre un tema y dejar que él la ilustrara. En ese momento, se regodeó en su sabiduría y quiso explayarse a gusto.

—Hay tanta agua escondida bajo tierra como en la superficie —le dijo—. Enormes cavernas llenas de agua, en las profundidades, grandes como catedrales. Piénsalo, Lily. Piensa en esa iglesia que te gusta tanto, llena hasta los topes de agua, profunda, oscura y quieta. Imagínate esa cantidad de agua pero subterránea, como un lago. Ahí abajo hay toda clase de agua.

Se lo quedó mirando. ¡No podía ser verdad! ¿Agua subterránea? ¿Quién había oído hablar de algo semejante?

—Fuentes y manantiales y pozos —continuó Victor, observándola con severidad con sus ojos rasgados. Lily notó palpitaciones. Tenía la garganta seca—. Y estanques también. Arroyos y ríos y marismas. —Notó que se le debilitaban las rodillas—. Y albuferas. Pero no debes de saber qué son las albuferas, ¿verdad, Lily?

Ella negó con la cabeza, se imaginó unas criaturas horrendas hechas de agua, como dragones que escupieran agua en lugar de fuego.

—Es una maravilla de la naturaleza, Lily. Nosotros nos entretenemos con nuestros asuntos en la superficie de la tierra, pero bajo nuestros pies, aquí abajo —señaló los pies—, hay montones de lagos subterráneos.

—¿Y dónde están? —preguntó ella con voz aterrada y entre temblores.

—Buf, por todas partes. Puede que aquí. Justo debajo de tu cabaña.

Se estremeció, aterrorizada.

Él le repaso el cuerpo con la mirada, arriba y abajo.

«Quizá no haya terminado aún —pensó Lily—. Quizá quiera también lo otro.»

Y así fue.

Dos cosas extrañas

¿Y cómo terminó la noche en Kelmscott, en la granja de los Armstrong? Se quedaron despiertos hasta tarde. Más tarde de lo que nunca se habían quedado levantados los niños. Colocaron velas en la mesa y todos excepto el padre se pusieron el pijama, aunque ninguno de ellos pensaba en irse a dormir. La niña estaba sentada en el regazo de la hija mayor y el resto de los hijos se reunieron a su alrededor. Le sonreían, le hacían carantoñas y le ofrecían sus juguetes favoritos mientras Armstrong y Bess los miraban. Los niños estaban encantados, se admiraban cada vez que la niña se movía, cada vez que sus ojos cansados parpadeaban. El más pequeño, apenas un par de años mayor que la propia niña, le ofreció el juguete de madera que le habían comprado ese día en la feria, y cuando la chiquilla lo agarró con sus manitas, el niño exclamó emocionado: «¡Le gusta!». Las chicas mayores le habían cepillado el pelo y le habían hecho trenzas, le habían lavado la cara y las manos y le habían puesto uno de los camisones que se les habían quedado pequeños.

—¿Se quedará? —preguntaron una docena de veces—. ¿Vivirá con nosotros a partir de ahora?

—¿Robin volverá a casa para ser su papá? —añadió una vocecilla de pito, pero con un punto de preocupación en el tono.

—Ya veremos —dijo Armstrong, y su esposa lo miró de reojo.

Al salir de la feria, en cuanto se habían alejado un poco de la multitud, Robin había puesto a la niña en los brazos de su madre y se había marchado por su cuenta a Oxford, sin dar explicaciones acerca de qué intenciones tenía y sin confirmarles si lo verían de nuevo en la granja o no. Armstrong y Bess todavía no habían tenido la oportunidad de comentar lo ocurrido durante el día sin que los oyeran los niños.

La recién llegada empezó a cerrar los ojos, adormilada, y el resto de los niños bajó la voz para no molestarla. Cuando estaba a punto de dormirse, sus dedos soltaron el juguetito, que se cayó al suelo con estrépito y volvió a despertarla. Miró aturdida alrededor, con la frente arrugada de cansancio. Y antes de que pudiera abrir la boca para llorar, Bess la cogió en brazos para llevársela y dijo:

—¡Vamos! Todos a dormir, venga.

Los hermanos se discutieron un poco por la niña, pues todos querían que durmiera en su habitación, pero Bess fue tajante:

—Esta noche dormirá conmigo. Si la tenéis con vosotros, nadie pegará ojo.

Encargó a las hermanas mayores que se asegurasen de que los pequeños se metían en la cama, y se llevó a la niña a su propio dormitorio. Bess le cantó una nana al oído mientras la tumbaba y luego la arropó. Al cabo de un momento, la niña cerró los ojos y se perdió en las profundidades del sueño.

Bess se la quedó mirando, en busca de algún rastro de sus propias facciones en las de la criatura. Buscó a Robin en su cara dormida. Buscó ecos de sus otros hijos. No quería pensar en él, en el que había engendrado a Robin antes de que Armstrong se casara con ella. Había enterrado su cara años atrás y ahora no pensaba desenterrarla.

Recordó la carta con la que había empezado todo, los fragmentos rotos en el bolsillo de Robin que Armstrong y ella habían
tratado de recomponer sin éxito. «Alice, Alice, Alice», había repetido entonces Bess. Esta noche tenía el nombre en la punta de la
lengua, pero dudó antes de pronunciarlo.

Cuando la respiración ligera de la niña le indicó que estaba
profundamente dormida, Bess salió con sigilo.

Armstrong estaba en el sillón junto a la chimenea apagada.
Toda la escena tenía un aire de irrealidad, ella en camisón, él con
su chaqueta de salir a la calle, velas en la oscuridad pero el fuego
apagado y restos de la humedad pegajosa del día aún en el ambiente. Su marido parecía serio mientras le daba vueltas a la figurita de madera en las manos, abstraído.

Bess esperó, pero él no dijo nada, absorto en sus pensamientos.

—¿Es ella? —preguntó, al cabo de un rato—. ¿Es Alice?

—Pensaba que tal vez tú lo supieras. El instinto femenino, o tu
ojo «vidente».

Ella se encogió de hombros, se tocó el parche que le cubría
el ojo.

—Me gustaría que fuera ella. Es una preciosidad. Se los ha
metido en el bolsillo.

—Desde luego. Pero ¿qué me dices de Robin? ¿Crees que tra-
ma algo?

—Conociendo a Robin, sí, es lo más probable. Pero tú sueles
ser su mayor defensor… ¿Qué te hace pensar eso?

—Esa mujer, la tal señora Eavis. Ella me condujo hasta allí,
Bess, hasta ese punto. Estoy totalmente convencido. Se aseguró de
que la viera, luego me obligó a perseguirla como un loco por toda
la feria, hasta que llegó a donde estaban los Vaughan, y lo crono-

metró todo para que yo llegase justo a tiempo de ver cómo representaban la escena.

Se puso a reflexionar y Bess aguardó, pues sabía que compartiría sus pensamientos con ella cuando los hubiera ordenado.

—¿Qué podía ganar ella comportándose de tal manera? Qué más le da de quién sea hija. El dinero es lo que rige a esa mujer, así que en alguna parte hay alguien que le está pagando. Alguien le pagó para que desapareciera en sus misteriosos viajes, de modo que no estuviera disponible para identificar a la niña ni en un sentido ni en otro, y alguien la ha hecho aparecer ahora.

—¿Y crees que esa persona es Robin? Pero… Pensaba que habías dicho que nunca querría a la niña.

Armstrong sacudió la cabeza, confundido.

—Eso fue lo que dije. Era lo que pensaba antes.

—¿Y ahora?

—Ahora ya no sé qué pensar.

Le dio vueltas al tema durante un minuto por lo menos, y cuando Bess estaba a punto de decir que era tarde y que por lo menos podían dormir unas cuantas horas, su marido volvió a hablar.

—Hoy ha ocurrido otra cosa rara.

Miraba fijamente el juguete de madera de Freddy, una figurita tallada de un cerdo.

—Fui a visitar el puesto de fotografía en la feria. Pensé que a lo mejor podrían hacernos una foto a todos juntos, aquí, en la granja. Mientras echaba un vistazo a las fotografías que tenían a la venta (algunas eran de ferias de épocas recientes), mira lo que encontré.

Metió la mano en el amplio bolsillo del pantalón de granjero, sacó la fotografía pequeña enmarcada y se la entregó a Bess.

—¡Un cerdo! ¡No me digas! ¡Y sabe decir la hora! —Entrecerró el ojo para descifrar lo que ponía en las letras de la placa que había junto al animal—. ¡Y también sabe la edad que tienes! ¿Qué te parece?

—Mira con atención. Mira la cerda.

—De las Tamworth. Como las nuestras.

—¿No la reconoces?

Bess volvió a mirar. Estaba familiarizada con los cerdos pero, a sus ojos, todos se parecían mucho. Sin embargo, conocía bien a su marido.

—¿No será…? ¿Podría ser…?

—Sí que lo es —contestó él—. Es Maud.

CUARTA PARTE

Qué pasó a continuación

Dos días después de la feria de verano, Daunt regresó a Oxford, donde se vio distraído de su trabajo habitual por la extrañeza del dramático cambio en las circunstancias que rodeaban a la niña. Se sentía incómodo por varios motivos y uno de ellos, tenía que reconocerlo, era que la echaba de menos. Era ridículo: durante todo el tiempo que había vivido con los Vaughan solo la había visto una vez, para las fotografías. Y, sin embargo, ambos habían congeniado enseguida: el papel de Daunt como salvador de la niña había forjado un vínculo entre la familia y él, había creado una puerta a la que podía llamar, con la seguridad de que se la abrirían en cualquier momento. Había retratado a la niña con los Vaughan y había empezado a entablar amistad con la familia. Durante un breve período, había disfrutado de la expectativa de ver crecer a la niña que había rescatado, se había imaginado que la vería transformarse de niña a adolescente y, después, a mujer. Ahora todo eso había acabado y se sentía acongojado. En su pesar, recordó el momento de la violenta revelación en el Swan, cuando había abierto los párpados hinchados con tanto dolor y tanta temeridad para verla. Recordó lo potente que había sido la urgencia de reclamar a la niña como suya. Su mente racional lo había mantenido en su sitio desde entonces, pero la razón no servía para aliviar su pérdida.

Cuando no pensaba en la niña, pensaba en Rita, y eso no mejoraba la situación. Una de las cosas que había conseguido la niña había sido convencerlo de hasta qué punto deseaba tener un hijo. Su esposa había sido la más decepcionada cuando el matrimonio no había podido tener descendencia; su propio anhelo había tardado en llegar, pero ahora lo sentía.

En la pared de su habitación, encima de la tienda, tenía una colección de sus fotografías favoritas. No estaban enmarcadas sino simplemente pinchadas con chinchetas. Las miró con dolorosa perplejidad. ¿Había formas de evitar el embarazo? Tenía una vaga idea de que sí, pero creía que no siempre resultaban del todo fiables. Y en cualquier caso, si él quería hijos… Rita había dejado sus sentimientos claros y diáfanos, y aunque él se había sorprendido (había visto la ternura que mostraba hacia la niña y había dado demasiadas cosas por hecho), sabía que sería una injusticia tratar de hacerla cambiar de opinión. Que tuviera las cosas claras era una de las virtudes que admiraba en ella. Esperar que se doblegara a los deseos de Daunt sería esperar que fuese otra persona diferente de la que era. No, ella no cambiaría, de modo que tendría que hacerlo él.

Una por una, fue sacando todas las fotografías, las ordenó según su sistema y las archivó en los cajones de la tienda. No le sería fácil olvidarse de ella: había expuesto su mirada al semblante de la enfermera durante demasiado tiempo, y ese tiempo lo había fijado. Ni siquiera sería posible evitarla en persona; no podía desentenderse de la historia de la niña, en la que la propia Rita también estaba muy involucrada. Pero por lo menos, podría refrenarse para no pasar tiempo a solas con ella. Decidió que no le haría más fotos. Tendría que aprender a dejar de amarla.

La consecuencia de esta sabia resolución fue que a la mañana siguiente dejó a su ayudante al cargo y zarpó en el *Colodión* río arriba con la cámara, y llamó a su puerta.

La enfermera lo recibió con una tímida sonrisa.

—¿Tiene noticias de la niña?

—No. ¿Usted ha oído algo?

—No.

Estaba pálida y tenía bolsas debajo de los ojos. Él la preparó para un retrato sentada en perfil de tres cuartos, y luego fue a buscar la placa. Cuando regresó, evaluó un instante la luz y calculó que harían falta doce segundos. Rita se colocó en posición y ofreció su rostro a la cámara. Con la naturalidad directa que la caracterizaba, no escondió nada. Su mirada vibraba de dolor. Sería un retrato magnífico, un retrato de sus sentimientos que sería a la vez el retrato de los sentimientos del fotógrafo, pero Daunt no sintió ni pizca del placer de anticipar el buen resultado.

—No soporto verla tan infeliz —dijo mientras insertaba la funda de la placa.

—Usted no está de mejor ánimo que yo —contestó Rita.

Se tapó con la tela negra, expuso el cristal y sacó la tapa de la lente. Jamás se había sentido tan desdichado detrás de una cámara.

Uno… A toda prisa, y sin dejar que entrase luz en la cámara, se agachó…

Dos… y salió de la tela negra…

Tres… y rodeó la cámara a toda prisa…

Cuatro… para abrazar a Rita…

Cinco… y dijo: «No llore, querida»…

Seis... aunque él también tenía las mejillas mojadas...

Siete... y ella levantó la cara hacia él...

Ocho... y sus labios se encontraron hasta que...

Nueve... Daunt se acordó de la fotografía y corrió...

Diez... de vuelta hasta la cámara...

Once... se metió bajo la tela, con cuidado de que no entrara luz, y...

Doce... volvió a poner la funda de la placa.

Llevaron la plancha fotográfica al *Colodión* y en el cuarto oscuro revelaron una escena ectoplásmica. Ambos miraron muy serios la figura difuminada de Rita cubierta por un borrón de luz y sombra, una sensación de acción transparente y agitación difusa, de movimiento sin sustancia.

—¿Es la peor fotografía que ha hecho en su vida? —le preguntó.

—Pues sí.

Sin saber cómo, bajo la luz roja se encontraron de nuevo uno en brazos del otro. Más que besarse, apretaban los labios con fuerza contra la piel, la boca, el pelo; no se acariciaban sino que se agarraban con furia. Entonces, como si fuese el acto de una única mente, se apartaron.

—No lo soporto —dijo ella.

—Yo tampoco.

—¿Sería más fácil si dejásemos de vernos?

Daunt intentó ser tan sincero como ella.

—Creo que sí. Con el tiempo.

—Bueno, entonces supongo que...

—... es lo que debemos hacer.

Una vez dicho eso, no había nada que añadir.

Rita se dio la vuelta para marcharse y él abrió la puerta. Al llegar al umbral, se detuvo.

—Pero ¿y qué hay de la visita a los Armstrong?

—¿Qué visita a los Armstrong?

—La sesión fotográfica en la granja. Está apuntada en su agenda. La anoté el día de la feria.

—La niña está allí.

Ella asintió.

—Lléveme con usted, Daunt. Por favor. Tengo que verla.

—¿Y qué pasa con su trabajo?

—Ya dejaré una nota en la puerta. Si alguien me necesita, tendrán que ir a buscarme allí.

La niña. Pensaba que no iba a verla nunca más, pero había una cita apuntada en su agenda… De repente, el mundo le pareció menos insoportable.

—De acuerdo. Acompáñeme.

Tres peniques

«Ya habrá tiempo más tarde para acordar las condiciones de nuestro trato —había dicho la falsa pitonisa—. Estaremos en contacto.» Habían transcurrido seis semanas y no había tenido noticias suyas, pero Vaughan era un hombre listo que sabía que no podía bajar la guardia. El golpe caería un día u otro, así que, cuando por fin apareció una carta de una mano desconocida en la bandeja del correo que la sirvienta le dejaba en la mesa del desayuno, casi sintió alivio. La carta lo citaba en un punto aislado del río, un día a primera hora. Cuando llegó al lugar indicado, pensó que era el primero, pero en cuanto hubo desmontado y pisó el camino embarrado, una silueta salió de entre los arbustos, un hombre delgado con un abrigo largo que le quedaba grande. Un sombrero de ala ancha le tapaba la cara.

—Buenos días, señor Vaughan. —Su voz lo delató. Era la pitonisa.

—Dígame qué quiere —exigió saber Vaughan.

—Se trata más bien de lo que quiere usted. Quiere recuperarla, ¿no? Los dos, usted y la señora Vaughan...

Desde hacía unos días, Helena estaba muy callada. Parecía contenta con la noticia del embarazo, de vez en cuando hablaba de los planes para el futuro, pero había perdido la alegría. La vida futura y las pérdidas del pasado coexistían en ella, dos mitades de una única experiencia, y soportaba la pena y la esperanza de forma contenida.

Helena no era la única que estaba pasando un duelo. También Vaughan echaba de menos a la niña.

—¿Me está diciendo que puedo recuperarla? Robin Armstrong tiene un testigo —señaló Vaughan—. De acuerdo, no es la mejor testigo posible, dada su profesión, pero si se me ocurriera llevarlo a juicio, seguro que usted volvería a pararme los pies sin pensarlo dos veces.

—Podrían llegar a un acuerdo.

—¿Qué insinúa? ¿Qué podría convencer al hombre para que vendiera a su propia hija?

—Su propia hija… Bueno, podría serlo. O no. A él le da igual si lo es o no lo es.

Vaughan no respondió. El encuentro le resultaba cada vez más desconcertante.

—Deje que se lo diga sin tapujos —lo preparó el hombre—. Cuando un hombre tiene algo por lo que no daría ni dos peniques y otro hombre lo desea a toda cosa, normalmente basta con darle tres peniques.

—Ah, conque se trata de eso. Si le doy al señor Armstrong tres peniques, siguiendo su argumento, retirará su denuncia. ¿Es eso lo que ha venido a decirme?

—Lo de tres peniques era solo un ejemplo, claro.

—Ya veo. Harán falta más de tres peniques, ¿verdad? ¿Cuál es el precio de su amo?

El hombre cambió el tono de voz al instante.

—¿Mi amo? ¡Ja! No es mi amo.

Por debajo del ala del sombrero, la boca fina se torció, como si encontrarse algo secretamente gracioso en el rumbo que había tomado la conversación.

—Pero le hace un servicio al comunicarme su mensaje.

El hombre hizo un discreto ademán de encoger los hombros.

—Podría considerarlo un servicio que le hago a usted.

—Ajá. Supongo que se quedará un porcentaje, ¿no?

—Me gustaría beneficiarme del acuerdo… Es natural.

—Dígale que le daré cincuenta libras si retira la denuncia.

Vaughan estaba cansado del tema, así que se dio la vuelta.

La mano que cayó sobre su hombro fue como un gancho. Lo agarró y le dio la vuelta de sopetón. Tropezó y, en esa ocasión, al incorporarse Vaughan logró entrever la cara del otro hombre: una nariz y unos labios que parecían inacabados, y unos ojos como rendijas que se estrecharon aún más en cuanto supieron que los habían visto.

—Dudo mucho que baste con eso —dijo el hombre—. Si quiere que le dé un consejo, le diré que una cantidad en la franja de las mil libras sería más adecuada. Piénselo. ¡Piense en la niña que tanto echa de menos la señora Vaughan! Piense en la nueva vida que está en camino… No tiene secretos, señor Vaughan, ¡no para mí! La información nada hasta mis oídos como los peces nadan hasta la red… Y recemos para que la señora Vaughan esté bien y no sufra ningún disgusto en su estado. ¡Piense en su familia! Porque hay cosas a las que no puede ponerse precio, señor Vaughan, y lo más importante es la familia. Piénselo.

El hombre dio media vuelta con brusquedad y se alejó. Cuando Vaughan se asomó para ver más allá de la curva del camino, el sendero estaba vacío. Se había escabullido por algún sitio, campo a través.

Mil libras. Justo lo que había pagado por el rescate. Repasó el valor de la casa y las tierras, así como de la otra propiedad, y calculó cuánto podía conseguir. Para comprar una mentira. Una mentira que seguía siendo una mentira y que podía descubrirse en cualquier momento. Una mentira que podían obligarle a comprar a plazos y de la que esa cantidad podría ser solo la primera letra.

Sus pensamientos se arremolinaban tan rápido que le era imposible apresarlos, las conclusiones se le escapaban entre los dedos.

Vaughan tomó la dirección contraria para volver a casa. Cuando llegó a su embarcadero, lo recorrió y se sentó con los pies colgando del borde. Apoyó la cabeza en las manos.

En otros tiempos, tal vez habría sido capaz de ver la luz al final del túnel, de haber actuado para llegar a una solución definitiva, cuando era él mismo, cuando era un hombre mejor, cuando era padre. Pero ahora era tan incapaz de gobernar la corriente de su vida como un despojo que se ve arrastrado por la corriente del río.

Vaughan se quedó mirando el río y las viejas historias sobre Silencioso le vinieron a la cabeza. El barquero que te lleva al otro lado del río cuando es tu momento, y que te devuelve sano y salvo a la orilla cuando no te ha llegado la hora. ¿Cuánto tiempo tardaría en hundirse?, se preguntó.

Se miró los pies, tan cerca del borde del embarcadero. Debajo, a escasa distancia, el agua fluía, negra e interminable, sin pensar ni sentir. Buscó su propio reflejo en el agua, pero esta no le sirvió de espejo en la oscuridad, así que fue su mente la que vio un rostro en el agua. No era el suyo, sino el de su hija perdida. Recordó la cara difuminada que había ganado precisión en el cuarto oscuro de Daunt cuando el líquido le corría por encima, y en ese espejo negro del agua vio a Amelia.

Vaughan se acuclilló para asomarse por el borde del embarcadero, y se meció adelante y atrás, hecho un mar de lágrimas.

«Amelia.»

«Amelia.»

«Amelia.»

Cada vez que repetía el nombre se balanceaba con más violencia. «¿Así es como acaba todo?», se preguntó. Calculaba el movimiento oscilante de su cuerpo, sabía que mantenía el control en todo momento. Tras cada impulso hacia delante llegaría el retroceso, podía estar seguro. Pero iba ganando velocidad. Aumentaba el peligro. Si no hacía nada, llegaría un punto en que alcanzaría un grado de oscilación que quedase fuera de su control. «¿Por qué no? —pensó—. No tengo que hacer nada salvo dejarme llevar.» Adelante y atrás. Adelante y atrás. Adelante y atrás. Cada vez más cerca del momento en que sería adelante y abajo. Pronto las leyes de la física se impondrían y su cuerpo cedería ante la gravedad. Pero todavía no. Aún faltaba un poco. Adelante y atrás. Adelante —ya casi estaba, ahora quedaba solo una fracción de centímetro— y atrás. Adelante…

El vacío se apoderó de él y, mientras se abandonaba en sus brazos, oyó una voz mental: «No puede seguir así».

Al oírla, sus brazos se extendieron. La gravedad apresó su cuerpo, pero la mano intentó aferrarse a algo, ¡lo que fuera!, y agarró la cuerda atada al poste del embarcadero. Se precipitó, el corazón le dio un vuelco y el hombro le dio un tirón. Colgando de una mano, notando cómo la cuerda le despellejaba la palma mientras resbalaba, dejó caer la mano libre para agarrar la misma soga mientras las piernas se zarandeaban como locas en busca de algún apoyo para el pie. Agonizando, con mano sobre mano, fue su-

biendo a pulso el peso de su cuerpo —su cuerpo vivo y desesperado— hacia el borde del embarcadero y, cuando llegó, se desplomó encima y allí quedó, jadeando mientras el dolor irradiaba del
hombro.

«No puede seguir así», había dicho la señora Constantine. Tenía razón.

Nueva versión de la historia

Entró en la calle que buscaba con sensación de alivio. La turbulencia de su cabeza lo había embotado durante demasiado tiempo, empecinada en un único objetivo. No era un plan ni un pensamiento lo que lo había llevado allí. Ni siquiera podía decirse que fuese obra de su voluntad, porque había renunciado a tomar decisiones y había abandonado todo deseo, demasiado exhausto para hacer otra cosa que sucumbir ante lo inevitable. Estaba allí debido a algo más fundamental que todo eso. Vaughan no era un hombre aficionado a recrearse con palabras como «sino» y «destino», pero no podía negar que había sido algo de esa índole lo que le había conducido hasta esa verja, hasta el caminito de entrada y hasta la puerta pintada con pulcritud de la señora Constantine.

—Me dijo que podía volver. Dijo que podría ayudarme.

—Sí —le contestó ella, mirándole la mano vendada.

Ese día era un jarrón de rosas el que perfumaba la sala donde antes había jazmines, pero el gato estaba en el mismo lugar. En cuanto tomaron asiento, Vaughan empezó su relato.

—Encontraron a una niña ahogada en el río. La noche del solsticio de invierno. Vivió con nosotros durante medio año. Puede que le hayan llegado los rumores.

La señora Constantine lo miró con expresión críptica.

—Cuénteme —le dijo.

Se lo contó. Le contó que había ido a caballo hasta el Swan en busca de su esposa, que la había encontrado allí con la niña, que Helena estaba convencida de que era su hija, que él estaba igual de convencido, pero de lo contrario. Le habló de las otras partes reclamantes. De cuando se habían llevado a la niña a casa. El paso del tiempo y, con él, la gradual erosión de su convencimiento.

—Entonces, ¿al final empezó a pensar que era su hija?

Él arrugó la frente.

—Casi… Sí… No estoy seguro. Cuando vine a verla la vez anterior, mencioné que no recordaba la cara de Amelia.

—Sí, eso me dijo.

—Pues cuando intentaba recordarla, a la que veía era a esta niña. Ya no vive con nosotros. Vive con otra familia. Una mujer se presentó en la feria estival y dijo que la chiquilla no era Amelia. Dijo que era Alice Armstrong. Eso es lo que parece que cree la gente ahora.

La mujer esperó en una postura que lo invitaba a continuar hablando.

La miró a los ojos.

—Tienen razón. Y lo sé.

Ahí estaba Vaughan. Por fin había llegado al lugar que había evitado durante tanto tiempo. Pero la señora Constantine lo acompañaba.

Las palabras surgieron como un torrente suave. La historia se le escurría de los labios a un ritmo constante. Comenzó casi igual que la primera vez, el perezoso adormecimiento que había volado por los aires con el grito desesperado de su mujer en mitad de la noche, pero sus palabras ya no eran los recipientes polvorientos de un significado disecado, como había ocurrido la vez anterior. Eran objetos recién forjados, vivos y llenos de significado, y lo transportaron a la noche en que empezó todo, la noche del secuestro. La prisa por llegar al cuarto de su hija, el sobresalto de ver la ventana abierta y la cama vacía. Despertar a los sirvientes, buscarla toda la noche. Le habló del mensaje que recibió al amanecer. Le habló de lo lentas que transcurrieron las horas hasta el momento acordado.

Bebió otro sorbo de agua, pero apenas detuvo el flujo de palabras.

—Cabalgué a solas hasta el lugar indicado. No fue un trayecto fácil: no había ninguna estrella en el cielo que me iluminase el camino, y el sendero estaba lleno de socavones y piedras. De vez en cuando me bajaba de la montura y caminaba junto al caballo. No siempre sabía por dónde iba, pues los referentes que me ayudaban a la luz del día se habían perdido en la noche. Tuve que guiarme por mi intuición sobre el tiempo que había transcurrido y por las características del terreno que tenía bajo los pies… y por el río, claro. El río desprende una luz propia, incluso de noche. Estaba familiarizado con sus contoneos y, de vez en cuando, reconocía una curva concreta o un ángulo que me indicaba por dónde iba. Cuando vi que el brillo nocturno del agua quedaba cruzado por una banda más oscura, supe que había llegado al puente.

»Desmonté. No veía nada ni a nadie… Aunque hubiera habido una docena de hombres acechando inmóviles a unos metros de mí, no me habría enterado.

»Grité: "¡Eh! ¿Hay alguien ahí?".

»No hubo respuesta.

»Entonces, grité: "¡Amelia!". Pensé que la niña se sentiría más segura al saber que yo estaba cerca. Confiaba en que le hubieran dicho que iba a buscarla, que volvería a casa.

»Presté mucha atención por si oía una respuesta o, si no era una respuesta, al menos un ruido: un paso, un movimiento o una respiración. Lo único que me llegaba era el chapoteo del agua y, por debajo, ese otro sonido susurrante del río, un sonido bajo y profundo que uno no suele percibir.

»Accedí al puente y lo crucé. Al otro lado coloqué el dinero del rescate en la bolsa, junto al pilar de la base, según las instrucciones del mensaje. Al incorporarme creí oír algo. No eran voces ni pasos: algo menos definido. Mi caballo también lo oyó, porque relinchó. Me quedé a la espera un instante, preguntándome qué ocurriría a continuación, y me di cuenta de que debía alejarme del pilar para permitirles que recogieran el dinero. Era de suponer que querrían tenerlo en las manos, notar su peso, antes de liberar a Amelia. Retrocedí y entré en el puente de nuevo. Cogí velocidad, me caí… y, sin saber cómo, me vi tirado de bruces en el suelo en mitad de la noche.

El relato que brotó de la boca de Vaughan cobró vida propia. No recurrió a frases hechas, no había palabras ya ensayadas. Su historia tenía energía y velocidad propias, y con ellas, evocó el pasado en esa misma sala, su oscuridad y su frío helador. Vaughan tembló y sus ojos adoptaron la mirada vidriosa de quienes ven las imágenes del recuerdo.

—Después de la caída me quedé mareado. Fue un momento antes de poder recuperar el aliento. Me removí para comprobar si estaba herido, me pregunté si había alguien escondido para tenderme una emboscada. Me quedé de rodillas, casi esperando otro golpe que me tumbara de nuevo, pero no pasó nada y entonces supe que simplemente me había caído. Intenté recuperar la compostura. Di tiempo a que el mundo se asentara. Al cabo de unos minutos, me vi con ánimo de ponerme de pie y, mientras lo hacía, mi pierna rozó contra algo. De inmediato supe que ese fardo suave pero sólido era el objeto con el que me había tropezado. Me agaché para hacerme una idea de qué era, pero con los guantes puestos no lograba averiguarlo. Me quité los guantes y palpé de nuevo. Algo mojado. Frío. Denso.

»Tenía miedo. Incluso entonces, antes de encender la cerilla, temía lo que podía ser.

»Cuando conté con un poco de luz, descubrí que no me miraba. Fue un alivio. Tenía la cabeza inclinada hacia otro lado y miraba fijamente hacia el río. Ocurrió una cosa extrañísima, porque sus ojos tenían la misma forma que los ojos de Amelia. Iba vestida con la ropa de Amelia y sus pies estaban protegidos por las zapatillas de Amelia. También sus facciones eran las de Amelia. De un parecido asombroso. Y sin embargo, me pareció, con total certeza, tanto entonces como durante una buena temporada, que no era Amelia. No era mi niña. ¿Cómo iba a serlo? Yo conocía a mi hija. Sabía que sus ojos se iluminaban al verme, que sus pies bailaban y se arrastraban, que sus manos se alargaban, jugueteaban y lo tocaban todo. Cogí de la mano a aquella niña y no apretó los dedos alrededor de los míos como habría hecho Amelia. Vi un resplandor. Llevaba el collar de Amelia con el ancla de plata.

»La cogí en brazos, recogí a esa niña que no podía (¡no debía!) ser Amelia. Encontré un lugar en el que la orilla no era demasiado escarpada y me metí en el río. Avancé por el agua con ella en brazos y, cuando me cubría hasta la cintura, bajé los brazos y la solté. Noté cómo el río me la arrebataba.

Vaughan hizo una pausa.

—Era una pesadilla y esa fue la única forma que se me ocurrió de ponerle fin. Mi hija, mi Amelia, estaba viva. Lo entiende, ¿verdad?

—Lo entiendo.

Los ojos de la señora Constantine, tristes e inmutables, le sostuvieron la mirada.

—Pero lo que sé ahora, lo que sé desde hace mucho tiempo ya, es que sí era Amelia. Mi pobre hija murió.

—Sí —dijo la señora Constantine.

En ese momento, las compuertas del río reventaron y Vaughan notó el agua que salía a borbotones de sus ojos. Le temblaban los hombros y se sacudía adelante y atrás, con unos sollozos que parecían interminables. Las lágrimas le resbalaban de los ojos y caían en las mejillas, le recorrían la cara y saltaban de la mandíbula hasta el cuello, le mojaban la camisa, se escurrían de la barbilla y le humedecían las rodillas. Se llevó las manos a la cara y las lágrimas le mojaron los dedos, luego las muñecas y los puños de tela. Lloró y lloró hasta que se quedó seco.

La señora Constantine permaneció allí, con su inmensa y amable mirada, que lo había acompañado durante todo el proceso.

—Cuando la niña del río volvió a casa con nosotros, pensé cosas raras. Algunas veces me preguntaba… —sacudió la cabeza avergonzado, aunque un hombre podía contarle a la señora Constantine lo que fuera sin miedo a que lo considerara ridículo—, algunas veces me preguntaba: ¿y si no estaba muerta? ¿Y si la dejé en manos del río y se alejó flotando hasta que recuperó el conocimiento? ¿Y si hubiera recalado en otro sitio, con otras personas, y la hubieran tenido dos años y entonces, no sé cómo ni por qué, la hubieran encontrado flotando en el río de nuevo, y así había vuelto a nosotros? Era casi imposible, claro, pero los pensamientos así… Cuando uno quiere una explicación…

—Hábleme de Amelia —dijo la mujer al cabo de un rato—. ¿Cómo era en vida?

—¿Qué clase de cosas le gustaría saber?

—Lo que sea.

Vaughan pensó.

—Nunca estaba quieta. Incluso antes de nacer, no paraba de moverse… Eso fue lo que nos dijo la comadrona. Y cuando vino al mundo y la pusieron en el capazo, movía los brazos y las piernas sin parar, como si quisiera nadar en el aire y se sorprendiera de no poder hacerlo. Le gustaba abrir y cerrar la manita y cuando veía que su puño se convertía en una palma con dedos, la expresión de su rostro era de auténtica maravilla. Según dijo mi esposa, empezó a gatear muy pronto, y así fortaleció las piernas. Le gustaba agarrarse de mis dedos y yo la ayudaba a ponerse de pie, con los pies apoyados para que notase el suelo que la sustentaba. Pero no siempre podíamos darle la mano cuando quería desplazarse de aquí para allá. Un día, yo tenía que repasar unos documentos en el salón y gateó hasta mí, me dio golpecitos en los tobillos para llamar mi atención, porque quería que la pusiera de pie, pero yo estaba muy ocupado. Y entonces, de repente, una manita me cogió de la manga y ahí la tenía, de pie a mi lado. Ella sola se había dado impulso agarrándose de la pata de la silla y ¡la sorpresa y la alegría de su cara eran infinitas! ¡Ah, tendría que haberla visto! Mil veces tropezaba y caía, pero nunca lloraba, se limitaba a incorporarse y lo intentaba otra vez. Y cuando por fin aprendió a andar, ya nunca quería estar sentada.

Sin querer, sonrió ante el recuerdo.

—¿Puede verla ahora? —preguntó la señora Constantine en voz tan baja y cautelosa que apenas cortó el aire.

Vaughan vio a Amelia. Vio el mechón de pelo que le nacía en otra dirección, el color indefinido de sus pestañas y su curva perfecta, la pereza del sueño en el rabillo del ojo, la forma redondeada de sus mejillas y su tono sonrosado, el grueso labio inferior, los dedos regordetes con las uñas tan finas. No la vio en esa habitación ni la vio en ese preciso momento, sino en el infinito de la memoria. La había perdido en vida, pero en su recuerdo existía, estaba presente, así que la miró y la niña lo miró a los ojos y sonrió. Volvió a buscarla con la mirada, notó que ambos conectaban, padre e hija. Sabía que estaba muerta y sabía que se había ido, pero allí, en ese preciso instante, la vio, y supo que por lo menos eso (y solo eso) le había sido devuelto.

—La veo —dijo, y asintió, sonriendo a pesar de las lágrimas.

Sintió que recuperaba los pulmones; el peso de la cabeza dejó de provocarle dolor en las cervicales. El latido de su corazón se estabilizó en el pecho. No sabía qué le depararía el futuro, pero sabía que existía. Notó cómo crecía su interés por él.

—Vamos a tener otro hijo —le dijo a la señora Constantine—. A finales de año.

—¡Enhorabuena! Qué buena noticia.

Volvió a sentir regocijo al escuchar la respuesta de la mujer.

Tomó una inmensa bocanada de aire, a conciencia, y cuando la soltó, apoyó las manos en las rodillas y se dispuso a marcharse.

—Ah —exclamó en voz baja la señora Constantine—. ¿Hemos terminado?

Vaughan detuvo el movimiento y reflexionó. ¿Había algo más? Entonces cayó en la cuenta. ¿Cómo podía habérsele olvidado?

Le contó lo de la pitonisa de la feria, la oportunidad de pagar a Robin Armstrong para que se olvidara de la niña, la amenaza implícita de que podía compartir con su esposa el dato de la muerte de Amelia.

La mujer lo escuchó con atención. Cuando terminó su relato, asintió con la cabeza.

—No era eso lo que esperaba escuchar cuando le he preguntado si habíamos terminado. Me acordé de que, la primera vez que vino a verme, me dijo que había un problema concreto que quería solventar…

Vaughan intentó hacer memoria de cómo había ido su primer encuentro. Hacía tanto tiempo… ¿Qué le había empujado a ir en aquella ocasión?

—Algo referente a su esposa… —le ayudó la señora Constantine.

—Le pedí que le dijera a Helena que Amelia estaba muerta.

—Exacto. Me preguntó cuánto le cobraría por decírselo, si no recuerdo mal. Y ahora se está planteando pagar a un desconocido una gran cantidad de dinero justo para impedir que le diga a Helena eso mismo.

Vaya. Vaughan se reclinó en la silla. No lo había pensado desde esa perspectiva.

—Señor Vaughan, me pregunto cuánto costaría que usted le contara a su mujer lo que ocurrió esa noche.

Un rato más tarde, tras beber el líquido claro que sabía a pepino y aclararse la cara en el agua que no estaba ni demasiado caliente ni demasiado fría, se despidió de la señora Constantine.

—A esto se dedica, ¿verdad? Ahora lo entiendo. Pensaba que era solo jugar con humo y espejos. Un truco. Pero es verdad que hace volver a los muertos, pero no de esa manera.

Ella se encogió de hombros.

—La muerte y el recuerdo están hechos para ir de la mano. Algunas veces, hay algo que se encalla y entonces la gente necesita un guía o alguien que la acompañe en su duelo. Mi marido y yo estudiamos juntos en Estados Unidos. Hay una ciencia nueva en ese país; puede ser muy complicada de explicar, pero sin desviarnos mucho podríamos decir que es la ciencia de la emoción humana. Él encontró trabajo aquí en Oxford, en la universidad, y yo aplico lo que aprendí de ese ámbito. Ayudo en lo que puedo.

Vaughan dejó los honorarios en la mesita de la entrada.

Al salir de la casa, Vaughan sintió un frío inesperado en las rodillas y junto al cuello de la camisa. También lo notó en las muñecas. Todavía llevaba la ropa húmeda donde sus lágrimas se habían colado en la tela de los puños y el cuello y donde habían goteado a la altura de las rodillas. «Es asombroso —pensó—. ¿Quién iba a decir que el ser humano tuviese tanta agua dentro?»

Fotografiar a Alice

El *Colodión* llevó a Rita y a Daunt río abajo, hasta la granja de Kelmscott, y durante la travesía su conversación (sobre los Vaughan, sobre los Armstrong, pero en especial sobre la propia niña) logró enmascarar lo cohibidos que se sentían en presencia del otro. Sin embargo, cuando uno de ellos sabía que el otro estaba entretenido, cuando uno estaba seguro de que el otro no lo veía, sus ojos miraban de reojo con amor y dolor, para aliviar el exceso de sentimiento que, de lo contrario, amenazaba con vencerlos.

Al llegar a Kelmscott, los niños más pequeños los esperaban en la orilla. Saludaron con la mano en cuanto vieron el elegante barco azul marino y blanco, decorado con sus llamativas florituras de un amarillo anaranjado. Rita escudriñó con avidez el paisaje y no tardó en distinguir a la niña. Estaba con los demás, saludando; luego otro niño, el hijo menor que casi tenía la misma edad que ella, la cogió de la mano y juntos corrieron de vuelta a la casa.

—¿Adónde ha ido? —preguntó Daunt, distraído por su ausencia mientras trataba de concentrarse en amarrar el barco.

—A la casa —respondió Rita, ansiosa, y al poco añadió—: ¡Ya ha vuelto! Solo iban a buscar a los mayores.

Todos los hijos de Armstrong les echaron una mano, cada uno en la medida de sus posibilidades, desde los chicos mayores que escucharon a Daunt con atención antes de levantar el pesado equipo, hasta los pequeños, a los que Rita dio algo ligero e irrompible, que transportaron orgullosos por el campo, dándose mucha importancia, hasta llegar a la casa. Descargaron todo el material en un tiempo récord.

Rita no perdía de vista a la niña en ningún momento. Hiciera lo que hiciera, siempre tenía un ojo puesto en ella, y se fijó en que los otros niños la trataban con afecto, los mayores tenían paciencia y los pequeños iban despacio para no dejarla atrás. Entonces se le ocurrió preguntarse si tal vez le faltaba la compañía de otros niños cuando estaba con los Vaughan, y no pudo evitar pensar que la amabilidad de todos esos niños debía de ser buena para la chiquilla.

Bess les invitó a pasar al comedor, donde también había tareas por hacer. Armstrong y los hijos mayores recolocaron la mesa y las sillas según les indicaba Daunt.

—No hace falta que yo salga en la foto —dijo Bess—. A ver, si alguien quiere saber qué aspecto tengo, siempre puede encontrarme aquí.

Pero Armstrong insistió y los hijos lo secundaron, de modo que enseguida se pusieron a planificar las fotografías: la primera sería de Armstrong y Bess; después ya harían el retrato de toda la familia.

—¿Dónde está Robin? —preguntó nervioso Armstrong—. Hace ya media hora que debería haber llegado.

—Ya sabes cómo son los jóvenes. Ya te dije que no contaras con él —murmuró su esposa.

El arrepentimiento de Robin, que tanto había afectado a su marido, no había disipado las dudas de la propia Bess hacia su hijo.

—Siempre se le han dado mejor las palabras que los actos —le recordó, pero cuando Armstrong decidía perdonar (como hacía siempre), ella prefería no insistir en el tema.

Además, al ver a su hijo mayor con la niña en brazos en la feria, había descubierto, para su sorpresa, que la esperanza también había empezado a anidar en su corazón. La vigilaba de cerca, con la dolorosa curiosidad de un jardinero que observa los frágiles progresos de una planta que no tiene posibilidades de salir adelante. Se había percatado de que su hijo nunca iba a ver a la niña. Armstrong había escrito a Robin para comunicarle el día y la hora de la sesión fotográfica, como si ahora pudiesen contar siempre con su presencia, pero no había obtenido respuesta, y ella no se había sorprendido en absoluto de que no hubiera aparecido.

—Primero les haré una a la señora Armstrong y a usted —dijo Daunt—. Así su hijo tendrá tiempo de sobra de llegar si hay algo que lo ha entretenido.

Sentó a Bess en la silla y puso a Armstrong detrás, luego colocó la placa fotográfica mientras les recordaba que debían estar quietos. Una vez preparado todo, se escondió bajo la tela oscura y quitó la tapa del objetivo mientras Rita, que estaba detrás de la cámara, animaba a la pareja de modelos a mirar fijamente en una dirección. Durante esos diez segundos, los Armstrong tuvieron tiempo de sentir todo lo que sentía la gente a quien fotografiaban por primera vez: vergüenza, rigidez, nervios, importancia y cierto ridículo. Pero media hora más tarde, cuando miraban el producto terminado, ya revelado, lavado, seco y enmarcado, se vieron como no se habían visto nunca antes: eternos.

—Bueno… —dijo Bess pensativa, y daba la impresión de que fuera a terminar la frase, pero en lugar de eso se quedó callada, mientras sus ojos repasaban de arriba abajo la fotografía de una mujer de mediana edad con un parche en el ojo y un hombre negro y serio detrás de ella, con una mano apoyada en su hombro.

Mientras tanto, Armstrong miró la foto por encima del hombro de su mujer y le dijo que había salido muy guapa, pero no podía evitar fijarse una y otra vez en su propia cara seria. Cada vez que se miraba en la fotografía, se le ensombrecía la expresión.

Estaban tan absortos mirando la fotografía que todos se distrajeron, pero al final llegó el momento de prepararse para la foto de grupo, y Robin seguía sin llegar. No se habían oído los cascos de ningún caballo en los adoquines ni se había abierto la puerta de la entrada. De todos modos, Armstrong llamó a la sirvienta para que fuese a comprobar si se había colado sigilosamente por la parte de atrás, pero no. Allí no había nadie.

—Venga, vamos —dijo Bess con firmeza—. Si no está, no está, y no hay nada que podamos hacer. Teniendo en cuenta que vive en Oxford, puede ir al estudio del señor Daunt en cualquier momento a que le haga una fotografía. Será cien veces más fácil para él.

—¡Pero habría sido una maravilla tener a todos los niños juntos! ¡Y está Alice!

En efecto, estaba Alice.

Bess suspiró y cogió a su marido por el brazo para intentar animarlo.

—Ahora Robin ya es un hombre, y no un niño que hace lo que sus padres le dicen. Vamos, valoremos lo que tenemos. Aquí están todos los demás, los seis juntos, felices e ilusionados de posar con nosotros y con Alice. Ven.

Instó a Armstrong a que se pusiera en el sitio que le habían asignado. Todos los niños se recolocaron para rellenar el hueco que había dejado libre el hermano ausente.

—¿Todos listos? —preguntó Daunt, y el señor Armstrong miró de reojo por última vez en dirección a la ventana, por si acaso.

—Todos listos —respondió con un suspiro.

Armstrong, su mujer y sus seis hijos menores miraron fijamente durante diez segundos al ojo de la cámara, del tiempo, del futuro, y quedaron grabados para la inmortalidad. Rita, que observaba la escena desde un rincón de la habitación, se fijó en que la niña a la que llamaban Alice miraba a un punto todavía más alejado, más allá de la cámara, más allá de las paredes, más allá de Kelmscott, algún punto tan alejado que bien podía estar más allá de la eternidad.

Mientras Daunt revelaba la fotografía, la señora Armstrong y sus hijas prepararon la mesa para la cena y los muchachos se pusieron la ropa de trabajo para ir a alimentar a los animales. Rita se quedó a solas con Armstrong justo cuando salió el sol y paró la lluvia.

—¿Le gustaría ver la granja? —la invitó.

—Claro.

El hombre cogió a la niña en brazos y, mientras salían del salón, dio la impresión de que apenas notaba su peso.

—¿Cómo está? —preguntó Rita—. ¿Le parece que está bien?

—No sabría qué decirle. Por norma general, se me da bastante bien conocer a los seres vivos, ya sean humanos o animales. Es cuestión de observación. Con los pollos se nota la inquietud en sus plumas. Un gato puede decir mucho a través de la forma de respirar. Los caballos… Bueno, son un poco de todo. Los cerdos te transmiten su opinión con la mirada. Esta pequeñuela es difícil de descifrar. Un misterio, ¿verdad, cochinillo?

Le acarició el pelo y la miró con ternura.

La niña lo miró y después miró a Rita, sin dar muestras claras de reconocerlos, sino más bien como si fuese la primera vez que los veía. Rita se recordó que así había sido siempre, incluso en casa de los Vaughan, donde los había visitado con frecuencia.

Mientras caminaban, Armstrong iba señalando cosas que podían interesar a Rita o a la niña, que miraba donde le indicaba el granjero y, entre un detalle y otro, descansaba la cabeza en el ancho hombro del hombre y dejaba la mirada perdida, para volver a concentrarse en su propio mundo. Rita tenía la impresión de que, tras los comentarios de Armstrong acerca de su granja, su mente repasaba alguna desgracia privada y supuso que se trataba de la ausencia de su hijo. Rita no le dio conversación ni le preguntó nada para invitarlo a hablar, sino que se limitó a caminar a su lado hasta que su presencia tranquila lo animó a sincerarse.

—Un hombre como yo se acostumbra a reconocerse desde el interior. El interior es lo que mejor conozco. Tampoco soy muy dado a estudiar mi apariencia externa en el espejo. Es curioso cuando uno se ve en una fotografía. Es como encontrarse con el hombre exterior.

—Cuánta razón tiene.

Cuando Armstrong volvió a hablar, fue para formularle una pregunta.

—Si no me equivoco, usted no tiene hijos.

—No estoy casada.

—Ojalá los tenga algún día. No he conocido felicidad comparable a la de mi mujer y mis hijos. Nada significa tanto para mí como mi familia. Supongo que habrá hecho sus conjeturas sobre mi historia, ¿no?

—No me gusta hacer conjeturas. Pero sé lo que dicen en el Swan, que sus padres eran un príncipe y una esclava.

—Eso es una fantasía, pero hay algo de verdad en esa leyenda. Mi padre era un hombre rico; mi madre, una criada negra. Vivían en la misma casa cuando eran adolescentes, poco más que unos chiquillos, y me concibieron por amor e ignorancia. Supongo que podría decirse que tuve suerte... y mi madre también. La mayor parte de las familias la habrían echado, pero mi padre reconoció que era hijo suyo. Creo que quería casarse con ella. Algo así era imposible, por supuesto. Pero como su familia era compasiva, hicieron las cosas lo mejor que pudieron. Cuidaron de mi madre hasta que nací y me amamantó, y después del destete la llevaron a otra ciudad y le buscaron un trabajo para que pudiera ganarse la vida hasta que se casara; algo que hizo unos cuantos años después, con un hombre de su condición. Me metieron en un hogar para niños que, por una u otra razón, no podían vivir con su familia pero que tenían dinero que los respaldara, y más adelante me mandaron a la escuela, a una bastante buena. Así pues, crecí en la periferia de dos familias, una rica y una pobre, una blanca y una negra, y nunca estuve en el centro de ninguna de las dos. Bastante apartado de la vida familiar. Casi todos mis primeros recuerdos son del colegio, aunque conocía tanto a mi padre como a mi madre. Dos veces al año mi padre iba al colegio y me sacaba a pasar el día fuera. Recuerdo que una vez me monté en el carruaje en el que me esperaba mi padre, y me sorprendió mucho encontrar allí a otro niño, unos años menor que yo. «Bueno, ¿y qué me dices de este muchachito, Robert?», me preguntó mi padre. «¡Dale la mano a tu hermano!» ¡Menudo día pasamos! Recuerdo un lugar (para ser sincero, no tengo ni idea de dónde era) con el césped bien cortado. Me pasé el rato tirándole la pelota a mi hermano hasta que al final logró atraparla un par de veces y se puso a bailar de alegría. Nunca lo olvidaré. Más tarde, mientras mi padre se quedaba junto al tronco, preparado para cogernos si nos caíamos, le enseñé dónde debía poner los pies para trepar a un árbol. No era un árbol muy grande, pero claro, él tampoco era un niño grande. Ambos éramos demasiado pequeños para saber qué diferencia había entre nosotros, pero empecé a percatarme de que pasaba algo cuando regresé al colegio y me bajé del carruaje, mientras que los dos, juntos, se marcharon a un lugar llamado hogar familiar. No sé qué sucedió después. No volví a ver al chico, aunque sé su nombre y que después de él llegaron otros hermanos y hermanas. Tal vez alguien descubriera que mi padre nos había animado a conocernos, cuando no debía hacerlo. Tal vez se lo pensó dos veces y prefirió no reunirnos más. Fuera cual fuese el motivo, no volví a ver a mi hermano. Supongo que ni siquiera se acordará de mí. Ni siquiera puedo estar seguro de que sepa de mi existencia. Hasta ahí lo que sé de la familia de mi padre.

»En cuanto a la familia de mi madre, allí no era un completo desconocido. De vez en cuando me permitían hacerles alguna visita corta en vacaciones. Tengo buenos recuerdos de esas ocasiones. Su casa estaba llena de charlas y movimiento, de risas y amor. Fue una buena madre conmigo, al menos hasta donde se atrevía; una vez incluso me abrazó y me dijo que me quería, aunque yo estaba tan poco acostumbrado a esas muestras de afecto que se me trabó la lengua y apenas supe devolverle el abrazo. Su marido tampoco era antipático conmigo, aunque siempre les decía a mis hermanos que tuvieran cuidado con lo que decían delante de mí. "Robert no está acostumbrado a vuestras barbaridades", solía decir cuando su conversación subía de tono. Nunca quería marcharme de esa casa. Siempre pensaba que la siguiente vez que fuera sería la que me permitirían quedarme, y cada despedida era una decepción. Al final, me di cuenta de que cada vez que nos veíamos me parecía menos a mis hermanos, hasta que llegamos a no tener nada en común. Llegó un momento en que esas visitas vacacionales, que ya eran escasas, cesaron por completo. No fue una interrupción brusca. Nadie dijo en ningún momento que no volverían a suceder. Simplemente, se juntaron varias vacaciones seguidas en las que no fui de visita y, luego, al cabo de un tiempo, comprendí que se había acabado. La línea divisoria entre mis hermanos y yo se había convertido en un muro sólido.

»Cuando tenía diecisiete años, mi madre mandó que me llamaran. Estaba agonizando. Volví a su casa. El edificio era mucho más pequeño de lo que recordaba. Entré en su dormitorio y encontré la habitación llena de gente. Por supuesto, mis hermanos ya estaban allí, sentados a los pies de la cama y arrodillados en el suelo para estar más cerca de ella. Podría haberles pedido que me dejasen colocarme a su lado para darle la mano un momento, y si ella hubiese estado en posesión de sus facultades y hubiera sabido de mi presencia, seguro que lo habría hecho, pero ya era tarde para eso. Así pues, me quedé de pie en el umbral de la puerta, mientras mis hermanos se sentaban y se arrodillaban junto a la cama, y cuando exhaló el último aliento, una de mis hermanas se acordó de mí y dijo que tal vez Robert quisiera leer ("porque lee muy bien", dijo), de modo que leí unos versículos de la Biblia con mi voz de hombre blanco y, en cuanto terminé, pensé que no tenía motivos para quedarme. Al salir, le pregunté a mi padrastro si podía ayudarlos de algún modo y me dijo: "Puedo cuidar yo solo de mis hijos; gracias, señor Armstrong". Hasta entonces siempre me había llamado Robert, pero supongo que a partir de ese momento era un adulto, así que me denominó con ese apellido, un apellido que no venía de ninguna parte, que se había sacado de la manga, pues no pertenecía a ninguno de mis padres, sino que era solo mío.

»Asistí al funeral. Mi padre me acompañó. Propuso que nos colásemos discretamente en la parte de atrás y después nos marchásemos antes de que los demás asistentes se dieran la vuelta para salir del templo.

Al llegar a ese punto, Armstrong hizo una pausa. Un gato salió del granero y, al ver al granjero, avanzó al trote, se detuvo a un metro y medio del hombre para darse impulso sobre las patas traseras y entonces dio un salto como los muñecos de las cajas sorpresa y se subió al hombro de Armstrong.

—Menudo espectáculo —dijo Rita, mientras el gato se acomodaba y se rascaba la mejilla contra la mandíbula del hombre.

—Es una criatura singular y muy afectuosa.

Armstrong sonrió mientras seguían caminando, con el gato en equilibrio como el loro de un pirata sobre el hombro de su dueño.

—No estaba integrado, ¿sabe usted, señorita Sunday? En ninguno de los dos sitios. En ninguno de sus corazones. Y ahí está la cuestión. Sé lo que es estar en la periferia. No me malinterprete: no es una queja, sino una explicación, aunque he sido muy prolijo hasta llegar al meollo del asunto. Perdóneme, son temas de los que un hombre habla muy pocas veces, y se siente cierto... No sé muy bien cómo denominarlo. ¿Placer? Por lo menos, cierto alivio en confesar las intimidades.

Rita lo miró a los ojos y asintió.

—En el fondo de su corazón, mis padres eran buenas personas, señorita Sunday. Los dos, estoy seguro, me amaron en la medida en que les permitieron hacerlo. Por desgracia, no fueron libres de amarme tanto como habrían deseado. Mi riqueza me separaba de mis hermanos por parte materna y mi piel me separaba de mis hermanos por la otra parte. Sin duda, debí de ser un incordio y un motivo de vergüenza tanto para mi madrastra como para mi padrastro. No obstante, siempre he sido extremadamente consciente de la inmensa suerte que tengo. A ver, incluso antes de conocer a Bess ya sabía que era un hombre afortunado.

»Verá, como sé lo que es no estar integrado, cuando nació Robin me vi reflejado en él. Más en él, debo reconocerlo, que en ninguno de los otros hijos, por extraño que parezca. Los otros son míos en un sentido que el mundo comprende. Son carne de mi carne y sangre de mi sangre, y los quiero. Quiero a mis chicos y a mis chicas más que a la vida misma. Al verlos juntos, veo a los hijos de mi madre, la alegría que se contagian unos a otros y la que nos dan a mi esposa y a mí. Me llena de gozo saber que he sido capaz de proporcionarles esta vida. Pero cuando veo a Robin (que no es hijo mío, no de la misma manera, por algo que fue la desgracia de Bess y no su culpa), bueno, veo a un chico en la periferia de las cosas. Veo a un chico que fácilmente podría haber caído por entre las fracturas de las familias. Que podría haberse echado a perder. E hice el firme propósito (no el día en que nació, no, mucho antes de eso) de llevarlo en el centro de mi corazón. Me juré que lo valoraría como cualquier niño merece que lo valoren. Que lo amaría como cualquier niño merece que lo quieran. Mi deseo fue lograr hacerle saber en todo momento que siempre ocuparía un lugar en mi corazón. Porque si hay algo que no soporto es el sufrimiento de un niño.

Armstrong se quedó callado y, cuando Rita lo miró a la cara, vio que el hombre tenía las mejillas perladas de lágrimas.

—Esos sentimientos dicen mucho de usted —comentó Rita—. Es el mejor padre del mundo. Lo que he visto hoy en su familia me lo ha confirmado.

Armstrong miró a lo lejos.

—Cien veces me ha roto el corazón ese muchacho. Y lo hará otras cien veces más antes de que acaben mis días.

Habían llegado hasta la pocilga. Armstrong hurgó en el bolsillo y sacó unas bellotas. Los cerdos más jóvenes se acercaron entre gruñidos amistosos y olfatearon el ambiente, así que fue repartiendo bellotas, les dio palmaditas en los costados y les rascó detrás de las orejas.

En ese momento, Daunt los llamó. Volvía del *Colodión* con la fotografía de la familia Armstrong terminada y enmarcada. Se la mostró a Armstrong, que asintió con la cabeza y le dio las gracias.

—Espere, señor Daunt. Hay otra fotografía de la que me gustaría hablarle.

Sacó del bolsillo un marco pequeño y le dio la vuelta para enseñárselo a Rita y a Daunt.

—¡El cerdo que leía el futuro! La compró el día de la feria.

—En efecto, señorita Sunday. —Armstrong se había puesto serio—. También recordará que al ver a esta cerda me vi sobrecogido por la emoción. Señor Daunt, conozco a este animal. Es una hembra llamada Maud. Esta cerda era mía. Y esa cerda de ahí —señaló a la puerca que comía bellotas tan tranquila— es su hija Mabel. Y aquella pequeña de allá, su nieta Matilda. Hace unos tres años, sin apenas alboroto, se la llevaron de esta misma pocilga, y desde ese día no la había vuelto a ver hasta que me llamó la atención su fotografía.

—¿Se la robaron?

—La robaron… La secuestraron… Llámelo como quiera.

—Pero ¿es fácil robar un cerdo? No se me ocurriría intentar mover a uno de esos animales.

—No sé por qué no se quejó. Un cerdo es capaz de chillar tan fuerte que despertaría a toda la casa si se lo propusiera. Había manchas rojas entre la pocilga y el camino. Al principio temía que fuese sangre, pero en realidad, eran manchas de frambuesas. Le encantaban las frambuesas. Supongo que así fue como la convencieron para que los siguiera.

Suspiró compungido y señaló una esquina de la fotografía.

—Dígame, ¿qué ve ahí? A mí me parece ver una sombra. He mirado la foto una y otra vez y tengo la impresión de que esa sombra pertenece a una persona, y de que esa persona intentaba apartarse del objetivo, permanecer al margen, mientras se hacía la fotografía.

Daunt asintió.

—La foto tiene casi tres años e imagino que, después de tanto tiempo, no será posible recordar quién era esa persona. Además, puede que ni siquiera fuera quien que se encargaba de Maud, sino otra persona cualquiera. Pero se me ocurrió que, si usted fuera de los que tienen buena memoria, quizá fuese capaz de decirme algo acerca del dueño de esa sombra.

Mientras hablaba, Armstrong miraba a Daunt con una expresión que casi anticipaba una decepción en lugar de mostrar esperanza.

Daunt cerró los ojos. Consultó las imágenes que tenía almacenadas en la mente. La fotografía había estimulado su recuerdo.

—Un hombre bajo. Por lo menos cuatro dedos más bajo que la señorita Sunday. Constitución enclenque. Lo que más llamaba la atención de él era su abrigo. Le quedaba enorme, no solo era demasiado largo, sino que resultaba demasiado ancho para sus hombros. En ese momento me pregunté por qué llevaba abrigo en un cálido día de verano, cuando todos los demás iban en mangas de camisa. Supuse que le daría vergüenza su estatura. Y que tendría la esperanza de que la amplitud de la prenda convenciese a los demás de que había un hombre acorde dentro de ella.

—Pero ¿qué aspecto tenía? ¿Era viejo o joven? ¿Rubio o moreno? ¿Con barba o afeitado?

—Bien afeitado y con la barbilla estrecha. Poco más puedo decirle, porque llevaba un sombrero calado tan bajo por encima del rostro que lo tapaba casi por completo.

Armstrong observó la fotografía como si, de tanto mirarla, pudiera acabar viendo más allá de los límites del marco y encontrar al desconocido de tan baja estatura.

—¿E iba acompañado de la cerda?

—Sí, sí. Solo hay una cosa que puedo decirle sobre él y que tal vez resulte significativa. Le pregunté si quería ponerse al lado de la cerda para la fotografía, pero no quiso. Se lo volví a preguntar, y volvió a negarse. A la luz de lo que acaba de contarnos usted sobre el robo de su cerda, ¿no le parece revelador que el hombre insistiese tanto en que no lo fotografiara?

La más pequeña de las hermanas Armstrong apareció corriendo y llamó para avisarles de que la cena estaba lista. Pidió a su padre que bajara a su sobrina, así que Armstrong dejó a la niña en el suelo. De la mano, la sobrina y la tía en miniatura corrieron a casa. La niña mayor moderaba el paso para no dejar atrás a la pequeña.

—Disculpe la falta de formalidad —dijo Armstrong—, pero solemos cenar en la cocina. Ahorra tiempo y así podemos cenar con la ropa de trabajo.

Una vez dentro, vieron una mesa larga provista de pan y carne, y también había varios tipos de pastel y un olor a bizcocho recién hecho muy apetitoso en el ambiente. Los hijos mayores ponían mantequilla en el pan para los menores, y la más pequeña de todos se sentó en las rodillas del hermano mayor, que era en realidad su tío, y se deleitó con lo mejor de todos los platos. El propio Armstrong se esforzaba por asegurarse de que todos, niños e invitados, tuvieran todo lo que necesitaban, y tan ocupado estaba pasando platos aquí y allá por la mesa, que al final fue el único que acabó con un plato vacío.

—Sírvete, cariño mío —le instó la señora Armstrong.

—Enseguida voy, pero es que Pip no llega a las ciruelas…

—Este hombre preferiría morirse de hambre antes de dejar que les faltara algo a sus hijos —le dijo Bess a Rita mientras acercaba un poco las ciruelas a su hijo y con la otra mano ponía una rebanada de pan con queso en el plato de su marido, aunque a esas alturas el granjero había salido y estaba junto a la puerta de la cocina vertiendo leche en un platito para el gato.

Una de las chicas hizo mil preguntas a Rita sobre medicina y remedios curativos, y era tan rápida siguiendo sus explicaciones y lo comprendía todo tan bien que Rita se volvió hacia su madre para decirle:

—Tienen a una enfermera en ciernes…

En la otra punta de la mesa, los niños tenían infinidad de preguntas para Daunt sobre fotografía y sobre el cuadriciclo.

Cuando ya solo quedaban las migajas, Daunt notó una claridad nueva en la cocina y asomó la cabeza al exterior.

—¿Todavía está montado el cuarto oscuro?

Rita asintió.

—Podríamos aprovechar al máximo la luz, ¿no le parece? Señor Armstrong, ¿qué opina de hacer una fotografía del granjero en acción, quizá? ¿Cree que su caballo se mantendrá quieto diez segundos?

—La yegua aguantará quieta si estoy con ella.

Llevaron a Veloz al patio y le pusieron la silla de montar. Daunt no quitaba ojo de encima al cielo. Armstrong montó.

—¿Y qué hay del gatito? —se preguntó Rita en voz alta—. ¿Adónde ha ido?

Encontraron al gato y lo llevaron con los demás. Lo levantaron y se quedó sentado en el hombro de su amo, ronroneando.

En cuanto los hijos de los Armstrong captaron la naturaleza de la fotografía, fueron a buscar al perro. Este, ya mayor, se dejó llevar dócilmente y se colocó donde lo dejaron, junto a las patas delanteras de Veloz, y allí se quedó sentado, muy erguido, y miró fijamente a la cámara como el modelo más obediente. Y entonces, cuando todo estaba ya preparado, Armstrong dio un respingo.

—¡Matilda! —exclamó—. ¡No podemos excluir a Matilda!

Su hijo mediano echó a correr a gran velocidad.

La nube que hasta entonces languidecía inmóvil en el cielo empezó a desplazarse poco a poco. Daunt observó su movimiento gradual y miró con ansiedad hacia la esquina por la que había desaparecido el muchacho. Al ver que la nube surcaba el cielo cada vez más rápido, el fotógrafo abrió la boca y dijo:

—Creo que tendríamos que…

Entonces reapareció el chico, como un rayo, con algo debajo del brazo.

La nube aceleró el ritmo aún más.

El chico le pasó un fardo retorcido de carne rosada a su padre. Daunt hizo una mueca.

—El movimiento lo va a estropear.

—No se moverá —dijo Armstrong—. Si yo se lo digo, estará quieta.

Levantó al cochinillo y le murmuró algo al oído mientras el gato prestaba atención, con la oreja ladeada. Acomodó al animalillo en el hueco del brazo, con el lomo debajo del codo, y por fin todo el cuadro: hombre, montura, perro, gato y cochinillo, adoptaron una pose de perfecta inmovilidad que duró quince perfectos segundos.

Rita esperó con Bess en la cocina mientras los chicos de los Armstrong ayudaban a Daunt a transportar el equipo de vuelta al *Colodión*. Bess no paraba de mirar las fotografías, y Rita espiaba por encima de su hombro. La niña aparecía sentada en el regazo de una de las hijas mayores. A su alrededor, los demás niños habían sido incapaces de contener la sonrisa y exhibían sus radiantes expresiones inmóviles ante la cámara. La recién llegada a la familia miraba a la lente. Sus ojos, que en la vida real eran tan desconcertantes, con su color indefinible y siempre cambiante, esa mezcla de gris, azul y verde pardusco, quedaban simplificados en la estampa por la ausencia de color, y Rita se sintió turbada, igual que se había sentido ante la fotografía de Amelia en el barco. La niña tenía un aire resignado, ausente, en las fotos que no se apreciaba tanto en persona.

—¿Cree que es feliz, Bess? —preguntó dubitativa—. Usted es madre. ¿Qué opina?

—Bueno, juega bien, y corre de aquí para allá. Tiene un apetito saludable. Le gusta bajar al río y los mayores se la llevan de paseo a diario para que pueda chapotear un poco y estar al aire libre. —Las palabras de Bess eran una cosa; su tono de voz implicaba otra—. Pero conforme avanza el día, se cansa mucho. Mucho más de lo que sería de esperar, como si todo le resultara el doble de fatigoso que a cualquier otro niño. Se apaga la luz de sus ojos… La pobrecilla parece agotada… Y, en lugar de dormir, lo único que hace es llorar. No puedo hacer nada para consolarla.

Bess jugueteó con el parche del ojo.

—¿Qué le ocurre en el ojo? ¿Cree que podría ayudarla? Soy enfermera; estaría encantada de echarle un vistazo.

—Se lo agradezco, Rita, pero no. Ya di por perdido este ojo hace mucho tiempo. No me causa problemas, salvo que mire a la gente con él.

—¿Por qué lo dice?

—A veces no me gusta lo que veo con él.

—¿Qué ve?

—Cómo es la gente en realidad. Cuando era niña, pensaba que todo el mundo era capaz de mirar dentro del corazón de las personas. No me daba cuenta de que lo que yo podía ver quedaba oculto para todos los demás. A la gente no le gusta que se airee cómo es su verdadera persona, y esta habilidad me ocasionó problemas más de una vez. Así pues, aprendí a guardarme para mí lo que veía. De niña, solo comprendía lo que podría comprender una chiquilla de mi edad, ¿sabe? Y, en cierto modo, era una especie de protección, supongo, pero conforme crecía, cada vez me gustaba menos lo que veía. Saber demasiado es una carga. Cuando cumplí los quince años me confeccioné el primer parche y, desde entonces, siempre he llevado uno u otro. Por supuesto, todo el mundo cree que es porque me da vergüenza el ojo. Piensan que escondo mi fealdad ante ellos, cuando lo que oculto es su propia fealdad.

—Qué habilidad tan extraordinaria —dijo Rita—. Estoy intrigada. ¿Se lo ha quitado alguna vez para probarlo desde aquella época?

—Dos veces. Pero he pensado varias veces en volver a hacerlo desde que ha llegado este nuevo miembro a la familia. He pensado en quitarme el parche para «verla».

—¿Para descubrir quién es?

—El ojo no me dirá eso. Solo me dirá cómo se siente alguien en su piel.

—¿Le diría si es feliz o no?

—Sí.

Bess miró a Rita con inseguridad.

—¿Debería hacerlo?

Ambas miraron por la ventana y vieron a las niñas jugando con el gato. Las hijas de los Armstrong se reían y sonreían mientras tiraban de un trozo de cordel para que el gato lo atrapase y se encaramase. La niña miraba sus payasadas sin decir nada. De vez en cuando, intentaba sonreír, pero eso parecía bastar para agotarla y no paraba de frotarse los ojos.

—Sí —dijo Rita.

Bess salió al patio y regresó con el gato. Rita cogió a la niña en su regazo y Bess se sentó enfrente. Se cambió de sitio el parche para que le tapase el ojo bueno, con la cara apartada de la chiquilla hasta haber completado el proceso. Entonces inclinó la cabeza y colocó a la niña en el punto hacia donde miraba su ojo perdido.

Bess se llevó la mano a la boca a toda velocidad y suspiró afligida.

—¡No! ¡La pobre niña está tan perdida! Quiere ir a casa con su papá. ¡Ay, pobrecilla! —Bess cogió en brazos a la niña y la acunó, para consolarla en la medida de lo posible. Por encima de su cabeza, habló con Rita—. Su sitio no es este. Debemos devolverla a casa de los Vaughan. ¡La llevaremos hoy mismo!

Verdades, mentiras y el río

—¿Qué dice su ciencia médica acerca del ojo «vidente» de la señora Armstrong? —preguntó Daunt desde el timón.

—Usted es un científico óptico. ¿Qué opina?

—No hay ojo, ni humano ni mecánico, que pueda ver el alma de los niños.

—Y sin embargo, aquí estamos, llevando a esta niña de vuelta con los Vaughan en respuesta a la reacción de Bess. Porque confiamos en ella.

—¿Por qué confiamos en una cosa que ninguno de los dos cree?

—Yo no he dicho que no lo creyera.

—¡Rita!

—La explicación podría ser esta: de niña, Bess estaba enferma; su cojera y el problema en el ojo la separaron de los demás niños. Tuvo más oportunidades para observar... y más tiempo para evaluar lo que había observado. Se convirtió en una juez del carácter increíblemente certera, y aprendió qué se siente al vivir junto a otros seres humanos cuando se sabe más sobre ellos que ellos mismos. Pero comprender las desgracias, los deseos, los sentimientos y las intenciones ajenos con tanta empatía como ella debe de ser agotador. Con el tiempo, sintió que su don era algo incómodo, se convenció de que era el ojo el que poseía el talento y le puso un velo.

»Ya estaba más que medio segura de que la niña era infeliz. Yo también lo sospeché. Y supongo que usted también, ¿no?

Daunt asintió con la cabeza.

—Tiene mucha experiencia con los niños. Cuando se quitó el parche, se permitió a sí misma ver lo que ya sabía.

—Y confiamos en su criterio —concluyó Daunt—. Por eso llevamos a la niña de vuelta a Buscot Lodge.

La chiquilla estaba en la cubierta, agarrada a la barandilla, observando el agua. Cada vez que había una curva en el río, miraba hacia delante. Cuando había analizado todos y cada uno de los navíos a la vista, sus ojos regresaban al agua. No parecía que mirase la superficie, que quedaba opaca a causa del movimiento del agua que provocaba el *Colodión* al pasar, sino a través de ella, a las profundidades.

Llegaron al embarcadero de Buscot y amarraron el barco. Daunt levantó en brazos a la niña para bajarla; sin prisa y sin sorpresa, la pequeña reconoció el camino de vuelta a casa y los condujo allí.

La sirvienta contuvo el aliento, sorprendida, y les hizo pasar de inmediato al salón.

Cuando entraron, los Vaughan estaban acurrucados en el sofá, él tenía la mano encima del vientre de ella. Al oír la intrusión, levantaron la mirada. La estela de un sentimiento poderoso todavía se percibía en la cara surcada por las lágrimas de Vaughan, en la palidez y en los ojos tan abiertos de Helena. Rita y Daunt tenían la impresión de hallarse en el centro de un gran acontecimiento mientras llevaban a la niña de vuelta a Buscot Lodge en el *Colo-*

dión, así que llegar a la casa y saber que algo más, igual de importante, había ocurrido allí les resultó desconcertante. Pero no cabía duda: algo capital había sucedido en aquella habitación, tan serio y grave que el propio aire vibraba al saber que a partir de ese momento nada volvería a ser igual.

Sin embargo, entonces, al ver a la niña, Vaughan se puso de pie. Dio un paso, luego otro, y al final corrió hasta la puerta para levantar a la niña en volandas. La mantuvo en el aire, con los brazos extendidos para verla desde cierta distancia, como si le costase creer que estaba allí, y luego se la dejó en el regazo a su esposa. Helena le dio cien besos a la niña en la cabeza, la llamó «cariño mío» mil veces más, y la pareja, marido y mujer, se rieron y lloraron a la vez.

Daunt respondió a la pregunta que los Vaughan no se atrevían a preguntar, presa de la emoción.

—Hemos ido a fotografiar a los Armstrong esta tarde. Están seguros de que no es Alice. Al final, resulta que sí pertenece a este lugar.

Vaughan y Helena intercambiaron una mirada con la que se pusieron de acuerdo en algo de forma tácita. Cuando volvieron a dirigirse a Daunt y Rita, dijeron al unísono:

—No es Amelia.

Se sentaron en la orilla. Era mejor contar esas historias cerca del río que en el salón de casa. Las palabras se acumulan en el interior, quedan atrapadas entre las paredes y los techos. El peso de lo que uno ha dicho puede pesar con rotundidad sobre lo que todavía queda por decir y llegar a ahogarlo. Junto al río, el aire se lleva la historia de viaje: una frase sale volando y deja sitio para la siguiente.

La niña se quitó los zapatos y se quedó en el bajío, entretenida como tantas veces con palos y piedras, para detenerse cada cierto tiempo a mirar río arriba y río abajo, mientras Vaughan les contaba a Daunt y a Rita lo que ya le había contado a Helena y, antes que a ella, a la señora Constantine.

Una vez contado todo, se quedó callado.

—Yo sabía que estaba muerta —dijo entonces Helena—. La noche que mi marido volvió a casa sin ella, lo supe. Lo llevaba escrito en la cara. Pero no podía soportar saberlo y él no me lo confirmó, y entre los dos fingimos que no era así. Fue una confabulación. Creamos una falsedad juntos. Y esa mentira estuvo a punto de destruirnos. Sin la verdad, no podíamos pasar el duelo de su muerte. Sin la verdad, no podíamos consolarnos mutuamente. Al final, yo estaba tan atormentada por la decepcionante esperanza a la que me aferraba, que incluso me planteé ahogarme en el río. Entonces apareció la niña y la reconocí.

—Éramos felices —dijo Vaughan—. O, mejor dicho, Helena era feliz y yo era feliz al verla feliz.

—La mentira del pobre Anthony era la más grande, pero no era tan persistente como la mía. Yo me regodeaba al ver a la niña. Enterré toda la dolorosa verdad para verla solo a ella.

—Y entonces la señora Eavis dijo: «¡Hola, Alice!».

—No fue la señora Eavis la que cambió las cosas. Fue usted, Rita.

—¿Yo?

—Me dijo que iba a tener otro hijo.

Rita recordó el momento.

—Sí, y usted dijo: «Ah». Y luego repitió: «Ah».

—El primer «ah» fue por el bebé que estaba en camino. El segundo por la revelación que llegó con la noticia: que esta niña nunca se había movido en mi vientre. Entonces supe que no era Amelia, aunque la echaba de menos casi tanto como si lo fuese. Me había devuelto a la vida, y me había devuelto a Anthony, y no puedo evitar quererla, nuestra niña misteriosa, sea quien sea.

—Nos transformó. Hemos llorado por Amelia y volveremos a llorar. Hay ríos de lágrimas que todavía tenemos que derramar. Pero querremos a esta niña como si fuera una hija y será la hermana del niño que pronto nacerá.

Regresaron a la casa, los Vaughan delante con la niña que no era ni Amelia ni Alice en medio. Parecía haber aceptado su regreso a Buscot Lodge igual que había aceptado su partida.

Rita y Daunt se rezagaron un poco.

—Esa no puede ser la hermana de Lily —dijo Daunt en voz baja—. Sigue sin tener sentido.

—Entonces, ¿quién es?

—No es hija de nadie. Entonces, ¿por qué no puede quedarse con los Vaughan? Ellos la quieren. Con ellos vivirá bien.

Rita reconoció un deje en su voz que le resultó familiar, porque el mismo arrepentimiento y el mismo anhelo anidaban en su propio pecho. Recordó la noche que se había quedado dormida en la silla en el Swan con el sonido de la respiración de Daunt de fondo y la niña dormida en su regazo, cuando la caja torácica de la pequeña subía y bajaba al compás de su propia respiración. «Podría quedármela», había sido el pensamiento que le había cruzado la mente entonces y que no la había abandonado desde entonces. Pero no estaba bien. Era una mujer soltera y con trabajo. Los Vaughan estaban en mucha mejor posición para cuidarla. Debía contentarse con querer a la niña desde cierta distancia.

Rita respiró hondo, soltó el aire y, con determinación, centró la atención en otras cosas. Sopesó las implicaciones de lo que los Vaughan acababan de decirles y compartió sus pensamientos con Daunt en un susurro.

—Quien fuera que secuestró a Amelia… —empezó Rita.

—También la mató —acabó Daunt en el mismo tono bajo.

—No podemos permitir que quede sin castigo. Alguien tiene que saber algo.

—Siempre hay alguien que sabe algo. Pero ¿quién? ¿Y qué es lo que sabe? ¿Y acaso sabe la gente la importancia que tiene lo que sabe?

A Daunt se le ocurrió una idea que lo hizo detenerse.

—Podría haber una manera…

Se rascó la cabeza, indeciso.

Apretaron el paso para alcanzar a los Vaughan y Daunt expuso su idea.

—Pero… ¿funcionará? —preguntó Helena.

—Es imposible saberlo.

—Salvo que lo probemos —añadió Vaughan.

Los cuatro se quedaron delante de la casa. La señora Clare, el ama de llaves, que los había oído llegar, abrió la puerta. Luego, al ver que nadie se movía, volvió a cerrarla.

—¿Lo intentamos? —preguntó Rita.

—No se me ocurre otra forma mejor —dijo Helena.

—Bueno, pues decidido —dijo Vaughan, y se volvió hacia Daunt—: ¿Cómo empezaría?

—Con los dragones de Cricklade.

—¿Los dragones? —Vaughan parecía confundido, pero Helena sabía a qué se refería Daunt.

—¡La abuela de Ruby! —exclamó—. ¡Y Ruby!

Los dragones de Cricklade

Cricklade es un pueblo abarrotado de historias. Mientras pasaban por delante de la iglesia en el cuadriciclo, Daunt le contó algunas de ellas a Rita.

—Según la leyenda —relató Daunt mientras recorrían las calles del pueblo cargados con el equipo fotográfico—, si una persona tiene la desgracia de caer de la torre, sus amigos y su familia pueden verse aliviados de su duelo por el espectáculo de una efigie de piedra de su ser querido, que surgirá de manera natural del suelo en el punto en el que la persona cayó. Por desgracia, me temo que tengo muy pocas probabilidades de poder fotografiar algo así.

No se detuvieron en la iglesia sino que siguieron rumbo norte y, en la carretera que salía del pueblo y se dirigía a Down Ampney, aguzaron la vista para intentar localizar una cabaña de paja con colmenas alrededor.

«Tiene que acompañarlo, por favor —le había pedido Helena a Rita—. Daunt no le sacará nada a Ruby si va solo. De usted se fiará. Todo el mundo confía en usted.»

Así pues, ahí estaba, sentada detrás de Daunt entre cajas que saltaban y se sacudían por los caminos de campo, dejándose la vista.

—Ahí —señaló en cuanto vio los tejados tan característicos de las colmenas por detrás de un seto.

En el jardín había una señora de pelo canoso que se dirigía con piernas torpes hacia las colmenas. Cuando oyó que Rita la saludaba, dirigió sus ojos transparentes en esa dirección.

—¿Quién anda ahí? ¿La conozco de algo?

—Me llamo Rita Sunday y he venido a comprar miel. Usted debe de ser la señora Wheeler, ¿verdad? Conmigo ha venido el señor Daunt, un fotógrafo. Le gustaría hablar con usted de los dragones para el libro que está escribiendo.

—¿Un libro? No tenía ni idea… Pero no me importa hablarles de los dragones. Puede que tenga noventa años, pero me acuerdo como si fuera ayer. Vengan a sentarse aquí y tomaremos pan con miel mientras me preguntan lo que quieran.

Se sentaron en un banco en un rincón protegido y la mujer se acercó a la puerta y habló un momento con alguien que había dentro. Cuando regresó, les habló de los dragones. Ella tendría unos tres o cuatro años cuando los dragones habían aparecido en esa misma cabaña. Era la primera vez que los veían en Cricklade desde hacía casi cuatrocientos años, y nadie ha vuelto a verlos desde entonces. Les dijo que era la única persona que quedaba viva en Cricklade de las que los habían visto. Se había despertado tosiendo, con calor en la garganta, y había visto las llamas en el agujero del techo, donde debería haber habido paja.

—Me levanté de la cama y fui a la puerta, pero oí el rugido de los dragones en los peldaños de la entrada, así que no me atreví a abrirla. En lugar de eso, me acerqué a la ventana y allí vi a mi padre, que miraba hacia dentro: se había subido a las ramas del árbol que teníamos delante de casa y, a pesar de que estaban ardiendo y podían desplomarse en cualquier momento, rompió el cristal con el pie, alargó el brazo y me sacó como pudo. Bajar al suelo fue una odisea y, cuando lo conseguimos, los vecinos me sacaron de sus brazos y me tumbaron en la hierba antes de empezar a darme vueltas y vueltas. ¡No tenía ni idea de por qué lo hacían! Por lo visto, tenía el camisón ardiendo, aunque en ese momento no lo sabía, y me hacían rodar por el suelo para apagar las llamas.

La mujer relató la historia con tranquilidad, como si hiciese tanto tiempo de lo ocurrido que la anécdota perteneciese a otra persona distinta. De vez en cuando, si le hacían una pregunta, sus ojos pálidos y cándidos se volvían con aire benévolo en la dirección de quien le había preguntado, aunque era evidente que no veía. Una muchacha delgada con actitud contenida llevó una bandeja a la mesa y les ofreció rebanadas de pan, un plato de mantequilla y una jarra de miel con una cucharilla. Hizo un gesto con la cabeza sin sonreír a los invitados y regresó a la casa sin levantar la vista en ningún momento.

—¿Quiere que le ponga mantequilla en el pan? —se ofreció Rita.

—Gracias, querida —contestó la abuela Wheeler—. Mi abuela guardaba la miel allí —continuó, señalando con la cabeza el edificio anexo de piedra—, en un recipiente tan grande como una bañera, así que le quitó la tapa y me metió dentro, desnuda de la cabeza a los pies, y allí es donde pasé el resto de la noche. Ese año no pudimos vender la miel, porque nadie quería comérsela después de que yo hubiera estado metida hasta el cuello.

—¿Y vio los dragones? ¿Los que oyó desde detrás de la puerta? Lo que daría por poder fotografiar un dragón... ¡Sería un hombre rico!

La anciana se echó a reír.

—Si viera alguno, ¡tendría cosas mejores que hacer que fotografiarlo! Sí, los vi. Estaba sentada en la tinaja de miel cuando los vi alejarse volando. Eran cientos, se lo aseguro. —Levantó la vista como si todavía pudiera verlos—. Unas enormes anguilas voladoras… Imagínese eso y se formará una idea bastante fiel de cómo eran. Por lo que vi, no tenían ni orejas ni ojos. Tampoco escamas, ni siquiera me atrevería a decir que tuvieran alas. No se parecían en absoluto a los dragones que había visto en los dibujos de los libros. Solo eran largos, oscuros, resbaladizos y rápidos. Se retorcían y daban coletazos, y el cielo estaba tan atestado de ellos que alzar la vista hacia los dragones era como quedarse mirando una sartén de tinta ardiendo. Bueno, ¿qué les parece mi miel?

Acabaron de comer y la anciana se recreó un poco más en la noche de los dragones.

—¡Miren allá arriba! —Señaló el tejado—. Yo ya no veo… Tengo mal la vista. Pero ustedes sí lo verán. Las marcas oscuras encima de la ventana.

Era cierto, había manchas carbonizadas justo por debajo del nivel de la paja.

—Ese detalle quedaría muy bien en una fotografía —propuso Daunt—. Usted aquí sentada, junto a las colmenas, y el lugar en el que ocurrió el incendio de fondo. En la foto sacaré también el cielo: donde estaban los dragones.

Al principio se mostró reacia, pero luego convencieron a la abuela Wheeler para que saliera en la fotografía, y mientras Daunt preparaba el material, Rita siguió hablando con ella.

—Debió de sufrir quemaduras importantes…

La anciana se levantó la manga y le mostró el brazo.

—Así es como tengo la piel por toda la espalda, desde el cuello hasta la cintura.

Una zona considerable de piel estaba descolorida, tirante y sin arrugas.

—Qué cosa tan curiosa —dijo Rita—. Que se quemara una zona tan grande. ¿Y no le ha dado problemas desde entonces?

—Qué va.

—¿Fue gracias a la miel? Yo también uso miel cuando mis pacientes tienen quemaduras.

—¿Es enfermera?

—Sí, y comadrona. Trabajo a unos kilómetros de aquí, río abajo. En Buscot.

La mujer dio un respingo.

—¿Buscot?

Se produjo un silencio. Rita tragó un bocado de pan con miel y esperó hasta que, con cautela, la anciana siguió hablando.

—Entonces, a lo mejor sabe algo de la niña que se perdió hace dos años...

—Amelia Vaughan.

—Esa misma. Dijeron que había vuelto... Pero ahora me he enterado de que, al final, puede que resulte que no era ella... ¿Qué es lo último que dice la gente? ¿Es Amelia o no?

—Se presentó una mujer que creyó reconocer a la niña y dijo que era otra, pero la otra familia llegó a la conclusión de que no era suya, así que ha vuelto con los Vaughan. En realidad, nadie sabe quién es, pero no es Amelia.

—¡No es Amelia! Confiaba en que sí lo fuera... Por el bien de los Vaughan, pero también por el bien de mi propia familia. Mi nieta era la niñera de los Vaughan. No ha parado de tener desgracias desde que se llevaron a aquella niña. Han contado toda clase de chismes sobre ella. Nadie de los que la conocen cree ni una palabra, pero hay tantos que se enteran de la historia primero y luego juzgan a mi nieta a la luz de lo que les han contado… Lo único que quería en la vida era encontrar un joven bueno y tener una familia, ¡pero no hay muchos hombres preparados para casarse con una mujer relacionada con algo así! Con todo el disgusto se puso enferma. No podía dormir y casi no comía. No quería salir a la calle por miedo a que alguien hablase mal de ella, había días en que apenas salía de su habitación. Me pasé meses sin oírla reír siquiera. ¡Y entonces nos enteramos de que la niña había reaparecido! Decían que el río la había devuelto al mundo. Los que cotilleaban sobre Ruby tuvieron que morderse la lengua. La corriente cambió de rumbo. Ruby salió de su caparazón. Incluso encontró trabajo ayudando en la escuela en la que había estudiado. Recuperó parte del color de la cara, empezó a interesarse de nuevo por la vida. Algunas noches salía con otras chicas de la escuela para dar una vuelta. ¿Y quién era yo para decirle que no después de todas las penalidades que había sufrido? ¿Por qué no iba a divertirse un poco igual que las otras jóvenes? Conoció a Ernest. Se comprometieron. Iban a casarse en julio. Pero justo después del solsticio, una chica celosa le dijo al oído que, al final, la niña que habían encontrado en Buscot no era Amelia, que la niña perdida seguía perdida. Volvieron a empezar los rumores. Ruby todavía estaba en el punto de mira. Canceló la boda al día siguiente sin pensárselo dos veces. «¿Cómo voy a casarme y tener hijos cuando todos hablan mal de mí? ¡No confiarán en que cuide ni de mis propios hijos! No es justo para Ernest. Merece a alguien mejor que yo.» Eso es lo que se le metió en la cabeza. Ernest hizo lo que pudo para disuadirla. Él no hace caso de los cotilleos. Dice que solo han pospuesto la boda y que el compromiso sigue en pie, pero Ruby no quiere verlo a pesar de que él viene a preguntar por ella a diario. En la escuela le dijeron que era mejor que se marchara y ahora vuelve a no querer salir de los muros del jardín.

La mujer ciega suspiró.

—Confiaba en que me trajeran una buena noticia. Pero no han hecho más que confirmar lo que ya sabía. —Hizo ademán de ponerse de pie poco a poco sobre sus huesos ya viejos—. Iré a buscarles la miel mientras tanto.

—Siéntese un rato más —dijo Rita—. Conozco a los Vaughan. Confían en Ruby. Saben que ella no hizo daño a la niña.

—Algo es algo —reconoció la mujer, y tomó asiento de nuevo—. Eran buenas personas. Nunca dijeron nada malo de mi nieta.

—Lo que más desearían el señor y la señora Vaughan sería llegar al fondo de la cuestión sobre el secuestro. Porque si su nieta no tuvo nada que ver en el crimen, otra persona fue culpable… y hay que apresar a esa persona y llevarla ante la justicia. Si lográsemos eso, sería de gran ayuda para Ruby, dadas las circunstancias.

La mujer que había visto dragones negó con la cabeza.

—Ya investigaron en el momento de los hechos y no descubrieron nada. Supongo que fueron los gitanos del río y ahora será imposible atraparlos.

—Pero imagine que se intentara por otros medios…

La anciana levantó la cara y sus ojos transparentes escudriñaron a Rita, llenos de perplejidad.

—Creo todo lo que me ha dicho sobre Ruby y sé lo buena que es porque ya lo había oído antes de boca de los propios Vaughan. No es justo que no pueda casarse. No es justo que no pueda tener hijos si quiere. Además, sería una madre estupenda. Ahora dígame: si hubiera algún modo de hacer que la verdad aflorase a la superficie, de exponer a los verdaderos culpables y limpiar el nombre de su nieta, ¿nos ayudaría? ¿Cree que Ruby se prestaría a colaborar?

Los ojos de la mujer vacilaron.

Se abrió la puerta de la casa y vieron salir a la joven que les había servido el pan con miel.

—¿Qué tendría que hacer?

Mientras Daunt colocaba a la abuela Wheeler entre sus colmenas y detrás del dintel manchado por las llamas de los dragones, Rita se sentó con Ruby, cabeza con cabeza, y le expuso el plan.

Una vez que hubo terminado, la chica la miró boquiabierta.

—¡Pero eso es magia!

—No lo es, pero lo parece.

—¿Y conseguiremos que la gente diga la verdad?

—Tal vez. Si alguien sabe algo que todavía no ha contado, tal vez lo diga. Algo que no sabía que era importante, quizá. Si esa persona está allí y tenemos suerte, puede que hable.

Ruby bajó de nuevo la vista hacia las manos de nudillos blancos con las uñas mordidas, que apretaba con fuerza sobre el regazo. Rita no dijo nada más para convencerla, sino que la dejó recapacitar. Las manos juguetearon y se retorcieron unas cuantas veces, hasta que al final se quedaron quietas.

—Pero ¿qué necesitan que haga yo? No sé hacer magia…

—No tendrás que hacer magia. Lo único que hace falta es que me cuentes quién te convenció para salir de Buscot Lodge aquella noche.

Una tenue luz de esperanza apareció en los ojos de Ruby. Entonces le tembló el labio y la esperanza se apagó. Dejó caer la cabeza sobre las manos.

—¡Nadie! ¡Ya lo he dicho mil veces y no me creen! ¡Nadie!

Rita cogió las manos de la muchacha y se las separó con cariño del rostro. Las sujetó, cerradas, entre las suyas y miró con atención a la cara surcada de lágrimas.

—Entonces, ¿por qué saliste?

—¡No me creería! Nadie me creería. Me llamarían tonta y mentirosa.

—Ruby, sé que eres una chica sincera. Si hay algo increíble en el fondo de esta cuestión, soy la persona ideal para contárselo. Quizá entre las dos seamos capaces de darle sentido a las cosas.

Los años transcurridos desde el secuestro habían hecho mella en Ruby. Tenía la cara demacrada y ojeras oscuras y profundas. Costaba creer que no hubiera cumplido aún los veinte años. El futuro que le había parecido posible con la supuesta aparición de Amelia, cuando Ruby se había comprometido, le había sido arrebatado de nuevo. No dio muestras de confiar en la capacidad de Rita para ayudarla. A pesar de no estar convencida de que la revelación pudiese hacerle bien alguno, había llegado a un punto en el que simplemente estaba demasiado agotada para continuar empeñada en ocultar lo ocurrido. Así pues, dejó caer los hombros y, con voz apagada y al límite de sus fuerzas, Ruby lo contó todo.

El pozo de los deseos

Había un pozo de los deseos en Kelmscott. Se creía que el pozo tenía grandes poderes mágicos, incluida la capacidad de curar males físicos de toda clase, además de ayudar a resolver todo tipo de dilemas maritales y familiares. La fe en los poderes del pozo se había fortalecido gracias a una característica verificable y única. Hiciera el tiempo que hiciese, y en cualquier estación del año, el agua del pozo siempre estaba fría como el hielo.

Con sus toscas paredes de piedra y su tapa de madera, el pozo era pintoresco, y Daunt lo había fotografiado más de una vez. En primavera, las florecillas del espino blanco, que formaban una especie de espuma, constituían un buen telón de fondo. Las rosas trepadoras se encaramaban a los postes en verano. Había tomado una tercera fotografía del pozo de una belleza exquisita con una capa de nieve invernal. Le faltaba una foto en otoño para completar el cuarteto.

—Paremos aquí —propuso señalando el pozo, que estaba cubierto de follaje perenne, en el que los aldeanos habían atado lazos y decoraciones de paja—. Hay una luz perfecta.

Preparó la cámara y regresó al *Colodión* a buscar la placa fotográfica, mientras Rita se quedaba junto al pozo y sacaba un cubo de agua para comprobar la temperatura. Era tal como decía la leyenda: el agua estaba fría como un témpano de hielo.

Cuando regresó Daunt, insertó la placa en la cámara.

Hacía bastante tiempo que Daunt no le hacía fotos a Rita, y esta sabía el motivo. Las sesiones fotográficas habían sido algo íntimo. En busca de la mejor pose, él le cogía la cabeza entre las manos y se la inclinaba hacia aquí o hacia allá para ver cómo la luz se acumulaba y fluía siguiendo los contornos de sus huesos. Cuando daba con la posición idónea, los ojos de ambos se encontraban en silencio, hasta que él la soltaba para regresar junto a la cámara. Y cuando Daunt exponía la placa a la luz, cuando se escondía bajo la tela negra —cuando todo era silencio e inmovilidad—, aun así ella sentía una comunicación intensa, como si todo lo que no le decía al fotógrafo con palabras saliera a borbotones por sus ojos. Por supuesto que él había dejado de hacerle fotos. Era necesario.

La fotografía de hoy era un cambio brusco de actitud, algo que la confundía. Significaba que Daunt había logrado liberar su corazón y por fin podía comportarse con normalidad en presencia de ella. En parte, le disgustaba pensar que lo hubiera logrado con tanta facilidad, cuando la corriente de sus propios sentimientos todavía corría alta.

—¿Dónde quiere que me ponga? —preguntó insegura.

—Justo detrás de la cámara —dijo él, y señaló la tela negra.

—¿Quiere que haga yo la fotografía?

—Me ha visto levantar la funda de la placa y quitar la tapa de la lente muchas veces. No deje que la luz se cuele por debajo de la cortina. Cuente quince segundos y coloque la funda de nuevo. No empiece a contar hasta que yo haya llegado al agua y me haya metido dentro.

—¿A qué se refiere?

—Si alguien zambulle la cara en el agua, se supone que el pozo le concederá un deseo.

Desde debajo de la tela negra y a través del cristal, Rita observó a Daunt, que hundía las yemas de los dedos en el agua y se sacudía las gotas heladas con un escalofrío. Sin querer, pensó en el día del río, cuando se había quedado casi en cueros para meterse hasta el cuello en el agua y ayudarla con el experimento que había demostrado todo lo contrario de lo que esperaba la enfermera. La cara pálida de Daunt se había quedado tiesa de frío aquel día, pero él no se había quejado y había seguido sumergido hasta la nuez mientras ella contaba hasta sesenta.

—¿Qué deseo va a pedir? —preguntó Rita.

—¿No se rompe el hechizo si se cuenta?

—Es muy probable.

—Entonces, no se lo digo.

Ella tenía tantos deseos que no sabría ni por dónde empezar. Ver que los secuestradores de Amelia eran castigados por su crimen. Cuidar de la niña y mantenerla siempre alejada de todo mal. Encontrar la forma de salir de su eterno dilema entre amar o no a Daunt y liberarse de su miedo al embarazo. Comprender qué había sucedido con el ritmo cardíaco de la niña la noche del solsticio de invierno.

—Estoy listo.

Daunt respiró hondo y metió la cara en el agua helada.

Al contar uno, Rita levantó la funda de la placa y quitó la tapa de la lente.

Al contar dos, tomó conciencia de un pensamiento que surgía de las profundidades de su mente.

Al contar tres, el pensamiento afloró a la superficie y supo al instante y sin atisbo de duda que era algo importante.

Al contar cuatro, su cerebro empezó a maquinar a una velocidad que incluso a ella misma le costaba seguir, así que abandonó la cámara sin preocuparse de si la luz se colaba por debajo de la cortina, que había movido de manera descuidada, y corrió hacia el pozo, a la vez que sacaba el reloj del bolsillo.

Al contar cinco, ya estaba junto al pozo y había cogido la muñeca de Daunt entre el pulgar, el índice y el corazón para tomarle el pulso, a la par que abría la tapa del reloj.

Del seis se olvidó por completo: a esas alturas estaba contando otros números.

El pulso de Daunt latió bajo las yemas de los dedos de Rita. La manecilla segundera del reloj dio la vuelta a la esfera. En el cerebro de la enfermera no había nada salvo los dos latidos, el del reloj y el humano. Avanzaban uno junto al otro, cada uno a su ritmo, hasta que… la revelación. En el momento en que ocurrió, su mente no se alteró. Se concentró todavía más, para poder interpretar la respuesta del corazón de Daunt y lo que significaba con la misma claridad que si sostuviera ese corazón en las manos. El universo no era nada salvo la vida del corazón del fotógrafo y su propia mente, que contaba y comprendía.

Tras dieciocho segundos, Daunt levantó la cabeza del agua, con el rostro congelado y falto de color. Tenía las facciones tan rígidas que parecían una máscara dura, se asemejaba más a un cadáver que a un hombre vivo, salvo porque jadeó en busca de oxígeno y luego trastabilló hasta lograr sentarse.

Rita no le soltó la muñeca, ni siquiera alzó la mirada, continuó contando.

Al cabo de un minuto apartó el reloj. Sacó un cuaderno y un lápiz del bolsillo, apuntó las cifras con dedos temblorosos y soltó una risa breve y perpleja antes de volverse hacia él, con los ojos como platos, y sacudió la cabeza, incrédula, ante lo extraordinario del caso.

—¿Qué sucede? —preguntó Daunt—. ¿Se encuentra bien?

—¿Que si me encuentro bien? Daunt, ¿se encuentra usted bien?

—Tengo la cara fría. Creo que voy a...

Rita se alarmó al ver que el fotógrafo se inclinaba hacia un lado, como si tuviera náuseas, pero al cabo de un momento volvió a dirigirse a ella.

—No, ya ha pasado.

Le devolvió la mirada intensamente confundida de ella con una versión más atenuada de la misma sensación.

—En realidad, me siento un poco raro. Debe de ser el frío. Pero estoy bien.

Rita levantó la hoja de papel.

—Se le ha parado el corazón.

—¿Qué?

Repasó las notas.

—He llegado a su lado... digamos que seis segundos después de la inmersión. Más o menos en ese momento. Entonces su ritmo cardíaco era normal: ochenta pulsaciones por segundo. A los once segundos se ha parado por completo durante tres segundos enteros. Cuando ha vuelto a latir, ha sido a un ritmo de treinta pulsaciones por minuto. Una vez que ha sacado la cabeza del agua, ha continuado a ese mismo ritmo durante otros once segundos. Después ha aumentado de golpe.

Le cogió la mano y volvió a tomarle el pulso. Contó.

—Ha vuelto a la normalidad. Ochenta pulsaciones por minuto.

—¿De verdad se ha parado?

—Sí. Durante tres segundos.

Daunt prestó atención a los latidos de su corazón. Se dio cuenta de que nunca lo había hecho. Deslizó una mano por dentro de la chaqueta y notó la fuerza del bombeo en el pecho contra la mano.

—Me encuentro bien —insistió—. ¿Está segura?

Era una pregunta ridícula. Era Rita. Ella no se equivocaba en cuestiones así.

—¿Cómo se le ha ocurrido comprobarlo?

—El agua fría me ha recordado al primer experimento que hicimos en el río. Y, de repente, he caído en la cuenta de que aquel día no se sumergió por completo, sino solo hasta el cuello, así que la parte que ha metido hoy en agua helada ha sido la única que no metió la otra vez. Y supongo que lo habré relacionado con algunas lesiones en la cabeza que he tratado en el pasado y con el conocimiento de que muchas de las cosas que nos hacen humanos están contenidas allí… Lo he unido todo y me he limitado a dejar la cámara y correr…

Era todo un descubrimiento. Rita no podía contener el júbilo. El instinto la llevó a alargar el brazo hacia la mano de Daunt, pero no se la cogió, porque saltaba a la vista que su alegría no era compartida. El hombre se levantó de la hierba, con aspecto cansado y hastiado.

—Será mejor que retire esta placa sobreexpuesta —dijo sin pizca de emoción mientras se acercaba a la cámara.

Desmontaron el equipo y lo guardaron en las cajas en un silencio incómodo y, una vez que tuvieron todo almacenado, Daunt se quedó quieto.

—No he pedido ningún deseo —le dijo con brusquedad—. No creo en los pozos de los deseos. Aunque parece que a usted sí se le ha cumplido el deseo. Si hubiera sido de los que piden deseos, habría pedido tenerla a usted y tener un hijo. Las dos cosas. Juntas. Pero no sé si podría permitirme desear algo que usted no quiere. Lo he imaginado, Rita. Nosotros dos, dejando que nuestros sentimientos fluyeran con libertad, que la naturaleza siguiera su curso, dándonos cuenta de que hay un niño en camino... ¿Qué valor tiene la felicidad cuando solo llega a cambio de la desesperación de otra persona?

El *Colodión* los llevó río arriba hasta la casa de Rita. El barco cortaba el agua, provocaba un estruendo y una cantidad de salpicaduras considerable, y dejaba una larga cola de turbulencias a su estela. Avanzaban en silencio. Cuando llegaron a la casa de Rita, se despidieron con un tenso buenas noches pronunciado en un susurro, y Daunt se dirigió al Swan.

En cuanto entró en casa, Rita dejó el cuaderno en la mesa que utilizaba de escritorio y pasó las páginas hasta llegar a la de los apuntes del día. Una exaltación secundaria hizo que el corazón le diera un tímido vuelco. ¡Menudo descubrimiento! Tras esa sensación notó cómo se hundía. ¿Qué clase de pozo de los deseos te otorgaba lo que más querías, sin haberlo deseado siquiera, y a la vez te volvía dolorosamente consciente de todas las demás cosas que no podrías tener?

El espectáculo de la linterna mágica

En el Swan, el verano dio paso al otoño y la lluvia no cesó. Lo que sí cesaron fueron las conversaciones preocupadas acerca del peligro de tener una mala cosecha, porque a esas alturas ya era una certeza. Por mucho sol que brillara entonces, no cambiaría las cosas. Los cultivos, raquíticos, se ennegrecían en los campos y, de todos modos, ¿cómo iban a poder cosecharlos con la tierra tan embarrada? Los jornaleros que aún quedaban intentaron encontrar trabajo en las minas de grava y en otras partes, y aunque todos iban al Swan a pesar de sus tribulaciones, una sensación de ansiedad generalizada se respiraba en la sala de invierno.

En ese ambiente les llegó el rumor de que la niña ya no estaba con los Armstrong, sino que volvía a vivir con los Vaughan. ¿Qué podía deducirse de eso? Supusieron que, a fin de cuentas, no debía de ser Alice. Volvieron a suponer que debía de ser Amelia. Esta desviación de la historia no fue recibida con entusiasmo. Era de esperar que una historia avanzase claramente en una dirección y luego, tras un distintivo momento de crisis, cambiara de rumbo y tomara otra ruta. Este regreso a la quietud de la ruta original carecía del dramatismo que se requería. Más adelante alguien dijo que había oído a los Vaughan llamar Milly a la niña. Entonces surgió el debate de si eso era una abreviatura de Amelia o un nombre completamente distinto, pero la incógnita no alcanzó la pasión que había despertado tiempo antes la discusión sobre el color de sus ojos, y si lo comparaban con el apasionado debate sobre si algo imposible podía suceder o no, desde luego era un dilema muy deslucido. La persistencia de la lluvia también les apagaba el entusiasmo. De hecho, las historias empezaron a debilitarse tanto como los cultivos de los campos. Había veces en las que los clientes llegaban a encontrarse bebiendo en silencio, algo nunca visto. Cuando Jonathan intentó contar su historia sobre el granjero que metió el carro y el caballo en el lago y luego hizo alguna otra cosa que el muchacho no recordaba y terminaba con su: «¡y no lo vieron nunca más!», el relato fue recibido con muy poca ilusión.

Joe también languidecía. Cada vez era más frecuente verlo hundido en el cuarto del fondo; las pocas veces que reaparecía en la sala de invierno, se le notaba más frágil y pálido que nunca. Aunque le costaba horrores respirar, lograba contar un par de historias, relatos extraños, breves, y difíciles de seguir; sus finales siempre parecían abiertos al infinito y nadie era capaz de reproducirlos después.

En este escenario, y alimentado por la continua incertidumbre sobre la identidad de la niña, una semilla que se había plantado hacía meses y de la que entonces no había nacido nada, vio una germinación tardía. Al principio, la tía abuela de uno de los excavadores de grava había asegurado que la niña no tenía reflejo cuando se miraba en el río. Ahora, el primo segundo de un recolector de berros dijo que era mentira. Había visto a la niña mirándose en el río y había presenciado algo maravilloso: la niña tenía dos reflejos, ambos muy similares entre sí, iguales en todos los detalles. A raíz de eso, empezaron a circular otras historias. Que la niña no tenía sombra, que su sombra tenía la forma de una vieja bruja, que si mirabas demasiado tiempo a esos ojos tan peculiares que tenía, la niña aprovecharía que estabas distraído para rebanarte la sombra por las suelas de los zapatos y comérsela.

—¡A mí me pasó! —le había confesado a Rita una anciana viuda con dolores tanto reales como imaginarios, mientras se miraba los pies y los señalaba—. ¡La hija de la bruja se ha comido mi sombra!

—Mire el cielo, ande —la animó Rita—. ¿Dónde está el sol? La viuda escudriñó el cielo.

—Escondido. Ni se ve…

—Exacto. Hoy no hay sol, y por eso no tiene sombra. No hay más misterio que ese.

Eso pareció tranquilizar a la viuda, pero la paz no duró mucho. Lo siguiente que oyó Rita de boca de un paciente fue que la niña se había comido el sol y había traído la lluvia para arruinar la cosecha.

Cuando se enteraron de eso en el Swan, se encogieron de hombros. ¿Tenía sentido? Recordaron que primero estaba muerta y luego había vuelto a la vida, algo que ninguna persona normal podía hacer, pero ¿la hija de una bruja? Se lo plantearon, pero no se atrevieron a respaldar esa teoría.

Entonces, a principios de septiembre, todos esos asuntos quedaron relegados por una novedad. Apareció un cartel, clavado en uno de los maderos de la pared del Swan; anunciaba que la noche del equinoccio de otoño darían un espectáculo de linterna mágica. Lo ofrecería gratis el señor Daunt, de Oxford, como gesto de agradecimiento a las personas cuya rápida acción y templanza lo habían ayudado tanto cuando estaba herido nueve meses antes.

—Es una historia contada con imágenes —le explicó Margot a Jonathan—. Con imágenes sobre un cristal, creo, y la luz pasa a través de ellas. No sé cómo funciona; tendrás que preguntárselo al señor Daunt.

—¿Qué clase de historia será?

Ah, eso era un secreto.

El día del equinoccio, la taberna permaneció cerrada al público (ni siquiera pudieron entrar los clientes habituales) hasta las siete de la tarde. Algunos de los habituales no podían creerse que la prohibición los afectara también a ellos; así pues, se presentaron antes y se indignaron muchísimo cuando les negaron la entrada. No paraban de oír ruidos dentro y vieron que la puerta se abría y se cerraba sin cesar para permitir la entrada de varios jóvenes fuertes que transportaban cajas y cajones enormes. Se marcharon, les contaron a los demás que no les habían permitido entrar y que algo extraordinario iba a suceder.

Daunt comenzó los preparativos con mucho tiempo. Corrió cien veces entre el *Colodión* y la taberna, con el fin de organizar a sus propios ayudantes y a los hijos de los Armstrong. Qué estuches y cajas, en qué orden, en qué habitación… En un momento dado, fueron precisos seis hombres para transportar un rectángulo pesado e inmenso, oculto bajo el embalaje. Lo levantaron con atención y seriedad, y mientras subían paso a paso la colina, sudando y con cara de esfuerzo, Daunt ni siquiera parpadeó, pues no quería quitar el ojo de encima al objeto ni un instante. Cuando lograron llegar a la taberna con el artículo sano y salvo, se oyó un suspiro de alivio general y hubo refrescos para todos, antes de retomar el transporte de los demás bártulos, más normales. Cuando por fin Daunt y los Ockwell se quedaron a solas, levantaron la manta y quitaron la caja protectora, tras lo cual se descubrió que la misteriosa forma era una gigantesca lámina de cristal.

—La montaré aquí. Nadie debe pasar por detrás de la cortina. El cristal resultará invisible en la oscuridad. No queremos que nadie se haga daño. Bueno, ¿y qué tal se está secando la pintura de la sala principal que nos hace falta para la linterna mágica?

Por la tarde llegó Rita, acompañada de una mujer que iba tan tapada con un chal que era imposible verle la cara. Casi todas las Pequeñas Margot fueron a ayudar, y una de ellas llevó también a su hija menor, una niña de solo tres años, que tenía que representar un papel muy importante en la función.

A las seis y media, Jonathan tuvo el honor de abrir la puerta con llave y sujetarla para dejar entrar a los curiosos. Dirigieron a todos hacia la derecha, para que se acomodasen en la amplia sala de verano. El Swan se había transformado. Una cortina de terciopelo cubría una pared entera y tapaba el arco que conducía a la sala de invierno, y otra de las paredes (la que había enfrente de las sillas) estaba repintada de un blanco impoluto. Habían quitado las mesas y, en su lugar, habían colocado filas de sillas que miraban hacia la pared blanca. Detrás de los asientos, elevado sobre una pequeña plataforma, estaba Henry Daunt, con un curioso artilugio mecánico y una caja de planchas de cristal.

Se congregó muchísima gente y se oía el barullo de varias conversaciones a la vez: los jornaleros de las granjas y los excavadores de grava y todos los clientes habituales, junto con sus esposas e hijos, e infinidad de personas de los pueblos vecinos que se habían enterado del espectáculo. Armstrong también estaba, acompañado de Bess y sus hijos mayores. Aunque estaba sentado, se le notaba una seria incomodidad. Le habían dado algunas pinceladas sobre el espectáculo y había ayudado en todo lo posible a prepararlo. Habían invitado a Robin, pero no había ni rastro de él, algo que no sorprendió a nadie. Los Vaughan habían decidido no acudir. Como se enteraron por anticipado de en qué consistiría el espectáculo, ambos estuvieron de acuerdo en que era mejor no estar presentes. Al fin y al cabo, nadie sabía si saldría algo de todo aquello. Habían colaborado en lo que había sido preciso, y su presencia podía dar pie a otras interpretaciones entre el público. Las Pequeñas Margot sirvieron sidra para todos y, a las siete en punto de la tarde, Daunt pronunció un breve discurso de agradecimiento a Joe y Margot. Joe estaba a punto de cerrar la puerta cuando llegó Lily White, jadeando y con una cesta tapada en la mano.

Lily tuvo que sentarse en un taburete al fondo, porque todas las sillas estaban ocupadas. Apoyó la cesta encima de las rodillas sin quitarle la tela roja que la cubría, aunque debajo se apreciaba movimiento. Metió una mano para tranquilizar al cachorro que había comprado esa misma tarde para regalárselo a Ann, y se acomodó. ¿Dónde estaba Ann? Miró entre las cabezas del público en busca de una cabeza de niña pequeña entre dos adultos; pero antes de que pudiera repasar unas cuantas filas de asientos, bajaron las luces y la habitación se sumió en la oscuridad.

La gente se removió, expectante, algunas personas arrastraron los pies, otras se arreglaron los faldones, otras carraspearon; entonces, entre todo el ajetreo se oyó un clic mecánico y…

—¡Ooooh!

Buscot Lodge se materializó como un espectro en la pared blanca. El hogar de los Vaughan: su fachada de piedra apagada con diecisiete ventanas tan ordenadas que nadie podía imaginar que bajo su tranquilo tejado gris tuviera lugar algo distinto de la armonía. Unos cuantos se asomaron para ver cómo había volado la imagen hasta la pared desde la máquina de Daunt que había al fondo, pero la mayoría estaba tan maravillada que ni lo pensó.

Clic. Buscot Lodge desaparece y de pronto se ve al señor y la señora Vaughan dentro de casa. Entre ellos, un borrón en movimiento, una niña, Amelia, de dos años. Se oyen los murmullos emocionados de las mujeres que hay entre el público.

Clic. Risitas: esto no es lo que todos esperaban; es un anuncio, escrito en letras enormes gracias al haz de luz. Daunt lo lee en voz alta para alivio de quienes no son muy rápidos con la lectura, y, mientras lee, otros comentan entre susurros:

STELLA
La
Cerda Sabia
LA CRIATURA MÁS EXTRAORDINARIA
Deletreará y leerá, hará cuentas,
JUGARÁ A LAS CARTAS
Le dirá a cualquier persona la hora exacta
CONSULTANDO EL RELOJ
Y además
DIRÁ LA EDAD DE CUALQUIERA DE LOS PRESENTES;
Y lo que es todavía más asombroso,
Descubrirá los pensamientos.
Lo nunca visto ni oído.
Y aún hay más:

en privado,

REVELARÁ EL FUTURO,

incluidos

ÉXITOS ECONÓMICOS Y MATRIMONIALES

—¡Es la cerda de la feria!

—¿Sabia? ¿Y eso qué es?

—Es una palabra culta para decir «lista». Que es algo que sabrías si tú también fueras sabio.

—¡Esa cerda deletrea mejor que yo! ¡Ya lo creo!

—Y ojalá no jugara tan bien a las cartas. Yo perdí tres peniques jugando con ella.

—¡Setenta y tres años dijo esa cerda que tenía yo! ¡Me quedé de piedra!

—Me marché antes de que empezara a adivinar el pensamiento. No podría soportar que un cerdo hurgara en mis pensamientos. ¡Jamás de los jamases!

—¡Costaba un chelín! Eso es lo que pedían por una cita en privado. ¡Vaya tela! ¿Quién tiene un chelín para gastárselo en una cita a solas con una cerda?

El sonido mecánico se oye de nuevo; el anuncio da paso a la imagen de la cerda. En realidad, no es Maud, sino su hija Mabel, que es idéntica a la madre a ojos de cualquiera salvo Armstrong. Sentada enfrente de la cerda hay una joven que todos reconocen.

—¡Ruby!

Los murmullos paran de golpe.

En la imagen, Ruby saca un chelín y un hombre de mangas oscuras alarga el brazo para cogerlo. Al mismo tiempo, mira a los ojos a la cerda.

En ese momento, una voz irrumpe en la oscuridad: es la voz de la propia Ruby.

—Léeme la buenaventura, Stella. ¿Con quién me casaré? ¿Dónde conoceré al hombre que me pedirá la mano?

El público suspira y algunas sillas hacen ruido cuando las personas vuelven la cabeza para mirar hacia el punto del que procede la voz; pero nadie ve nada en la oscuridad, y además, en ese momento, desde otro rincón de la sala, con voz de una de las Pequeñas Margot, la cerda replica:

—Ve a la esclusa de St. John a medianoche, el día del solsticio de invierno, y mira en el agua. Verás el rostro de la persona que te pedirá la mano.

Clic. Un reloj resplandece en la oscuridad: ¡es medianoche!

Clic. La esclusa de St. John: todo el mundo la conoce. Y allí está Ruby de nuevo, con las manos en las rodillas, mirando con atención el río.

—¡Venga ya! —exclama alguien.

—¡Chist! —le contesta otro.

Clic, y otra vez la esclusa de St. John. Ruby está de pie, con las manos en las caderas y aspecto irritado.

—¡Nada! —se oye la voz de Ruby de nuevo—. ¡Nada de nada!

Esta vez, nadie mira hacia el lugar de donde procede el sonido. Están todos demasiado absortos en la historia que se desarrolla ante sus ojos en la oscuridad mágica.

Clic. Reaparece Buscot Lodge.

Clic. El interior de un dormitorio infantil. La forma de una niña bajo las mantas.

Clic. La misma habitación, pero con una silueta vestida de negro acechando sobre la cama, de espaldas al público.

No se mueve ni un pie, no se menea ni una mano. El Swan contiene la respiración.

Clic. La misma habitación, donde ahora la cama está vacía. La ventana está abierta hacia el cielo.

El Swan se estremece.

Clic. Una vista exterior de la casa desde el lateral. Una escalera de mano se acerca a la ventana abierta.

El Swan menea sus múltiples cabezas, en señal de desaprobación.

Clic. Dos personas vistas por detrás. El brazo de él alrededor de los hombros de ella. Tienen la cabeza agachada el uno hacia el otro y comparten la misma aflicción. No cabe duda de quiénes son. Se trata del señor y la señora Vaughan.

Clic. Un papel que alguien había arrugado, pero ahora está liso:

Señor Vaughan:
1.000 libras le garantizarán el regreso de su hija, sana y salva.

El Swan suelta un suspiro ultrajado.

—¡Chist!

Clic. Un escritorio en el que se ve una bolsa de dinero tan llena que parece a punto de reventar.

Clic. La misma bolsa de dinero; esta vez ubicada en el extremo más alejado del puente de Radcot, a poca distancia de donde todos ellos están sentados ahora mismo.

Murmullos de consternación.

Clic. El señor y la señora Vaughan esperan junto a la chimenea encendida. El reloj que se ve entre ambos marca las seis en punto.

Clic. La misma fotografía, pero ahora son las ocho.

Clic. Las once. La señora Vaughan ha apoyado la cabeza en el hombro de su marido en actitud de desesperación.

El Swan, emocionado, solloza en señal de empatía.

Clic. ¡Un suspiro! De nuevo la base del puente de Radcot…, ¡pero el dinero no está!

Clic. Vistos desde atrás, el señor y la señora Vaughan se desploman el uno en brazos del otro.

El Swan se agita. La gente llora abiertamente, se oyen muchas exclamaciones de indignación y horror. Se profieren amenazas contra los culpables: uno les retorcería el pescuezo, otro los ahorcaría, un tercero quiere atarlos y arrojarlos desde el puente dentro de un saco.

Clic. «¿QUIÉN SECUESTRÓ A LA PEQUEÑA AMELIA?»

El Swan se sume en el silencio.

Clic. Reaparece la imagen de la cerda. Daunt saca un palo y lo acerca a la fuente de luz para delinear lo que el Swan no ha sabido ver antes. Hay una sombra.

Se oye un suspiro.

—¡Oh!

Clic. Parece ser la misma escena, aunque en realidad vuelve a ser Mabel, en el papel de su madre. En esta ocasión, la imagen se ha recortado mucho para que solo quede visible la cola del animal, y en el centro de la imagen se ve la parte inferior de un abrigo largo, unos centímetros de la pernera de un pantalón y las punteras de unas botas.

Se oyen suspiros sobresaltados.

—¡No fue la cerda la que engañó a Ruby! ¡Fue él!

Alguien se pone de pie, señala con el dedo y grita.

—¡Así que fue él quien se llevó a Amelia!

El Swan ata cabos y comprende por fin. Ahora habla con un centenar de voces:

—¡Era un tipo bajo!

—¡Flaco como un palo de escoba!

—¡Estaba en los huesos!

—Ese abrigo… ¡Le sobraba un montón por los hombros!

—¡Y le iba largo!

—Además, siempre llevaba ese sombrero.

—¡Nunca se lo quitaba!

Lo recuerdan, algo es algo. Todo el mundo se acuerda de él. Pero nadie es capaz de dar una descripción más allá del abrigo, el sombrero y la talla del hombre.

¿Y cuándo fue la última vez que lo vieron?

—Hace dos años.

—¿Dos años? ¡Ya va para tres! Poco falta…

—Ay, sí, ya va para tres.

Llegan a un consenso. El hombre de la cerda era un tipo de baja estatura con un abrigo demasiado grande y un sombrero calado a quien nadie ha visto desde hace casi tres años.

Daunt y Rita deliberan. Han sido todo oídos y no han perdido detalle, pero no hay nada que indique que alguien esté a punto de divulgar algún dato más allá de lo que ya se sabía.

Daunt se inclina y le susurra al oído:

—Creo que hemos hecho perder el tiempo a toda esta gente.

—Todavía no ha acabado. Vamos. Segunda parte.

Mientras la indignación llena la sala, Daunt y Rita se escabullen detrás de una cortina. Rita repasa las instrucciones una vez más con la Pequeña Margot y su hija, mientras Daunt comprueba

los artilugios escondidos en otro sitio, cuyo propósito no se adivi-
na a partir de su apariencia pero que resultarían familiares para
cualquier especialista en efectos teatrales o para un espiritista.

—Te haré una señal cuando esté listo para que levantes esa cortina, ¿de acuerdo?

Al fondo de la sala, en su rincón oscuro, Lily se maravilla,
porque no ha visto nunca nada semejante a esas inmensas imágenes de la pared, tan llenas de vida que resulta imposible. Cuando
le dijeron que iban a contar una historia con ilustraciones, lo que
tenía en mente era la Biblia infantil ilustrada cuyas páginas solía
pasar mientras su madre le leía de pequeña. No sabía que sería
como la realidad pero en blanco y negro, aplastada como las flores
prensadas, y ampliada para ocupar toda la pared. No sabía que se
mezclaría con su propia vida. Se lleva la mano a la garganta y observa con atención, se le acelera el corazón, suda y tiembla, y no
hay ningún recodo en su cerebro aterrado donde el pensamiento
pueda encontrar un asidero. Se ha visto inmersa en una pesadilla
pese a estar despierta.

Un tenedor que rasca un cristal la hace dar un respingo. El
ruido tensa el ambiente y acalla al público. Se reacomodan en los
asientos: todavía hay más.

En lugar del clic oyen el siseo de una cortina que alguien corre
hacia un lado. Los que están más cerca de los cortinajes de terciopelo se dan cuenta del movimiento. El arco que da a la sala de invierno ha quedado a la vista y surge una luz repentina.

La gente vuelve la cabeza, desconcertada.

Se nota un silencio tenso y sobrecogido.

En la sala de invierno hay una niña. Pero no es una niña cualquiera. Y no es una fotografía. El pelo de la niña se mueve como

si lo levantase el oleaje, el camisón blanco flota como una gasa. Y, lo más extraño de todo, sus pies no tocan el suelo. Su silueta se mueve y resplandece, como si estuviera presente y ausente a la vez. En su rostro se adivinan apenas las facciones, se intuye una nariz, unos ojos que miran como velados por una tela, una boca demasiado desdibujada para poder hablar. Los pliegues blancos de su camisón flotan alrededor como si el aire fuese agua y la niña flotara, etérea.

—Niña —dice la voz de Ruby—. ¿Me conoces?

La niña asiente.

—¿Reconoces que soy Ruby, tu antigua niñera que tanto te quería y tanto te cuidaba?

Asiente de nuevo.

Nadie se mueve. Lo que los mantiene en los asientos es el miedo, o el miedo a perderse algo.

—¿Fui yo quien te sacó de la cama?

La niña niega con la cabeza.

—Entonces, ¿fue otra persona?

La niña asiente, despacio, como si las preguntas le llegasen desde un lugar lejano y entrasen en el reino en el que se encuentra ahora.

—¿Quién fue? ¿Quién te llevó al río y te ahogó?

—¡Sí, dínoslo! —exclama alguien desde el público—. ¡Dinos quién fue!

Y la niña, cuya cara es lo bastante transparente para ser la de cualquier chiquilla, levanta una mano y el dedo señala... no a la pantalla, sino a la sala, al público mismo.

Pandemonio. Hay chillidos y gritos de confusión. La gente está tan conmocionada que se levanta de golpe y tira las sillas. En la luz reflejada se dan la vuelta, miran aquí y allá, a cualquier punto al que podría estar señalando ese dedo titilante, y en todas partes se topan con caras iguales que la suya: abrumadas, aturulladas, surcadas de lágrimas. Alguien se desmaya; alguien suelta un alarido; alguien gime.

—¡Fue sin querer! —susurra Lily, pero sus palabras se pierden entre toda la conmoción.

Con manos temblorosas y ojos anegados en lágrimas, abre las puertas y huye, como si la ilusión óptica le pisara los talones.

Una vez que se marcharon todos, las Pequeñas Margot y los hijos de los Armstrong empezaron a recolocar las cosas en la sala. La pequeña fantasma, más robusta con su apariencia habitual como nieta menor de Margot, bostezó cuando le quitaron el vaporoso camisón blanco por la cabeza y fue taconeando por la habitación con los zuecos. Guardaron el enorme espejo en su inmensa funda rectangular y lo transportaron con sumo cuidado y una gran cantidad de gruñidos de esfuerzo. Retiraron la cortina de terciopelo y luego la doblaron, y el visillo de gasa ondeó y flotó cuando lo dejaron caer dentro de una bolsa. Desmantelaron la luz de gas. Elemento tras elemento, la ilusión del fantasma también fue desmontada, empaquetada y sacada de la taberna y, cuando ya no quedó nada y se miraron los unos a los otros en el interior del Swan, como lo habrían hecho en una velada cualquiera, vieron que de su esperanza tampoco quedaba nada.

Robert Armstrong dejó caer los hombros, abatido, y Margot se mostraba mucho más callada que de costumbre. Daunt iba y venía entre la taberna y el *Colodión* cargado con cajas, tan desanimado que nadie se atrevía a hablar con él. Rita fue a ver a Joe, que estaba en la cama. El anciano levantó la mirada hacia ella lleno de expectación, y cuando la enfermera negó con la cabeza, parpadeó con pena.

Solo Jonathan estaba tan contento como siempre, no parecía afectarle el estado de ánimo general.

—¡Casi me pareció que era real! —repetía—. Aunque sabía lo del espejo y la gasa y la luz de gas. Aunque sabía que era Polly. ¡Casi me lo creo!

Mientras hablaba, ayudaba a los demás a devolver las sillas al lugar que les correspondía. Luego, a la par que colocaba los últimos taburetes del fondo, exclamó:

—¡Anda, mira por dónde! ¿Quién se ha olvidado de ti?

Un cachorro encogido en un rincón de la sala, bajo el último taburete.

Robert Armstrong se acercó a verlo. Se inclinó y levantó al animalillo en su amplia manaza.

—Pero si eres muy pequeño para ir solo por el mundo… —le dijo al cachorro, y este olfateó su piel y se acurrucó para acercarse más a su cuerpo.

—Es de la mujer que entró la última —dijo Daunt.

Hizo memoria y describió hasta el último detalle de su aspecto.

—Lily White —dijo Margot—. Vive en la Cabaña del Cestero. Ni siquiera sabía que había venido.

Armstrong asintió.

—Llevaré a este pequeñín a su casa. No está lejos y, además, mis chicos todavía no están listos.

Margot se volvió hacia su nieta.

—Y ahora, señorita, creo que ya hemos tenido bastantes fantasmas rondando por aquí, ¿eh? ¡Es hora de dormir! —Y azuzó a la niña para que se fuera a la cama.

—Solo ha sido una ilusión —dijo Daunt—. Y no ha logrado gran cosa. —Se dirigió a Ruby, que estaba sentada en una caja del rincón, tratando de contener las lágrimas—. Lo siento. Esperaba sacar más. La he decepcionado.

—Ha hecho lo que ha podido —contestó ella, pero las lágrimas se derramaron de todos modos—. Los Vaughan serán los que más sufran.

De cerdos y cachorros

Armstrong se metió el cachorro dentro del abrigo para darle calor y dejó un botón desabrochado con el fin de que pudiera sacar el hocico y olfatear el aire nocturno. El animalillo se removió plácidamente contra su cuerpo y se acomodó.

—Será mejor que lo acompañe —dijo Rita—. Puede que la señora White se alarme si ve llegar a un desconocido a estas horas de la noche y después de una velada con un final tan inquietante.

Se dirigieron al puente en silencio, cada uno de ellos reflexionaba sobre la decepción de la tarde que tanto tiempo y esfuerzo les había costado para no llegar a ninguna conclusión. Cruzaron el río lleno de estrellas y, al llegar al otro lado, no tardaron mucho en ver el lugar en el que la orilla se había desdibujado y el río se expandía con una anchura nueva. Tuvieron que concentrarse para salvar los obstáculos de las raíces nudosas y las hiedras fuertes como cuerdas en la oscuridad. A través del tintineo oscuro del río, oyeron una voz.

—¡Sabe que fui yo! ¡No lo hice a propósito! ¡No le habría arrancado ni un pelo de la cabeza! Está tan enfadada conmigo por llevármela y ahogarla… ¡Me apuntó con el dedo! ¡Me señaló! Sabe que fui yo quien lo hizo.

El par de espías accidentales escudriñaron la oscuridad, como si así pudieran escuchar mejor, esperando oír la voz del otro interlocutor, pero no se oyó ninguna otra voz. Rita hizo ademán de avanzar, pero Armstrong sacó una mano para impedírselo. Otro sonido había llegado a sus oídos. Un gruñido amortiguado. Era un sonido animal. Era un cerdo.

Su cerebro empezó a maquinar.

Cuando dejó de oírse el gruñido del cerdo, Lily retomó la palabra.

—Nunca me lo perdonará. ¿Qué voy a hacer? Una maldad como la mía es tan terrible que nunca me será perdonada. El mismo Dios la ha enviado para castigarme. Tendré que hacer lo mismo que hizo el cestero, aunque tengo tanto miedo. ¡Ay! Pero debo hacerlo y sufrir los tormentos eternos, porque no merezco vivir ni un día más en este mundo…

La voz se desintegró en unas lágrimas ahogadas.

Armstrong aguzó el oído para escuchar los gruñidos del animal, que respondía a las palabras de Lily. ¿Acaso era…? Imposible. Pero aun así…

El cachorro dio un ladrido agudo. Una vez delatada su presencia, Armstrong y Rita salieron el escondite de los álamos y empezaron a subir la colina.

—Somos amigos, señora White —se anticipó Rita—. Queremos devolverle el cachorro. Se lo dejó olvidado en el espectáculo de la linterna mágica. —En ese momento quedó patente la aflicción de Lily—. No le ha pasado nada malo. Hemos cuidado de él.

Sin embargo, mientras Rita se aproximaba a Lily sin dejar de hablarle en voz baja para apaciguarla, Armstrong corrió a toda velocidad por la colina. No se detuvo al llegar a Lily sino que siguió corriendo hasta alcanzar la pocilga, donde se postró de rodillas en el barro, pasó las manos por las barras de la verja y gritó:

—¡Maud!

Armstrong miró con amor e incredulidad al rostro que pensaba que no volvería a ver jamás. Aunque estaba más vieja y perjudicada, más flaca y con aire triste —aunque su piel había perdido su resplandor rosado y su pelo carecía del brillo cobrizo—, la reconoció. La cerda tampoco despegaba los ojos de él. Y, si hubiera quedado algún atisbo de duda, la bienvenida que le dio el animal lo habría disipado, pues se incorporó al instante, agitó las patas delanteras en un baile excitado y puso el hocico sobre la verja para que Armstrong pudiera acariciarle la oreja y rascarle la mejilla rasposa. La cerda se apretó tanto contra la verja que parecía que estuviera dispuesta a volcarla para acceder a su queridísimo y viejo amigo. Cuando los ojos de Maud se emocionaron por el reencuentro, Armstrong sintió que se le hacía un nudo en la garganta y le asaltaban las lágrimas.

—Pero ¿qué te ha ocurrido, amor mío? ¿Cómo has acabado aquí?

Sacó unas bellotas del bolsillo y Maud las cogió de su mano con la suavidad de un beso, como muy pocos cerdos han aprendido a hacer, y el corazón del granjero se llenó de gozo.

Mientras tanto, Lily no paraba de frotarse los ojos y repetir:

—Fue sin querer. ¡No lo sabía!

Rita miró a Lily y luego a Armstrong, después a la cerda y de nuevo a Lily.

¿Por dónde empezar?

—Lily, ¿qué decías cuando hemos llegado? ¿Qué fue lo que no hiciste a propósito?

Como si no la hubiera oído, Lily repitió:

—¡No lo sabía! ¡No lo sabía!

Por fin, tras unos cuantos esfuerzos más por parte de Rita, Lily acabó por oír la pregunta.

—Se lo he contado todo a la cerda —dijo Lily entre sollozos—. Dice que ahora debo confesárselo al párroco.

De hermanas y cochinillos

El párroco, con la camisa de dormir y la bata, invitó a sentarse a sus visitantes nocturnos. Armstrong tomó una silla y se apoyó en la pared, mientras que Rita se sentó en el sofá.

—Nunca me he sentado en la casa parroquial. Ni una vez —dijo Lily—. Pero hoy he venido a confesarme y después no volveré a entrar aquí jamás, así que supongo que puedo sentarme.

Se acomodó nerviosa junto a Rita.

—A ver, ¿a qué viene esa confesión? —preguntó el párroco mientras miraba a Rita.

—Lo hice yo —reconoció Lily. Había ido sollozando todo el camino junto a la orilla del río, pero ahora que estaba en la casa parroquial, se había serenado—. Fui yo. Ha salido del río y me ha señalado con el dedo. Sabe que fui yo.

—¿Quién la ha señalado con el dedo?

Rita le contó al párroco la sesión de ilusionismo del Swan y lo que pretendían conseguir con ella, y luego se dirigió a Lily.

—No era real, Lily. No lo hicimos para asustarte.

—Antes siempre venía a la Cabaña del Cestero. Salía del río y me señalaba con el dedo… Era real, sé que lo era: goteaba en los tablones del suelo y dejaba marcas de agua. Como no confesé sino que mantuve en secreto mi maldad, ha ido al Swan y ahora me señala desde allí. Sabe que fui yo.

—¿Qué es lo que hizo, Lily? —Rita se acuclilló delante de Lily y le sujetó ambas manos entre las suyas—. Cuéntenoslo sin tapujos.

—¡La ahogué!

—¿Ahogó a Amelia Vaughan?

—¡No es Amelia Vaughan! ¡Es Ann!

—¿Ahogó a su propia hermana?

Lily asintió con la cabeza.

—¡La ahogué! Y no me dejará en paz hasta que lo confiese.

—Ya entiendo —dijo el párroco—. Así que debe confesar. Cuénteme lo que pasó.

Ahora que por fin había llegado el momento, Lily estaba tranquila. Se le secaron las lágrimas, se le aclararon las ideas confusas. Con la mitad del pelo fuera de las horquillas y los ojos grandes y azules en su cara fina, parecía más joven mientras contaba la historia a la luz de una vela en la casa parroquial.

—Yo tenía doce años, creo. O puede que fueran trece. Vivía con mi madre en Oxford, y con nosotras estaban mi padrastro y mi hermanastro. Tenía una hermana pequeña, Ann. En el corral teníamos cochinillos que engordábamos para venderlos, pero mi padrastro no los cuidaba bien y estaban enfermos. Mi hermana no era fuerte. Era enclenque y, aunque mi madre y yo la queríamos mucho, mi padrastro estaba decepcionado con ella. Quería un hijo. Los hijos varones eran lo que importaba a sus ojos. Lamentaba la comida que yo comía y la que comía mi hermana, y le teníamos miedo (mi madre también), por eso intentaba comer menos para que mi hermana, que era más frágil, pudiera tomar más: pero no crecía bien. Un día, cuando mi hermana estaba enferma en la cama, mi madre me mandó que la cuidara mientras ella iba a comprarle un medicamento. Yo tenía que preparar la comida y vigilar por si mi hermana sufría un ataque de tos. Mi padrastro se habría enfadado de haber sabido que iba a comprarle medicamentos, porque eran caros y las niñas no se merecían ese gasto. Estaba muy nerviosa, igual que mi madre. Mientras mi madre estaba fuera, mi hermanastro entró en la cocina con un fardo. Era un saco, atado con una cuerda prieta. Uno de los cochinillos había muerto, me dijo. Las órdenes de mi padrastro eran que yo lo llevara al río y lo tirara allí, para ahorrarse tener que cavar un agujero donde enterrarlo. Le dije a mi hermanastro que tenía que preparar la cena, así que era mejor que él llevase el cochinillo al río, pero me dijo que mi padrastro me molería a palos si no hacía lo que me había mandado. Así que fui. El fardo pesaba mucho. Al llegar al río, dejé el bulto en la orilla, en una parte en pendiente, y lo empujé para que entrase en el agua. Entonces me fui a casa. Cuando llegué a nuestra calle, todos los vecinos estaban fuera y había un revuelo tremendo. Mi madre se me acercó corriendo.

»—¿Dónde está Ann? —me preguntó—. ¿Dónde está tu hermana?

»—En nuestra habitación —le contesté, y ella lloró y gimió y volvió a preguntarme—: ¿Dónde está Ann? ¿Por qué no estabas en casa? ¿Y adónde ha ido?

»Una de las vecinas me había visto pasar un rato antes con el pesado fardo en los brazos, conque me preguntó:

»—¿Qué llevabas en el saco?

»—Un cochinillo muerto —contesté. Pero cuando empezaron a preguntarme dónde lo había llevado y qué había hecho, no pude responder porque se me trababa la lengua por la confusión.

»Entonces, algunos de los vecinos corrieron hacia el río. Yo quería quedarme con mi madre, pero ella estaba tan enfadada conmigo por no haber cuidado de mi hermana que no me consoló, así que al final me escondí.

»Mi hermanastro era muy astuto. Sabía los sitios en los que yo solía esconderme cuando mi padrastro estaba de mal humor. Me encontró.

»—Sabes lo que había en el saco, ¿verdad?

»—Era un cochinillo —contesté, porque eso creía.

»Y entonces me dijo lo que había hecho en realidad:

»—La que estaba en el saco era Ann. La has ahogado.

»Salí corriendo, y nunca le había contado la verdad sobre mi hermana a nadie hasta el día de hoy.

Más tarde, Rita propuso que Lily se quedara a pasar la noche en la habitación de invitados de la casa parroquial, y el párroco estuvo de acuerdo. Igual que una niña pequeña, Lily obedeció.

Cuando la cama estuvo hecha y Lily se disponía a subir para meterse en ella, cuando Rita ya se despedía del párroco, Armstrong se aclaró la garganta y habló por primera vez.

—Me pregunto… Antes de que nos marchemos…

Todos lo miraron.

—Ha sido una noche larga y, para la señora White, agotadora, pero ¿podría hacerle una pregunta más antes de que nos marchemos?

El párroco asintió.

—Lily, ¿cómo llegó mi cerda Maud a la Cabaña del Cestero?

Después de haber confesado el delito más grave, los otros secretos de Lily ya no tenían lastre que los sujetara.

—La trajo Victor.

—¿Victor?

—Mi hermanastro.

—¿Cómo se apellida tu hermanastro?

—Se llama Victor Nash.

Al oír ese nombre, Armstrong dio tal brinco que parecía que le hubieran rebanado el dedo con el cuchillo de matarife.

El otro lado del río

—No puede estar en la fábrica —dijo Vaughan—. Llevo meses vendiendo las piezas y la gente no ha parado de ir y venir. Si alguien estuviera allí escondido, lo habrían descubierto. Y la fábrica de vitriolo tiene unos ventanales inmensos: la luz se vería a kilómetros de distancia. No, el único lugar lo bastante grande para albergar una destilería y un escondite que quede oculto y donde nadie moleste es el viejo almacén.

Golpeó con el índice en el punto del mapa de la isla del Brandy que correspondía al almacén.

—¿Y por dónde podemos acceder? —preguntó Daunt.

—Por aquí es por donde el hombre esperaría que apareciese alguien. Si sospecha que pueden ir a buscarlo, este es el punto que vigilará. Pero también es posible navegar hasta la parte más alejada de la isla y entrar desde allí, apartados de la fábrica y los demás edificios. Así lo pillaremos por sorpresa.

—¿Con cuántos hombres podemos contar? —preguntó Armstrong.

—Puedo proporcionar ocho hombres, entre los sirvientes y los jornaleros. Podría reunir a más, pero harían falta más barcas de remo y eso podría levantar sospechas.

—También podríamos transportar más en el *Colodión*, pero sería muy ruidoso y se vería demasiado. La única forma de conseguirlo es ser menos y llegar en barca.

—Ocho hombres, más nosotros tres…

Se miraron los unos a los otros y asintieron. Once. Debería ser suficiente.

—¿Cuándo? —preguntó Vaughan.

Ya entrada la noche, una pequeña flotilla de barcas de remo dejó el embarcadero de Buscot Lodge. Nadie hablaba. Las palas apenas perturbaban el agua negra como la tinta al entrar y salir de ella. Los remos crujían y el agua chapoteaba contra las quillas de las embarcaciones, pero esos sonidos se perdían entre el gruñido grave del río. Los navegantes se deslizaron de la tierra al agua y de ahí a la tierra sin que nadie los viera.

En el extremo más alejado de la isla del Brandy, sacaron las barcas del río a pulso y las subieron por una pendiente empinada para ocultarlas bajo las ramas del sauce llorón, que rozaban el suelo. Se reconocían unos a otros por la silueta; les bastaba con hacer gestos con la cabeza para comunicarse, ya que todos los hombres tenían ya las instrucciones.

Se separaron en parejas y se desperdigaron por la orilla, para seguir distintos caminos por entre la vegetación hacia la fábrica. Daunt y Armstrong eran los únicos que no estaban familiarizados con la isla. Daunt iba con Vaughan; Armstrong con Newman, uno de los hombres de Vaughan. Apartaban las ramas al pasar, pisaban raíces, se movían a ciegas en la oscuridad. Cuando la vegetación se volvió más escasa y dio lugar a varios caminos, supieron que se aproximaban a la fábrica. Reseguían los muretes, se apresuraban a cruzar las zonas abiertas sin hacer apenas ruido.

Daunt y Vaughan llegaron al almacén. Protegido por la fábrica a un lado y con árboles tupidos al otro, el brillo de las ventanas resultaba invisible desde las dos orillas. En la oscuridad, ambos se miraron a los ojos. Daunt señaló el otro lado. Un atisbo de movimiento en los árboles, iluminado por la tenue luz que salía del edificio. Habían llegado los demás.

Armstrong dio el primer paso. Corrió hacia la puerta y la echó abajo de una patada con toda la fuerza del peso de su cuerpo. La puerta se quedó colgando, medio arrancada de los goznes. Vaughan la empujó para abrirla del todo y Daunt entró justo detrás de él para registrar juntos la estancia. Cubas, botellas y barriles. El aire viciado y con olor a levadura y azúcar. Un brasero pequeño, encendido hasta poco antes. Una silla, vacía. Daunt puso la mano sobre el cojín. Estaba caliente.

El hombre había estado allí, pero se había escapado.

Vaughan soltó una maldición.

Un ruido. Fuera. Entre los árboles.

—¡Por ahí! —oyeron que gritaba alguien.

Daunt, Vaughan y Armstrong se reunieron con los demás. Se produjo un gran revuelo entre los matorrales cuando los hombres se apresuraron a perseguir al fugitivo, siguiendo la dirección del sonido. Chocaban con las ramas más robustas, rompían ramitas pequeñas al pisar, se exclamaban cuando tropezaban, hasta que ya no supieron si la pista que seguían era la de su presa o la de los propios cazadores.

Se reagruparon. Aunque estaban desanimados, todavía no se habían rendido. Se dividieron el terreno, cubrieron hasta el último metro de la isla. Se asomaron a todos los arbustos, miraron en las ramas altas de todos los árboles, rastrearon todas las estancias y todos los pasillos de cada uno de los edificios. Dos de los hombres de Vaughan se acercaron a un amasijo de ramas espinosas y empezaron a dar golpes metódicos con palos grandes. En el extremo más alejado del matorral, un movimiento: una figura, muy agachada, saltó de repente y se metió en el agua salpicando mucho.

—¡Eh! —gritaron para alertar a los demás—. ¡Se ha metido en el río!

Al cabo de poco, los otros se reunieron con ellos.

—Está por ahí, en alguna parte. Lo obligamos a salir de su escondite a palos y oímos el chapuzón.

Los cazadores escudriñaron el río oscuro. El agua resplandecía y brillaba, pero no se veía ni rastro de su presa.

Cuando entró en el agua, pensó que el frío lo mataría al instante. Pero cuando salió a la superficie y vio que no había hallado la muerte, ni siquiera se había acercado a ella, descubrió que el río no era tan letal, al fin y al cabo. Emergió de su gran zambullida en un lugar que tenía sus ventajas. Parecía que el río era su aliado. Vio una enorme rama que se inclinaba sobre el agua, así que se agarró a ella, con medio cuerpo fuera, mientras decidía qué hacer. Regresar a la isla quedaba fuera de las posibilidades. Tendría que cruzar todo el río. Una vez en la corriente central, la potencia lo transportaría río abajo, y si en todo momento intentaba desplazarse hacia la orilla, tarde o temprano encontraría algún lugar desde el que poder salir. Y después…

Después ya se las apañaría de la mejor forma posible.

Soltó la rama, se dejó llevar libremente por el agua y se alejó nadando.

Oyó unos gritos en la isla (lo habían descubierto) así que se sumergió por completo bajo la superficie. Una vez abajo, se vio distraído por un festival de movimiento y luz por encima de su cabeza. Una flota de estrellas surcaba el agua. Mil lunas diminutas resplandecían encima de él, alargadas como las crías de pez en el cardumen. Era un gigante entre las hadas.

De pronto se le ocurrió que no había una gran urgencia por salir. «Ni siquiera estoy temblando —pensó—. Casi noto el agua caliente.»

Le pesaban los brazos. No estaba seguro de si sacudía los pies en el agua o no.

«Cuando el río helado no te parece frío, es cuando de verdad estás en apuros.» Lo había oído en alguna parte. ¿Dónde? Hacía mucho. Lo perturbaba esa sensación de premonición tan acuciante. Aterrado, empezó a bracear, pero sus extremidades no le obedecieron.

Al final había despertado al río; su corriente se hizo dueña de él. Agua en la boca. La cabeza abotargada. La certeza: un error. Intentó subir a la superficie a toda costa; sus manos se toparon con plantas largas que flotaban. Se agarró con intención de darse impulso, pero sus dedos se cerraban sobre la grava y el barro. Se sacudió, se retorció… ¡La superficie! La perdió otra vez. Tragaba más agua que aire y, cuando pidió socorro —aunque, ¿quién lo había ayudado alguna vez?, ¿acaso no era el hombre más traicionado del mundo?—, sí, cuando pidió socorro, los labios del río apretados sobre los suyos fue lo único que sintió, eso y los dedos del río que le tapaban la nariz.

Todo eso durante una eternidad…

Hasta que, cuando ya no podía ofrecer resistencia, se dejó atrapar, dejó que lo levantaran para sacarlo del agua como si no pesara más que una hoja de sauce y lo dejaran, tumbado para descansar, en el fondo de una batea.

¿Silencioso? Conocía la leyenda. El barquero que se llevaba a quienes les había llegado la hora al otro lado, y a quienes todavía no tenían que morir, de vuelta a un puerto seguro. Nunca había creído esas historias, pero ahí estaba.

La figura alta y esbelta elevaba la pértiga hasta los cielos y la deslizaba entre los dedos hasta que mordía el lecho del río y entonces, con una elegancia inmensa, con una fuerza admirable, la batea avanzaba a toda prisa por el agua oscura. Victor notó el tirón de la barca y sonrió. Un puerto seguro…

La mitad de los hombres se quedaron en la isla, apostados en puntos estratégicos desde los que podrían ver si el fugitivo intentaba salir a la orilla. Los demás regresaron a los barcos y se metieron en el río para buscarlo.

—Hace un frío que pela —murmuró Daunt.

Armstrong metió una mano en el agua y la sacó a toda prisa.

—¿Buscamos a un hombre vivo o a un cadáver? —preguntó.

—No podrá sobrevivir mucho tiempo —dijo Vaughan, agorero.

Rodearon la isla a remo, una vez, dos veces, tres.

—Ha visto su fin —sentenció uno de los hombres de Vaughan.

Los demás le dieron la razón.

Dieron por concluida la caza.

Las barcas de remo regresaron al embarcadero de Buscot Lodge.

El párroco escribió al vicario de la parroquia en la que había vivido Lily con su madre y su padrastro. Recibió una respuesta inmediata. Uno de los miembros de esa congregación recordaba con nitidez lo acontecido treinta años antes. Había habido un gran revuelo y muchos llantos cuando se enteraron de que Ann se había perdido. Corrió el rumor de que la hermana mayor había ahogado a la pequeña en el río por celos. Los vecinos habían bajado al río a toda prisa, pero al principio no habían encontrado el saco. Mientras la madre se reunía con la partida de búsqueda, su primogénita huyó de casa.

Unas horas más tarde encontraron a la niña sana y salva. A cierta distancia de la casa y más lejos de lo que podría haber caminado sin ayuda. Tuvo una fiebre altísima. No hubo medicina capaz de salvarla y murió al cabo de pocos días.

También encontraron el saco. Dentro había un cochinillo muerto.

A quien no encontraron nunca fue a Lily. La desolada madre murió unos años después. El padrastro fue ahorcado por crímenes no relacionados con esta desgracia, por los que al final tuvo su merecido, y el hermanastro se convirtió en un granuja a quien duraban poco los empleos y del que hacía años que no sabían nada en el pueblo.

—No tiene culpa de nada, señora White —le dijo el párroco a Lily.

Rita rodeó con el brazo a la confusa mujer.

—Su hermanastro fue quien le tendió la trampa, ya fuera por celos o porque tiene un alma destructiva. Sabía que era usted inocente, pero la ha hecho creer que era culpable desde entonces. No ahogó a su hermana.

—Entonces, ¿qué quería Ann cuando salió del río y fue al Swan?

—No era Ann. Ann está muerta. No está enfadada con usted, sino que está en paz.

—Lo que vio en la Cabaña del Cestero —dijo Rita— eran pesadillas y, luego, lo del Swan fue una ilusión. Humo y espejos.

—Y ahora que su hermanastro se ha ahogado —añadió el párroco, dirigiéndose a Lily—, ya no podrá asustarla nunca más. Puede quedarse con su dinero y dejar de vivir en la Cabaña del Cestero. Venga a vivir aquí en la casa parroquial, estará más caliente.

Pero Lily sabía más que nadie sobre los ríos; sabía que ahogarse era algo más complicado de lo que sospechaba la gente. Victor ahogado no era menos terrible para su mente que Victor vivo; en realidad, era aún más aterrador. Estaría furioso con ella por haberlo delatado y no se atrevería a enfadarlo más marchándose del lugar en el que él sabía que la encontraría. Le bastaba con recordar lo que había sucedido cuando había huido con el señor White. A él lo hallaron muerto, y con la paliza que Victor le propinó a ella… Le sorprendía que no la hubieran encontrado muerta también a ella. No, no se atrevía a enfurecerlo.

—Creo que seguiré viviendo en la Cabaña del Cestero —dijo Lily.

El párroco intentó disuadirla, y también Rita trató de hacerlo, pero con la terquedad de un mulo, Lily se salió con la suya.

Cuando Armstrong fue a buscar a Maud a la Cabaña del Cestero, descubrió que estaba preñada.

No le pareció bien trasladarla en ese estado tan delicado. Se dio cuenta de que mujer la trataba bien.

—¿Me haría el favor de cuidarla hasta el día del parto, señora White?

—Claro. Pero ¿y qué opina Maud? ¿A ella no le importa quedarse?

A Maud no le importó, así que acordaron hacerlo así.

—Y cuando me la lleve a casa, le dejaré un cochinillo a cambio.

QUINTA PARTE

El cuchillo

Las gallinas estaban alborotadas, el gato huyó cuando le acercó la mano para acariciarlo y se escabulló, disgustado, por el muro, y los cerdos lo miraron con unos ojos que anunciaban algo ominoso. Armstrong frunció el entrecejo. ¿Qué ocurría? Solo había faltado dos horas, había ido a ver unas vacas en venta.

Su hija mediana salió como un rayo de la casa y, en cuanto lo rodeó con los brazos, el granjero supo con certeza que había pasado alguna desgracia. La muchacha estaba sin aliento y no podía ni hablar.

—¿Robin? —preguntó el padre.

Ella asintió.

—¿Dónde está tu madre?

Señaló hacia la puerta de la cocina.

Todo estaba en desorden. La sopa borboteaba en el fuego, desatendida; el pastel estaba abandonado en la encimera. Bess se hallaba de pie detrás de la mecedora, agarrada al respaldo, con aire feroz y protector. En la mecedora estaba su hija mayor, Susan, encogida y con el rostro pálido. Tenía los brazos cruzados sobre el pecho en un gesto raro, las manos tapándole el cuello. A su alrededor se arracimaban los más pequeños; le agarraban las faldas preocupados.

Bess soltó los dedos que se aferraban a la mecedora con alivio en cuanto lo vio entrar y lo miró con ojos preocupados. Con un solo gesto le advirtió que no dijera nada.

—Tomad —les dijo a los pequeños, que seguían agarrados a su hermana—. Llevadles esto a los cerdos.

Metió unas peladuras en un cuenco y se lo alcanzó al mayor de los niños; después de darle una última palmadita en la rodilla a su hermana para consolarla, los chiquillos hicieron lo que acababan de mandarles.

—¿Qué quería? —preguntó Armstrong en cuanto se cerró la puerta.

—Lo de siempre.

—¿Cuánto esta vez?

Bess le dijo la cifra y Robert se quedó helado. Superaba con creces las cantidades que Robin les había sacado en ocasiones anteriores.

—¿En qué clase de problema anda metido para necesitar tanto dinero?

Ella hizo un gesto desdeñoso.

—Ya sabes cómo es. Una mentira detrás de otra. Una buena inversión, una oportunidad única en la vida, un préstamo hasta la semana que viene… No me engaña, y lo sabe. Hace muchísimo tiempo que sus camelos no funcionan conmigo. —Arrugó la frente—. Sin embargo, hoy no habría engañado a nadie. Estaba sin resuello. No podía estar quieto: desesperado por conseguir el dinero y salir huyendo. No paraba de asomarse a la ventana, histérico. Quería mandar a su hermano a la verja para que vigilase, pero no le dejé ir. Al cabo de poco rato, dejó de mentir y empezó a gritar: «¡Te he dicho que me des el dinero! Si no, ¡me buscas la muerte!». Daba puñetazos en la mesa, decía que era todo culpa nuestra y que, si no hubiéramos devuelto a la niña a los Vaughan, él no estaría con el agua al cuello. Le temblaba la voz. Algo lo tiene aterrorizado.

»"¿Quién diablos te ha puesto en este aprieto?", le pregunté, y me dijo que alguien lo perseguía. Alguien que no se detendría ante nada para conseguir lo que quería.

—Dijo que su vida corría peligro —añadió Susan desde la mecedora—. «Si no me dais el dinero, soy hombre muerto.»

Armstrong se frotó la frente.

—Susan, esta conversación no te incumbe. Ve a sentarte al salón mientras lo hablo con tu madre.

La joven miró a su madre.

—Cuénteselo, madre —dijo.

—Me negué a darle el dinero. Me faltó al respeto y me habló con dureza.

—Dijo que madre siempre había estado en su contra. La llamó depravada. Dijo cosas sobre ella de antes de que os casarais…

—Susan lo oyó todo. Entró justo entonces.

—Quería decirle que no se enfadara con madre. Pensaba dec…

Los ojos de su hija se llenaron de lágrimas.

Bess apoyó la mano en el hombro de la muchacha.

—Se volvió como un rayo. En un abrir y cerrar de ojos sacó el cuchillo de la funda que guardas detrás de la puerta. Agarró a Susan…

Armstrong se puso tenso. El cuchillo que guardaba detrás de la puerta era su cuchillo de matarife, que nunca recogía sin haberlo afilado antes hasta dejar la hoja convertida en un arma letal. En cuanto comprendió lo sucedido, entendió por qué su hija estaba encogida y tenía tan mala cara.

—Podría haberme apartado de él —dijo Susan—. Podría, pero...

Robert cruzó la cocina, tomó la mano de su hija y se la apartó de la garganta. Sujetaba un paño empapado de sangre. Una línea curva de un rojo intenso le surcaba la tierna piel. Era lo bastante profunda para haber atravesado toda la piel, a una fracción de centímetro de haber dañado los vasos sanguíneos principales. Armstrong se quedó sin una gota de oxígeno en el cuerpo.

—Madre se puso a gritar y los chicos entraron enseguida. Robin dudó al verlos: ahora ya son casi tan altos como él, y fuertes, y además, eran dos. Me tembló el pulso, yo me retorcí...

—¿Dónde está ahora?

—Se fue hacia el viejo roble, río abajo, junto a la isla del Brandy. Nos mandó que le dijéramos que lo encontraría allí. O le lleva el dinero, padre, o su vida ha acabado. Ese fue el mensaje.

Armstrong abandonó la cocina y se dirigió a otra estancia de la casa. Oyeron la puerta de su estudio abrirse y cerrarse. Estuvo allí unos instantes y, cuando regresó, se estaba abrochando el abrigo.

—¡Por favor, padre, no vaya!

Apoyó la mano en la cabeza de su hija, le dio un beso en la sien a su esposa y entonces, sin decir ni una palabra, se marchó. Apenas había cerrado la puerta de la cocina cuando volvió a abrirla. Buscó a tientas el cuchillo que había detrás de la puerta. La funda seguía allí, pero estaba vacía.

—Todavía lo tiene —dijo Bess.

Sus palabras se encontraron con la puerta a medio cerrar.

Las lluvias torrenciales del día habían dado paso a una cortina de agua continua y persistente. Cada gota de agua, tanto si caía en el río como si lo hacía en el campo, en un tejado, en una hoja de un árbol o en un ser humano, tenía un sonido, y cada uno de esos sonidos era indistinguible del resto. Juntos formaban un manto de ruido mojado que arropó a Armstrong y Veloz y los aisló del mundo.

—Ya lo sé —le dijo el jinete a su montura mientras le daba una palmadita—. Sería mejor que me metiera en casa. Pero lo primero es lo primero.

El camino estaba lleno de charcos y piedras, y Veloz avanzaba con mucho cuidado, intentaba pisar entre los socavones y evitar los obstáculos. De vez en cuando, levantaba la cabeza para olfatear el aire y tenía las orejas alerta.

Armstrong andaba sumido en sus pensamientos.

—¿Para qué querrá semejante cantidad de dinero? —se preguntaba en voz alta—. ¿Y por qué ahora?

Cada vez que el camino se hundía, salpicaban al pisar el agua estancada.

—¡Su hermana! ¡Su propia hermana! —exclamó Armstrong, negando con la cabeza. Veloz relinchó para mostrar su empatía—. A veces pienso que un hombre no puede hacer nada más. Un niño no es una tabula rasa, Veloz, que pueda tallarse de la forma que prefieran sus padres. Los niños nacen con su propio corazón y es imposible cambiarlos, por mucho amor que un hombre vuelque en ellos.

Siguieron avanzando.

—¿Qué más podría haber hecho? ¿Qué hice mal, eh?

Veloz sacudió la cabeza y unas cuantas gotas de agua salieron despedidas de las riendas.

—Lo queríamos. ¿O no es así? Lo llevaba siempre conmigo y le mostraba el mundo. Le enseñé todo lo que sabía... Aprendió a distinguir el bien del mal. Yo se lo enseñé, Veloz. No puede decir que no lo sabía.

Mientras la yegua avanzaba en la oscuridad, Armstrong suspiró.

—Tú nunca te llevaste bien con él, ¿verdad? Intenté hacer la vista gorda. Pero me daba cuenta de cómo agachabas las orejas y te cohibías cuando él se acercaba. ¿Qué te había hecho? No quería pensar mal de él, y ahora tampoco quiero, pero ni siquiera un padre puede hacerse el ciego para siempre.

Armstrong levantó una mano y se apartó las gotas de los ojos.

—No es más que lluvia —se dijo, aunque el dolor en la garganta le indicaba otra cosa—. Y luego está la niña. Me encantaría saber qué opinas tú al respecto, Veloz. ¿En qué lío se ha metido? ¿Qué tramaba? Ningún padre dudaría como lo hacía él. ¿Qué clase de padre no reconoce a su propio hijo? No era su hija y lo supo desde el principio. Entonces, ¿a qué venía toda la pantomima? ¿Crees que me contará qué problema tiene? ¿Cómo puedo solucionar las cosas si no sé lo que ocurre? Me ata las manos a la espalda y luego se queja de que no lo ayudo lo suficiente.

Notó el peso en el bolsillo. Llevaba un monedero lleno de dinero de la caja fuerte y pesaba mucho.

Veloz se detuvo. Trotó nerviosa en el sitio y se removió como si quisiera deshacerse de la brida.

Armstrong levantó la cabeza y buscó una explicación. Sus ojos solo se toparon con la oscuridad. La lluvia había borrado todos los olores del aire y, además, amortiguaba los sonidos. Sus cinco sentidos humanos no le decían nada.

Se inclinó hacia delante sobre la silla de montar.

—¿Qué sucede, Veloz?

La yegua volvió a sacudirse y esta vez Armstrong percibió la salpicadura de los cascos hundidos en el agua. Desmontó y el agua le llegó hasta la parte superior de las botas.

—Ya se ha desbordado el río.

Empieza y termina en el Swan

Llevaba semanas lloviendo. Ya tenían bastantes cosas que hacer para protegerse de la inundación, sin necesidad de recordatorios de que tenían que prepararse también para la llegada de los gitanos del río. Porque era el momento en el que aparecían en sus aguas, y un leve desbordamiento no se lo impediría. Al contrario, de hecho serviría para ayudarlos a acercarse aún más a las propiedades, a las casas y cabañas, a los almacenes, graneros y establos. La gente tenía que meter en casa cualquier equipamiento y maquinaria, había que cerrar con llave todas las puertas. Los gitanos se apropiarían de todo lo que quedara sin proteger, por estrambótico que fuera. Un jarrón en el alféizar de una ventana corría peligro, y pobre del jardinero que dejase un azadón o un rastrillo apoyado contra la puerta de atrás. Para colmo, era la noche del solsticio de invierno, hacía un año exacto que había llegado la niña. Y lo más importante de todo, estaba Helena, cuya vital rapidez de movimientos la había abandonado casi por completo esos últimos días, en los que esperaba el nacimiento del niño. Pero los hombres de Vaughan habían hecho todo lo que estaba en sus manos. Así pues, su jefe les dio las gracias y fue a buscar a su mujer.

—Estoy agotada —dijo—, pero ven al jardín con nosotras antes de quitarte el abrigo. Queremos ver el río.

—El agua ya ha cubierto casi veinte metros del jardín. No me parece seguro para una niña, y menos a oscuras.

—Le he dicho que era posible que el río llegase hasta el jardín y está emocionada. Se muere de ganas de verlo.

—De acuerdo. ¿Dónde está?

—Me quedé dormida en el sofá. Lo más probable es que haya ido a la cocina a ver a la cocinera.

Fueron a la cocina, pero no la encontraron allí.

—Pensaba que estaba con usted —dijo la cocinera.

Vaughan miró a Helena a los ojos con una alarma repentina.

—Habrá ido a ver el río; seguro que la encontramos allí, se nos habrá adelantado.

Aunque lo pronunció con tono de aseveración, un quiebro en la voz de Helena delataba sus dudas.

—Tú quédate aquí, querida. Iré más rápido si voy solo —dijo su marido, y salió corriendo del salón, pero Helena lo siguió.

La embarazada avanzaba muy despacio. El césped estaba embarrado, los caminos de gravilla habían quedado barridos a causa de la lluvia torrencial de las últimas semanas. El chubasquero no le abrochaba por encima de la barriga, y mientras la lluvia fría le calaba el vestido, se preguntó si había sobrestimado sus fuerzas. Hizo una pausa para recuperar el aliento y se puso en marcha de nuevo. Se imaginó lo que iba a ver: a la niña, de pie, embobada junto a la orilla del río, fascinada por la crecida del agua. Al llegar a un hueco en el sector desde el que se veía el río, se detuvo. Ahí estaba su marido, que sacudía la cabeza, hablaba con urgencia y gesticulaba al jardinero y a dos de sus hombres, quienes asintieron con cara seria y se alejaron a toda prisa para cumplir la tarea encomendada.

Helena notó una oleada de calor que le recorría el cuerpo, y el corazón le latía desbocado. Echó a correr, a punto de perder el equilibrio, sin dejar de gritar el nombre de Vaughan. Este se dio la vuelta en el momento en que Helena abría los ojos como platos al resbalar en el barro y, aunque llegó a tiempo de parar el impacto más fuerte de la caída, su esposa soltó un inmenso alarido de dolor.

—No pasa nada. Ya he dado la voz de alarma. Han salido a buscarla. La encontrarán.

Sin resuello, Helena asintió. Tenía la cara blanca.

—¿Qué es? ¿El tobillo?

Negó con la cabeza.

—Es el bebé.

Anthony miró la pendiente del jardín y se maldijo por haber mandado a todos los hombres a buscar a la niña. Calculó la distancia que los separaba de la casa, los caminos resbaladizos, la oscuridad, y lo sopesó todo contra el inmenso dolor de los ojos de su esposa. ¿Podría hacerlo? No había otro remedio. Cargó en brazos todo el peso de su esposa y se dispuso a subir con ella a cuestas.

—¡Eh! —oyó entonces. Y de nuevo, más alto—: ¡Eh, hola!

El *Colodión* se acercó flotando tan tranquilo por la amplia extensión de agua.

Cuando lograron subir a bordo a Helena y se pusieron en marcha, Daunt le contó:

—Rita está en el Swan. Llevaré allí a Helena, luego podemos volver a salir con el *Colodión* para buscar a la pequeña.

—¿Se ha inundado la cabaña de Rita?

—Sí, pero eso no es todo… Es Joe.

Había pocos clientes bebiendo en el Swan. Por mucho que fuera la noche del solsticio de invierno, una inundación era una inundación, y hacían falta los brazos de todos los jóvenes en otras partes: había que barrar las puertas, trasladar los muebles a las plantas superiores, azuzar al ganado para que subiera a pastos más elevados... Los únicos hombres de la taberna eran los que no estaban en condiciones de limitar los daños del desbordamiento del río: los viejos y los lisiados, y los que ya estaban borrachos cuando el agua se había salido del cauce. No contaban historias. Joe, el cuentacuentos, se estaba muriendo.

En su cama, en esa habitacioncilla ubicada en el punto más alejado del río que era posible sin salirse del Swan, Joe se ahogaba. Entre unos jadeos y otros para tomar aire, murmuraba sonidos. Sus labios se movían sin cesar, pero los ruidos acuáticos no se convertían en palabras que alguien pudiera descifrar. Hacía muecas y arrugaba las cejas con mucha expresividad. Era una historia trepidante, pero él era el único que podía oírla.

Las hijas de Joe iban y venían entre su lecho de muerte y la sala de invierno. Ese día las Pequeñas Margot habían aparcado sus sonrisas radiantes y compartían el semblante serio de su madre, quien estaba sentada junto a la cama, sosteniendo la mano de Joe.

Hubo un momento en que dio la impresión de que Joe salía a la superficie fugazmente. Medio abrió los ojos y pronunció unas cuantas sílabas antes de hundirse de nuevo.

—¿Qué ha dicho? —preguntó Jonathan, desconcertado.

—Ha llamado a Silencioso —respondió su madre con tranquilidad, y sus hermanas asintieron.

Ellas también lo habían oído.

—¿Salgo a buscarlo?

—No, Jonathan, no hace falta —dijo Margot—. Ya está de camino.

Rita oyó esta conversación mientras aguardaba junto a la ventana, mirando el inmenso lago que rodeaba el Swan igual que una página en blanco, un lago que llegaba hasta unos pasos de sus paredes, que aislaba la taberna y la convertía en una isla.

La enfermera vio aparecer el *Colodión*. En las aguas profundas vio a Daunt, que lanzaba al río la barca de remos. Ayudó a Helena a subirse en ella (era una silueta oscura) y remó hacia la entrada del Swan. Al darse cuenta de lo cuidadoso que era Daunt, Rita comprendió el significado de la llegada repentina de Helena a la taberna.

—Margot... Ha venido la señora Vaughan. Creo que va a dar a luz.

—Qué suerte que seamos tantas, entonces. Mis hijas podrán echar una mano.

En medio del ajetreo de la llegada de Helena, Daunt le pidió a Rita hablar un momento a solas.

—La niña se ha perdido.

—¡No!

Se agarró el vientre, y sintió que algo se le contraía.

—Rita... ¿Se encuentra bien?

Hizo un esfuerzo por recomponerse. Un hombre agonizaba. Un niño estaba a punto de nacer.

—¿Cuánto hace de eso? ¿Cuándo la vieron por última vez?

Daunt le contó lo poco que sabía.

Una de las Pequeñas Margot, que necesitaba instrucciones, llamó a Rita.

La enfermera estaba pálida. Su expresión era tan desoladora que, por una vez, Daunt no tuvo deseos de fotografiarla.

—Tengo que irme. Joe y Helena me necesitan. Pero Daunt… —Él volvió a entrar en la habitación para no perderse la última y desgarradora palabra de Rita—: ¡Encuéntrela!

A partir de ese momento, las horas fueron muy largas y muy cortas. Mientras el agua permanecía imperturbable e indiferente alrededor de la taberna, las mujeres del Swan se ocupaban de las labores humanas de nacer y morir. A un lado de la pared, Helena se esforzaba por traer a su hijo al mundo. Al otro lado, Joe se esforzaba por abandonarlo. Las Pequeñas Margot ayudaban en todo lo que hacía falta, para que la vida pudiera comenzar y terminar. Llevaban agua y paños limpios, llenaban cestos de leña y avivaban el fuego, encendían velas, preparaban platos de comida que todos comían sin rechistar por buena educación pese a que nadie tenía apetito, y mientras tanto, también lloraban y animaban y calmaban y consolaban.

Rita iba y venía entre las dos estancias, haciendo todo lo necesario. Entre una habitación y otra, en el pasillo, estaba Jonathan, incómodo y temeroso.

—¿La han encontrado, Rita? ¿Dónde está? —quería saber cada vez que la enfermera se alejaba de Helena.

—No sabremos nada hasta que vuelvan y nos lo cuenten —le decía ella, antes de entrar de nuevo en la habitación de Joe.

Se pusieron en manos del tiempo. Pasaron horas que podrían haber sido minutos, hasta que por fin Rita oyó que Margot decía:

—Silencioso está llegando, Joe. Adiós, amor mío.

Rita recordó lo que había oído en el Swan justo un año antes: «Basta con mirar a un hombre a los ojos para decir si está muerto o no. Es la visión lo que se les escapa.» Observó cómo la visión se escapaba de Joe.

—Reza por nosotros, por favor, Rita —le pidió Margot.

Rita rezó y, al terminar, Margot soltó la mano con la que sujetaba la de Joe. Le puso las dos manos juntas, sobre el pecho, y después cruzó sus manos sobre su propio pecho. Se permitió derramar dos lágrimas, una de cada ojo.

—No te preocupes por mí —le dijo a Rita—. Sigue con lo tuyo.

Al otro lado de la pared, pasaron minutos que podrían haber sido horas, y luego una contracción ayudó a nacer al niño. En un instante, un bulto resbaladizo cayó en las manos de Rita.

—¡Ah! —suspiraron las Pequeñas Margot embelesadas y sobrecogidas—. ¿Qué es eso?

Rita parpadeó, sorprendida.

—Había oído hablar de esto, pero nunca lo había visto. El saco suele romperse antes de que salga el niño. Es lo que se llama romper aguas. Este saco no se ha roto.

El niño, perfecto, seguía en un mundo acuático. Con los ojos bien cerrados, con movimientos líquidos, sus puñitos se abrían y cerraban en sueños, dormía y nadaba dentro de una membrana transparente llena de agua.

Rita tocó el saco lechoso con la punta de un cuchillo y una gran raja lo perforó.

El agua salpicó por todo.

El niño abrió los ojos y la boca al mismo tiempo y, anonadado, descubrió a la par el mundo y el aire.

Padres e hijos

Los cascos de Veloz salpicaban en el agua. En la penumbra nocturna, había un brillo plano como el del peltre por todas partes, que solo sus movimientos interrumpían. Armstrong pensó en todas las pequeñas criaturas terrestres, en ratones, topillos y comadrejas, y confió en que hubieran encontrado refugio. Pensó en los pájaros, en las rapaces nocturnas, alejadas de su zona habitual de caza. Pensó en los peces que se habían desviado sin saberlo de la corriente principal y ahora se encontraban nadando sobre un césped, a pocos centímetros del suelo, compartiendo el territorio con su yegua y él. Confiaba en que Veloz no pisara ninguna criatura perdida en ese paisaje que ya no pertenecía con claridad ni a la tierra ni al agua. Confiaba en que todas estuvieran a salvo.

Llegaron al roble, junto a la isla del Brandy.

Oyó un ruido. En cuanto se dio la vuelta, una silueta se desprendió de la oscuridad del tronco.

—¡Robin!

—¡Te lo has tomado con calma!

Armstrong bajó de su montura. En la penumbra, su hijo se agachó para protegerse del frío y tembló bajo la fina chaqueta. Había pronunciado las palabras anteriores de manera abrupta, con la fanfarronería de un hombre, pero un leve quiebro en su voz hizo añicos esa chulería.

De forma instintiva, la compasión afloró en Armstrong, pero entonces recordó el tajo encarnado en la garganta de su hija.

—Tu propia hermana —dijo con voz ronca, y sacudió la cabeza—. Es increíble…

—La culpa es de madre —dijo Robin—. Si hubiera hecho lo que le dije, nada de esto habría ocurrido.

—¿Culpas a tu madre?

—La culpo por muchas cosas, sí, y esta es una.

—¿Cómo te atreves a intentar echarle la culpa a ella? Tu madre es la mejor mujer del mundo. ¿Qué mano empuñaba el cuchillo que degolló a Susan? ¿Qué mano tiene aún ese cuchillo?

Hubo un silencio. Y luego:

—¿Has traído el dinero?

—Ya habrá tiempo para hablar del dinero más tarde. Primero tenemos que hablar de otras cosas.

—No hay tiempo. Dame el dinero ya y déjame marchar. No tengo ni un minuto que perder.

—¿A qué viene tanta prisa, Robin? ¿Quién te persigue? ¿Qué has hecho?

—Deudas.

—Sal ya de ese círculo vicioso de deudas. Vuelve a la granja y trabaja como tus hermanos.

—¿En la granja? Es cosa tuya lo de levantarte a las cinco de la mañana para dar de comer a los cerdos, con frío y a oscuras. Yo merezco una vida mejor.

—Pues tendrás que llegar a algún acuerdo con quien sea que te hizo el préstamo. No puedo pagártelo todo. Es demasiado.

—No te hablo de una deuda entre caballeros. Esto no es un banco, dispuesto a renegociar las condiciones. —Se oyó un sonido que podría haber sido un sollozo o una risa—. Dame el dinero. Si no, ¡me condenas a muerte! ¡Chist!

Aguzaron el oído en la oscuridad. Nada.

—¡El dinero! Si no me marcho esta noche…

—¿Adónde?

—A donde sea. Da igual. Donde no me conozca nadie.

—¿Y dejarás tantos interrogantes detrás?

—¡No hay tiempo!

—Cuéntame la verdad sobre tu esposa, Robin. Cuéntame la verdad sobre Alice.

—¿Qué más da? ¡Están muertas! Se acabó. Fin.

—¿Ni una palabra de dolor? ¿Ni remordimientos?

—¡Pensaba que ella me traería dinero! Dijo que sus padres entrarían en razón. Nos ayudarían a salir adelante. En lugar de eso, fue como una piedra al cuello para mí. Está muerta y ahogó a la niña, y casi me alegro de habérmelas quitado de encima.

—¿Cómo puedes hablar así?

La silueta delgada y temblorosa se puso tensa de repente.

—¿Has oído algo? —preguntó Robin en un susurro.

—Nada.

Su hijo escuchó con atención unos segundos más, luego volvió a fijar su interés en Armstrong.

—Si todavía no está aquí, no tardará en llegar. Dame el dinero y deja que me vaya.

—¿Y qué pasa con la niña del Swan? La que no te decidiste a reclamar ni a olvidar. La pantomima de la feria de verano. ¿Qué sentido tuvo eso?

—¡Siempre se trata de lo mismo! ¿Es que aún no me conoces a estas alturas? Lo mismo que te cuelga ahora del cinturón en el monedero de piel.

—¿Esperabas sacarle dinero?

—A los Vaughan. En cuanto pisé el Swan aquella noche, me quedó claro que Vaughan sabía que la niña no era suya. No podía serlo. Yo lo sabía y él también. Sabía que podía sacar dinero de ahí si tenía tiempo para pensar cómo; me desmayé, o ellos pensaron que lo había hecho, y tracé un plan allí mismo, tumbado en los tablones del suelo. Ellos querían a la niña y tenían dinero. Yo quería dinero y podía reclamar a la niña.

—¿Te refieres a que podías fingir que la querías para luego venderla?

—Vaughan estuvo a un tris de pagarme, pero una vez que madre le devolvió a la niña, ya no le hizo falta. Me metí en deudas por culpa de ella.

—No hables mal de tu madre. Te enseñó a distinguir el bien del mal. Si la hubieras escuchado con más atención, quizá ahora serías mejor persona.

—Pero ella no actuó bien, ¿eh? ¡Solo lo decía de boquilla! Yo habría sido mejor persona si ella también hubiese sido mejor persona. En su puerta dejo la responsabilidad.

—Cuidado con lo que dices, hijo.

—¡Míranos a los tres! ¡Ella tan blanca y tú tan negro! ¡Y mírame a mí! Sé que no eres mi padre. De niño ya me enteré de que no era hijo tuyo.

Armstrong se tomó unos segundos para encontrar las palabras adecuadas.

—Te he querido como un padre quiere a su hijo.

—Te engañó, ¿verdad? Estaba embarazada de otro hombre y desesperada por que alguien se casara con ella, pero ¿quién iba a querer casarse con una mujer coja y bizca? Desde luego, no el padre del niño. Pero entonces apareciste tú. El granjero negro. Y te cameló, ¿a que sí? Menudo negocio. Una novia blanca y un granjero negro... Y yo, que nací ocho meses después.

—Te equivocas.

—¡No eres mi padre! Siempre lo he sabido. Y sé quién es mi verdadero padre.

Armstrong se estremeció.

—¿Lo sabes?

—¿Te acuerdas de cuando forcé la cerradura del escritorio y robé el dinero?

—Ojalá pudiera olvidarme.

—Entonces fue cuando vi la carta.

Armstrong se quedó perplejo y después se disipó su confusión.

—¿La carta de lord Embury?

—La carta de mi padre. Dice lo que le corresponde a su hijo natural. Dinero que mi madre y tú me habéis ocultado y que he tenido que quitaros a hurtadillas.

—¿Tu padre...?

—Eso es. Sé que lord Embury es mi padre. Lo sé desde que tenía ocho años.

Armstrong negó con la cabeza.

—No es tu padre.

—He leído la carta.

Armstrong volvió a sacudir la cabeza.

—No es tu padre.

—¡Tengo la carta!

Armstrong negó con la cabeza por tercera vez y abrió la boca para repetir lo mismo. Las palabras sonaron en el aire mojado…

—¡No es tu padre!

Pero no fue la voz de Armstrong quien las pronunció.

Esa voz le resultó vagamente familiar a Robert Armstrong.

El rostro de Robin se contrajo de desesperación.

—¡Ya está aquí! —gimió casi en un susurro.

Armstrong se dio la vuelta y miró por todas partes, pero sus ojos no lograban penetrar en la oscuridad. Cada tronco y cada arbusto podía esconder una figura, y un cúmulo de fantasmas planeaban como la niebla en la negra humedad. Por fin, después de mucho mirar, sus ojos distinguieron una silueta. Medio agua, medio noche, avanzó hacia ellos, una forma atrofiada cuya prenda ancha flotaba en el agua y cuyo sombrero le caía tan bajo que tapaba todas sus facciones.

Salpicando a cada paso, se acercó a Robin.

El joven retrocedió un paso. Era incapaz de despegar sus ojos asustados de la figura que se aproximaba, pero al mismo tiempo, se acobardaba ante ella.

Cuando el hombre (porque era un hombre) se halló a poco más de un metro de Robin, se detuvo y de pronto la luz de la luna iluminó su cara.

—Yo soy tu padre.

Robin negó con la cabeza.

—¿Es que no me conoces, hijo?

—Sí te conozco —contestó Robin con voz temblorosa—. Sé que eres un villano rastrero, un hombre sin escrúpulos que vive de la navaja y el crimen. Sé que eres un charlatán y un ladrón, y un mentiroso, y cosas peores.

El rostro del hombre se contrajo al intentar sonreír con orgullo.

—¡Mi hijo me conoce! —le dijo a Armstrong—. Y veo que usted también me conoce.

—Victor Nash —dijo Armstrong abatido—. Confiaba en no volver a verte nunca, después de que te echara de mi granja tantos años atrás. Igual que la falsa moneda, volviste a mí, y no sentí pena al pensar que te habías ahogado en la isla del Brandy.

Victor se inclinó hacia delante.

—¿Ahogarme? No me había llegado la hora. Vivo para reclamar lo que es mío. Le doy las gracias, Armstrong, por haber criado y educado a mi hijo. ¿A que habla bien después de tantas clases? Escuche lo que sale de su boca… Uf, a veces a mí me cuesta entenderle, cuando se pone a hablar como un señorito y usa esas palabras largas que nadie sabe. Y además, escribe muy bien. Si le da una pluma, verá lo rápido que pilla las ideas que usted le diga y las pone en el papel, ¡y sin un solo borrón! Nadie puede decir ni una palabra en contra de sus modales: es como el caballero más elegante del mundo. Estoy orgulloso de mi hijo, ya lo creo que sí. Porque en él lo mejor de mí (toda mi astucia y mi ingenio) se mezcla con lo mejor de su señora: ¿o no es rubio, con el pelo fino y la piel tan blanca? Y usted también ha hecho bien su papel, Armstrong. Lo ha pulido con lo mejor que tiene.

Robin se estremeció.

—¡No es verdad! —le chilló a Victor y añadió, volviéndose hacia Armstrong—: Es mentira, ¿no? ¡Díselo! ¡Dile quién es mi padre!

Victor se rio con disimulo.

—Es verdad —le dijo Armstrong a Robin—. Este hombre es tu padre.

Robin no daba crédito.

—Pero lord Embury...

—¡Lord Embury! —se hizo eco el hombre con un resoplido—. ¡Lord Embury! De alguien será padre, sí, ¿eh, Armstrong? ¿Por qué no se lo cuenta?

—Lord Embury es mi padre, Robin. Se enamoró de mi madre cuando era muy joven y ella era su criada. A eso era a lo que se refería la carta del escritorio. Es el testamento que hizo para asegurarse mi futuro económico antes de morir. Yo soy el Robert Armstrong del que habla la carta.

Robin miró con aflicción a la cara de Armstrong.

—Entonces mi madre...

—Su inocencia fue mancillada de la forma más vil por este canalla, y yo hice todo lo que pude por enmendar las cosas. Tanto para ella, como para ti.

—Bueno, sí, ya basta con eso. He venido a reclamar a mi hijo. Ya es hora de que me lo devuelva. Usted lo ha tenido veintitrés años y ahora debe venir con su verdadero padre. ¿O no es así, Rob?

—¿Ir contigo? ¿Crees que quiero mezclarme contigo? —Robin se echó a reír—. Estás loco.

—Ay, pero no tienes opción, chico. La familia es la familia. Somos de la misma sangre, tú y yo. Con mis estratagemas y tu buena planta, con mi conocimiento de los bajos fondos y tus buenos modales, ¡piensa en lo que podemos hacer! ¡No hemos hecho más que empezar! ¡Debemos seguir con lo que hemos empezado! Juntos, hijo mío, ¡podemos hacer maravillas! Después de tanto esperar, por fin ha llegado nuestro momento.

—¡Yo no tengo nada que ver contigo! —se burló Robin—. Te lo diré una sola vez: ¡déjame en paz! No toleraré que digas que soy tu hijo. Si se lo cuentas a alguien, yo... yo...

—¿Qué harás, Rob, hijo mío? ¿Qué, eh?

Robin jadeó.

—¿Qué es lo que sé, Rob? Dímelo, anda. ¿Qué es lo que sé de ti que nadie más sabe?

Robin se quedó petrificado.

—Digas lo que digas, ¡tú te hundirás conmigo!

Victor asintió despacio.

—Pues que así sea.

—No te atreverás a culparte a ti mismo.

Victor miró el agua.

—¿Quién puede decir lo que un hombre estaría dispuesto a hacer o no cuando su propio hijo reniega de él? Es cosa de familia, hijo mío. Perdí a mi madre hace tanto que ni me acuerdo. Mi padre me enseñó todo lo que sé, pero lo colgaron antes de que yo me hiciera hombre. Una vez tuve una hermana (o, por lo menos, yo la llamaba hermana) pero incluso ella me ha traicionado. Tú eres todo lo que tengo, mi Rob, con el pelo fino y las palabras de miel y los modales de caballero… Tú eres el mundo para mí, y si no puedo tenerte, entonces, ¿qué propósito tiene mi vida? No, nuestro futuro va unido, Rob, y de ti depende qué rumbo tome. Podemos hacer negocios juntos, como hemos hecho otras veces, o puedes renegar de mí y te denunciaré, y entonces nos encadenarán juntos en la celda e iremos a la horca, padre e hijo juntos, como debe ser.

Robin se echó a llorar.

—¿Con qué te tiene atrapado este hombre? —preguntó Armstrong—. ¿Qué conspiración te une a él?

—¿Se lo cuento? —preguntó entonces Victor.

—¡No!

—Creo que sí lo haré. Así cerraré este refugio y, cuando haya desaparecido, el único recurso será seguir a mi lado. —Se dirigió a Armstrong—. Yo sabía que a este elegante joven le gustaba beber en un local a las afueras de Oxford, así que fui a conocerlo allí, poco a poco, de manera gradual. Le metí una conspiración en la cabeza y dejé que pensara que había sido idea suya. Él creía que yo le seguía los pasos, cuando en realidad había trazado yo el camino. Robamos a su cerda juntos, Armstrong. ¡Eso fue lo primero que hicimos! Cómo me reí yo solo esa noche, al pensar en lo que me había dicho veintitrés años antes, cuando me amenazó y me dijo que no me acercara a menos de veinte kilómetros a la redonda de Bess y de usted, y allí estaba yo, entrando en su granja para robarle a su cerda favorita, ¡y mi propio hijo fue quien abrió la verja y la tentó con frambuesas para ayudarme! Huimos juntos y montamos un negocio que funcionó muy bien una temporada. Se me ocurrió preparar el truco de la cerda que adivinaba el futuro. En las ferias ganamos un buen pellizco; nos iba bien la vida, para ser un par de delincuentes de baja estofa, pero su hijo no estaba satisfecho. Quería más. Así que decidimos sacarle todo el partido a lo que teníamos, la cerda y las ferias, y atrevernos con temas más importantes. ¿A que sí, Rob, hijo mío?

Robin se estremeció.

—La hija de los Vaughan —murmuró Armstrong, sobrecogido—. El secuestro…

—¡Bien hecho! Rob se sirvió de toda su palabrería para engatusar a esa inocentona, Ruby, para que saliera de casa con un chelín. Su cerda de color cobrizo miró con ojos tiernos a los ojos redondos y tontos de aquella chica y, por detrás de una cortina, Robin, aquí donde lo ve, con su voz más dulce imitó a la cerda y le dijo adónde tenía que ir para ver la cara de su verdadero amor, reflejada en el río por la noche. ¿O no fue así, hijo mío?

Robin se llevó las manos a la cara y se volvió hacia Armstrong, pero este lo cogió por las muñecas y lo obligó a mirarlo directamente a los ojos.

—¿Es cierto?

Robin se encogió y arrugó la cara.

—Y eso no es todo, ¿a que no, Rob, zagal mío?

—¡No le hagas caso! —chilló Robin.

—Qué va, eso fue solo el principio. ¿De quién fue la idea al principio? ¿Eh, Rob? ¿De quién fue la idea de llevarse a la hija de los Vaughan y cómo hacerlo?

—¡Fue idea tuya!

—Sí, sí, ya lo creo. Pero ¿de quién creías tú que había sido la idea cuando empezó todo?

Robin apartó la cara.

—¿Quién fue el que se pavoneaba de su inteligencia? ¿Quién dio las órdenes a los hombres de los barcos, quién escribió la nota del rescate, quién asignó su escondite a cada hombre? ¿Quién iba por ahí alardeando aquella noche, comprobando que todos los hombres hubieran entendido las instrucciones? ¡Qué orgulloso estaba de ti entonces! Cuando te veía, apenas un chaval pero tan seguro de ti mismo y de tus fechorías. «Ese es mi chico», pensé. «Tiene mi sangre en las venas y mi maldad en el corazón, y no hay nada que Armstrong pueda hacer por quitárselas. Es mío, en cuerpo y alma.»

—Dale el dinero —le susurró Robin a Armstrong al oído, pero no lo bastante bajo, porque las palabras se oyeron por encima del agua, cada vez más crecida, y el hombre se echó a reír.

—¿El dinero? Sí, nos llevaremos el dinero, ¿verdad, hijo? A partes iguales, como debe ser. Lo compartiré contigo, Rob, hijo mío. Mitad y mitad.

El agua había subido tanto que ya les llegaba hasta las rodillas, y la lluvia incesante les calaba el sombrero y les resbalaba por el cuello y se les metía en la camisa, y no tardaron mucho en tener la parte superior del cuerpo tan mojada como la inferior, de modo que daba igual si estaban dentro o fuera del agua.

—Y el resto, Rob —continuó Victor—. ¡El resto!

—Ni se… —se quejó Robin, pero su voz apenas se oyó por encima de la lluvia que entonces caía torrencialmente sobre el agua acumulada.

—Sí, el resto… Nos llevamos a la zagaleta, ¿verdad, Rob? La agarramos con estas manos. La sacamos por la ventana, la bajamos por la escalera y salimos pitando por el jardín hasta el río, donde nos esperaba el barco. —Se volvió hacia Armstrong—. ¡Pero qué listo era! ¿Cree que él pisó el jardín? ¿Cree que se subió a la escalera? ¿Que entró a la fuerza en la casa? ¡Él no! Fueron otros los que hicieron el trabajo peligroso. Él esperó en el barco. Una mente demasiado valiosa y organizativa para ponerse en peligro durante la acción, ¿sabe? Tiene la cabeza bien puesta, ¿eh? —Volvió a hablar mirando a Robin—. Así que bajamos por el jardín cargando con la cría, dormida con cloroformo y metida en un saco. La llevaba yo, porque, aunque soy flaco, mi fuerza es extraordinaria, y la cargué como si fuera un saco de berros hasta dejarla en los brazos de Rob, aquí donde lo ve.

Rob sollozó.

—Se la alcancé a mi hijo, que estaba en el agua, esperando en el barco. Y ¿qué pasó, Rob?

Robin negó con la cabeza a la par que sacudía los hombros.

—¡No! —exclamó Armstrong.

—¡Sí! —contestó Victor—. ¡Sí! El barco se inclinó y casi se le cae la niña. Se oyó un crac contra el lateral del barco y cuando intentaba agarrarla bien otra vez, se le escapó del todo y se hundió. Hasta el fondo, como un saco de piedras, se hundió. Rob mandó a los hombres que rebuscaran con los remos y no me pregunte cómo, porque no lo sé, pero al final la encontramos. ¿Cuánto tiempo tardamos, Robin? ¿Cinco minutos? ¿Diez?

Robin, una cara blanca en la oscuridad, no respondió.

—El caso es que la encontramos. Y nos pusimos en marcha. De vuelta a la isla del Brandy. Allí dejamos el saco en el suelo y lo abrimos, ¿o no fue así, Rob, hijo mío? Podríamos haberlo perdido todo —dijo Victor con mucha seriedad y un tono grave mientras sacudía la cabeza—. Podría haber sido el final de nuestra empresa. Pero Rob, aquí donde lo ve, con su mente clara, nos salvó el día. «Da igual si está viva o muerta», dijo, «¡porque los Vaughan no lo sabrán hasta que hayan entregado el dinero!» Y escribió la nota (en mi vida he visto una nota tan preciosa) y la mandamos, y aunque no teníamos la mercancía (o, por lo menos, no la teníamos en buen estado), mandamos la factura de todos modos. ¿Y por qué no, eh? Porque habíamos hecho todo el trabajo y habíamos corrido el riesgo, ¿eh, Rob? Entonces también supe que era mi hijo.

Mientras tanto, Armstrong había ido subiendo por la colina para alejarse del agua arremolinada, pero Robin se quedó quieto. El agua se lo iba tragando, aunque no parecía percatarse.

—Así que conseguimos el rescate de los Vaughan. Lo cogimos y le devolvimos a su hija, ¿a que sí? Aunque él fingió que no se la habíamos dado. El dinero nos duró una buena temporada, ya lo creo. Menuda casa se compró Rob. Yo la he visto. Se me hinchó el pecho de orgullo, un hijo mío en una elegante casa blanca en la ciudad de Oxford. Por cierto, tengo que decir que nunca me ha invitado a ir. Ni una vez. Después de todo lo que habíamos vivido juntos… El robo de la cerda y los embustes de la feria y el secuestro y el homicidio… Sería de esperar que esos pasatiempos unieran a un hombre y a otro como dos buenos camaradas, ¿no? Eso me dolió, Rob, te lo aseguro. Y desde que se acabó el dinero (es que es un jugador, Armstrong, este hijo nuestro; ¿lo sabía? Mira que se lo he advertido, pero no me escucha), pues sí, desde que se acabó el dinero, yo he sido el que lo ha mantenido a flote. Cada penique que he ganado ha ido a parar a su bolsillo. Me he dejado la piel para mantener su ritmo de vida, ay, este hijo mío, así que ahora podría decirse que me pertenece.

»Ahora que sabes que soy tu padre, ya no volverás a ser tan desagradecido, ¿verdad? Con todas esas deudas, ahora esa impresionante casa blanca es mía, pero no te preocupes, todo lo que tenga lo compartiré contigo, hijo mío.

Robin miró al hombre. Tenía los ojos oscuros e inexpresivos, y había dejado de temblar.

—Míralo —dijo Victor con un suspiro—. Mira qué buena planta tiene; este es mi hijo. Venga, denos el dinero, Armstrong, y nos largaremos. ¿Estás listo para irte, Rob?

Dio un paso hacia Robin con la mano extendida. Robin cortó el aire con la mano y Victor dio un extraño paso atrás, trastabillando. Alzó la mano para mirarla, sorprendido, y vio que por ella corría un líquido oscuro.

—¿Hijo? —preguntó inseguro.

Robin dio un paso hacia él. Volvió a levantar la mano y entonces la luz se reflejó en el filo del cuchillo de matarife de Armstrong.

—¡No! —se oyó el alarido de Armstrong, pero la mano de Robin cayó una vez más, una línea rápida en el aire, y Victor retrocedió de nuevo.

Esta vez, el suelo no estaba donde él esperaba encontrarlo. Se tambaleó en la orilla del río, agarrado del abrigo de su hijo, que lo acuchilló (una, dos, tres veces). Estaban al borde mismo de la ribera y al final cayeron en el río desbocado… juntos.

—¡Padre! —gritó Robin al caer, y en el momento previo a que la corriente se lo llevara, alargó un brazo desesperado hacia Armstrong y gritó de nuevo—: ¡Sálvame, padre!

—¡Robin!

Armstrong vadeó hasta el punto en el que había visto a su hijo caer al agua. Notó que la corriente le tiraba de las piernas. Vio hundirse a Robin, escudriñó el agua hecho un manojo de nervios, con la esperanza de verlo resurgir, y cuando por fin distinguió las extremidades que se agitaban, se quedó de piedra al ver lo lejos que la corriente había llevado ya a su chico. Se había preparado para lanzarse a la corriente desbocada, pero reconoció su impotencia y se contuvo.

Una batea apareció por entre la lluvia. Una figura larga elevó la pértiga hacia el cielo y, cuando esta descendió hasta toparse con el lecho del río, el barco estrecho y largo se movió con una potencia impresionante por el agua, cortándola con una gracia natural, sin esfuerzo. El barquero alargó el brazo hacia el agua y con sus brazos delgados y una fuerza envidiable sacó el cuerpo de un hombre vestido con un largo abrigo empapado. Dejó el cuerpo en el fondo de la batea.

—¡Hijo mío! —chilló Armstrong—. Por el amor de Dios, ¿dónde está mi hijo?

El barquero alargó el brazo de nuevo y, con la misma facilidad, sacó un segundo cuerpo del agua. Mientras lo alzaba, Armstrong vio de refilón la cara de Robin, quieta, inerte y parecida —increíblemente parecida— a la del otro hombre.

Aulló, fue un grito de dolor, y entonces supo lo que era sentir que se te rompía el corazón.

El barquero levantó la pértiga y luego dejó que se deslizara entre sus dedos.

—¡Silencioso! —lo llamó Armstrong—. ¡Devuélvamelo! ¡Por favor!

El barquero no dio muestras de oírlo. La batea desapareció entre la lluvia en un abrir y cerrar de ojos.

Armstrong no se montó en Veloz, sino que salieron caminando de la tierra inundada, hombre y bestia, envueltos en la lluvia torrencial rumbo al abrigo del Swan. Hicieron la mayor parte del camino en silencio, Armstrong abrumado por el intolerable peso de su pena. Pero, de vez en cuando, dirigía unas palabras a Veloz, y la yegua le contestaba con un discreto relincho.

—¿Quién lo iba a pensar? —murmuró—. Conocía las historias sobre Silencioso, pero nunca me las había creído. Pensar que la mente humana es capaz de producir visiones como esa. En ese momento me pareció real. ¿No pensaste lo mismo?

Y más adelante:

—Seguro que las historias tienen más enjundia de lo que pensamos.

Y mucho más tarde, cuando ya casi habían llegado:

—Habría jurado que también vi… En la batea, detrás del barquero… ¿Estoy loco? ¿Qué viste tú, Veloz?

Veloz relinchó, fue un sonido inquieto y nervioso.

—¡Imposible! —Armstrong sacudió la cabeza para desprenderse de la imagen—. Mi mente me está jugando una mala pasada. Estas visiones deben de ser los desvaríos de la desesperación.

Lily y el río

Frío. Hacía frío. Y si Lily sabía que hacía frío, entonces estaba despierta. La oscuridad iba menguando de la habitación, el amanecer llegaba y, sin duda, con él llegaría otra cosa. Abrió los ojos y el frío le aguijoneó los globos oculares. ¿Qué fallaba?

¿Era él? ¿Había salido del río?

—¿Victor?

No hubo respuesta.

Entonces solo quedaba otra posibilidad. Se le hizo un nudo en la garganta.

Por la tarde se había dado cuenta de que una de las baldosas del suelo de la cocina sobresalía. Las esquinas de las baldosas siempre se asomaban por aquí y por allá. Estaba acostumbrada a que cedieran un poco y se movieran cuando las pisaba. Pero esa en concreto parecía más suelta que antes. Aplastó la esquina más levantada con el dedo del pie para nivelarla; en cuanto se hundió, una línea de agua plateada apareció alrededor de los bordes. Levantó la baldosa y vio que había agua debajo. Intentó olvidarlo a toda prisa. Al despertarse por la mañana se acordó.

Lily se incorporó apoyada en un codo y miró desde la cama hacia la cocina.

Había tan poca luz que la primera impresión que se llevó fue de que todo había encogido. La mesa era más corta de lo que debería ser y el fregadero estaba más cerca del suelo. La silla estaba descolocada. Entonces se percató de un movimiento: la bañera de hojalata se mecía suavemente, como una cuna. Las aburridas baldosas de terracota habían desaparecido, y sobre ellas había una amplia superficie lisa que se movía y titilaba vacilante, como si no acabara de decidirse.

Pese a que no podía ver cómo crecía el agua, de hecho sí crecía, porque al principio estaba a unos centímetros del peldaño inferior de la escalera, luego llegó a su altura y después se lo tragó por completo. Reptaba lenta pero persistente por las paredes y presionaba contra la puerta.

A Lily se le ocurrió que tal vez esa cosa no había ido a buscarla a ella. «A lo mejor solo quiere salir», pensó. Cuando vio que se acercaba al segundo peldaño, el miedo que mueve a la acción se vio superado por el miedo que mueve a la inacción.

«No será muy distinto de meterme en la bañera —se dijo mientras bajaba la escalera—. Solo que más frío, nada más.»

Cuando ya había recorrido tres cuartas partes, se recogió el camisón formando un bulto y se lo colocó debajo de la axila. Otro paso y luego, con el siguiente… ¡Dentro!

El agua le llegaba por encima de las rodillas y, cuando ella vadeaba, oponía resistencia. Continuó avanzando y sus movimientos levantaron remolinos y espirales alrededor del cuerpo.

La puerta costaba de abrir. La madera se había hinchado con la humedad, la puerta se había deformado y se había quedado encajada en el marco. Empujó con todo el peso de su cuerpo, pero no ocurrió nada. Presa del pánico, arremetió con el hombro; la puerta se desprendió del marco y se quedó entreabierta, pero igual de rígida. Lily soltó el camisón, que flotó en el agua, y sacudió la puerta con brío sujetándola con las dos manos. Superó la resistencia y logró abrirla del todo para adentrarse... en un nuevo mundo.

El cielo había caído en el jardín de Lily. Su tono gris amanecer había bajado a la tierra y se desplegaba sobre el césped, las piedras, los caminos y los hierbajos. Las nubes flotaban a la altura de la rodilla. Lily observó maravillada. ¿Dónde estaba el poste de las inundaciones que había clavado el cestero? ¿Dónde estaba el segundo poste, más nuevo? Dirigió la mirada hacia el río de forma automática, pero había desaparecido. Una plana quietud plateada lo cubría todo. Aquí y allá asomaba un río, que se reflejaba en su pulido acabado, igual que el cielo. Todas las grietas y recovecos del paisaje habían quedado aplanados, todos los detalles escondidos, todas las inclinaciones borradas. Todo era sencillo, desnudo y plano, y el ambiente era fresco y luminoso.

Lily tragó saliva. Las lágrimas se le acumulaban. Nunca se lo había imaginado así. Esperaba ver unas mastodónticas masas de agua, violentas corrientes y olas mortíferas, no esa serenidad sin fin. Inmóvil, se quedó en el vano de la puerta, contemplando aquella aterradora belleza. El agua apenas se movía, solo titilaba de vez en cuando, viva pero pacífica. Un cisne surcó el agua reluciente, y la estela que dejó en las nubes reflejadas fue desapareciendo hasta dejar la superficie lisa.

Se preguntó si habría peces.

Salió con mucho cuidado de la cabaña, tratando de molestar lo mínimo al agua. Ya se le había empapado el camisón, y entonces el agua siguió reptando y se lo pegó a las piernas.

Dio dos pasos más colina abajo y el agua le subió hasta los muslos.

Avanzó. El agua le llegó a la cintura.

Se apreciaban formas sumergidas, movimientos centelleantes de seres vivos bajo la superficie. Una vez que el ojo se acostumbraba y sabía qué buscar, se veían pinceladas de movimiento por todas partes, con un nerviosismo que Lily también notaba en sus propias venas. Otro paso. Y otro. Llegó a un punto en el que pensó: «Aquí es donde está el viejo poste». Podía verlo bajo el agua. Qué extrañamente maravilloso era estar allí, en la orilla, con el agua más alta que nunca, más alta que en toda la vida del viejo poste. ¿Era miedo lo que sentía? Se notaba atenazada por un sentimiento poderoso, algo varias veces más imponente que el miedo... Pero no estaba asustada.

«Qué rara debo de parecer —se dijo—. Un pecho y una cabeza por encima del agua, reflejados del revés justo debajo de la barbilla.»

La hierba y las plantas ondeaban en una ensoñación, dentro de su nuevo mundo acuático. Ante ella, el color plata dio paso a un lugar más oscuro y sombrío. Ahí era donde la orilla caía con una pendiente mayor. Ahí era donde estaría la corriente, ahí continuaría, bajo la superficie monótona. «No seguiré avanzando —pensó—. Me pararé aquí.»

Alrededor tenía muchísimos peces, y también, ¡ay!, algo más grande y de piel rosada. Flotaba despacio y parecía muy pesado, en el agua, se acercaba a ella pero todavía quedaba fuera de su alcance.

Lily alargó un brazo para coger el cuerpo. Si lograba agarrar una extremidad con una mano y tirar hacia ella...

¿Quedaba demasiado lejos? El cuerpecillo, a la deriva, se acercó aún más. Al cabo de un momento estaría todo lo cerca que podía estar, pero aun así fuera de su alcance.

Sin pensarlo, sin miedo, Lily se arrojó hacia delante.

Sus dedos apresaron la extremidad rosada.

Bajo sus pies no había nada más que agua.

Jonathan cuenta una historia

—¡Mi propio hijo! —gimió Armstrong desconsolado y sacudiendo la cabeza en cuanto hubo terminado de contar la historia.

—Aunque no es su hijo… —le recordó Margot—. Es triste decirlo, pero llevaba la sangre de su verdadero padre dentro.

—Tengo que arreglarlo. No sé cómo podría hacerlo, pero tendré que encontrar la manera. Y antes, hay algo imprescindible que me aterra pero que no puedo retrasar más. Debo contarles a los Vaughan lo que le sucedió a su hija y la implicación de mi hijo.

—No es el momento de contárselo a la señora Vaughan —le dijo Rita con cariño—. Cuando regrese el señor Vaughan, ya se lo contaremos juntos.

—¿No está aquí?

—Ha salido con los demás hombres a buscar a la niña. Se ha perdido.

—¿Se ha perdido? Entonces debo ponerme a buscarla con ellos.

Al ver su cara desencajada y las manos temblorosas, las mujeres intentaron disuadirlo, pero no hubo forma de detenerlo.

—En este momento es lo único que puedo hacer por ayudarlos, así que tengo que hacerlo.

Rita regresó junto a Helena, que estaba amamantando a su hijo.

—¿Alguna novedad? —preguntó.

—Nada todavía. El señor Armstrong se ha unido a la búsqueda. Intenta no preocuparte, Helena —le dijo con afecto y tuteándola, ahora que ya tenían más confianza.

La joven madre miró al recién nacido y parte de la preocupación se borró de su cara cuando acarició con el dedo meñique la mejilla del niño. Sonrió.

—¡Al mirarlo veo a mi querido padre, Rita! ¡Menudo regalo!

Al no obtener respuesta, Helena levantó la vista.

—¡Rita! ¿Qué ocurre?

—Yo no sé qué aspecto tenía mi padre. Ni mi madre siquiera.

—¡No llores! ¡Rita, querida mía!

Rita se sentó junto a su amiga en la cama.

—No puedes soportar que haya desaparecido, ¿verdad?

—No. Antes de que llegarais y dijerais que era vuestra hija, esa noche de hace un año, y antes de que apareciera Armstrong, y antes de que llegara Lily White, durante esa larguísima noche, cuando Daunt estaba inconsciente en esta misma cama y yo estaba sentada en esa silla, ahí… La cogí en el regazo. Nos quedamos dormidas juntas. Entonces pensé que, si resultaba que no era hija de Daunt, si no tenía a nadie en el mundo, yo podía…

—Ya lo sé.

—¿Lo sabes? ¿Cómo?

—Te vi con ella. Sentías lo mismo que sentíamos todos. A Daunt también le pasa.

—Ah, ¿sí? Solo quiero saber dónde está. No soporto no tenerla aquí.

—Yo tampoco. Pero para ti debe de ser más duro aún.

—¿Más duro para mí? Pero tú…

—¿Pensaba que era su madre? También pensaba que me la había inventado. ¿Recuerdas que te comenté que a veces me preguntaba si era real?

—Sí. Pero ¿por qué piensas que es más duro para mí?

—Porque yo lo tengo a él. —Helena señaló el bebé con la barbilla—. Mi propio niño de carne y hueso. Toma. Cógelo.

Rita extendió los brazos y Helena le entregó al niño.

—Así no. No como una enfermera. Cógelo como hago yo. Como una madre.

Rita acomodó al recién nacido en sus brazos con ternura. Se quedó dormido.

—Así —susurró Helena tras unos segundos de silencio—. ¿Qué se siente?

El agua inundada lamió el terreno que rodeaba el Swan. Llegó hasta la misma puerta, pero no avanzó más.

Cuando regresó el *Colodión*, y Armstrong poco después, los hombres sacudieron la cabeza, abatidos. Vaughan fue directo a ver a su mujer y al niño. Ambos dormían. Rita estaba con ellos.

—¿Alguna novedad? —susurró.

Él negó con la cabeza.

Después de contemplar un buen rato en cauteloso silencio a su hijo para no despertarlo y de haber besado en la frente a su esposa, que seguía dormida, se reunió con Rita en la sala de invierno. Se habían quitado las botas mojadas, habían extendido los pies hacia el fuego y habían puesto a secar los calcetines. Las Pequeñas Margot habían echado más leña y habían sacado bebidas para todos.

—¿Joe? —preguntó Vaughan, aunque podía intuir la respuesta.

—Ya no está —dijeron sus hijas.

Entonces se quedaron callados y respiraron los minutos, inhalando y exhalando uno tras otro, hasta formar una hora.

Se abrió la puerta.

Quien había llegado no se apresuró a entrar. El aire frío hizo temblar las velas e intensificó el olor fuerte del río en la sala. Todos alzaron la mirada.

Todos los ojos lo vieron pero ninguno reaccionó. Intentaban comprender qué era lo que veían, enmarcado en el vano de la puerta abierta.

—¡Lily! —exclamó Rita.

Era una figura de un sueño. Su camisón blanco chorreaba agua, tenía el pelo pegado al cráneo, los ojos muy abiertos por la conmoción. En los brazos sujetaba con fuerza un cuerpo.

Todos los que habían estado presentes la noche del solsticio un año antes, se quedaron de piedra al verla. Primero había llegado Daunt a esa misma puerta con un cadáver en las manos. Después, aquella misma noche, había sido Rita la que había entrado, con la niña bien agarrada entre los brazos. Ahora, por tercera vez, la escena se repetía.

Lily se balanceó en el umbral y sus párpados se movieron. En esa ocasión fueron Daunt y Vaughan quienes se abalanzaron para recoger a la recién llegada antes de que cayera al suelo, y fue Armstrong quien extendió los brazos y recibió en ellos el cuerpo inquieto de un cochinillo medio ahogado.

—¡Santo Dios! —exclamó Armstrong—. ¡Es Maisie!

Y, en efecto, lo era: la cría más preciosa de la camada de Maud, la que le había regalado a Lily, tal como le había prometido, cuando había ido a buscar a Maud para llevarla de vuelta a la granja.

Las Pequeñas Margot atendieron con delicadeza a Lily, la ayudaron a ponerse ropa seca y le prepararon una bebida caliente para que dejara de temblar. Cuando regresó a la sala de invierno, Armstrong la felicitó por su valentía al rescatar al cochinillo de la riada.

El animalillo volvió a entrar en calor en el regazo de Armstrong y, en cuanto recuperó el ánimo, chilló y se removió con mucha vitalidad.

La ruidosa sorpresa hizo salir a Jonathan del dormitorio en el que estaba velando el cuerpo de su padre. Una de sus hermanas lo siguió, bostezando.

—¿No la han encontrado? —preguntó la Pequeña Margot.

Daunt negó con la cabeza.

—¿Encontrar a quién? —preguntó Jonathan.

—A la niña que se ha perdido —le recordó Rita.

«Es tarde —pensó—. Está tan cansado que ni se acuerda. Tendremos que llevarlo a la cama.»

—Pero si ha aparecido —dijo sorprendido el muchacho—. ¿No lo sabíais?

—¿Ha aparecido? —Se miraron unos a otros sin comprender nada—. No, Jonathan, no puede ser.

—Sí. —Asintió con la cabeza, muy convencido—. La he visto.

Se miraron unos a otros.

—Acaba de pasar por aquí.

—¿Por aquí?

—Por delante de la ventana.

Rita dio un brinco y corrió hacia la habitación de la que acababa de salir el muchacho para acercarse a la ventana, desde donde miró agitada en una dirección y en otra.

—¿Dónde, Jonathan? ¿Dónde estaba?

—En la batea. La que vino a por padre.

—Ay, Jonathan. —Descorazonada, Rita condujo al chico de vuelta a la sala de invierno—. Cuéntanos lo que crees que viste, y en orden, desde el principio.

—Bueno, padre murió y se quedó esperando a Silencioso, hasta que Silencioso llegó. Tal como dijo madre que pasaría. Se acercó hasta la ventana mismo, en su batea, para llevarse a padre al otro lado del río y, cuando miré afuera, allí estaba la niña. En la batea. Le dije: «Todo el mundo te está buscando», y me contestó: «Diles que mi padre ha venido a buscarme». Y se marcharon. Su padre tiene una fuerza increíble para mover la batea. Nunca he visto una que avance tan rápido.

Hubo una pausa prolongada.

—La niña no habla, Jonathan. ¿Es que no te acuerdas? —preguntó Daunt con cariño.

—Pues ahora sí —dijo Jonathan—. Mientras se alejaban, le dije: «No te vayas aún», y me dijo: «Volveré, Jonathan. No por mucho tiempo, pero volveré, y entonces nos veremos». Y se fueron.

—Creo que debiste de quedarte dormido… ¿Seguro que no fue un sueño?

El chico lo pensó a conciencia durante unos segundos y sacudió la cabeza con determinación.

—Ella estaba dormida. —Señaló a su hermana—. Yo no.

—Es un asunto muy serio para que un chico vaya inventándose historias —comentó Vaughan.

Todos los presentes abrieron la boca y dijeron al unísono:

—Pero Jonathan no sabe contar historias.

En el rincón, Armstrong movió la cabeza maravillado, pero no dijo nada. Él también la había visto. Sentada detrás de su padre, el barquero, mientras él propulsaba la batea con mucha fuerza entre el mundo de los vivos y el de los muertos, entre la realidad y la ficción.

Una historia de dos niños

En la granja de Kelmscott las llamas ardían con vigor en la chimenea, pero nada de lo que hicieran podría calentar a las dos personas que había sentadas, cada una en un sillón, cada una a un lado de la lumbre.

Se habían secado los ojos y ahora contemplaban las llamas con una congoja extrema.

—Lo intentaste —dijo Bess—. No podrías haber hecho más.

—¿Te refieres a cuando estaba en el río? ¿O durante toda su vida?

—Las dos cosas.

Miró hacia donde miraba su esposa, directamente a las llamas.

—¿Habría cambiado algo si lo hubiese tratado con más dureza al principio? ¿Tendría que haberle azotado la primera vez que robó?

—Puede que las cosas hubieran sido distintas. O puede que no. Nunca se sabe. Y si hubieran sido distintas, no hay forma de decir si habrían ido mejor o peor.

—¿Cómo iban a ir peor?

Bess volvió hacia él la cara, que hasta entonces había quedado oculta en la sombra.

—Lo «vi», ¿sabes?

Armstrong apartó los ojos del fuego, pensativo.

—Después del incidente del escritorio. Tú y yo habíamos acordado que no lo haría, pero no pude evitarlo. A esas alturas ya había tenido a nuestros otros hijos, y sabía qué clase de niños eran solo con mirarlos con mi ojo normal. Sus rostros infantiles eran transparentes: se notaba quiénes eran. Pero Robin era diferente. No era como los demás niños. Siempre se mantenía encerrado en su mundo. No era cariñoso con sus hermanos pequeños. Acuérdate de cómo los chinchaba y les hacía perrerías. Siempre había lágrimas cuando Robin estaba por en medio, pero sin él, todos jugaban juntos y las cosas iban como la seda. Así pues, a menudo me lo planteaba, pero había prometido que no usaría mi otro ojo, y pensaba que era mejor mantener esa actitud. Hasta el día del robo en el escritorio. Supe al instante que lo había hecho él (entonces no sabía mentir tan bien como ahora, o como lo hacía al final, debería decir) y no le creí cuando dijo que había visto a un tipo corriendo por el campo y que había encontrado el escritorio abierto a la fuerza. Así pues, me saqué el parche, lo sujeté por los hombros y lo «vi».

—¿Qué «viste»?

—Ni más ni menos que lo que tú has visto esta noche. Que era un embustero y un tramposo. Que no se preocupaba lo más mínimo por una sola persona de este mundo que no fuese él mismo. Que su primer y último pensamiento en la vida sería buscar su propia comodidad y su tranquilidad, que haría daño a quien hiciera falta, ya fueran sus hermanos, sus hermanas o su propio padre, para sacar algún provecho.

—Entonces, ¿nada de todo esto te ha sorprendido?

—No.

—Has dicho que no podemos saber si las cosas habrían ido mejor o peor… Nada habría podido ser peor que esto.

—No me gustó que decidieras seguirlo. Sabía que tenía el cuchillo. Después de lo que le había hecho a Susan, temía lo que pudiera hacerte a ti... Y aunque era carne de mi carne y sangre de mi sangre, y aunque estaba dispuesta a quererlo hiciera lo que hiciese, soy sincera cuando te digo que perderte a ti habría sido peor.

Entonces se quedaron sentados un rato en silencio. Cada uno de ellos se sumió en sus pensamientos, aunque los de uno y otro no eran muy distintos.

Al cabo de unos minutos oyeron un leve sonido, un golpeteo suave a cierta distancia. Perdidos en sus reflexiones, al principio no le hicieron caso, pero luego volvieron a oírlo.

Bess miró a su marido.

—¿Ha sido la puerta?

Él se encogió de hombros.

—Nadie llamaría a estas horas de la noche.

Volvieron a sumirse en sus cavilaciones, pero entonces el golpeteo volvió a sonar, no más fuerte, pero sí más prolongado.

—Sí que es la puerta —dijo Armstrong, y se levantó—. Menuda nochecita. Sea quien sea, le diré que se marche.

Cogió la vela y cruzó el pasillo en dirección a la gran puerta de roble. Descorrió los cerrojos. Abrió la puerta una rendija y miró quién era. No había nadie, pero cuando ya se disponía a cerrarla de nuevo, una vocecilla se lo impidió.

—Por favor, señor Armstrong...

Bajó la mirada. A la altura de la cintura vio a un par de muchachos.

—Esta noche no, niños —les dijo—. En esta casa estamos de luto... —Y entonces se fijó mejor. Levantó la vela y observó al más alto de los dos chiquillos. Iba vestido con harapos, estaba escuálido y temblaba, pero lo reconoció—. ¿Ben? ¿Eres Ben, el hijo del carnicero?

—Sí, señor…

—Pasad. —Abrió del todo la puerta—. No es la mejor noche para tener invitados, pero entrad, no puedo dejar que os quedéis al raso con el frío que hace.

Ben empujó con cuidado al otro niño para que pasara delante de él, y cuando el más pequeño entró en el haz de luz, Armstrong se quedó sin respiración.

—¡Robin! —exclamó.

Se inclinó y acercó la vela para que su luz iluminase bien el rostro del chiquillo. Era una cara fina, afilada por el hambre; tenía la misma forma que la de Robin; la naricilla era graciosa y delicada, como la de su hijo.

—¿Robin? —repitió Armstrong con voz temblorosa.

¿En cuántos sentidos era imposible aquello? Robin era un hombre. Robin había muerto esa noche, esa misma noche, y él lo había visto con sus propios ojos. Ese niño no podía ser Robin, y sin embargo…

Los ojos parpadearon y Armstrong se dio cuenta de que el niño que miraba desde el rostro de Robin no era su hijo sino otro chiquillo. Sus ojos eran amables y tímidos… y de color gris. En medio de su perplejidad, Armstrong oyó un murmullo pronunciado por Ben, y cuando se volvió, vio que el niño se desmayaba. Cogió a Ben antes de que cayera al suelo y llamó a Bessie.

—Es el hijo del carnicero que desapareció de Bampton —dijo—. Creo que se ha mareado con el calor después de estar tanto tiempo a la intemperie con este frío.

—Y, por el aspecto que tiene, no ha comido mucho últimamente —comentó Bessie, y se arrodilló para sujetar al niño, que empezaba a recuperar el conocimiento después del desmayo.

Armstrong se apartó para que su mujer pudiera ver al acompañante de Ben y le hizo un gesto con la mano.

—Ha venido con este mozalbete.

—¡Robin! Pero… —Bess observó al niño. Era incapaz de apartar la mirada pero, cuando por fin lo consiguió, fue para mirar a la cara a su esposo—. ¿Cómo…?

—No es Robin —intervino Ben con voz débil, quien no había perdido la costumbre de dar las noticias de manera atropellada y sin hacer pausas—. Señor, es la niña que buscaban, es Alice y le corté el pelo, perdóneme, no quería pero hemos pasado tanto tiempo vagando por los caminos que me pareció más seguro si éramos dos hermanos que si éramos un niño y una niña y lo siento si hice mal.

Armstrong miró al otro niño con atención. Las facciones de Robin se reordenaron ante sus ojos. Extendió una mano y la apoyó, temblorosa, sobre el pelo mal cortado de la niña.

—Alice —susurró.

Bessie se acercó a su marido.

—¿Alice?

La niña miró a Ben. Este asintió.

—Aquí no pasa nada. Puedes volver a ser Alice.

La chiquilla volvió la cara hacia los Armstrong. En mitad de una sonrisa, su boca se estiró y en lugar de sonreír bostezó agotada. Su abuelo la cogió en brazos.

Más tarde, después de un banquete a medianoche con sopa, queso y tarta de manzana, se sentaron en la cocina. Alice dormía en brazos de su abuela, mientras sus tías y tíos, que se habían despertado con el efusivo revuelo de la casa, se arremolinaron en pijama alrededor del fuego de la cocina y todos escucharon el relato de cómo Ben había encontrado a la niña.

—Poco después de ver al señor Armstrong, mi padre me dio una buena tunda con el cinturón, me pegó tanto y con tanta saña que el mundo se quedó negro y cuando recuperé el sentido estaba seguro de que me encontraba en el cielo, pero no, estaba en el suelo de la cocina de casa y me dolían los huesos y mi madre se acercó a mí a gatas y dijo que se asombraba de que no estuviera muerto y que seguro que la siguiente vez sí me mataría, así que decidí que era el momento de poner en práctica mi plan de escaparme, que llevaba mucho tiempo preparando, porque pensaba que era mejor tenerlo todo listo, así que seguí todos los pasos del plan, que consistía en ir al puente y subirme al parapeto y esperar allí a que pasara un barco, aunque de noche no siempre es fácil distinguir los barcos, pero sí se oyen, así que allí me planté y no me senté ni un momento por miedo a quedarme dormido, y temblaba porque las palizas como esa siempre te dejan el cuerpo lleno de temblores, y por fin llegó un barco río abajo en la oscuridad y me encaramé a lo alto de la barandilla y bajé por el lado de fuera, colgando de las puntas de los dedos, y los hombros y los brazos, que tenía llenos de moratones por la paliza, me dolían tantísimo que pensé que iba a caerme al agua, pero no me caí, porque me agarré fuerte hasta que el barco pasó justo debajo de mí y entonces me solté con la esperanza de caer encima de algo blando como la lana y no en algo duro como barriles de licor y al final no fue ni tan bueno ni tan malo como podría haber sido, porque caí encima de unos quesos que estaban entre blandos y duros, pero aun así me machacaron los huesos y volvió a dolerme donde ya me dolía, pero no lloré por miedo a que descubrieran que llevaban un polizón, solo me quejé en voz baja y me escondí lo mejor que pude y procuré no quedarme dormido pero me dormí igualmente y me desperté con unas violentas sacudidas y vi a un barquero agachado sobre mí, estaba hecho una furia y gritaba una y otra vez las mismas palabras: «¡Un orfanato! Pero ¿por quién me toman? ¡Yo no soy un orfanato!», y al principio no entendía qué me decía, porque estaba medio aturdido por el sueño, pero luego sus palabras resonaron claras como unas campanadas en mis oídos y de ahí pasaron a mi entendimiento, donde se encontraron con otras palabras que ya estaban allí, sobre la desaparición de Alice en el río, y le pregunté al hombre si la vez anterior había sido una niña la que se había colado en su barco y qué le había pasado, y estaba tan furioso que ni me contestaba ni escuchaba siquiera mis preguntas, y me amenazó con tirarme por la borda para que me salvara nadando si podía, y pensé: «¿Será eso lo que le pasó a Alice?», y se lo pregunté y él siguió como una fiera un rato más y de pronto se calmó un poco y le entró hambre y abrió un queso y comió, pero no me dio ni una pizca, y después de comer se quedó tranquilo y se lo pregunté todo otra vez y me dijo que sí, que la vez anterior había sido una niña y que no, no la había tirado por la borda, pero que al llegar a Londres la había dejado en un orfanato donde cuidaban de los niños abandonados, así que le pregunté: «¿Cómo se llama ese sitio?» y no lo sabía, pero me dijo en qué parte de la ciudad estaba y me quedé con él y le ayudé a cargar y descargar la mercancía y me dio queso a cambio de mi ayuda, aunque no mucho, y cuando llegamos a Londres salté del barco y pedí indicaciones a una docena de personas, que me mandaron aquí y allá y por todas partes, hasta que al final llegué al lugar que buscaba y pregunté por Alice pero me dijeron que no había ninguna Alice y que, además, los huérfanos no estaban ahí para que se los llevara cualquiera, y al final me cerraron la puerta en las narices, así que al día siguiente fui a una hora distinta y volví a llamar y me abrió la puerta otra persona y le dije que tenía hambre y no tenía casa, ni madre, ni padre, y me acogieron y me pusieron a trabajar, y me pasaba todo el tiempo buscando a Alice y pregunté a todos los demás niños, pero los chicos y las chicas estaban separados, así que no la vi ni una vez hasta un día que me mandaron a pintar el despacho de la directora del orfanato, y desde la ventana miré por encima del muro el patio de las chicas, y entonces fue cuando la vi y supe que estaba en el lugar correcto y me alegré de que no hubiera sido todo una pérdida de tiempo, por lo menos, de momento, y pensé y pensé cómo podía llegar hasta ella y al final estuvo chupado porque a una dama se le ocurrió hacer buenas obras por los huérfanos, y mandó una enorme cesta de comida para que la compartiéramos, ya lo creo, pero solo la directora y sus compañeras la probaron, y a nosotros no nos dieron nada, pero después nos llevaron a la iglesia para darle las gracias por la gran bondad que había mostrado con nosotros, y después de sentarnos y levantarnos y sentarnos otra vez y rezar por la virtuosa dama, todos salimos en fila de la iglesia por el pasillo central, las niñas desde su hilera de bancos y los niños desde la nuestra, y allí estaba, Alice, justo a mi lado, y le susurré: «¿Te acuerdas de mí?», y me dijo que sí con la cabeza, así que le dije: «Cuando te diga que corras, corre, ¿de acuerdo?» y la cogí de la mano y cuando me eché a correr, corrió conmigo, pero no mucho rato, porque nos escondimos debajo de una estatua y nadie se dio cuenta de que nos habíamos ido y cuando todos los demás salieron de la iglesia nosotros tomamos otro rumbo, caminábamos todos los días, siguiendo el río, y yo ayudaba a cargar y descargar cuando podía y comíamos lo que pillábamos, y le corté el pelo cuando una señora mala intentó robármela, porque pensé que si éramos dos chicos juntos sería más seguro, y tardamos un montón en llegar aquí porque los barqueros no querían llevarnos a los dos a bordo porque solo yo era lo bastante mayor para trabajar pero los dos querríamos comer, así que nos salieron ampollas en los pies y a veces pasamos hambre y otras veces pasamos frío, y otras pasamos hambre y frío a la vez, y ahora…

Hizo una pausa para bostezar y, después del bostezo, todos se dieron cuenta de lo cansados que tenía los ojos y vieron que estaba a punto de quedarse dormido.

El señor Armstrong se limpió una lágrima del ojo.

—Lo has hecho muy bien, Ben. No podrías haberlo hecho mejor.

—Gracias, señor, gracias por la sopa y el queso y la tarta de manzana, estaba riquísimo, lo mejor del mundo.

Se bajó de la silla y se despidió de la familia.

—Ahora será mejor que me ponga en camino.

—Pero ¿adónde tienes previsto ir? —le preguntó la señora Armstrong—. ¿Dónde está tu casa?

—Me propuse fugarme, y tengo que seguir con mi plan.

Robert apoyó ambas manos en la mesa.

—No podemos permitirlo, Ben. Debes quedarte con nosotros y ser uno más de la familia.

Ben miró alrededor, a todos los niños y niñas que rodeaban el fuego.

—Pero ya tiene un montón de críos que se comen sus beneficios, señor. Y ahora también está Alice. Los beneficios no caen de los árboles, ya lo sabe.

—Sí que lo sé. Pero si todos trabajamos juntos, sacaremos más beneficios, y veo que eres un chico trabajador que saca partido a lo que come. Bess, ¿tenemos alguna cama para el muchacho?

—Dormirá con los medianos. Parece de la misma edad que Joe y Nelson.

—¿Lo ves? Solucionado. Y me ayudarás con los cerdos. ¿Trato hecho?

Y así se zanjó la cuestión.

Érase una vez, hace mucho mucho tiempo

Más tarde, pero antes de que la inundación hubiese remitido por completo, Daunt llevó a Rita en el *Colodión* a su casa inundada. Utilizaron la pequeña barca de remos para llegar hasta la puerta y cuando Daunt se bajó para empujar la puerta hinchada con todas sus fuerzas, el agua le llegaba a las rodillas. Dentro había una línea en las paredes que mostraba que el agua había alcanzado casi un metro de altura. El empapelado se había levantado por toda la habitación. Al retroceder, el agua había dejado en el asiento de la silla del escritorio de Rita, como si tuviese algún significado oculto, una serie de ramitas, guijarros y otras materias menos identificables. Había sido precavida y había levantado el sillón azul sobre unas cajas; las patas habían entrado en contacto con el agua, pero los cojines seguían secos. La alfombra roja no acababa de decidirse entre flotar y hundirse; cada movimiento del agua la hacía mecerse con una pesada indecisión. Un desagradable olor a humedad lo impregnaba todo.

Daunt se apartó para dejar que Rita viera su vivienda. Cruzó la puerta y entró en la sala de estar. El fotógrafo observó la cara que ponía mientras revisaba su casa, admiró su impasividad al contemplar los daños.

—Tardará semanas en secarse. Meses incluso —dijo él.

—Sí.

—¿Dónde se instalará? ¿En el Swan? Margot y Jonathan se alegrarían de tener su compañía cuando las chicas vuelvan a sus casas. ¿O con los Vaughan? Estarían encantados de acogerla.

Ella se encogió de hombros. Sus pensamientos se concentraban en asuntos más fundamentales. La devastación de su hogar era un detalle trivial.

—Los libros primero —dijo.

Daunt vadeó hasta la librería y se dio cuenta de que las estanterías más bajas estaban vacías. Por encima del nivel del agua, las estanterías superiores tenían dos filas de libros.

—Estaba bien preparada.

Rita se encogió de hombros.

—Cuando se vive junto al río…

El hombre le fue pasando los libros de pocos en pocos; ella los sacaba por la ventana y los colocaba en la barca de remos, que se mecía justo por debajo del nivel del alféizar. Trabajaron en silencio. Uno de los tomos lo dejó aparte, en el asiento del sillón azul.

Cuando terminaron de vaciar la primera estantería de libros y la barca se había hundido más en el agua, Daunt remó hasta el *Colodión* para descargar allí. Al regresar a la cabaña, se encontró a Rita sentada en el sillón azul, todavía apoyado en las cajas. El agua de la falda oscurecía la tela.

—Siempre quise fotografiarla en ese sillón.

Ella levantó la vista del libro.

—Han dejado de buscarla, ¿verdad?

—Sí.

—No volverá.

—No.

Daunt sabía que era así. Tenía el presentimiento de que el mundo podía dejar de dar vueltas ahora que la niña no estaba en él. Cada hora era una odisea, y cuando por fin acababa, había que enfrentarse a otra hora, igual de dura que la anterior. Se preguntó cuánto tiempo más sería capaz de seguir así.

—Mire —le dijo a Rita—. Se tomó tantas molestias para salvar el sillón azul y ahora el vestido está mojando el tapizado.

—Da igual. El caso es que el mundo parecía completo antes de que ella apareciese. Y entonces vino. Y ahora que se ha ido, falta algo.

—La encontré en el río. Tengo la impresión de que debería ser capaz de encontrarla otra vez.

Rita asintió con la cabeza.

—Cuando pensé que estaba muerta, deseé con todas mis fuerzas que viviera. En lugar de dejarla sola allí, me quedé. Le sujeté la muñeca. Y vivió. Quiero volver a hacer lo mismo. No dejo de pensar en la historia de Silencioso y de lo que hizo para salvar a su hija. Ahora lo comprendo. Yo iría a cualquier parte, Daunt, soportaría cualquier sufrimiento, para volver a tener a mi niña en brazos.

Rita continuó en el sillón azul con la falda mojada, por encima del agua, y él se quedó en silencio en medio de la habitación, dentro del agua. No sabían cómo gestionar su dolor. Así que continuaron recogiendo libros en silencio.

Vaciaron la segunda estantería y Daunt llevó de nuevo la mercancía al *Colodión*.

A su regreso, Rita estaba leyendo el libro que había separado del resto.

Aunque el cielo era deprimente y proyectaba una luz anodina, la grisura cobraba vida, incluso dentro de la cabaña, por un brillo plateado: los reflejos del agua interminable dibujaban olas de luz en el rostro de Rita. Daunt observó cómo se iluminaban y se oscurecían sus facciones con la iluminación variable. Entonces miró más allá de los cambios superficiales y estudió la quietud que transmitía su expresión. Sabía que su cámara no podría captar eso, que algunas cosas solo podían apreciarse de verdad con el ojo humano. Esa sería una de las mejores imágenes de su vida. Se limitó a exponer la retina y dejar que el amor grabara el rostro centelleante, lleno de brillos y absorto de Rita en su alma.

Poco a poco, Rita dejó el libro a un lado. Continuó mirando el lugar en el que antes estaba el libro, como si el texto siguiera allí, escrito en la luz del agua.

—¿Qué ocurre? —preguntó Daunt—. ¿En qué piensa?

Ella no se movió.

—Los recolectores de berros —contestó con la mirada igual de perdida.

Se quedó perplejo. Nunca hubiera pensado que los recolectores de berros fuesen capaces de inspirar una intensidad semejante.

—¿Los del Swan?

—Sí. —Volvió los ojos hacia él—. Me acordé la otra noche. El niño nació dentro del saco amniótico.

—¿Qué es un saco amniótico?

—Es una bolsa de fluido. El feto crece dentro del saco durante todo el embarazo. Lo normal es que se rompa durante el parto pero, en contadas ocasiones, sobrevive al alumbramiento y el recién nacido sale con el saco amniótico intacto. Anoche lo corté y de él salió el bebé, nadando en una ola.

—Pero… ¿qué tiene eso que ver con los recolectores de berros?

—Es por una cosa rara que les oí contar una vez en el Swan. Hablaban de Darwin y de que el hombre viene del mono, y uno de los recolectores dijo que había oído la historia de que los seres humanos fueron criaturas acuáticas en otro tiempo.

—Ridículo.

Rita negó con la cabeza, levantó el libro y le dio unos golpecitos en la cubierta.

—Lo pone aquí. Hace mucho mucho tiempo, un simio se convirtió en humano. Y una vez, mucho tiempo antes, una criatura acuática salió del agua y respiró aire.

—¿De verdad?

—De verdad.

—¿Y?

—Y una vez, hace doce meses, una niña que debería haberse ahogado en el río, no lo hizo. Entró en el agua y pareció morir allí. Usted la sacó, yo descubrí que no tenía pulso, ni respiraba, tenía las pupilas dilatadas. Todas las pruebas me indicaban que estaba muerta. Pero no lo estaba. ¿Cómo es posible? Los muertos no vuelven a la vida.

»Sumergir la cara en agua fría frena el ritmo cardíaco drásticamente. ¿Es posible que la inmersión repentina en un agua muy fría pueda ralentizar el corazón y constreñir el flujo sanguíneo de forma tan radical que una persona pueda parecer muerta? Suena demasiado extraño para ser verdad. Pero si piensa que todos y cada uno de nosotros pasamos los primeros nueve meses de nuestra existencia suspendidos en líquido, tal vez el caso sea un poco menos increíble. Recordemos, además, que nuestros congéneres terrestres que respiran oxígeno derivan de la vida acuática: en otro tiempo vivimos debajo del agua igual que ahora vivimos sobre la superficie. Si pensamos en eso, ¿no cree que lo imposible empieza a acercarse un poco a lo concebible?

Se metió el libro en un bolsillo y extendió una mano para que Daunt la ayudase a bajar del sillón.

—Me parece que dejaré de darle vueltas al tema. Ya he llegado hasta donde podía llegar. Ideas, nociones, teorías.

Rita empaquetó los medicamentos, un hatillo de ropa y sábanas, junto con los zapatos de los domingos, y ambos salieron sin intentar cerrar la puerta. Navegaron en la barquita de remos hasta el *Colodión*.

—¿Y ahora adónde? —preguntó él.

—A ninguna parte.

Se desplomó en el banco y cerró los ojos.

—¿A qué lado del río queda eso?

—Aquí mismo, Daunt. Me gustaría quedarme aquí.

Más tarde, en la estrecha cama del *Colodión* y con el río meciendo el barco, Daunt y Rita se amaron. A oscuras, sus manos veían lo que sus ojos no podían ver: el rizo del pelo suelto de ella, la curva y la punta de sus pechos, la leve hendidura al final de su espalda, el henchido resplandor de sus labios. Las manos veían la suavidad de sus muslos y la complicada piel carnosa que había entre ellos. Daunt la tocó y ella lo tocó y cuando entró en Rita notó un río que crecía dentro de él. Durante un rato controló el río; luego este creció y se abandonó a la corriente. Entonces solo quedó el río, nada más que el río, y el río lo era todo… Hasta que la corriente subió tanto que al final salió del cauce, y luego retrocedió.

Después se quedaron tumbados un rato, juntos, y hablaron de cosas misteriosas entre susurros: se preguntaron cómo había llegado Daunt de la presa del Diablo hasta el Swan, y por qué todo el mundo había pensado que la niña era una marioneta o una muñeca al verla por primera vez. Se preguntaron por qué tenía unos pies tan perfectos, como si nunca hubiese llegado a pisar el suelo, y cómo un padre podía cruzar hasta otros mundos para traer a su hija de vuelta a casa, y entonces se dieron cuenta de que no hay historias de hijos que crucen a otros mundos para encontrar a sus padres, y se preguntaron por qué. Le dieron vueltas a qué podía haber visto exactamente Jonathan desde la ventana de la habitación en la que su padre había muerto. Hablaron de las historias tan peculiares que contaba Joe cuando salía de sus bajones mágicos y de todos los demás relatos que se contaban en el Swan, y se preguntaron si el solsticio había tenido algo que ver con todo eso. Más de una vez, volvieron sobre las mismas preguntas: ¿De dónde había salido la niña? ¿Y adónde había ido después? No llegaron a ninguna conclusión. También pensaron en otras cosas, algunas insignificantes y otras importantes. El río subía y bajaba sin insistencia.

Durante todo ese tiempo, Daunt mantuvo la mano apoyada en el vientre de Rita, y ella puso la mano encima de la de él.

Bajo sus manos, por los conductos irrigados de su abdomen, la vida nadaba a toda prisa contracorriente.

«Va a suceder algo», pensaron ambos a la vez.

Y vivieron felices

En los meses siguientes, Ruby Wheeler se casó con Ernest; en la iglesia, su abuela tomó de la mano a Daunt y a Rita y les dijo: «Dios les bendiga a los dos. Les deseo que sean muy felices juntos».

En la granja de Kelmscott, a Alice le creció el pelo. Poco a poco dejó de parecerse a su padre cuando era niño y pasó a parecerse más a la chiquilla que era. Bess se quitó el parche y declaró:

—No hay mucho de Robin en ella, casi nada. La chica con la que se casó debía de ser una mujer muy buena. Es una niña encantadora.

—Creo que en algunas cosas se parece a ti, querida mía —le contestó Armstrong.

La Cabaña del Cestero quedó inhabitable después de la inundación y era imposible recuperarla. Así pues, Lily se mudó a la casa parroquial. Contemplaba la habitación del ama de llaves llena de asombro, tocaba el cabecero de la cama y la mesita de noche y la cómoda de madera de caoba y se repetía a menudo que ya habían acabado los días en los que, ante la más modesta posesión, solía decirse: «Seguro que la pierdo». El cachorro dormía en una cesta en la cocina y el párroco le cogió tanto cariño como el que le tenía Lily. De hecho, ahora que lo pensaba mejor, se preguntó si no habría sido a ella a quien le encantaban los perros de pequeña… O tal vez fuera a ambas: a su hermana y a ella.

Cuando por fin retrocedió y volvió a su cauce, el agua dejó tras de sí un pequeño esqueleto en el campo antes inundado. Llevaba una cadena de oro alrededor del cuello con una ancla que le colgaba entre los huesos de las costillas. Los Vaughan enterraron a su hija y lloraron su pérdida, y se regocijaron por el nacimiento de su hijo. Fueron juntos a una casa de Oxford, en la que la señora Constantine escuchó con atención todo lo que había ocurrido, y ahogaron sus penas en su tranquila sala y se lavaron la cara después, y al cabo de poco tiempo pusieron en venta Buscot Lodge, todas sus tierras de cultivo y la isla del Brandy. Helena y Anthony se despidieron de sus amigos y se marcharon con su hijo recién nacido en busca de nuevos ríos en Nueva Zelanda.

Como Joe ya no estaba, Margot decidió que había llegado el momento de pasar el relevo del Swan a la siguiente generación. La hija mayor se mudó a la taberna con su marido y sus hijos, y el Swan vivió una época de esplendor. Margot seguía presente en la taberna y preparaba las especias de la sidra, aunque dejaba que su yerno (un tipo fuerte) cortase la leña y transportase los barriles de cerveza. Jonathan ayudaba a su hermana igual que antes había ayudado a su madre, y solía contar la historia de la niña que habían sacado del río una noche de solsticio, primero ahogada, después viva de nuevo, que no dijo ni una palabra hasta que el río se salió del cauce para recuperarla, un año exacto después de su aparición, y pudo reunirse con su padre, el barquero. Pero si le pedían que contase cualquier otra historia, era incapaz.

Joe el cuentacuentos fue recordado en el Swan durante mucho mucho tiempo. Y pese que al final llegó el momento en que el hombre cayó en el olvido, sus historias perduraron.

Daunt terminó su libro de fotografías y obtuvo un modesto éxito. Su intención era crear un librillo elegante que incluyese todos los pueblos y aldeas, todos los mitos y cuentos populares, todos los embarcaderos y molinos de agua, todos los recovecos y curvas del río, pero, de forma inevitable, el libro no cumplió sus expectativas. Aun así, ya había vendido más de cien ejemplares, suficientes para encargar una reimpresión, y el libro gustó a mucha gente, entre otros, a Rita.

Al timón del *Colodión*, mientras surcaba las aguas, Daunt tuvo que reconocer que el río era algo demasiado inmenso para quedar contenido en un libro. Majestuoso, fuerte, desconocido, se doblega con tolerancia a los quehaceres de los humanos hasta que decide no hacerlo más, y entonces, cualquier cosa puede ocurrir. Un día el río se presta a darle vueltas a la rueda para moler la cebada, al día siguiente ahoga la cosecha. Daunt observó el agua que se deslizaba junto al barco de forma seductora, sus destellos de luz reflejada daban la impresión de contener fragmentos del pasado y del futuro. Había significado muchas cosas para muchas personas a lo largo de los años; escribió un pequeño artículo sobre ese tema en el libro.

Fantaseó sobre la posibilidad de captar de alguna manera el espíritu del río. Alguna forma de animarlo a estar de nuestra parte y no contra nosotros, con todos los peligros que eso comportaba. Junto con los perros muertos, el licor ilegal, los anillos de bodas arrojados por despecho y los bienes robados que ensucian el lecho del río, ahí abajo hay monedas de oro y plata. Ofrendas rituales cuyo significado cuesta averiguar tantos siglos después. Él también podía tirar algo al río. ¿Su libro? Se lo planteó. El libro valía cinco chelines, y ahora estaba Rita. Había una casa que mantener y un barco y un negocio y una habitación infantil que decorar. Cinco chelines eran mucho sacrificio para honrar a una deidad en la que no acababa de creer. Le haría fotografías. ¿Cuántas fotografías podía hacer un hombre en toda su vida? ¿Cien mil? Algo así. Cien mil rayos de vida, de diez o quince segundos de duración, capturados por la luz en un cristal. De algún modo, con todas esas fotografías lograría averiguar cómo capturar el río.

Rita se puso redonda conforme avanzaron los nueve meses y el niño creció dentro de ella. Junto con Daunt, buscaron el mejor nombre para el bebé. Iris, pensaron, como las flores que crecían junto a la ribera.

—¿Y si es un chico? —preguntó Margot.

Negaron con la cabeza. Era una niña. Lo sabían.

A veces, Rita pensaba en las mujeres que habían perdido la vida dando a luz, y con frecuencia pensaba también en su madre. Cuando notaba que el bebé se movía en su mundo acuático, pensaba en Silencioso. Había veces en las que Dios, que tantos años antes había desaparecido de su vida, ya no le parecía tan lejano. El futuro era insondable, pero con cada latido de su corazón, acompañaba a su hija un paso más hacia él.

¿Y la niña? ¿Qué fue de ella? Corrieron rumores de quienes la habían visto en compañía de los gitanos del río. Al parecer, se la veía bastante integrada con ellos. Se decía que había caído por la borda aquella primera noche del solsticio y sus padres no se habían dado cuenta hasta el día siguiente. La dieron por muerta, hasta que les llegó la noticia de una niña que cuidaban en una casa pudiente de Buscot. Les dio la impresión de que allí estaría bien. No había prisa por regresar a buscarla. Ya pasarían por allí al año siguiente por las mismas fechas. Según decía la gente, la niña parecía contenta de haber vuelto a su vida de gitanilla, después del año en el que había estado perdida.

Esas historias se contaban a última hora de la tarde, llegaban de lejos, en apuntes de apenas un par de líneas, sin detalles, sin color ni interés. Los clientes habituales del Swan las reproducían, las valoraban un momento y las descartaban. Menuda historia tan sosa, se decían, no tenía ningún valor, aunque claro, las historias de los demás nunca les habían gustado tanto como las propias. La versión de Jonathan era la que preferían con creces.

Hay quien todavía la ve en el río, haga buen o mal tiempo, cuando la corriente es traicionera o va lenta, cuando la niebla oscurece la vista y cuando la superficie centellea. Los borrachos la ven cuando tropiezan al andar, perjudicados tras tomar una copa de más. Los chicos impulsivos la ven cuando saltan del puente un claro día de verano y descubren que la quietud de la serena superficie esconde la fuerza de la corriente subyacente. La ven cuando se encuentran en medio del río después del atardecer, y cuando no pueden achicar el agua de la barca tan rápido como pensaban. Durante un tiempo, los relatos trataban de un hombre con una niña juntos en la batea. Con los años, la niña creció hasta que pasó a llevar la batea ella en lugar de su padre y llegó un momento (nadie recuerda cuándo exactamente) en el que ya no iban los dos en la barca, sino solo ella. Majestuosa, decían; fuerte como tres hombres; etérea en medio de la niebla. Conduce la batea con una gracia natural y tiene el mismo dominio que su padre sobre el agua. Si se les pregunta dónde vive, sueltan el aire y sacuden la cabeza, sin saber qué decir. «En Radcot, tal vez», contestan los de Buscot, pero en Radcot se encogen de hombros y comentan que tal vez viva en Buscot.

En el Swan, si se les insiste mucho, dicen que vive al otro lado del río, aunque no saben dónde en concreto. Pero viva donde viva (si es que vive en alguna parte, y empiezo a dudarlo) nunca se aleja demasiado; y cuando un alma está en peligro, la barquera siempre está ahí. Si no es el momento de cruzar ese límite, se asegurará de que la persona llega sana y salva a la orilla adecuada del río. Y en caso de que sí sea su hora, bueno, se asegurará también de que esa persona llegue a su otro destino, al que no sabía que se dirigía..., por lo menos, de momento.

Y ahora, querido lector, aquí termina la historia. Ha llegado la hora de que cruce el puente una vez más y regrese al mundo del que proviene. Este río, que es y no es el Támesis, debe continuar fluyendo sin usted. Ya ha merodeado mucho tiempo por aquí y, además, seguro que tiene otros ríos propios que atender, ¿verdad?

Nota de la autora

El río Támesis no solo riega el paisaje, sino también la imaginación, y al hacerlo, se modifica. En algunos momentos, las exigencias de la historia me han obligado a hacer trampas con el tiempo empleado en los desplazamientos o a mover ciertas localidades un par de kilómetros río arriba o río abajo. Si la lectura de mi libro inspira a salir a pasear junto al río (algo que recomiendo encarecidamente), aconsejo al lector que se lleve la novela…, aunque puede que también desee llevarse un mapa o una guía de viajes.

El personaje de Henry Daunt está inspirado en el magnífico fotógrafo real del Támesis, Henry Taunt. Al igual que Henry, Taunt tenía un barco acondicionado como cuarto oscuro. Durante su vida tomó unas cincuenta y tres mil fotografías con el proceso de colodión mojado. Su obra estuvo a punto de quedar destruida cuando, tras su muerte, vendieron su casa y desmantelaron el taller que tenía en el jardín. Al enterarse de que varios miles de las planchas de cristal almacenadas allí ya estaban hechas añicos o borradas con el fin de emplearse como cristal para un invernadero, un historiador de la localidad, Harry Paintin, alertó a E. E. Skuse, el bibliotecario municipal de Oxford. Skuse consiguió parar las obras y encargó que sacaran todas las planchas que quedaban intactas para guardarlas en un lugar seguro. Menciono aquí sus nombres en muestra de gratitud por su rápida capacidad de reacción. Gracias a ellos he tenido oportunidad de explorar visualmente el Támesis y tejer esta historia a partir de las imágenes de Taunt.

¿De verdad las personas pueden ahogarse y luego volver a la vida? Bueno, en realidad no, pero puede parecerlo. El reflejo de buceo de los mamíferos puede despertarse cuando una persona es sumergida de repente por completo, cara y cuerpo, en agua muy fría. El metabolismo del cuerpo se ralentiza mientras el reflejo redirige la circulación y la aleja de las extremidades para concentrar la sangre solo entre el corazón, el cerebro y los pulmones. El corazón late más despacio y el oxígeno se reserva para los procesos corporales esenciales, con el propósito de mantenerse con vida el mayor tiempo posible. Cuando se saca del agua a la persona medio ahogada, puede parecer muerta. Este fenómeno fisiológico fue descrito por primera vez en las revistas médicas de mediados del siglo XX. Se cree que el reflejo de buceo ocurre en todos los mamíferos, tanto terrestres como acuáticos. Se ha observado también en seres humanos adultos, pero se cree que es más exagerado en los niños pequeños.

Agradecimientos

Hay ocasiones en las que los amigos son indispensables. Helen Potts, este libro ha contraído una inmensa deuda de gratitud contigo. Julie Summers, nuestros paseos literarios por el Támesis han sido valiosísimos. Gracias a las dos.

Graham Diprose me proporcionó pistas muy útiles sobre la historia de la fotografía, y John Brewer me explicó con suma paciencia el proceso de revelado fotográfico mediante el colodión.

Nick Reynard, del Centro de Ecología e Hidrología de Wallingford, me informó sobre las inundaciones en un lenguaje que demuestra lo cerca que están la ciencia y la poesía.

El capitán Cliff Colborne, de la Thames Traditional Boat Society, me ayudó a imaginar de qué modo podía haber ocurrido un accidente como el de Daunt.

La doctora Susan Hawkins, de la Universidad de Kingston, me proporcionó valiosa información sobre la práctica de la enfermería y el uso de los termómetros en el siglo XIX.

Los profesores universitarios Joshua Getzler y Rebecca Probert hicieron sugerencias muy útiles en lo relativo a las demandas legales sobre los niños encontrados en el siglo XIX.

Simon Steele fue quien me informó sobre la destilación de licor. Nathan Franklin sabe más que nadie sobre cerdos.

Muchas personas distintas me explicaron aspectos relacionados con la práctica del remo; a pesar de todos sus esfuerzos, sigo sin entender del todo cómo se hace. De todos modos, muchas gracias a Simon, Will, Julie y Naomi.

Gracias también a Mary y John Acton, Jo Anson, Mike Anson, Margot Arendse, Jane Bailey, Gaia Banks, Alison Barrow, Toppen Bech, Emily Bestler, Kari Bolin, Valerie Borchardt, Will Bourne Taylor, Maggie Budden, Emma Burton, Erin, Fergus, Paula y Ross Catley, Mark Cocker, Emma Darwin, Jane Darwin, Philip del Nevo, Margaret Denman, Assly Elvins, Lucy Fawcett, Anna Franklin, Vivien Green, Douglas Gurr, Claudia Hammer-Hewstone, Christine Harland-Lang, Ursula Harrison, Peter Hawkins, Philip Hull, Jenny Jacobs, Maggie Ju, Mary y Robert Julier, Håkon Langballe, Eunice Martin, Gary McGibbon, Mary Muir, Kate Samano, Mandy Setterfield, Jeffrey y Pauline Setterfield, Jo Smith, Bernadete Soares de Andrade, Caroline Stüwe Lemarechal, Rachel Phipps de la Librería Woodstock, Chris Steele, Greg Thomas, Marianne Velmans, Sarah Whittaker y Anna Withers.

FUENTES CONSULTADAS

Peter Ackroyd, *Thames: Sacred River.*
Graham Diprose y Jeff Robins, *The Thames Revisited.*
Robert Gibbings, *Sweet Thames Run Softly.*
Malcolm Graham, *Henry Taunt of Oxford: a Victorian Photographer.*
Susan Read, *The Thames of Henry Taunt.*

Henry Taunt, *A New Map of the Thames.*
Alfred Williams, *Round About the Upper Thames.*

Hay una página web por la que he navegado mil veces mientras escribía este libro y que ha tenido un valor incalculable para mí. Te transporta en un viaje por el espacio y el tiempo a través del río. John Eade es el creador de Where Thames Smooth Waters Glide (www.thames.me.uk) y la mantiene actualizada con toda su dedicación. Si alguien no puede ir al Támesis de verdad, esta página web es la mejor opción.

Índice

Segunda parte

Tercera parte

Cuarta parte

QUINTA PARTE

Diane Setterfield (Berkshire, 1964) estudió Literatura Francesa en la Universidad de Bristol, tras lo que se especializó en autores de los siglos XIX y XX, como André Gide, y trabajó como profesora en distintos centros. Apasionada de la lectura, decidió abandonar el mundo académico para dedicarse por entero a la escritura. Su primera novela, *El cuento número trece* (Lumen, 2010), se convirtió en un éxito de ventas mundial y llegó a encabezar la lista de más vendidos de *The New York Times* solo una semana después de ser publicada y a traducirse a treinta y ocho idiomas. Lumen también ha publicado su novela *El hombre que perseguía al tiempo* (2013). *Érase una vez la taberna Swan* es su última y aclamada novela.